L'EFFET PAPILLON

Né en 1950 à Copenhague, Jussi Adler-Olsen a étudié à l'université des domaines aussi variés que la médecine, la sociologie, le cinéma ou la politique. Ancien éditeur de littérature et de comics, il se consacre désormais exclusivement à l'écriture. *Miséricorde*, son premier livre, a reçu le Grand Prix des lectrices de *Elle* 2012 et le Prix des lecteurs du Livre de Poche 2013 dans la catégorie « Polar ». Jussi Adler-Olsen a reçu pour l'ensemble de la série du *Département V* le prix Boréales en 2014. Véritable phénomène au Danemark, son œuvre est aujourd'hui traduite dans une quarantaine de pays et s'est déjà vendue à plus de treize millions d'exemplaires dans le monde.

Paru au Livre de Poche :

LES ENQUÊTES DU DÉPARTEMENT V

1. Miséricorde
2. Profanation
3. Délivrance
4. Dossier 64
6. Promesse

JUSSI ADLER-OLSEN

L'Effet papillon

La cinquième enquête du Département V

ROMAN TRADUIT DU DANOIS PAR CAROLINE BERG

ALBIN MICHEL

Titre original :

MARCO EFFEKTEN
Publié chez Politikens Forlag, Copenhague, 2012.

ISBN : 978-2-253-09242-1 – 1re publication LGF

Ce livre est dédié à ma belle-mère,
Anna Larsen

Prologue

Automne 2008

Le dernier matin de la vie de Louis Fon eut la douceur d'un murmure.

Il se leva de sa couche, les yeux pleins de sommeil et la tête un peu lourde, donna une petite tape sur la croupe de la gamine qui lui avait caressé la joue pour le réveiller, essuya la morve qui coulait du nez brun de la petite et glissa les pieds dans ses tongs posées sur le sol en terre battue.

Il s'étira et cligna des yeux dans la pièce baignée de soleil, emplie des caquètements stridents des poules, et des cris plus éloignés des garçons, occupés à couper des régimes de bananes en haut des *musas*.

Quelle paix, songea-t-il en humant l'odeur épicée qui se dégageait du village. Seul le chant des Pygmées bakas autour d'un feu de camp sur l'autre rive du fleuve pouvait lui procurer plus de plaisir que ce parfum-là. Il était toujours heureux de retourner dans le territoire de Dja et le village bantou reculé de Somolomo.

Les gosses couraient derrière la hutte, un nuage de poussière rouge se levait sous leurs pieds nus, et leurs piaillements aigus faisaient s'envoler les oiseaux tisserins des cimes des palmiers.

Il avança dans le rai de lumière, alla s'accouder au rebord de la fenêtre et adressa un large sourire à la mère de la fillette qui égorgeait le poulet du jour devant sa hutte, juste en face.

Il ne savait pas encore que ce serait son dernier sourire.

À deux cents mètres de là, l'homme maigre et son guide débouchèrent du sentier qui traversait la palmeraie, et il lui suffit d'un regard pour deviner qu'ils n'étaient pas animés de bonnes intentions. Il reconnaissait la silhouette musclée de Mbomo pour l'avoir rencontré à Yaoundé, mais l'Européen aux cheveux blancs, il ne l'avait jamais vu.

« Qu'est-ce que Mbomo vient faire là ? Et qui est l'homme qui l'accompagne ? » demanda-t-il d'une voix forte à la mère de la fillette.

Elle haussa les épaules. Il n'était pas rare de voir des touristes à la lisière de la forêt tropicale humide, pourquoi s'en préoccuperait-elle ? C'était sans doute des Européens fortunés qui venaient passer quatre ou cinq jours avec les Bakas dans l'immense chaos de la jungle Dja !

Mais Louis avait un mauvais pressentiment. On sentait une gravité émaner de ces deux hommes, une complicité aussi. Il y avait un problème. Le Blanc n'était pas un touriste et Mbomo n'avait rien à faire dans le secteur sans que Louis en soit informé. C'était lui qui dirigeait le programme danois d'aide au développement, et Mbomo n'était que l'homme à tout faire des fonctionnaires de Yaoundé. C'était comme ça que ça marchait.

Les deux hommes sur la piste là-bas n'étaient-ils pas sur le point de faire une chose que Louis n'était pas supposé voir ? Il le craignait fort. De manière générale, il y avait beaucoup de choses bizarres dans ce projet. Tout allait trop lentement, les informations circulaient mal ou pas du tout, l'argent se faisait attendre ou n'arrivait pas. Bref, ce n'était pas ce qu'on lui avait promis à l'époque où on l'avait recruté pour cette mission.

Louis secoua la tête. Lui-même était d'origine bantoue, il venait de l'autre bout du Cameroun, à plusieurs centaines de kilomètres au nord-ouest de ce village qui se trouvait près de la frontière congolaise. Chez lui, là-haut, douter de tout et de tout le monde était une leçon qu'on apprenait au berceau, et probablement la principale raison pour laquelle Louis avait consacré sa vie à travailler avec les gentils Bakas, les Pygmées de la jungle Dja. Ce peuple dont les origines remontaient à une époque où la forêt se plantait encore d'elle-même. Ce peuple pour qui un mot aussi laid que *soupçon* était incompréhensible.

Pour Louis, ces âmes pures étaient une oasis de bonté humaine dans un monde malfaisant. Son attachement aux Bakas et à cette région était son élixir de vie et sa consolation, et voilà que même dans cet endroit il soupçonnait le mal d'approcher.

Est-ce qu'un jour il guérirait tout à fait de cette méfiance instinctive ?

Il trouva le 4 × 4 de Mbomo garé derrière la troisième rangée de huttes, avec au volant un chauffeur vêtu d'un maillot de foot trempé de sueur, et profondément endormi.

« Est-ce que Mbomo me cherche, Silou ? » demanda-t-il à l'homme massif à la peau couleur d'ébène qui s'étira et regarda autour de lui, incapable de se souvenir où il était.

Il secoua la tête. Il ne comprenait pas de quoi Louis voulait parler.

« Qui est l'homme blanc que Mbomo a amené ici ? Tu le connais ? » insista Louis.

Le chauffeur bâilla.

« C'est un Français ?

— Non, répondit-il, haussant les épaules. Il parle un peu français mais il vient du nord, je crois.

— OK. » L'inquiétude comme une boule dans le ventre. « Ça pourrait être un Danois ? »

Le chauffeur pointa son index vers lui.

Bingo.

Il en était sûr. Et il n'aimait pas ça.

Quand Louis ne se battait pas pour l'avenir des Pygmées, il se battait pour les animaux de la forêt. Chaque village autour de la jungle des Pygmées abritait de jeunes Bantous armés de fusils, et des dizaines de mandrills et d'antilopes tombaient tous les jours sous le feu des braconniers.

Malgré les relations tendues qu'il avait avec eux, Louis Fon faisait moins la fine bouche quand il s'agissait de se faire transporter par ces salauds à travers les fourrés, à l'arrière de leurs mobylettes. Comment refuser de parcourir en six minutes les trois kilomètres qui le séparaient du village baka, par des sentiers étroits, en particulier quand le temps était compté ?

Avant même de voir apparaître les premières cabanes en torchis, Louis comprit ce qui s'était passé, car seuls quelques très jeunes enfants et deux ou trois chiens affamés aboyant à tue-tête vinrent à sa rencontre.

Louis trouva le chef du village couché sur une natte de feuilles de palmier, une vapeur d'alcool flottant au-dessus de lui. Autour d'un Mulongo à demi dans le coma gisaient des poches de whisky vides comme celles qu'on vous vendait de l'autre côté du fleuve. La beuverie avait probablement duré toute la nuit et à en juger par le calme qui régnait alentour, tout le village avait dû y participer.

Il jeta un coup d'œil à l'intérieur des huttes en bambou bondées, et ne trouva que peu d'adultes qui soient encore en état de répondre à son salut, ne serait-ce que par un vague hochement de tête.

« Voilà comment on procède quand on veut soumettre un peuple primitif et l'empêcher de se révolter, se disait Louis. On lui donne un peu d'alcool, un peu de drogue, et après on en fait ce qu'on veut. »

La méthode était imparable.

Il retourna à la première hutte et à son odeur de fermentation et décocha au chef un grand coup de pied dans les côtes. Le maigre corps de Mulongo sursauta et deux rangées de dents pointues comme des surins apparurent en un sourire un peu honteux. Mais on n'amadouait pas Louis aussi facilement.

Il montra les gourdes de whisky vides.

« Pourquoi vous ont-ils payé, Mulongo ? »

Le chef des Bakas leva la tête et haussa les épaules. Le mot « pourquoi » n'était pas très usité dans ces endroits reculés du bush.

« Mbomo vous a donné de l'argent, hein ? Combien il vous a filé ?

— Dix mille francs ! » dit Mulongo. Les Bakas attachaient en revanche beaucoup d'importance aux montants exacts, en particulier pour des sommes aussi élevées.

Ce salaud de Mbomo ! Qu'avait-il derrière la tête ?

« Dix mille, OK, dit Louis Fon, hochant la tête. Il vous donne souvent de l'argent ? »

Le Pygmée haussa à nouveau les épaules. Les Bakas n'avaient pas non plus la notion du temps.

« Vous n'avez pas fait de nouvelles plantations ?!

— L'argent n'est pas arrivé, Louis, tu dois le savoir.

— Comment ça, il n'est pas arrivé ? J'ai vu les relevés où figurent les virements. Il y a plus d'un mois que l'argent a été envoyé. »

Il y avait un gros problème. C'était la troisième fois que les comptes qui lui passaient entre les mains ne correspondaient pas à la réalité.

Louis tendit l'oreille. Derrière le chant des cigales, il entendait un autre bruit. Il avait l'impression d'entendre le moteur d'une moto de petite cylindrée.

Mbomo devait être en route vers le village. Louis Fon espérait qu'il pourrait lui fournir une explication.

Il regarda autour de lui. Il y avait quelque chose qui n'allait pas ici, pas du tout même, mais il comptait bien y remédier. Car même s'il faisait une tête de plus que lui et s'il avait des bras de gorille, Mbomo ne faisait pas peur à Louis.

Puisque les Bakas ne pouvaient répondre à ses questions, le braconnier devrait lui fournir les explications qu'il attendait : qu'était-il venu faire ici ? Où était l'argent ? Pourquoi n'étaient-ils pas en train de planter ? Et qui était l'homme blanc qui l'accompagnait ?

Voilà ce que Louis Fon voulait savoir.

Il se planta donc au milieu de la place et attendit, suivant des yeux le nuage de poussière qui approchait rapidement du village de huttes, au-dessus des herbes hautes vibrantes de chaleur.

Louis n'allait même pas attendre que Mbomo soit descendu de la moto, il irait à sa rencontre le bras tendu et le confronterait à son crime. Il menacerait de le dénoncer et de lui faire subir les pires châtiments. Il lui dirait franchement que s'il avait fait mainmise sur l'argent destiné à permettre aux Bakas de continuer à vivre dans la forêt, la prochaine chose que Mbomo aurait entre les mains serait les barreaux de la prison de Kondengui.

Ce mot à lui seul avait de quoi effrayer n'importe qui.

Le bruit de la moto couvrit le chant des cigales.

Quand l'engin émergea de la savane et entra sur la place en faisant couiner son klaxon, Louis remarqua la lourde caisse accrochée au porte-bagages de la Kawasaki, et la soudaine activité qui, en quelques secondes, prit possession du village. Des visages endormis apparurent aux portes des huttes et les plus éveillés se précipitèrent comme si le faible clapotis venant de la caisse à l'arrière de la moto était un message venu du ciel annonçant de nouvelles noces de Cana.

Mbomo commença par distribuer les gourdes de whisky aux nombreuses mains tendues, puis il se tourna vers Louis avec un regard menaçant.

Louis Fon comprit tout de suite ce qui allait se passer. La machette que Mbomo portait sur son dos en disait long. S'il ne s'enfuyait pas rapidement, Mbomo s'en servirait contre lui. Et il était inutile de compter sur l'aide des Pygmées, vu l'état dans lequel ils étaient.

« Il y en a encore plein là où je les ai prises ! » cria Mbomo en jetant sur le sol les dernières poches de whisky tout en se tournant à nouveau vers Louis.

Louis se mit instinctivement à courir, il entendait derrière lui les cris de joie des Bakas. Si Mbomo me rattrape, c'en est fini de moi, se dit-il en cherchant des yeux un passage à travers les marécages et aussi quelque outil agricole que les Bakas auraient pu oublier. N'importe quel objet avec lequel il pourrait se défendre.

Louis était agile et en bien meilleure condition physique que Mbomo qui avait passé toute sa vie à Douala et à Yaoundé et n'avait pas appris à se méfier des racines traîtresses, des trous invisibles et des innombrables fourmilières de la forêt. Il était donc plutôt confiant. Et, effectivement, au bout d'un moment, le bruit du pas lourd de Mbomo dans son dos s'éloigna, tandis que devant lui s'ouvraient les multiples embranchements des chemins conduisant au fleuve.

Il suffisait qu'il arrive avant Mbomo aux pirogues creusées dans des troncs évidés. Une fois qu'il aurait traversé le fleuve, Louis serait en sécurité. Les habitants de Somalomo le protégeraient.

Une odeur rance et humide flottait comme un vent fétide dans les broussailles d'un vert brunâtre et le guide expérimenté qu'il était savait ce que cela signifiait. Encore une centaine de mètres et je serai au bord du fleuve, se dit-il. Mais la seconde suivante il s'enfonçait jusqu'aux genoux dans un marécage.

Il gesticula un peu, ses mains battant l'air. S'il ne trouvait pas très vite une quelconque végétation à laquelle s'agripper, la boue se refermerait sur lui en moins de temps qu'il ne faut pour le dire. Et s'il mettait trop longtemps à s'extirper de ce trou, Mbomo allait le rattraper. Louis l'entendait à nouveau et il lui sembla dangereusement proche.

Il remplit ses poumons d'air, serra les lèvres et tendit le buste si fort que les vertèbres de son dos craquèrent. Des brindilles s'arrachèrent, une pluie de feuilles tomba sur ses yeux écarquillés d'angoisse. Quinze secondes plus tard, il réussit à trouver une bonne prise et à se hisser hors du marigot, mais c'était quinze secondes de trop. Un sifflement fendit la broussaille et le feu de la lame s'abattit par-derrière sur son omoplate.

Il lutta d'instinct pour ne pas tomber. Ce réflexe de survie l'aida à s'arracher complètement à la boue et à s'enfuir tandis que les jurons de Mbomo s'envolaient au-dessus de la cime des arbres.

Le marécage l'avait englouti lui aussi.

Ce n'est que lorsqu'il eut atteint la rive du fleuve que Louis sentit la chemise collée à son dos et l'intensité de la douleur.

Il défaillit, vidé de ses forces, et comprit qu'il allait mourir.

Alors que son corps basculait en avant et que le fin gravier de la berge se mêlait à ses cheveux, il réussit à sortir son téléphone portable de la poche latérale de son pantalon et appuya sur l'icône « messages ».

Chaque lettre qu'il pianota sur le clavier s'accompagnait d'un battement fébrile de son cœur, vidant le corps de tout son sang. Quand il eut terminé de rédiger le SMS et appuyé sur la touche « envoi », il vit qu'il n'avait pas de réseau.

Au moment de passer de vie à trépas, Louis Fon sentit un pas lourd près de lui et une main qui lui arrachait son portable.

Mbomo Ziem était content. Le trajet cahoteux du 4 x 4 sur les nids-de-poule de la piste rouge sombre qui traversait la jungle jusqu'à l'échangeur de la route de Yaoundé touchait bientôt à sa fin et, grâce à Dieu, l'homme qui l'accompagnait avait omis de commenter les événements. Tout était pour le mieux. Il avait poussé le cadavre de Louis Fon dans les eaux du fleuve, le courant et les crocodiles se chargeraient du reste.

Bref, la situation était satisfaisante. La seule personne qui aurait pu leur mettre des bâtons dans les roues avait été éliminée et le futur se présentait à nouveau sous les meilleurs auspices.

Mission accomplie.

Mbomo baissa les yeux sur le téléphone qu'il avait arraché des mains de Louis pendant qu'il agonisait. Une nouvelle carte SIM à quelques francs et il n'aurait plus besoin de se soucier du cadeau d'anniversaire du fiston.

Tandis qu'il imaginait la mine réjouie de son fils quand il le lui offrirait, l'écran du téléphone s'alluma, indiquant qu'il y avait de nouveau du réseau.

Quelques secondes plus tard, un signal discret signala l'envoi d'un SMS.

1

Automne 2008

René E. Eriksen n'avait jamais été un homme prudent. Probablement pour cette raison, sa vie avait été une succession d'échecs et de victoires imprévus dont, bon an mal an, il pouvait globalement se féliciter. Un bilan positif qu'il mettait sur le compte de sa bonne étoile.

René était pourtant d'une nature réfléchie et, confronté aux grandes questions de l'existence et à ses épreuves, il avait souvent trouvé refuge dans les jupons de sa mère, ce qui à l'âge adulte se traduisait par une propension à se ménager une porte de sortie chaque fois qu'il se lançait tête baissée dans quelque nouvelle entreprise.

Quand son bon ami et camarade de collège, Teis Snap, directeur de la banque de Karrebæk, lui avait téléphoné à son bureau au ministère pour lui faire une proposition qu'un haut fonctionnaire comme René aurait normalement dû trouver inacceptable, il n'avait pas raccroché immédiatement.

La crise bancaire commençait à montrer sérieusement son horrible faciès, on était dans la période noire où ceux qui gagnaient leur vie en prêtant de l'argent venaient de réaliser à quoi avait mené l'appétit insatiable des spéculateurs boursiers et la politique financière irresponsable du gouvernement.

« Je crains fort que notre banque doive mettre la clé sous la porte d'ici deux mois, si nous ne réinjectons pas d'urgence du capital, lui avait-il dit ce jour-là.

— Et mes actions, alors ? » s'était exclamé René, le cœur battant et le front plissé de rides, en voyant tout à coup la vie de retraité de luxe sous les palmiers qu'on lui avait promise s'écrouler comme un château de cartes.

« C'est pour ça que je t'appelle ! Si nous ne trouvons pas une solution au plus vite, nous perdrons tout. C'est malheureusement une certitude », lui avait répondu Teis Snap.

Le silence qui avait suivi fut de ceux qui s'installent entre deux personnes qui se connaissent bien. Le genre de silence où chacun des interlocuteurs sait que toute protestation et toute suggestion abstraite seraient tout à fait inutiles.

René avait baissé la tête un instant et inspiré si fort que ses poumons lui avaient fait mal. Très bien, si la situation en était réellement à ce point, il fallait agir. Il avait des crampes d'estomac et des sueurs froides, mais en tant que responsable du bureau de la coordination des aides humanitaires, il était habitué à la gestion de crise.

Il avait expiré longuement. « Tu parles d'injecter du capital… Tu peux être plus précis ?

— Deux cents à deux cent cinquante millions de couronnes sur quatre ou cinq ans. »

La sueur s'était insinuée dans le col de chemise de René. « Putain, Teis ! Ça fait cinquante millions par an !

— Je sais, c'est effroyable. Nous avons relancé nos emprunteurs et mis en place divers plans d'urgence ces quatre dernières semaines, mais nos débiteurs sont presque tous insolvables. Depuis deux ans, nous avons accordé trop de prêts sans prendre suffisamment de garanties, et nous en payons les conséquences aujourd'hui que le marché immobilier s'écroule.

— Merde ! Il faut faire quelque chose. Est-ce qu'on ne pourrait pas sortir nos actifs avant ?

— J'ai peur qu'il ne soit déjà trop tard, René. Les cours sont tombés de façon drastique ce matin et toutes les transactions boursières ont été provisoirement suspendues.

— Je vois. » René avait lui-même entendu à quel point sa voix était devenue glaciale. « Et que suggères-tu que je fasse ? Parce que je suppose que tu ne m'appelles pas seulement pour me raconter que tu as dilapidé ma fortune, n'est-ce pas ? Je te connais, Teis. Combien as-tu réussi à mettre à l'abri sur tes propres économies ? »

Son vieil ami lui avait répondu d'un ton blessé mais sans ambiguïté. « Rien du tout, René, absolument rien, je peux te le jurer. Les comptables m'en ont empêché. Tous les cabinets d'expertise comptable ne se montrent pas aussi réactifs quand survient une situation comme celle-ci. Je t'appelle parce que je crois avoir trouvé une solution qui pourrait s'avérer très lucrative pour toi aussi, mon ami. »

C'est ainsi que l'escroquerie avait commencé. Il y avait des mois maintenant que tout fonctionnait à merveille, jusqu'au moment où, il y a une minute à peine, le collaborateur le plus compétent du service, William Stark, était subitement venu agiter un bout de papier sous son nez.

« Si je vous ai bien compris, Stark, vous avez reçu un SMS bizarre de Louis Fon et depuis, vous n'arrivez plus à le joindre. Mais vous savez comme moi que le Cameroun n'est pas la porte à côté et que la connexion peut laisser à désirer ! Vous ne croyez pas que c'est là qu'il faut chercher le problème, plutôt ? »

Malheureusement Stark n'était pas de cet avis et René perçut le signal d'une turbulence imminente dans son existence.

Les lèvres déjà presque inexistantes du sous-secrétaire Stark se réduisirent à un trait de crayon. « Évidemment, c'est une possibilité. » Il regarda par terre, pensif, sa longue frange rousse couvrant complètement ses yeux. « Tout ce que je sais, c'est que j'ai reçu ce SMS le jour où vous êtes rentré du Cameroun. Et que depuis, personne n'a revu Louis Fon. Personne.

— Hmm. Et vous ne pensez pas qu'il a pu se rendre dans le territoire de Dja où la couverture satellite est quasi nulle ? » René tendit la main au-dessus de son bureau en s'efforçant de ne pas trembler. « Montrez-moi ce message, Stark. »

Il lut la transcription du SMS qui disait : « Cfqqugthondae(s+1)la(i+1)ddddddvdlogdmdntdja »

Il s'épongea le front du dos de la main pour en chasser la sueur traîtresse. Dieu soit loué, le texte était illisible.

« Je vous accorde que c'est étrange, Stark. Mais je ne sais pas s'il faut y attacher tant d'importance.

Le portable a dû rester allumé dans la poche de Fon et écrire tout seul, suggéra-t-il en reposant le bout de papier sur la table. Je vais demander à quelqu'un d'y jeter un coup d'œil, mais je peux d'ores et déjà vous dire que Mbomo Ziem et moi avons été en relation avec Louis Fon à Somalomo juste avant de partir pour Yaoundé et que, ce jour-là, tout était parfaitement normal. Il rassemblait ses affaires pour sa prochaine expédition. Des clients allemands si ma mémoire est bonne. »

William lui jeta un regard sombre et secoua la tête.

« Vous avez beau dire que je ne dois pas prendre l'affaire au sérieux, je trouve que vous devriez lire ce message encore une fois. Pensez-vous que ce soit un simple fait du hasard que le SMS se termine par le mot "Dja" ? Croyez-vous vraiment que ces trois lettres puissent se retrouver rassemblées là, en appuyant de façon aléatoire sur les touches d'un portable dans une poche ? Moi pas. Moi je crois que Louis Fon a essayé de me transmettre un message important et qu'il lui est arrivé quelque chose de grave. »

René pinça les lèvres. Son expérience de la fonction ministérielle lui avait appris qu'il ne faut jamais rejeter d'emblée une hypothèse, aussi farfelue soit-elle.

« C'est vrai que c'est très bizarre », répondit-il donc.

Puis il prit son propre téléphone, un Sony Ericsson posé sur le rebord de la fenêtre derrière lui. « Vous dites que c'est écrit "dja" ? » Il étudia le clavier de son téléphone et hocha la tête. « Moi je pense que le mot a pu être tapé accidentellement. Regardez ! D, J et A sont la première lettre des touches 3, 5 et 2. J'imagine que c'est possible d'actionner ces trois touches par hasard au fond de sa poche même si cela paraît incroyable. Mais vous avez raison, c'est assez surprenant. Je vous propose que nous attendions quelques jours pour voir si Louis donne de ses nouvelles. De mon côté, je vais me renseigner auprès de Mbomo. »

Il suivit William Stark des yeux pendant qu'il quittait son bureau, attendit que la porte se referme sur lui et s'épongea le front. C'était donc bien le portable de Fon que Mbomo tripotait dans la Land Rover sur le chemin du retour vers la capitale.

Quel imbécile !

Il serra les poings et secoua la tête. Il pouvait à la rigueur comprendre que Mbomo ait été assez irresponsable pour piller le cadavre de Louis Fon, mais qu'il ait menti quand René lui avait demandé d'où venait le téléphone qu'il avait entre les mains dépassait l'entendement. Et pourquoi ce crétin n'avait-il pas vérifié qu'il n'y avait pas de messages dans la boîte d'envoi ? Pourquoi n'avait-il pas immédiatement sorti la batterie de l'appareil quand il l'avait arraché au mort ? Ou simplement réinitialisé ? Comment pouvait-on être assez bête pour voler le portable d'un homme qu'on venait d'assassiner ?

Il soupira. Mbomo était un idiot, mais pour l'instant, le principal souci de René était William Stark. D'ailleurs, en y réfléchissant, il avait toujours représenté une menace. René l'avait compris dès le début et il l'avait même dit à Teis Snap.

Quelle tuile ! William Stark était la personne qui connaissait le mieux les dossiers et les budgets de ce service, et il n'y avait pas un type dans ce ministère qui soit aussi pointu et zélé en matière d'évaluation de projets. Si quelqu'un risquait de découvrir qu'ils détournaient les fonds destinés à l'aide humanitaire pour les mettre dans leur poche, c'était lui.

René s'efforça de retrouver son calme et réfléchit. Il n'y avait pas trente-six solutions.

« Si un jour tu as un problème avec cette histoire, tu nous appelles immédiatement », lui avait dit Teis Snap.

René savait ce qui lui restait à faire.

-

2

Automne 2008

William Stark n'avait pas grand monde vers qui se tourner quand il avait besoin d'un conseil d'ordre professionnel.

Dans l'univers grisâtre de la bureaucratie, il ne gouvernait qu'un îlot minuscule sur lequel personne n'avait envie d'accoster. S'il ne pouvait pas s'adresser à son chef de bureau, il ne lui restait plus qu'à consulter le chef de cabinet. Mais qui oserait déranger le chef de cabinet pour lui soumettre un pareil soupçon, et d'une telle gravité, sans preuves irréfutables ? Pas lui en tout cas.

Un collaborateur subalterne qui, de sa propre initiative, vient signaler une suspicion d'abus de pouvoir ou d'irrégularité dans son service à un haut fonctionnaire de bonne composition risque tout au plus d'être considéré comme un « lanceur d'alerte ». Ça sonne bien et respectable, comme un coup de trompe donné avant une embuscade. Mais le même collaborateur peut aussi être accusé de délation s'il vient s'adresser à un haut fonctionnaire moins bien intentionné. Dans le deuxième cas, le collaborateur en question s'exposerait à de graves problèmes. On avait pu voir récemment, au Danemark, des exemples regrettables de ce phénomène. Entre autres l'histoire de cet agent de renseignement de l'armée danoise qui avait été mis en prison pour avoir accusé le Premier ministre de taire à son peuple des informations vitales afin d'avoir les mains libres pour engager le pays dans la guerre en Irak. Un incident qui ne donnait pas envie de jouer la carte de la franchise.

En outre, William n'était pas absolument certain de ce qu'il avançait. Ce n'était après tout qu'une vague impression, même s'il y avait un certain temps qu'elle couvait.

Après avoir parlé à son chef de service du SMS de Louis Fon, il avait appelé au moins dix personnes au Cameroun avec qui il savait que le fidèle travailleur humanitaire bantou était en relation. Aucun d'entre eux ne semblait comprendre pourquoi il restait si longtemps sans donner de nouvelles.

Ce matin, William avait enfin réussi à joindre au téléphone le domicile de Fon à Sarki Mata. Il avait parlé à sa femme qui lui avait dit que, d'habitude, Louis la prévenait toujours de l'endroit où il allait et du temps qu'il pensait rester.

La jeune femme était très inquiète. Elle était au bord des larmes et convaincue que les braconniers avaient fait du mal à son mari. Elle craignait le pire. La jungle était immense et infiniment secrète, Louis le lui disait souvent, et elle savait qu'il s'y passait des choses. William le savait aussi.

Fon pouvait bien sûr avoir des tas de bonnes raisons de ne pas donner signe de vie. Le Cameroun ne manquait pas de tentations pour un homme vigoureux avec un physique avantageux. Qui sait ce qu'il avait pu rencontrer sur sa route ? Dans cette partie de l'Afrique, les filles n'étaient pas farouches et elles ne manquaient pas d'initiative. L'hypothèse que Fon soit tout simplement en train de s'envoyer en l'air dans une case en torchis pendant que le monde continuait à tourner de travers n'était pas à exclure. William sourit à cette idée.

Mais ensuite il pensa à ce qui s'était passé avant que Fon disparaisse. Il se rappela comment était né le projet Baka. Il avait tout à coup fallu débloquer cinquante millions de couronnes sur le budget du ministère pour aider et soutenir le quotidien d'une tribu pygmée au fin fond de la jungle Dja, ce qui en soi était déjà assez surprenant. Pourquoi ce peuple-là, et pas un autre ? Et pourquoi autant d'argent ?

L'affaire avait surpris William dès le départ.

Deux cent cinquante millions de couronnes sur cinq ans n'étaient qu'une goutte d'eau dans un budget d'aide humanitaire de quinze milliards par an, mais quand même ! Il n'avait encore jamais vu un programme aussi modeste soutenu de façon aussi massive. S'il s'était agi d'aider tous les Pygmées de la jungle congolaise, la deuxième plus grande forêt tropicale de la planète, il aurait pu le comprendre, mais ce n'était pas le cas.

Et quand l'enveloppe avait finalement été votée, n'importe quel crétin de la fonction publique aurait pu voir que les procédures habituelles avaient été détournées sur plusieurs points. C'était ce qui l'avait alerté. Finalement, l'aide consistait simplement à virer de l'argent sur le compte d'un fonctionnaire basé à Yaoundé et à laisser les gens recrutés sur place se débrouiller avec, dans un pays comme le Cameroun qui était connu pour être l'un des plus corrompus au monde.

William Stark, qui était fonctionnaire jusqu'au bout des ongles, mais également un homme qui avait quelques petites choses à se reprocher dans l'exercice de cette fonction, n'aimait pas ça du tout. Et, au regard des derniers événements, il commençait à se demander quel rôle son supérieur avait joué dans tout cela.

Quand René E. Eriksen s'était-il investi autant à titre personnel ? Quand s'était-il déplacé en personne pour aller sur le terrain voir comment un projet prenait forme ? Il devait y avoir un sacré bout de temps !

Bien sûr, ce brusque excès de zèle pouvait signifier qu'il souhaitait s'assurer par lui-même que tout allait bien et que chaque étape était dûment contrôlée. Mais malheureusement cela pouvait aussi vouloir dire l'inverse, Dieu l'en préserve. Il savait ce que cela impliquerait pour lui si on commençait à fouiller dans les comptes de son département plusieurs années en arrière. Et il ne fallait en aucun cas que cela arrive.

« Ah, c'est ici que vous ruminez, Stark ? » dit une voix derrière lui.

Il y avait des mois qu'il n'avait pas entendu cette voix-là dans son bureau et William se tourna stupéfait vers son supérieur qui lui souriait, découvrant sa dentition peu ragoûtante. Son visage, sous les cheveux blancs, était inexplicablement méconnaissable.

« Je viens de parler à nos contacts à Yaoundé et ils partagent votre inquiétude, dit René Eriksen. Ils pensent que Louis Fon s'est enfui avec une partie de l'argent de la fondation, et ils exigent que quelqu'un du ministère vienne vérifier tous les comptes depuis le début du projet. Ils doivent se dire qu'ensuite on ne pourra pas les accuser d'avoir piqué dans la caisse si vous deviez découvrir des irrégularités.

« Qui, moi ? » René Eriksen voulait que ce soit lui qui parte là-bas ? William était dérouté. Il ne s'attendait pas à ça et ça ne lui plaisait pas beaucoup. « Savez-vous combien on soupçonne Louis Fon d'avoir volé ? » demanda-t-il.

Eriksen secoua la tête. « Non, personne ne le sait, mais Fon disposait d'environ deux millions de couronnes pour la période. Peut-être qu'il est simplement parti faire des achats et qu'il est blanc comme neige. Peut-être a-t-il découvert que les semences et les plants sont moins chers et de meilleure qualité ailleurs que là où il se fournit d'habitude. Quoi qu'il en soit, il faut que nous allions voir ce qu'il en est. Nous sommes là pour ça.

— Oui, bien sûr. » William hocha la tête pour lui-même. « Mais je crains de devoir vous demander de trouver quelqu'un d'autre. »

Le sourire de René Eriksen disparut. « Ah vraiment ? Et pour quelle raison, je vous prie ?

— La fille de mon amie est à l'hôpital en ce moment.

— Ah ! Encore ? Et alors ?

— Eh bien, je m'occupe d'elles autant que je le peux. Elles habitent chez moi. »

Eriksen hocha la tête. « C'est tout à votre honneur, Stark, mais ce voyage est l'affaire de quelques jours, je suis sûr que vous trouverez une solution ! Nous avons déjà pris une réservation pour vous sur le vol de Bruxelles d'où vous prendrez la correspondance vers le sud. Cela fait partie de votre travail, mon vieux. Vous atterrirez à Douala, le vol pour Yaoundé était complet. Mbomo viendra vous chercher à l'aéroport et vous conduira à la capitale. Ce n'est qu'à deux heures de route. »

William pensa à sa fille adoptive sur son lit d'hôpital. Cet arrangement ne l'enchantait guère.

« C'est à moi d'y aller parce que c'est à moi que Louis Fon a envoyé ce SMS ?

— Non, Stark. C'est à vous d'y aller parce que vous êtes le meilleur. »

Mbomo avait la réputation d'être un homme efficace et il le prouva devant l'aéroport international de Douala où cinq ou six hommes très sûrs de leur fait s'étaient jetés sur la valise de William, chacun hurlant qu'il l'avait vue le premier et qu'elle était à lui de droit.

« Allez viens, monsieur, ton taxi attend ! » criaient-ils en s'arrachant le bagage.

Mais Mbomo repoussa les porteurs en leur faisant comprendre d'un seul regard qu'il n'hésiterait pas à se battre avec toute la bande pour faire économiser à son patron quelques milliers de francs CFA.

Ce Mbomo était une force de la nature. William l'avait déjà vu en photo, mais toujours debout à côté des minuscules Bakas qui faisaient ressembler toute personne adulte non pygmée à un géant. Il s'avéra que les Pygmées n'étaient pas les seuls à paraître petits à côté de Mbomo car l'homme se dressait comme une montagne au milieu du paysage humain, et il était presque naturel de lui associer l'adjectif « rassurant », au milieu de la scène effarante de ces pauvres hères qui se disputaient, l'écume aux lèvres, le droit de porter une valise dans l'espoir de gagner de quoi se payer un repas.

« Vous êtes logé à l'Aurelia Palace, l'informa Mbomo quand leur voiture démarra enfin, poursuivie par la horde des porteurs et quelques vendeurs de bijoux de pacotille. Vous avez rendez-vous au ministère demain matin. Je viendrai vous chercher personnellement. Contrairement à Douala, Yaoundé est une ville assez sûre, mais on ne sait jamais. » Il rit à faire trembloter tout son torse et sans que le moindre son ne franchisse ses grosses lèvres noires.

William tourna la tête vers le soleil incandescent sur le point de disparaître derrière la cime des arbres, et vers les groupes d'hommes à l'air las, marchant au bord de la route, la machette à la main.

Hormis des mini-taxis bondés, des 4 x 4 et des pick-up à la carrosserie cabossée qui roulaient à une vitesse d'enfer et les doublaient au péril de leurs vies à tous, ils ne rencontrèrent sur la route que des camions délabrés, lourdement chargés, aux phares brisés. Les épaves gisant sur les bas-côtés, le long de la route desséchée, n'avaient rien à envier à celles qui roulaient encore.

William Stark se sentit terriblement loin de chez lui.

Après avoir soigneusement choisi son menu, William alla s'asseoir dans un angle du foyer où était installé un coin salon, composé d'un divan et d'un fauteuil recouverts d'un tissu aux motifs chargés, style années soixante-dix, et une table basse qui avait connu des jours meilleurs. Deux bières bien fraîches, à en juger par la buée sur les verres, y étaient déjà disposées.

« J'en bois toujours deux à la fois quand je viens ici, lui expliqua en anglais son corpulent voisin. La bière est si légère qu'elle ressort par vos pores au fur et à mesure que vous la buvez », dit-il en riant.

Il montra du doigt le collier de William chargé de petits grigris noirs. « Je vois que vous venez d'arriver en Afrique. Vous avez croisé une bande de voleurs qui vendaient des bijoux à l'aéroport, je parie !

— Oui et non, répliqua William, la main posée sur le sautoir. Il est exact que je viens d'arriver, mais je possède ce collier depuis un certain nombre d'années. Et vous avez raison, il est africain. Je l'ai trouvé un jour où j'étais en tournée d'inspection sur un projet à Kampala.

— Ah ! Kampala, probablement l'une des villes les plus intéressantes d'Ouganda. » Il leva son verre. Comme le suggérait son attaché-case, lui aussi devait être fonctionnaire.

William sortit le dossier de sa serviette en cuir et le posa sur la table. Il s'agissait de suivre le trajet d'un versement spécifique de cinquante millions de couronnes et de vérifier de quelle façon il avait été injecté dans le projet d'aide aux Pygmées bakas. Il allait devoir éplucher un nombre important de documents et préparer une série de questions. Il ouvrit la chemise cartonnée et répartit les papiers en trois tas distincts. Le premier avec les feuilles de calcul, le deuxième avec les descriptions des détails du projet et un troisième tas avec les courriers, messages et mails. Il avait même emporté la transcription du SMS de Louis Fon.

« Ça ne vous ennuie pas si je travaille un peu ici ? Il n'y a pas de bureau dans ma chambre. »

Son voisin acquiesça avec amabilité.

« Danois ? s'enquit-il en désignant le logo du ministère des Affaires étrangères en en-tête de l'un des documents.

— Oui, et vous-même ?

— Suédois. De Stockholm. » Il tendit la main et abandonna l'anglais pour le suédois.

« C'est la première fois que vous venez au Cameroun ? »

William hocha la tête.

« Alors bienvenue ! dit son voisin, poussant un verre de bière vers lui. Il faut que vous sachiez qu'on ne s'habitue jamais tout à fait aux mœurs de ce pays. Santé ! »

Ils trinquèrent, le Suédois vida sa pinte d'un trait et dans le même geste il signala au serveur d'apporter une deuxième tournée. William savait qu'on rencontrait ces alcooliques de la fonction publique dans tous les pays chauds. Il avait même vu certains de ses collaborateurs rentrer au pays à moitié usés par leur vie d'expatriés.

« Vous devez penser que je suis un ivrogne, mais vous vous trompez, dit le Suédois, comme s'il avait lu dans ses pensées. À vrai dire, j'essaye de faire croire que j'en suis un. »

Il attira discrètement l'attention de William sur deux Noirs en costumes clairs.

« Ils font partie de la boîte avec laquelle je dois négocier demain. Ils sont là pour me surveiller et dans une heure ils iront faire leur rapport à leur patron. » Il sourit. « Cela ne me dérange pas qu'ils me croient un peu "fatigué" quand je viendrai à notre rendez-vous.

— Vous êtes dans les affaires.

— Plus ou moins. Je négocie des contrats pour la Suède. Je suis contrôleur de gestion et je suis le meilleur. » Il fit un signe de tête à l'intention du serveur qui arriva immédiatement avec deux nouvelles bières. « À la vôtre ! » dit-il en levant son verre.

William essaya en vain de suivre le rythme du Suédois. Il était content de ne pas être à sa place. Son estomac n'aurait pas pu le supporter.

« Vous avez reçu un message codé ! » dit le Suédois en regardant le Post-it jaune sur lequel était inscrit le message illisible de Louis Fon.

« Je ne sais pas s'il est codé. C'est un SMS que j'ai reçu de la part de l'un de mes collègues qui a disparu il y a une semaine.

— Un SMS ? » Le Suédois éclata de rire. « Je vous parie une bière que je vous le déchiffre en moins de dix minutes ! »

William fronça les sourcils. Le déchiffrer ? Qu'entendait-il par là ?

Le Suédois prit le message, posa une feuille blanche sur la table et sortit de sa poche son téléphone Nokia qu'il posa à côté.

« Il ne s'agit pas d'un code, si c'est ce que vous croyez, dit William. Nous ne faisons pas ce genre de chose au ministère. Mais pour être franc, nous ne savons pas au juste pourquoi et dans quelles conditions ce message a été écrit ni pourquoi il est illisible.

— Il a peut-être été rédigé dans des conditions difficiles ?

— C'est possible. Mais ainsi que je vous l'ai dit, nous ne pouvons pas demander à son auteur ce qu'il en est puisqu'il est introuvable. »

Le Suédois prit son stylo et il écrivit :

Cfqqugthondae(s+1)la(i+1)ddddddvdlogdmdntdja

Sous chacune des lettres, il en écrivit une autre, en consultant le clavier de son téléphone portable.

Au bout de quelques minutes, il leva la tête.

« Bon, imaginons que le message ait été écrit dans des conditions difficiles, comme je vous l'ai dit tout à l'heure. Dans l'obscurité, par exemple. Vous savez sans doute qu'à moins que le téléphone soit réglé sur le système d'écriture intuitive, chaque touche correspond à plusieurs lettres différentes. La touche 3 par exemple correspond au D, au E et au F. Si vous appuyez une seule fois sur la touche, cela donnera un D, deux fois, un E, et trois fois un F. Si vous tapez une fois de plus que la touche ne comporte de lettres, vous aurez une majuscule ou un signe quelconque. Enfin, il reste la possibilité que votre expéditeur ait pressé la mauvaise touche. Dans ce cas il aura appuyé a priori sur celle qui se trouve au-dessus ou au-dessous de celle qu'il a cherché à taper, ce qui donne évidemment un nombre important de combinaisons possibles. Mais j'ai déjà joué à ce jeu-là et ça m'amuse. Vous me chronométrez ? »

William était sceptique mais il accepta la proposition de l'homme d'affaires, par curiosité. Il se fichait du temps que le Suédois mettrait. S'il parvenait à lever un tant soit peu le voile sur cette énigme, il aurait droit à sa bière de toute façon.

À première vue cette histoire de code lui avait parue tirée par les cheveux, mais en la mettant en pratique sur les premières lettres : « Cfqqugthon », si on conservait le C, puis qu'on imaginait une faute de frappe sur la touche 3, et qu'on supposait qu'il aurait dû être un 6, placé juste au-dessous, et que les deux Q auraient dû être deux R, et qu'on laissait les dernières lettres telles quelles : ION, on pouvait deviner le mot CORRUPTION.

William fronça les sourcils.

Corruption ! Voilà un mot qui n'augurait rien de bon.

Quinze minutes plus tard, pendant lesquelles William eut le temps de commander deux tournées supplémentaires, le Suédois avait résolu l'énigme.

« Ça semble assez plausible », dit-il en étudiant ses notes.

Il tendit la feuille à William.

« Vous avez vu ce que ça donne ? "Corruption dans l'aide de développement Dja[1]". » Le Suédois hocha la tête pour lui-même. « Je ne crois pas que ce soit écrit en très bon français, mais tout de même, ça dit bien ce que ça veut dire. Vous voyez, c'était facile ! »

William sentit un frisson glacé lui parcourir l'épine dorsale.

Il jeta un coup d'œil autour de lui. Était-ce lui ou le Suédois que les deux hommes noirs dans le coin de la salle surveillaient ? Peut-être y en avait-il d'autres ?

Il relut le message tandis que son compagnon levait une fois de plus la main pour attirer l'attention du serveur.

---

1. En français dans le texte.

Louis Fon lui avait envoyé un SMS l'informant de « Corruption dans l'aide au développement Dja », et ensuite on n'avait plus jamais entendu parler de lui. Voilà qui n'était pas rassurant. C'était même très inquiétant.

William regarda par la fenêtre, scrutant la nuit qui était brusquement tombée.

Pour la deuxième fois de la journée il se dit qu'il était loin de chez lui.

Beaucoup, beaucoup trop loin.

« Qu'est-ce que tu racontes, Mbomo ? »

René Eriksen sentait la sueur perler sous ses aisselles en écoutant la voix grésillante de son interlocuteur.

« Je dis que William Stark n'était pas à son hôtel ce matin quand je suis venu le chercher. Il paraît qu'il a repris l'avion pour Copenhague.

— Mais bon Dieu, Mbomo, comment est-ce possible ? Il était sous ta responsabilité ! »

René essaya de rassembler ses esprits. Il était convenu que Mbomo ou l'un de ses subalternes irait ce matin prendre Stark à son hôtel et qu'il n'entendrait plus parler de cette affaire. Il se fichait de savoir où et comment ils le feraient disparaître, du moment qu'on ne pouvait pas remonter jusqu'à eux. Et voilà que Stark était sur le chemin du retour. Merde ! Que s'était-il passé ? Est-ce qu'il avait eu vent de quelque chose ?

Si c'était le cas, c'était une catastrophe.

« Que s'est-il passé entre hier soir et aujourd'hui ? Tu peux me le dire, Mbomo ? Stark a dû avoir un soupçon.

— Je n'en sais rien », répondit Mbomo, qui n'imaginait pas les affres que René E. Eriksen avait traversées ces dernières quarante-huit heures à l'idée d'avoir signé l'arrêt de mort d'un deuxième être humain, et ignorait qu'il était prêt à tout pour stopper cette spirale infernale.

Car dans l'esprit de René, la suite coulait de source. Non seulement il fallait écarter Mbomo Ziem du projet Baka mais il fallait l'écarter définitivement. Il en savait trop et était aussi maladroit qu'inefficace.

« Je te rappelle. En attendant, Mbomo, tu restes tranquille. Tu rentres chez toi et tu ne bouges pas de là. Je t'enverrai quelqu'un dans la journée pour t'expliquer ce qu'il faut faire. »

Et René raccrocha.

Oui. On allait lui expliquer. Une bonne fois pour toutes.

Le bureau du directeur de la banque Karrebæk ne respirait pas la sobriété. Si l'on en jugeait par l'adresse et par la décoration, on aurait pu se croire au siège social de l'un des plus éminents instituts financiers du pays, et l'apparence de Teis Snap, son fondateur, ne faisait rien pour démentir cette première impression. Tout était ostentatoire. Mobilier, équipements informatiques et bibelots évoquaient un faste qui ne datait pas de la veille.

« Je t'informe que nous sommes en duplex avec Jens Brage-Schmidt, l'un de nos actionnaires majoritaires et le président de notre conseil d'administration.

Sache, mon cher René, qu'il est dans le même bateau que nous. »

Le directeur Snap se tourna vers un téléphone, habillé en bois de noyer, posé sur son imposant bureau.

« Vous nous entendez bien, Jens ? » demanda-t-il.

La réponse sortit du haut-parleur, positive. La voix était un peu grinçante mais autoritaire.

« Alors je suggère que nous commencions cette réunion, dit Teis Snap. Je regrette de devoir te l'annoncer aussi brutalement, René, mais suite à ta conversation de ce matin avec Mbomo Ziem, Jens et moi avons décidé de nous débarrasser de ce William Stark au plus vite. Désormais, le projet Baka devra être géré par une personne moins pointilleuse que lui.

— Nous débarrasser de Stark ? répéta René d'une voix sourde. Vous voulez dire que nous allons devoir l'éliminer ici, au Danemark ? » continua-t-il. C'était apparemment ce qui lui gênait le plus.

« Oui. Au Danemark. On ne peut pas faire autrement, reprit Teis Snap. Toutes ces bombes à retardement doivent être désamorcées. Louis Fon a eu son compte, maintenant il faut régler celui de Mbomo Ziem et de William Stark. Ensuite le projet sera à nouveau sur les rails. Nous ne risquons pas de fuites du côté des fonctionnaires de Yaoundé, puisqu'ils sont "partie prenante". Dorénavant, tu recevras un rapport régulier de la part d'un fonctionnaire sur place qui dans un premier temps est prêt à signer du nom de Louis Fon. Il s'évertuera à vanter auprès de ton ministère la façon magnifique dont ce programme suit son cours. Tu verras que ça passera comme une lettre à la poste. C'est comme ça que ça fonctionne avec les projets de développement en Afrique. Quelques bonnes nouvelles de temps en temps, et tout le monde est content. »

René E. Eriksen entendit Brage-Schmidt grogner dans le téléphone. Bien qu'il n'ait jamais eu l'occasion de le croiser, il se dit qu'il devait être le genre d'homme à avoir depuis trop longtemps pris l'habitude de mener les gens à la baguette, dans des endroits très éloignés des frontières de son pays. Il y avait une dureté dans ses attaques de phrases. Comme s'il s'agissait chaque fois d'un ordre qui ne souffrait aucun refus. De là à l'imaginer dans le rôle d'un officier colonial anglais ou d'un armateur tout-puissant, il n'y avait qu'un pas. René s'était laissé dire que Brage-Schmidt avait de tout temps appelé ses valets de chambre ses « boys » et que si quelqu'un pouvait se targuer de connaître l'Afrique, c'était lui. Il avait été consul pendant des années dans divers pays situés dans le sud du continent africain, homme d'affaires plus longtemps encore en Afrique centrale et aucune de ces fonctions ne lui avait valu une bonne réputation.

René ne doutait pas que l'idée de ce détournement de fonds venait de lui. Teis Snap lui avait raconté qu'après avoir gagné une fortune dans l'importation de bois exotique, il avait réuni tous ses actifs dans la banque Karrebæk et il en était désormais le plus gros actionnaire. Il n'était donc pas surprenant qu'il défende à présent bec et ongles son capital. Ça, René pouvait le comprendre, mais à présent, au-delà de la simple escroquerie, ils avaient condamné trois hommes à mort. Pourquoi René ne s'entendait-il protester ni contre la fin ni contre les moyens ?

Il secoua la tête. La vérité était malheureusement qu'il comprenait parfaitement le raisonnement de cette éminence grise.

Avaient-ils une autre issue ?

« Il est douloureux de devoir prendre une décision aussi radicale, dit Brage-Schmidt. Mais vous devez penser à tous ces gens qui vont se retrouver au chômage et aux petits épargnants qui perdront leurs économies, si nous n'agissons pas à temps. Il est infiniment regrettable que ce M. Stark en pâtisse, mais la vie est parfois injuste. Et le sacrifice de quelques-uns profite au plus grand nombre, comme on dit. Dans quelques années, tout cela sera oublié. La banque sera sauvée et solide, la société fonctionnera comme elle a toujours fonctionné, les investissements continueront, les emplois perdureront et les actionnaires ne subiront aucune perte. Et en attendant, monsieur Eriksen, qui ira voir si les Pygmées du territoire Dja ont remis leur agriculture sur pied ? Qui se donnera la peine d'aller s'assurer que leur système scolaire et leurs conditions sanitaires ont changé de façon notable depuis que le programme de développement a été mis en place ? Et quand bien même quelqu'un s'en inquiéterait, comment ferait-il pour en juger, si tous ceux qui ont démarré ce projet ont disparu de la surface de cette terre ? Je vous pose la question. »

Qui, à part moi ? songea René en se tournant vers les hautes fenêtres à petits carreaux. Cela signifiait-il que sa vie aussi était en danger ?

Mais s'ils croyaient se débarrasser de lui comme ça, ils se mettaient le doigt dans l'œil, il connaissait son monde et quand il s'exposait au danger il savait assurer ses arrières.

« J'espère seulement que vous maîtrisez la situation et que vous saurez tenir votre langue, car en ce qui me concerne, je ne veux plus entendre parler de quoi que ce soit, d'accord ? leur dit-il. Nous n'avons plus qu'à espérer que William Stark n'ait pas eu le temps de mettre dans un coffre-fort quelque part un rapport complet sur cette opération, comme je l'ai d'ailleurs fait moi-même. »

Il regarda Teis Snap droit dans les yeux tout en écoutant avec attention le souffle venant du téléphone. Étaient-ils étonnés ? Inquiets ?

Apparemment pas.

« Bon, poursuivit-il. Je pense que vous avez raison. Personne ne le remarquera si les comptes rendus que le ministère recevra à l'avenir ne sont plus rédigés par Louis Fon. Mais comment pensez-vous cacher la disparition de William Stark ? Elle va faire la une de tous les journaux !

— Oui, et alors ? » La voix du président du conseil d'administration de la banque Karrebæk était plus grave que tout à l'heure. « Tant que nous ne sommes pas mis en cause, quelle importance que William Stark soit porté disparu ? Comme je vois les choses, il part pour l'Afrique, ne se présente pas à l'endroit où on l'attend, reprend sans explication un vol dans le sens inverse et ensuite, plus de nouvelles. N'est-ce pas là le signe d'une certaine instabilité ? Est-il absurde d'imaginer que sa disparition pourrait être volontaire ? Il me semble que non. »

Snap et Eriksen échangèrent un regard. Brage-Schmidt n'avait fait aucun commentaire sur les papiers qu'Eriksen prétendait avoir mis au coffre, on pouvait donc présumer que la confiance régnait toujours entre les trois hommes, même si elle avait pris un coup dans l'aile.

« Alors voilà ce que je suggère, monsieur Eriksen, poursuivit-il. Nous allons faire comme nous avons dit. Vous continuez à transférer chaque année au Cameroun les cinquante millions de couronnes, et tous les ans, vous faites état des excellents résultats obtenus sur place, ainsi qu'il apparaît dans les rapports du pseudo-Louis Fon. »

Snap enchaîna. « Quant à la banque Karrebæk, elle recevra quelques semaines après ton virement le nombre de millions qu'exige notre situation du moment, de la part de nos contacts à Yaoundé, par l'intermédiaire d'une banque d'investissement à Curaçao. Le reste sera placé comme d'habitude en actions au porteur sur notre compte courant à Curaçao en prévision des fluctuations imprévues du secteur bancaire. De cette façon, le portefeuille d'actions de la banque Karrebæk changera de main, ni vu ni connu. Ainsi, nous garderons le contrôle et notre portefeuille continuera d'augmenter d'année en année. Et tout le monde sera très content, n'est-ce pas, René ?

— Tout le monde sauf Louis Fon, Mbomo et William…

— Écoute, René, le coupa Teis Snap. Ne t'inquiète pas pour Mbomo et Fon. Dans quelque temps, nous verserons une somme d'argent à leurs veuves, afin qu'elles puissent "voir venir", comme on dit. La police a l'habitude que les gens disparaissent dans ce pays, et elle n'en fait pas tout un plat. Et pour ce qui est de Stark, il n'est pas marié, je crois ? »

René secoua la tête. « Non, mais il a une fiancée et une belle-fille malade. » Il regarda Teis Snap dans les yeux. Espérant peut-être y trouver une lueur de compassion. Il n'y lut qu'une froide indifférence.

« Parfait, donc, pas de famille, dit-il. Seulement des proches sans lien particulier. Elles le pleureront un peu et passeront à autre chose. Ce type n'avait rien d'exceptionnel, n'est-ce pas, René ? »

René expira longuement. Que répondre à cela ? Quand on parle déjà des gens à l'imparfait, à quoi bon discuter de leurs qualités ?

Quoique.

La voix au téléphone reprit la parole. Le président ne revint pas sur les derniers échanges, pourquoi se serait-il donné cette peine ?

« Ces deux cent cinquante millions de couronnes seront une sorte d'aide occulte à notre banque, financée par le programme Baka. Il me paraît assez légitime que l'État soutienne une entreprise privée florissante telle que la banque Karrebæk. Une entreprise capable de créer des emplois et qui œuvre pour l'équilibre de notre balance des paiements et le niveau de vie de notre pays. Si une bonne banque comme la Karrebæk dépose le bilan, c'est tout le mécanisme de la nation qui s'arrête, et ce n'est pas exactement ce que recherche le gouvernement danois en ce moment, si ? »

René ne l'écoutait plus. Il était en train de se dire que si quelque chose allait de travers dans cette affaire, les deux autres allaient prendre leurs jambes à leur cou et le laisser porter seul la responsabilité et la sanction. Il ne fallait tout simplement pas que cela arrive.

« Je vous le répète : quoi que vous fassiez, je ne veux pas le savoir. Mais si vous deviez prendre des mesures radicales, je veux voir arriver l'ordinateur personnel de Stark sur mon bureau immédiatement. On ne sait jamais ce qu'il pourrait contenir de compromettant.

— Très bien, tu l'auras. Je comprends parfaitement que tout ceci soit un peu difficile pour toi, René. Je te connais bien. Tu es un homme honnête. Mais il faut que tu penses à ta famille ! dit Snap. Brage-Schmidt et moi allons nous occuper de tout, ne te fais pas de souci. Nous recruterons un homme de main habitué à régler ce type de problème. Quelqu'un ira chercher William Stark à l'aéroport. Et toi tu n'auras qu'à rester tranquillement à regarder tes actions prendre de la valeur. Nous avons encore un avenir radieux devant nous, mon ami. »

3

Automne 2010

Comme tous les jours, la camionnette jaune vint récupérer Marco devant l'échafaudage, sur la place de l'Hôtel-de-Ville à Copenhague, à cinq heures de l'après-midi précises. Par précaution, il était arrivé vingt minutes en avance, car s'il n'était pas là au moment où la voiture arrivait, elle repartait sans lui. Et quand il était obligé de prendre le train où le bus pour rentrer, il prenait une raclée. Et il n'avait envie ni d'être puni, ni de dormir dans une descente de cave humide quelque part. Il faisait trop froid.

Marco n'était donc jamais en retard. Il avait trop peur.

D'autres passagers étaient assis, adossés aux parois du véhicule et il leur fit un signe de tête. Personne ne lui rendit son salut. Il avait l'habitude et n'en fut pas étonné, ils étaient tellement fatigués.

De leur journée, de la vie, d'eux-mêmes.

Marco observa ses compagnons de voyage. Certains étaient encore trempés par la pluie et tremblaient. D'autres avaient l'air malades tellement ils étaient maigres et hagards. Le spectacle n'était pas très réjouissant, mais d'un autre côté, il n'est pas facile de trouver à se réjouir par un après-midi de novembre au Danemark.

« Tu as pris quoi, aujourd'hui ? » lui demanda Samuel.

Marco réfléchit. « J'ai rapporté de l'argent quatre fois. Et rien que la deuxième, il y avait plus de cinq cents couronnes. Mille trois cents ou mille quatre cents couronnes en tout, je crois, si on compte les trois cents que j'ai dans la poche maintenant.

— Moi j'ai fait à peu près huit cents », dit la plus âgée du groupe qui s'appelait Myriam. Elle rentrait rarement bredouille, mais c'est vrai qu'elle n'avait qu'une seule jambe. C'était bon pour le rendement.

« Je n'ai que soixante couronnes, dit Samuel si doucement que tous l'entendirent. Plus personne ne me donne rien. »

Dix paires d'yeux le regardèrent avec pitié. Ça n'allait pas être drôle pour Samuel de rentrer chez Zola.

« Prends ça », lui dit Marco en lui tendant deux billets de cent couronnes. Il était le seul à faire ce genre de chose car c'était s'exposer à être dénoncé à Zola. Marco ne l'ignorait pas.

Mais il avait aussi compris pourquoi ça ne marchait plus pour Samuel. Dès qu'on n'avait plus l'air d'un gamin, plus personne ne donnait rien. Bien que Marco eût déjà quinze ans, il semblait en avoir treize et les gens avaient pitié de lui. Il avait de grands yeux avec un regard candide, il était petit, anormalement petit même, avec une peau douce et des cheveux fins, contrairement à Samuel, à Pico et à Roméo dont la peau avait épaissi et qui commençaient à avoir de la barbe. Et bien que les autres aient déjà été avec des filles, ils étaient nombreux à lui envier sa croissance tardive, sans parler de sa débrouillardise.

Marco comprenait beaucoup de choses.

Il était peut-être petit pour son âge, mais il avait des yeux et des oreilles aussi grandes que celles d'un vieil homme et il savait s'en servir. Mieux que personne.

« Papa, je pourrais aller à l'école, s'il te plaît ? » avait-il commencé de supplier son père, dès l'âge de sept ans, du temps où ils vivaient en Italie. Marco adorait son papa, mais sur cette question-là comme sur beaucoup d'autres, son père manquait de courage. Il répondait que son oncle Zola exigeait que les enfants soient dans la rue et il en avait été ainsi, car Zola était le chef incontesté et tyrannique de leur clan.

Mais Marco voulait apprendre des choses. Presque toutes les petites villes de l'Ombrie avaient leur école, et Marco allait absorber du savoir comme s'il avait été un papier buvard. Dès le lever du soleil, il se plaquait aux fenêtres de l'école locale et écoutait, l'oreille collée à la vitre pendant une heure avant de partir faire sa moisson de la journée.

Il arrivait qu'un instituteur sorte de sa classe pour l'inviter à l'intérieur mais, dans ces cas-là, Marco se sauvait en courant et il ne revenait plus. Car s'il avait eu le malheur d'accepter l'invitation, il se serait fait tabasser en rentrant chez lui. Finalement, c'était un avantage qu'ils soient toujours en mouvement, comme ça il y avait toujours une nouvelle école et un nouvel instituteur.

Un jour, un maître d'école réussit à l'attraper et à l'empêcher de s'enfuir. Au lieu de l'attirer à l'intérieur, il lui colla dans les bras un sac de toile lourd comme un âne mort.

« Ils sont à toi, fais-en bon usage », dit-il avant de le relâcher.

Dans le sac, Marco découvrit quinze livres de classe et, par la suite, il trouva toujours un endroit où étudier en cachette.

Et c'est ainsi qu'il passa chaque soirée où les adultes avaient autre chose à faire que de surveiller les enfants. Au bout de deux ans il avait appris à compter et à lire aussi bien en italien qu'en anglais et son goût pour l'étude le mena naturellement vers tout ce qui lui restait à découvrir et à comprendre.

Depuis trois ans qu'ils habitaient au Danemark, il avait appris la langue et la parlait presque couramment. Il était le seul à avoir eu assez de curiosité pour ça.

Tous les membres de leur petite communauté savaient que lorsque Marco n'était visible nulle part, cela voulait dire qu'il était caché dans un coin et plongé dans ses livres.

« Raconte-nous », disait souvent Myriam, celle dont il était le plus proche.

En revanche, sa soif d'apprendre ne plaisait pas du tout à Zola et à ses sbires.

Ce soir-là, couchés dans leurs lits superposés, ils écoutèrent les cris de Samuel tandis qu'on le frappait dans le salon de Zola de l'autre côté du mur. Ils résonnaient à l'oreille de Marco comme un écho de toutes les injustices de son oncle. Il n'avait pas peur d'être battu, peut-être parce qu'il était le fils de son frère et que Zola avait la main moins lourde quand il s'en prenait à lui. Mais Samuel n'était pas Marco et Marco se cramponnait à sa couverture, empli de colère et de chagrin.

Quand le silence revint et que le châtiment fut terminé, Marco entendit s'ouvrir la porte d'entrée. L'un des gorilles de Zola devait vérifier si la voie était libre avant de transporter le pauvre Samuel, tabassé et humilié, dans la maison voisine où se trouvait sa chambre. Les membres du clan évitaient soigneusement les ragots dans le lotissement et parvenaient à entretenir d'excellentes relations avec les familles danoises du quartier. Zola avait l'apparence d'un homme sobre et élégant et il faisait son possible pour entretenir cette image. Un homme blanc, bien habillé et propre sur lui, venant des États-Unis et parlant une langue que tout le monde comprenait, était naturellement « l'un des leurs ». Il faisait partie de la catégorie de gens dont les Danois n'avaient pas besoin d'avoir peur.

C'est pourquoi les punitions étaient toujours administrées après la tombée de la nuit, à l'abri des fenêtres à doubles vitrages et des stores baissés. On faisait également en sorte que les marques de coups ne soient pas visibles. Que Samuel eût le plus grand mal le lendemain à se traîner dans les rues piétonnes de la capitale pour mendier était une autre affaire, et ça, les voisins n'étaient pas là pour le voir. En outre, sa souffrance était bonne pour le commerce. L'expérience avait prouvé qu'il n'y avait rien de tel qu'une authentique grimace de douleur pour faire tomber l'argent dans l'escarcelle.

Marco se leva dans le noir, passa sans bruit devant les chambres de ses cousins et frappa doucement à la porte du séjour. Si on répondait immédiatement, c'était bon signe. S'il y avait un temps d'hésitation, on ne pouvait pas savoir dans quelle humeur on allait trouver Zola.

Cette fois, une minute entière s'écoula avant qu'on lui dise d'entrer, et Marco se prépara au pire.

Son oncle était assis à table, comme un roi, entouré par sa cour. Sur l'écran plat, les infos défilaient, le son monté au maximum.

Son visage fermé s'éclaira légèrement quand il vit Marco. Ses mains tremblaient encore. Certains enfants du clan prétendaient que Zola prenait plaisir à regarder les séances de châtiment corporel. Son père au contraire affirmait que Zola aimait ses enfants autant que Jésus aimait ses disciples.

Marco en était moins sûr.

« Pendant trois jours et trois nuits, l'inspecteur Mørck est resté enfermé dans cette pièce en compagnie de cadavres momifiés et il… », disait le reporter à la télévision.

« Éteins-moi cette connerie, Chris », ordonna Zola avec un geste du menton vers la télécommande. Moins d'une seconde après, l'ordre était exécuté.

Zola caressa sa nouvelle acquisition, un chien dégingandé avec de longues pattes maigres que personne d'autre que lui n'avait le droit de toucher. Il tourna les yeux vers Marco. « C'était courageux de ta part de donner de l'argent à Samuel aujourd'hui, mais si tu recommences, tu auras droit à la même raclée que lui, c'est compris ? »

Il hocha la tête.

Zola sourit. « Tu as bien travaillé aujourd'hui, Marco. Assieds-toi. » Il désigna la chaise en face de lui. « Que puis-je faire pour toi, mon garçon ? J'espère que tu n'es pas venu pour me dire que Samuel n'avait pas mérité cette punition ? »

En une seconde, son visage changea d'expression et, d'un simple geste, il ordonna à Chris, son bras droit qui ne le quittait pas d'une semelle, de remplir un mug de thé. Lorsque ce fut fait, Zola le poussa vers Marco.

« Excuse-moi de venir au salon, Zola. Tu as raison, je suis venu pour te parler de Samuel. »

Zola resta impassible mais Chris se redressa et se tourna très lentement vers Marco. Il était grand et plus pâle que la plupart des membres du clan. Quand sa silhouette blanche s'élevait ainsi au milieu du troupeau, tout le monde se faisait tout petit. Marco garda les yeux fixés sur son oncle.

« Je vois. Mais tu dois comprendre, Marco, que Samuel n'est pas ton problème. Aujourd'hui, il n'a pas rapporté assez parce qu'il ne s'est pas donné assez de mal. Contrairement à toi. » Zola s'installa confortablement contre la peau de mouton qui garnissait le dos de son fauteuil. « Ne te mêle pas de ça, Marco, écoute ce que te dit ton oncle. »

Marco réfléchit. « Samuel ne s'est pas donné assez de mal, contrairement à toi », avait dit Zola. Cela signifiait-il qu'indirectement, c'était parce que Marco avait rapporté beaucoup que Samuel avait été châtié ? L'idée lui était insupportable.

Marco baissa la tête et d'une voix aussi maîtrisée que possible il dit :

« Je sais. Mais Samuel est trop vieux maintenant pour mendier en centre-ville. Les passants ne le remarquent même plus, et ceux qui le remarquent ont peur de lui et accélèrent le pas. En fait, il n'y a que ceux qui… »

Marco surveillait les réactions de Zola du coin de l'œil. Il leva le menton à l'instant où Chris s'avança et lui administra une gifle si retentissante que son oreille se mit à siffler.

« Je t'ai dit que ce n'était pas ton affaire, tu n'as pas compris, Marco ?

— Si, j'ai compris, Zola, mais… »

Il reçut une deuxième gifle. Le message était passé. Quand on avait grandi dans ce milieu, on ne pleurnichait pas pour si peu.

Il se leva lentement, hocha la tête à l'intention de Zola et recula vers la porte en s'efforçant de sourire. Une paire de claques et l'audience était terminée. Malgré tout, avant de sortir, il rassembla son courage, et dit :

« Je ne t'en veux pas de m'avoir frappé. Mais je t'en veux d'avoir battu Samuel. Et si tu recommences, je m'enfuirai d'ici. »

Il vit le regard interrogateur que lança Chris à son patron mais Zola se contenta de secouer doucement la tête, priant d'un geste son neveu de disparaître de sa vue. Et vite.

Quand il fut revenu sous sa couette, dans la chambre qu'il partageait avec ses camarades, Marco pensa à tout ce qu'il aurait voulu dire et qu'il n'avait pas dit. C'était toujours comme ça. Si seulement il avait dit ceci ou cela, les choses se seraient mieux passées. Et dans les dialogues que Marco réécrivait dans sa tête, Zola se montrait souvent plus conciliant. Quelquefois même il cédait à ses instances.

Et cela le consolait un peu.

Par exemple Marco imaginait qu'il avait dit à Zola : « Samuel est un bon garçon, il suffirait de lui donner un peu d'éducation. Si tu l'autorisais à aller à l'école, il pourrait devenir mécanicien et s'occuper de la camionnette. Il ne deviendra jamais un bon pickpocket comme Hector ou moi, il est trop maladroit. Pourquoi ne pas lui donner une chance ? »

Ces dialogues imaginaires lui faisaient du bien pendant quelques minutes, mais dès qu'on éteignait la lampe de chevet, la réalité s'imposait à nouveau.

La vie qu'ils menaient était mauvaise.

Vu de l'extérieur, ils étaient d'honnêtes gens vivant une vie tranquille dans leurs maisons de brique jaune, alors qu'en réalité ils étaient des délinquants, munis de faux passeports, qui pratiquaient le crime sous toutes ses formes. Ce qui était déjà assez grave. Pourtant ce n'était pas le pire. Le pire aux yeux de Marco était que le secret de leur existence était encore plus opaque à l'intérieur du clan. Aucun d'eux ne savait d'où il venait exactement ni qui étaient ses vrais parents. Ni ce que faisaient les adultes pendant que les enfants sillonnaient les rues pour ramasser de quoi satisfaire les exigences de Zola. Marco se souvenait que le passé du clan n'avait rien de glorieux et les rares bons souvenirs qu'il en avait s'étaient effacés quand Zola avait adopté son nouveau personnage, juste avant qu'ils ne quittent l'Italie. De leur vie en Italie, il ne se rappelait que les mauvaises actions. Depuis, leur situation ne s'était pas arrangée. Seuls quelques-uns savaient lire et écrire, bien que beaucoup soient déjà presque adultes. Mais pour ce qui était de voler les gens, c'étaient de vrais professionnels, même si leurs compétences n'étaient pas de celles dont on se vante. Mendicité, vol à la tire, cambriolages. Ils excellaient aussi dans l'art de bousculer les vieilles dames pour qu'elles laissent tomber leur sac à main, ou dans celui de rouler à bicyclette sur les trottoirs à une allure infernale et d'arracher habilement aux passants leurs possessions accessibles et aisément revendables. Ils connaissaient tous cela et Marco en particulier montrait un talent rare dans la plupart de ces disciplines peu glorieuses. Il mendiait avec de grands yeux tristes et un sourire pitoyable. Il se faufilait sans un bruit à travers les étroites fenêtres des sous-sols pour cambrioler les maisons, et au milieu de la foule, il était comme un poisson dans l'eau. Adroit et rapide, il subtilisait en une seconde à ses victimes leur montre ou leur portefeuille, gesticulant gaiement pour détourner leur attention, éveillant leur sympathie, sans un geste superflu ou une parole inutile.

Il y avait juste un détail chez Marco qui n'était bon ni pour le clan ni pour lui-même.

Il haïssait au plus profond de son être la vie qu'il menait.

C'est pourquoi il restait si souvent éveillé dans le noir, pendant que les autres dormaient, à rêver d'une autre vie que la sienne. Une vie comme celle des garçons et des filles qu'il croisait dans les rues, qui avaient un père et une mère avec un vrai travail, des gosses qui allaient à l'école et à qui on faisait des câlins et des cadeaux. Des gamins qui mangeaient tous les jours de bonnes choses et qui pouvaient inviter leurs amis chez eux. Des enfants qui n'avaient pas l'air d'avoir tout le temps peur.

Quand il pensait à ces choses-là, il maudissait Zola. Au moins, en Italie, ils partageaient une sorte de convivialité. L'après-midi, ils jouaient, et le soir, ils chantaient. L'été, ils passaient la nuit autour d'un feu de camp à se raconter leurs exploits. Les femmes faisaient les belles devant les hommes et les hommes roulaient des mécaniques. De temps en temps, une bagarre éclatait et tout le monde hurlait de rire. C'était l'époque où ils étaient encore des gitans.

Que Zola ait réussi à s'imposer comme leur chef et leur guide suprême dépassait l'entendement de Marco. Pourquoi les autres adultes avaient-ils accepté ? Tout ce qu'il faisait pour eux, c'était de les commander, de les terroriser et de leur prendre tout ce qu'ils gagnaient. Quand Marco pensait à ça, il avait honte pour ses aînés et surtout pour son père.

Ce soir-là, il s'assit dans son lit, conscient qu'il était en danger. Zola ne l'avait pas puni très sévèrement tout à l'heure mais la façon dont il l'avait regardé était une promesse de représailles.

Il faut que je parle de Samuel à mon père, songea-t-il. Il fallait bien qu'il en parle à quelqu'un.

Mais à quoi bon ? Son père lui avait semblé distant, ces derniers temps. Comme s'il était arrivé quelque chose qui l'avait éprouvé.

La première fois que Marco avait vu son père dans cet état, c'était il y a deux ans à peu près. Il l'avait trouvé un matin, le front barré de profondes rides, en train de regarder d'un œil éteint l'assiette qu'on lui tendait. Marco avait cru qu'il était tombé malade mais le lendemain, il avait tout à coup fait preuve de plus d'énergie qu'il n'en avait eu depuis des mois. On prétendait qu'il s'était mis à mâcher du khat, comme les autres hommes du clan. Quoi qu'il en soit, ses rides ne s'étaient plus jamais effacées. Marco avait longtemps ruminé ses soucis tout seul dans son coin, puis un jour il s'était confié à Myriam et lui avait demandé si elle était au courant de quelque chose.

« Tu te fais des idées, Marco, ton père est exactement comme d'habitude », avait-elle répondu avec un sourire un peu forcé.

Ils n'étaient pas revenus sur le sujet et Marco avait essayé de ne plus y penser.

Mais il y a six mois environ, Marco avait revu la même expression sur le visage de son père, bien que le contexte ait été différent. Il y avait eu un peu de remue-ménage dans la maison cette nuit-là. Cela ne pouvait pas venir des jeunes parce qu'ils n'avaient pas le droit de quitter les chambres après vingt-deux heures.

Marco avait été réveillé au milieu d'un rêve par un tumulte dans le couloir. On aurait dit que quelqu'un subissait un tabassage sévère. D'une telle violence en fait que, le lendemain, le souvenir de ce qui s'était passé était gravé dans le visage de son père comme une marque au fer rouge. Marco ignorait qui avait été puni de la sorte. Il ne s'agissait de personne du clan en tout cas, sinon, il l'aurait su.

Après cette nuit-là, son père avait dormi chez Lajla. Sa chambre se trouvait de l'autre côté du salon et c'était vers elle que Marco se dirigeait justement ce soir-là, à pas de loup.

Alors qu'il passait devant la porte du séjour, il entendit son père et Zola se disputer.

« Si nous ne faisons pas bientôt quelque chose pour calmer ton fils, non seulement il va nous faire perdre de l'argent mais il va semer la révolte parmi les autres enfants. Un jour, il nous trahira et détruira tout ce que nous avons bâti, tu comprends ? »

Il entendit son père protester mais cette fois il y avait du désespoir dans sa voix. Bizarre.

« Marco n'ira jamais voir la police, Zola, promettait-il. Je vais aller lui parler et il se tiendra tranquille. Je te jure qu'il ne s'échappera pas, c'est une menace en l'air, tu le connais. C'est un garçon intelligent qui a toutes sortes d'idées dans la tête. Je t'accorde que parfois il est un peu trop malin, mais jamais il ne songerait à nous nuire, tu me crois, Zola, n'est-ce pas ? S'il te plaît, épargne-le.

— Non », répondit Zola, implacable. C'était sa façon de faire. Il en avait le pouvoir.

Marco regarda autour de lui dans le corridor. Chris pouvait débarquer à n'importe quel moment avec l'absinthe que Zola buvait toujours pour s'endormir. Il ne fallait pas qu'il le trouve ici.

« Samuel a vu Marco hésiter alors qu'ils étaient en train de voler des sacs et de vider des poches, reprit Zola. S'il commence à faire ça, il deviendra un danger pour nous, tu le sais. Celui qui hésite se fait prendre tôt ou tard. Ce sont les mêmes qui sont incapables de tenir leur langue quand ils doivent le faire. On ne pourra pas compter sur lui pour se montrer loyal envers le clan le jour où il tombera. C'est aussi simple que ça. »

Marco avait maintenant l'oreille collée contre la porte et il retenait sa respiration pour ne pas que le chien se mette à grogner. Il ne pouvait pas croire que Samuel avait dit cela de lui. C'était faux. Il n'avait jamais hésité de sa vie. Jamais !

Samuel, lui, hésitait souvent. Et lui qui avait pris sa défense ! Quel salaud !

« Marco est assez grand maintenant pour qu'on le mutile. Tu sais les avantages que nous en tirons par la suite.

— Il y a quand même une différence entre Myriam et Marco. Dans le cas de Myriam, c'était vraiment un accident !

— Ah, tu crois ? » Un rire macabre suivit la question et Marco sentit un frisson glacé le parcourir. Qu'est-ce qu'il avait voulu dire ? Ce ne serait pas un accident ? Elle avait pourtant bien trébuché en traversant la chaussée !

Pendant quelques instants, plus personne ne parla. Marco imaginait l'expression choquée que devait avoir le visage de son père. Mais il se taisait.

« Écoute, dit Zola. Nous devons veiller à ce que nos jeunes aient un avenir, n'est-ce pas ? Nous ne pouvons pas nous permettre le luxe de faire du sentiment et nous n'avons pas droit à l'erreur. Nous aurons bientôt amassé assez d'argent pour nous installer aux Philippines. Souviens-toi quand même que c'est notre rêve depuis le départ ! Et dans ce rêve, il y a aussi une place pour Marco. »

Son père mit un moment à répondre. Et quand il le fit, Marco entendit à sa voix qu'il avait reconnu sa défaite. « Tu penses vraiment qu'il faut estropier Marco ? C'est ça que tu veux, Zola ? »

Marco serrait les poings. Frappe-le, papa ! Frappe-le ! songeait-il. Tu es son grand frère. Tu dois lui dire de me laisser tranquille.

« Je trouve le sacrifice raisonnable. Nous agissons pour le bien de notre clan, tu comprends ? Nous allons droguer Marco et nous lui ferons tendre la jambe sur le passage d'une voiture. En une seconde, ce sera terminé. Il y a d'excellents hôpitaux au Danemark, ils feront ça proprement. S'il ne veut pas le faire de son plein gré, nous l'aiderons un peu. Et si tu cherches à me contrarier, peut-être que ce sera toi qui te retrouveras infirme. Tu sais de quoi je suis capable, n'est-ce pas ? »

Marco pensa à la démarche claudicante de Myriam et dut lutter pour retenir ses larmes. Alors c'était comme ça que ça s'était passé ? C'était eux qui avaient fait d'elle une invalide ?

Dis-lui quelque chose, papa ! criait-il en pensée, mais dans la pièce on n'entendait plus qu'une voix et ce n'était pas la bonne.

« Accident, mutilation et encaissement de l'indemnisation, terminé ! dit Zola. Et en prime, nous aurons gagné un mendiant de première catégorie qui ne se sauvera plus nulle part. »

Un courant d'air dans le couloir poussa Marco à se retourner, mais c'était déjà trop tard. La porte de la cuisine était ouverte et la personne qui en sortit l'avait déjà repéré.

« Qu'est-ce que tu fous là, gamin ? » résonna la voix de Chris dans la pénombre.

Marco prit ses jambes à son cou mais Chris se lança à sa poursuite et la porte du salon s'ouvrit brutalement.

Quand il avait imaginé ce genre de situation par le passé, il avait pensé se réfugier chez un voisin quelque part. Mais ce soir, le quartier paraissait désert. Le vent sifflait dans les arbres et les maisons ressemblaient aux vestiges d'une ville morte. Partout autour de lui, il ne voyait que des fenêtres noires. Dans une seule maison un peu plus bas dans la rue, il distingua le reflet d'un écran de télévision allumé.

Ce fut donc vers cette maison-là qu'il courut, sans trop y croire.

Je n'y arriverai jamais, se disait-il en boucle, tandis qu'une pluie froide éclaboussait son visage. Ils l'auraient rattrapé avant qu'il n'arrive à faire bouger les gens de leur canapé. Il fallait qu'il trouve une autre solution.

Marco regarda derrière lui sans s'arrêter de courir et en faisant attention de ne pas trébucher sur ses pieds nus. Les grands cousins s'étaient maintenant joints à Chris pour le rattraper, et ils couraient vite. Marco se jeta à plat ventre et se faufila par un trou dans une haie à travers lequel aucun d'entre eux n'était assez petit pour passer.

S'il arrivait à traverser ce terrain et à atteindre la route, il avait peut-être une chance.

Un projecteur fixé sur le pignon de la maison s'alluma tout à coup et le jardin fut brusquement inondé de lumière. Les occupants de la maison s'étaient précipités à leur baie vitrée pour regarder dehors, mais Marco était déjà en train de traverser la haie suivante. L'instant d'après il roulait dans le fossé bordant la nationale.

Ils lui criaient de s'arrêter, mais Marco restait concentré sur le flot des voitures et sur la lisière du bois à mi-côte, à plusieurs centaines de mètres.

C'était là qu'il devait aller, car dans quelques instants, ses poursuivants seraient sortis du lotissement et ils arriveraient sur la nationale, eux aussi. S'il ne se cachait pas rapidement, il était fichu.

La lumière bleuâtre d'une paire de phares halogènes apparut au sommet de la colline, éclairant la route mouillée comme une arche lumineuse vers la liberté. S'il courait au milieu de la chaussée et qu'il réussissait à arrêter la voiture, il était sauvé. Et s'il n'y réussissait pas, il se jetterait sous ses roues et ce serait la fin de son calvaire. Plutôt ça que de vivre le restant de ses jours comme un mendiant avec un corps d'infirme comme Myriam.

« Arrêtez ! » cria-t-il à la voiture en agitant les bras. Il courait tout droit vers le halo de lumière comme un papillon de nuit attiré par la flamme.

En regardant en arrière il vit que les autres étaient maintenant arrivés sur la route. À cette distance, il ne parvenait pas à voir qui ils étaient, sans doute les cousins et quelques-uns parmi les plus jeunes, car ils étaient rapides. Il n'avait pas beaucoup de temps devant lui pour stopper la voiture et convaincre le conducteur de l'emmener.

Le conducteur lui faisait des appels de phares frénétiques sans pour autant ralentir l'allure de son véhicule. L'espace d'une seconde, il fut certain qu'il ne s'arrêterait pas et Marco se prépara à mourir. Mais un hurlement de freins retentit et le véhicule entama une série de zigzags le long de la ligne blanche, comme un homme ivre.

Je ne vais pas bouger, sinon il continuera sans s'arrêter, se dit-il en essayant de deviner ce qu'allait faire le type derrière le volant. Il ne voulait à aucun prix qu'il le contourne.

Marco vit tout à coup l'avant de la voiture se dresser devant lui comme la hache du bourreau et enfin le véhicule s'immobilisa avec un crissement strident sur l'asphalte humide. Le genou de Marco touchait le pare-chocs. Il voyait l'homme hors de lui l'injurier derrière le mouvement furieux des essuie-glaces.

Marco alla ouvrir la portière côté passager, avant que le chauffeur n'ait eu le temps de réagir.

« Qu'est-ce que tu fabriques, sale morveux ? hurla le conducteur tout pâle sous l'effet du choc.

— Emmenez-moi. Sinon ces hommes vont m'attraper », supplia Marco, désignant le pied de la colline d'où venaient ses poursuivants.

Le visage du chauffeur passa de la peur à la colère en une seconde.

« Merde ! T'es un sale Paki, en plus ! » s'exclama-t-il, se penchant au-dessus du siège passager et balançant sans prévenir un coup de poing à Marco.

Le coup n'était pas précis mais suffit à faire basculer Marco en arrière sur la chaussée pendant que le type dans la voiture refermait la portière en lui criant qu'il ne voulait rien avoir à faire avec des chimpanzés comme lui.

Marco sentit le bitume lui écorcher la peau à travers le coton fin de son pyjama. Ça faisait mal. Mais ce qui faisait encore plus mal, c'était d'être couché dans le noir et de voir la voiture accélérer et dévaler la pente, le halo des phares éclairant les hommes de Zola.

« Arrêtez-moi cette voiture », dit une voix en contrebas. Le bruit sourd de plusieurs coups de feu suivirent l'ordre, mais sans résultat. Au contraire, le type accéléra, roulant droit sur les hommes qui durent bondir sur le côté pour ne pas se faire écraser. Puis elle disparut au loin.

Les autres ne savaient plus quoi faire. Ils semblaient croire que Marco avait eu le temps de monter dans la voiture avant qu'elle redémarre. Il roula sur le bas-côté et se cacha sous un taillis.

Il se mit à ramper de buisson en buisson, tendant l'oreille pour écouter ce que les hommes au pied de la colline étaient en train de faire. Il écarta quelques branches. Plusieurs adultes s'étaient joints aux autres. À leurs silhouettes, il reconnut Zola, Chris et son père.

Les plus jeunes étaient en train de leur montrer l'endroit où Marco avait fait stopper la voiture, et la direction qu'elle avait prise avant de disparaître. Un coup de poing partit sans sommation et l'un des cousins s'écroula, assommé. La punition pour n'avoir pas réussi à le rattraper n'avait pas tardé à tomber. Il fallait s'y attendre.

Soudain ils se mirent à courir tous ensemble vers l'endroit où il se trouvait. Il fallait qu'il pénètre plus avant dans la forêt et qu'il trouve un endroit où ils n'auraient pas l'idée de le chercher. Il leva prudemment la tête et scruta dans l'obscurité l'interminable succession de troncs. Il tremblait à cause de l'immobilité et de l'adrénaline qui circulait dans ses veines. La pluie imbibait ses vêtements comme une éponge et ses pieds commençaient à souffrir du froid mordant. Dès les premiers pas, il sut qu'il ne pourrait marcher beaucoup plus loin sans chaussures. Ils étaient désormais si près qu'il arrivait à reconnaître leurs voix.

Il y avait tout le monde. Hector, Pico, Roméo, Zola, Samuel, son père et tous les autres. Il entendait même des voix de femmes à travers les arbres.

Marco commença à avoir vraiment peur.

« Je ne l'ai pas vu dans la voiture du gars », affirmait Samuel en italien. Un autre lui répondait en anglais qu'il n'aurait pas pu le voir même s'il avait été à l'intérieur.

Une fois de plus, Samuel le trahissait.

Au milieu du chaos général, la colère de Zola dominait toutes les voix. Il était furieux qu'ils aient laissé le gamin s'échapper, exaspéré que personne ne soit capable de lui dire si, oui ou non, il avait eu le temps de monter dans la voiture, et fou de rage qu'ils aient tiré des coups de feu. À présent, ils allaient devoir mettre toutes leurs activités en veilleuse, leur hurlait-il d'une voix frémissante de colère. Ce serait un manque à gagner énorme, et ceux qui avaient tiré allaient le payer de leur poche. Les jeunes devraient se faire oublier quelques jours, en attendant que ça se tasse. Le conducteur de la voiture irait sûrement voir la police, et si les flics venaient faire leur enquête et poser des questions, il ne fallait pas qu'on les trouve dans le quartier.

« Maintenant je veux que vous fouilliez partout au cas où Marco serait encore dans les parages, et s'il vous échappe encore une fois, je vous autorise à l'abattre. Il est devenu dangereux pour nous tous. »

Marco n'en revenait pas. Ils voulaient le tuer sous prétexte qu'il était dangereux ? Pourtant il n'avait rien fait d'autre que de contredire Zola et de s'enfuir. Il n'en fallait pas plus que cela ? Qu'était-il arrivé à ceux qui avaient déserté le clan avant lui ? Il les avait tués, eux aussi ?

Marco tremblait, avançant à pas prudents. Les brindilles, les pommes de pin et les épines lui transperçaient la plante des pieds et lui lacéraient les chevilles. Au bout d'une centaine de mètres, il se coucha sur le sol. Il avait trop mal et il évoluait trop lentement.

Si je ne trouve pas un endroit où me cacher, ils vont m'attraper, songeait-il en enfonçant les doigts dans la terre qui était glaciale et dure comme de la pierre. Il ne pouvait pas rester là.

Il écarta fébrilement les bras et rampa sur le ventre sur plusieurs mètres à travers l'humus du sous-bois et les aiguilles piquantes des pins.

Après s'être traîné dans la broussaille pendant une bonne minute, il sentit brusquement ses genoux s'enfoncer. Il crut d'abord que le terrain était devenu marécageux, mais ce n'était pas le cas. Il était sec et souple, comme s'il avait été retourné. L'endroit était parfait à tout point de vue.

Il se mit à creuser et plus il s'enfonçait dans la terre plus elle était meuble.

Le trou fut rapidement assez profond pour qu'il puisse se laisser tomber au fond et recouvrir son corps de terre et son visage et ses bras de brindilles.

Maintenant, ils ne me trouveront pas, à moins de me marcher dessus, se dit-il en tâchant de calmer sa respiration. J'espère seulement que Zola n'a pas emmené son chien.

Quelques minutes plus tard, il entendait les branches craquer sous un grand nombre de pieds. Ils arrivaient. Ils se dispersaient en éventail dans le sous-bois, marchant vers l'endroit où il était enterré. La lumière tremblotante de deux lampes torches voletait entre les troncs comme une paire de lucioles.

« Que quelqu'un reste sur la route, qu'il ne puisse pas nous échapper par là. Les autres, vous vérifiez qu'il ne soit pas caché en dessous de quelque chose ! cria Zola. Piquez dans le sol avec un bâton, ce n'est pas ça qui manque. »

Tout de suite, Marco entendit le bruit de branches brisées de tous les côtés – on ne discutait pas les ordres de Zola. Le bruit de leurs pas faisait vibrer la terre, et malgré le froid, leurs bâtons sur le sol gelé de la forêt faisaient jaillir la transpiration sur leur front. Une minute plus tard, la troupe tout entière était autour de lui et, l'instant d'après, ils étaient passés.

Je vais rester couché là, songea-t-il, sentant une odeur fétide et un peu rance lui emplir les narines. Un animal mort devait être enterré quelque part à proximité. Il lui était souvent arrivé de trouver des dépouilles d'animaux dans les bois quand ils vivaient en Italie. Cadavres puants d'écureuils, de lièvres et de toutes sortes d'oiseaux.

Quand Zola et son équipe abandonneraient les recherches, ils reviendraient probablement par le même chemin. S'il n'y avait pas eu un homme posté au bord de la route, il serait retourné d'où il venait et se serait enfui à travers champs.

Mais maintenant, il n'osait plus, alors qu'aurait-il pu faire d'autre qu'attendre, sans plus de bruit qu'une petite souris ?

Au bout d'un long moment, ils revinrent et repassèrent près de lui. Un laps de temps aussi long que le trajet de Marco entre la place de l'Hôtel-de-Ville et celle de Kongens Nytorv, avec la main tendue pour mendier. Il était couché dans la terre glacée depuis presque une heure, sous la pluie qui traversait le parapluie troué du bois de conifères.

Il les entendit, les uns après les autres, frustrés de rentrer de leur chasse bredouilles et contrariés que Marco les ait trahis de la sorte. Certains exprimaient leur crainte de ce qui allait se passer ensuite.

« Je ne donne pas cher de sa peau si on le retrouve », disait une des filles. C'était Sascha, une de celles qu'il préférait.

Les derniers à repasser près du trou où il était enfoui furent son père et Zola, leurs voix étaient facilement reconnaissables.

Tout comme les glapissements du chien.

Marco crut que son cœur allait s'arrêter. Il savait que les chiens avaient un odorat exceptionnel et il retint son souffle, tout en sachant que cela ne servait pas à grand-chose. Soudain l'animal se mit à gémir et à aboyer comme si l'odeur de Marco était devenue son unique préoccupation.

Il a senti que j'étais là, pensa-t-il, les lèvres soudées par la terreur.

Il était perdu.

« C'est à peu près ici qu'on a creusé, dit Zola à voix basse, à quelques mètres de l'endroit où Marco était couché. Le chien est tout excité, on doit être juste à côté. Nom de Dieu, est-ce que tu réalises qu'on est encore plus dans la merde qu'avant ? Et tout ça à cause de *ton* fils. » Il jura, tirant derrière lui le chien qui pleurait de plus belle. « Nous allons devoir être très prudents. On ne sait pas ce que Marco va inventer. Peut-être qu'il faudrait envisager de déplacer le corps. Ce n'est peut-être pas une bonne idée de le laisser enterré aussi près de la maison. »

Marco aspirait très lentement l'air entre ses dents. Sa haine pour Zola grandissait à chaque inspiration. Le simple son de sa voix lui donnait envie de bondir de son trou et d'aller lui cracher au visage, mais il se retint.

Lorsque les bruits de pas et les voix se furent enfin éteints, Marco sortit prudemment de sa cachette. Plus tard dans la nuit ou demain matin, Chris et Zola reviendraient peut-être avec le chien et il ne voulait pas prendre ce risque.

Il fallait qu'il parte. Loin.

Il réussit avec difficulté à soulever ses bras engourdis de froid et à repousser la terre qui l'ensevelissait.

Il tâtonnait maladroitement autour de lui pour se dégager, sentant les manches du pyjama s'accrocher dans les branches et les brindilles. C'est alors que sa main entra en contact avec une masse collante qui recouvrait un objet dur. Une odeur fétide l'enveloppa comme une vague de mort.

Il retint instinctivement sa respiration en continuant à lutter pour s'extraire de son trou et essaya d'identifier ce qu'il avait touché. Dans le faible éclairage de la lune, c'était presque impossible. Il se pencha, les narines collées, et il vit ce que c'était.

Cette fois, son cœur s'arrêta l'espace de quelques battements, car juste devant son visage se trouvait une main humaine. Cinq doigts raides et écorchés et des ongles qui avaient la couleur de la terre.

Marco fit un bond en arrière. Il resta un long moment accroupi à plusieurs mètres de la tombe, les yeux rivés sur le bras du mort, tandis que la pluie lavait peu à peu le visage et le torse dont la peau partait en lambeaux.

« C'est à peu près ici qu'on a creusé », avait-il entendu Zola dire à son père. Et lui, Marco, s'était caché dans le trou dont ils parlaient.

En compagnie d'un cadavre humain.

Marco se leva. Ce n'était pas la première fois qu'il voyait un mort, mais c'était la première fois qu'il en touchait un, et il n'avait pas envie de renouveler l'expérience.

Il réfléchit longuement à ce qu'il allait faire. Sa découverte lui offrait une chance de faire arrêter Zola et d'être enfin libre, et d'un autre côté, il ne pouvait pas la saisir. Son père avait aidé à enterrer le cadavre, peut-être même plus que cela. Et c'était ce qui faisait toute la différence.

Tandis qu'il réfléchissait et s'habituait progressivement à l'odeur, il réalisa qu'il n'avait aucun moyen de s'en prendre à Zola sans toucher son père en même temps. Et bien que son père soit faible et soumis à son frère, Marco l'aimait. Comment aurait-il pu en être autrement ? Il était tout ce qu'il avait au monde. Comment pourrait-il aller voir la police et lui demander son aide ? Ce n'était pas envisageable. Ni maintenant, ni plus tard.

Ni jamais.

Marco se sentit glacé. Le monde était tout à coup devenu un endroit beaucoup trop grand pour lui. En un terrible instant la réalité s'imposa à lui. En dehors du clan, pour lui, il n'y avait que la rue. Désormais, il était livré à lui-même. Il n'y aurait plus de fourgonnette pour venir le récupérer à la fin de la journée. Plus personne pour veiller à ses repas. Personne au monde qui sache qui il était, ni d'où il venait.

Il n'était pas certain de le savoir lui-même.

Il pleura un peu puis il s'arrêta. Dans le monde où il avait vécu on ne connaissait pas la pitié et on ne s'apitoyait pas non plus sur soi-même.

Il baissa les yeux sur son pyjama. C'était la première chose à laquelle il devait remédier. Il pouvait bien sûr cambrioler une maison, mais il préférait laisser les cambriolages nocturnes à d'autres. Les Danois avaient le sommeil léger. Il y en avait qui restaient devant la télévision jusqu'à quatre heures du matin et la nuit rend l'ouïe plus fine.

Il fouilla le sol du pied. Peut-être y avait-il dans cette tombe quelque chose qui pourrait lui être utile. Il ramassa une branche et se mit à creuser autour des épaules jusqu'à ce qu'il voie entièrement le torse nu de l'homme.

Malgré l'obscurité et la saleté, il distinguait parfaitement ses traits avec des pommettes hautes et un nez droit. C'était également l'homme le plus roux que Marco ait jamais vu. Il était difficile de deviner son âge car la peau de son visage était presque en état de liquéfaction. En plein jour, cette vision aurait probablement été aussi atroce que l'odeur.

Je ne trouverai rien là-dedans, se dit-il avec une immense peine, en regardant cette main crispée et tordue qui semblait essayer d'attraper quelque chose. Peut-être la vie elle-même. Pour l'homme qui gisait dans ce trou, Zola avait également été synonyme de malheur.

Soudain il aperçut un fermoir accroché au pouce momifié du cadavre. Combien de fois avait-il ouvert une attache comme celle-là quand il volait un collier à une de ses victimes ?

Il tira sur la chaîne, faisant céder les os. Le bijou s'échappa de la main qui le tenait.

Le bijou était lourd et original. En tout cas, Marco n'en avait jamais vu de semblable. Il était fait de nombreux cordons et de morceaux de corne. De petits masques en bois pendaient ici et là et on ne pouvait pas le qualifier de joli. Il était surtout très spécial.

Spécial certes, mais sans valeur.

Juste une de ces breloques africaines.

4

Printemps 2011

« Qu'est-ce qui se passe ? » demanda Carl en voyant la large carrure de Tomas Laursen, ancien technicien de la police scientifique et actuel gérant de la cantine sous-dimensionnée de l'hôtel de police, s'inscrire dans l'encadrement de la porte des cuisines. « Qu'est-ce que ces affreux drapeaux fichent sur la table ? Vous fêtez mon retour de Rotterdam, c'est ça ? C'est gentil ! Je vous ai manqué ? Je ne suis parti qu'une seule journée, pourtant ! »

S'il n'avait pas prévu d'aller chercher cette fantastique bague pour Mona et si la bijouterie n'avait pas été tout près de l'hôtel de police, et surtout s'il n'avait pas eu aussi envie d'une tasse de café, il serait rentré directement chez lui de l'aéroport.

Il réalisait maintenant qu'il aurait mieux fait.

Il regarda autour de lui en secouant la tête. Qu'est-ce que c'était que ces conneries ! Il avait atterri à un goûter d'anniversaire ? Un de ses collègues se mariait pour la troisième ou quatrième fois dans la naïve croyance qu'enfin l'enterrement de première classe qu'on appelait le mariage allait durer ?

Laursen sourit. « Salut, Carl. Non, désolé de te décevoir. C'est Lars Bjørn qui revient parmi nous. Lis a fait un peu de déco. Le patron réunit tout le monde pour un pot de bienvenue dans une petite demi-heure. »

Carl fronça les sourcils. Lars Bjørn revenait ? Il revenait d'où ? Carl ne s'était même pas aperçu qu'il était parti.

« Euh… Il revient d'où ? De Legoland ? »

Laursen posa une assiette remplie d'une substance verte, qui n'avait rien d'appétissant, devant le type assis à côté de Carl. Carl se dit que son voisin allait vite regretter son choix.

« Ah bon ! Tu n'es pas au courant ? C'est bizarre. Il rentre de Kaboul. » Il rit. « Si tu y arrives, évite de claironner ton ignorance. Ça fait deux mois que le commissaire adjoint est parti. »

Carl jeta un coup d'œil de côté. Est-ce que c'était à cause de cette insignifiante preuve de distraction que la fourchette de son compagnon de table tremblait sur le trajet jusqu'à sa bouche ? Honnêtement, qui des deux était le plus comique ? Lui ou Lars Bjørn qui n'avait manqué à personne ?

« Deux mois, répéta Tomas, tu te rends compte ?

— Kaboul ? C'est plutôt malsain comme destination. Qu'est-ce qu'il est allé foutre là-bas ? » Carl avait du mal à s'imaginer ce premier de la classe en tenue de camouflage. « Tu sais s'ils ont pensé à vérifier s'il était vraiment rentré en vie ? Ça risque d'être dur à voir avec son physique de momie, dit-il tandis que le chargement de verdure dégringolait de la fourchette de son voisin qui était brusquement prise de trépidation.

— Lars Bjørn est allé là-bas pour entraîner les forces de police locales », expliqua Laursen en s'essuyant les mains sur le torchon noué autour de sa taille – qui s'était considérablement arrondie depuis son entrée en fonction. S'il avait l'intention de continuer à s'occuper de cette cantine, il allait devoir s'acheter des torchons plus grands.

« Ah, vraiment ? Pourquoi est-ce qu'il n'est pas resté là-bas, alors ? »

Carl jeta un coup d'œil autour de lui. Sa remarque lui valait quelques regards offusqués, mais il n'en avait que faire. S'il n'avait tenu qu'à lui, ils pouvaient tous aller prendre leurs quartiers au fin fond du désert afghan et faire connaissance avec ses mines antipersonnelles.

« Je te remercie, Carl, dit une voix derrière lui. Je suis content d'apprendre que tu m'apprécies à ma juste valeur. »

Quinze paires d'yeux se dirigèrent derrière Carl et des sourires ironiques apparurent sur autant de visages. L'inspecteur Mørck se retourna tranquillement, pensant tomber sur une figure dans toutes les nuances de rouge de la planète.

Mais Lars Bjørn était magnifique et il ne l'ignorait pas. Agaçant ! Son corps chétif semblait avoir été recouvert d'un cuir pleine peau et le soleil avait accompli la prouesse de redresser son dos et d'élargir ses épaules. Il avait tout à coup l'air plus grand, peut-être à cause de la salade bariolée qui pendait au-dessus de sa poche de poitrine gauche, sur quatre rangées.

Carl hocha la tête, admiratif. « Eh bien alors, mon vieux ! Tu les as eus quand même, les croix, les rubans et les étoiles, je te félicite sincèrement. Avec un peu de chance, la prochaine fois ce sera l'insigne de chevalier scout ! »

Carl sentit que Laursen tirait doucement sur sa chemise, mais il s'en fichait. Que pourrait lui faire Lars Bjørn qu'il ne lui ait déjà fait ?

« Tu es sûr que c'est Assad qui a pris un coup sur la tête et pas toi, Carl Mørck ? Comment va-t-il, au fait ?

— Je te remercie de ta sollicitude, Bjørn. Tu n'as pas mis longtemps à remettre ta casquette de responsable du personnel, dis-moi ? Mais pour répondre à ta question, il va relativement bien, il devrait être à nouveau opérationnel dans quelques semaines. Et Dieu soit loué, j'ai encore Rose. »

Plusieurs personnes dans le réfectoire s'autorisèrent un sourire en coin quand il mentionna son assistante et il souhaita vivement pour eux qu'ils en restent là. Sinon, ils allaient prendre son poing sur la gueule. Il n'y en avait pas un dans cette turne qui arrive à la cheville de Rose.

« J'ai l'impression qu'Assad a encore la figure un peu de travers, non ? » fit remarquer Laursen. Il était probablement le seul ici à l'avoir remarqué.

« C'est vrai, dit Carl, mais heureusement, à l'hôtel de police, ça ne se remarque pas ! Il y a tellement de tordus ! » En disant cela, il regardait Bjørn qui était à la caisse en train de payer ses consommations. Contre toute attente, celui-ci décida d'ignorer l'affront.

Carl reprit : « L'hémorragie cérébrale consécutive aux coups a affecté son sens de l'équilibre et le contrôle de ses muscles faciaux. Il va être suivi régulièrement pendant tout le printemps et il est toujours sous traitement. Je commence à me dire qu'il va s'en sortir, et nous sommes tous soulagés. Il a encore quelques problèmes d'élocution, bien sûr, mais ça, on est habitués. »

Il fut le seul à rigoler. Tant pis pour eux s'ils n'avaient pas le sens de l'humour.

Bjørn glissa son portefeuille dans sa poche arrière et se tourna vers lui. Cette fois, ses yeux brillaient d'une lueur méchante, l'expression qui le caractérisait le mieux.

« Je suis vraiment content qu'Assad fasse autant de progrès, Carl. Il n'y a plus qu'à espérer qu'il en ira de même pour toi dans tes bas-fonds. Peut-être faudrait-il que nous nous occupions un peu plus de toi, à l'avenir ? Ne serait-ce que pour savoir quand tu as besoin de notre aide. Qu'est-ce que tu en penses ? »

Puis s'adressant à Laursen : « Merci pour l'accueil, Tomas, vous avez bien fait les choses. C'est un plaisir de rentrer chez soi, pas vrai, Mørck ? Tu rentres toi-même de Hollande, je crois ? »

Carl retourna à Bjørn son regard de serpent quand celui-ci passa près de lui avant de disparaître dans l'escalier. À première vue, le cobra n'était pas mort de soif, là-bas, dans le désert.

« Crétin », entendit Carl derrière lui. Il n'eut pas le temps de voir d'où venait l'insulte.

De nouveau il sentit que Laursen tirait sur sa chemise. Il souhaitait que la paix règne sur son domaine.

« Alors, raconte, Carl, que dit le rapport de nos collègues hollandais ? lui demanda-t-il pour changer de sujet. Ils ont trouvé des points communs entre les meurtres au pistolet à clous de Schiedam et ceux d'ici ? »

Carl haussa les épaules, énervé. « Leur rapport était nul. J'ai perdu mon temps.

— Et ça te met de mauvaise humeur ? »

Carl regarda longuement Tomas Laursen. Il n'y avait pas grand monde à l'hôtel de police qui se donnait la peine de lui poser des questions aussi élémentaires, mais d'un autre côté, il n'y en avait pas beaucoup à qui il aurait eu envie de répondre, surtout parmi les crétins qui l'entouraient en ce moment.

« Un bon policier n'aime pas qu'une affaire ne soit pas résolue. » Il regarda autour de lui. Voilà qui leur donnerait matière à réflexion. « Surtout quand les gars avec qui il faisait équipe se sont fait tirer dessus.

— Comment va Hardy, à propos ?

— Hardy est toujours chez moi. Je pense qu'il y restera jusqu'à ce que l'un de nous aille manger les pissenlits par la racine. »

Son voisin mangeur de verdure hocha la tête.

« Tu es un vrai connard, Carl, mais je te tire mon chapeau de t'occuper de lui comme tu le fais, je n'en connais pas beaucoup qui feraient la même chose. »

Le front de Carl se plissa. Il sourit même un peu. Ça fait un drôle d'effet d'entendre ce genre de compliment de la part d'un collègue, surtout quand c'est la première fois.

La fête battait son plein dans les bureaux de la police criminelle et le nombre de drapeaux danois suspendus dans le local relativement étriqué frisait le ridicule. On se serait cru sur la place du Palais-Royal le jour de l'anniversaire de la reine ou bien à l'université d'été du parti nationaliste « Danemark ».

« Salut, Lis. Vous avez complètement pété les plombs ou quoi ? Le fournisseur de Dannebrog vous a fait un prix de gros, j'espère ! »

L'élément le plus réjouissant du département A pencha la tête de côté. « Arrête de faire le malin, Carl ! Je te promets que je mettrai les mêmes drapeaux le jour où ce sera toi qui rentreras d'Afghanistan.

— Ah bon ? » dit-il, en se délectant dans la contemplation des fossettes qu'elle avait au coin des lèvres. Cette fille savait manier l'érotisme dans sa version la plus subtile et Carl adorait ça. Même Mona n'était pas en mesure de produire un sourire qui frappe un homme au-dessous de la ceinture à ce point-là. « Je crains malheureusement que ces drapeaux n'aient le temps de moisir avant que cela n'arrive ! Marcus est dans son bureau ? »

Elle montra la porte du doigt.

Le chef de la criminelle, Marcus Jacobsen, était assis devant sa fenêtre en train de contempler les toits de Copenhague, les lunettes remontées sur son front. Son visage exprimait un sentiment à mi-chemin entre une lassitude extrême et un désespoir insondable. Bref, ce n'était pas la grande forme. Mais quand on voyait les tas de dossiers qui s'accumulaient autour de lui et qui commençaient à faire ressembler son bureau à un entrepôt d'usine à papier, on s'étonnait qu'il n'ait pas cette tête-là tous les jours.

Il fit pivoter son fauteuil de bureau vers Carl et le regarda avec le même regard affligé qu'on a pour ses enfants sur la banquette arrière, quand, à dix kilomètres de Copenhague, ils vous demandent pour la dixième fois si « c'est encore loin l'Italie ».

« Alors, Carl ? » s'enquit-il avec l'air de ne pas avoir envie d'entendre la réponse. C'est vrai qu'il en avait déjà bien assez sur les bras.

« C'est la fête ! dit Carl, avec un signe du pouce vers la réception. Le feu d'artifice est à quelle heure ?

— Il ne va pas tarder. Et la Hollande ? Tu as appris quelque chose qui puisse nous éclairer sur nos meurtres au pistolet à clous ? »

Carl secoua la tête. « Ce voyage m'a surtout prouvé qu'il n'y a pas que chez nous que les policiers font des conneries. Si ce qu'ils m'ont donné est une étude de fond sur les assassinats perpétrés au pistolet à clous ces dernières années sous ces latitudes, moi je suis le pape. Je n'ai pas pu en tirer la plus petite conclusion. Le seul rapport digne de ce nom était celui que Ploug avait fait sur les crimes d'Amager et de Sorø. L'enquête de nos homologues hollandais est nulle. Pas d'expertise technique, des rapports superficiels, et des délais d'intervention trop longs. Bref, rien qui nous permette d'avancer, sauf si tout à coup ils apprennent quelque chose de nouveau. Franchement agaçant, à vrai dire.

— Je vois. J'en conclus que je n'aurai pas le plaisir de lire un de tes rapports merveilleusement détaillés et saupoudrés de trouvailles très personnelles ? »

Carl prit un instant pour laisser résonner la note ironique. Il ne s'était pas trompé, il se passait quelque chose d'anormal dans le bunker du commandement.

« En fait je ne venais pas te voir pour ça.

— Ah vraiment ? Alors à quoi dois-je l'honneur de ta visite, Carl ?

— J'ai un problème. Assad n'est pas encore à son maximum et du coup on tourne au ralenti, en bas. J'en profite pour faire un peu de rangement dans mon *portefeuille.* » Il adorait ce mot. Précisément parce qu'il ne voulait rien dire. « Le problème, c'est que j'ai du mal à me concentrer. Comme nous n'avons pas d'affaires en cours, Rose me dérange sans arrêt. Alors je me demandais si on ne pourrait pas faire d'une pierre deux coups et profiter de cette période pour l'envoyer en formation. Est-ce que tu ne pourrais pas l'utiliser sur le terrain avec une de tes équipes pendant quelques jours ? J'ai besoin qu'elle gagne un peu d'expérience, qu'elle apprenne à interroger les témoins, etc. Je me suis dit qu'elle pourrait aller travailler avec les gars de Terje Ploug ou de Bente Hansen. Je les entends tout le temps se plaindre qu'ils manquent d'effectifs. »

Il plissa les yeux et espéra. Pendant son absence, Rose avait eu le temps de rédiger une longue liste d'affaires auxquelles elle voulait qu'ils s'attaquent. S'il ne se dépêchait pas de détourner son super tanker chargé d'énergie superflue, en moins de dix secondes, il allait se retrouver avec du boulot jusqu'au cou.

« Le manque d'effectifs ! C'est l'histoire de ma vie, Carl ! » Le sourire qui accompagnait sa phrase était un peu amer. Marcus Jacobsen se mit à tripoter son paquet de cigarettes sur la table. « Et pour ce qui est de former Rose, tu vas devoir te débrouiller tout seul. Personne dans ce département n'a envie de l'avoir dans les pattes. Rose n'a pas terminé ses études à l'école de police, elle n'est pas diplômée et elle n'a rien à faire dans les rues de Copenhague, Carl. Tu sembles l'avoir oublié.

— Je n'ai rien oublié du tout. Pas même que depuis le début de l'année nous avons, en partie grâce à elle, abattu un sacré boulot et résolu deux affaires malgré le fait qu'Assad soit toujours partiellement en arrêt maladie. Tu ne crois pas qu'on peut considérer que Rose a terminé ses études ? Moi je crois que si. En outre nous n'avons aucune enquête en cours en ce moment au département V. Je suis en train d'étudier les dossiers à mon rythme et je n'ai pas envie de la voir tourner en rond pendant ce temps-là. Ça me rend nerveux. »

Marcus Jacobsen se redressa dans son fauteuil. « Maintenant que tu le dis, j'ai effectivement une affaire sur les bras dans laquelle elle pourrait nous être utile. Mais avant de la lâcher dans la nature toute seule au risque qu'elle fasse des bêtises, je voudrais que tu l'accompagnes un jour ou deux. Entendu ? »

Il tira un dossier à dix centimètres du sommet d'une pile qui en faisait cinquante. Si c'était bien le dossier qu'il cherchait, c'était un coup de maître.

« Voilà, dit-il en tendant la chemise cartonnée à Carl, comme si ce qu'il venait de faire n'avait rien d'extraordinaire. Sverre Anweiler. Principal suspect dans l'incendie criminel d'une péniche d'habitation dans le port sud. Je n'ai pas lu le rapport en détail mais il me semble qu'il est question d'une escroquerie à l'assurance. Il y a malheureusement aussi mort d'homme. Anweiler a disparu au moment où le bateau dont il était propriétaire a explosé et coulé. Ce qui tombait assez mal parce qu'une dénommée Minna Virklund, était à l'intérieur et qu'elle a trouvé la mort dans l'explosion. »

« Trouvé la mort », une expression que Marcus employait de plus en plus souvent. Un peu cynique peut-être, même dans un commissariat.

« Qu'entends-tu par "trouver la mort" ? Elle s'est noyée, elle a brûlé vive ?

— Aucune idée. Tout ce que je sais, c'est que son corps est maintenant réduit à un petit paquet carbonisé flottant dans les eaux du port sous les morceaux de l'épave.

— Sverre Anweiler. C'est un étranger ?

— Oui, un Suédois. Les recherches n'ont rien donné. Il s'est littéralement volatilisé.

— Peut-être que lui aussi est un petit paquet carbonisé au fond du port ?

— Non, on a vérifié.

— Alors il doit être en Suède, planqué dans une ferme isolée de Botnie septentrionale.

— C'est une possibilité, mais il est tout de même étrange qu'un an et demi après le drame il ait brusquement réapparu au Danemark. Il a été repéré par hasard dans le quartier d'Østerbro lors du visionnage des bandes d'une caméra de surveillance. Très exactement le mardi 3 mai. Tiens ! »

Marcus tendit à Carl une cassette et une photo de l'homme. Il était difficile de trouver visage plus commun. Un front haut, des cheveux fins et blonds, des yeux bleu foncé sous des paupières pâles et dépourvues de cils. On aurait dit le visage d'un petit enfant fragile. Le genre de visage qu'on peut maquiller à le rendre méconnaissable par un simple grain de beauté sur une joue.

« Un enregistrement de caméra de surveillance ? Où ça ? »

Le chef de la criminelle haussa les épaules. « Il y en a dans tous les quartiers de Copenhague de nos jours.

— Ça ne va pas être facile, Marcus. Comment avez-vous fait pour reconnaître un visage de mannequin de cire comme celui-là ? Il ressemble à la fois à n'importe qui et à personne.

— Regarde la cassette, lis le rapport et tu le sauras. »

Carl secoua la tête. Il venait de se faire avoir. « Bon, si ça peut te faire plaisir, j'irai moi-même enquêter avec Rose, mais une seule journée, Marcus, je te préviens. Je soupçonne cette affaire d'être dangereusement chronophage.

— C'est toi qui as eu l'idée, Carl, tu fais comme tu le sens. »

Le patron eut de nouveau cet air las et résigné qui lui ressemblait si peu.

« Tu dois être content que Lars Bjørn soit rentré au bercail, non ? dit Carl pour essayer de lui remonter le moral.

— Oui. Ah, et autre chose, Carl. La réunion de budget a lieu demain et il fallait que je te dise que, pour l'instant, il n'y a rien de changé mais que ça risque de ne pas durer. Maintenant qu'on a rapatrié Bjørn, l'organigramme va être un peu modifié dans la maison, en attendant que tout se mette en place. »

Carl était perplexe. « Bjørn a été rapatrié ?

— Il devait rester là-bas un mois et demi de plus, mais c'était plus pratique de faire comme ça.

— Je suis largué. "En attendant que tout se mette en place" ? Qu'est-ce qui est plus "pratique" ? Que se passe-t-il au juste ?

— C'est vrai, excuse-moi ! Tu étais en Hollande, tu n'étais pas là pour l'assemblée générale extraordinaire qui s'est tenue hier. Tu ne peux pas être au courant. Est-ce que je t'ai demandé comment ça s'est passé à Rotterdam, au fait ? »

Carl haussa les épaules. « Tu peux me dire ce qui se passe, Marcus ?

— Rien de grave. C'est juste que ma femme et moi avons décidé de prendre notre retraite avant que le gouvernement nous la sucre complètement.

— Ta retraite ? Tu n'as pas l'âge de la retraite, Marcus !

— Tu te trompes. Et au fait, vendredi, c'est mon dernier jour de boulot. » Marcus Jacobsen sourit tristement. « Vendredi 13. Ça devrait me porter chance. »

Carl ouvrit de grands yeux. Vendredi ! Mais c'était dans trois jours !

Il ne pouvait même pas en être question !

Carl jura sans interruption pendant toute la descente de l'escalier en colimaçon qui menait à la cave. La criminelle sans Marcus Jacobsen lui semblait inconcevable. Mais que Lars Bjørn risque de prendre sa place était tout simplement insupportable. Il préférait encore partir à bicyclette pour les îles Lofoten et se faire bouffer par les moustiques. Sacré douche froide pour un mardi comme les autres.

« Tu as l'air d'un concombre confit au vinaigre », dit sèchement une voix venant de plus bas dans l'escalier. C'était Børge Bak qui, à son habituelle allure de gastéropode, montait des objets volés de la réserve à un inspecteur qui croyait avoir trouvé leur propriétaire.

« J'en ai autant à ton service, lui répliqua Carl, prêt à sauter une ou deux marches pour mettre plus vite de la distance entre eux.

— Il paraît que ton voyage en Hollande n'a pas été une grande réussite ? Mais je suppose que ça t'arrange ? »

Carl stoppa net. « On peut savoir ce que tu veux dire ?

— Oh, juste que cette affaire commençait à prendre de telles proportions que cela risquait de devenir un peu compliqué pour toi !

— Pourquoi compliqué ?

— On entend des choses. »

Carl fronça les sourcils. Si ce naze avec sa mèche ramenée sur son crâne chauve ne disparaissait pas dans la seconde, il allait déterrer la hache de guerre avant qu'il ait eu le temps de comprendre ce qui lui arrivait ! Et avec plaisir, en plus.

Bak le vit dans ses yeux.

« Bon, eh bien comme tu vois, j'ai un truc à rendre à son propriétaire légitime. Je te dis à bientôt, Carl ! »

Il avait eu le temps de lever son pied de trois centimètres en direction de la marche suivante quand la main de Carl se referma sur son col de chemise.

« On entend quelles choses, Bak ?

— Lâche-moi, dit-il d'une voix étranglée. Sinon je te jure que tu vas avoir droit à la procédure disciplinaire à laquelle tu as échappé après l'épisode d'Amager. »

Une procédure disciplinaire ? De quoi parlait-il ? Carl resserra sa prise, faisant naître trois plis supplémentaires sous le menton de Børge Bak. « Je vais te dire une bonne chose, mon vieux. À partir de maintenant… »

Il s'interrompit en entendant des pas dans l'escalier et lâcha son collègue lorsqu'un jeune homme gigantesque passa à côté d'eux en essayant de se faire tout petit, un sourire idiot sur les lèvres. Il s'agissait de la dernière plaie tombée sur l'hôtel de police, un type qui, de tous les noms improbables qu'on peut donner de nos jours à un enfant au Danemark, s'était vu affublé de celui de Gordon. Un grand échalas. Des fémurs comme des bâtons de ski, de grands bras de singe gibbon, une coupe de cheveux d'élève de pensionnat anglais et, pour faire bon poids bonne mesure, une grande gueule qu'il avait du mal à fermer. Pas de quoi renforcer la crim' de Copenhague.

Carl hocha la tête à contrecœur à l'intention du phare ambulant et se tourna à nouveau vers un Bak congestionné.

« Je ne sais pas à quoi tu fais allusion, Bak. Mais si un jour tu as assez de couilles pour me l'expliquer, je te suggère de venir me voir dans mon bureau à la cave et de me le dire en face. D'ici là, je te conseille de monter une cloison blindée autour de celui des objets trouvés. Cela t'évitera d'écouter des rumeurs sans fondements. Elles te vont très mal au teint, Børge Bak. »

Il le repoussa et continua sa descente vers le sous-sol. S'il faisait abstraction du contenu de la jolie petite boîte tapissée de soie qu'il avait dans la poche de sa veste, et de son impatience à voir la réaction de Mona, cette journée avait été ridiculement pourrie. Il avait failli vomir dans l'avion cinq minutes avant de décoller de l'aéroport de Schiphol, Marcus avait décidé de les laisser en plan, Lars Bjørn était déjà pratiquement assis sur son trône et maintenant ça ! Il aurait décidément dû rentrer directement chez lui.

Au diable Børge Bak et ses semblables. Quoi que les gens puissent penser de la fusillade d'Amager et du rôle que Carl avait joué dans cette foutue affaire de meurtres au pistolet à clous, ils devaient respecter le droit d'un collègue à se défendre contre les accusations portées contre lui, y compris celles qui l'étaient derrière son dos. Il en avait tellement marre de ces conneries.

Il trouva Assad en train de rouler son tapis de prière dans un lourd parfum de fruits caramélisés et d'encens, au milieu du vacarme des travaux au fond du corridor.

Hormis l'asymétrie provisoire de son visage et une pâleur inhabituelle chez un homme originaire du Moyen-Orient, il avait plutôt bonne mine.

« Content que tu sois là, Assad », dit Carl en évitant de regarder l'heure à la pendule. Assad avait encore deux semaines de convalescence et Carl devrait attendre jusque-là pour se plaindre de son absentéisme.
« Tu vas bien ? lui demanda-t-il par automatisme.

— Là, maintenant, je vais assez bien, en fait. »

Carl regarda son assistant, incrédule. Il avait besoin d'entendre ça une deuxième fois.

« Tu vas assez bien, c'est ça que tu m'as dit ? »

Assad le regarda, les paupières lourdes. « Ne vous inquiétez pas, chef, ça va passer ! »

Il posa le rouleau du tapis contre l'étagère et tendit la main vers la substance caramélisée en s'appuyant au bord de la table. N'importe qui aurait besoin d'un point d'appui avant de s'attaquer à cette mélasse.

Carl donna une tape amicale sur l'épaule de son équipier. Assad s'en était quand même drôlement bien sorti après les sévices dont il avait été victime en décembre. Les médecins l'avaient dit, d'ailleurs. S'il n'avait pas eu la tête aussi dure et une telle condition physique, le coup qu'il avait pris aurait dû, dans le meilleur des cas, le transformer en légume et, dans le pire, il aurait pu le tuer. Quelques ruptures de vaisseaux supplémentaires dans son cerveau et il y passait. Mais à part la dépression, les maux de tête, la démarche en crabe, le relâchement des muscles de son visage du côté droit et quelques autres petits bobos, il était déjà presque comme neuf. Si on osait, on parlerait de miracle.

« J'ai longuement pensé à Hardy, Carl. Comment va-t-il, maintenant ? »

Carl respira profondément. La question n'était pas facile. Car depuis que Morten avait commencé à roucouler avec son physiothérapeute, et depuis que ce Mika s'était mis à utiliser ses compétences et sa masse musculaire plutôt dense sur les membres inertes de Hardy, il s'était produit un certain nombre de phénomènes assez inexplicables.

Il y a deux ans de cela, les spécialistes du dos avaient sans hésitation condamné Hardy à la position allongée pour le restant de ses jours. Mais à présent, Carl était beaucoup moins convaincu par leur diagnostic.

« Je ne sais pas très bien quoi dire. Avant, il avait des douleurs fantômes. Maintenant, c'est différent, mais je ne sais pas très bien comment le définir. »

Assad se gratta la nuque. « Je ne parlais pas du fait qu'il ne peut pas bouger, chef. Je pensais à ce qui se passe dans sa tête. »

Assad avait accroché de nouveaux posters sur ses murs. Peut-être parce qu'il avait été obligé de lever le pied et qu'il avait eu plus de temps, ou alors c'était l'état du monde qui l'avait motivé. Quoi qu'il en soit, ses anciennes reproductions de bâtiments orientaux encadrées de frises très exotiques avaient été remplacées par un petit portrait d'Einstein tirant la langue et un autre, plus grand, représentant un homme mince armé d'une guitare électrique portant un patronyme que Carl avait du mal à prononcer. Le texte au-dessus de la photo disait : « Mahmoud Radaideh and Kazamada perform in Beirut. »

« Tu as changé la déco ! » dit Carl en désignant l'affiche. Il fut sur le point de demander à Assad de lui parler de l'artiste, mais ce fut inutile.

Assad n'avait pas l'air d'être vraiment là. Son visage si mobile en temps normal semblait comme désactivé, et ses épaules tombaient tristement sous sa chemise à carreaux. Il lui arrivait d'être ainsi.

« J'ai un CD, je vous le fais écouter ? » lui proposa Assad, la tête visiblement ailleurs, joignant le geste à la parole. Il appuya fermement sur le bouton de lecture du magnétophone et Carl n'eut pas le temps de s'enfuir qu'une explosion de son éclata dans le minuscule bureau.

« Waouh ! » cria-t-il en jetant par un réflexe de fuite un regard affolé vers la porte.

Cette musique n'était pas de la petite bière.

« Kazamada. C'est le nom du groupe. Ils jouent avec plein d'artistes du monde arabe ! » hurla Assad.

Carl hocha la tête. Il n'en doutait pas. Le problème étant qu'on avait l'impression qu'ils jouaient avec tous ces artistes en même temps.

Il appuya délicatement sur le bouton « stop ».

« Tu m'as posé une question à propos de Hardy et de sa tête, dit-il dans un silence assourdissant. Mika le fait rire très souvent, mais je crois malheureusement que Hardy ne va pas très bien dans sa tête. Il dit qu'il gamberge tout le temps. Qu'il pense à toute cette vie qui lui échappe. Aux choses qu'il s'était promis de vivre quand il aurait le temps. Il ne peut plus rien faire du tout, Assad. Nous l'entendons sangloter tout doucement la nuit mais il n'a pas envie d'en parler avec nous. Ce ne sont pas des choses faciles à entendre.

— Les choses qu'il s'était promis de vivre quand il aurait le temps... » Assad hocha la tête, pensif. « Je crois que je comprends ça mieux que n'importe qui, alors. »

Carl posa les yeux sur les fines et douloureuses rides qui plissaient le visage d'Assad. « Tu es probablement un peu déprimé, toi aussi, Assad, et c'est normal après ce qui t'est arrivé. Moi aussi je t'avoue que…

— Vous vous trompez, chef. Je ne parle pas de l'agression que j'ai subie. Je parle d'autre chose. Quelque chose de tout à fait différent. »

Assad parut à nouveau se replier sur lui-même.

S'il était de cette humeur-là, Carl pouvait aussi bien lancer sa grenade tout de suite. « J'ai une mauvaise nouvelle à t'apprendre, Assad. Marcus Jacobsen s'en va. »

Assad se tourna lentement vers Carl. « Il s'en va ?

— Oui, vendredi.

— Vendredi ? Déjà ? »

Carl acquiesça, se demandant si son assistant tournait soudain au ralenti ou si les processeurs de sa carte mère avaient grillé et l'empêchaient de traiter l'information.

Allez, reviens parmi nous, mon vieux, songeait-il tout en rapportant à Assad le contenu de son entretien avec le patron. « Du coup je crois que nous allons devoir nous coltiner Lars Bjørn, le Ciel nous protège !

— C'est bizarre, alors », dit Assad, le regard dans le vague.

« Bizarre », il avait dit bizarre. Ce n'était pas le commentaire auquel Carl s'attendait.

« Pourquoi bizarre ? C'est horrible ! C'est épouvantable ! Mais qu'est-ce que ça a de bizarre ? »

Assad se mordit la joue pendant un petit moment, probablement reparti sur une autre planète. « Bizarre qu'il ne m'en ait pas parlé », dit-il alors.

Carl fronça les sourcils. « Pourquoi t'en aurait-il parlé, Assad ?

— C'était moi qui gardais la maison de Lars Bjørn, et tout ça pendant que sa femme et lui étaient en Afghanistan et j'étais là quand ils sont rentrés hier soir. »

Hein ? Qu'est-ce qu'il venait de dire ?

Assad eut un geste de recul et réagit comme s'il avait été sur le point de s'endormir et qu'il se réveillait brusquement. Ses yeux étaient écarquillés, l'expression de son visage impénétrable, sa bouche entrouverte, il avait presque l'air effrayé.

« Tu t'es occupé de la maison de Lars Bjørn pendant deux mois ? Mais pourquoi toi ? Et pourquoi est-ce que je ne suis pas au courant ? Comment se fait-il que tu le connaisses assez bien pour qu'il te confie sa maison ? Et sa femme, qu'est-ce qu'elle est allée faire à Kaboul ? Elle est infirmière, ou quoi ? »

Assad gardait les lèvres pincées et son regard se promenait dans le bureau comme s'il était en train de réfléchir à une réponse crédible. Tout cela était vraiment étrange.

Tout à coup, ses narines s'élargirent, il inspira profondément et il se redressa. « Je n'avais pas d'endroit où habiter et Bjørn m'a rendu service. Nous nous sommes connus au Moyen-Orient. Rien d'important. Et sa femme est infirmière, alors. »

« Rien d'important ! » C'est ce qu'il avait dit ! Elle était bien bonne, celle-là ! C'était très important, au contraire.

« Vous vous êtes connus au Moyen-Orient ?

— Oui, nous nous sommes rencontrés par hasard avant que je vienne au Danemark. Je crois que c'est lui qui m'a conseillé de demander l'asile politique. »

Carl hocha la tête. Assad avait des secrets et en raison de son état, il avait eu une absence et s'était trahi malgré lui. Soit. Mais comment osait-il utiliser une locution comme « par hasard » et s'imaginer qu'elle allait suffire à désamorcer l'intérêt professionnel et la curiosité de Carl ? C'était une insulte à son intelligence.

Mais alors que Carl s'apprêtait à laisser les aspects les moins attrayants de sa personnalité s'exprimer, son regard belliqueux rencontra celui d'Assad.

Et jamais il ne l'avait regardé avec une telle intensité. Ses yeux bruns ne lui avaient jamais semblé aussi profonds, ni son regard aussi perçant. Et sans l'avoir voulu, ni prévu, ils se retrouvèrent soudain face à face avec entre eux des mois de défiance et de non-dits. En cet instant, ils se jaugeaient et se parlaient sans avoir besoin des mots.

Ceux d'Assad disaient : « Est-ce que vous ne pourriez pas me laisser tranquille, Carl Mørck ? L'essentiel c'est que je sois là, dans ce bureau maintenant, non ? »

Alors Carl se leva en lui faisant une petite tape amicale sur la cuisse. « Tout va bien, mon pote, lui dit-il.

— Pote ? questionna Assad l'air un peu confus.

— Oui, Assad. Pote. Et pour une fois, moi non plus je ne sais pas d'où ça vient. »

Il faut que je lui remonte le moral, se dit Carl en mettant le cap sur le domaine de Rose. Sa drôle de dégaine suffisait en général à faire apparaître les fossettes sur les joues d'Assad.

Malgré sa porte à demi fermée et le vacarme de la perceuse du charpentier dans le bureau des objets trouvés, Carl n'eut aucune peine à entendre la conversation qui se déroulait dans le bureau de Rose.

« Laisse tomber, Gordon. Avec moi, tu n'as aucune chance, pigé ?

— Mais je voulais juste… »

Carl secoua la tête. La maison était en train de s'écrouler, et cette grande nouille osait faire du gringue à sa plus proche collaboratrice après Assad, sur *son* territoire !

Il avait la main sur la poignée de la porte et s'apprêtait à l'ouvrir en gueulant. Il s'arrêta parce que, au même moment, le type à l'intérieur en remettait une couche.

« Je ferais n'importe quoi pour toi, Rose. Dis-moi un truc et je le fais tout de suite.

— Alors je trouve que tu devrais te rouler en boule façon cloporte et te coucher au milieu de l'autoroute. Ou alors faire don de ton corps pour bâtir un pont au-dessus du Titicaca. »

Ça, c'était envoyé ! Rose était en grande forme. Il l'avait bien cherché. Le petit lexique du département V en plein dans la tronche !

Le grand déballage amoureux du crétin patenté était provisoirement tari. Il devait avoir compris le message.

Au bout de quelques instants, il s'éclaircit la gorge avec le plus de virilité qu'il put. « Très bien. Mais quoi que tu puisses dire, je veux que tu saches que je te trouve tellement *schönlovely*[1] que j'ai les poils au garde-à-vous quand je te vois. »

Carl ne savait plus s'il devait froncer les sourcils ou écarquiller les yeux : « *schönlovely* » ? « Les poils au garde-à-vous » ?

Tout le monde était devenu cinglé dans cette maison, ou quoi ?

---

1. *Schönlovely* : mot formé de l'adjectif allemand « *schön* » – jolie – et de l'adjectif anglais « *lovely* », qui signifie la même chose.

5

Automne 2010

La nuit avançait et Marco commençait à réaliser l'urgence pour lui de trouver un endroit où dormir, des vêtements secs et une paire de chaussures. Ses poursuivants étaient partis, mais Marco ne savait pas s'ils avaient laissé quelqu'un posté quelque part, à la lisière du bois.

De l'autre côté de la route, à l'opposé de la forêt, il y avait un long chemin à parcourir pour atteindre les premières maisons, mais comment allait-il traverser sans être vu si l'un des jeunes surveillait le secteur ? Il était à peu près sûr que Zola y avait veillé.

Marco savait que tout allait dépendre des prochaines heures. S'il ne parvenait pas à s'éloigner suffisamment de Zola et du clan, ils le retrouveraient. Il ne pouvait pas s'enfuir par la forêt dans l'état où étaient ses pieds. Il n'avait donc pas d'autre solution : il devait traverser cette nationale.

En Italie, la distraction préférée des enfants était une sorte de jeu du chat et de la souris, où l'on gagnait quand on réussissait à sortir de sa cachette à l'insu du « chat » et à donner un coup de pied dans une boîte de conserve sans être vu. Marco était imbattable. Il essaya de s'imaginer qu'il était là-bas, sous le chaud soleil de l'Ombrie, caché dans un sous-bois, à attendre que la voie soit libre pour aller shooter dans la boîte en ferraille.

La boîte de conserve est là-bas, près des fermes, à l'autre bout du champ, se persuadait-il. Il n'avait plus qu'à ramper sur le sol et à se relever quand il serait au sommet de la côte et courir de toutes ses forces.

Tu n'as qu'à te dire que c'est un jeu et ça ira, Marco, se répétait-il.

Il attendit l'arrivée d'une voiture et profita du halo des phares pour vérifier si la voie était libre. Comme il s'y attendait, la silhouette d'un individu se découpa dans l'obscurité, à peine cinquante mètres plus bas au bord de la route. Marco ne vit pas qui c'était, mais il eut le temps de remarquer que, comme lui, le vigile souffrait du froid, à voir la façon dont il se recroquevillait en se battant les flancs pour se réchauffer.

Zut.

Je vais ramper, décida-t-il. Debout, et en train de courir, il n'avait aucune chance de passer inaperçu.

Il leva la tête et inspecta les champs de l'autre côté. Non seulement il allait devoir ramper sur l'asphalte dans son pyjama aussi phosphorescent qu'une bombe incendiaire au magnésium, mais il devrait évoluer de la même façon sur au moins deux cents mètres dans la terre noire des labours. Et ensuite ? Qui sait ce qui l'attendait là-bas, près des fermes ? Zola y avait peut-être posté quelqu'un également.

Il patienta jusqu'à ce que la lune disparaisse derrière un nuage plus épais. Avec un peu de chance, il arriverait au fossé d'en face en moins de dix secondes.

Il parcourut les premiers mètres sans problème. Il faisait assez noir. Mais la lune éclairait l'asphalte humide et les détails du paysage se découpaient nets et tranchants. Il tourna la tête vers la silhouette du vigile, surveillant le moindre de ses mouvements tout en rampant sur la chaussée. Il devait se tenir prêt à courir au cas où il l'apercevrait.

L'individu en bas de la côte et Marco entendirent au même instant le lourd véhicule qui gravissait l'autre versant de la colline. Instinctivement le premier fit un pas en arrière et pivota en direction du bruit, faisant face à l'endroit précis où se trouvait le fugitif.

Marco se plaqua au sol. La route était dure et froide comme de la glace et son cœur battait la chamade.

Dans une seconde, la route baignerait dans la lumière des halogènes, et on découvrirait sa présence. Moins de deux secondes après, le véhicule lui passerait sur le corps. Le vigile avait toujours la tête tournée dans sa direction.

Il commençait à sentir la chaussée vibrer sous son corps. On aurait dit que les portes de l'enfer s'ouvraient lentement, avec pour unique but de l'aspirer vers les profondeurs de la terre.

Et c'était peut-être effectivement ce qui allait arriver.

Marco ferma les yeux. Dans un instant tout serait terminé. Le monde dans lequel il irait après celui-ci était peut-être meilleur.

Les vibrations et le vacarme du moteur diesel s'amplifièrent et pendant ces dernières secondes où il était résolu à s'en remettre au destin, il se demanda où se trouvait sa mère à ce moment, et comment aurait été sa vie s'il s'était enfui avec elle quand il était encore temps. Il pensa qu'il allait bientôt se faire écraser et mourir et aux oiseaux qui demain viendraient béqueter ce qui resterait de lui.

Pendant les quelques instants qui précédèrent sa mort, il réalisa pour la première fois de sa vie qu'il n'avait jamais compté pour personne. Et lorsque la lumière aveuglante des phares passa le sommet de la colline et dévala la côte dans sa direction à la vitesse de l'éclair, c'est ainsi qu'elle le trouva, allongé sur le ventre, terrassé de chagrin et de solitude.

Un chien se mit à aboyer au creux du vallon.

Celui de Zola, probablement.

Instinctivement, il ouvrit les yeux et remarqua dans le halo violent des phares que l'homme posté au bord de la route avait réagi à la voix du chien et qu'il était maintenant tourné dans l'autre sens.

Alors Marco regretta sa décision de mourir et presque par reflexe, il se leva tandis que le chauffeur du poids lourd, le téléphone à l'oreille, fonçait sur lui sans lui prêter attention.

Il se propulsa violemment en avant pour sauver sa peau. L'aile gauche du camion lui effleura le dos et le déplacement de l'air le poussa dans le fossé.

Malgré la douleur, sa respiration sifflante, la puanteur de ses vêtements et le choc de l'adrénaline, un fou rire le secoua quand il se retrouva là, pataugeant dans l'eau. Le chien allait peut-être sentir son odeur d'ici quelques minutes et la chasse serait terminée, mais l'instant présent était à lui et à lui seul.

Il avait traversé et il était toujours en vie.

Et tout le temps qu'il courut dans les champs comme un renard, la tête baissée et l'échine courbée, il ne cessa pas de rire.

Loin derrière lui, les aboiements devenaient plus faibles.

Le bûcher à l'extrémité de la cour de ferme était équipé d'un loquet fermé par un bâton. L'endroit lui parut infiniment attrayant et facile d'accès. Un don du ciel par cette nuit glacée qui annonçait l'hiver.

Marco regarda vers la maison des fermiers en claquant des dents. Les fenêtres étaient d'un noir d'encre et on n'entendait rien d'autre que le bruit du vent. Il ressentit un grand soulagement. Il avait trouvé un abri pour la nuit. Il se coucha, les genoux ramenés sous son menton, s'enveloppa dans des vieux sacs de toile de jute, respirant l'odeur mélangée de pipi de chat, d'écorce de pin et de résine. Il n'avait plus qu'à attendre le matin et espérer que la famille qui vivait là aurait des choses à faire toute la journée.

Il fut réveillé avant le lever du jour par les rires de ses hôtes qui ignoraient qu'ils avaient de la visite. Il les entendit s'interpeller d'une pièce à l'autre, complices. Les cris qu'ils poussaient étaient bien différents des ordres auxquels il avait été habitué, et le sentiment de solitude et de manque qui l'avait assailli pendant la nuit revint en force. Tout à coup, il se changea en colère et en haine sans qu'il sache vers qui elles étaient dirigées. Était-ce leur faute, à ces gens, s'ils s'aimaient ? Et comment pouvait-il être sûr que son père et même Zola ne l'avaient jamais aimé ?

Je n'en sais rien après tout, se dit-il. La solitude le submergea. À quoi bon penser à tout cela ?

Il s'essuya les yeux. Un jour, il aurait une famille et il saurait avec certitude ce qu'elle ressentait pour lui. Il s'en faisait le serment.

Bercé par ce rêve, il attendit pendant quatre heures que tout le monde s'en aille. Ils allaient sûrement faire leurs courses du samedi ou accompagner les enfants à leurs activités de fin de semaine. Le genre de choses que Marco n'avait vécues que dans son imagination.

Il courut jusqu'à la maison et s'assura que rien ne bougeait à l'intérieur, puis il ramassa un caillou qui lui paraissait assez lourd.

Il lui suffit d'un seul coup contre la vitre de la porte de derrière pour entrer dans la rassurante atmosphère d'abondance que la plupart des Danois considèrent comme un dû. Il respira les odeurs mélangées de tout ce dont il devait se passer depuis beaucoup trop longtemps. Les différentes fragrances de la toilette du matin, le parfum d'une maman, le dîner de la veille et l'odeur propre du neuf. Meubles, bois, détergents.

Il avait observé les parents, la fille et le garçon à travers une fente de la remise au moment où ils montaient dans la voiture. Ils dégageaient une aura rassurante qui lui avait donné l'impression qu'ils étaient tendres et gentils. C'est peut-être pour cette raison qu'il leur vola uniquement ce dont il avait besoin.

Et puis un livre qui était posé sur la table du salon.

Il trouva une poubelle à droite du bûcher, souleva deux sacs d'ordures et cacha son pyjama et ses sous-vêtements en dessous. Tout ce qui lui rappelait son passé devait disparaître.

Il hésita à prendre un vieux vélo garé dans la grange mais se souvint que, plus que jamais, il devait s'éloigner des routes, des arrêts de bus, des voies ferrées. Tous les endroits qui lui auraient permis de prendre des distances avec ceux qui étaient à sa poursuite. Car c'est là qu'on le chercherait en premier. Il laissa la bicyclette.

Vêtu d'un gros pull-over, chaussé d'une paire de souliers un peu grands, le livre caché sous le chandail et les poches pleines de pain et de charcuterie coupée en tranches, il quitta discrètement la ferme.

Les quatre jours suivants, il traversa des endroits appelés Strø, Lystrup et Bastrup dont il n'avait jamais entendu parler et qui furent autant de garde-manger sur sa route en zigzag le long des haies vives et dans l'épaisseur des sous-bois, jusqu'à Copenhague. Une fois que les fruits de son cambriolage furent épuisés, les poubelles devinrent ses meilleures amies. Il était rare qu'il ne trouve pas son bonheur au milieu des détritus de ces paradis de la consommation que sont les communes de banlieue, et Marco n'était pas homme à faire la fine bouche devant du pain rassis ou des restes de nourriture. Pas pour le moment en tout cas.

Il avait bien calculé son timing et arriva assez tard sur la place de l'Hôtel-de-Ville pour ne pas risquer de tomber sur les troupes de Zola, rentrant avec leur butin de la journée.

Les rues de la capitale et les ruelles qu'il connaissait si bien s'étendaient devant lui, mais ce territoire de chasse n'était pas à lui seul. S'il circulait dans ce quartier, il suffirait d'une imprudence, d'une seconde de distraction pour qu'ils le capturent. Et ce serait sa perte.

Depuis le chantier au pied de la Maison de l'industrie, il surveilla les alentours, regarda au-dessus de la palissade vers le métro en travaux et plus loin vers le Palace Hotel et le bâtiment du journal *Politiken*. Partout il y avait des constructions en cours. Des trous dans la chaussée, des cabanes de chantier, des montagnes de gravats, des containers pleins de ferraille et des amas de murs préfabriqués.

Le centre-ville était plongé dans le chaos le plus total.

Marco commença sa nouvelle vie dans le quartier est de Copenhague, à Østerbro, et plusieurs raisons déterminèrent son choix.

En ce jour glacé de novembre, il se trouva à un moment donné au milieu de la foule animée de la place du Triangle qui reliait les différents secteurs de Copenhague. Il n'avait jamais mis les pieds à Østerbro. Il observait les passants en se demandant où il allait dormir cette nuit et comment il allait se procurer de la nourriture. Il s'était regardé et s'était demandé qui pourrait bien avoir envie d'aider un garçon aussi sale qui n'était même pas l'un des leurs.

Les piétons pressés commençaient à lui donner des démangeaisons au bout des doigts. Il avait faim, il n'avait pas d'argent et il ne savait pas ce qu'il ferait une fois la nuit tombée. En regardant les passants, il lui venait toutes sortes d'idées, comme des réflexes conditionnés, alors qu'il luttait pour les repousser. Les sacs pendaient si librement sur les épaules des femmes à l'arrêt de bus et les hommes étaient tellement imprudents, laissant leurs attachés-cases à leurs pieds pendant qu'ils attendaient leur monnaie devant le kiosque à journaux.

Il pouvait gagner en une demi-heure le salaire d'une journée, sans se fatiguer, en volant. C'était facile, sans risque, mais était-ce ce qu'il voulait ? Et même si ce n'était pas ce qu'il voulait, survivrait-il sans cela ?

Il envisagea un moment de s'asseoir sur le trottoir à côté du kiosque et de mendier. Et puis, un flocon de neige tomba sur le dos de sa main. Un gros flocon, suivi de plein d'autres. Tout le monde leva les yeux vers le ciel et les façades des maisons se mouchetèrent de cristaux blancs. Certains passants sourirent, d'autres resserrèrent le col de leur manteau et quand le ciel se confondit avec la terre, les femmes s'agrippèrent à leurs sacs à main et les hommes ramassèrent leurs serviettes. Il devint soudain beaucoup plus difficile d'être Marco.

S'il s'asseyait sur le trottoir, il serait rapidement trempé et transi et s'il se réfugiait sous l'auvent du kiosque, on ne tarderait pas à le chasser. Il avait l'habitude. Il connaissait les subtilités de la mendicité mieux que personne et un mendiant qui se rapprochait trop n'était jamais le bienvenu. Quoi qu'il en soit, les passants s'égaillaient à présent dans toutes les directions, car l'hiver était arrivé sans prévenir et ils n'étaient pas habillés pour l'accueillir. Lui non plus, d'ailleurs.

Et maintenant ?

Marco regardait autour de lui pour absorber le changement de décor. Les bus qui passaient, leurs essuie-glaces en pleine action. Les cyclistes qui descendaient de leurs selles pour monter sur le trottoir et tirer leurs vélos dans la neige fondue. Les pavés qui en un rien de temps étaient devenus de véritables patinoires. Les vitrines sombres qui tout à coup s'illuminaient. Les gens qui se précipitaient vers les cafés pour aller y chercher de la chaleur et des boissons fumantes. Et lui qui ne bougeait pas.

Il fallait faire quelque chose.

Il serra ses lèvres bleues de froid et repéra sa victime qui avançait vers lui. Elle arrivait de la rue Blegdamsvej. Dans un instant, elle traverserait le passage piéton car son regard était déjà tourné vers l'épicerie Seven-Eleven, de l'autre côté du boulevard d'Østerbrogade.

Il aurait parié qu'elle était institutrice. Sûre d'elle, habituée à donner des explications, un sac assez lourd pendu à son épaule, entrouvert et déformé par des années d'usage intensif. Ce n'était pas un sac bon marché mais pas non plus un simple accessoire. C'était un de ces sacs qu'on achète pour qu'il dure longtemps et qu'il serve à toutes sortes de choses. Marco avait souvent eu l'occasion de plonger la main dans ce genre de sacs. Il savait d'expérience que le portefeuille était toujours rangé dans une poche sur le côté. Si le sac avait une poche latérale, c'était toujours là qu'il se trouvait.

Il passa devant les bus en stationnement et alla l'attendre au feu rouge.

Entre le moment où elle s'arrêta devant le passage piéton et celui où il trouva la petite poche, il s'écoula moins d'une seconde. Marco ne bougea plus jusqu'à ce que la femme se remette en mouvement et sa main ressortit dans l'impulsion du pas que fit la femme pour traverser. Elle sentirait juste le poids du sac quand il viendrait heurter sa cuisse mais à ce moment-là, son attention serait déjà dirigée ailleurs.

Marco resta sur le trottoir avec une drôle de sensation dans le corps et le portefeuille à l'intérieur de sa manche. En temps normal, il aurait regardé de tous les côtés à la fois pour s'assurer que les gens derrière lui ne s'étaient aperçus de rien, et il se serait empressé de prendre la fuite.

Mais cette fois, il fut tétanisé par la honte.

Zola les avait prévenus contre ce phénomène. « Vous savez que les gens s'attendent toujours au pire venant de vous. On ne peut pas faire confiance à un gitan, c'est bien connu. Alors n'ayez pas de honte. Ce sont ceux que vous volez qui devraient avoir honte de leur méfiance à votre égard. Considérez leur perte comme votre compensation et votre rétribution légitime. »

Ses recommandations étaient évidemment stupides car la honte était là quand même. Zola ignorait tout de la rue, il n'y avait jamais été lui-même et il ne connaissait vraisemblablement rien aux gitans non plus. Tout cela n'était que de la poudre aux yeux.

Marco secoua la tête et regarda la femme qui était maintenant à l'intérieur de la supérette. Elle tenait à la main les articles qu'elle était venue acheter et dans un instant elle serait arrivée à la caisse.

C'était sans doute la première fois que Marco était réellement confronté à une de ses victimes. D'habitude, il était déjà loin et les objets volés entre les mains d'un autre membre du clan. La victime était oubliée et lui en train d'en dévaliser une autre.

Ce portefeuille qui lui brûlait la peau sous son pull-over contenait-il des objets que cette femme serait triste d'avoir égarés ? Y avait-il autre chose là-dedans que de l'argent et des cartes de crédit ? Il n'avait pas envie de le savoir et surtout il n'aimait pas cette honte qui lui étreignait le cœur. Le temps où Zola décidait de tout dans la vie de Marco s'acheva à cet instant précis.

Il essuya la neige sur son visage et traversa le passage clouté dès que le feu passa au vert. On aurait pu croire que c'était simple mais ça ne l'était pas. Ce furent peut-être les vingt-cinq mètres les plus longs de son existence.

Quand il arriva devant la porte vitrée du Seven-Eleven, la femme était déjà en train de fouiller dans son sac, fébrile. L'homme qui tenait la caisse s'évertuait à prendre un air patient mais il trouvait visiblement que la cliente lui faisait perdre son temps.

Marco inspira profondément et remarqua à peine la porte coulissante lorsqu'elle glissa devant lui, tant il était concentré. Il alla droit vers la femme. « Est-ce vous qui avez perdu ce porte-monnaie devant le magasin ? »

Elle se figea et son visage se ramollit comme une pellicule qui fond parce qu'elle se coince dans le projecteur. Il y lut d'abord l'inquiétude et la frayeur, puis le soupçon et l'incrédulité et enfin un soulagement égal à celui qu'on doit ressentir quand un projectile fonce droit sur vous et passe finalement à quelques millimètres sans vous toucher. Marco fut surpris par sa réaction et appréhenda les prochaines secondes.

Si ses gestes devenaient nerveux, il lâcherait le portefeuille et prendrait ses jambes à son cou. Il n'avait pas envie de sentir tout à coup la main de la femme se refermer sur son poignet.

Mais finalement elle le remercia, fit un geste pour reprendre son bien tandis que Marco ne la lâchait pas des yeux.

Il s'inclina légèrement devant elle et tourna les talons avant de se diriger vers la porte d'un pas vif.

« Attends ! » l'appela-t-elle, d'une voix qui résonna dans tout le magasin. Il se dit à nouveau qu'elle devait avoir l'habitude de commander.

Il regarda prudemment derrière tandis que, devant lui, de nouveaux clients entraient dans la supérette, encombrant la porte. Quelle idée d'avoir rapporté ce portefeuille ! Ils avaient fait en sorte de lui couper toute issue, évidemment. Ils avaient bien vu quel genre de garçon il était.

« C'est pour toi, dit la femme, si doucement que tout le monde écouta. Je n'en connais pas beaucoup qui auraient fait preuve d'une telle honnêteté. »

Il se tourna lentement vers elle et regarda la main qu'elle tendait vers lui et qui contenait un billet de cent couronnes.

Marco tendit la sienne et accepta le billet.

Il réessaya une demi-heure plus tard avec quelqu'un d'autre mais cette fois il échoua. La dame avait eu si peur d'avoir perdu son portefeuille et elle était si bouleversée de s'être montrée imprudente, qu'elle ne parvint pas à réprimer les larmes que Marco avait déclenchées.

Il dut se retirer sans avoir reçu de récompense et avec la ferme intention de ne plus jamais recommencer.

Il allait tout simplement devoir se débrouiller avec les cent couronnes.

6

Début 2007 à fin 2010

Marco avait eu le choc de sa vie quand Zola les avait réunis pour leur annoncer subitement que désormais ils ne seraient plus des gitans. Et qu'ils ne l'avaient d'ailleurs jamais été.

Cette révélation était tombée le jour où il fêtait ses onze ans, et à dater de ce jour-là, il avait perdu tout respect pour Zola.

Il aurait aimé que son oncle leur donne une explication, mais il s'était contenté d'un sourire ironique. Il leur avait parlé de ses nuits de forte fièvre et de la clarté qui avait soudain illuminé son esprit et lui avait permis d'entrevoir une nouvelle vie pour leur clan.

Marco s'était tourné vers les adultes qui se tenaient en arc de cercle derrière les enfants pendant le discours de Zola. Il leur avait trouvé un air bizarre avec leurs sourires figés dans des visages graves, comme s'ils étaient contents et inquiets en même temps. Il avait senti que quelque chose de vraiment important se préparait.

« J'étais dans l'erreur et je me suis réveillé », avait dit Zola, car c'est ainsi qu'il s'adressait à eux quand il les réunissait. Marco avait l'habitude.

« Désormais, votre guide spirituel ne se bornera pas à vous rassembler autour des petites tâches du quotidien, mais vous conduira vers de nouveaux et grands projets. Vous comprenez ce que cela signifie, mes enfants ? » avait-il demandé.

La plupart secouaient la tête, mais Marco se tenait immobile, les yeux plongés dans le regard intense de leur chef.

« Non, bien sûr. Vous ne pouvez pas comprendre, avait-il continué. Je veux aujourd'hui que vous sachiez que même si depuis des années nous vivons comme des gitans, nous ne sommes pas des gitans. C'est aussi simple que cela. »

Marco avait froncé les sourcils tandis que son bouclier contre le monde disparaissait. Il s'était tout à coup senti vidé de toute substance.

« Et même si nous nous sentons liés par les liens du sang, avait poursuivi Zola, nous ne le sommes pas réellement. Pas tous, en tout cas. Mais ne vous inquiétez pas, nous sommes bien mieux que cela. Car nous nous sommes rejoints par la volonté de Dieu. »

Autour de Marco tout le monde semblait hypnotisé, mais pas lui. Il avait fixé les yeux au sol, concentré sur un brin d'herbe. S'ils n'étaient pas une famille, ils étaient quoi, alors ?

Zola avait écarté les bras comme s'il voulait tous les réunir dans une même accolade. « Hier j'ai appris que par la volonté de Dieu, il y a eu sur terre une seule journée où il ne s'est rien passé du tout. Une journée où le temps a suspendu son vol. Hier, j'ai découvert, dans mes lectures, l'existence de cette journée exceptionnelle où aucun avion n'est tombé du ciel, où aucune guerre n'a anéanti l'humanité, où aucune nouvelle n'a été rapportée en première page des journaux. Ce jour-là aucun être important n'est mort et aucun n'a vu le jour. La veille et le lendemain, de nombreux événements ont marqué l'histoire du monde, mais pas le jour dont je vous parle. Tout s'est figé parce que Dieu a voulu que ce jour reste à jamais le plus pur de l'histoire de l'humanité. C'est sans doute aussi un jour comme celui-là que Jésus est venu au monde. » Il avait longuement hoché la tête. « Et pourquoi croyez-vous que Dieu a voulu un jour comme celui-là ? Je vais vous le dire. Il a décidé que ce jour serait une parenthèse à l'intérieur de laquelle pourrait se produire le seul fait réellement important. » Il avait plissé les yeux. « Avez-vous deviné la date de ce fameux jour, mes enfants ? » leur avait-il finalement demandé.

À nouveau, presque tous avaient secoué la tête, même certains adultes n'avaient pu s'en empêcher.

« En vérité, je vous le dis, le seul jour où il ne s'est rien passé dans l'histoire de l'humanité est le 11 avril 1954. Plusieurs d'entre nous savent pourquoi Dieu a choisi précisément ce jour-là. Parce que le calme qui découla de la soudaine paix dans le monde permettait aux hommes de se concentrer avec humilité sur l'événement qui devait se produire dans toute sa grandeur. Et je ne vais pas vous faire languir plus longtemps, avait-il déclaré en souriant de toutes ses dents. Dieu a créé cette journée pour qu'elle soit celle de ma naissance. »

Quasiment tous les adultes avaient applaudi, mais les enfants avaient gardé les yeux braqués sur Zola, comme s'ils n'avaient pas très bien compris l'histoire de ce jour merveilleux. C'était le cas de Marco.

Parce qu'il savait que c'était un mensonge.

Zola, qui avait baissé la tête pour recevoir la salve d'applaudissements, avait ensuite demandé le silence d'un geste auguste. Puis il avait raconté comment, tout jeune homme à Little Rock, il avait refusé de partir faire la guerre au Vietnam et comment quelques années plus tard, en Italie, il avait rejoint la Damanhur et vu naître la communauté des Fleurs sous l'impulsion d'un groupe de gens qui avaient la même philosophie que lui.

Il leur avait raconté comment les vêtements hippies étaient devenus son seul uniforme et il leur avait parlé de ces premiers mois où il s'était passionné pour l'Italie et où il avait rencontré d'autres pacifistes comme lui qui allaient devenir sa nouvelle famille. Des gens qui, selon Zola, s'étaient promis par une nuit particulièrement étoilée de fonder ensemble leur propre société sur les coteaux de l'Ombrie et de vivre désormais sur le principe de l'entraide, comme des Roms, et avaient décidé ce jour-là de partager le destin et les conditions d'existence de ce peuple persécuté.

Il avait utilisé beaucoup de mots compliqués, mais Marco avait compris ce que cela signifiait. Cela voulait dire que les adultes leur avaient menti, à lui et aux autres enfants. Ils n'étaient pas des gitans, et maintenant, quoi que prétende Zola, la vie de Marco serait plus difficile.

C'était comme d'être écorché vif et de devoir revêtir une nouvelle peau.

Marco avait regardé les autres enfants, muets et immobiles. Il n'aimait pas du tout ça.

Derrière lui se tenaient deux adultes, le visage grave. Il les avait un jour entendus dire que Zola avait été exclu du mouvement Damanhur pour vol.

Les autres adultes ne semblaient pas choqués par le discours révoltant de Zola. Ils étaient debout, comme une rangée de statues et, à l'instar des enfants, ils avaient l'air d'être en transe.

Zola avait écarté les bras au-dessus de leurs têtes. « Comme ce fut le cas pour les Juifs, Dieu condamna les Roms à une vie d'errance jusqu'à ce que, par leurs actes, ils se rendent dignes de sa clémence. Une malédiction planerait sur leurs têtes, comme jadis sur celle de Job, et ils furent condamnés à mendier et à voler pour vivre. Ce n'est qu'un exemple des épreuves auxquelles Dieu les soumit. À l'exemple d'Abraham à qui il demanda de sacrifier la vie de son propre fils. Mais je vous le dis, mes amis, aujourd'hui nous ne sommes plus obligés de porter la croix des Roms, car j'ai reçu un message de Dieu et je vais vous enseigner de quelle façon nous allons vivre. »

À partir de là, Marco avait cessé d'écouter. Comment aurait-il encore pu croire à quoi que ce soit après ce qu'il venait d'entendre ? Les vêtements qu'il portait n'étaient-ils pas des vêtements de gitan ? Les crachats avec lesquels la population locale l'humiliait chaque jour pour lui exprimer son mépris l'avaient-ils éclaboussé pour rien ? Les injures et la haine qu'il avait dû supporter étaient-elles destinées à quelqu'un qu'il n'était pas ?

En quelques minutes Zola avait arraché à Marco tout ce qu'il possédait, et, alors qu'il haïssait sa vie, il en avait été profondément bouleversé.

Il s'était levé et avait regardé autour de lui. Il se savait plus intelligent que la plupart d'entre eux mais il ne savait pas que l'intelligence pouvait faire aussi mal.

Qui étaient tous ces gens ? Est-ce que Zola qui se faisait passer pour son oncle était vraiment le frère de son père ? Et son cousin n'était-il pas juste un garçon parmi les autres ?

Et si tout cela était faux, alors où était sa vraie famille ? Et lui, qui était-il ?

Cette journée que la presse avait appelée la plus ennuyeuse de l'histoire du monde était pour Marco la plus calamiteuse, puisque c'était celle où Zola avait vu le jour. L'homme qui les battait et les tyrannisait, qui les forçait à mendier et à voler. Celui qui les empêchait d'aller à l'école et de vivre une vie normale. Zola qui, avec l'aide de Dieu, aurait à l'avenir encore plus de pouvoir sur eux qu'il n'en n'avait eu jusque-là.

Le 11 avril 1954.

Dieu que Marco haïssait cette date.

Voilà maintenant quatre ans que Zola avait tenu son discours et qu'il s'était autoproclamé chef du clan par la volonté de Dieu. Et depuis quatre ans, ils vivaient sous le régime de la terreur. Et leur vie était devenue pire qu'avant.

La nuit qui suivit son discours, ils avaient levé le camp en laissant derrière eux tout ce qui appartenait à leur ancienne vie de nomade : tentes, camping-gaz, ustensiles de cuisine et une partie des outils qu'ils utilisaient pour les cambriolages.

Quand ils partirent, ils étaient vingt adultes et autant d'enfants, tous vêtus de leurs plus beaux vêtements, volés dans les magasins de Pérouse.

Les jours suivants, ils parcoururent le nord de l'Italie, l'Autriche et l'Allemagne, fracturèrent les serrures de dix voitures de luxe avec peinture métallisée et sièges en cuir, les équipèrent de fausses plaques d'immatriculation et formèrent cortège jusqu'au poste-frontière de Świecko pour entrer en Pologne. Ils continuèrent ensuite leur voyage jusqu'à Poznań. Ils ne surent jamais comment les voitures avaient été revendues, ni combien elles avaient rapporté, mais un jour toute la famille s'était retrouvée à bord d'un train roulant à travers la Pologne vers le nord. Quelqu'un raconta que Zola avait appelé deux hommes dans son compartiment pour qu'ils gardent l'argent et Marco se souvenait d'avoir pensé que s'il fallait deux hommes pour le garder, il devait s'agir d'une grosse somme.

Les mois suivants, Zola leur montra ce qu'il avait voulu dire par « une nouvelle vie ». Et une chose était certaine, une « nouvelle vie » n'était pas synonyme d'une « bonne vie » et plusieurs membres du clan disparurent sans demander leur reste. Marco savait pourquoi ils étaient partis. Ils en avaient eu assez des coups, des corvées et de manquer de tout.

Tout le monde savait que Zola avait de l'argent et qu'il aimait ça. Il avait toujours aimé ça. Le problème était qu'il le gardait pour lui et menaçait sans cesse les membres du clan pour qu'ils lui en rapportent de plus en plus. Les escroqueries et les vols qui faisaient vivre leur famille, d'aussi loin que Marco s'en souvienne, allaient donc devoir continuer comme avant.

Pendant l'hiver, ils s'installèrent dans deux maisons voisines, dans un lotissement de la proche banlieue de Copenhague. Ils n'étaient plus que vingt-cinq à ce moment-là, adultes et enfants confondus, et si son père n'avait pas été si faible de caractère, Marco et lui seraient sûrement partis eux aussi en compagnie de la femme que Marco appelait maman et dont plus personne ne prononçait le nom.

Régulièrement, Zola les faisait tous venir auprès de lui pour leur distribuer des vêtements neufs et présentables, afin qu'ils soient à leur avantage dans les rues, comme il disait. Aux femmes et aux filles, il donnait des jupes longues et des hauts colorés et moulants et aux garçons et aux hommes des costumes de couleur sombre et des chaussures noires. Marco trouvait inadapté et peu pratique de mendier assis par terre dans ces beaux habits, mais pas quand il faisait les poches aux passants ou quand il volait des sacs à main et cambriolait les villas avec les autres. Dans ces cas-là, le costume n'était pas mal. Plus discret.

Trois ans et demi avaient passé de cette façon.

Ce fut un rude combat contre la neige et le blizzard avant que Zola, son frère et Chris, son homme de main, retrouvent l'endroit où ils avaient enterré le cadavre dans la forêt. Ils avaient emmené le chien mais il ne leur avait été d'aucune utilité. Le gel et le vent avaient chassé toutes les odeurs du paysage, et les cristaux de givre et le bleu glacé du décor effaçaient tous les repères visuels. C'était un véritable enfer que de s'aventurer là-dedans.

« Merde ! Pourquoi est-ce qu'on n'est pas venus faire ça avant que le temps vire à la neige ? La terre est dure comme de la pierre, il va falloir y aller à la pioche pour le sortir de là », pestait son frère. Zola n'était quant à lui pas mécontent. Il n'y avait rien de plus difficile que d'effacer les traces d'un cadavre dans la terre quand le corps était putréfié. Ce serait beaucoup plus facile avec un cadavre congelé.

L'important était de l'avoir retrouvé.

Zola fanfaronna un peu moins quand Chris eut dégagé le cadavre en quelques secondes et que ses cheveux rouges apparurent comme une torche sur le fond blanc du sol enneigé. Pourquoi n'était-il pas recouvert de terre ?

« Tu crois que c'est une bête qui l'a déterré comme ça ? » lui demanda son frère.

La question était d'une naïveté incroyable. Quel animal assez gros pour faire un trou aussi profond aurait omis de planter ses crocs dans la chair du macchabée ? Aucune bête dont Zola ait entendu parler, en tout cas. Son propre chien était comme fou, alors que la chair était congelée.

« Je t'ai demandé de tenir le clebs, Chris ! s'écria-t-il, furieux. Attache-le à cet arbre et sors-moi ce type de là. »

Puis s'adressant à son frère : « À moins qu'on l'ait enterré vivant sans s'en rendre compte, c'est un autre être humain qui l'a déterré.

— Il était bien mort, j'en suis certain », répondit son frère.

Zola hocha la tête. Bien sûr qu'il était mort. Mais qui avait gratté la terre autour du cadavre, alors ? On voyait clairement des traces de doigts.

Il examina minutieusement la tombe. Il y avait un bâton en travers du trou. De la neige poudreuse était posée sur le bâton, mais à l'une de ses extrémités, il remarqua un détail insolite.

Il poussa la branche du bout du pied et une bruine de neige scintillante tomba sur le cadavre. Ce qu'il découvrit lui fit froncer les sourcils.

« Ça ne vous dit rien ? » demanda Zola aux deux autres en montrant un petit morceau de tissu accroché à la branche.

Son frère pâlit subitement, ce qui était une réponse en soi.

Zola examina la situation qu'on pouvait à juste titre qualifier de dramatique.

« À présent nous savons pourquoi nous n'avons pas trouvé Marco cette nuit-là. Il était couché dans la tombe pendant que nous le cherchions autour. Il a peut-être même entendu ce que je t'ai dit. »

Son frère lui renvoya un regard sombre. Le désespoir commençait à l'envahir. C'était la grande différence entre eux. Zola ne se décourageait jamais et c'est pour ça que c'était lui, le plus jeune, qui avait pris la tête du clan.

« Je vois que tu as compris ce que je suis obligé de faire. Il n'y a plus d'autre solution. »

Son frère se mit à trembler. Il voulait acquiescer mais il en était incapable.

« C'est comme ça. Marco doit disparaître. »

Zola voulait que son entourage le respecte, voire qu'il le vénère. Ça comptait énormément pour lui. C'était grâce à cela qu'il gardait son autorité sur les membres du clan. Sans cette aura quasi divine dont il s'entourait, il n'obtiendrait pas de ses sujets ce qu'il attendait d'eux. Et c'était de cela qu'il s'agissait.

Ces années au Danemark avaient été de bonnes années. L'accord de Schengen, la réforme de la police, qui avait augmenté le nombre des bureaucrates et réduit le nombre de policiers dans la rue, et les économies dans le secteur public avaient largement contribué à permettre à Zola de mettre en place son réseau de criminalité en tout genre. Vivre à Kregme les mettait à l'abri des contrôles de police, sauf si un voisin venait à les dénoncer. Depuis le Danemark, on passait les frontières avec la marchandise volée sans aucun problème. On pouvait recruter des armées de Baltes, de Russes et d'Africains, déjà installés sur place pour traire le pays de son surplus d'abondance par tous les moyens possibles et imaginables. Tant qu'il réussirait à contenir ses hommes venant d'Europe de l'Est et à conserver le respect et l'admiration de son propre clan, tout irait bien. Mais Zola connaissait le revers de la médaille. S'il y avait la plus petite faille dans son organisation, ils seraient nombreux à vouloir prendre sa place en moins de temps qu'il ne faut pour le dire et sans l'ombre d'un scrupule.

Il défendait jalousement son trône par des actions de force et des représailles, et chacun savait qu'on ne quittait pas la famille sans respecter scrupuleusement ses règles tacites et surtout celle de garder le silence.

Malheureusement, il était désormais contraint de se soumettre à la volonté de tiers et à leur cahier des charges et personne ne devait être au courant. Pas même Chris.

Zola alla donc s'enfermer dans sa chambre à l'heure convenue et il attendit.

« On a une fuite », annonça-t-il dès qu'il eut son contact au bout du fil.

Un silence désagréable s'ensuivit.

Bien que son interlocuteur l'ait embauché pour faire la sale besogne, Zola savait par plusieurs de ses informateurs qu'il était parfaitement capable de tuer lui-même, si nécessaire. Les conditions avaient été clairement établies au départ. Si les choses devaient mal tourner, Zola serait responsable. Et s'il ne réglait pas le problème de façon satisfaisante, il devrait en assumer seul les conséquences.

« Notre relation est entourée d'une toile, avait expliqué l'homme au moment où ils s'étaient mis d'accord. Aucun de nous ne peut et ne doit échapper à cette toile qui est tissée avec les fils fragiles de confiance, de silence et de loyauté. Si vous tentez d'y échapper, le sang coulera. C'est ce que nous avions convenu, n'est-ce pas ? »

Le type ne plaisantait pas et Zola ne doutait pas qu'il fût capable de tout.

« Une fuite ? dit l'homme à l'autre bout de la ligne. Auriez-vous l'obligeance de m'expliquer comment ça a pu arriver ? »

Zola réfléchit. Il n'y avait pas d'autre solution que de dire les choses telles qu'elles étaient. « L'un de nos garçons s'est enfui. Et par le plus grand des hasards, il s'est caché dans la tombe de William Stark pendant que nous le poursuivions.

— Il est malvenu de prononcer certains noms, dit son contact. Où se trouve ce garçon à présent ?

— Nous l'ignorons. Je suis en train d'organiser une chasse.

— Qui est-ce ?

— Mon neveu.

— Cela vous pose-t-il un problème ?

— Non. Il sera traité comme les autres.

— Son nom et son signalement ?

— Quinze ans, environ un mètre soixante-cinq, mais il est en pleine croissance. Cheveux noirs, bouclés, yeux marron tirant sur le vert, aucun signe distinctif, malheureusement. Il s'est enfui en pyjama mais je doute qu'il soit encore dans cette tenue. » Zola hasarda un rire mais il en fut pour ses frais. « Il a pris un collier qui était sur le cadavre, un bijou africain. Espérons qu'il décide de le porter.

— Un collier ? Vous aviez laissé un collier sur le mort ? Vous êtes complètement cinglés ?

— Nous nous en sommes souvenus deux jours après nous en être débarrassé, mais nous ne sommes pas allés le récupérer.

— Stupide ! »

Zola pinça les lèvres. Il y avait longtemps que personne ne lui avait parlé sur ce ton. Si cet homme avait fait partie du clan, il aurait payé cher son insolence.

« Son nom ? Comme s'appelle le garçon ?

— Marco. Marco Jameson.

— Jameson. OK. Il parle danois ?

— Il parle de nombreuses langues. Il est intelligent. Un peu trop, même.

— Alors trouvez-le. Dans quelle partie de la ville pensez-vous qu'il circule ? »

Zola se frotta le front. S'il l'avait su, ils n'en seraient pas là. Qu'aurait-il pu répondre à ça ? Que n'importe quel trou de souris pouvait servir de cachette à Marco ? Que le garçon était bien entraîné et qu'il était capable de passer aussi inaperçu qu'un caméléon dans la jungle ?

« Ne vous inquiétez pas, dit-il avec autant de conviction que possible. Notre réseau couvre toute l'île du Seeland. Nous allons écumer Copenhague, quartier après quartier, rue après rue, vingt-quatre heures sur vingt-quatre. Nous ne renoncerons pas avant de l'avoir retrouvé.

— Une tâche ardue. Qui va s'en charger ?

— Tous ceux qui peuvent marcher ou ramper. Les membres du clan, des Roumains, une bande qui travaille pour moi à Malmö, en Suède, mon receleur ukrainien. Son réseau est encore plus large que le mien.

— C'est bon, je n'ai pas besoin d'en savoir plus », le coupa l'homme. Il se tut, puis : « Je vais suivre ça de très près, vous m'entendez ? »

Zola raccrocha. Oui. Il avait bien entendu.

Marco n'avait aucune chance de s'en sortir.

En tout cas il fallait l'espérer.

7

Printemps 2011

Les ombres étaient déjà très longues quand Carl gara enfin sa voiture sur sa place de parking du lotissement de Rønneholt. Un autre jour, l'éclairage de la hotte au-dessus des casseroles fumantes lui aurait donné le sentiment rassurant d'être rentré au bercail, mais pas ce soir. Une journée de merde est une journée de merde et on ne l'évacue pas comme ça.

Il répondit au salut de son locataire Morten à travers la fenêtre de la cuisine en songeant que, pour une fois, il aurait préféré trouver la maison déserte.

« Salut, Carl. Bienvenue chez toi. Tu veux un verre de vin rouge ? » lui proposa Morten dès qu'il entra dans la maison et qu'il jeta sa veste sur la chaise la plus proche.

Un seul ? Un jour comme aujourd'hui il pourrait vider toute la bouteille.

« Ta chère ex-femme Vigga a appelé, l'informa Morten, comme si Carl avait eu besoin d'une autre mauvaise nouvelle. Elle dit que tu dois une visite à sa mère. »

Carl se tourna instinctivement vers la bouteille de vin rouge qui malheureusement était à moitié vide.

Morten lui tendit un verre et voulut le remplir. « Tu as mauvaise mine, Carl. Ton voyage s'est mal passé ? Tu es encore sur une affaire pourrie ? »

Carl secoua la tête, saisit le poignet de son locataire et lui prit la bouteille des mains. Il préférait se servir lui-même.

« OK ! » Habituellement Morten avait un peu de mal à cerner l'humeur de Carl, mais aujourd'hui, il y parvint sans problème. Il retourna à ses fourneaux en annonçant que le dîner serait prêt dans dix minutes.

« Où est Jesper ? » s'enquit Carl en descendant le premier verre cul sec, sans se préoccuper ni de bouquet, ni de millésime, ni de temps de vieillissement en fût de chêne.

« Comment veux-tu que je le sache ? » Morten leva les paumes vers le ciel en haussant les épaules. « Il a dit qu'il allait faire ses devoirs », ajouta-t-il avec un rire qui faisait penser à un pépiement d'oiseau.

Carl ne voyait pas ce qu'il y avait de drôle. Après avoir été renvoyé du lycée, son beau-fils était quand même censé se présenter dans moins d'un mois à l'examen de sortie de sa nouvelle école. S'il échouait, il aurait battu le record national en matière d'échec aux examens de fin d'études secondaires. Et quels débouchés y avait-il de nos jours au Danemark pour un garçon de vingt et un ans dans sa situation ? Non, vraiment, il n'y avait rien de marrant là-dedans !

« Aloha, Carl ! » s'écria une voix venant du lit planté au milieu du salon. Hardy était réveillé.

Carl éteignit l'écran plat, allumé nuit et jour, et alla s'asseoir au chevet de Hardy.

Il y avait quelques jours maintenant qu'il avait eu l'occasion de regarder son pâle ami les yeux dans les yeux. Est-ce qu'il ne décelait pas une nouvelle lueur dans le regard du tétraplégique ? En tout cas il y voyait quelque chose qu'il n'avait pas remarqué avant. Il avait le regard d'un amant comblé ou celui d'un homme qui voit se réaliser son vœu le plus cher.

Mais Hardy disposait d'un sixième sens pour ressentir l'humeur de son entourage, un don qu'il avait dû développer en interrogeant d'innombrables criminels. Il était capable de deviner les états d'âme de ses interlocuteurs à la couleur de leur aura. Et c'est avec ce sixième sens qu'il observait Carl en ce moment.

« Qu'est-ce qui t'arrive, vieux frère ? Ça ne s'est pas bien passé à Rotterdam ?

— Non, pas très. Cette affaire n'avance pas, Hardy. Je suis désolé. Leurs rapports étaient dignes d'un film de série B. Ils étaient totalement dépourvus de contenu, de fond et d'esprit d'analyse. »

Hardy hocha la tête. Ce n'était évidemment pas ce qu'il espérait, mais étrangement ça n'eut pas l'air de l'affecter. Et en plus il l'avait appelé « vieux frère ». Carl ne se souvenait pas à quand remontait la dernière fois qu'il avait fait ça.

« Mais permets-moi de te retourner la question : qu'est-ce qui t'arrive ? Il s'est passé quelque chose. »

Hardy sourit. « Gagné ! Et puisque tu es si fort, monsieur l'inspecteur, pourquoi n'essaierais-tu pas de deviner ce qui a pu m'arriver ? Même si je t'accorde que ce n'est pas flagrant. Tu as droit à trois erreurs ! »

Carl prit une gorgée de vin et regarda de haut en bas le long corps humain étendu sur le lit. Deux cent sept centimètres d'infortune, sous une housse de couette si blanche que seule une infirmière à domicile pouvait avoir obtenu un résultat pareil. Une paire de pieds immobiles en taille quarante-sept et demi au bout de deux jambes maigres qui avaient été beaucoup plus musclées, un torse, jadis assez imposant pour amener n'importe quel récalcitrant en état d'arrestation à se calmer. Deux bras interminables qui pouvaient sans peine tenir les moulinets d'un ivrogne à distance. Il n'y avait plus maintenant là-dessous que l'ombre d'un être humain. Et les rides de son visage, creusées par le chagrin et l'inquiétude, confirmaient cette impression.

« Tu t'es fait couper les cheveux, Hardy ? » demanda Carl bêtement parce qu'il ne remarquait rien de spécial.

Morten hurla de rire dans la cuisine. Il avait toujours l'ouïe fine.

« Mika ! cria-t-il. Tu peux monter éclairer la lanterne de monsieur l'inspecteur de la police criminelle ? »

Dix secondes après, un pas énergique résonnait dans l'escalier de la cave.

Pour une fois, Mika était habillé correctement. Quelquefois, y compris les jours où le givre avait l'épaisseur d'un pouce sur le hangar à vélos, ce physiothérapeute ultra musclé pouvait se promener dans une tenue digne d'un homosexuel sur une plage de San

Francisco. Contrairement à Morten, il était d'ailleurs plutôt à son avantage en pantalon serré et en T-shirt moulant, mais tout de même ! Si les collègues de Carl, ou son futur patron, Lars Bjørn, venaient lui rendre visite à l'improviste et qu'ils tombaient sur Mika avec un look pareil, ils auraient du mal après cela à regarder Carl dans les yeux.

L'amant de Morten salua Carl d'un bref hochement de tête. « Alors, Hardy. Si on montrait à Carl où on en est ? »

Il poussa Carl pour prendre sa place et enfonça deux doigts dans le muscle de l'épaule de Hardy. « Maintenant, tu te concentres et tu penses de toutes tes forces à la pression de mes doigts. Maintenant ! »

Carl vit un pli se creuser à la commissure des lèvres de son ami. Son regard devint intérieur, presque douloureux. Ses narines frémirent. Il resta ainsi pendant une minute ou deux puis il sourit avec douceur.

« Voilà, ça y est », dit-il d'une voix légèrement crispée.

Le regard de Carl se déplaça de haut en bas du lit. Qu'est-ce qu'ils essayaient de lui montrer, putain ?

« Il va falloir faire quelque chose pour cette cataracte, Carl ! se moqua Morten qui les avait rejoints. Ha ! Ha ! »

Et puis, tout à coup, Carl comprit.

Vers le milieu du lit, on aurait dit qu'une légère brise agitait les draps. Carl regarda derrière lui mais ni la baie vitrée, ni la fenêtre n'étaient ouvertes. Il n'y avait pas le moindre courant d'air.

Il tendit la main vers la couette, regarda en dessous et vit ce qu'ils étaient tous si impatients de lui montrer.

Le choc et la surprise le plongèrent dans une longue et douloureuse réminiscence. Il revit l'instant où Anker recevait la balle qui l'avait tué, et Hardy celle qui l'avait laissé complètement paralysé. Il revécut le moment où l'immense carcasse de Hardy basculait sur lui. Il se souvint de toutes les fois où il l'avait supplié de le libérer de son calvaire… Il ramena son attention sur le pouce de la main gauche de son coéquipier qui venait de bouger de plusieurs millimètres. Quatre années d'une peine immense et d'une horrible culpabilité étaient brusquement effacées par le frémissement d'une phalange.

S'il n'avait pas été oppressé et agacé par la mauvaise journée qu'il venait de passer, il aurait probablement versé des larmes de joie. Au lieu de cela, il resta pétrifié, à évaluer l'importance de ces minuscules mouvements réflexes. À l'instar des bips sur un moniteur cardiaque, ces frémissements imperceptibles marquaient la différence entre la vie et la mort.

« Tu as vu ça, Carl, dit doucement Hardy en accompagnant chacune des crispations de son doigt d'un petit son. Tut, tut, tut, tuuut, tuuut, tuuut, tut, tut, tut. »

Merde, c'était incroyable. Carl serra les lèvres. S'il ne se retenait pas, il allait se mettre à chialer comme un veau et il ne voulait pas se laisser aller à ça. Pas maintenant. Il déglutit une fois ou deux pour faire descendre la boule qui lui obstruait la gorge.

Hardy et lui échangèrent un long regard. Ils étaient touchés et bouleversés tous les deux. Ils n'auraient jamais pensé vivre un jour ce moment.

Carl se ressaisit le premier.

« Nom de Dieu, Hardy ! Tu viens de taper “SOS” en morse avec ton doigt. Putain, je n’arrive pas à le croire. Tu as écrit en morse, espèce de cinglé ! »

Hardy hocha la tête à cogner son menton sur sa poitrine. Excité comme un môme qui a surmonté sa peur et arraché sa première dent de lait.

« C’est la seule chose que je sache écrire en morse, Carl. Si j’avais su comment… » Il pinça les lèvres à son tour et leva les yeux vers le plafond. Il vivait un moment tellement exceptionnel. « … j’aurais tapé “HOURRA”. »

Carl tendit la main et caressa le front de son ami. « C’est la meilleure nouvelle de la journée et de l’année, dit-il. Tu as retrouvé l’usage de ton pouce, Hardy. Exactement ce que tu voulais. »

Mika émit un grognement satisfait. « D’autres doigts suivront, tu verras, Carl. Hardy est un excellent malade. Je n’en ai jamais eu de meilleur. »

Il se leva, embrassa Morten sur la bouche et fila aux toilettes.

« Qu’est-ce qui s’est passé, au juste ? questionna Carl.

— Je sens des choses quand je m’y efforce. » Hardy ferma les yeux. Il avait beaucoup d’émotions à gérer. « Mika m’a fait comprendre que mon corps n’est pas totalement mort, Carl. Si je me donne du mal, je pourrai peut-être réapprendre à me servir d’un ordinateur. Peut-être qu’à l’aide de ce doigt, je vais pouvoir actionner un joystick. Peut-être qu’un jour je pourrai piloter un fauteuil roulant électrique sans l’aide de personne. »

Carl sourit, prudent. Tout cela était très encourageant, bien sûr, mais également assez improbable, malheureusement.

« Qu'est-ce que je vois, là, par terre ? demanda Morten, très curieux. Une pochette en soie ! C'est toi, Carl qui te promènes avec des petites pochettes en soie dans tes poches ? »

Il se tourna vers Mika qui revenait des toilettes en remontant tranquillement sa braguette. « Tu as vu ça, Mika ? Le romantisme a envahi notre demeure. » Ils se regardèrent amoureusement et se serrèrent dans les bras l'un de l'autre avec plus de passion que n'en justifiait le moment.

« On peut regarder ce qu'il y a dedans ? » demandèrent-ils avec l'air de ne pas avoir l'intention d'attendre la réponse.

Carl se leva et alla délicatement reprendre la pochette des mains à la douceur de pêche de Morten.

« Vous gardez ça pour vous si Mona téléphone, d'accord ?

— Oh, là là ! C'est une surprise, alors ! Une vraie surprise hyperromantique ? Et Mona n'est au courant de rien ? »

Morten était extatique. Il était déjà en train de s'imaginer le costume dans lequel il s'accorderait le mieux avec la mariée.

« Non, elle ne sait rien du tout. » Carl sourit. Leur enthousiasme était contagieux.

Comme il fallait s'y attendre, ils se mirent à chanter le tube de Craig McLachlan « Hey Mona, Houh Mona ! », en chœur et en voix de tête.

Il n'y avait quand même pas de quoi se mettre dans un état pareil.

Pendant le dîner, ils fêtèrent les progrès de Hardy. Une seule petite ombre vint ternir la liesse générale.

Enchanté et comme s'il s'agissait d'une évidence, le visage luisant de gras, Morten raconta que Mika et lui n'auraient plus besoin d'avoir deux appartements désormais. Ils avaient rangé la collection de Playmobil de Morten et l'avaient mise en vente sur eBay, et comme Carl pouvait le constater, Mika vivait déjà là. Carl songea avec un peu de lassitude qu'ils auraient peut-être pu en discuter avec lui avant, mais à quoi bon en faire état maintenant qu'il était trop tard ? Morten et Mika étaient déjà en train de trier le contenu de leur garde-robe afin de régler un problème de place évident par un don conséquent à la Croix-Rouge.

Carl était prêt à parier que l'organisation caritative pouvait d'ores et déjà faire son deuil du pull-over rose. La population de la maison, si l'on faisait abstraction du fait que son beau-fils Jesper dormait régulièrement chez sa copine, avait donc augmenté de vingt-cinq pour cent.

Rose était dans une de ces périodes où, hormis une écharpe jaune, elle venait travailler tous les matins vêtue de noir de pied en cap. Bottes de moto à lacets montant jusqu'aux genoux, corsaire noir ultra-moulant, sourcils redessinés au khôl et plus de piercings dans les oreilles qu'il n'y a d'agrafes dans une agrafeuse de bureau classique. Une tenue parfaite pour un concert punk des années soixante-dix mais pas géniale pour faire du porte-à-porte dans le cadre d'une enquête pour meurtre.

Carl poussa un soupir en regardant ses oreilles et sa tignasse en pétard. Les fabricants de gel n'avaient pas de souci à se faire pour leur chiffre d'affaires. « Tu n'aurais pas un bonnet, Rose, par hasard ? Nous avons une petite mission à accomplir toi et moi. »

Elle le regarda comme s'il venait de rentrer de Sibérie.

« Nous sommes le 11 mai. Il fait vingt degrés dehors. Qu'est-ce que vous voulez que je fasse d'un bonnet ? Vous devriez faire vérifier votre thermostat interne, Carl ! »

Il soupira à nouveau. Il fallait y aller, agrafes dans les oreilles ou pas.

Alors qu'ils se dirigeaient vers la voiture de service, Gordon les rejoignit ventre à terre et complètement par hasard, arrivant du deuxième étage, où tout portait à croire qu'il passait son temps à guetter une occasion comme celle-ci par la fenêtre.

« Eh bien, eh bien, quelle surprise ! Bonjour ! Vous sortiez également ! Quelle heureuse coïncidence ! Et où allez-vous comme ça ? »

Il ne remarqua pas que Rose écumait de rage. Elle était comme ça depuis qu'elle avait appris ce qu'ils partaient faire. Comme s'il n'avait pas encore compris qu'elle entendait choisir elle-même ses missions.

Rose fit glisser son regard de haut en bas des échasses de Gordon. « Ce serait plutôt à moi de te demander où toi tu as l'intention d'aller… en chaussettes, pauvre tache ! »

Il baissa la tête, et regarda penaud ses chaussettes tirebouchonnées en taille quarante-six qui auraient eu bien besoin d'un passage en machine. Tel un dindon capable de tourner la tête de tous les côtés à la fois, il essaya en vain de cacher la souffrance que provoquait en lui cette pathétique situation. Parler de honte eût été un euphémisme.

« Zut, alors ! s'exclama-t-il. Je devais penser à autre chose. »

Rose le pourfendit d'un regard. « Gamin », dit-elle simplement, et rien n'aurait pu le blesser davantage.

Même si Carl mourait d'envie de faire quelques commentaires sur son amoureux transi, il resta parfaitement professionnel et lui expliqua l'affaire tandis qu'ils roulaient vers Østerbro.

« Ce qui signifie que Sverre Anweiler n'a jamais été arrêté ? demanda-t-elle, la photo à la main.

— Non, ce n'est pas ce que j'ai dit. Il a été arrêté à de nombreuses reprises, mais uniquement pour des délits mineurs. Falsification de chèques, ventes de véhicule avec arnaque au kilométrage, location d'appartements dont il n'était pas propriétaire. Il a été interdit de séjour au Danemark pendant cinq ans.

— Sympa, le type. Dire qu'on soupçonne ce gentil garçon d'avoir fait quelque chose de mal !

— La femme qui est morte carbonisée dans la péniche venait d'écrire une lettre à son mari dans laquelle elle lui expliquait qu'elle avait rencontré quelqu'un d'autre. C'est du moins ce qu'a rapporté un témoin. »

Rose examina longuement la photo du Suédois pendant que Carl se garait le long du trottoir.

« C'était une débile mentale, ou quoi ? Elle pensait sérieusement à quitter son mari pour ce gars-là ? Aucun homme au monde ne pouvait être *moins* séduisant que ce mec-là ! »

Carl faillit citer Gordon mais se reprit à temps.

« Quoi qu'il en soit, il semble que cette nouvelle liaison lui ait été fatale, dit-il à la place.

— Vous dites qu'il a été vu sur des enregistrements de surveillance. On voyait quoi, au juste ?

— Il a été filmé par trois caméras différentes. Chacune d'entre elles surveille l'entrée d'une boutique de ce côté-ci de la rue. Aucune n'a un angle de prise de vue très large. Nous avons de la chance d'avoir des images du trottoir d'en face. L'objectif de la deuxième caméra est dans l'axe du Park Café. »

Il montrait du doigt le complexe installé de l'autre côté du boulevard d'Østerbro, qui était à la fois une boîte de nuit, un cocktail-bar et un haut lieu de rendez-vous de la capitale.

« Il s'était arrêté devant la supérette Netto pour regarder un groupe de femmes qui entrait dans le bar.

— Et ensuite ?

— Et ensuite il a disparu de ce côté-ci du boulevard. Il a dû entrer dans la galerie un peu plus loin pour se payer un hot dog. Quelques heures plus tard, la deuxième caméra l'a filmé sortant du Park Café au bras d'une femme. Une femme nettement plus grande que lui. J'ai fait imprimer la photo, tu la trouveras un peu plus loin dans le dossier. »

Elle tourna bruyamment les pages et finit par trouver une photo un peu floue.

« Il s'agit bien du même homme, mais on ne voit pas bien la femme. Quelle taille fait-elle à votre avis ?

— D'après le casier judiciaire de Sverre Anweiler, il mesure un mètre soixante-quinze, avec des chaussures. Elle doit bien faire un mètre quatre-vingt-dix, non ? »

Rose colla le tirage contre son nez. « Je n'arrive pas à voir si elle porte des talons. On ne peut pas savoir si c'est sa taille réelle ? Vous avez vu les pompes que les femmes portent de nos jours, Carl ? »

Il préféra ne pas faire de commentaire. Quand l'envie lui en prenait, personne à cinq kilomètres autour de la préfecture de police ne portait des talons aussi hauts que Rose. C'était sûrement ce qui fascinait autant ce grand échalas de Gordon.

« La police scientifique a examiné les bandes. Elle a des talons plats. Les experts en mettraient leur main à couper.

— Et sur la troisième bande, on voit quoi ?

— C'est justement la raison de notre présence aujourd'hui. Comme tu peux voir sur l'heure, les images ont été filmées une minute et demie plus tard. Ils ont tous les deux disparu, à cet endroit précis. »

Il pointa un point sur le plan.

« Alors ils sont entrés dans Brumleby.

— Absolument. Ils ont pénétré dans le pâté de maisons à la hauteur de la demeure qu'on a baptisée Rainbow et on sait qu'ils n'en sont pas ressortis parce qu'ils n'apparaissent jamais sur la quatrième bande, celle de la caméra qui est installée sur Øster Allé. »

Carl hochait la tête, pensif. Brumleby, une oasis dans la partie est de la capitale. Des bâtiments qui avaient jadis servi de logements à l'Association danoise des médecins généralistes et étaient aujourd'hui devenus un complexe de deux cent quarante appartements très recherchés, répartis dans d'anciennes maisons mitoyennes flanquant quelques rues parallèles. Ce serait un travail de titan de les fouiller toutes. Ça l'avait été en tout cas la première fois que la police avait fait du porte-à-porte dans ce quartier.

« Et les enquêteurs n'ont jamais retrouvé cette grande femme ?

— Apparemment pas. Mais peut-être qu'elle ne portait pas de chaussures plates comme le prétend la police technique et qu'en réalité elle n'était pas si grande.

— Est-ce qu'on a collé sa photo dans les rues ? Ça devrait donner des résultats de lancer un avis de recherche dans le coin. Les gens doivent tous se connaître.

— Malheureusement on n'a pas osé parce que ces caméras de surveillance n'étaient pas tout à fait légales, si tu vois ce que je veux dire. Elles avaient été mises en place au moment des manifestations du 1er mai dans les jardins de Fælledparken il y a quinze jours, et on a oublié de les enlever. En fait elles sont restées jusqu'au jeudi. Cette photo est une capture d'écran provenant des films pris par ces caméras et les services de renseignement de la police ont demandé aux inspecteurs chargés de l'enquête de ne pas utiliser le matériel de la façon que tu suggères. Il y a beaucoup de gens influents dans cette ville qui ont à la fois les connaissances et le pouvoir de rendre la vie difficile aux services secrets si leurs méthodes venaient à s'ébruiter. »

Rose le regarda, incrédule. « Par contre, montrer la photo aux gens quand on vient sonner à leur porte, on a le droit ? »

Carl acquiesça. Elle avait raison. C'était n'importe quoi. La bureaucratie et l'État policier dans toute leur splendeur.

Ils sillonnèrent les rues avec leurs maisons jaunes à deux étages de manière systématique. La rue A dans un sens puis la rue B dans le sens inverse et ainsi de suite. Un banal travail de routine pour un mercredi comme un autre. Si les gens avaient tous été chez eux, ils auraient au moins pu les rayer de la liste les uns après les autres, mais c'était loin d'être le cas.

Quand ils furent arrivés à la cent dixième maison, Carl profita de sa supériorité hiérarchique et ordonna à Rose de continuer toute seule à naviguer dans ce paradis de roses trémières.

« J'arrête après celle-ci, dit-il, suivant des yeux une silhouette se mouvant derrière les fenêtres à petits carreaux. Je te laisse t'occuper de l'appartement du dessus et des rues suivantes. OK ? » Un mot pratique qui voulait tout et rien dire. En l'occurrence, il n'exprimait ni assentiment, ni respect, ni compréhension. Au contraire, il semblait exiger plus d'explications, mais Carl n'avait pas envie de se justifier.

« Marcus Jacobsen quitte son poste de chef de la police criminelle vendredi. Je dois retourner au bureau », dit-il. Elle n'avait plus qu'à digérer l'information. Cela dit, elle avait l'air de s'en ficher comme d'une guigne. C'est vrai qu'elle n'avait pas vraiment eu le temps de faire la connaissance de Marcus.

« Je ne suis pas sûre d'apprendre grand-chose en faisant ce genre de conneries », dit-elle en pressant sur le bouton de la sonnette.

Carl écouta. On aurait dit que le personnage qu'il avait vu par la fenêtre faisait des allers-retours derrière la porte avant de se décider à l'ouvrir.

« Oui. » Une version très poudrée de son ex-belle-mère apparut. Elle avait au moins vingt ans de plus que toutes les autres personnes qu'ils avaient interrogées ce jour-là.

« Juste une seconde, dit-elle en retirant une paire de gants de caoutchouc verts semblables à ceux qu'Assad utilisait quand exceptionnellement il décidait de faire le ménage dans la cave. Une seconde », répéta-t-elle en plongeant la main dans sa blouse avant de les rejoindre sur le palier inondé de soleil. Elle sortit un paquet de sa poche, en extirpa une cigarette qu'elle alluma avec un soupir de bien-être qui fit descendre ses épaules de plusieurs centimètres. Carl en saliva presque d'envie.

« Voilà, dit-elle. Je suis prête. Qu'est-ce que vous voulez ? »

Carl sortit sa carte de police.

« Ça va, rangez-moi ce bout de plastique. Nous savons tous qui vous êtes et ce que vous voulez savoir, déclara-t-elle. Vous vous doutez bien que les gens se parlent... »

Ils avaient de sacrés tambours dans cette jungle. Il n'y avait même pas trois heures qu'ils étaient là.

« Vous êtes là pour aider les gens ou uniquement pour les emmerder ? » demanda-t-elle l'air belliqueux derrière ses paupières mi-closes.

Carl jeta un coup d'œil à la liste des habitants de Brumleby. « D'après la liste que j'ai sous les yeux, il n'y a pas de femme de votre âge à cette adresse mais une Birthe Enevoldsen âgée de quarante et un ans. Pourriez-vous nous dire qui vous êtes, pour commencer ?

— Mon âge ? ricana-t-elle. Vous pensez sans doute que je pourrais être votre mère ? »

Il secoua la tête, galant. Mais s'il devait répondre franchement, à en juger par le nombre de rides qui plissaient le visage de la dame, elle aurait même pu être sa grand-mère.

« Je suis la femme de ménage, expliqua-t-elle. Qu'est-ce que vous croyiez ? Que je créais des modèles haute couture sur la table du salon ? Avec des gants en caoutchouc ? »

Carl eut un sourire gêné. Le vocabulaire et l'ironie de cette femme brouillaient la vision d'ensemble.

« Nous enquêtons sur un incendie criminel, expliqua Rose, commettant une première erreur. Et nous recherchons la femme qui est sur cette photo », ajouta-t-elle, commettant la deuxième en brandissant le tirage sous le nez de la femme.

Elle avait joué toutes ses cartes d'un seul coup. Si par hasard la femme connaissait la personne qu'ils recherchaient, elle garderait l'information pour elle.

« Un incendie criminel, mon Dieu ! Et vous recherchez cette femme ? Pourquoi la recherchez-vous ?

— Excusez-moi, s'immisça Carl, c'est un peu plus compliqué que ça. Cette femme n'est pas suspectée de quoi que ce soit. Nous avons besoin de lui parler, rapport à…

— Vous êtes obligé de la ramener chaque fois qu'une femme se permet de s'exprimer ? Fermez-la, mon vieux. Je préfère parler à la petite punk, là. Ça vous apprendra à jouer les machos », répliqua-t-elle en lui soufflant au visage un nuage de fumée.

Carl évita de regarder Rose. Si par hasard il la surprenait en train de sourire, la guerre latente entre eux risquait d'exploser.

« Vous la connaissez ? » s'enquit Rose, indifférente. On pouvait la traiter de punk ou de n'importe quoi, elle s'en fichait. Carl aurait réagi pareil s'il avait eu sa capacité à changer d'identité.

« Si je la connais ? Non, je ne dirais pas ça ! Mais il me semble que je la *re*connais. Je crois l'avoir vue sur le bureau. »

Elle ne les invita pas à entrer mais elle eut l'air de vouloir qu'ils la suivent à l'intérieur. Ce qu'ils firent.

« Ah oui, c'est bien elle », dit-elle quand ils furent tous les trois dans le salon.

Elle tendit à Rose la photo encadrée d'un petit groupe de femmes se tenant par les épaules. « Oui, c'est bien elle, là, à droite. J'ai une sacrée mémoire, tout de même. Ça doit être une amie de Birthe, du conservatoire. »

Carl et Rose se penchèrent sur la photo en plissant les yeux. Il pouvait s'agir de la même femme, en effet.

« Elle n'a pas l'air particulièrement grande là-dessus, constata Rose.

— Laquelle d'entre elles est Birthe Enevoldsen, la dame pour qui vous travaillez ? » demanda Carl.

La femme de ménage lui jeta un regard chargé de mépris et elle s'adressa à Rose.

« J'ai commencé à travailler pour elle quand elle a emménagé, du temps où Carlo vivait encore. Il doit y avoir dix ans, maintenant.

— Son mari s'appelait Carlo ? s'enquit Carl.

— Dieu du ciel, non ! Carlo était mon chien. Un *Kleiner Münsterländer*[1] avec un beau pelage marron. »

Il lui en ficherait, des *Kleiner Münsterländer* !

Carl fronça les sourcils. « Quelle est la taille de Birthe Enevoldsen, pouvez-vous me le dire approximativement ?

— Dieu du ciel, non ! Vous ne voulez pas que je vous donne sa pointure, aussi ?

— Veuillez excuser mon assistant, s'immisça Rose. Est-ce que vous pouvez juste me dire si elle est plus grande que moi ? »

La femme de ménage, la cigarette au coin du bec, toisa Rose de haut en bas. Puis elle s'adressa d'un ton triomphant à Carl, qui les regardait toutes les deux, les yeux ronds.

Est-ce qu'il venait d'entendre Rose parler de lui comme de son « assistant » ?

« Je pense que Birthe doit faire à peu près la même taille que votre patronne, monsieur le flic. »

Carl ignora le sourire ironique de Rose quand ils retournèrent dans la voiture. « Deux choses, Rose. La première : plus jamais tu ne m'appelles ton assistant. Mon sens de l'humour a des limites. Et une autre fois pense à tourner sept fois la langue dans ta bouche avant de parler. Cette fois-ci tu as eu de la chance, mais tu risques de voir les gens se refermer comme

1. En allemand dans le texte : petit épagneul de Münster.

des huîtres si tu ne fais pas plus attention à ce que tu dis.

— Ouais, ouais, Carl. Je vous signale quand même que, jusqu'ici, j'ai eu cent pour cent de réussite. Et à part ça, j'adore les huîtres. Sinon vous avez autre chose à me dire ? »

Carl inspira longuement. « Sinon ça va, on avance. On sait que la femme qu'on cherchait la semaine dernière ne mesure pas un mètre quatre-vingt-dix mais environ un mètre soixante-quinze si on compare la taille des femmes de la photo. Il y a donc erreur sur la taille présumée de Sverre Anweiler dans le rapport. Ça ne m'étonnerait pas qu'il se soit mis sur la pointe des pieds la première fois qu'il a été arrêté et qu'on l'a mesuré. Si on regarde l'extrait du film de vidéosurveillance et qu'on compare la taille d'Anweiler avec celle de son amie, il ferait donc plutôt un mètre soixante-cinq avec ses chaussures. Il est donc très petit.

— Un type assez spécial, quoi, fit remarquer Rose en refermant le dossier. Si la femme de ménage dit vrai, cette Birthe Enevoldsen a l'habitude de prêter son appartement à toutes sortes de gens quand elle s'absente. Et si cette amie avait juste eu besoin d'un endroit où dormir un jour ou deux, il n'y aurait rien d'étonnant à ce que les habitants de Brumleby ne l'aient pas remarquée. »

Carl mit le contact. « Bon, ça, c'est fait. Tu peux redescendre, Rose. Tu vas rester là et attendre le retour de Birthe Enevoldsen. Il ne faut pas qu'elle nous échappe. Amuse-toi bien. Si tu as faim, tu iras te chercher un hot dog dans la galerie marchande de la place Sankt Jakob. Je tiendrai compagnie à Gordon en ton absence. »

Il regarda dans le rétroviseur pour voir l'expression de ses yeux charbonneux tout en manœuvrant pour sortir de sa place de stationnement.

Si elle ne faisait pas gaffe, son mascara allait entrer en ébullition.

8

Hiver 2010 à printemps 2011

« Ça va prendre combien de temps ? » demanda Marco en montrant les vêtements qu'il portait sur lui. Le monsieur âgé qui tenait le Pressing Express leva les paumes vers le ciel en secouant la tête. Que voulez-vous dire ? questionnait-il du regard.

« Combien de temps pour que ces habits redeviennent présentables ? insista Marco en passant le pull-over au-dessus de sa tête.

— Une seconde, mon petit gars. » Le vieil homme recula comme s'il venait de respirer de l'ammoniaque. « Tu ne peux pas attendre ici pendant que nous nettoyons tes vêtements. Tu ne comptais pas rester dans la boutique dans la tenue où ta mère t'a mis au monde, quand même ?

— C'est que je n'en ai pas d'autre ! »

Un bruissement de housses en plastique se fit entendre du côté des portants et quelqu'un poussa une rangée de manteaux.

L'homme qui regardait Marco à présent était moins efféminé que le premier, mais pas très viril non plus. Marco pouvait reconnaître un couple d'homosexuels au premier coup d'œil. Sur les trottoirs, ils se promenaient avec des petits sacs à main serrés contre leur ventre et la lanière enroulée autour du poignet. C'était toujours des sacs en cuir de qualité. Les mains de leur propriétaires étaient douces et manucurées et le contenu des sacs toujours très intéressant pour un pickpocket professionnel. Par contre ils étaient souvent plus prudents que les autres, ce qui évidemment était un inconvénient. Des années à supporter les regards obliques des gens leur avaient probablement appris à être attentifs et précautionneux. Ou alors c'est qu'ils faisaient plus attention à leurs effets personnels. Marco n'avait jamais très bien réussi à les cerner.

« Laisse-le faire, Kaj, il est sûrement très mignon, tout nu, dit l'homme derrière ses housses en plastique à son compagnon. Je pense que nous devrions faire une exception. Regarde, il a un livre sous le bras. C'est un petit intellectuel et certainement un bon garçon. Tu ne crois pas ? » Il fit à Marco un gentil sourire, dévoilant des canines un peu proéminentes. « Et pour payer ? Est-ce qu'au moins tu as de l'argent, mon garçon ? »

Marco leva son billet vers lui. Ce n'était peut-être pas suffisant. Il ne connaissait rien à ce genre de choses.

« Cent couronnes. » L'homme sourit. « On devrait pouvoir te trouver quelque chose à te mettre en attendant. Je vais voir derrière. De nos jours, les gens oublient souvent de venir chercher leurs affaires. Ou alors ils ont la flemme. C'est pour ça qu'on les fait payer d'avance. Mais personnellement je trouve que c'est du laisser-aller. »

Marco se retrouva avec des vêtements tout propres et il put même garder son billet de cent couronnes.

On lui dit que s'il revenait dans un jour ou deux, ses affaires seraient prêtes, même si c'était sans conteste les vêtements les plus sales qu'on leur eût apportés de mémoire de teinturier. Quant à ceux qu'ils venaient de lui donner, il n'aurait qu'à les garder. Ils étaient suspendus dans la réserve depuis plus de un an et la teinturerie ne garantissait pas le gardiennage au-delà de cette durée.

En s'éloignant, Marco vit les deux homos se chamailler tendrement à travers la vitrine. Cette rencontre avait dû illuminer leur journée. En tout cas, elle avait illuminé la sienne.

C'était difficile de vivre dans la rue. Surtout au début, quand Marco avait tout le temps faim. Mais il parvint à se débrouiller, sans transgresser la loi, et en acceptant tous les petits boulots qui se présentaient. Il obtint son premier travail lorsqu'à cinq heures du matin, il proposa à un boulanger de lui laver sa vitrine. Ce dernier lui donna en échange une grande poche pleine de petits pains tout juste sortis du four. Marco les apporta dans un café et les échangea contre un sandwich au fromage, une boisson chaude et l'autorisation de laver par terre. Et tout à coup, il fut plus riche de cinquante couronnes.

Petit à petit, les commerçants à qui il rendait de menus services se transformèrent en un véritable réseau d'employeurs. Il faisait le coursier, aidait les gens à porter leurs courses dans leur voiture, il écrasait les cartons et allait les jeter dans le container, malgré ses lèvres qui viraient au bleu et ses mains qui tremblaient dans le froid polaire qui s'était abattu sur le pays.

Pendant plusieurs semaines il parcourut les trottoirs verglacés et glissants, de boutique en boutique et de cage d'escalier en cage d'escalier. Souvent on lui confiait des tâches difficiles ou désagréables, à l'exemple de cette femme un peu folle qui se faisait livrer ses courses dans un carton au quatrième étage et refusait de lui ouvrir la porte, se contentant de lui glisser l'argent à travers la fente nauséabonde de sa boîte aux lettres. Un jour, il s'était caché jusqu'à ce qu'elle ouvre pour prendre le carton et il l'avait vue, à moitié nue et répugnante de crasse incrustée.

« Qu'est-ce que tu regardes, petit salopard ? » avait-elle glapi en le menaçant de ses ongles noirs et crochus.

Il ne savait pas qu'une chose pareille pouvait exister au Danemark.

Marco accomplissait donc toutes sortes de tâches et il le faisait beaucoup trop consciencieusement pour qu'on se borne à lui jeter de la menue monnaie. Les gens qui l'employaient s'en aperçurent très vite. Marco commença donc à gagner « des vrais sous », comme aurait dit Myriam.

Et ils étaient à lui. Ils étaient tous à lui.

Il travaillait de huit heures du matin à dix heures du soir sauf le dimanche. Il était payé soixante couronnes de l'heure pour les courses et soixante-dix pour coller des affiches. Il calcula qu'il pourrait gagner plus de quinze mille couronnes par mois. Une somme qui allait lui permettre de s'en sortir puisqu'il ne dépensait d'argent ni pour se loger, ni pour se nourrir, ni pour s'habiller. En ce moment, il portait des vêtements que lui avait donné une dame qui tenait une pizzeria parce qu'elle trouvait que ceux qu'il avait sur le dos étaient trop grands pour lui.

« Tu es un vrai Latino, mon chéri. Il faut le montrer. Prends ça, ça appartenait à Mario. On l'a remis dans l'avion pour Naples le mois dernier. » Tout le personnel explosa de rire derrière le comptoir. Aucun d'entre eux n'avait jamais vu l'Italie.

Au début, Marco passa ses nuits tapi dans un coin, ici ou là. Il avait l'habitude. Mais il savait que cela ne pourrait pas durer car il y avait d'autres dangers dans la rue que le froid. Même si la majeure partie de son argent était cachée quelque part, la ville ne manquait pas de voyous prêts à l'attaquer pour lui voler le peu qu'il gardait sur lui. Sa famille, entre autres, l'aurait fait sans hésiter.

Ce furent les homos du pressing qui l'arrachèrent à ses lits de fortune. Ils l'avaient peut-être vu couché dans un coin à la gare de Nordhavn ou quelqu'un leur avait parlé de sa situation. Quoi qu'il en soit, il y avait de l'inquiétude dans leurs regards quand ils l'abordèrent dans la rue un soir de janvier.

« Si tu veux, tu peux faire des livraisons pour la teinturerie de temps en temps, dit le premier. Et en échange, tu peux venir habiter chez nous en attendant qu'on te trouve autre chose. »

Marco eut un mouvement instinctif de recul et faillit trébucher sur une congère. S'ils avaient une idée derrière la tête, ils devraient aller frapper à une autre porte.

« Écoute, jeune homme. Si nous sommes prêts à croire que tu ne nous feras rien qui nous déplaise, je pense que tu peux nous faire confiance également, non ? Tu ne peux pas rester dehors dans le froid. Ça finira mal. »

C'était celui qui s'appelait Eivind qui lui avait dit ça et, malheureusement, ce fut lui aussi qui eut à regretter ses paroles par la suite.

En vivant sur la rive huppée des lacs qui traversent Copenhague d'est en ouest, il apprit à connaître la ville sous un autre angle. Là où auparavant il ne voyait que des sujets à voler, il voyait à présent des êtres de chair et de sang qui vaquaient à leurs occupations, rendaient visite à leurs familles, couraient vers leur travail ou, comme c'était souvent le cas, cherchaient un emploi. Il découvrit toutes les facettes de leurs comportements et s'aperçut qu'ils ne différaient pas beaucoup des passants dans les autres grandes villes qu'il avait connues. Il remarqua surtout l'absence d'expression de leurs visages et l'indifférence de leurs regards. Si leur attention n'était pas attirée par une boutique quelconque, la plupart des gens regardaient si loin devant eux qu'ils ne s'intéressaient pas à ce qui se trouvait à côté. Et s'ils étaient distraits malgré tout, parce qu'ils croisaient une connaissance ou un ami, ils s'arrêtaient net, comme si on leur avait soudain mis un bâton dans la roue, et ils se mettaient à sourire sur commande avec une gaieté que ne justifiaient ni leur humeur du moment ni la situation.

Quand ce genre de scène se produisait, Marco déclenchait son chronomètre intérieur. En général, à trente secondes près, il arrivait à deviner le laps de temps entre le moment où ils se disaient « Salut » et celui où ils prenaient congé en prétendant chacun de leur côté et de façon très convaincante qu'ils avaient un millier de choses à faire, là, tout de suite. Lorsqu'il devinait à la seconde près, il riait tout seul et hochait la tête, content de lui.

En revanche, si ces mêmes individus étaient distraits par un événement moins plaisant, leur réaction était à l'avenant. Qu'il s'agisse du SDF qui distribue le gratuit *Hus Forbi* ou de l'ivrogne, d'une personne sale ou vêtue de manière outrancière, ou encore de l'homme à l'harmonica devant la supérette Netto qui faisait pourtant chanter joliment le pavé et animait le paysage urbain, ils s'empressaient de changer de trottoir.

Le Danois n'est aimable qu'avec ses semblables, c'est un fait acquis.

Et Marco ne ferait jamais partie de ceux-là.

Les premières fois où on lui avait crié de retourner d'où il venait, il était allé se réfugier sous une porte cochère. Il ne comprenait pas et il s'était senti triste et abandonné.

« Rentre dans ton pays de merde ! Tu pues ! »

« Tu ne trouves plus ton arbre, chimpanzé ! »

Voilà le genre de phrases qu'il entendait sur son passage.

Quand cela arrivait, en rentrant chez Kaj et Eivind, il ne disait pas un mot à table et, au début, aucun des deux ne parvenait à lui tirer les vers du nez. Au bout d'un certain temps ils réussirent tout de même à le faire parler et ils lui enseignèrent quelques ripostes bien senties dans un danois parfait.

« Salut ! Je vois que tu t'entraînes à parler avec tes amis. Mais pourquoi tu fais ça au milieu de la rue ? Tu ne sais plus où tu habites ? »

Cela lui fut utile.

Le respect est une chose qui se mérite. La rue le lui avait enseigné. Mais Marco aurait aimé qu'il en fût autrement.

Des semaines et des mois s'écoulèrent de la sorte. Marco prit ses distances avec son passé et se mit peu à peu à croire à la vie et à un avenir possible. Un avenir qui ne serait pas simplement une succession de jours et de semaines sans but. Dans le petit appartement coquet d'Eivind et Kaj, situé au rez-de-chaussée dans une rue du quartier d'Østerbro, il apprit en un hiver et quelques mois de printemps à contempler le futur. Il construisit les bases pour se préparer à vivre une vie normale. Il engrangeait tout ce que ses protecteurs lui enseignaient, sans discuter. Il s'efforça de gommer son accent, élargit son vocabulaire et apprit la grammaire danoise. S'il ne comprenait pas un mot ou si son accent était trop prononcé, ils se moquaient de lui en l'appelant Eliza et se mettaient à chanter la chanson de *My Fair Lady* : « *The rain in Spain stays mainly in the plain…* »

« Nous avons chacun un certain nombre de mots en nous », le consolait Kaj. Et dans le cas de Marco ce nombre grandissait chaque jour.

Dans ce modeste logis, il apprit non seulement à faire confiance à son prochain mais aussi que la routine pouvait simplifier une vie et pas seulement épuiser un être jusqu'à le briser, comme c'était le cas quand il vivait avec le clan. La régularité de sa nouvelle existence l'aidait à mieux comprendre le temps qui passe et aussi à mieux le gérer. Son envie d'appartenir à une vraie famille se renforçait de jour en jour dans ce salon aux rideaux de brocart et aux innombrables bibelots.

Parfois, ils jouaient aux cartes et piquaient d'énormes fous rires et d'autres fois ils avaient des conversations très sérieuses.

« Nous avons parlé de toi, Marco, lui dit Eivind un jour. Tu résides illégalement au Danemark et nous sommes inquiets pour ton avenir. Sans papiers d'identité, tout ceci peut s'arrêter du jour au lendemain. »

Marco ne l'ignorait pas. Il y pensait même tous les soirs avant de s'endormir. Alors ce soir-là, il se fit un serment solennel et se fixa un but. Aussi rapidement que possible, il voulait devenir un Danois comme les autres. Mais il savait que pour ça, il lui fallait un permis de séjour et qu'il ne l'obtiendrait jamais. Lui aussi lisait les journaux.

C'est pourquoi il devrait se procurer par des moyens détournés une nouvelle identité et des papiers. Ce n'est qu'à cette condition qu'il pouvait espérer avoir un jour une vie normale, des études, un travail, une famille. Il fallait qu'il trouve quelqu'un qui puisse lui procurer cela.

C'était une simple question d'argent.

Le travail le mieux rémunéré que Marco dénicha consistait à coller des affiches. L'hiver c'était pénible de les arracher, gelées sur les colonnes publicitaires.

Difficile aussi d'étaler la colle qui se mélangeait mal à cause du froid. Mais aussitôt que les premiers bourgeons éclatèrent et que l'air se réchauffa, cela devint son occupation préférée de se promener dans les rues en collant des affiches colorées qui annonçaient toutes sortes de manifestations.

Il travaillait par tous les temps, une casquette vissée sur la tête, et il le faisait consciencieusement. Pas question de jeter la moitié des publicités dans les poubelles ou de les coller sur les premiers murs et les premières palissades venus. Il collait ses affiches uniquement là où c'était autorisé et il raclait soigneusement les panneaux et les colonnes pour enlever les vieilles avant d'y mettre les nouvelles, afin qu'elles ne retombent pas à cause du poids. Il n'y avait pas beaucoup de colleurs d'affiches qui se donnaient cette peine et du coup il avait presque tout le quartier d'Østerbro et une grande partie de la commune d'Hellerup pour lui tout seul.

Ce travail l'amusait. Il avait l'impression d'éplucher le temps. Il se disait souvent qu'il aurait voulu participer à tous ces événements passés. Avoir assisté aux concerts, être allé aux vernissages, avoir défilé dans les manifestations du 1er mai. Mais il savait bien qu'en réalité il n'aurait pas pu le faire, car c'était dans ce genre d'endroits qu'il risquait de croiser ceux qui étaient à sa recherche. Quand Marco était dans la rue, il ne se laissait jamais aller à flâner et à jouir de l'existence en toute insouciance. Pas encore.

Un jour viendrait où il pourrait se le permettre, car Marco avait un plan. Un plan qui ne se réaliserait que lorsqu'il aurait grandi et peut-être changé d'apparence, que le clan ne serait plus assoiffé de vengeance, que la famille comprendrait qu'il ne constituait pas un danger pour elle. Mais tout cela allait prendre du temps.

En attendant il devait se procurer des faux papiers. Il espérait que ce serait son dernier acte criminel. Ensuite, il gagnerait honnêtement sa vie et ferait des études. C'était sa priorité. C'était à ce projet qu'il consacrait ses rares moments de loisir.

Les bibliothèques municipales étaient son refuge car Marco savait qu'il ne risquait pas d'y rencontrer Zola. Eivind et Kaj lui avaient expliqué que s'il lisait les livres sur place et qu'il ne demandait pas à les ramener à la maison, on ne lui demanderait pas ses papiers d'identité. C'était parfait.

Tous les jours il allait lire les manchettes des journaux, ou il feuilletait un nouveau livre. Les gens le remarquaient et il s'en rendait compte. Ils voyaient qu'il n'était pas comme les autres garçons qui faisaient du bruit et jouaient sur Internet. Marco venait à la bibliothèque pour lire, et quand, de temps en temps, il allait surfer sur la Toile, c'était pour y chercher la réponse à une question.

Dans un peu plus de deux ans, quand il serait majeur, il s'inscrirait au lycée de Frederiksberg et ensuite il irait à l'université, quoi qu'il arrive. Il avait lu dans un journal que sur le marché du travail, les femmes avaient plus de mal à trouver un emploi intéressant que les hommes. L'article était très virulent à ce sujet. Le journaliste aurait peut-être aussi dû écrire que c'était encore plus difficile pour les garçons à la peau foncée. En particulier pour ceux qui n'avaient pas les moyens de faire de bonnes études.

Mais Marco avait décidé qu'il ne serait pas de ceux-là. En économisant, il pourrait aller à l'université sans demander une bourse. Il voulait faire médecine parce qu'il voulait devenir quelqu'un. Il ne voulait pas finir comme ceux de sa famille.

Marco n'était pas naïf. Il savait que pour arriver jusque-là, il devait avant tout éviter les problèmes avec la justice. En travaillant au noir il prenait toujours le risque que ses employeurs se montrent imprudents et se fassent contrôler. Il craignait principalement d'être dénoncé par les gens qu'il connaissait et en qui il avait confiance. Il était toujours très prudent quand il commençait à travailler pour quelqu'un.

À vrai dire, Marco était constamment sur ses gardes.

Il fallait qu'il surveille tous les petits délinquants qui gagnaient leur vie dans la rue. Et il en voyait partout. Ils étaient comme des ombres dans la foule. Tout à coup ils étaient là et ils frappaient. La plupart du temps les gens ne s'en rendaient même pas compte, mais Marco, oui. Parce qu'il avait été comme eux.

Il ne rencontrait jamais personne de la famille, ici, à Østerbro, et cela ne le surprenait pas. Le terrain de prédilection de Zola était le centre-ville, c'était là que se trouvait l'argent et là où il y avait le plus de monde. Marco évitait donc de s'en approcher. Mais il n'oubliait pas que Zola avait également des amis très discrets et des relations d'affaires que Marco ne connaissait que de vue, et encore, pas tous. Il avait eu le temps de comprendre que le réseau de Zola était un immense filet aux mailles très serrées. Il lui suffisait de lancer ce filet pour pêcher à la traîne autant d'alliés et autant d'hommes de main qu'il le voulait. Des hommes disposés à grossir sa fortune sans poser de questions. La majorité d'entre eux venaient des pays de l'Est et heureusement ils étaient facilement repérables. Les truands baltes, polonais et russes avaient un style bien à eux.

Le paysage urbain changea d'un coup. Du jour au lendemain, un soleil chaud et éclatant fit éclore la vie dans le quartier. Les filles aux bras nus poussaient dans les rues comme des fleurs. Les enfants dansaient de joie et ce n'est que dans ses souvenirs d'Italie que Marco se rappelait s'être senti aussi heureux. L'échelle en aluminium, le seau de colle et le rouleau d'affiches semblaient plus légers à son épaule.

Il agita la main pour saluer le marchand de journaux qui prenait le soleil, appuyé à sa vitrine, comme il l'aurait fait chez lui, à Karachi. Marco posa son attirail à un endroit où il ne dérangeait personne, derrière la statue de l'homme qui avait donné son nom à la place.

L'emplacement était certainement le meilleur de toute la ville. En tout cas, c'était le meilleur sur le circuit de Marco. La colonne n'était pas très haute, mais elle était large. Quelqu'un lui avait raconté qu'à une époque il y avait des colonnes de ce genre dans tout Copenhague. Mais c'était il y a longtemps.

Celle-ci avait subsisté et la place Gunnar Nu Hansens était un endroit stratégique. Le Park Café, le grand stade, les tables de bistrots sur la place et le trottoir du boulevard Østerbrogade, qui longe l'interminable mur du cinéma Park, drainaient de nombreux jeunes gens avec un solide pouvoir d'achat, qui étaient précisément la cible des spectacles et des événements annoncés sur les affiches. Une couche épaisse composée de toutes sortes d'affichettes sauvages et d'annonces était justement sur le point de se décoller. Une tâche pour notre Marco qui attrapa sa raclette pour la mener à bien.

Il arrivait à l'avant-dernière épaisseur de papier quand il vit l'avis de recherche. Il avait souvent eu l'occasion de voir ce type d'affichettes autour des poteaux téléphoniques du quartier : « Au secours, mon petit chat s'est sauvé » ou bien « Quelqu'un a-t-il vu mon chien ? ».

Mais pas sur celle-ci.

C'était bien un « avis de recherche », mais cette fois ce n'était pas un animal domestique qui s'était égaré.

« Si quelqu'un a vu mon beau-père William Stark, merci d'appeler ce numéro », disait le texte au-dessus de la photo d'un homme. Au-dessous étaient inscrits un numéro de téléphone et une date.

Marco regarda longuement le portrait avec l'impression que les yeux de l'homme et ses cheveux lui envoyaient des décharges électriques. Il se mit à trembler. C'était comme si tous les péchés de sa vie passée s'étaient rassemblés dans ce regard à la fois mélancolique et accusateur.

Marco respira à fond, sentant le choc et la nausée l'envahir. Il avait déjà vu ce visage. C'est pour ça qu'il tremblait et pour ça aussi qu'il n'allait pas pouvoir finir son travail. Il n'oublierait jamais ni cette tête, ni ces cheveux roux, ni le bijou que la personne recherchée avait autour du cou.

Le bijou qui était suspendu autour de son cou à lui.

Il eut soudain très chaud. Il déboutonna sa chemise, jeta sa casquette par terre et regarda la date sur l'affiche en retenant sa respiration.

L'homme avait disparu trois ans plus tôt. Cela correspondait parfaitement. C'était lui que Marco avait vu dans la tombe. Lui dont il avait touché le corps à moitié putréfié. Lui qu'il avait senti en pensant qu'il s'agissait d'une bête crevée. Lui que son père et Zola avaient enterré dans un petit bois près de Kregme.

Il s'appelait William Stark.

Il avait un nom.

Marco était comme paralysé. « Si quelqu'un a vu mon beau-père… », disait l'avis de recherche.

Marco l'avait vu.

Il relâcha son attention un court instant, les yeux rivés sur l'affichette. Il était bouleversé et indécis. Alors qu'il ne relâchait jamais sa vigilance, il le fit à ce moment-là.

Il vit l'ombre arriver sur le côté. Étirée par le soleil de l'après-midi, glissant sur les dalles de la place, elle avançait dans sa direction.

Marco se tourna brusquement vers l'homme qui s'apprêtait à se jeter sur lui. Il était souple et silencieux, deux caractéristiques d'Hector, car c'était lui, l'un de ses cousins, peut-être même son demi-frère. Zola ne tenait pas un compte très précis de celles qui partageaient sa couche, et à sa connaissance sa mère aussi pratiquait l'amour libre. Hector avait plus de barbe et ses traits étaient devenus plus durs, mais c'était bien lui. Le temps que Marco mit à le reconnaître et à réagir à l'information fut trop long.

Sans un bruit, Hector lança le bras vers Marco, essaya d'attraper le collier africain qui lui échappa. En revanche, il réussit à saisir la manche de sa veste. Marco se jeta du haut de l'échelle, entraînant son cousin dans sa chute et enlevant sa veste dans le même mouvement.

Il était libre.

Il connaissait cette partie de la ville comme sa poche et savait que sa meilleure chance de s'enfuir se trouvait de l'autre côté du boulevard Østerbrogade, où les rues s'entrelaçaient en une véritable toile d'araignée qui, au lieu de l'emprisonner, lui offrait d'innombrables issues. Ses semelles résonnaient sur les pavés. Rue d'Ålborg, place Bopa, rue Krause, pas une seule fois il ne regarda derrière lui. Il ne doutait pas de tomber à un moment sur une porte cochère donnant sur une cour, communiquant avec d'autres cours. Dans ce quartier, Hector n'avait pas l'ombre d'une chance de le rattraper, s'il parvenait à avoir une demi-rue d'avance sur lui.

Il ne se retourna qu'après avoir atteint Svaneknoppen et le port de Svanemøllen, avec ses plaisanciers qui vaquaient tranquillement aux préparatifs de leurs bateaux en prévision de l'été.

Ici, il était chez lui et il pouvait en une seconde sauter dans un voilier et s'y cacher. Des centaines de mâts avaient déjà poussé le long des pontons au fil du printemps, annonçant un regain d'animation imminent devant les silhouettes des containers qui se découpaient sur la ligne d'horizon du vieux port industriel.

Il reprit son souffle et réfléchit.

Ce qui venait de se passer était la pire chose qui pût lui arriver. Ils avaient sa veste, ils avaient ses outils de travail. Ils avaient tout. Sans son matériel, plus de source de revenus. Sans compter que son téléphone portable était resté dans sa poche avec les coordonnées de la majeure partie des gens pour qui il travaillait. Et aussi, ce qui était une véritable catastrophe, ceux d'Eivind et de Kaj, à la teinturerie et à l'appartement. Comment avait-il pu se montrer aussi imprudent ? Qu'est-ce qui lui avait pris de rentrer ces numéros dans le répertoire sous « teinturerie » et « maison ».

Marco posa son poing fermé sur sa bouche. Et maintenant ? Il connaissait la meute de Zola. Ils auraient vite flairé la piste et découvert où il habitait. Marco n'en doutait pas une seconde et il savait aussi qu'Hector n'hésiterait pas à contacter Zola.

Ce qu'il craignait était arrivé.

Le clan l'avait retrouvé.

9

Printemps 2011

« Alors, Rose, tu as trouvé notre homme ? Est-ce que cette Birthe de Brumleby t'a appris quelque chose ? »

Le téléphone à l'oreille, Carl s'imaginait l'air furibond de son assistante au bout du fil. Assad passa la tête dans l'embrasure de la porte et Carl lui fit signe d'entrer.

Avec un sourire ironique, il mit le haut-parleur. Rose avait dû attendre la dame tout l'après-midi pour rien et Carl ne voulait pas priver Assad de sa mauvaise humeur. Ça lui remonterait sûrement le moral. Les colères de Rose étaient toujours l'un des grands moments de la journée.

Il rigolait tout seul. Il ne serait pas étonné que cette insolente femme de ménage se soit moquée d'eux et que sa patronne ne soit jamais rentrée.

« Sverre Anweiler a séjourné deux jours dans l'appartement, la semaine dernière, dit-elle contre toute attente, d'une voix aussi sèche qu'un Krisprolls. Il avait perdu sa clé de l'appartement de Birthe mais Louise Christiansen, la femme avec qui il apparaît sur la bande, habitait également chez Birthe à cette période et elle avait sa clé. C'est pour ça que Sverre et elle se sont donné rendez-vous pour rentrer ensemble. Il y a autre chose que vous aimeriez savoir, mon petit assistant ? »

Le sourire de Carl s'effaça légèrement et il décida d'ignorer les fossettes d'Assad qui se creusaient de plus en plus. « Bon, Rose, euh, la plaisanterie a assez duré, tu ne crois pas ? À part ça, tes infos sont intéressantes. Mais ôte-moi un doute : tu m'as dit que c'est Mme Birthe elle-même qui a invité l'autre crétin à habiter chez elle ?

— C'est ce que j'ai dit, oui. Et au fait, Mme Birthe, comme vous l'appelez, est assise à côté de moi. Alors si vous voulez lui poser la question vous-même ! »

Aïe, la gaffe ! Assad semblait trouver tout cela très divertissant, tant mieux.

« Je pense que tu t'en sors très bien toute seule, merci quand même. Pourquoi Anweiler logeait-il chez elle ? Ils étaient tous les trois dans l'appartement en même temps ?

— Non. Birthe joue de la flûte traversière avec l'orchestre symphonique de Malmö en ce moment. Ils ont juste échangé leurs appartements pour quelques jours pendant les répétitions. Apparemment, il s'agit d'un concert assez difficile.

— Eh ! Tu ne crois pas que tu vas un peu vite, là ? Tu n'as pas dit à Birthe qu'Anweiler est recherché par la police, au moins ?

— Bien sûr que si. Elle n'était pas au courant. Et Anweiler non plus, d'ailleurs, d'après elle.

— Elle doit être sacrément naïve, alors.

— Vous voulez que je le lui dise ? Elle est toujours là !

— Non, merci. Ça ira. Explique-lui juste que nous aimerions beaucoup entrer en contact avec son ami.

— J'ai son numéro. »

Ben merde, alors !

« Tu me feras un rapport complet en rentrant, OK ? Et nous gardons un œil sur cette Birthe. Demande-lui de nous tenir informés de ses éventuels déplacements dans les jours qui viennent.

— C'est fait. »

Assad émit quelques gloussements qui ne contribuèrent pas à améliorer l'humeur de Carl.

« Il y a encore une chose, Carl, reprit Rose. Nous sommes assises à une terrasse sur la place où se trouve le Park Café, et juste devant nous il y a une échelle appuyée à une colonne d'affichage. C'est un peu bizarre. On dirait que le gars qui était en train de coller ses affiches a été obligé de partir précipitamment. Il y a une spatule qui pend dans le vide.

— Mais c'est épouvantable ! Tu es en train de me dire qu'il y a un gars qui a abandonné son poste ! Il faut d'urgence aller porter plainte à l'inspection du travail ! »

Carl respira à fond. Qu'est-ce qu'elle fichait à une terrasse de café au lieu d'interroger le témoin à son domicile ? Si elle croyait pouvoir passer son café au lait sur sa note de frais, elle se mettait le doigt dans l'œil.

« Laissez-moi parler, Carl. Je n'ai pas terminé. Au-dessus de la spatule est collé un avis de recherche concernant un homme. Je crois que nous avons un dossier sur cette affaire chez nous. J'ai arraché l'affichette. Je reviens avec. Je voulais vous prévenir. »

Au secours ! Rose la bride sur le cou et sur le point de flairer une nouvelle enquête pour le département V. Il était dans la merde. S'il devait absorber le flux de tous les avis de recherche du pays, il avait intérêt à faire installer un by-pass.

Il coupa la communication, s'attendant à voir une expression malicieuse sur la figure cabossée d'Assad, mais son assistant était concentré sur un dossier posé sur la table devant lui.

« J'ai lu le rapport Anweiler, chef. Il y a des choses que je ne comprends pas. Surtout après ce que Rose a dit sur lui, alors. »

Ça c'était la meilleure ! Assad s'était de lui-même plongé dans une investigation ? Il était en train de marcher sur les sacro-saintes plates-bandes de Rose ? Quelle équipe ! En temps normal, il aurait lancé quelques ballons de détresse pour le stopper net, mais Carl se sentait brusquement joyeux. Non parce que Assad se passionnait subitement pour l'affaire Anweiler qui, s'il ne tenait qu'à lui, pouvait disparaître au fin fond de la fosse des Mariannes, mais parce qu'il s'intéressait de nouveau à quelque chose. Ce qui tenait du miracle.

Depuis leur échange d'hier sur la relation privilégiée qu'il entretenait avec Lars Bjørn, c'était comme si Assad s'était soudain réveillé et, Dieu lui en soit témoin, Carl n'avait nullement envie qu'il se rendorme.

« Qu'est-ce que tu ne comprends pas, Assad ?

— Il n'y avait pas de moteur dans cette péniche.

— Et alors ?

— Et alors, c'était un assez grand bateau avec plusieurs pièces et tout. C'était presque une vraie maison. Avec un salon meublé, une cuisine et deux chambres. Des tapis bon marché sur le sol et des reproductions sur les murs. »

Carl secoua la tête, incrédule. Ce type était incroyable. Bientôt, il allait apprendre qu'il avait aussi été architecte d'intérieur.

« Il y avait même une chaîne stéréo. On l'a retrouvée sous l'épave. »

Que de détails ! Est-ce qu'il allait aussi apprendre quel CD il y avait dans le lecteur ?

« Et il y avait un disque de Whitney Houston dans le lecteur. »

Ben voyons ! Et alors, mon vieux Assad ? disait le regard de Carl.

« Il y a plein de choses qui ne collent pas alors dans l'incendie de cette péniche, chef. Surtout cette histoire d'assurance. »

Carl fronça les sourcils. Les yeux ronds de son assistant exprimaient soudain une insondable gravité qu'il reconnaissait. Cette conversation allait prendre du temps.

« Le bateau n'était plus assuré, et alors, qu'est-ce que cela a d'étonnant ?

— Une semaine plus tôt cette péniche avait un contrat de sinistre, de responsabilité civile et d'habitation. Sverre devait être attaché à ce bateau avec tout ce qu'il y avait dedans, vous ne croyez pas ?

— C'est possible. J'ai d'abord cru qu'il s'agissait d'une escroquerie à l'assurance, mais depuis, j'ai lu le rapport avec plus d'attention. Et quand on lit entre les lignes, la police semble voir comme une circonstance aggravante le fait que le contrat d'assurance ait été résilié, Assad. On pense que le meurtre de la femme a pu être prémédité et que Sverre Anweiler a dénoncé son contrat pour ne pas éveiller les soupçons par une enquête de l'assureur. Il aurait touché cent cinquante mille couronnes d'indemnisation pour la péniche et cent mille pour le mobilier s'il avait été assuré. Ça fait quand même un joli paquet ! Et vu qu'il était déjà tombé pour escroquerie, il était logique qu'on associe l'assassinat à une nouvelle magouille de ce genre encore une fois si le rafiot avait été couvert. Certains pensent que c'était sa façon de se constituer un alibi et d'éliminer le mobile le plus évident, c'est-à-dire l'argent.

— Je sais, chef, dit Assad. Mais c'est quoi, alors, le mobile ? Et le CD dans le lecteur, qu'est-ce que vous en faites ? Je n'imagine pas un type comme Anweiler en train d'écouter du Whitney Houston, alors. Et je ne pense pas non plus que le CD soit resté dans la chaîne stéréo depuis la dernière fois qu'il est monté sur ce bateau.

— Tu as probablement raison. Mais tu en déduis quoi ? Et pourquoi un homme comme lui ne pourrait-il pas aimer la voix de Whitney Houston ? Parce qu'il a un physique de skinhead ? Tu penses que tous les chauves de la planète sont allergiques à la musique pop ? »

Assad haussa les épaules. « Regardez cette photo d'identité judiciaire, alors. »

Il sortit le cliché du dossier et le poussa vers Carl. Le personnage était décidément insipide. Comment quelqu'un pouvait-il avoir envie de sortir avec un type comme lui ?

Assad montra du doigt son encolure. « Il a un tatouage, alors. On arrive tout juste à le voir. On en parle dans les autres affaires auxquelles il a été mêlé. Il se l'est fait faire pendant son premier séjour en prison.

— Et ce n'est pas écrit Whitney Houston, je suppose.

— Non, c'est écrit "ARIA" en caractères cyrilliques. Regardez : A puis un P qui est un R, un N à l'envers qui se prononce I et un R comme si on le lisait dans un miroir qui ici est un A.

— Un jeu d'enfant. Je vois que l'alphabet russe n'a pas non plus de secrets pour toi. Aria. Tu crois que c'est un amateur d'opéra ? »

Un frémissement agita l'une des commissures des lèvres d'Assad. « Pas exactement, chef. Ha-ha. Vous êtes un peu largué, alors. C'est le nom d'un groupe de heavy metal très connu en Russie. »

Un groupe de heavy metal ! Voyez-vous ça ! Peut-être l'un de ceux avec lesquels son beau-fils Jesper l'avait agressé à coups de décibels.

Carl hocha la tête. Le raisonnement d'Assad tenait la route. Il était assez peu probable qu'un véritable amateur de hard rock soit sensible au vibrato de la belle Whitney.

« Si je comprends bien, tu penses que la victime, Minna Virklund, a elle-même mit le CD dans le lecteur. Et qu'est-ce que ça prouve ? Il s'est passé un certain temps entre le moment où elle est arrivée et celui où la péniche a explosé. Pourquoi n'aurait-elle pas mis de la musique ? Tu penses peut-être qu'une femme qui prend ses jambes à son cou pour échapper à son mari ne pense pas à emporter un CD de Whitney Houston ! C'est ça ?

— Vous savez quoi, Carl ? Je ne crois pas du tout à cette histoire de liaison entre elle et Anweiler. Et s'il y avait vraiment quelque chose entre eux, alors pourquoi l'a-t-il tuée ? Quel mobile avait-il ? Le rapport de police parle d'un possible crime passionnel. Pour quel motif, alors ? On a entendu des hurlements venant du bateau, mais personne n'a pu dire qui criait. C'est peut-être l'explication, alors ? Elle essayait de chanter sur la chanson de Whitney Houston et elle n'y arrivait pas. Vous avez déjà entendu les dromadaires hurler en chœur à la foire, chef ? »

Carl soupira. Cette affaire était pourrie. Il n'avait jamais demandé à s'en occuper. Enfin pas vraiment. Fallait-il qu'ils s'emmerdent avec ça ?

Assad réfléchit un instant, son menton piqueté de poils noirs posé dans le creux de sa main. « Vu le genre de crimes auxquels Anweiler était mêlé il y a quelques années, le type ne doit pas être complètement stupide, qu'en pensez-vous, chef ? Les délits qu'il a commis étaient un peu compliqués, non ?

— En particulier ses arnaques sur Internet. Mais c'est aussi à cause de ça qu'il est tombé.

— Oui mais quand même, il ne doit pas être idiot. Et vous ne trouvez pas idiot de revenir à Copenhague de son plein gré, à peine un an et demi après avoir assassiné quelqu'un de cette façon ? Et de donner son adresse à Malmö à une de ses amies ? Je n'y crois pas, chef. Un dromadaire tout seul dans une étable ne fait pas de poulain. »

Carl leva les sourcils. Assad était de nouveau parmi eux, Dieu soit loué ! Mais existait-il un sujet au monde qu'il ne ramenât pas à ses foutus dromadaires ?

Assad le regardait avec indulgence. « Je vois que vous avez du mal à suivre, alors, chef. C'est une expression qui veut dire qu'il y a quelque chose qui n'est pas logique. »

Hochement de tête de Carl. « Je comprends. En fait ce que tu essayes de me dire, c'est que, au vu des éléments que nous avons, tu ne penses pas qu'Anweiler soit coupable.

— C'est ça. À moins qu'un autre dromadaire débarque tout à coup. »

Quand Rose déboula au sous-sol, son visage était écrevisse. Avec son maquillage charbonneux, ses cheveux noirs hirsutes et son foulard jaune, la ressemblance avec un drapeau allemand en plein vent était saisissante.

« On dirait que tu as pris le soleil, Rose », dit Carl en lui indiquant la chaise à côté de celle d'Assad. Elle allait souffrir le martyre demain. Le soleil du mois de mai pouvait faire des ravages sur une peau aussi blanche que la sienne. Mais elle devait être au courant.

« Oui, dit-elle en posant ses mains sur ses joues écarlates. On n'a pas pu rester chez Birthe Enevoldsen. Sa femme de ménage monopolisait l'espace. Quand elle était plus jeune, il paraît qu'elle chantait avec les chœurs de l'Opéra. Bon sang ! Je n'avais encore jamais entendu un vibrato aussi inconsistant. » Elle extirpa un morceau de papier à moitié déchiqueté et plusieurs cartes postales de sa poche et les posa sur le bureau de Carl.

« D'après Birthe Enevoldsen, Anweiler aurait vendu sa péniche un mois avant le sinistre. Il lui a dit en avoir tiré cent cinquante mille couronnes avec tout le mobilier, mais elle ne sait pas à qui il l'a vendue, ni que le bateau a brûlé et coulé quelques jours plus tard. Elle n'a pas l'air d'être le genre de femme à s'intéresser aux faits divers. C'est plutôt une espèce de geek, si vous voyez ce que je veux dire. »

Assad hocha la tête avec enthousiasme, toujours friand de nouvelles expressions.

« En tout cas, la tête sur le billot, elle continuerait à affirmer qu'Anweiler n'était pas au Danemark au moment où cette femme est morte, mais chez sa mère à Kaliningrad. Et je comprends qu'elle en soit aussi sûre. Jugez vous-même. »

Elle désigna une première carte postale. Elle avait été réalisée à l'aide d'une imprimante privée à partir d'une photo d'assez mauvaise qualité.

« Ça change un peu la donne, n'est-ce pas, Carl ? »

La carte postale, adressée à Birthe Enevoldsen, montrait un Sverre Anweiler tout sourire serrant tendrement dans ses bras une femme en uniforme devant une montagne de containers au milieu du paysage bétonné d'une zone portuaire.

Une bulle tracée au-dessus de la bouche d'Anweiler disait : « Bonjour de la part de maman et moi ! »

« Le sexe mis à part, la mère et le fils se ressemblent comme deux outres d'eau, fit remarquer Assad dans un grognement.

— Deux gouttes, Assad. On dit deux gouttes. »

Il avait raison. Si l'on faisait abstraction du tatouage de Sverre d'un côté et d'une poitrine opulente de l'autre, cette femme était la copie conforme du petit homme. Elle avait une peau malsaine et livide, une bouche mince et des paupières tombantes. Leurs visages portaient la trace de la misère.

Carl retourna la carte. Elle était affranchie à Kaliningrad, la veille du jour où le bateau avait brûlé. « Vous arrivez à lire ces pattes de mouche ? Moi, non », se plaignit-il.

« C'est rigolo comme expression, chef : pattes de mouche. Je la comprends », dit Assad, en hochant la tête, ravi. On aurait presque dit que sa figure toute tordue par sa légère paralysie retrouvait sa forme initiale.

Rose reprit la carte postale et lut : « "Le voyage de Karlshamn à Klaipëda a duré quatorze heures. Le trajet en car pour arriver jusqu'ici presque autant parce que le bus a crevé trois fois." Et c'est écrit en suédois, bien sûr. »

Carl plissa les yeux. Il n'était pas très difficile de s'éloigner rapidement de Copenhague. Pour aller de la capitale du Danemark à Karlshamn, il suffisait de prendre un billet de train qu'on pouvait acheter à n'importe quel guichet de la DSB sans avoir à montrer ses papiers. En quelques heures Anweiler pouvait avoir fait le trajet entre Copenhague et le débarcadère du ferry dans ce port du sud de la Suède qui se trouve à une distance de deux cent cinquante kilomètres.

Il reprit la carte postale et l'étudia de plus près.

« Je veux bien, Rose. Tout cela a effectivement l'air très convaincant mais cette carte a peut-être été fabriquée longtemps avant la date de son affranchissement puisque, visiblement, elle a été faite par un amateur. Comment pouvons-nous être sûrs qu'Anweiler n'a pas demandé à sa mère d'expédier la carte à une date ultérieure ? »

Rose tripota distraitement son écharpe. Apparemment, elle n'envisageait même pas de relever son hypothèse.

« Bon. Puisque tu sembles attacher une telle importance à cette enquête, nous allons nous mettre au travail sérieusement, reprit Carl. Tu vas relever les numéros d'enregistrement des containers de la compagnie Mærsk qui se trouvent derrière Anweiler et sa mère, d'accord, Rose ? Si ces containers ont été entreposés sur ce quai à une date ultérieure à celle du sinistre, on monte chez Marcus et sa bande pour lui en parler. » Il hocha la tête. « C'est du bon boulot, Rose. Et à part ça, tu as autre chose pour moi ? »

Elle lâcha son foulard. « Birthe Enevoldsen connaît Sverre Anweiler depuis des années et elle m'a raconté qu'il rêvait de rendre un jour visite à sa mère à Kaliningrad, de s'acheter une moto et de traverser la Russie d'ouest en est en longeant l'océan glacial arctique, de passer par le détroit de Béring et de continuer le long de l'océan Pacifique jusqu'à Vladivostok puis de repartir d'est en ouest le long de la frontière sud de l'URSS. Cette carte-là prouve peut-être simplement qu'il a mis son projet à exécution. »

Carl se pencha au-dessus de la table. La deuxième carte postale avait été achetée dans le commerce. Elle représentait une petite carte géographique de toute la Russie sur laquelle on avait tracé avec un feutre fin de couleur bleue une ligne qui partait de Saint-Pétersbourg et traversait les villes d'Arkhangelsk, Magadan, Khabarovsk, Vladivostok et Irkoutsk. Là, un gros cercle rouge entourait le lac Baïkal et ensuite un pointillé reliait Novossibirsk, Volgograd, Novgorod et Moscou.

« Il écrit sur la carte que c'est l'itinéraire qu'il a suivi jusqu'au lac Baïkal où il est resté pendant presque quatre mois. Il n'avait plus d'argent et il a dû travailler quelque temps avant de pouvoir repartir. Le pointillé indique l'itinéraire qu'il prévoyait de suivre ensuite. »

Assad prit la carte postale et jeta un rapide coup d'œil au verso. « Regardez, chef. Elle a été envoyée six mois après l'incendie. »

Ils restèrent un moment silencieux, chacun essayant de deviner les pensées de l'autre. Assad ouvrit le bal.

« Sverre Anweiler avait donc une mère russe et sans doute un père suédois, et je crois me souvenir que la Russie et la Suède autorisent toutes les deux la double nationalité, je ne me trompe pas ? »

Que voulait-il qu'il en sache ? Carl n'était ni l'un ni l'autre, Dieu l'en préserve.

« Il pouvait donc voyager librement aussi bien en Russie qu'en Suède, enchaîna Rose. Je ne sais pas quelle est la réglementation en matière de visas en Lituanie et dans l'enclave russe de Kaliningrad, mais en tout cas rien ne l'empêchait de prendre un avion de Kaliningrad à Saint-Pétersbourg.

— Et la moto ?

— Il a pu acheter un modèle russe sur place pour une bouchée de pain, vous ne croyez pas ? » Elle le regarda d'un œil torve. Il était stupide, ou quoi ?

Carl fit comme s'il n'avait rien vu et s'adressa à Assad.

« Quand l'avis de recherche d'Interpol est parti, Anweiler roulait déjà dans la steppe russe. C'est là que vous voulez en venir ? »

Ils haussèrent les épaules en même temps. C'était une possibilité et ils le savaient tous les trois.

« Et quand il est rentré, Rose ?

— Il a pris un appartement à Malmö en sous-location et il a bossé comme roadie pour Daggers and Swords. »

Carl fronça les sourcils. Elle anticipa sa question.

« Un groupe de death metal qui est basé en Scanie, Carl. Anweiler vient justement de les accompagner en concert à Copenhague. Ils ont joué à Pumpehuset la semaine dernière. C'est pour ça qu'il est venu au Danemark. »

Il hocha la tête. « OK, je commence à y voir plus clair. Il était donc en Russie pendant une période qui se situe entre quelques jours avant que le bateau explose et tout récemment. Dans l'intervalle, il a été recherché par Interpol mais n'a jamais été en relation avec les autorités russes et, pour finir, nous savons que les contrôles sur le pont de l'Øresund ne sont plus ce qu'ils étaient. Si les choses se sont effectivement passées comme ça, Anweiler n'a jamais entendu parler du sinistre et il a tout naturellement continué à vivre sa vie comme si de rien n'était. L'appartement à Malmö était une sous-location et la police n'a pas pu le retrouver à cette adresse non plus. » Carl hocha la tête. L'histoire était plausible sans pour autant qu'il y croie.

« Et Mme Birthe a emprunté son appartement à Malmö pendant que lui était à Copenhague ?

— Oui. Il est tout près de l'opéra et c'était pratique pour elle », répondit Rose.

Assad se cala au fond de sa chaise. « Ce sont des drôles de copains, quand même ! Comment Birthe Enevoldsen et Anweiler se sont-ils connus, tu le sais, Rose ?

— Par l'intermédiaire de Louise Christiansen. C'est la fille qu'on voit avec lui sur la bande, celle qu'il a retrouvée au Park Café. Elle est percussionniste diplômée du conservatoire, et il y a quelques années elle a joué dans des groupes pour lesquels Sverre Anweiler était roadie. Elle jouait à Copenhague la semaine dernière, d'ailleurs. »

Carl consulta sa montre. Il avait rendez-vous avec Mona dans une demi-heure. Exceptionnellement, elle avait choisi un café dans une rue chic, ce qui n'était pas son genre, mais au moins c'était un café. Sinon il aurait pu s'attendre à une surprise du style babysitting de son petit-fils insupportable et mouchage de son nez qui coulait en permanence.

« Bon, dit-il d'une voix autoritaire, faisant comprendre à ses assistants que la réunion était terminée. Beaucoup d'éléments innocentent Anweiler, je m'en rends compte. Et j'aurais bien aimé que certaines de ces choses figurent dans les rapports de nos collègues, des choses qui nous auraient éclairés sur le suspect, comme par exemple son actuelle source de revenus et sa double nationalité, sans parler de ses attaches à Kaliningrad. Ceux qui ont mené cette investigation devaient avoir du boulot par-dessus la tête à ce moment-là, je suppose. Et quand on en a trop par-dessus la tête, ça finit par vous tomber sur le coin de la gueule. »

Il sourit de sa propre blague mais il fut bien le seul. Alors il tapa sur son bureau du plat de la main. « Je propose qu'on en reste là. J'ai des trucs à faire. Rose, tu vas vérifier cette histoire de containers. Et Assad, tu monteras faire un rapport à la criminelle. Je propose qu'on fiche la paix à Marcus pour les derniers jours où il est là. Mais va dire à Lars Bjørn que nous avons progressé sur une vieille affaire et qu'il y en a quelques-uns au département A qui vont se faire tirer les oreilles pour travail bâclé. Dis-lui aussi que cette affaire m'emmerde. »

Il allait se lever quand Rose brandit un morceau de papier gondolé sous ses yeux. Il était arraché sur les côtés et déchiré en deux mais le message était clair :

« AVIS DE RECHERCHE »

Mais qu'est-ce que ça pouvait lui faire, à un quart d'heure du rendez-vous le plus intéressant de la journée ?

Il referma les doigts sur la pochette en soie dans sa poche et la chanson se remit à tourner dans sa tête : « Hey Mona, Houh Mona… »

10

Marco était bouleversé. Le calme des promeneurs admirant les bateaux le long des pontons, en plein soleil, était aux antipodes de son état d'esprit.

Le clan l'avait retrouvé. En une seconde sa vie paisible lui avait été arrachée et, comme si cela ne suffisait pas, le regard d'un homme mort venait de le marquer au fer rouge.

Le dilemme était terrible. Que faire à présent ? Son instinct lui dictait de disparaître de Copenhague pour toujours s'il voulait rester en vie, mais d'un autre côté, il savait qu'il ne pouvait faire ça.

Il devait protéger ses amis contre les méthodes expéditives de Zola et se protéger lui aussi. Mais dans quel ordre ?

Son regard se perdit au-delà de la forêt des mâts tandis qu'il tentait de regagner sa paix intérieure.

D'abord il téléphonerait à Eivind et à Kaj pour les prévenir. Ensuite il irait chercher son argent à l'appartement, car sans lui il n'atteindrait pas son but et sa vie reviendrait plusieurs mois en arrière. Enfin, il ferait le tour des gens qui lui devaient de l'argent. Ça commençait à faire une belle somme.

Marco cacha son visage dans ses mains. Cette

histoire avec l'homme aux cheveux rouges l'avait bouleversé. Il était tout simplement obligé d'aller voir si l'avis était toujours là. Il l'espérait vraiment. Il voulait le récupérer pour vérifier un certain nombre de choses. Il découvrirait peut-être un détail qui lui permettrait de comprendre pourquoi son père…

Il secoua la tête pour chasser ses idées noires espérant qu'Hector n'ait pas pris sa veste et son téléphone, et qu'il se soit fait du souci pour rien.

Dans le cas contraire, il allait devoir, à partir d'aujourd'hui, écouter comme un aveugle et développer l'acuité visuelle d'un sourd.

Debout devant la cabine téléphonique de la gare de Svanemøllen, il essayait de se souvenir du numéro de la teinturerie. C'était quoi déjà les trois derniers chiffres ? 386 ? 368 ? Ou bien aucun des deux ? D'habitude, il lui suffisait d'actionner une touche et il avait le bon numéro, mais maintenant qu'Hector…

À la cinquième tentative, il se sentit à peu près sûr de lui. Mais il tomba sur le répondeur.

« Vous êtes sur la messagerie de Kajvind, nettoyage express, annonçait Eivind de sa voix douce. Malheureusement, nous ne sommes pas là pour le moment. Nos horaires d'ouverture sont les suivants : … »

Marco raccrocha, inquiet. Pourquoi n'étaient-ils pas au pressing à cette heure-ci ? Les hommes de Zola étaient-ils déjà passés ? Pourvu que non. Est-ce qu'ils étaient déjà rentrés ? Non, c'était impossible, pas si tôt dans la journée, ça ne leur ressemblait pas. Mais alors, quoi ? Comment allait-il faire pour les prévenir sans s'approcher du quartier où ils habitaient et où il n'osait pas retourner pour l'instant ?

Tout à coup, il se rappela pourquoi la teinturerie était fermée. On était mercredi, voilà pourquoi. Depuis des mois Kaj s'était plaint de problèmes à la vessie et il était incapable d'aller tout seul chez le médecin. Marco se souvenait à présent qu'Eivind lui avait promis de l'accompagner. Le panneau « fermeture exceptionnelle » était déjà accroché à la vitrine quand il était passé devant il y a deux heures. Comment avait-il pu l'oublier ?

Il quitta le quartier du port en se disant que c'était la dernière fois avant très longtemps qu'il écouterait le cri des mouettes et respirerait l'air chargé d'embruns en imaginant un avenir heureux.

Il longea le Strandboulevard jusqu'à Østerbrogade. Il lui restait six cents mètres à faire, à découvert, pour arriver à la place Gunnar Nu Hansens. À première vue, la circulation sur la chaussée et les trottoirs était normale. Il ne fallait pas qu'on puisse le repérer à distance, et Marco fit le détour par la rue Jagtvej pour profiter du couvert des arbres et des buissons, d'un vert tendre et printanier, dans les jardins de Fælledparken.

Il mit vingt minutes à parcourir quelques centaines de mètres. Il était hors de question qu'il se laisse surprendre à nouveau. Dans les clairières du parc, les gens musardaient au soleil. Mais qui étaient-ils ? Certains d'entre eux étaient peut-être les espions de Zola ? Le déguisement le plus efficace sur ces pelouses n'était-il pas de se déshabiller ? Hector en serait bien capable et, dans l'entourage de Zola, la pudeur n'était pas de mise.

Arrivant par une petite rue transversale, Marco commença par inspecter minutieusement la place. À nouveau, il se fit la réflexion qu'il y avait trop de monde et trop de couleurs. Laquelle de ces taches sur le trottoir allait subitement se jeter sur lui ? À quelle table était assis celui qui tout à coup se retournerait pour révéler un visage connu ? Il y avait tant de dos et tant de taches de couleur à surveiller. Toutes les tables des terrasses de café étaient occupées, et, assis en cercle ici et là, des jeunes gens d'humeur joyeuse buvaient leur bière au soleil.

Son échelle était toujours à l'endroit où il l'avait laissée, et son seau posé derrière la statue, avec tout son matériel.

Il trouva étrange que rien n'ait bougé. Qu'est-ce que cela voulait dire ? Zola avait-il dit à Hector de ne toucher à rien ? Ses outils étaient-ils supposés servir d'appât ?

Marco croisa les mains derrière la nuque et pencha la tête en arrière. Chez lui, les crampes d'estomac étaient le prolongement nerveux de son esprit et, à cet instant, il souffrait le martyre. Il n'y avait rien qu'il eût autant en horreur que les mauvais pressentiments. Il préférait encore affronter la catastrophe que de se demander quand elle allait lui tomber dessus.

Hector bondirait-il sur lui à la seconde où il se montrerait ? D'autres membres du clan étaient-ils dispersés dans le quartier avec pour consigne de l'attraper ? Marco devait-il se mettre à hurler s'ils essayaient de le capturer ?

Quelqu'un réagirait-il s'il le faisait ? Il était en droit d'en douter. Les Danois préféraient faire profil bas quand il y avait du grabuge. Il l'avait souvent remarqué. Combien de fois Marco et d'autres membres du clan avaient-ils réussi à s'échapper sans que les passants cherchent à les arrêter, alors que partout autour d'eux on criait « Au voleur, au secours ! » ? Cette passivité lui avait été bien utile dans son ancienne vie, mais à présent il se sentirait plus rassuré s'il avait pu espérer un peu d'aide.

Marco avança prudemment, un pas après l'autre, en direction de la colonne. Quand enfin il y parvint et qu'il en fit le tour, ce fut pour se rendre compte que l'avis n'y était plus et que la spatule traînait par terre.

Pourquoi l'affichette avait-elle été enlevée ? Hector avait-il vu comment il la regardait ?

Marco hocha la tête. Hector avait dû voir son regard et il avait arraché l'avis de recherche pour discuter avec Zola de ce qui pouvait bien l'intriguer.

Pourtant, et bien que l'explication fût logique, Marco ne comprenait pas comment Hector avait pu avoir cette idée. Il y avait peu de chance qu'il soit au courant pour le cadavre et son cousin était d'une telle bêtise qu'il ne lui viendrait pas à l'idée de prêter attention à une affiche quelconque sur quelque colonne que ce soit.

Marco regarda l'espace vide. Zut, alors ! Il avait besoin des informations qui se trouvaient sur cet avis.

« Bonjour », le salua quelqu'un en danois.

Marco sursauta. Est-ce que ça venait de derrière ? Si c'était le cas, il fallait qu'il coure tout droit vers le Park Café. Il n'avait pas reconnu la voix, mais il ne connaissait pas non plus *tous* les collaborateurs de Zola.

« Du calme, mon gars. Je voulais juste te dire que j'ai pris une des affiches que tu as jetées par terre.

J'espère que c'est OK. Sinon je te la rends. Ma sœur était au concert, alors je me suis dit que j'allais… tu comprends ? »

Marco inspira par le ventre en regardant le type assis par terre brandir une affiche froissée sous les gloussements des filles qui étaient autour de lui. C'était une affiche du concert que la chanteuse Sade avait donné la veille au Forum.

Il se contenta d'acquiescer et de prendre son échelle. Il fallait qu'il parte, le plus vite possible. Il y avait déjà trop longtemps qu'il était là.

Marco se sentait un peu ridicule à courir comme ça avec tout son matériel, mais il n'osait pas faire autrement.

Si je me dépêche, j'aurai peut-être le temps de faire tout le circuit et de voir si par hasard il n'y a pas d'autres avis ailleurs, se dit-il.

Plus tard, quand la fraîcheur serait tombée et qu'il y aurait un peu moins de gens dans la rue, il irait au dépôt demander son solde et ensuite il ferait le tour du quartier pour prévenir les commerçants de répondre qu'ils ne le connaissaient pas, au cas où les hommes de Zola viendraient leur poser des questions.

Quand j'aurai fait tout ça, je chercherai des renseignements sur l'homme de l'avis de recherche. Il y a sûrement quelque chose sur Internet, songea Marco.

Et en fin de journée, il essaierait tout de même de s'approcher de l'appartement d'Eivind et de Kaj. Même si, connaissant les méthodes de Zola, il y avait de fortes chances qu'il soit obligé de renoncer à ce projet.

Il devait se montrer extrêmement prudent. Il ne pouvait pas savoir comment Zola allait bouger son prochain pion. Il était possible après tout qu'il ait déjà envoyé quelqu'un fouiller les lieux.

Quelle chance qu'ils ne soient pas chez eux aujourd'hui !

Il jeta un regard autour de lui, respira profondément, puis ferma les yeux et joignit les mains. « Cher Dieu, pria-t-il dans sa tête. Faites qu'ils ne fassent aucun mal à Eivind et à Kaj. Et aussi qu'ils ne trouvent pas mon argent. »

Il resta immobile un instant et formula sa prière une deuxième fois afin de lui donner plus de poids. Sa mère lui avait expliqué, il y a très longtemps, que Dieu était sensible à ce genre de détails. Quand il rouvrit les yeux, il tenta en vain de se sentir rassuré par cette nouvelle alliance. La simple idée qu'ils pourraient trouver ses économies derrière la plinthe de sa chambre lui glaçait le sang.

Cet argent était la seule assurance qu'il avait et sa clé vers une vie meilleure.

Deux heures plus tard, après avoir remonté une grande partie du boulevard de Strandvejen et alors qu'il avait quasiment perdu espoir, Marco trouva ce qu'il cherchait. Il avait gratté quatre colonnes à fond sans résultat et ce fut sur la dernière qu'il trouva *deux* avis de recherche.

Il les arracha soigneusement, les plia et les cacha sous sa chemise. Maintenant qu'il avait les renseignements dont il avait besoin, il se sentait à la fois mieux et plus mal. Il venait de comprendre que s'il s'était obstiné ainsi, c'était parce qu'il voulait savoir qui était ce William Stark et si possible connaître les circonstances de sa disparition.

Quel rapport y avait-il entre cet homme, son père et Zola, pour commencer ? Tant de choses dépendraient de la réponse à cette question !

Dans l'idéal, il aurait voulu que Zola aille en prison sans que son père soit inquiété. Mais si ce n'était pas possible, il devait quand même envisager que les deux payent pour leur crime.

Marco croisa les bras. Cela lui faisait mal de penser à ces choses. Il aimait son père et en même temps il le détestait d'accepter de vivre sous la coupe de son frère. Sa faiblesse faisait de lui un homme mauvais et un traître. Il avait si souvent rêvé d'avoir un père capable de leur offrir à sa mère et à lui une vie heureuse, loin du poison de son oncle Zola. Marco en avait assez.

Il fallait que ça cesse.

Il voulait se rendre à la bibliothèque, comme d'habitude, mais il n'osait pas. À la place, il alla s'installer dans le cybercafé tenu par son ami Kasim, au bout de la rue Nordre Frihavnsgade et assez près de la gare de Nordhavn pour qu'il puisse y être en quelques secondes, en passant par la cour arrière de l'établissement. Il s'assit au fond du local, devant un vieil ordinateur ronronnant, et tapa le nom de William Stark.

Il fut étonné de voir plusieurs milliers de résultats et limita sa recherche aux pages en danois. Là encore, il y en avait des milliers.

La plupart des sites se répétaient mais le message était clair. William Stark n'avait rien du pauvre hère qui en avait eu assez de coucher dans des sacs de couchage moisis ou de s'endormir dans les vapeurs d'alcool au bord du delirium tremens. William était un homme ordinaire qui faisait un métier respectable, même si Marco ne comprenait pas très bien en quoi il consistait. Il se promit de lancer une recherche là-dessus un autre jour. Quoi qu'il en soit, William Stark travaillait dans un ministère et il rentrait d'une mission au Cameroun au moment où il avait disparu.

Marco leva le nez de son écran et contempla le mur pelé du cybercafé. Il avait une sensation étrange dans l'estomac : pourquoi William Stark devait-il disparaître ? Rien de ce qu'il lisait sur lui ne donnait à Marco l'ombre d'une explication à ce sujet. Il apprit l'âge de Stark au moment de sa disparition et son adresse. Il apprit aussi qu'il ne serait déclaré mort qu'après une période de cinq ans et aussi qu'il laissait derrière lui une compagne et sa fille.

Marco tapa sur le moteur de recherche krak.dk le numéro de téléphone indiqué sur l'avis de recherche. Sans succès. Il le tapa ensuite directement dans la barre de recherche Google sans s'attendre à plus de résultats. Il savait que les numéros de portable changeaient très souvent de titulaire, en particulier ceux des jeunes. Mais une ancienne page Web, à propos d'une fille souffrant d'un syndrome accompagné d'importantes douleurs, mentionnait ce numéro à l'intention d'autres filles qui souffriraient de la même maladie et qui souhaiteraient en parler.

Marco passa doucement le bout des doigts sur le numéro à l'écran. La fille qui avait lancé cet avis de recherche était malade, elle s'appelait Tilde

Kristoffersen et elle avait perdu son beau-père. Et s'il n'était plus auprès d'elle c'était parce que son père à lui…

C'était si horrible qu'il refusait même d'aller au bout de cette pensée.

L'ouverture de la porte du café déclencha sa pompe d'adrénaline et lui fit lever la tête. L'homme qui pénétra dans l'établissement était en djellaba, comme Kasim, le propriétaire des lieux. Il avança vers lui et le serra dans ses bras. Ouf !

Marco se leva et alla rejoindre les deux hommes. « Dis-moi, Kasim, dit-il, tu n'aurais pas un téléphone portable à me vendre ? J'ai perdu le mien. »

Le vieil hindou ne répondit pas mais il demanda d'un geste à son ami de patienter.

Il entraîna Marco dans une arrière-boutique assez différente de ce qu'on aurait pu attendre d'un hindou. Des murs clairs, mais pas blancs. Un mobilier Ikea avec des tiroirs de toutes les tailles et non des meubles massifs en bois sombre. Une chaise de bureau vert et jaune et un transistor qui jouait de la musique classique. Aucune lumière blanche émanant de lampes munies d'abat-jour en laiton ciselé n'éclairait la pièce et Marco ne vit nulle part d'écran de télévision diffusant des films Bollywood.

« Prends un de ceux-là, si tu veux, dit Kasim en ouvrant un tiroir. Je peux te faire cadeau du téléphone mais il faut que tu me payes la carte SIM. Si tu as besoin d'une carte prépayée pour appeler l'étranger, je peux te la vendre aussi.

— Une mobicarte, ça ira. Tu en as une à deux cents couronnes ? demanda Marco en pêchant un billet dans sa poche. Je n'ai que cinquante couronnes sur moi mais tu sais que tu peux me faire confiance, n'est-ce pas ? »

Le regard que lui renvoya Kasim disait sans équivoque qu'il avait déjà eu à regretter de croire à ce genre de phrases.

« Pas de problème, dit-il malgré tout au bout de quelques instants de réflexion. En tout, avec la connexion Internet, tu me dois trois cent cinquante couronnes.

— Merci. Je peux retourner à l'ordinateur un petit peu ? Il faut que je rentre les numéros des gens que je connais. Je ne les ai pas retenus par cœur.

— Je m'en doute », répondit l'hindou.

Les coups de fil que passa Marco furent décourageants. Le marchand de légumes, l'épicier et l'homme qui lui fournissait les affiches étaient furieux. Ils lui demandèrent dans quoi il s'était fourré pour que des types aussi louches soient à sa recherche. Ils le prenaient tout à coup pour un criminel.

Ils étaient déçus, mais celui qui exprima le sentiment général avec le plus de franchise fut le marchand de vélos. Aucun d'entre eux ne voulait plus avoir affaire avec un garçon poursuivi par de telles ordures. Il faisait partie de la mafia, ou quoi ?

On les avait tous menacés de mettre le feu à leurs commerces s'ils ne disaient pas tout ce qu'ils savaient sur Marco et, bien sûr, ils avaient tous craché le morceau. Les hommes de main de Zola avaient même cassé le comptoir de l'épicier qui avait pris quelques coups.

Marco se sentit à nouveau très seul.

Alors il sortit de sa poche le morceau de papier sur lequel il avait inscrit le numéro de la fille, le lissa sur la table devant lui et passa un dernier appel.

Au bout de quelques secondes, un jingle retentit et une voix féminine annonça : « Le numéro que vous demandez ne peut être joint… »

La ligne avait été résiliée.

La porte cochère en face de l'immeuble dont Eivind et Kaj occupaient le rez-de-chaussée était le point de rendez-vous des ados quand ils avaient besoin d'un endroit pour se bécoter ou pour fumer. Il y avait toujours des vélos appuyés au mur dont on ignorait ce qu'ils faisaient là et dont personne ne connaissait les propriétaires. Et par terre traînaient assez de mégots pour faire sauter de joie un SDF. Et il y avait Marco, collé contre le mur, les yeux rivés sur les fenêtres sombres de l'appartement.

Il était là depuis une heure et il y resterait une deuxième, et même plus s'il le fallait. Tant qu'il ne verrait pas la lumière s'allumer, ou les silhouettes d'Eivind et de Kaj dans l'appartement, il n'oserait pas mettre un pied dans la rue.

Il fut dérangé plusieurs fois par des tourtereaux qui lui demandaient de se tirer de là quand ils s'apercevaient qu'il n'avait nullement l'intention de partir de son plein gré.

Marco s'en fichait. Il pensait à Eivind et à Kaj, à son argent dans l'appartement et à la façon dont il allait pouvoir entrer en contact avec la dénommée Tilde maintenant qu'il savait que son numéro de portable n'était plus en service. Avant d'aller voir la police avec les affichettes qu'il gardait à l'intérieur de sa chemise, il voulait en savoir plus sur cette affaire.

Peut-être que cette fille ou sa mère pourraient lui expliquer quel lien il existait entre William Stark, Zola et son père. S'il n'arrivait pas à joindre la fille au téléphone, il pouvait toujours aller la voir chez elle, puisqu'il connaissait l'adresse. Peut-être quelqu'un là-bas pourrait-il le renseigner sur William Stark.

Il entendit le pas traînant avant de voir la silhouette se découper à contre-jour au coin de la rue. Eivind boitait, comme si son genou cédait un peu sous son poids et, même pour traverser, il garda la même allure. Deux sacs en plastique pendaient au bout de son bras, ce qui était souvent le cas quand il rapportait de la comptabilité à la maison. Eivind était passé à la teinturerie après être rentré de l'hôpital. Mais pourquoi Kaj n'était-il pas avec lui ? Est-ce qu'il était vraiment malade ? Était-ce pour ça qu'Eivind avait le pas si lourd ? Ou bien était-il simplement très fatigué ?

Marco fronça les sourcils. Il était content de voir Eivind arriver enfin et en même temps il ne se sentait pas tranquille. Les hommes de Zola attendaient peut-être dans l'appartement. Il alla quand même se poster sous la lumière des réverbères.

Le sourire qui éclaira le visage d'Eivind en voyant Marco était digne de celui d'un père. Mais instantanément son expression changea quand il réalisa que la situation sortait de l'ordinaire.

« Qu'est-ce que tu fais dans la rue, Marco ? » Il tourna les yeux vers les fenêtres de l'appartement. « Et pourquoi est-ce qu'il n'y a personne à la maison ?

ajouta-t-il tandis que les vitres sombres et le silence de Marco effaçaient son sourire tout à fait.

— Pourquoi Kaj n'est-il pas avec toi, Eivind ? dit Marco en guise de réponse.

— Il n'est pas à la maison ? » Les fossettes d'Eivind avaient disparu pour de bon.

« Je ne sais pas, je ne suis pas encore entré. Je croyais que vous étiez ensemble.

— Mon Dieu. » Dans une seconde, Eivind allait entrer dans l'immeuble, ouvrir la porte et se précipiter dans l'appartement. Marco vit que déjà il imaginait le pire. Ses sentiments pour l'être cher s'étaient mués en une sourde angoisse. Le chagrin et la peine infinis qu'on ressent en perdant une personne aimée l'avaient brusquement envahi.

« Attends ! s'écria Marco. Tu ne peux pas entrer. Il y a peut-être des gens à l'intérieur. Des gens qui me veulent du mal. Il ne faut pas qu'ils te voient. »

Eivind regarda soudain Marco comme si de toutes les déceptions de son existence, il était en train de vivre la plus cruelle. Et, faisant fi de sa mise en garde, il lâcha les sacs aux pieds de Marco, traversa la rue et entra dans l'immeuble. Quelques secondes après, la lumière s'alluma dans l'appartement et le cri de désespoir d'Eivind retentit.

Marco se colla contre la façade de l'immeuble. S'il entendait un quelconque tumulte à l'intérieur, il serait obligé de s'enfuir. C'était lâche de sa part, mais il n'avait pas le choix. Si la porte de l'immeuble s'ouvrait, il fuirait aussi vite que l'éclair. C'est à cela qu'il pensait, le cœur battant la chamade, douloureusement conscient que le mal incarné par Zola se répandait à présent autour de lui par sa faute. Mais il pensait aussi à l'argent, caché derrière les plinthes. Il n'en était pas très fier mais c'est ce qui le préoccupait le plus.

« MARCO ! » hurlait maintenant Eivind dans l'appartement. Il n'appelait pas à l'aide. Il était dans un état de colère semblable à celui que Marco avait observé dans le monde de Zola et qui était en général annonciateur de châtiment. Marco n'avait jamais entendu Eivind crier de la sorte.

Il inspecta la rue de haut en bas. Tout avait l'air calme.

Il s'écarta du mur et entra dans l'immeuble où il trouva la porte d'entrée grande ouverte, ce qui lui permit d'entendre la voix fébrile d'Eivind et d'étranges borborygmes qu'il ne réussit pas à comprendre à distance.

Comme dans tous les appartements d'homosexuels qu'il avait cambriolés, le vestibule annonçait la couleur et l'esprit de ce qu'on allait trouver dans le reste de l'appartement. Dans cet espace réduit, on pouvait déjà deviner les passions et les centres d'intérêt des occupants. Dans le cas d'Eivind et de Kaj, c'était des acteurs et des actrices, depuis longtemps disparus, dans des tenues sophistiquées. Des cadres en acajou, et même en argent, étaient artistiquement disposés sur les murs comme les icônes dans les églises italiennes où Marco avait jadis cherché consolation. Ces images d'idoles gisaient à présent sur le plancher au milieu du verre brisé et des cadres fracassés. Et au bout de ce désastre, dans l'embrasure de la porte, Marco reconnut la pointe d'une paire de pantoufles et son cœur faillit s'arrêter.

Jetant de brefs coups d'œil dans les chambres au passage, il se précipita dans le salon.

Le spectacle qui l'y attendait était tragique et malheureusement prévisible.

Eivind était agenouillé près de Kaj et lui tenait la tête. Grâce à Dieu, il était encore en vie et il avait les yeux ouverts, mais le sang sur son visage et partout autour de lui disait qu'il aurait pu en être autrement.

« Qu'as-tu fait, Marco ? gémit Eivind d'une voix stridente. Qui sont ces gens ? Tu t'es fourré dans de sales histoires, petit con ? On ne veut pas de ça chez nous, tu m'as compris ? Dis-moi qui c'était. Tu le sais n'est-ce pas ? »

Il secoua la tête. Ce n'était pas parce qu'il ne voulait pas répondre mais il ne le pouvait pas. Il secouait la tête parce que c'était le geste qui exprimait le mieux la honte qu'il ressentait.

« Appelle une ambulance, Marco. Tout de suite ! Et ensuite, va-t'en. Et ne reviens plus jamais. Tu as compris ? VA-T'EN ! »

Il appela les secours pendant qu'Eivind tentait en sanglotant de soulager la douleur de son compagnon. Quand Marco voulut aller dans sa petite chambre chercher ses affaires, constatant avec soulagement que la plinthe n'avait pas bougé, Eivind entra comme une furie.

Pâle comme la mort, animé de la violence que seule une colère aussi intense que dévorante peut provoquer chez un être humain, il se jeta sauvagement sur Marco en hurlant : « Rends-moi ta clé et fous le camp, sale petit gitan ! Et vite ! »

Marco protesta et supplia Eivind qu'il le laisse au moins prendre ses affaires mais, complètement enragé, il le frappa et plongea les mains dans ses poches pour reprendre lui-même la clé de l'appartement.

Il n'avait plus que cette idée en tête, s'assurer que Marco n'y remettrait plus les pieds.

Ce serait la dernière image que Marco garderait de lui : penché à la fenêtre, il jetait sur le trottoir tous les biens de son ancien protégé.

Tout, sauf son édredon et son trésor derrière la plinthe.

Tout, sauf le plus important.

Le couple sous le porche de l'autre côté de la rue trouva la scène fort distrayante.

11

Ce soir-là, Carl attendit pour rentrer chez lui que la lumière de la cuisine s'éteigne ; il ne se sentait capable de supporter ni la commisération de Morten ni la Gestalt-thérapie de Mika. Il avait juste envie de se mettre au lit pour y lécher ses plaies et rester jusqu'à ce qu'il moisisse sous la couette.

Mona l'avait plaqué, et il ne comprenait ni pourquoi elle l'avait fait, ni pourquoi c'était arrivé à ce moment-là. Il se demandait aussi pourquoi il n'avait pas lancé son irrésistible offensive de charme avant qu'elle ne réduise tous ses espoirs à néant en deux phrases. En fait, il ne comprenait plus rien du tout et vu l'état dans lequel il était ce soir, il se disait qu'il n'avait peut-être jamais rien compris. À la gent féminine en particulier. Les femmes étaient tellement bizarres et prévisiblement imprévisibles. Douces et câlines en apparence, elles pouvaient être de vraies tueuses sous la surface.

Quand apprendrait-il la leçon ?

Il grimpa discrètement l'escalier, le moral dans les chaussettes, et se jeta sur son lit tout habillé pour réfléchir à sa situation. Normalement, quand ce genre de nœud gordien s'enroulait autour de son cou, il attrapait son téléphone portable et demandait à Mona de l'aider à s'en sortir, mais là ?… Il ne savait pas du tout quoi faire.

Ce n'était pas Carl qui avait choisi le Café Bohème pour leur rendez-vous, mais en voyant le décor raffiné du restaurant et la vue sur l'Esplanade, il se dit que ce n'était pas le pire endroit pour faire sa demande. Il y avait un moment qu'il attendait l'occasion idéale, et ce n'est qu'il y a quelques jours, en découvrant dans une petite rue derrière les Grands Magasins un artiste russe qui créait des bijoux dignes d'une princesse, qu'il avait compris que l'heure était venue.

Carl avait apporté la bague et il était animé de grandes espérances. Quand Mona entra dans le restaurant, le regardant droit dans les yeux, il tenait la pochette en soie fermement serrée entre ses doigts au fond de sa poche.

« Je voulais te parler aujourd'hui, Carl, parce qu'il me semble que nous nous voyons toi et moi depuis assez longtemps, et que j'éprouve le besoin de faire un point sur ce que nous représentons l'un pour l'autre. »

Carl sourit intérieurement. C'était parfait. Il n'aurait pas pu rêver meilleure introduction.

Sa main autour de la pochette n'attendait plus que le moment où Mona dirait qu'elle souhaitait que leur relation s'installe dans un cadre plus solide. Vivre ensemble, passer devant monsieur le maire, quoi qu'elle lui propose, il était d'accord. Aussi longtemps que la présence de Hardy procurait à son foyer un revenu régulier en contrepartie de l'aide apportée par Morten au chevet de l'infirme, et que Mika était là pour lui donner un coup de main, le 73 allée des Magnolias n'aurait pas besoin de changer de propriétaire.

« Qu'attendons-nous l'un de l'autre, tu as déjà réfléchi à ça ? » lui demanda-t-elle.

Il sourit. « Absolument. Et je… »

Le regard de Mona s'adoucit et il fut si ému qu'il s'interrompit. À cet instant, il avait avant tout envie de prendre son visage entre ses mains. De sentir sa peau duveteuse. D'embrasser ses lèvres tellement douces. Il remarqua que son souffle était rapide et volontaire. Elle respirait comme quelqu'un qui est sur le point de prendre une décision importante et mûrement réfléchie. Mais elle prenait son temps. Et elle avait raison. Les grands tournants de la vie doivent être abordés avec prudence.

« J'ai beaucoup d'affection pour toi, Carl, dit-elle. Tu es un homme merveilleux. Mais je ne sais pas où tout ceci nous mène. J'y ai souvent pensé. Qu'est-ce que cela changerait si nous étions encore plus proches ? Si nous vivions ensemble et que nous nous réveillions dans le même lit tous les matins ? » Elle lui prit la main et la serra avec une force qui le surprit. Apparemment, elle avait du mal à sauter le pas. Peut-être préférait-elle que cela vienne de lui. Mais Carl se contenta de sourire. Il allait la laisser répondre à sa propre question et alors seulement, il sortirait la pochette en soie de sa poche.

Et la réponse arriva, inattendue, sans passion ni ferveur. « Je crains que cela ne change pas grand-chose. Nous n'aurions plus rien à nous dire et nos étreintes se feraient de jour en jour plus rares, tu ne crois pas ? Ces derniers temps, tu t'es éloigné de "nous" et de toi-même par la même occasion, et c'est peut-être très bien que nous prenions cette décision maintenant. Tu oublies fréquemment nos rendez-vous, et quand ma fille et mon petit-fils sont présents, tu es là sans être vraiment là. Tu ne me regardes plus comme avant, et tu refuses aussi de voir ta propre situation en face. Nous étions convenus que tu irais au bout de ta thérapie, et tu as laissé tomber. J'ai besoin que les choses avancent, Carl, et elles stagnent depuis longtemps. Trop longtemps. Alors je vais être franche avec toi : je préfère qu'on arrête. »

Carl se sentit subitement glacé. Il aurait bien voulu être capable de dire des choses essentielles et déterminantes mais elle l'avait mis dos au mur. Était-ce vraiment ainsi qu'elle le voyait ? Il secoua la tête. Essaya de mettre de l'ordre dans ses pensées qui tournaient en boucle. Les mots restaient bloqués dans sa gorge. À l'inverse, Mona semblait parfaitement maîtresse d'elle-même. Lucide et déterminée. Des qualités que, dans d'autres circonstances, il appréciait chez elle.

« Je ne sais pas pourquoi nous avons attendu si longtemps pour avoir une conversation sérieuse tous les deux. C'est pourtant mon métier ! poursuivit-elle. Mais voilà, il fallait en arriver là car nous ne sommes plus tout jeunes, Carl, il ne faut pas l'oublier. »

Il leva la main pour qu'elle se taise. Lui rappela d'une voix tendue que jusqu'ici leur relation s'était bien passée. Il lui dit que lui aussi avait réfléchi. Il dosa défense et offensive de charme, prenant garde à chaque mot, à chaque intonation. Unc pause trop longue pouvait passer pour de l'indifférence, trop courte pour de la fébrilité.

Mon Dieu, ce qu'il fut attentif à la longueur de chacune de ces pauses !

Vers la fin, elle lui sembla attendrie et mieux disposée à son égard. Comme si tout cela n'avait été qu'une reculade nécessaire à la construction de leur histoire. Comme si elle avait simplement eu besoin de l'entendre de sa bouche. Il s'autorisa donc à sourire malgré la gravité du moment et acheva son discours de la façon qui lui paraissait la plus adaptée à une discussion entre deux personnes adultes.

« Je suis à l'écoute de toute proposition, Mona. » Pendant un court instant, il crut qu'il était de nouveau en selle. Il pensa qu'elle allait revenir sur tout ce qu'elle avait dit et qu'elle allait céder. Sa récompense l'attendait au fond d'une très petite mais très coûteuse pochette en soie.

Elle le regarda dans les yeux avec un petit sourire ironique et hocha longuement la tête. Et puis, au lieu de remettre la balle au centre, à l'endroit où chacun promet à l'autre de faire des efforts et des concessions sans brider sa spontanéité afin de donner toutes ses chances au couple de fonctionner, elle la retourna d'un smash décisif.

« Parfait. Merci, Carl. Dans ce cas, je suggère que nous nous concentrions désormais sur nos vies respectives. »

La phrase lui fit l'effet d'un coup de bélier en plein ventre. Ou pour utiliser une autre image, toutes ses certitudes venaient d'être abattues en plein vol. À cet instant, il n'avait plus aucune idée de qui était la femme assise en face de lui.

Et la pochette en soie resta au fond de sa poche.

Le moment était passé.

Ce fut un de ces matins où il lui fallait un temps fou pour redevenir Carl. Il ignorait comment il était arrivé jusqu'à son bureau. Il se souvenait seulement des feux arrière de la voiture devant lui et de l'image obsédante des yeux de Mona au moment où elle l'avait balayé hors de sa vie.

Il étala les dossiers sur sa table de travail pour pouvoir allonger confortablement ses jambes et reprendre le combat contre l'insomnie dont il était sorti perdant la nuit dernière. Son corps et son esprit avaient douloureusement besoin de sommeil. Malheureusement, à l'instant où il posa les fesses dans son fauteuil, Rose apparut, déjà sur le pied de guerre pour lui remettre sous le nez l'avis de recherche qu'il avait à peine regardé la veille.

Comme s'il avait envie qu'on lui rappelle quoi que ce soit de la journée d'hier.

Il fit un effort surhumain pour remettre son cerveau en marche. Après tout, il était quand même sur son lieu de travail. Mais c'était peine perdue. Toutes ses pensées s'obstinaient à tourner autour de Mona. Trois heures d'un sommeil agité n'avaient laissé dans son cerveau que les traces de ce séisme. Même les progrès spectaculaires de Hardy avaient été relégués au second plan.

« Tenez, Carl. » Une main à la peau sombre poussa vers Rose et lui deux tasses à café de la taille de dés à coudre. Une odeur qui n'avait rien à voir avec celle du café s'exhalait de la substance glaiseuse.

« Je ne suis pas sûr d'en vouloir », dit Carl en regardant le breuvage, mais Assad le rassura en lui affirmant qu'à sa connaissance boire de la chicorée n'avait jamais tué personne et qu'en outre cette boisson avait des vertus miraculeuses. C'était en tout cas ce que prétendait sa grand-mère.

De la chicorée ? Cet ersatz qu'on faisait boire à de pauvres citoyens innocents pendant la Seconde Guerre mondiale ? Cette insulte à l'excellence reconnue du vrai café avait-elle réellement survécu au cataclysme mondial ? Quelle injustice incroyable !

« C'est ce que j'ai toujours dit. Le jour où on appuiera sur le bouton, il ne restera plus que les mauvaises herbes et les cafards », déclara-t-il d'une voix mate.

Les deux autres le regardèrent comme s'il venait de péter un câble. Ce en quoi ils n'avaient pas tout à fait tort. Quelques maillons dans la chaîne de ses associations d'idées avaient indéniablement sauté.

Il renonça à éclairer leur lanterne et regarda le nez écarlate de Rose en se faisant la réflexion que cela lui donnait un air plus humain. « Comment se fait-il que tu te passionnes autant pour cette histoire de disparition, Rose ? Nous n'avons pas encore résolu l'affaire Anweiler, si ?

— L'affaire "Anweiler", comme vous l'appelez, peut changer de nom, maintenant ! Il n'est pas coupable, nous sommes d'accord ? J'ai fait mon rapport à Lars Bjørn et l'ancienne équipe est en train de se faire remonter les bretelles en ce moment même. Assad et moi avons pensé à deux hypothèses : soit le type que la morte venait de quitter mériterait qu'on aille discuter un peu avec lui, soit il faut essayer de savoir si la victime avait autant de sens pratique qu'une poule qui vient de trouver un cure-dent.

— Je ne connaissais pas l'expression. Explique.

— Peut-être qu'elle ne connaissait rien à la technologie moderne. Il y a des gens qui ne savent pas se servir d'une machine à partir du moment où il faut manipuler autre chose qu'une poignée ou un interrupteur. Vous savez, le genre de bonnes femmes qui sont complètement larguées dès qu'il faut lire un manuel ou passer d'un téléphone à cadran rotatif à un portable ou de la bassine en zinc au lave-vaisselle ? »

Assad hochait la tête, convaincu par les explications de sa collègue. L'expression avec la poule devait venir de lui.

« Alors, l'explosion de la péniche pourrait être un accident ? Ce qui impliquerait que les experts sont des idiots incompétents qui ne vont pas au fond des choses ? Vous ne croyez pas qu'ils ont eu l'idée d'explorer cette hypothèse en premier ? »

Assad leva le doigt et Carl le regarda, fasciné. D'où lui venaient tous ces poils aux doigts ? La chicorée, peut-être ?

« Elle est bien bonne, celle-là, chef. Les experts qui vont au fond en parlant d'un bateau qui a coulé, haha ! »

Carl fronça les sourcils. Est-ce que ses deux fidèles et uniques collaborateurs avaient passé la nuit à boire des citronnades à la maternelle de Bispebjerg ? Il poussa un profond soupir. Si seulement ils pouvaient lui foutre la paix !

Il s'adressa au petit Syrien. « Que dit le rapport technique, Assad ?

— Il dit qu'il n'y avait rien à bord de la péniche qui puisse provoquer une explosion pareille, alors. Ni bouteille de gaz, ni… »

Rose lui coupa la parole : « Il peut arriver les accidents les plus invraisemblables à une personne vraiment maladroite. Il suffit d'une bombe de laque pour les cheveux sur la table, d'un feu mal éteint sur la cuisinière à gaz, d'un flacon de dissolvant en équilibre instable sur une étagère ou d'une bouteille d'acétone qu'on a oublié de fermer. Quelqu'un de distrait peut mettre de l'huile de lampe dans un poêle à pétrole. Et vous semblez oublier comment Anweiler gagnait sa vie. Il était roadie et éclairagiste. Ces types-là collectionnent un tas de trucs qui peuvent atteindre des températures très élevées. Peut-être qu'il avait laissé sur le bateau un projecteur que la femme a allumé par mégarde. Ce projecteur a pu basculer et tomber sur le canapé où se trouvaient des bouteilles d'alcool à brûler. Il existe un nombre infini de possibilités et nous n'avons aucun moyen de les vérifier, et à vrai dire je m'en fous parce que cette enquête n'est pas la nôtre. Je suis juste allée tirer des sonnettes. Ils n'ont qu'à se débrouiller, au deuxième étage. »

Carl poussa un long soupir. Avec l'imagination qu'elle avait, Rose pouvait contempler l'avenir en toute sérénité. Une nouvelle Agatha Christie était née.

« En plus, je crois me souvenir, Carl, que pas plus tard qu'hier vous disiez en avoir marre de cette affaire Anweiler, je me trompe ? »

Carl redressa le buste et se mit mentalement en bleu de chauffe. Il était temps de vaincre sa gueule de bois émotionnelle et de rappeler à cette gamine insolente qui des deux avait une belle plaque en laiton sur sa porte avec son nom dessus.

« J'ai dit ça, moi ? Écoute, Rose, je sais exactement où tu veux en venir et la réponse est non. Je n'ai pas la moindre envie de me pencher sur cette recherche de personne disparue aujourd'hui, et tu auras beau me faire la danse des sept voiles, je ne changerai pas d'avis. On n'attaque pas un nouveau dossier avant d'avoir bouclé le précédent, et encore moins quand toutes les pistes n'ont pas été examinées. On a assez d'enquêtes inachevées comme ça, non ? »

Le visage d'Assad fut parcouru par quelques crispations qui ressemblaient à de la jubilation. Un peu comme lorsqu'on se retrouve le cul à l'air dans son lit par une froide nuit d'hiver, et qu'on attend de sentir ses fesses se transformer en glaçon pour se remettre au chaud sous la couette. Le regard d'Assad brillait d'impatience de voir comment Rose allait réagir.

« Tu peux me dire quelles raisons nous aurions de prendre une nouvelle enquête, Rose ? insista Carl. Tu ne crois pas qu'on en a assez sur le tableau du couloir ? Tu as compté sur combien d'entre elles Assad a accroché ses fils rouges et blancs ? » Puis s'adressant à son assistant : « Tu sais combien il y en a, Assad ?

— Quoi, des fils rouges et blancs ?

— Non, des affaires. »

Rose le fusilla de son regard charbonneux. « Il y en a soixante-deux. Vous me soupçonnez de ne pas savoir compter ? Croyez-moi, Carl, celle-ci est…

— Écoute-moi bien, Rose. Il est possible que nos collègues de la criminelle aient bâclé l'enquête Anweiler, mais si nous ne prenons pas la peine d'aller au bout de la moindre nouvelle piste, nous n'aurons pas été meilleurs qu'eux. »

Assad exprima son assentiment en hochant la tête avec enthousiasme. Il devait y avoir un détail ou deux qui lui avaient échappé dans la phrase de Carl.

« Nous devons prendre en compte que l'expertise de la police scientifique a été rendue particulièrement difficile du fait que le bateau avait brûlé et coulé ensuite. Les conditions atmosphériques étaient mauvaises et le courant dans le port assez fort. Putain, Rose. Les techniciens qui s'occupent de ce genre de travail sont des spécialistes. »

Elle lui jeta un regard acide.

« Tu peux remballer ton scepticisme. Je sais de quoi je parle. J'étais déjà dans la police quand tu n'étais qu'une gamine. Et si tu ne veux pas admettre que j'ai raison, c'est que tu l'es encore. »

Assad frotta ses poils de barbe, couvrant le soupir excédé de Rose.

« OK, dit-il. Nous allons interroger Anweiler, alors. Il faut lui demander dans quel état était son bateau. S'il était entretenu. Qui est la victime par rapport à lui. Nous devons en savoir plus sur elle.

— Tu me l'as enlevé de la bouche, Assad. Vous pourriez éventuellement mettre Mona Ibsen sur le coup. Elle a besoin de s'occuper en ce moment. » Il sourit pour lui-même. Si elle comptait se débarrasser de lui, elle allait devoir intégrer l'unité d'élite Sirius au Groenland.

« Assad a raison, et tu le sais, Rose. Quand nous aurons fait tout ça, nous pourrons dire que nous avons fait notre boulot. »

Rose ne répondit pas. Elle restait là. Comptait jusqu'à dix dans sa tête. On ne pouvait jamais savoir avec elle si la bombe à retardement qu'elle trimbalait en permanence allait exploser ou pas.

Carl sourit, perfide. Ça valait le coup d'essayer.

« Mais raconte-nous, tu penses nous avoir trouvé une affaire intéressante, alors ? » Il montra l'avis de recherche. « Ce sont les cheveux rouge vif du type qui t'ont tapé dans l'œil ? Ou son sourire un peu las ? Peut-être est-ce la profondeur de son regard incolore qui a éveillé ton instinct maternel ? Personnellement, je ne vois rien de très intéressant dans tout ça. »

Elle acquiesca d'un signe de tête, armant l'exocet qu'elle allait lui envoyer dans moins de trois secondes. « J'en déduis, Carl, que vous n'aimiez pas votre père autant que la fille qui a diffusé cet avis de recherche aimait son beau-père.

— Pourquoi, toi oui, Rose ? »

Les sourcils d'Assad bondirent en haut de son front. Carl n'aurait peut-être pas dû dire ça.

Mais avant qu'il ait eu le temps de comprendre en quoi il avait gaffé, Rose avait tourné les talons et elle était partie, laissant son manteau et son sac par terre, avec un salut qui traversa le bureau comme une stalactite.

« Oups », murmura Assad.

Carl savait ce qu'il voulait dire. Il valait mieux avoir un furoncle où je pense qu'une Rose sur le sentier de la guerre. Mais elle n'avait qu'à aller se faire voir. Et merde à l'affaire Anweiler, et merde à Marcus qui les laissait tomber et merde à Lars Bjørn, à Vigga, à Mona et à toute la bande. Non d'ailleurs, il n'en n'avait rien à foutre d'eux, du moment qu'ils lui fichaient la paix.

Il commença par sentir comme une vibration au niveau du plexus qui se diffusa dans sa poitrine, des deux côtés. Ce n'était pas vraiment désagréable, mais assez effrayant. C'était comme si tous les vaisseaux de son torse et de ses bras se resserraient simultanément pour se dilater à nouveau et recommençaient *ad libitum*.

Il eut ensuite des frissons le long des omoplates et jusqu'aux aisselles. Des sueurs froides et brûlantes l'inondèrent en divers endroits, au point qu'il ne sut bientôt plus s'il avait chaud ou s'il avait froid.

Même s'il n'avait jamais eu de crise d'anxiété auparavant, il aurait su qu'il en avait une à présent.

Oui, c'était sûrement ça. Ou alors c'était parce qu'il était hanté par Mona.

Il prit la tasse de Rose d'une main tremblante et but le breuvage à moitié froid d'un seul trait.

Comme s'il venait de mordre dans un citron pas mûr, tous les muscles de son visage se figèrent. Un goût de grain de café amer avec une note acide en fin de bouche lui contracta l'œsophage. Il lutta un instant pour reprendre sa respiration et enfin toutes les sensations disparurent.

Un peu surpris et décontenancé, il se plongea dans la contemplation du plafond.

Et poussa un long soupir.

Assad vint rompre le silence. « Je suis monté chez Lars Bjørn comme vous me l'avez demandé. Il m'a dit que l'affaire Anweiler était parfaitement sous contrôle et que les critiques de Rose étaient sans fondements. »

Carl s'éclaircit la gorge. Sinon il aurait été incapable de prononcer un mot. « Ah oui ? Il a dit ça ? Comme c'est surprenant !

— Oui, il a dit que l'enquête était en cours et qu'ils n'allaient pas tarder à attraper ce Anweiler. Il avait l'air confiant, chef. »

Ils échangèrent un regard et soudain Assad éclata d'un rire tonitruant qui roula dans ses voies respiratoires de l'extérieur vers l'intérieur comme le brusque ronflement d'un homme qui souffre de narcolepsie.

« Je vous fais marcher, chef. Il est complètement lourdé, alors. »

Carl sourit. « Largué, Assad. On dit largué. Très bien. Je vais faire un tour chez le patron, enfin notre futur ex-patron. Est-ce que je peux te demander de téléphoner à l'ancien mari de la victime et de lui demander de se présenter ici au plus vite ? Tu n'as qu'à lui donner le choix entre la voiture de patrouille et un taxi. »

12

Il régnait une ambiance bizarre dans le bureau du chef de la criminelle. En entrant dans cet enfer de confettis il eut l'impression de pénétrer sur une scène de crime en pleine effervescence. Documents, rapports de la police scientifique, photos que le commun des mortels supporterait difficilement d'avoir sous les yeux, tout cela avait été déchiré ou passé au destructeur de documents. Le contenu des tiroirs était vidé sur le bureau. En théorie, Marcus était en train de trier et de ranger mais le chaos ambiant évoquait plutôt un champ de bataille après une guerre qui aurait duré cent ans.

« On a arrêté le gars qui a jeté la grenade, Marcus ? » essaya-t-il de plaisanter en cherchant autour de lui une surface libre pour poser son auguste postérieur. Mais c'était peine perdue.

« Lis arrive avec les sacs-poubelle. Tu ne veux pas revenir dans une petite demi-heure, Carl ?

— Je venais juste t'informer que le département V reprend l'affaire Anweiler. Nous avons une percée dans l'enquête. »

Le futur ex-chef de la criminelle se figea, la main plongée dans une macédoine de vieux bouts de gommes, de crayons cassés, de stylos billes desséchés et de toutes les miettes non identifiées que les tiroirs produisent immanquablement au bout d'un certain nombre d'années. « Non, Carl, le département V laisse cette affaire tranquille. Elle appartient à ce service. Ce n'était pas un cadeau que je vous faisais, Carl. C'était un simple exercice pour Rose, tu te rappelles ? Tu n'as pas encore compris que vos affaires sont celles que nous décidons de vous envoyer ? Vous n'avez pas le choix. Vous avez juste le droit de décider dans quel ordre vous voulez vous en occuper.

— Estime-toi heureux que je t'aie tenu informé, Marcus ; considère cela comme un cadeau de départ. Avant que tu aies eu le temps de finir tes cartons, cette affaire sera résolue et tu pourras ajouter un ruban sur ta manche. Ce ne serait pas mal pour tes derniers jours en poste. Comment ça va, au fait, tu tiens le coup ? »

Marcus leva brusquement la tête. Il avait visiblement les nerfs en pelote. Si prendre sa retraite le mettait déjà dans cet état-là, qu'est-ce que ce serait dans une semaine, ou dans un an ? Il n'avait qu'à rester, merde ! Quel âge avait-il ? À peine soixante ans, non ?

« Je te préviens, Carl. Je sais que tu ne t'entends pas avec Lars Bjørn, mais je t'assure que c'est un type bien, et tu n'as aucune raison de te fâcher avec lui.

— Merci du conseil. Mais s'il n'aime pas ma façon de faire, il n'a qu'à me virer. Je n'en ai rien à foutre. Ensuite il pourra se demander ce qu'il va faire du département V. Je suppose qu'il n'a pas envie de dire adieu aux millions que rapporte notre modeste section à l'ensemble de la criminelle ! Et pour en revenir à Anweiler, il n'a pas la moindre idée des tenants et aboutissants de l'affaire. Je peux te l'affirmer. »

Le chef de la crim' jeta la tête en arrière et ferma les yeux. Il devait avoir la migraine. Carl ne l'avait jamais senti aussi distant.

« C'est possible, dit-il d'une voix sourde. Mais sache que Bjørn est tout à fait capable de confier ton département à quelqu'un d'autre, si c'est ce que tu cherches, Carl. Tu l'as mis sur pied mais l'idée de départ venait de Bjørn, pas de moi. Alors je te conseille de faire profil bas, OK ? »

« Voilà, le mari de la défunte attend à l'accueil, chef, annonça Assad en entrant dans le bureau. Il est employé de plate-forme pétrolière mais on a eu de la chance alors, parce que en ce moment il est à terre. »

Carl acquiesça. Un employé de plate-forme en mer du Nord ? Super. Ces gars-là ont l'habitude de serrer les dents, qu'il pleuve ou qu'il vente, et de prendre les choses comme elles viennent. Il n'allait pas être très compliqué de lui tirer les vers du nez.

Il s'attendait à voir arriver un homme solide comme un roc avec des poings comme des étaux, mais il se trompait. En fait il ressemblait beaucoup à Sverre Anweiler. Apparemment c'était le type d'homme à qui la victime du sinistre avait du mal à résister.

Il était encore plus petit qu'Assad. On aurait dit qu'il avait été lyophilisé. Sa poitrine semblait aspirée de l'intérieur et ses bras étaient aussi chétifs que ceux d'un garçonnet. L'acier était dans ses yeux. On y lisait la volonté de faire ce qui était nécessaire. Il était visiblement taillé dans le bois dont on fait les hommes.

« Qu'est-ce que c'est que ce trou à rats dans lequel vous m'avez fait venir ? On dirait une salle de torture. » Il rit d'un rire qui sonnait creux. « J'espère que vous êtes au courant qu'on n'a pas le droit de faire ce genre de choses au Danemark ? » Il tendit une main qui, bien que petite, ne manquait pas de fermeté. « Ralf Virklund. Je suis le mari de Minna. Vous vouliez me parler. »

Carl l'invita à s'asseoir. « Mon assistant et moi nous sommes vu confier l'enquête sur l'explosion qui a coûté la vie à votre épouse. Nous avons bien épluché le dossier et estimons qu'un certain nombre de questions restent à ce jour sans réponses. »

Il hocha la tête. Il semblait disposé à coopérer. S'il était inquiet, cela ne se voyait pas.

« D'après les rapports que nous avons lus, votre épouse avait quitté le domicile conjugal peu avant l'incendie fatal. Elle vous a écrit une lettre vous disant qu'elle avait trouvé mieux. Avez-vous quelque chose à dire à ce sujet ? »

Il hocha la tête et détourna les yeux. Apparemment il n'en était pas très fier. « On ne peut pas lui en vouloir. Ça vous plairait, à vous, de partager votre lit avec quelqu'un qui ne rentre à la maison que deux mois par an ? »

Touché ! Que répondre à cela ? Deux mois par an avec Mona serait un record du monde en ce qui le concernait. Merde, pourquoi fallait-il qu'il pense à elle maintenant ?

« C'est comme ça dans beaucoup de couples », répondit Assad à sa place. Il sourit avec plus de chaleur qu'il n'était nécessaire. OK, on allait jouer au gentil flic-méchant flic et c'était au tour de Carl de faire le méchant. Voilà qui convenait à merveille à son humeur du jour.

Il se pencha vers le témoin. « Écoutez-moi, Ralf. Pas à moi, d'accord ? Parce que dans ce cas il est assez incohérent qu'elle vous remplace par quelqu'un qui n'était jamais là non plus ! Qu'en dites-vous ? »

Il regarda Carl avec l'air de ne pas comprendre. « Vous aussi vous allez me sortir ces conneries ? J'ai déjà expliqué plusieurs fois à la police que Minna ne connaissait pas ce type. Elle lui a acheté sa péniche, point. Fin de l'histoire ! »

Carl se tourna vers Assad. Tel un nomade plein de sagesse à qui on vient de demander où il était le plus judicieux de se mettre à l'abri du soleil du désert, il hochait la tête, l'air recueilli et vaguement absent. Carl se demanda quelle idée il avait derrière la tête.

« J'ai un petit problème avec vous, Ralf Virklund. Ce que vous me racontez là ne figure nulle part dans le rapport, dit Carl. Et si je pars du principe que ce genre de témoignage *doit* figurer au dossier, je suis obligé d'en déduire que vous n'avez jamais dit cela à la police.

— Je peux vous affirmer que si. J'ai même dit que j'ignorais que ce bateau avait cramé et que Minna était morte, jusqu'à ce que les flics viennent me l'annoncer. J'imagine qu'il doit quand même être écrit quelque part dans ces documents que j'ai eu un véritable choc quand je l'ai appris, et que Minna n'avait rien à voir avec le propriétaire de la péniche hormis le fait qu'elle lui avait acheté son rafiot ? Sinon, j'aimerais bien lire ce rapport ! Je pense que c'est mon droit, non ? »

Carl se tourna à nouveau vers Assad. « Allez, viens jouer avec moi », disaient ses yeux en lançant des éclairs. C'était quand même lui qui avait épluché ces rapports et pas Carl ! Et lui, qu'est-ce qu'il faisait ? Il ne faisait rien du tout, il restait là sous son palmier à sourire.

C'était extrêmement agaçant.

« Moi je crois que vous avez tué votre femme parce qu'elle vous avait trompé, et que vous n'êtes pas étranger à l'incendie qui a ravagé la pén…

— Dites-moi, Ralf, le coupa Assad. Combien de litres de pétrole peut-on extraire par jour sur une plate-forme comme celle sur laquelle vous travaillez ? »

L'homme regarda Assad d'un air perplexe, et il n'était pas le seul.

« Je vous demande ça parce qu'avec le nombre de litres on peut aussi calculer la quantité de merde qu'on sort en même temps. De la merde dans le genre de celle que vous nous sortez depuis cinq minutes. »

Une ride profonde se creusa au milieu du front de Ralf Virklund.

« J'ai téléphoné à votre employeur, continua Assad, toujours avec son sourire énigmatique. Il est très content de vous, j'ai l'impression. »

Il confirma cette information-là d'un léger grognement accompagné d'un regard perplexe.

« Mais ils ont quand même été obligés de me dire, vu que je leur avais posé la question, que vous pouviez être un peu soupe au lait, parfois. C'est pas vrai ? Et que vous aimez bien montrer aux gens qu'il n'y a pas grand-chose qui vous effraie, je mc trompe ? »

Il haussa les épaules. La conversation prenait un tour peu confortable. « Ce n'est pas faux. Mais je n'ai jamais frappé Minna, si c'est ce que vous insinuez. Juste des bagarres de bistrot et ce genre de choses. Je n'ai jamais été arrêté pour violence. Mais putain, ça doit bien être écrit quelque part, ça aussi, non ?

— Je pensais que mon chef et moi, on pourrait peut-être venir vous rendre visite là où vous habitez, et parler de ça avec vos voisins, alors. Vous seriez d'accord ? »

Il ricana. « Vous pouvez y aller. De toute façon, je n'en ai rien à foutre de mes voisins. Ce sont tous des musulmans et des Jutlandais et toute cette sale engeance. »

Il a parlé de Jutlandais ? se demanda Carl. Est-ce que ce type était en train de les provoquer ? C'était comme ça qu'il s'y prenait quand il avait envie de se battre ? Très imaginatif !

À ce moment-là, Assad se leva, toujours avec un grand sourire, et il balança une droite dans la tronche du témoin.

Le geste était aussi surprenant que gravement déplacé, surtout entre les murs d'un commissariat de police.

Assad coupa court aux protestations de Carl d'un geste du menton. Impassible et tranquille, il se pencha au-dessus du type, les mains posées sur les genoux et il fixa attentivement son visage qui pissait le sang par les narines.

Moins de dix centimètres les séparaient.

C'était quoi le scénario ? Dans une seconde, l'homme allait bondir sur ses pieds et taper sur tout ce qui se trouverait sur son passage. Il n'y avait qu'à le regarder pour savoir qu'il était au bord de l'explosion. Est-ce que le plan d'Assad consistait à le faire mettre derrière les barreaux pour agression sur un fonctionnaire dans l'exercice de ses fonctions ? Allaient-ils devoir mentir quand il s'agirait de savoir qui avait frappé le premier ?

Et puis tout à coup, de façon totalement inattendue, les deux hommes éclatèrent de rire et Assad se redressa en donnant une tape sur l'épaule du type avant de plonger la main dans sa poche pour lui tendre un mouchoir.

« Il a le sens de l'humour, chef. Vous avez vu ? » commenta Assad, hilare.

L'employé de plate-forme pétrolière acquiesça. Il devait avoir mal mais il semblait content d'avoir réglé la question.

« Par contre, tu n'as pas intérêt à recommencer, le prévint-il en se mettant à le tutoyer.

— Alors ne me traite plus jamais de Jutlandais ! » répliqua Assad, le tutoyant également. Échanger des coups, ça crée des liens.

Les deux cons se mirent à rire de plus belle.

Carl ne comprenait rien du tout, mais c'était sans importance parce qu'il venait d'apprendre quelque chose sur Assad. En un sens, l'assurance de son assistant lui faisait plaisir parce qu'elle prouvait qu'il était en train de redevenir lui-même, mais d'un autre côté elle posait aussi la question de savoir ce qui, dans la nature d'Assad, ou peut-être dans son passé, le rendait capable d'utiliser la violence avec une telle maîtrise. Une chose était sûre, on ne voyait pas ça tous les jours.

« Juste une dernière question avant qu'on te fiche dehors », dit Assad.

Qu'est-ce qu'il voulait dire ? Ce gars n'allait pas s'en tirer comme ça ! Ils venaient tout juste de commencer à le cuisiner !

« Est-ce que ta femme était du genre "éléphant dans un magasin de porcelaine" ? C'est bien ça l'expression ? »

Ralf Virklund recula la tête comme si le poing solide d'Assad venait de l'atteindre une deuxième fois.

« Comment tu peux savoir ça ? demanda-t-il, estomaqué.

— C'est oui ou c'est non ? »

Une fossette se creusa dans le visage éprouvé de son interlocuteur.

« Putain ! Elle était tellement maladroite que ma mère refusait de nous recevoir chez elle. Je n'ai jamais vu autant de bibelots cassés que le jour où Minna s'est retrouvée pour la première fois dans son salon. » Il hocha la tête en souriant à ce souvenir. « Minna était dans ses petits souliers après. »

Assad consulta Carl du regard.

« Ça veut dire qu'elle était confuse, embarrassée, gênée, Assad », traduisit-il.

Il n'était pas certain de l'avoir éclairé beaucoup.

« Est-ce que tu dirais qu'elle n'était pas très douée pour se servir des machines ou des appareils électroniques, par exemple ? » poursuivit Assad.

Ralf Virklund pouffa. « Quand elle utilisait un grille-pain, c'était le grille-pain qui grillait et pas les toasts. Mais… »

Il s'arrêta au milieu de sa phrase.

Et tous les trois se regardèrent.

« Je tiens quand même à te dire, Assad, que je n'approuve pas de te voir frapper les gens jusqu'au sang dans mon bureau, dit Carl quand Ralf Virklund fut parti. J'aimerais une explication. Tu sais que si je te vois recommencer ce genre de plaisanteries, c'est dehors ?

— Allez, chef. Vous avez bien vu comment ça a détendu l'atmosphère ! Vous ne savez pas que le dromadaire a deux raisons de lâcher un pet ? »

Dieu du ciel, non ! Pas encore une histoire de dromadaires !

« Soit c'est parce qu'il a mangé trop d'herbe, soit c'est pour faire un peu de musique sous le soleil du désert.

— C'est pas vrai, je rêve ! C'est tout ce que tu as trouvé pour ta défense ?

— Je voulais juste dire que ça doit être un peu barbant à la longue de vivre sur une plate-forme pétrolière.

— C'est probable. En fait, tu voulais faire la preuve que, pour lui, la bagarre est seulement une façon de se distraire ?

— C'est ça. Quand il se bat, c'est pour s'amuser, chef. Vous avez bien vu tout à l'heure. Il faisait exprès de nous provoquer et moi je lui ai juste montré qu'on était capables de réagir et aussi que ça ne nous empêchait pas de rester copains. Quand je l'ai frappé, on s'est retrouvés à égalité, et ça lui a plu.

— Et à l'instar du dromadaire, il lâche la pression pour se distraire et c'est pour ça qu'il se bat aussi souvent. Qu'est-ce qui nous prouve qu'il n'a pas fait la même chose avec sa femme ?

— Parce que c'est beaucoup plus amusant de taper sur ses copains que de taper sur sa femme, voilà pourquoi.

— Je trouve que tu l'innocentes sur des bases peu solides, Assad.

— Je ne l'innocente pas, chef. Mais celui qui pique le cul d'un dromadaire doit accepter de prendre un coup de sabot dans les couilles. C'est la loi. »

Jésus, Marie, Joseph !

« Tu veux dire que dans le cas présent, notre dromadaire est une femelle. Et il n'y a rien de drôle à taper sur quelqu'un qui ne trouve pas ça drôle, c'est ça ?

— Voilà. Vous avez tout compris. C'est très bien, chef », dit Assad avec un grand sourire.

À l'époque où Carl était un jeune agent de police, on écrivait un rapport en vingt minutes, avec deux doigts, sur une machine à écrire à boule. Dans le Danemark d'aujourd'hui, le même exercice prenait au moins deux heures et demie avec dix doigts et un traitement de texte de dixième génération. Un rapport n'était plus seulement composé des conclusions d'une enquête mais des conclusions des conclusions des conclusions.

Habituellement, Carl avait ce genre de travail administratif en horreur mais, ce jour-là, il était content de travailler seul devant son écran, même s'il avait quelques difficultés à se concentrer.

Il entendait les voix de Rose et de Gordon dans le couloir. Elle était en train de se vanter de la manière dont elle avait élucidé le mystère Anweiler pour le département V et l'admiration sans bornes qu'il lui vouait s'entendait dans sa voix. Si Gordon avait une ambition dans la police, c'était de trouver le chemin de la petite culotte de Rose.

Carl s'efforça d'ignorer leur conversation. Dans l'état d'esprit qui était le sien, il n'avait nulle envie d'entendre ce genre de badinage.

« Alors, Gordon ! cria-t-il en les voyant passer devant son bureau. Tu vas y arriver à rentrer ta charrette dans la grange, oui ? »

Rose lui envoya un regard glacial et claqua sa porte avec fracas.

Carl fronça les sourcils. Ce grand dadais qui devait encore manger des compotes pour bébé avait-il vraiment réussi à emballer Rose ?

Il revint vers l'écran de son ordinateur et se remit à travailler au compte rendu de son voyage à Rotterdam. La tâche n'était pas facile car l'anglais des policiers qui s'étaient chargés de traduire les procès-verbaux sur les meurtres au pistolet à clous de Schiedam était déplorable comparé à celui de tous les Hollandais que Carl avait rencontrés dans sa vie.

Le rapport complet ne dépassa pas deux pages et c'était probablement trop court. Il avait du mal à se concentrer. Peut-être que ça irait mieux quand il aurait reçu tous les éléments. Et puis il faudrait qu'il trouve quelqu'un à l'hôtel de police qui sache traduire cette langue d'otarie atteinte de laryngite.

Il secoua la tête, déprimé.

Mais ce n'était pas le problème, il le savait bien.

Le seul moyen pour lui de retrouver un minimum de sérénité était de lever le rideau sur le deuxième acte du drame intitulé Mona. Et ce deuxième acte avait intérêt à faire avancer l'intrigue mieux que le premier.

Il l'appela à son bureau. Comme par hasard, ce ne fut pas elle qui décrocha. Dans un brusque souci d'optimisation de son activité, Mona avait rallié il y a deux mois un regroupement de médecins, avec l'inconvénient que désormais on tombait toujours sur la standardiste quand on voulait la joindre, la jeune femme en question étant persuadée d'être une psychologue aussi compétente que ceux qui traitaient les patients dans les bureaux derrière elle.

« Je regrette, Mona Ibsen n'est pas disponible pour le moment. Elle est en consultation. Enfin, ce n'est pas vraiment un patient, mais en tout cas elle a demandé à ne pas être dérangée. »

Il allait lui en donner, des détails, à cette dinde, la prochaine fois qu'il serait appuyé à son comptoir !

Puis l'information fit son chemin dans son esprit. Il n'avait pas raccroché le téléphone qu'un horrible soupçon vint lui nouer l'estomac. Mona avait-elle rompu avec lui pour une autre raison que celles qu'elle avait invoquées ?

Mona voyait-elle d'autres hommes derrière son dos, pendant qu'il écumait toutes les bijouteries de la capitale pour lui dénicher une alliance qui sorte de l'ordinaire ? Avait-elle envoyé des signaux qui auraient dû l'alerter ?

Non, Mona n'était pas ce genre de femmes. Si elle avait rencontré quelqu'un d'autre, elle l'aurait dit franchement.

Malgré tout, le désagréable sentiment d'avoir été trahi s'insinua en lui. Il n'avait rien ressenti de semblable depuis l'âge de douze ans. Pas depuis cette brûlante journée d'été où il avait surpris son premier amour, Lise, en train de faire la belle au bord du grand bassin de la piscine municipale. Tout à coup, elle était là, avec son maillot de bain décolleté et ses cuisses longues et bronzées, à des années-lumière du petit Carl. Ils avaient grandi ensemble et partagé leurs premiers émois timides et presque amoureux. Et voilà que son sourire s'était épanoui et qu'il s'adressait à d'autres que lui. Quand elle l'avait vu, elle lui avait souri mais pas comme elle souriait la minute d'avant. En une seconde, elle était devenue une femme et il s'était retrouvé seul et humilié, prisonnier de son corps de petit garçon.

Il avait mis près de dix ans à se débarrasser de ce sentiment d'abandon et voilà qu'à nouveau il s'emparait de lui : l'impression d'avoir été mis sur la touche, d'être livré à lui-même. Ce n'était pas de la jalousie mais quelque chose de plus profond, de plus douloureux.

Merde ! songea-t-il. Tu es complètement accro à cette femme ! Quand est-ce que c'est arrivé ?

13

Ils entendirent le pas volontaire de Rose dans le couloir et se préparèrent au pire. Il allait payer pour son indélicatesse de la veille. Quelle idée aussi de lui parler de son père ! Il savait pourtant qu'il touchait une corde sensible.

« Détendez-vous, chef. J'ai parlé avec Allah ce matin. Nous allons avoir une belle journée », le rassura Assad.

Décidément, le petit homme avait des relations haut placées.

« Venez voir tous les deux », furent les premiers mots de Rose. Ses yeux brillaient et elle semblait tout à fait elle-même. « J'ai une surprise pour vous. »

Elle s'attendait à ce qu'ils protestent et tourna les talons. Ils n'avaient plus qu'à obtempérer.

Hormis le fait que son nez s'était mis à peler après son après-midi à Brumleby, la donzelle avait l'air en grande forme. Assad était encore convalescent, Carl manquait de sommeil et fumait trop, et tous les deux eurent du mal à la suivre. Ils étaient à bout de souffle en passant devant le planton et suffoquaient en arrivant dans la cour de l'hôtel de police. Rose était en train de traverser la rue Hambrogade avec plusieurs longueurs d'avance, en direction du parking de Police Secours.

Il était difficile d'imaginer un fourgon de tournée qui corresponde mieux que celui-là au nom qui s'étalait en caractères de type fil barbelé sur son flanc. L'épave tunée à mort devait être le fantasme de tout fan de heavy metal : des flammes incandescentes léchaient la carrosserie du pare-chocs avant aux feux arrière. Une paire de cornes de buffle, pointues comme des lames, ornaient le capot.

Le groupe suédois originaire de Malmö, baptisé les Daggers and Swords, n'y était pas allé avec le dos de la cuillère.

La porte latérale coulissa et Rose les invita à entrer.

Sverre Anweiler les attendait à l'intérieur, hochant sa face d'asticot, l'œil morne. Il indiqua la banquette en face de lui et, sans leur demander leur avis, ouvrit deux canettes de bière qu'il poussa vers eux.

« Je vous fais un topo, dit Rose. Sverre repart pour Aarhus dans dix minutes et il a un ferry à prendre. »

Carl prit place sur la banquette, poussa un étui de guitare contre le mur et tira Assad par le bras pour le faire asseoir à côté de lui. Cet homme était recherché en vain par Interpol depuis un an. La préfecture de police se trouvait à une centaine de mètres de sa vieille carcasse toute cabossée et la brigade d'intervention de Lars Bjørn était à deux pas d'ici. Comment ce type espérait-il partir tranquillement pour Aarhus ?

« Je croyais qu'Anweiler était à Malmö et j'avais l'intention de prendre un train ce matin pour m'y rendre. Mais en regardant les dates de tournée du groupe, j'ai vu qu'ils avaient joué au club Trommen à Hørsholm hier soir, dit Rose, l'air assez contente d'elle. J'ai donc appelé les organisateurs pour leur demander s'ils savaient où le groupe se trouvait aujourd'hui. Ils m'ont répondu qu'ils en étaient encore au petit déjeuner à l'hôtel Zleep, à Ballerup, parce que l'ambiance avait été un peu chaude la veille et que du coup ils avaient pris du retard au décollage.

— J'ai pensé que c'était une groupie, commenta le Suédois dans une langue qui se voulait sans doute du danois.

— C'est vrai que j'avais mis le paquet ! » dit Rose en rigolant.

Carl fronça les sourcils. Il allait devoir lui expliquer qu'on ne convoque pas un homme soupçonné de meurtre et recherché par Interpol. On l'arrête. Terminé.

« Rose m'a tout expliqué et j'avoue que j'étais sous le choc. Je n'étais absolument pas au courant, reprit l'avorton. Et je vous assure que je n'ai rien à voir avec cette tragédie. »

Il s'exprimait drôlement bien pour un Suédois.

« Vous avez bien appris votre texte, riposta Carl.

— Vous pouvez croire ce que vous voulez mais je vous rappelle que j'étais en voyage pendant tout ce temps et que je n'ai rien su de ce qui s'était passé. Je n'ai pas mis les pieds dans le port sud depuis le jour où j'ai vendu mon bateau et j'avais d'ailleurs l'intention de rendre visite à mon acheteuse pour savoir comment ça allait, aussitôt que j'aurais eu le temps.

— Je vous confirme que nous avons eu connaissance d'éléments indiquant que vous avez été absent, mais qu'est-ce qui nous le prouve de façon formelle ? dit Carl.

— Ce qui vous le prouve ? Eh bien pour commencer tous les trucs que j'ai rapportés de là-bas. Des reçus, des photos, tout ce genre de choses. J'ai tout ça dans mon appartement à Malmö. Vous n'aviez qu'à me le demander. »

Carl hocha la tête. « Si ce que vous dites est vrai, évidemment, cela va nous obliger à aller chercher un coupable ailleurs. Pour l'instant. Mais à tout hasard, avez-vous une idée de ce qui sur cette péniche aurait pu provoquer une explosion aussi violente ? La question n'est pas facile, je sais. »

Il tripotait un objet qui pouvait faire penser à une bobine de vieux transistor ou à une pièce appartenant aux amplificateurs entreposés à l'arrière du fourgon. La rave party de la veille avait laissé de lourds cernes noirs sous ses yeux pâles. Sa bouche avait pris un pli amer, annulant l'effet des bijoux de bad boy dont il était paré : piercings dans les oreilles, tatouage sur le cou et crâne rasé.

« Non, je ne vois pas », répondit-il.

Un étrange sentiment de soulagement et de paix emplit l'espace jonché de vêtements de cuir rehaussés de chaînes et de bottes en cuir rutilant.

« J'avais préparé le bateau avant la vente. Plusieurs couches de vernis sur les parquets. De l'huile sur toutes les boiseries. Il restait des fonds de bidons d'huile et de vernis dans l'ancienne salle des machines. J'avais prévenu la dame qu'il me fallait une journée pour tout débarrasser, mais elle m'a proposé de s'en occuper et m'a promis qu'elle n'oublierait pas d'aérer. Elle m'a dit de partir tranquille et j'avoue que cela me convenait assez bien.

— Vous pensez qu'elle a pu oublier de le faire et que tous ces produits ont pu s'enflammer tout seuls et exploser d'un coup ? Je pense que si ça s'était vraiment passé comme ça, les techniciens de la police scientifiques seraient arrivés à la même conclusion, non ? Et si votre hypothèse est la bonne, ils auraient dû trouver des pots et des bidons au fond du port.

— Je ne pense pas. L'huile et le vernis étaient dans des récipients en plastique. » Cette idée eut l'air de l'attrister. « Mais je suppose que l'accident est dû à un mélange de ça et d'autre chose. J'aurais dû y penser en lui faisant visiter la péniche parce qu'elle m'a fait l'effet d'être quelqu'un d'assez distrait. Elle disait oui à toutes mes explications sans avoir l'air de m'écouter vraiment.

— La cuisinière à gaz ?

— Non. » Il les regarda d'un air désolé. « Je pense plutôt au générateur électrique.

— Il se trouvait dans la salle des machines ? »

Il acquiesça lentement.

« Pourquoi ne venez-vous pas avec moi pour raconter tout ça à mon patron, Anweiler ? »

Il haussa les épaules et leur rappela qu'il était pressé et qu'il avait un ferry à prendre.

Mais Carl savait de quoi il retournait réellement. Cette répugnance à coopérer ressemblait plutôt à la défiance du délinquant qui a du mal à croire qu'on l'écoutera avec objectivité.

Eux aussi avaient de l'expérience, après tout.

C'est avec des semelles de plomb que Carl monta au deuxième et le verre de Chivas Regal qu'on lui tendit à son arrivée avait un goût de trop peu.

« Pot d'adieu », annonçait l'écriteau à la porte de la cantine. Ils auraient aussi bien pu écrire « Mort au département A » ou encore « Adieu à la section criminelle ».

Sans Marcus Jacobsen, rien ne serait plus comme avant. Pourquoi fallait-il qu'il s'en aille maintenant ? Il n'aurait pas pu attendre au moins que Carl raccroche les gants ?

Pour marquer l'événement, Mme Sørensen avait confectionné un gâteau à base de crêpes, si lourd qu'il aurait fallu être au bord de l'inanition pour avoir envie de le manger. Lis avait orné le glaçage approximatif d'une multitude de petits drapeaux danois. Sur la table s'empilaient des gobelets en plastique mais presque rien à verser dedans – on était quand même supposé être au travail – et sur la nappe quelqu'un avait écrit dans une calligraphie soignée la phrase la moins adaptée à la circonstance : « Profitez bien de votre liberté, patron, au revoir et merci, et longue vie au département A. »

La directrice de la police fut brève. Elle évita soigneusement tous les pièges dans lesquels ses nombreuses années de bagarre avec le chef de la criminelle auraient pu la faire tomber, ce qui rendit son discours particulièrement insipide. Quant à Lars Bjørn, il parla des choses qu'il comptait perpétuer dans le travail de son prédécesseur et surtout de celles qu'il avait l'intention de changer.

Quand l'imbécile eut terminé, il n'y eut que Gordon pour venir lui donner une poignée de main. À la surprise de Carl, Bjørn accueillit le jeune homme avec un grand sourire et lui donna une tape amicale sur l'épaule.

Ils échangèrent quelques mots en privé, leurs têtes se touchant quasiment. L'étudiant et le nouveau chef de la criminelle. Que pouvaient-ils bien avoir à se dire d'aussi personnel ? Est-ce que Gordon était autre chose qu'un étudiant en droit agaçant qu'on laisse fouiner dans la partie du mécanisme où le système juridique est réellement sensible ?

Ou bien était-il l'espion de Bjørn ?

Dans ce cas, il n'était peut-être pas seulement un type en rut ayant un goût prononcé pour les femmes avec un pète au casque et du khôl autour des yeux.

Je crois que je vais te surveiller d'un peu plus près, espèce de grand saligaud, se dit Carl avant de gratifier son ancien patron d'un sourire compatissant. Au cas où Marcus aurait eu la bonne idée de changer d'avis et de rester, Carl lui conseillerait de renvoyer Lars Bjørn en Afghanistan, à coups de pied au cul.

« Je suis désolé, Marcus. Tu aurais mérité des discours plus inspirés que ceux-là, je trouve, dit Carl en lui tendant avec gaucherie l'étui en carton contenant la bouteille de whisky qu'il avait achetée pour lui. Nous n'aurons jamais de chef meilleur et plus compétent que toi », dit-il d'une voix forte et claire de façon que tout le monde dans la pièce, et surtout Lars Bjørn, entende son avis sur la question.

Le regard de Marcus Jacobsen s'attarda sur Carl pendant quelques secondes. Un léger sourire au coin de la bouche, il lui prit la bouteille des mains, la posa sur une table à côté de lui et le serra dans ses bras avec chaleur.

Il fut le seul à connaître ce privilège.

Et ce fut tout. Vingt années de service à l'hôtel de police s'achevaient, sans tambour ni trompette. C'était la coutume. Quand les gens quittaient le service actif, c'était toujours avec discrétion.

Au moins Carl pouvait être sûr que le jour où il partirait, il n'y aurait ni fanfare ni flonflons, et c'était tant mieux.

Le cœur lourd, il distribua quelques tâches à Rose et Assad et se mit à son bureau pour clore l'affaire Anweiler par l'inévitable rapport.

En résumé, l'incendie devait être considéré comme un accident qui vaudrait au pire à Sverre Anweiler une amende pour ne pas avoir enlevé du bateau des matières inflammables, conformément à la réglementation en vigueur en cas de vente.

Une fin peu glorieuse et pas très excitante pour Lars Bjørn quand il devrait en faire état à la presse, mais une très bonne affaire pour le départ de Marcus Jacobsen. S'en aller en mettant un point final à une enquête, ça ne pouvait pas mieux tomber. Il ne manquerait pas de dossiers à l'issue moins définitive s'il éprouvait le besoin de nourrir des regrets en repensant à sa carrière passée. C'était le lot de tous les investigateurs de la crim' et il devrait en prendre son parti.

Une affaire de meurtre non résolue vous rongeait jusqu'à votre dernier souffle.

Quand Carl eut terminé, il imprima le rapport, le rangea dans une chemise et écrivit « AFFAIRE CLASSÉE » sur la couverture.

Ces deux mots lui firent penser à Mona. Quand cela allait-il s'arrêter ?

Carl et Assad contemplaient les nombreuses enquêtes accrochées sur les panneaux dans le couloir du département V. Même s'ils avaient pu en classer quelques-unes ces derniers mois, de nouvelles affaires étaient arrivées et malheureusement en plus grand nombre que celles qu'ils avaient pu décrocher de ce mur pour les archiver. Pendant la dernière période sous la direction de Marcus Jacobsen, le département A avait eu un taux de réussite de quatre-vingt-dix pour cent. Le reste du pays ne pouvait pas se prévaloir d'un aussi bon résultat. L'encombrement du tableau qu'ils avaient sous les yeux en témoignait. En outre, la dernière décennie avait été dure pour beaucoup et avait parfois apporté le malheur avec elle. C'était comme ça. Des disparitions et des suicides inexplicables, mais sans doute très authentiques, contribuaient à surcharger ces panneaux couverts d'un réseau de fils multicolores.

Les fils bleus reliaient les affaires présentant quelques points communs. Un nombre presque aussi grand de fils rouges et blancs mettait en rapport celles qui étaient clairement liées.

Tout cela tissait une toile de drames et de souffrances. Sans compter les fils qui n'étaient reliés à rien.

« Il y a de quoi faire, mon pauvre Assad, dit Carl.

— Affirmatif, chef.

— Tu es d'accord avec moi, Assad, n'est-ce pas ? Pourquoi se lancer dans une nouvelle enquête louche ? Une disparition vieille de je ne sais combien d'années ?

— Je trouve quand même que Rose l'a bien mérité, alors. C'est elle qui vient de résoudre l'affaire Anweiler.

— Une affaire qui n'est jamais arrivée jusqu'à ce mur, Assad, je te le rappelle.

— Allez, Carl ! On l'accroche. » Son sourire était las mais espiègle comme celui de l'Assad d'avant. Encore quelques relents de thé à la menthe et quelques préparations culinaires gluantes, un peu de musique geignarde d'inspiration moyen-orientale, un peu d'ironie dans le regard et de confusions idiomatiques, et Assad serait de nouveau parmi eux.

« Ah oui, tu trouves ? » Carl poussa un long soupir. Il n'était pas au meilleur de sa forme pour argumenter car Mona continuait à monopoliser toutes ses pensées. « OK, mais c'est toi qui vas lui annoncer la nouvelle. » Rose pouvait parfois être extrêmement démonstrative dans sa gratitude et il préférait rester prudent. Ce n'était pas dans les bras de son assistante qu'il avait envie d'être en ce moment.

Carl s'écroula dans son fauteuil et tenta de se ressaisir. Il aspira jusqu'au fond de ses poumons quelques bouffées de sa première cigarette de la journée.

Sa rupture avec Mona l'avait vraiment mis K-O. Merde !

La cigarette fut réduite en cendres en un temps record tandis que le malaise s'installait plus profondément en lui, bouffée après bouffée. Et puis tout à coup, sans qu'il l'ait vue arriver, Rose fut en face de lui, agitant la main pour disperser la fumée, brandissant triomphalement le fameux avis de recherche.

« Merci, Carl », dit-elle. Pas de « Yesss ! ». Pas de débordement d'enthousiasme à le plaquer au dossier de son fauteuil. Juste « Merci », ce qui venant de Rose était exceptionnel.

Elle fit semblant d'ignorer sa mine déconfite et s'assit sur l'un des deux sièges qu'elle avait elle-même installés dans ce bureau, en son temps.

« J'ai déjà commencé à enquêter sur le type qui est en photo là-dessus, vous vous en doutez. » Elle tapota le portrait de l'homme aux cheveux rouges qui s'appelait William Stark. « Le numéro sur l'avis de recherche n'est plus valable, bien entendu, mais j'en ai trouvé un autre qui va nous permettre de joindre la jeune fille qui a fait imprimer cette affiche.

— Je vois. Et est-ce que tu peux me dire maintenant ce qui t'excite tellement dans cette affaire ? lui demanda-t-il.

— Assad, tu peux venir une minute ? » cria-t-elle.

D'un pas traînant, Assad les rejoignit. Impatient de s'y remettre, prêt au combat, plateau d'argent ciselé entre les mains et thé sirupeux fumant dans les verres. « Un petit loukoum ? proposa-t-il en pointant le menton vers les petits cubes aux couleurs pastel roulés dans le sucre glace, comme s'il s'agissait du trésor du Saint Graal.

— Assad s'est occupé de chercher des informations de fond et moi je me suis renseignée sur la situation actuelle », expliqua Rose comme si c'était une évidence.

Carl secoua la tête, incrédule. Ces deux-là, ensemble, c'était pire que de se trouver face à un troupeau de gnous dans la savane. Droit devant et ventre à terre et il y avait intérêt à faire un bond de côté si vous n'aviez pas l'intention de courir avec eux.

Assad posa ses préparations sucrées au milieu de la table et il prit place à côté de Rose, le bloc-notes ouvert sur ses genoux.

« Un type intelligent, ce William Stark. Sorti major de sa promotion à l'examen du barreau. Il est même assez surprenant qu'il n'ait pas été plus haut dans la hiérarchie au moment où il a disparu. » Assad posa quelques documents devant lui. « Quarante-deux ans, et quinze ans fonctionnaire dans un ministère. Avant cela il a été stagiaire dans un cabinet d'avocats et conseiller juridique pour divers groupements d'intérêt public. Célibataire mais en concubinage pendant six ans avec une Malene Kristoffersen et papa de substitution pour sa fille Tilde. Malene a aujourd'hui quarante-sept ans, Tilde seize, et elles habitent à Valby.

— La situation financière de Stark était comment ?

— Vingt ans d'épargne prudente, alors. Pas de crédit sur la maison et un portefeuille de titres pour une valeur de plus de huit millions de couronnes. La majeure partie lui venait d'un héritage. Sa mère est décédée peu de temps avant qu'il disparaisse. Il était fils unique et elle n'avait aucune autre famille proche.

— Huit millions ! Nom de Dieu ! » Carl émit un sifflement admiratif. S'il touchait une somme pareille, il achèterait deux billets pour Cuba et il forcerait Mona à l'accompagner. Un mois sous les palmiers, un peu de rumba dans les hanches et sous les draps devraient la ramener à de meilleurs sentiments.

Il chassa l'image de sa tête. « Bon. Est-ce que nous disposons de témoignages de l'entourage de Stark qui puissent nous éclairer sur la raison de sa disparition ? »

Rose prit la parole. « Aucun. Ses collègues de travail le décrivent comme un homme secret mais équilibré. Le rapport que j'ai sous les yeux indique qu'il n'a jamais donné aucun signe de dépression, ni sur son lieu de travail, ni chez lui. »

Sacré veinard.

« Alors je te pose la question une troisième fois, Rose. Qu'est-ce qui t'intéresse dans cette histoire, hormis que tu t'es prise de sympathie pour la jeune fille, ce que je peux comprendre ? Mais à part ça ?

— Le contexte, Carl. Je comprends qu'on puisse partir en Afrique et disparaître. Il peut avoir disparu accidentellement parce que c'est un continent qui est plein de dangers de toutes sortes et il peut s'être volatilisé volontairement dans un endroit du monde qui est à l'abri des lois de son pays. Il peut aussi avoir été en quête d'aventures et il peut en avoir eu marre de la routine de sa vie au Danemark. Marre des gens avec qui il travaillait et marre de son boulot. Marre de la nuit qui tombe tôt, marre du froid, de l'hiver et du climat politique. C'est peut-être le sexe qui l'a attiré là-bas également. Il aimait peut-être les jeunes filles à la peau noire, ça s'est déjà vu ! » Elle fit une pause pour donner plus de poids à la fin de son énumération. « Ou les jeunes garçons à la peau noire, qui sait ? Il avait peut-être des secrets, nous en avons tous. »

Carl acquiesça. Et il fallait que cela vienne d'elle !

Il se tourna vers Assad. Lui aussi hochait la tête, avec un peu de circonspection cependant. Il ressemblait à un vieux briscard du crime qui sait qu'il doit rester aussi près de la vérité que possible mais qui sait aussi quand il doit s'arrêter.

C'était un hochement de tête très étrange.

« Tu crois que Stark avait des choses à cacher ? »

Elle haussa les épaules. « C'est possible. Mais le fait est qu'il n'a pas disparu en Afrique, et c'est ça qui m'intrigue tellement. Il est revenu au Danemark, Carl. Il n'a passé que quelques heures au Cameroun, il a annulé son billet de retour, il en a acheté un autre, et il a atterri à l'aéroport de Kastrup tout à fait normalement. Nous avons à la fois la liste des passagers et des vidéos de caméra de surveillance où on le voit tirer son bagage à roulettes. Et puis tout à coup, il a disparu. Peut-être pour toujours. »

Carl tenta de se représenter la scène. « C'est peut-être un malin. On le cherche au Danemark parce que c'est là qu'il a été vu pour la dernière fois, mais il a pu faire comme Sverre Anweiler et traverser le pont de l'Øresund. Il a pu se laisser engloutir par les immenses forêts suédoises. Ou il a pu retourner en Afrique avec des faux papiers ou bien partir ailleurs.

— Rose et moi avons déjà discuté de ça, chef, dit Assad. Stark avait-il des ennemis ? Était-il joueur ? Avait-il piqué dans la caisse ? Est-il revenu pour chercher de l'argent caché quelque part ? Avait-il oublié au Danemark une chose à laquelle il tenait ? Peut-être y avait-il une autre femme et devait-elle partir avec lui ? Nous avons tout imaginé mais rien ne prouve qu'il s'agisse de ce genre de choses. »

Carl réfléchit. Le moins qu'on puisse dire est qu'ils prenaient l'affaire au sérieux. N'empêche que, pour l'instant, ils n'avaient rien de tangible.

« J'en conclus que nous n'avons pas de réelle piste, je me trompe ? Que dit le rapport de police de l'époque ? Est-ce qu'il contient le moindre élément qui pointe dans une direction qui n'a pas encore été explorée ? »

Tous deux secouèrent la tête.

« Alors qu'est-ce qu'on a ? Rien du tout, en fait ! » S'il ne tenait qu'à lui, cette investigation allait être l'une des plus courtes de l'histoire du département V.

« William Stark n'est pas déclaré mort, dit Rose, la tête baissée, le regard noir sous ses sourcils.

— C'est normal, Rose. Ça ne fait pas cinq ans.

— Il paraît que sa maison est quasiment dans l'état où elle était quand il a disparu. J'ai récupéré un trousseau de clés au commissariat de Bellahøj. Il y avait les scellés dessus à un moment. »

Carl fronça les sourcils. Les chiens de chasse remuent la queue quand ils sentent une piste, et en une seule phrase elle venait de lui communiquer cette sensation.

Mince alors.

« D'accord, dit-il en attrapant sa veste sur le dossier de son fauteuil. Allons-y. »

14

Marco passa vingt-quatre heures pénibles. La moindre ombre le faisait sursauter et devoir être attentif aux moindres bruits l'avait épuisé.

Il était retourné à Østerbro parce que Zola leur avait toujours dit que lorsqu'on avait été repéré dans un endroit il ne fallait pas y retourner. Østerbro était donc le seul quartier de la ville où ils ne le chercheraient pas.

Il se cacha jusque tard dans la nuit de jeudi dans un container à ordures pour dormir quelques heures et échapper à la peur de ce qu'allait apporter le lendemain.

Maintenant que Zola savait qu'il avait vu l'avis de recherche et sans doute fait le rapprochement avec le cadavre dans les bois, ce n'était plus son intégrité physique qui était en jeu, mais sa vie.

Il fut brusquement réveillé parce qu'un ivrogne ouvrait le couvercle du container. L'homme faillit mourir de peur quand Marco bondit comme un diable sorti de sa boîte.

Il n'était que six heures et demie, mais le soleil brillait déjà fort entre les immeubles qui se dressaient au-dessus de la ruelle. On entendait le faible ronronnement de la circulation matinale dans les grandes artères. La ville s'éveillait.

Il rassembla ses affaires dans un sac en plastique noir et se dirigea d'un pas volontairement tranquille vers la bibliothèque municipale située sur l'allée Dag Hammarskjöld. Là-bas, il trouverait tout ce dont il avait besoin. Des toilettes où il pourrait se laver, des ordinateurs pour imprimer un itinéraire jusqu'aux endroits où il comptait se rendre plus tard dans la journée. Et puis il y avait un endroit en haut d'une étagère au-dessus du compteur électrique où personne ne regardait jamais et où il pouvait laisser son sac en plastique en attendant de trouver une meilleure cachette. Il y avait déjà longtemps qu'il utilisait celle-là.

Ici, dans le secteur des ambassades, des vigiles en civil étaient postés partout. Les Russes surveillaient les Américains et vice versa, et on lui avait dit un jour que la bâtisse imposante qui se trouvait entre les deux était le siège de la Croix-Rouge Internationale. Une organisation qui lui rappelait qu'il y avait des enfants plus malheureux que lui sur terre. Non pas que de le savoir le fît se sentir beaucoup mieux. Ceux qui marchaient devant lui, en route pour l'école, la Croix-Rouge n'avait en tout cas pas besoin de s'en occuper.

Quand la bibliothèque ouvrit enfin et qu'il eut fini de faire ce qu'il avait à y faire, il traversa le pont au-dessus du lac de Sortedam et prit la Ryesgade vers le nord, ses yeux notant le moindre mouvement dans le paysage.

Heureusement qu'il avait un plan.

Il arriva à la maison de Stark à l'heure où les quartiers de banlieue ont l'air abandonnés. Le vendredi en pleine journée était le meilleur moment pour cambrioler une maison dans un lotissement tranquille et bien entretenu au Danemark. Dans ce pays, hommes et femmes travaillaient tous les deux, car pour espérer avoir un niveau de vie décent, il fallait le plus souvent deux salaires. Dans ce genre de ghetto de luxe, tout le monde faisait ce qu'il fallait pour maintenir son standing. Ici ce n'était pas le revenu individuel qui faisait la différence mais celui du foyer, et les enfants qui grandissaient dans cet environnement apprenaient très tôt que s'ils voulaient avoir le même statut social que leurs parents, ils avaient intérêt à bien travailler à l'école. Et c'est pourquoi à cette heure-ci toutes les maisons étaient désertes. Il fallait juste faire attention aux chiens, aux retraités et aux très rares mères au foyer. Mais Marco avait l'habitude de surveiller ses arrières et il mobilisa toute son expérience de voleur expérimenté. Il marcha tranquillement sur la route, l'air insouciant, comme s'il était chez lui. Pas comme tous ces petits voyous des pays Baltes ou de Russie qu'on repérait à mille mètres avec leurs survêtements passés de mode depuis dix ans, ou leurs éternels jeans délavés et déformés, mal coupés et toujours trop longs. Le mot « voleur » était carrément imprimé sur leur front. Ils étaient sales et ils se tenaient mal. Ils se déplaçaient le plus souvent par deux et portaient un sac à dos usé et des poches plastique pleines à craquer. On ne pouvait pas se balader comme ça, franchement.

Marco, lui, se comportait normalement, il gardait apparemment les yeux fixés sur un point situé plus haut dans la rue comme s'il s'agissait de sa destination, mais en réalité il examinait attentivement tout ce qu'il voyait.

C'était un joli quartier, tout à fait le genre d'endroit où il aimerait habiter un jour. Il y avait des balançoires, des tape-culs et des maisons miniatures avec de petites vérandas. D'un côté de la route étaient plantés de grands arbres dont les branches retombaient vers le lac et les marais et, de l'autre, de belles maisons s'élevaient, à flanc de colline.

Au milieu de ce décor idyllique et luxueux, Marco se mit à penser au cadavre. Il était étrange de se dire que le mort qui reposait dans le même trou que lui avait un jour été vivant et qu'il avait vécu dans cet endroit.

À présent il n'était plus de ce monde. Il n'était plus qu'un portrait sur un avis de recherche.

En arrivant à destination, il vit une femme à genoux sur une plate-bande dans le jardin voisin de celui qui avait dû appartenir à William Stark. Elle était profondément absorbée par sa tâche et Marco nota machinalement combien il restait de plants dans sa barquette. Une quinzaine peut-être ? Elle travaillait si méticuleusement qu'elle allait mettre un moment à finir et à s'en aller. En attendant, il lui serait impossible de remonter l'allée de la maison de Stark sans que la femme le voie. Il allait donc devoir s'armer de patience, passer à côté sans s'arrêter et revenir plus tard.

Mais en dépassant la maison, Marco vit qu'une Peugeot 607 bleu marine était garée dans l'allée, ce qui contrariait ses projets.

Peut-être qu'en passant très lentement j'arriverai à voir qui est à l'intérieur. Si c'est une fille, c'est sûrement celle qui a diffusé l'avis de recherche. Et si c'est elle, j'irai sonner à la porte, songea-t-il en ralentissant le pas. La voisine qui le suivait des yeux n'aurait qu'à penser ce qu'elle voudrait.

Il voyait des ombres bouger sur les murs derrière les vitres de la villa et, en retenant sa respiration, il parvenait même à entendre un faible bruit de voix. La maison de William Stark avait peut-être été vendue, même si dans l'annuaire en ligne c'était toujours son nom qui apparaissait associé à cette adresse.

Marco ne savait plus que penser. Il y avait un tas de possibilités qu'il n'avait pas encore considérées. La maison pouvait avoir été louée et, si c'était le cas, il n'avait plus qu'à repartir parce qu'il n'avait plus rien à faire ici.

Marco le vit derrière la vitre avant qu'il ne l'aperçoive. C'était un homme qui prenait son temps. Il n'était plus tout jeune, mais avec ses sourcils levés et sa tête qui bougeait parfois de haut en bas et parfois de gauche à droite, il avait l'air concentré sur ce qu'il faisait. Son visage sérieux, ses gestes maîtrisés lui donnaient l'air de quelqu'un qui réfléchit, un peu comme un artisan qui serait venu établir un devis. Mais ce n'était pas un artisan, Marco était trop malin pour s'y tromper. Il savait mieux que personne à quoi ressemblait un policier et comment ces gens-là se déplacent. À une époque, Samuel et lui en avaient fait un jeu, quand ils travaillaient dans la rue. C'était à celui qui le premier repérerait un flic dans la foule. La façon qu'ils avaient de regarder les gens suffisait en général à les démasquer.

Marco regarda plus attentivement la voiture de couleur sombre et vit le gyrophare posé contre le pare-brise au-dessus du tableau de bord. Il fallait filer, et vite.

Alors qu'il se demandait ce que la police faisait là, le flic tourna la tête vers lui et le regarda. Cela ne dura qu'une seconde, mais jamais, auparavant, Marco ne s'était senti percé à jour comme à cet instant.

Ces yeux en savent déjà beaucoup plus qu'il n'est bon pour moi, songea-t-il en se mettant à courir. Ce ne fut qu'en atteignant la place du marché à Husum, la respiration sifflante, la bouche sèche, qu'il s'arrêta enfin pour se demander ce qui arrivait.

Il y avait des policiers dans la maison de William Stark. Fallait-il en déduire que l'enquête sur sa disparition n'était pas encore terminée ? Dans ce cas, il fallait plus que jamais qu'il y retourne et qu'il y entre.

La maison, une petite villa des années trente, était construite à flanc de colline et offrait une vue panoramique sur le marais d'Utterslev et la ville nouvelle de Høje Gladsaxe, avec ses gigantesques barres d'immeubles HLM, aussi laides qu'impressionnantes, en arrière-plan. Ce quartier de Copenhague était la preuve flagrante que l'être humain était la pire chose qui soit arrivée à la planète.

Carl secoua la tête. Voir autant de béton et de laideur conçue par l'homme dans un cadre aussi ravissant était une vision peu commune. Une insulte à l'architecture danoise. Une faute de goût.

« Joli mât, vous ne trouvez pas ? » dit Assad en parlant de la tour de Babel grillagée de l'émetteur satellite de Gladsaxe qui se dressait dans le ciel derrière le rideau des arbres.

Carl, quant à lui, n'aurait pas levé un sourcil si elle devait s'écrouler sous leurs yeux.

« Alors la maison a été cambriolée ? Quand ça ? » demanda-t-il.

Rose sortit une clé de sa poche et ouvrit la porte principale.

« C'est arrivé juste après que Stark a disparu. Sa compagne et sa belle-fille n'avaient pas encore déménagé et nous savons assez précisément ce que les voleurs ont emporté.

— La même chose que d'habitude ?

— Oui et non. La maison a été fouillée, les matelas lacérés, les tableaux arrachés des murs, mais cela ne ressemblait pas à du vandalisme. On aurait plutôt dit qu'ils cherchaient quelque chose. »

Carl hocha la tête. Une disparition inhabituelle et un mystérieux cambriolage, il commençait à comprendre ce qui avait éveillé la curiosité de Rose.

La maison sentait le renfermé. Elle avait cette odeur de moisissure qui se dégage des endroits inhabités. Stark avait vécu ici, et il était probable qu'il n'y reviendrait plus jamais.

Carl s'arrêta au milieu du salon impeccablement rangé et regarda par les grandes baies vitrées donnant sur le jardin et les splendeurs des collines de Brønshøj. La pelouse était tondue et les buissons de groseille et de cassis déjà taillés en prévision de la prochaine cueillette.

« Qui entretient la maison et le jardin ? demanda-t-il.

— Sa fiancée continue à y venir, je crois. Ce n'est pas ce que dit le rapport, Assad ? »

Assad confirma.

Carl regarda autour de lui. La décoration intérieure donnait le sentiment que Stark s'était contenté de moins que ce qu'il aurait pu espérer dans sa condition. Il ne devait tout simplement pas attacher d'importance à ce genre de choses à en juger par les lambris bon marché au plafond et sur la partie basse des murs. L'extension vitrée du salon avait été réalisée avec des matériaux bas de gamme. Mais en dépit de l'odeur de renfermé et de la simplicité de son aménagement, il se dégageait de la maison une atmosphère agréable. Ce n'était pas a priori le genre de lieu qu'on associerait à des idées de suicide ou à une envie de disparaître.

Les quelques photos dans leurs cadres posés sur une étagère en pin évoquaient plutôt l'harmonie et la joie d'être ensemble. On y découvrait Stark, sa fiancée et la petite fille, tendrement enlacés. On devinait à leurs rires que Stark avait dû actionner le déclencheur automatique de l'appareil et qu'il avait tout juste eu le temps de les rejoindre. Pas de quoi gagner un prix dans un concours de photo.

Malene Kristoffersen était une jolie femme un peu ronde, avec un sourire plein de fossettes, qui respirait la santé, à l'inverse de sa fille qui semblait anormalement maigre et chétive, le genre d'oisillon qu'une mère oiseau pousserait instinctivement hors du nid.

Stark souriait sur toutes les photos. Il tenait ses deux femmes affectueusement contre lui, penchant la tête comme pour se mettre à la hauteur de leurs visages. Il ne poussait jamais l'originalité vestimentaire au-delà d'une cravate violette avec son costume ou, au pire, une chemisette écossaise verte. Il suffisait de voir sa façon de s'habiller pour comprendre pourquoi ses brillantes études ne l'avaient pas mené plus loin. L'homme était trop discret et effacé, et probablement trop honnête. Tout cela se lisait sur son visage, et c'était ce qui intriguait Carl Mørck. Quand quelque chose d'inhabituel arrivait dans une vie aussi rangée que celle d'un William Stark, en général, ça faisait des dégâts.

« Parle-moi du cambriolage, Assad. »

Son assistant ouvrit son attaché-case et sortit une copie du rapport.

« Du travail de professionnel. Pas d'empreintes, pas de traces ADN. Les voisins ont vu arriver deux hommes avec des casquettes noires dans un fourgon jaune. Ils portaient des salopettes de travail bleues et ils leur ont dit bonjour en passant. Des gens normaux, peut-être un peu trop bronzés pour la saison. » Assad sourit. Il utilisait régulièrement la plaisanterie en parlant de lui-même. « Mais ces histoires de couleur de peau ne veulent plus rien dire de nos jours, pas vrai ? Tout le monde part en vacances toute l'année. Sports d'hiver, vacances au bord de la mer. Bientôt ils vont tous me ressembler, en moins beaux bien sûr. » Il arqua les sourcils comme s'il attendait un commentaire de leur part. S'il croyait qu'ils allaient lui faire des compliments sur son physique, il risquait d'attendre longtemps.

Il haussa les épaules. « Bref, ils sont rentrés par la porte principale, probablement avec un pistolet à serrure et les gens n'y ont vu que du feu. Une femme qui travaillait dans le jardin d'à côté a attendu qu'ils ressortent pour voir s'ils emportaient quelque chose mais ils n'avaient rien du tout, alors. Ils ont passé environ une heure à l'intérieur, et puis ils sont repartis. Ils ont agité la main pour dire au revoir aux voisins avant de s'en aller.

— C'est Malene Kristoffersen qui a signalé le cambriolage ?

— Oui, et c'est après ça qu'elles ont déménagé. Elles ne se sentaient plus en sécurité depuis que Stark n'était plus là pour les protéger.

— La maison est restée comme elle était du temps où ils y vivaient tous les trois ?

— Oui.

— Comment font-elles ? Qui paye les mensualités ?

— Il n'y a plus de crédit sur la maison, chef. Et tous les autres frais sont couverts par les intérêts du capital.

— Hmm. » Carl regarda autour de lui. « Je me demande ce qu'ils cherchaient. Ils n'ont pris ni les baffles, ni l'ampli. De l'argent, des obligations, des bijoux ? Sommes-nous sûrs qu'il a amassé sa fortune en toute légalité ? Avez-vous vérifié s'il a réellement hérité ? Vous avez vu les documents de la succession ? »

Assad le regarda, l'air vexé. Bien sûr qu'il avait tout vérifié !

Le regard de Carl fit à nouveau le tour du séjour. « L'endroit a l'air très innocent, mais ce ne serait pas la première fois qu'on se laisserait prendre aux apparences. Il peut s'agir d'une histoire de drogue. Il a peut-être des biens immobiliers dans d'autres pays, qu'il n'a pas déclarés à l'État danois. Du patrimoine acquis avec de l'argent sale. Il est peut-être revenu précipitamment du Cameroun parce que quelque chose s'était mal passé là-bas, et un comité d'accueil lui a fait la peau quand il est arrivé ici. Est-ce qu'on voit sur les vidéos de surveillance de l'aéroport comment il en est parti ?

— Oui, il a pris le métro.

— Et après ?

— Après on le voit sur le quai et puis on ne le voit plus nulle part.

— Cet enregistrement existe encore ? »

Assad haussa les épaules. Cette fois, Carl l'avait eu.

« Venez voir. » Depuis l'encadrement de la porte à double battant du salon, Rose attirait leur attention sur un petit bureau de l'autre côté du couloir, dans lequel un coffre-fort était appuyé au mur du fond. Un modèle trapu, de taille moyenne avec une poignée rotative au centre.

« Ce coffre était déjà ouvert avant le cambriolage ? demanda-t-elle à Assad.

— Oui. Malene Kristoffersen a dit qu'il n'était jamais fermé. William Stark ne s'en servait pas. Il avait un coffre à la Danske Bank dont il avait d'ailleurs résilié le contrat quelques mois avant de disparaître.

— Est-ce qu'elle avait une idée de ce qu'il contenait ? reprit Carl. Cela devait avoir de la valeur. Sinon, pourquoi le mettre dans un coffre ?

— Malene a dit à la police que le coffre contenait des disquettes et des CD-ROM, et aussi les alliances de ses parents. Mais il avait rapporté tout ça à la maison, visionné le contenu des disquettes sur son ordinateur et tout écrasé, alors.

— Et qu'est-ce qu'il y avait dessus ? On le sait ?

— Sa thèse.

— Sa thèse ? Il voulait soutenir sa thèse ?

— Il n'est pas allé jusque-là. Il n'a jamais essayé de la présenter.

— Ça paraît dément. Pourquoi effacer toutes ses notes ?

— Pour les mêmes raisons que vous quand vous avez refusé de troquer votre casquette d'inspecteur contre celle de commissaire, je crois. »

Carl regarda Assad. Que diable voulait-il dire par là ?

« Et à ton avis, pourquoi est-ce que j'ai refusé de faire ça, Assad ?

— Parce que cela vous aurait obligé à faire un autre genre de travail, chef. » Il sourit. « Je suppose que vous n'avez pas très envie de vous retrouver à la tête de la préfecture de Hjørring, n'est-ce pas ? »

Assad avait raison. Dieu fasse qu'il n'en arrive jamais là.

« Alors tu crois qu'il avait peur d'avoir une promotion s'il passait son doctorat ? C'est ce que Malene a dit ?

— Elle a dit qu'il était heureux de ce qu'il avait et qu'il n'était pas du genre à se faire savonner.

— À se faire mousser, Assad. Je crois que c'est ça que tu veux dire. Mais dans ce cas pourquoi s'est-il lancé dans la recherche et pourquoi a-t-il voulu écrire sa thèse ?

— Malene prétend qu'il voulait faire plaisir à sa mère. Son père avait passé un doctorat aussi. D'ailleurs quand elle est morte, il a abandonné le projet. »

Carl hocha la tête. Il commençait à se faire une bonne image du personnage. Et il lui plaisait de plus en plus.

« De quoi parlait sa thèse ? »

Assad feuilleta le rapport. « Malene ne se souvenait pas très bien mais ça avait quelque chose à voir avec la création de fondations dans un contexte international.

— Cool, ça a l'air sympa. »

Il s'accroupit et inspecta l'intérieur du coffre. Effectivement, il était complètement vide.

Ils fouillèrent ensuite la cave où ils ne trouvèrent rien de particulier.

Quand ils eurent pratiquement terminé, Carl examina méticuleusement les plafonds et les murs afin de s'assurer qu'il n'y avait pas d'anomalie mais tout était impeccable, un peu trop impeccable à son goût.

« Tu as vu quelque chose là-haut ? » s'enquit-il en voyant le postérieur de Rose apparaître par la trappe conduisant aux combles.

Elle s'essuya le visage et secoua la tête. « Seulement un tas de toiles d'araignée. Je déteste ça. »

Carl hocha la tête. Il n'était jamais facile de se replonger dans les éléments d'une enquête aussi longtemps après les faits. Malene avait peut-être été un peu trop efficace dans son rangement, un minuscule morceau de papier avait peut-être atterri dans la corbeille à papiers ou dans la poche d'un voleur. Il y avait peut-être eu des indices à trouver à un moment donné mais le temps les avait effacés.

« Hmm, je crois qu'on a fini. Je ne sais pas si cette visite nous aura servi à grand-chose, mais on peut toujours aller parler avec la voisine et prendre quelques informations sur ces cambrioleurs. Je vois qu'elle est de nouveau en train de jardiner. »

Il regardait la femme à genoux dans sa plate-bande quand il aperçut le garçon sur le trottoir en train d'observer les fenêtres de la maison. Ce n'est pas son attitude qui intrigua Carl malgré son air triste et esseulé. C'est le regard qu'ils échangèrent, l'espace d'une seconde. Le regard du prévenu qui rencontre son juge, le regard de quelqu'un qui réalise qu'il a un ennemi en face de lui.

Le garçon baissa les yeux et tourna la tête. Puis il se volatilisa avant que Carl ait eu le temps de s'approcher de la fenêtre.

Ce garçon ne voulait pas qu'on le voie, c'était flagrant et plutôt bizarre.

« Vous l'avez vu ? demanda Carl aux deux autres qui secouèrent la tête. Ce garçon n'avait pas l'air content de nous voir ici. »

15

Marco attendit une heure avant de s'approcher à nouveau discrètement de la maison. Il vit avec satisfaction que la voisine et la voiture de police avaient disparu.

Il remonta tranquillement l'allée, les yeux braqués sur la porte d'entrée. Quand il vit qu'il n'y avait pas de pancarte laissant supposer la présence d'alarmes, il fit le tour de la maison et découvrit à l'arrière une fenêtre de cave sans gonds ni crochet, d'une hauteur d'à peine trente centimètres et dont le cadre était solidement fixé au chambranle avec des vis.

Marco sourit. Maintenant il était sur son terrain. Il ferma le poing, plia le bras et posa le coude au centre de la fenêtre, il appuya pour mettre de la pression sur la vitre et, de sa main libre, donna un coup sec sur son poing transformant son coude en burin. Le bruit que fit le verre en se brisant en étoile était quasiment inaudible. Il n'avait plus qu'à retirer les morceaux un par un.

Lorsqu'ils furent entassés proprement contre le mur, il se coucha sur le dos, les bras au-dessus de la tête, et se laissa glisser les jambes en premier à travers l'ouverture qui se découpait d'un noir foncé. Une fenêtre plus petite que celle-là aurait encore été assez grande pour un garçon comme Marco.

La cave était composée d'une pièce unique d'une surface équivalant au tiers de la maison. Les murs étaient peints à la chaux et l'air confiné sentait la lessive et l'humidité. Il y avait apparemment très longtemps que personne n'avait utilisé cette partie de la maison, qui servait à la fois de buanderie, d'atelier et de cellier pour y stocker des pots de confitures. Le carton de lessive en poudre posé sur la machine était de la marque Omo. Marco retourna la boîte et put constater avec soulagement que la lessive avait eu le temps de durcir au fond. Plus personne ne venait dans cette cave, cela ne faisait aucun doute.

Après avoir jeté un rapide coup d'œil aux pots de peinture et aux quelques outils sans doute inutilisables, il se dirigea vers la porte donnant sur l'escalier de la cave et l'ouvrit en grand. Sa première issue de secours était prête.

Puis il monta au rez-de-chaussée et alla ouvrir la porte de la véranda. La deuxième issue de secours était en ordre. Après ces préparatifs, il se mit en quête d'éventuels capteurs infrarouges et tendit l'oreille pour repérer de possibles ultrasons ou n'importe quel bruit correspondant à une alarme semi-professionnelle connectée à un téléphone portable ou à la ligne fixe d'un voisin.

Quand il se fut assuré qu'il n'y avait rien de ce genre, il se mit au travail. Son regard sonda les pièces les unes après les autres. S'il s'était agi d'un cambriolage normal, il aurait automatiquement évité de poser les yeux sur tous les objets qui évoquaient les occupants de la maison. Ressentir de la pitié pour les gens qu'on était en train de dévaliser était la pire des choses, leur répétait souvent Zola. « Dites-vous que tout ce que vous voyez est à vous et que les personnes souriantes dans les cadres sont des étrangers qui n'ont rien à voir avec vous. Les jouets appartiennent à vos petits frères et sœurs et pas aux enfants qui vivent là. Ne l'oubliez jamais. »

C'était particulièrement difficile pour les jouets.

Mais Marco n'était plus un voleur. Il n'était pas là pour voler les affaires de ces gens mais pour connaître leur histoire, apprendre qui ils étaient et pourquoi ils étaient devenus ce qu'ils étaient devenus.

Il commença par les tiroirs et les papiers.

William Stark était un homme qui aimait l'ordre. C'est ce que Marco déduisit du contenu des tiroirs du bureau et des commodes de la salle à manger et du salon. Habituellement, les tiroirs des gens étaient un véritable capharnaüm. Vieux Zippo, téléphones portables de toutes tailles, cure-dents dans leurs étuis en plastique, serviettes en papier dans leur emballage à moitié déchiré. Nappes en papier dans un tiroir et drapeaux rouge et blanc pour décorer la table les jours d'anniversaire dans l'autre. Il avait plongé la main dans ce genre de tiroirs des centaines de fois. Ici il n'y avait rien de tout cela. William Stark ne gardait pas ces choses-là. Les murs et les étagères n'étaient pas couverts de souvenirs d'époques révolues. Inutile de chercher la photo du petit William le jour de sa confirmation, en sandwich entre ses deux parents gonflés de fierté, ni du jeune William coiffé de son chapeau de lauréat. Pas de saladier plein de cartes de vœux ni de lithographies sur les murs. On avait vite fait le tour de la rubrique nostalgie. Des calculs d'impôts sur le revenu rédigés à la main et des déclarations d'assurance, rangés dans deux chemises distinctes. Un bol plein de pièces étrangères triées par pays dans des pochettes plastique. Des justificatifs de déplacement dans un tas et des cartes d'embarquement dans un deuxième, une pile de catalogues d'agences de voyage et une autre de commentaires manuscrits sur les hôtels fréquentés dans les divers lieux de séjour, rangés par ordre alphabétique et entourés de vieux élastiques.

Marco hocha la tête. Il n'avait jamais rencontré un homme comme celui-là en chair et en os.

Il trouva les affaires de la mère et de la fille dans des chambres voisines mais à l'odeur très différente. Les choses qui se trouvaient encore dans la chambre de la jeune fille ne devaient plus l'intéresser depuis longtemps. L'aquarium était desséché, la cage à oiseaux désertée, le matériel à dessin délaissé et les boys bands, sur les posters au mur, sûrement remplacés par d'autres idoles. La chambre de la mère était plus classique et à l'image de la femme qu'elle avait été et qu'elle était probablement encore. D'innombrables livres étaient alignés dans la bibliothèque au-dessus de laquelle était exposée une collection de sacs à main et de chapeaux de paille. Dans les coins traînaient des paires de bottes, et des écharpes de toutes les couleurs pendaient sur un portemanteau à côté du miroir.

Marco fronça les sourcils, intrigué. On aurait presque dit qu'elle vivait encore là. Mais dans ce cas, comment la pièce pouvait-elle sentir le renfermé ? Pourquoi la lessive était-elle solidifiée dans le paquet ? Pourquoi le réfrigérateur était-il entrouvert et vide ?

Et si, comme il le croyait, elles avaient déménagé, pourquoi la mère n'avait-elle pas emporté ses affaires ? Est-ce qu'elle n'en voulait plus ? Avait-elle l'intention de revenir ? Marco n'arrivait pas à comprendre. Il est vrai qu'il avait rarement côtoyé une femme dans son intimité. Pas même sa mère.

La femme pensait peut-être que William Stark était encore en vie et qu'il allait subitement réapparaître ? Tous ces objets attendaient peut-être de reprendre du service. Elle avait peut-être simplement mis sa vie avec Stark en attente !

Marco resta un long moment sans bouger. C'était terrible d'être là et de savoir que ça n'arriverait jamais et que Stark était mort et enterré. C'est sans doute ce qui le poussa finalement à retourner dans le salon pour regarder les photos de famille. Il reconnut tout de suite celle que la fille avait utilisée pour son avis de recherche. Stark posait entre la fille et la femme, et il souriait. Elle avait fait un agrandissement de la partie centrale de la photo que Marco regardait en ce moment.

William et elles ne pourraient plus jamais se tenir de cette façon.

Marco regarda la pièce plus attentivement et, cette fois, il remarqua les coups de couteau dans les housses du canapé et dans les coussins.

Il approcha du divan lacéré avec dans le corps la sensation de voir la scène comme s'il avait été présent. Celui qui avait fait ça devait être réellement désespéré, sinon pourquoi les déchiqueter à ce point ? Est-ce que c'était Stark qui était devenu complètement fou ? Est-ce que c'était pour ça que toutes ces paires de bottes et toutes ces choses se trouvaient toujours dans la chambre de la femme ? Avait-elle été obligée de s'enfuir avec sa fille en catastrophe ? Est-ce que c'était ça qui s'était passé ? Elles avaient peut-être eu peur de lui, c'était un sentiment qu'il était capable de comprendre mieux que personne.

Il secoua la tête. Non, ça n'avait pas de sens. Pourquoi sa belle-fille aurait-elle voulu le retrouver dans ce cas ? Il y avait sûrement une autre explication.

Il inspecta les fentes dans les housses. Elles étaient poussiéreuses. Il devait y avoir un certain temps que ce déchaînement de violence s'était produit. Les coupures étaient nettes et étroites. Elles avaient été faites avec un cutter. Marco secoua la tête à nouveau. Un homme aussi ordonné que William Stark ne ferait pas une chose pareille, sauf s'il avait été poussé à bout pour une raison ou pour une autre.

Une crise de jalousie, peut-être ? La femme l'avait-elle trompé ? Cet homme qui avait une vie parfaitement rangée avait-il mal supporté que sa femme lui soit infidèle ? Fallait-il qu'il y ait eu une circonstance aussi grave pour qu'il sorte de ses gonds et de ses habitudes ?

Ou bien Marco faisait-il complètement fausse route ?

Il étudia à nouveau la photo que la fille avait imprimée. William Stark avait son bijou africain autour du cou, celui que Marco portait à présent, et il arborait un large sourire, avec le jardin fleuri en arrière-plan. Ils avaient l'air heureux et insouciants, y compris la fille, malgré son teint pâle de malade, ses cernes noirs et ses joues creusées.

Marco n'arrivait pas à comprendre que les gens normaux puissent avoir dans leur vie des hauts et des bas. Il ne comprenait pas non plus ce qui s'était passé ici. Les coups de cutter dans le canapé, la disparition de Stark, les vêtements de la femme dans sa chambre, tout ça.

En temps normal cela lui aurait été égal, mais cette fois, c'était différent. Il voulait comprendre. Il était venu là pour ça. Il voulait savoir pourquoi Stark devait être éliminé et pourquoi sa route et celle de Zola s'étaient croisées. La réponse était forcément quelque part.

Et tout à coup, il se dit que ce canapé vandalisé pouvait être l'œuvre de Zola. Stark était-il en possession d'un objet que Zola recherchait ? Et si oui, l'avait-il trouvé ?

Marco se tourna vers un grand buffet et fit ce que font systématiquement les voleurs. Il passa la main le long de toutes les parois, à l'intérieur et à l'arrière du meuble, au cas où quelque chose serait coincé ou scotché. Puis il regarda derrière tous les tableaux, souleva les tapis et les matelas éventrés dans les chambres. Comme s'il s'était agi de grosses liasses de billets de banque ou de bijoux précieux, il fouilla la maison pièce par pièce, dans tous les coins et les recoins, sans rien trouver.

Il y avait aussi ce coffre-fort ouvert, posé par terre dans le petit bureau avec ses étagères en teck, à côté de la porte d'entrée. Le coffre était vide mais comme il était toujours bredouille, Marco prit la peine de s'agenouiller et de poser l'ongle de son index dans l'angle le plus reculé du coffre puis de le ramener vers la porte. Il fit chou blanc là aussi mais il s'y attendait. Ce n'était pas le genre de coffre à disposer d'un double fond et de mécanismes de verrouillage invisibles mais un modèle classique, haut comme une table, avec un espace cubique à l'intérieur et une poulie sur la porte.

Par acquit de conscience, il mit sa tête à l'intérieur du coffre, inspecta le sol pour s'assurer qu'il n'y avait aucune fissure et pivota lentement. Rien. Ce ne fut que lorsque qu'il eut fait un tour complet et qu'il se retrouva couché sur le dos sur le tapis devant le coffre qu'il vit les lettres et les chiffres inscrits au feutre noir sur le métal rouge, sous la partie supérieure de l'encadrement de la porte. « A4C4C6F67 »

« A4C4C6F67 », répéta-t-il à haute voix quatre ou cinq fois, jusqu'à ce qu'il connaisse la série de chiffres et de lettres par cœur. On n'écrivait pas ce genre de choses dans un endroit pareil pour s'amuser et encore moins au marqueur. La question était maintenant de savoir quand on l'avait écrit, pourquoi et ce que cela signifiait.

Il s'extirpa du coffre-fort et sortit un dossier « impôts » du tiroir de la commode. Il ouvrit une page au hasard et se mit en quête des chiffres quatre et sept. Ce n'était pas très difficile parce qu'il y en avait au bas de toutes les pages en fin de colonnes d'addition. Et comme il s'y attendait, il retrouva les mêmes quatre et les mêmes sept anguleux que dans le coffre. Si c'était William Stark qui avait rempli les déclarations d'impôt, c'était lui aussi qui avait écrit ces chiffres et ces lettres à l'intérieur du coffre-fort.

Marco s'assit dans un fauteuil et mit la tête entre ses mains. A4C4C6F67 ? Qu'est-ce que cela pouvait vouloir dire ?

C'étaient des chiffres progressifs et les lettres étaient également placées dans l'ordre de l'alphabet. Pas de saut en arrière ni en avant. ACCF et 44667, mais intercalé. Alors pourquoi n'y avait-il pas de lettre entre le deuxième six et le sept ? Fallait-il lire le nombre 67 à la fin ? Ou bien F6 et F7 peut-être ? Quelle logique numérique fallait-il découvrir ?

Sur Internet, on trouvait des quantités de tests qui se vantaient de pouvoir évaluer votre quotient intellectuel. Marco était très fort à ce type d'exercice. Mais comment résoudre celui-ci ? Il pouvait s'agir d'un système de classement ou d'un système dynamique. Ça pouvait être un code offrant une infinité de combinaisons sur toutes sortes de sujets. C'était peut-être le mot de passe d'un ordinateur ou d'une société secrète. En fait ça pouvait être à peu près n'importe quoi, le problème étant que la série pouvait être incomplète ou lue dans un certain ordre ou tout simplement de droite à gauche.

Ce qui venait en premier à l'esprit de Marco était qu'il s'agissait d'un mot de passe ou de la combinaison d'un autre coffre-fort. Et d'ailleurs, cette liste de chiffres et de lettres signifiait-elle encore quelque chose ou bien était-ce un vieux code oublié ?

Il se leva et alla se rasseoir devant un vieux PC Hewlett-Packard qu'il alluma avec pour résultat un ronronnement et des gémissements qui durèrent deux ou trois minutes, avant qu'une image verdâtre ne s'affiche sur l'immense écran. Il n'eut pas besoin de mot de passe et l'ordinateur ne contenait que de vieux jeux vidéo pour enfants. Il l'éteignit.

Il ne trouva aucun autre ordinateur dans la maison et s'efforça de sortir cette idée de code de sa tête. Il redescendit dans la cave, dans l'espoir de trouver quelque indice susceptible de le faire avancer dans ses recherches.

Il était sur la dernière marche de la cave, très concentré, et ses yeux faisaient pour la deuxième fois le tour du local quand il entendit les voix dans le jardin.

Marco se pétrifia et retint son souffle.

Les voix qu'il avait entendues étaient graves et il les connaissait bien. Elles parlaient dans un mélange d'italien et d'anglais si intimement mélangés qu'il ne pouvait s'agir que de Pico et Roméo.

« Quelqu'un est passé avant nous », dit ce dernier. Donc ils avaient déjà vu la fenêtre de la cave, ce n'était pas bon du tout.

« Regarde les morceaux de verre. On les a empilés bien proprement contre le mur. Et là. La porte de la cave est entrouverte et celle du jardin grande ouverte.

— Merde, t'as raison, Pico. » Aucun doute, c'était bien Roméo. Ils avaient cambriolé tant de maisons ensemble ! La phrase suivante était inévitable.

« Marco est venu ici. »

Marco gravit prudemment une marche pour remonter au rez-de-chaussée. S'ils s'apercevaient qu'il était là, il se retrouverait piégé comme une araignée dans sa propre toile. Tels qu'il connaissait Pico et Roméo, dans quelques secondes, l'un des deux allait se glisser à travers la fenêtre de la cave, pendant que l'autre irait surveiller la porte donnant sur le jardin et Marco était certain qu'il y en avait un troisième en train de faire le guet sur la route. Il devait être en ce moment même appuyé au tronc d'un saule à faire semblant d'admirer le marais et le lac. Sauf qu'il n'était pas là pour profiter du paysage, mais pour siffler comme un oiseau, un cri plus strident et plus puissant que celui du volatile qu'il imitait, au cas où un danger se présenterait sur la route. Quant à Pico et à Roméo, ils auraient filé en moins de temps qu'il ne fallait pour le dire. Ils étaient rapides. Les seuls peut-être à pouvoir rattraper Marco à la course et, dans un instant, la course allait commencer.

Marco serra les bras autour de sa poitrine pour calmer les battements de son cœur.

La porte d'entrée était sa seule issue. Ensuite il allait devoir courir vite.

Sans bruit et à reculons, il monta l'escalier, marche après marche. Ils pensaient qu'il s'enfuirait par le jardin. C'est pour ça que Pico allait entrer par le sous-sol pendant que Roméo l'attendrait devant la porte de la véranda. Si la maison avait eu un étage, Marco y serait monté. Les toits étaient également une bonne solution quand on était surpris lors d'un cambriolage. Mais il n'y avait pas de premier étage et la toiture était plate comme une crêpe et n'offrait aucun endroit pour se cacher.

Peut-être devrait-il appeler à l'aide ? Ouvrir la fenêtre, du côté de la maison de la dame qui aimait le jardinage, et se mettre à hurler de toutes ses forces. Crier comme un cochon qu'on égorge. Espérer que quelqu'un sortirait de l'une des maisons et que Pico,

Roméo et le type au bord de la route, effrayés, prendraient leurs jambes à leur cou.

Il hésita un instant, se creusant les méninges pour trouver la meilleure solution.

Il n'avait aucune chance. Ils allaient le trouver et l'assommer avec un objet quelconque. Pico ne craignait pas d'avoir recours à la violence si cela s'avérait nécessaire. Et Marco ne se réveillerait plus jamais. Ou, s'il revenait à lui, ce serait avec deux jambes en moins.

Qu'est-ce qu'ils sont venus faire ici ? se demandait Marco. Les canapés lacérés du salon et les matelas éventrés avaient cessé d'être un mystère. Ils étaient déjà venus. C'était eux qui avaient fait ça, et ils étaient de nouveau là. Mais pourquoi ? Qu'est-ce qu'ils cherchaient ?

Ils ne savaient pas qu'il était là, sinon ils n'auraient pas été surpris en trouvant les morceaux de verre. Cela lui donnait un avantage. Ils savaient qu'il était venu à un moment donné, mais c'était tout. Ils étaient donc ici pour une autre raison.

Mais laquelle ?

Allez Marco, réfléchis.

Il regarda autour de lui. Il ne pouvait pas retourner se cacher dans la cave et, dans la maison, il n'y avait ni réduit ni placard, seulement des étagères derrière une tenture dans la chambre à coucher.

S'ils étaient déjà venus, et il était certain que c'était le cas, c'était parce qu'ils cherchaient une chose en particulier et s'ils étaient là aujourd'hui c'est qu'ils ne l'avaient pas trouvée la première fois. Peut-être un objet qu'il était devenu indispensable de récupérer parce que Marco les avait mis dans une posture délicate.

Un crissement lui parvint du sous-sol. Marco cessa de respirer et écouta. Ils étaient entrés. Il n'entendait pas ce qui se passait en bas à part la voix de Roméo qui prévenait quelqu'un devant la porte d'entrée que Marco risquait de sortir par là.

Cette issue était désormais exclue, elle aussi.

Fais attention que Roméo ne te voie pas à travers la fenêtre, se recommanda Marco en marchant à quatre pattes dans le séjour. Il n'avait nulle part où se cacher. Dans la salle à manger non plus. Il ne restait plus que les chambres. Marco prit le couloir et jeta un nouveau coup d'œil dans les pièces minuscules. C'était impossible. Des lits-bateaux, des étagères et tout un tas de bricoles. Mais pas de cachette.

C'est alors qu'il pensa au petit bureau et au coffre-fort avec sa porte entrouverte.

C'était sa seule chance. S'il y avait une chose dont il pouvait être sûr c'est que les gens de Zola s'étaient assurés qu'il n'y avait rien à voler dans ce coffre.

C'est le dernier endroit où ils penseront à chercher, chercha-t-il à se convaincre en se glissant à genoux à l'intérieur et en tirant la porte derrière lui.

Il ferma les yeux et réfléchit à la situation dans laquelle il venait de se mettre et à ses trois issues possibles. Soit ils le trouvaient, ils le sortaient de là et ils l'assommaient, soit ils ne le trouvaient pas, ce qu'il espérait de tout son cœur. Et enfin il y avait une dernière possibilité, la plus terrible. Ils découvraient sa présence et ils refermaient la porte du coffre en le laissant à l'intérieur.

Sa respiration s'accéléra. S'ils claquaient cette porte sur lui, il mourrait étouffé et on ne le retrouverait que le jour où cette maison serait à nouveau habitée.

Marco serra les lèvres. On le trouverait à cause de l'odeur. Son odeur.

On découvrirait un garçon mort asphyxié et en état de putréfaction et personne ne saurait qui il était. Juste un garçon, sans signe particulier et sans identité.

Le cœur de Marco battait maintenant si fort que sa respiration n'arrivait presque plus à suivre, recroquevillé comme il était. La sueur commença à couler, tout doucement. Ses mains étaient moites et il avait du mal à retenir la lourde porte.

Il entendit la voix de Roméo près de la baie vitrée du salon, le troisième homme était en place à la porte d'entrée. Il ne manquait que Pico, mais il aurait vite fait de comprendre que personne ne se cachait dans la cave.

Les lattes du plancher grincèrent quand Pico émergea du sous-sol et Marco eut soudain l'impression que la maison était devenue un être vivant dont les différents organes étaient reliés les uns aux autres par un réseau de nerfs. Qu'un pied se pose à un endroit et des influx électriques étaient immédiatement transmis dans tous les coins de la bâtisse et jusque dans le coffre-fort où Marco s'efforçait d'être le plus silencieux possible alors que chaque fibre de son corps hurlait. La pompe de son cœur, son cerveau en ébullition, ses vêtements trop chauds, ses membres noués, sa peur, l'exiguïté du lieu, tout cela faisait monter sa température et dilatait ses pores. Tandis que Pico faisait vibrer toute la maison en dépit de la légèreté de son pas, Marco dégoulinait de sueur. Il la sentait tout particulièrement dans la zone allant du poignet au bout de l'index qui retenait la porte. Là, en cet endroit précis, il sentait à quel point Pico était près de le débusquer.

« Je ne suis pas là, disait Marco à Pico, par télépathie. Marco n'est pas là. Il est parti depuis longtemps. Fais ce que tu es venu faire, Pico, mais dépêche-toi, parce que bientôt les voisins vont s'étonner de cet homme qui est devant la porte d'entrée alors qu'il n'a rien à faire là. » Marco pensait aussi fort qu'il pouvait, les yeux fermés, l'oreille tendue vers les portes qu'on ouvrait et qu'on refermait et les meubles qu'on poussait.

Pico était un garçon consciencieux et c'est ce qui faisait si peur à Marco.

« Il y a quelqu'un ? dit Roméo depuis la baie vitrée en chuchotant.

— Pas ici, dit Pico, d'une voix normale. Ni dans la salle à manger. »

Il approchait, il ouvrait les chambres des filles en grand. Marco l'entendit shooter dans leurs lits et se mettre à genoux. Il l'entendit ouvrir brusquement les rideaux.

« Il n'est pas là non plus. Et il n'est pas dans la cuisine, cria Pico.

— Essaie la douche. Je le vois bien choisir ce genre de cachette », proposa Roméo.

Marco sentit le plancher trembler. Pico marchait dans le couloir devant la porte de la salle de bains. Il eut presque l'impression de sentir son regard entrer dans le bureau et se poser sur lui à travers les parois du coffre comme des rayons X.

Il sait que je suis là. Cette certitude martela la cervelle de Marco. L'angoisse se rassembla au bout de son index qui devint encore plus humide, encore plus glissant. Il ne pouvait plus retenir la porte et elle lui échappa lentement, laissant une lumière blanche entrer par la fente comme une lame tranchante.

Et dans cette étroite fente vers la réalité, il vit les pieds de Pico s'éloigner vers la salle de bains. Des pieds chaussés de baskets Adidas, neuves, silencieuses. Du Pico tout craché.

Marco repoussa la porte du coffre, fébrile. Il fallait qu'il sorte. Il fallait qu'il retourne dans un endroit de la maison qu'il avait déjà inspecté. Au même instant, Pico cria depuis la salle d'eau que Marco n'était pas là non plus. Marco rentra sa main, l'essuya dans son polo et rattrapa la porte qu'il tira à nouveau vers lui.

Il eu tout juste le temps d'apercevoir la pointe d'une chaussure de sport sur le seuil au moment où il refermait la porte.

Pico regardait autour de lui et la maison tout entière grinçait et grondait dans le silence. Le moindre souffle faisait autant de bruit qu'un soufflet percé et le corps de Marco était sur le point d'exploser. Tous ses rêves de liberté et d'une vie dont il pourrait lui-même décider retombèrent sur lui comme un torrent de lave. C'était maintenant que le monde réel allait reprendre ses droits.

Les pieds à l'extérieur firent encore un pas et à nouveau Marco sentit les rayons X traverser la paroi métallique.

Pico entra dans le bureau et vint se poster si près du coffre qu'un centimètre de tissu de sa jambe de pantalon se glissa dans l'ouverture. Il devait être en train de fouiller sur les étagères au-dessus du coffre. Pico n'était pas homme à laisser quoi que ce soit au hasard.

Pendant un instant, il parla tout seul, déplaçant livres et objets. Un livre tomba et atterrit sur le plancher juste devant la porte du coffre. Marco retint son souffle, sentant l'adrénaline inonder son organisme. Si Pico n'entendait pas les battements de son cœur maintenant, c'est qu'il devait être sourd.

Il vit le bras souple de Pico ramasser le livre, heurtant la porte du coffre au passage, faisant lâcher prise à Marco. La fente lumineuse s'élargit progressivement en même temps que le genou de Pico fléchissait. Dans un instant, il allait ouvrir la porte du coffre.

Pendant les quelques secondes improbables où Marco se demandait s'il devait se rendre pour éviter que Pico ne l'assomme, un sifflement strident stoppa Pico dans son geste.

« Pico, dépêche-toi ! Prends la photo, on se tire ! » lui cria Roméo qui était déjà dehors.

Et Pico se mit à courir. Il traversa le couloir, le salon. Marco entendit un bruit de verre brisé puis la porte de la véranda qui allait heurter le mur extérieur.

Et puis plus rien. L'homme devant la porte d'entrée avait tout arrêté avec son cri d'oiseau. Apparemment quelqu'un s'approchait de la maison.

Marco roula sur le sol du bureau comme un bloc métallique compacté qui plus jamais ne retrouverait sa forme originale. Il avait beau les frotter de toutes ses forces, ses jambes étaient endormies. S'il ne parvenait pas bientôt à refaire circuler le sang et à s'enfuir, il risquait de voir soudain quelqu'un débouler dans la pièce et il serait pris comme un rat.

Il fit un effort surhumain pour se remettre debout. Sa seule option était de sortir par la porte vitrée à l'arrière, de s'échapper par le jardin et de traverser les haies des voisins en priant pour ne pas croiser Pico et les autres.

La dernière chose qu'il vit en quittant la maison fut un cadre en miettes sur le plancher du salon. Ça, et l'espace vide à l'endroit où se trouvait auparavant la photo que la fille avait utilisée pour réaliser son avis de recherche.

16

Zola réfléchissait à la situation. Son contact n'allait pas tarder à le rappeler, comme il le faisait régulièrement pour avoir son rapport sur les progrès de l'affaire Marco. Son appel tombait assez mal.

Il avait fait sortir tout le monde. Seul le chien avait eu le droit de rester. Il ne fallait pas qu'il en soit autrement. Ce qui était arrivé était arrivé et cela ne manquerait pas d'avoir des conséquences, mais il n'y avait aucune raison que le reste du clan soit au courant. Vis-à-vis d'eux, il était indispensable qu'il garde son statut de divinité car sa suprématie ne reposait que sur son autorité et le talent qu'il aurait pour la conserver. Personne ne devait donc assister à cet entretien téléphonique.

Quand il eut son interlocuteur au bout du fil, il exposa les faits avec son arrogance habituelle, déclarant que ce n'était pas un stupide gamin qui allait leur causer des problèmes et que, comme d'habitude, il maîtrisait parfaitement la situation.

Une voix glaciale lui rabattit son caquet.

« Nous n'aurions pas dû vous confier ce travail, dit l'homme au téléphone. Si ce garçon continue de circuler librement en ville, les conséquences seront terribles, en particulier pour vous. J'espère que vous en avez conscience ?

— Je vous ai dit que je contrôlais la situation.

— Ce n'est pas la première fois que je vous entends dire ça. Rappelez-moi depuis combien de temps ce garçon est dans la nature ?

— Écoutez ! Marco a été vu à Østerbro. Tous les hommes qui travaillent pour nous dans le quartier sont prévenus.

— Vous le cherchez à Østerbro et vous me dites qu'il est entré par la cave dans une maison située tout à fait ailleurs ? Il peut être n'importe où ! »

Zola serra les dents. Son interlocuteur avait raison. Ils avaient un gros problème.

« Mes propres garçons sont à Brønshøj, en ce moment, monsieur. Nous allons tirer des filets en partant de là et en revenant vers le centre-ville. Nous avons aussi trois véhicules qui tournent dans le secteur de Gladsaxe en direction de Husum. »

La voix au bout du fil ne semblait pas satisfaite. « J'espère que ça suffira. Outre son signalement, nous savons maintenant qu'il se promène avec le collier de Stark autour du cou. Débrouillez-vous pour que la photo que vous avez récupérée et sur laquelle on voit le collier soit envoyée à tous ceux qui le cherchent. Et la prochaine fois que vous le verrez, débrouillez-vous pour le capturer. Et si vous ne pouvez pas, laissez-le filer. S'il ignore que nous sommes à ses trousses, il redeviendra moins méfiant et nous aurons de meilleures chances de l'attraper, d'accord ? »

Zola dit qu'il avait compris. Il n'aimait pas le ton que prenait cet homme avec lui. Ce boulot leur avait déjà beaucoup coûté. À l'époque où on le leur avait proposé, son frère lui avait conseillé de refuser mais les trois cent mille couronnes qu'on leur offrait pour éliminer William Stark en avaient décidé autrement. Et à cause de cette décision, la moitié du clan était obligée de faire profil bas depuis la fin du mois de novembre, après la fuite de Marco. Ils avaient dû se montrer particulièrement prudents, ce qui était mauvais pour les affaires. Réduire la mendicité et les cambriolages représentait un manque à gagner de vingt-cinq mille couronnes pour l'organisation chaque jour. Les trois cent mille qu'ils avaient touchées pour l'enlèvement et l'assassinat de William Stark étaient depuis longtemps dépensées.

Satané Marco. Il aurait dû le neutraliser dès le jour où il s'était aperçu à quel point le gamin était dégourdi.

« Nous ferons ce qu'il faut, dit-il à son contact. Il ne nous échappera pas une deuxième fois.

— Qu'est-ce qu'il est allé faire dans la maison de William Stark ?

— On n'en sait rien. Et on ne sait pas non plus comment il l'a trouvée. On s'en occupe, d'accord ?

— Nous en avons déjà parlé, je sais, mais pensez-vous qu'il pourrait aller voir la police ? »

Zola réfléchit sérieusement. Cela ne servait à rien de répondre à tort et à travers. Il pouvait évidemment lui venir à l'idée de les dénoncer. Mais quand Marco était couché dans ce trou et qu'il les avait entendus discuter de l'enfouissement du cadavre, son frère et lui, il avait du même coup appris que son père était complice. Est-ce que cela ne le ferait pas hésiter ? D'un autre côté, il était allé dans la maison de Stark ! Pourquoi avait-il fait ça ? Pour les faire chanter ? C'était la première hypothèse que Zola retenait. Ce petit coucou allait probablement utiliser tous ses talents criminels contre ceux qui l'avaient formé et nourri. Plus Zola y pensait, plus cela lui semblait plausible. Il n'avait pas intérêt à essayer.

« Aller voir la police ? Oui, malheureusement, je crois qu'il en serait capable, répondit-il finalement. Mais nous l'en empêcherons, coûte que coûte.

— Parfait. » Une longue pause suivit. Son commanditaire ne trouvait pas cela parfait du tout. « Alors vous devez comprendre que je me vois contraint d'utiliser mon propre réseau, monsieur Zola, reprit-il. Et aussi que ce n'est pas la peine d'espérer que nous ayons recours à vous la prochaine fois que nous aurons besoin de ce genre de service. »

Le directeur Teis Snap eut un choc tel qu'il dut s'appuyer à son bureau pour se maintenir debout. Le président du conseil d'administration de la banque, Brage-Schmidt, venait de lui annoncer quelques secondes plus tôt qu'il avait appris par ses hommes de main que le garçon qu'ils cherchaient était entré par effraction dans la maison de William Stark. Et sans lui laisser le temps d'évaluer la gravité de cette nouvelle, Brage-Schmidt avait exigé un demi-million de couronnes en cash sur la table pour financer le pot commun destiné au projet baptisé « Trouver le gosse et l'éliminer ».

« Assassiner un enfant danois sur le sol danois, protesta mollement Teis Snap. Et vous voulez que les actionnaires de la banque Karrebæk financent l'opération ? Meurtre avec préméditation, c'est la perpétuité ! Qui de nous deux ira en prison si on découvre quelque chose ?

— Personne, dit Brage-Schmidt sèchement.

— Personne ? Je ne comprends pas.

— D'abord, parce que cela n'arrivera pas et si cela devait arriver quand même, je suggère que nous laissions René Eriksen payer les pots cassés. »

Teis Snap baissa les yeux sur la photo de lui et de René dans le cadre sur son bureau. Deux étudiants aux larges sourires qui depuis cette époque avaient dû renoncer à tant d'idéaux.

« Vous êtes fou, riposta-t-il aussi calmement que possible. René ne sera jamais d'accord. Pourquoi accepterait-il un arrangement pareil ?

— Nous ne lui demanderons pas son avis. Il avouera tout seul.

— Comment ça ?

— Dans une lettre qu'il écrira avant de se suicider. »

Teis recula son fauteuil de designer Strand Hvass et s'assit lourdement sur le siège en cuir. Tuer un adolescent. Suicider un vieil ami, si cela s'avérait nécessaire. En résumé c'était ce qu'il venait d'entendre. Il espérait sincèrement que ça ne le serait pas.

« Par mesure de précaution et pour ne pas nous trouver pris de court, nous devons décider maintenant de ce que dira cette lettre, poursuivit Brage-Schmidt. Tout d'abord il faut brouiller toutes les connexions entre

Eriksen et nos intermédiaires au Cameroun. Je veux que vous lui demandiez de s'en occuper, il est le mieux placé pour le faire. Comment vont nos actions à Curaçao ?

— Elles sont toujours en sécurité dans le coffre de la banque MCB.

— Un coffre dont nous possédons une clé ?

— Oui, René et moi en avons chacun une, mais il me faut un pouvoir de René pour les récupérer.

— Alors occupez-vous-en dès aujourd'hui. Ensuite, vous partirez là-bas, vous réunirez toutes les actions et vous résilierez son contrat de location de coffre avec la MCB. Nous devons sortir les actions pendant qu'il est encore en vie. Comme ça, nous aurons mis les siennes et les nôtres à l'abri au cas où il faudrait dégager rapidement, vous me suivez ?

— Euh, oui… Je suppose que oui. » Teis Snap suait à grosses gouttes tandis qu'il essayait de mesurer les conséquences de tout ce qu'il venait d'entendre. « Et si ce qui ne doit pas arriver arrivait quand même, comment justifierait-il son éventuel suicide ? » s'enquit-il prudemment. Sa voix était presque réduite à un murmure quand il prononça le mot « suicide ».

« Abus sexuel sur un mineur vagabond, bien entendu. René Eriksen et son subalterne William Stark avaient une relation sexuelle avec ce Marco, et William Stark avait depuis longtemps choisi de mettre fin à ses jours parce qu'il ne supportait plus de vivre avec cette honte. »

Teis Snap fut choqué bien sûr, mais il sentit quand même que son pouls se calmait un peu. La dernière phrase de Brage-Schmidt ouvrait de nouvelles perspectives. Ce scénario expliquait en même temps la disparition de William Stark.

« Mais avant, nous devons retrouver le garçon, n'est-ce pas ? Il vaudrait mieux qu'il ne soit pas là pour démentir cette version des faits. D'un autre côté, si nous le trouvons et que nous l'éliminons, comment fera-t-il pour accuser Stark et Eriksen d'avoir abusé de lui ?

— Ils se dénonceront eux-mêmes dans la lettre d'Eriksen. Nous indiquerons également dans cette lettre l'endroit où il a caché le cadavre du garçon avant de se suicider. »

Teis Snap plissa le front. Beaucoup de graves décisions ayant des conséquences dramatiques avaient germé derrière ce front. Mais aider les gens à se suicider et enterrer de jeunes garçons était nouveau pour lui. Il connaissait René depuis le lycée et il avait lui-même des enfants, même s'ils étaient un peu plus jeunes que celui qu'ils venaient de condamner à mort.

« Je comprends. C'est effrayant, mais ça se tient, évidemment. Il n'y a plus qu'à mettre la main dessus.

— Absolument. Et c'est pour ça que vous devez mettre tout de suite sur la table ce demi-million afin que les recherches puissent commencer immédiatement. Mon contact a une meute de chiens de chasse habituée à retrouver la piste des gens. Il faut simplement les faire venir, par avion. Si vous me virez l'argent tout de suite, je peux m'en occuper dans l'heure. »

Snap dessinait des cercles du bout de l'index sur le plateau de son bureau. Le demi-million n'était pas un problème. Et plus vite ce serait fait, mieux ça valait pour eux.

« D'accord, je vais trouver l'argent, mais franchement, je ne donne pas cher de notre peau si la police réussit à établir le lien avec nous. Vous vous débrouillerez pour que ça n'arrive pas, n'est-ce pas ? » Il mit l'accent sur le *vous.* « Je ne veux pas savoir quand et comment vous allez le faire, vous m'avez compris ? René est quand même un vieil ami.

— Ils feront le travail comme il doit être fait, je m'en porte garant.

— Et qui sont ces *chiens de chasse* que vous allez faire venir par avion ?

— Ce n'est pas votre problème, Teis, d'accord ? »

René E. Eriksen était assis à son bureau où il relisait le discours que son ministre devait prononcer devant le Parlement le lendemain. Au cours de sa carrière, il avait appris à défendre ses supérieurs contre vents et marées et, quelle que soit la voix de l'opposition, il parvenait toujours à désamorcer la critique parce qu'il maîtrisait à la perfection l'art de ne rien dire. Même dans un débat enflammé, il n'abordait jamais les choses essentielles car seuls lui, ses plus proches collaborateurs et le ministre lui-même avaient besoin d'en connaître le fond. C'était la raison pour laquelle Eriksen était un homme apprécié dans la pyramide escarpée de la fonction publique, et pour ça aussi que le chef de cabinet du ministère pouvait sans s'inquiéter se concentrer sur d'autres bureaux et d'autres problèmes.

Aujourd'hui, René E. Eriksen vivait une de ses journées parfaites, une journée sans vagues. Il était de bonne humeur. Au moins jusqu'à ce qu'il entende vibrer le téléphone à carte qu'il gardait enfermé dans son tiroir.

Des nouvelles de Teis Snap.

Pour une fois, le message fut court et concis, ce qui n'était pas dans les habitudes du banquier. On aurait presque dit que son ancien camarade de classe avait appris son texte par cœur. Quoi qu'il en soit, les nouvelles qu'il lui apportait étaient alarmantes.

Un jeune garçon susceptible de révéler à la police le meurtre de William Stark circulait en toute liberté dans Copenhague. Et pour stopper l'avalanche et éviter la catastrophe, il fallait l'éliminer au plus vite. On avait déjà lancé les recherches.

Un jeune garçon !

« Nous sommes obligés d'effacer nos traces. Il faut détruire tout ce qui pourrait permettre de faire le lien entre toi et nous et entre toi et tes intermédiaires à Yaoundé, de la même manière que nous devons rompre tout contact avec ceux qui distribuent l'argent et le refont sortir du Cameroun, tu m'as bien compris ? Tu vas également prévenir le gouvernement camerounais que nous allons réduire les budgets de moitié pendant quelque temps. Tu expliqueras à tes collaborateurs que tu souhaites réaliser une enquête de routine sur d'éventuelles malversations de la part de l'administration à Yaoundé, mais débrouille-toi pour que ces foutus Pygmées touchent un peu de ce qui leur est dû en attendant que ça se tasse, d'accord ? Mets-toi en relation avec le successeur de Louis Fon et charge-le d'acheter des plants de bananiers comme s'il en pleuvait. Occupe-t'en le plus vite possible. Commence maintenant, n'attends pas demain, René. Avec tes talents de diplomatie, tu es le seul à pouvoir arranger ça.

— Attends une seconde, Teis. N'ai-je pas précisé dès le départ que je ne voulais pas savoir ce que vous trafiquiez dans les coulisses ?

— Je m'en souviens, mais pour l'instant l'important est que tu élimines un certain nombre de mails et de rapports de ton ordinateur. Je veux que tu comprennes la gravité de la situation. De la même façon que tu as récupéré l'ordinateur portable de William Stark pour éviter que certains renseignements compromettants soient révélés au grand jour, il faut à présent que nous mettions la main sur ce garçon si nous ne voulons pas que tout s'écroule. Surtout si nous ne sommes pas préparés. Mais nous le sommes, n'est-ce pas, René ? »

René hocha la tête pour lui-même. Il comprenait la logique du raisonnement et en même temps, un petit démon plantait sa fourche dans son inconscient. Ce camouflage était évidemment dans l'intérêt de Brage-Schmidt et de Teis, mais lui ? Est-ce que cela ne le mettait pas dans une position délicate ? Voire en première ligne, dans le cas où leur escroquerie venait à être découverte ? Ou bien y avait-il une autre raison à ce mauvais pressentiment ?

« Et encore une chose, René. Nous nous faisons du souci pour nos actions à Curaçao. Si les choses tournent mal ici, Brage-Schmidt craint que ces actions mènent la police jusqu'à nous et qu'elles soient saisies.

Heureusement, nous venons de trouver quelqu'un qui est prêt à nous les racheter dix points en dessous du cours d'aujourd'hui, mais il me faut ta signature pour la banque à Curaçao. Et aussi un pouvoir pour aller chercher les actions au coffre.

— Je vois. Et si moi je n'ai pas envie de vendre mes actions ? Pourquoi ferais-je cadeau de dix pour cent de quinze millions à un parfait étranger alors que je peux les vendre au cours du marché ? Je ne comprends pas.

— Nous devons rester unis dans les décisions que nous prenons, René. Et là, tu es en minorité. »

René sentit les muscles de sa nuque se contracter. La hache du bourreau était levée au-dessus de son cou. Tous ses signaux d'alarme clignotaient. Ce n'était pas tant la requête que les circonstances dans lesquelles elle arrivait qui le mettaient mal à l'aise. Qu'est-ce que c'était que ces façons de l'appeler au téléphone pour lui annoncer une décision de cette importance, comme ça, sans lui demander son avis ? La moindre des choses eût été d'organiser un rendez-vous pour en discuter avant de prendre ensemble les mesures appropriées.

Est-ce qu'on était arrivé au moment où ils allaient rafler le paquet et disparaître ? Comment être certain qu'ils respecteraient ses intérêts dans cette opération et que sa part n'allait pas soudainement se volatiliser ?

René fit appel à tout son instinct et à toute son expérience. Il ne voulait pas faire les frais de ce foutoir.

« Il va me falloir des garanties, Teis, noir sur blanc, si je dois vous faire confiance. Je veux que tu rachètes mes actions sur la banque Karrebæk au cours d'aujourd'hui et que tu transfères l'argent sur mon compte à la Danske Bank. Je ne te donnerai mon pouvoir qu'à ces conditions. Quand tu auras vendu les actions, je veux que tu envoies par coursier à mon bureau au ministère la preuve que les titres ont été cédés et le virement sur mon compte effectué. Je veux également de ta part une déclaration sur l'honneur. J'attends tout cela dans mon bureau, Teis. Je ne bouge pas. »

À l'autre bout du fil, la voix de Teis était posée, mais René savait à quoi s'en tenir. Son vieil ami était furieux.

« Tu sais que ce n'est pas possible, René. Nous n'avons pas les moyens de racheter tes actions danoises au cours du marché et si nous ne pouvons pas te les racheter, cela signifie que nous verrons arriver de gros actionnaires venant de l'extérieur que nous ne pourrons pas contrôler. Ils seront en droit de réclamer des sièges au conseil d'administration et de se mêler de nos affaires. C'est inenvisageable. Je ne laisserai pas faire ça. Pas maintenant !

— Bon. Et si je n'étais pas d'accord, moi, pour que vous assassiniez ce garçon ? »

Il compta les secondes.

À l'époque de leurs études, Teis Snap n'était pas le plus vif des deux, et c'était encore vrai aujourd'hui. Malgré un certain flair pour l'argent il n'était pas de ceux qui pondent des idées géniales et novatrices. Sachant cela, on pouvait considérer que, chez Snap, plus la pause durait, plus cela signifiait qu'il était dans ses petits souliers.

En l'occurrence, la pause fut étonnamment brève, et sa réponse aussi.

« *Si* tu n'étais pas d'accord !... Mais tu l'es ! »

Et il raccrocha.

Pendant la demi-heure qui suivit, Eriksen refusa qu'on le dérange. Il ferma la porte de son bureau. Ses subalternes savaient ce que cela signifiait.

Depuis l'époque où avait commencé l'escroquerie, le cours des actions de René avait grimpé de deux cent cinquante pour cent. Son portefeuille s'élevait aujourd'hui à quatorze millions sept cent mille couronnes, une somme qui devait lui offrir vingt-cinq années d'une vie luxueuse, à l'autre bout de la terre, s'il continuait à la gérer judicieusement et s'il choisissait bien sa destination. Sa femme avait des aspirations de secrétaire de banlieue. Elle rêvait d'un modeste pavillon dans un lotissement à Ballerup et de deux fois quinze jours de vacances au soleil, chaque année. S'il espérait l'arracher à ses commandes dans le catalogue de vente par correspondance et aux quelques jours par an où on l'autorisait à garder ses petits-enfants quand ils étaient trop enrhumés pour aller à la maternelle, autant se battre contre des moulins à vent.

Mais avec ou sans elle, il était déterminé à réaliser son projet, né et mûri jour après jour dans son bureau poussiéreux, où les montagnes de documents administratifs et les panneaux de bois sombre sur les murs constituaient son seul horizon. Et s'il ne pouvait plus compter sur l'aide de Teis Snap pour le concrétiser – vu que de ce côté les catastrophes semblaient déferler à la vitesse d'une avalanche et qu'il n'avait pour y remédier que des idées monstrueuses auxquelles René ne voulait avoir aucune part –, il se tournerait vers quelqu'un d'autre. Il ouvrit un tiroir et prit la carte de visite qu'il avait acceptée à contrecœur quelques années plus tôt d'un de ces types sans scrupules qui ne voit pas ce qu'il y a de déplacé à vendre des placements financiers à un goûter d'enfant.

C'est à ce banquier opportuniste aux cheveux rares qu'il téléphona pour lui demander de vendre ses actions de la banque Karrebæk. L'homme, enchanté, accepta en moins de deux minutes et pour la moitié de la commission de six pour cent habituellement pratiquée. Pour la somme de quatre cent vingt et une mille couronnes, cela ne le dérangeait pas du tout de faire un saut au siège social de la banque Karrebæk pour aller chercher, dans le coffre personnel d'Eriksen, les actions nominatives qui s'y trouvaient. La transaction, au même titre que le retrait, n'était qu'une simple formalité.

René était satisfait. Il savait qu'il risquait encore de perdre les titres déposés à Willemstad, Curaçao, et il n'avait nullement l'intention de faire une croix dessus sans réagir. Il savait néanmoins que s'il n'était pas prêt, dans le pire des cas, à faire ce sacrifice, il ne parviendrait pas à se dégager de l'emprise des deux autres. Et ça, il avait compris maintenant que c'était absolument nécessaire.

Il se leva et prit un dossier plastifié dans la bibliothèque. Il contenait quinze feuillets A4 qui avaient pour lui valeur d'une assurance sur la vie.

Les premières pages étaient les copies de la fiche de William Stark qu'il était allé chercher au service du personnel. Coordonnées, conditions d'embauche et curriculum vitae, des renseignements parfaitement conformes à la réalité. Les autres papiers étaient des documents trouvés dans l'ordinateur de Stark, que

René avait falsifiés. Le dernier papier, trouvé dans le tiroir du bureau, concernait des soins dont avait bénéficié sa belle-fille.

L'idée de ces faux lui était venue après que la police l'avait interrogé sur Stark au moment de sa disparition. À l'époque, l'interrogatoire s'était bien passé. Les questions des enquêteurs étaient simples et superficielles, ses réponses également. Mais que se passerait-il s'ils revenaient pour lui poser d'autres questions ? Et que ferait-il si Teis Snap et Brage-Schmidt décidaient de lui faire porter le chapeau ?

S'il voulait s'en tirer, il avait intérêt à raconter une histoire qui tienne la route. C'est pourquoi il avait extrait de l'ordinateur portable la petite batterie au lithium qui commandait l'horloge et modifié les informations contenues dans tous les fichiers ayant trait au projet Baka.

Il avait fait ça un soir, chez lui, à une heure où Lily était au lit depuis longtemps. Sous le halo de la lampe d'architecte il avait pénétré, le cœur battant, dans l'univers virtuel de Stark et s'était aperçu qu'on pouvait entrer dans les sessions de deux utilisateurs différents. La première s'intitulait MINISTÈRE et elle était accessible sans mot de passe, la deuxième, qu'il avait appelée PRIVÉ, nécessitait un code d'accès.

Il avait rapidement compris qu'ils avaient très bien fait de se débarrasser de William Stark. Ses notes signalaient fréquemment des irrégularités de procédures en relation avec le projet Baka. Elles ne parlaient pas directement de pratiques illégales, mais laissaient tout de même supposer qu'il conviendrait d'y regarder de plus près. Ils avaient eu beaucoup de chance que Stark n'ait pas pris sur lui de creuser la question. Au moins, maintenant, il n'était plus là pour le faire.

René avait ensuite passé le restant de la nuit à essayer de deviner quel mot de passe avait été choisi pour entrer dans la session PRIVÉ. Au bout d'un moment il avait renoncé à chercher et emporté l'ordinateur dans la cave où il l'avait dissimulé sous la trappe permettant d'accéder aux tuyaux de chauffage. Personne n'irait le chercher là en attendant qu'il en ait besoin à nouveau.

Deux années plus tard, il était là avec sous les yeux les documents falsifiés à l'aide des notes de Stark. Les éléments qui jusqu'ici dénonçaient René comme étant le cerveau du projet désignaient à présent Teis Snap et William Stark lui-même.

Pour rendre tout cela parfaitement crédible, il n'avait plus qu'à griffonner quelques mots dans la marge quelque part, en imitant les lettres et chiffres caractéristiques de l'écriture de William Stark : « Virement banque Maduro & Curiel » – et le numéro de portable de Teis Snap.

17

Encore une fois, il avait dormi dehors, comme un clochard. Le gris de la rue commençait à imprégner ses vêtements et son teint.

Marco n'avait pas peur, mais il n'était pas tranquille et il avait toutes les raisons pour ça.

Alors qu'il descendait la Randersgade dans sa BMW bien lustrée, le tenancier du cybercafé, Kasim, vit Marco fouiller dans les poubelles de la supérette du quartier pour y dénicher des fruits et du pain mis au rebut. Il préférait trouver sa pitance dans le container d'une petite épicerie que dans celui de Netto ou de Brugsen, où il devrait disputer sa nourriture avec de jeunes Danois qui vivaient en communauté mais n'aimaient pas partager. La lutte des classes était partout, même dans la rue.

Kasim prévint Marco que toute la racaille de Copenhague capable de marcher ou de ramper était à sa recherche. « Tu ferais mieux de quitter le quartier, Marco. »

La chasse durait toujours.

Mais Marco ne pouvait pas s'en aller. Il ne croyait pas vraiment qu'on le cherchait à Østerbro et il avait plusieurs milliers de couronnes cachées dans l'appartement d'Eivind et de Kaj. Tant qu'il n'aurait pas récupéré son argent, il ne bougerait pas de ce quartier.

Il était passé plusieurs fois devant la fenêtre éclairée de leur salon et devant la teinturerie où une pancarte indiquait que la boutique était fermée pour cause de maladie.

Le pauvre Kaj mettait du temps à se rétablir.

Aussitôt qu'il irait mieux et qu'ils reprendraient tous les deux le travail, Marco trouverait un moyen de retourner dans l'appartement. Le plus important pour l'instant était de surveiller les mouvements de Zola. Dans une semaine, il penserait qu'il avait disparu, rappellerait ses troupes et Marco pourrait à nouveau circuler librement, il en était persuadé.

Mais pour l'instant, il se tenait à distance de la foule et surveillait toute manifestation soudaine et inhabituelle autour de lui. Il observait attentivement les voitures en stationnement portant des plaques minéralogiques étrangères et celles qui avaient des vitres fumées. Il suivait des yeux tout individu au regard trop attentif et à l'air de venir d'ailleurs.

En ce samedi matin, tout semblait parfaitement normal. Une paisible journée estivale attendait les habitants d'Østerbro. Une de ces journées où les Danois se sourient en se croisant sur les trottoirs.

Marco avait fait son petit tour discret devant la teinturerie en longeant le mur du trottoir d'en face, et constaté quc l'attente n'était pas encore terminée.

Kaj doit aller encore plus mal que je croyais si Eivind continue de déserter la boutique, s'inquiétait-il.

Il s'assit dans l'escalier d'un commerce en sous-sol de Willemoesgade, fermé depuis longtemps. Il repassa pour la millième fois dans sa tête la succession des événements. Si Kaj et Eivind l'avaient aidé au lieu de le chasser, il aurait pu se sentir coupable de l'état de Kaj, mais ce n'était pas le cas. Il comprenait très bien qu'ils aient eu peur et qu'ils ne puissent plus continuer à l'héberger après ce qui s'était passé. Mais ce n'était pas lui qui les avait agressés, après tout ! Et il n'avait jamais demandé à vivre comme un esclave sous la coupe de Zola. Ni à avoir un père prêt à sacrifier la santé et même la vie de son enfant aux caprices de son petit frère. Marco n'avait tué personne, lui !

Il leva le menton et redressa le dos. Non, décidément, il n'avait aucune raison d'avoir honte. Certes, il commençait à sentir un peu mauvais et il n'avait pas un sou en poche mais au moins il était libre. Il ne volait plus et il pouvait décider seul de ce qu'il était et de ce qu'il voulait devenir. Pour l'instant, il était gitan et quand tout cela serait terminé, il serait juste lui-même.

Il regardait l'immeuble d'en face et il aperçut une figure pâle qui s'empressa de disparaître derrière le rideau de l'appartement du rez-de-chaussée. Il y a quelque chose qui cloche, se dit-il, son instinct en alerte, quand soudain un fourgon qu'il ne connaissait que trop bien déboucha au bout de la rue, à la hauteur de Fiskedamsgade, et la prit à contresens, dans sa direction.

Un millième de seconde plus tard, une voiture arriva en sens inverse, venant d'Østerbrogade. Dans un instant les deux véhicules seraient arrivés à sa hauteur.

Le pouls à deux cents battements par minute et les jambes frappant le pavé à la vitesse d'une machine à coudre, il s'enfuit par Likesgade en reconnaissant Hector au volant de l'utilitaire.

Paniqué, Marco ne savait plus dans quelle direction courir. Il entendit les deux véhicules prendre le virage sur les chapeaux de roues à l'angle de Willemoesgade. La rue Classensgade était trop dégagée et trop large, il fallait qu'il atteigne Kastelvej et qu'il essaye de leur échapper par là.

Ils l'avaient débusqué dans le pire endroit possible. Dans ces rues où il n'y avait quasiment aucune circulation, et où il se sentait à l'abri. Comment aurait-il pu savoir qu'ils avaient posté des espions à l'intérieur des immeubles ?

Ils lui criaient de s'arrêter, lui promettaient qu'ils ne lui feraient aucun mal.

L'ambassade britannique sur Kastelvej, en retrait derrière ses labyrinthes de sas et de grilles, se dressait maintenant face à lui. Une voiture privée, garée trop près de l'entrée, avait attiré l'attention de vigiles qui étaient sortis en nombre et barraient le chemin des écoliers qui menait à l'avenue Dag-Hammarskjöld et au cimetière Garnisons. Impossible de passer par là. À quelques mètres de Marco, un agent de sécurité parlementait avec le propriétaire de la voiture qui n'en menait pas large. Dans le quartier, on ne plaisantait pas avec les infractions, aussi petites soient-elles. Un autre agent se tourna, l'air patibulaire, vers les voitures qui poursuivaient Marco, et par sa simple attitude, il les fit ralentir.

Marco regarda vers Østerbrogade. En passant par là, la distance était trop longue pour atteindre le cimetière Garnisons où il avait repéré plusieurs bonnes cachettes.

Un groupe d'hommes munis de gilets pare-balles s'approcha. Ils le prièrent de dégager fissa.

Ce n'est pas la peine de demander de l'aide à ces gars-là, se dit-il en reprenant sa course. Dans quelques secondes, les autres se seraient débarrassés des véhicules et les gardes les obligeraient à évacuer les lieux dans la même direction que lui. Marco n'avait d'autre issue que de s'engager dans la voie sans issue, bordée d'arbres au tendre feuillage à peine éclos, et de maisons dont les habitants n'avaient aucune idée de la tragédie qui allait bientôt le frapper.

Le fourgon freina et les portières s'ouvrirent. Ils étaient derrière lui et prêts à accomplir leur mission.

Marco cavalait comme s'il avait le diable aux trousses. Il fut vite arrivé au bout de l'impasse d'où, grâce au ciel, partait à angle droit un chemin dont il ignorait l'existence et qui longeait un terrain de football.

Sur la pelouse, une bande de gosses d'immigrés couraient en hurlant derrière un ballon pendant que leurs copains moins dynamiques fumaient tranquillement en commentant le match.

« Aidez-moi ! Il y a des types qui veulent me faire la peau », supplia-t-il en passant à côté d'eux, ventre à terre.

Il y avait tout de même parfois des avantages à être basané. Les cigarettes des gosses d'immigrés tombèrent à terre, le match cessa si brusquement que le ballon n'avait pas encore touché le sol que toute la bande faisait déjà front contre ses poursuivants.

Avant de prendre une rue perpendiculaire qui menait à la marina, il se retourna et vit Hector et les autres lever les bras pour protéger leurs visages au moment où les autres leur tombèrent dessus.

Il n'osait pas penser à l'issue d'un combat aussi inégal. En tout cas, ça ne le mettrait pas dans une position plus confortable si par malheur il devait croiser Hector et ses acolytes à nouveau.

Il ne fallait donc en aucun cas que cela arrive.

Il attendit à Randersgade l'arrivée de la BMW bleu marine de Kasim.

Il avait l'air fatigué et surpris quand Marco se posta au milieu de la rue, dans la lumière des phares, la main levée pour qu'il s'arrête.

« Tu es encore là, Marco ? Je ne t'avais pas dit de ficher le camp ?

— Je n'ai pas d'argent. » Il baissa la tête. « Et je sais que je t'en dois déjà. Je n'ai pas oublié.

— Pourquoi est-ce que tu ne vas pas voir la police ? »

Marco secoua la tête. « Je connais un endroit où je peux me cacher. Tu ne pourrais pas m'y conduire ? Tu habites en dehors de Copenhague, non ?

— J'habite Gladsaxe.

— Tu peux m'emmener jusqu'à Utterslev Mose ? »

Kasim débarrassa quelques sacs en plastique qui encombraient le siège passager. « Tu restes baissé jusqu'à ce qu'on soit sortis de la ville, d'accord ? »

Ils roulèrent en silence. Kasim préférait en savoir le moins possible si quelqu'un venait lui poser des questions.

« Les commerçants du quartier sont terrorisés et ils ne veulent plus te voir. » Ce fut à peu près la seule phrase qu'il dit avant de le déposer.

Il n'y avait rien d'autre à dire, d'ailleurs. Marco savait les ennuis qu'il leur avait causés. Et il n'en était pas fier.

Pendant tout le trajet qu'il parcourut à pied entre l'entrée de l'autoroute, par la berge du lac, et la maison de Stark, Marco lutta contre sa conscience. Il ne voulait plus voler, mais les placards de Stark étaient remplis de vêtements qui allaient lui permettre de se changer et dans la cave il y avait un lave-linge et des conserves, même si la plupart d'entre elles étaient des condiments au vinaigre. Il y avait aussi des lits avec des draps. Et tout cela allait grandement contribuer à améliorer sa situation actuelle.

Il se réveilla le dimanche matin avec le sentiment trompeur d'avoir commencé une nouvelle phase de sa vie. Le simple fait de voir le soleil filtrer à travers les rideaux était nouveau et merveilleux. Être tout seul dans une belle chambre meublée avec goût n'était pas seulement un luxe mais un aperçu de l'avenir dont il rêvait.

Il s'étira dans le lit et s'efforça de repousser cette sensation de bien-être, il ne pourrait pas rester de toute façon, c'était trop risqué. Ils avaient été à deux doigts de l'attraper la veille, et la dernière fois qu'il était venu ici, ça avait failli mal tourner aussi. S'il voulait éviter que cela ne se reproduise, il faudrait que ce soit lui qui surveille ceux qui lui couraient après et pas l'inverse. Il devrait constamment avoir un coup d'avance.

Tout en mangeant des cornichons dans la cuisine, il se demandait si quelqu'un d'autre que William Stark avait séjourné ici. Dans son ancienne vie, s'il était venu cambrioler une maison comme celle-ci dans un quartier comme celui-là, il se serait attendu à trouver au moins quelques appareils ménagers ou des couteaux de marques connues et faciles à écouler comme Solingen, Masahiro, Raadvad ou Zwilling. Mais il n'y avait rien de ce genre. Il n'y avait pas non plus de tabliers, de pots de farine, de sucre ou d'épices indiquant qu'une femme avait vécu là.

Ou alors, elles avaient tout emporté en partant.

Un seul détail modifiait l'impression générale : un journal à la couverture bariolée posé à côté des plaques en vitrocéramique. Un hebdomadaire tout ce qu'il y a de plus banal avec la photo d'une fille en couverture et des titres aguicheurs sur des sujets comme la santé, la mode et tout ça. Ce n'était pas grand-chose mais ça jurait avec l'ensemble.

Marco alla chercher le magazine. Il était daté du 7 avril 2011, c'est-à-dire d'à peine un mois.

Il fronça les sourcils. Comment avait-il atterri là ? Qui était entré dans cette maison ? Elle était relativement propre. Est-ce que Tilde et sa mère continuaient d'y venir ? Est-ce que Tilde avait eu ce magazine entre les mains ? Peut-être l'avaient-elles feuilleté ensemble en attendant que l'eau bouille pour le thé ? Peut-être l'avaient-elles oublié en partant et elles n'étaient pas revenues depuis.

Il huma le journal et fut déçu de s'apercevoir qu'il ne sentait rien.

Il tourna des pages et le jeta à nouveau sur la table. Son regard fut tout à coup attiré par un bout de plastique froissé par terre au pied de la cuisinière.

Il le poussa du pied et vit quelque chose de blanc lorsque l'objet glissa sur le sol de linoléum. Intrigué, il ramassa le morceau de plastique et le déplia. C'était un emballage de magazine avec un nom et une adresse : Malene Kristoffersen, Strindbergsvej, Valby.

Kristoffersen ! C'était le nom de famille de Tilde. Sa mère ?

Marco hocha la tête. Oui, c'était sûrement ça.

Enfin ! Il avait son adresse.

La maison était plus grande que prévu. Elle était jaune avec un porche rouge et étroit. Elle se trouvait dans le genre de quartier que le clan préférait éviter. Certes il y avait des jardins pour se cacher et s'enfuir, mais les gens vivaient si près les uns des autres que tout le monde pouvait voir ce qui se passait chez son voisin. C'est avec d'infinies précautions qu'il se faufila dans l'ouverture de la haie pour lire les noms inscrits sur les deux boîtes aux lettres fixées à côté de la porte peinte en rouge vif.

Deux familles vivaient dans la même maison. Sur la boîte du haut, délavée, une étiquette portait les noms de Tilde et Malene Kristoffersen.

Marco inspira longuement et leva les yeux vers les fenêtres du premier étage dont les boiseries étaient également peintes en rouge. Tilde habitait là, et comme on était dimanche, elle s'y trouvait peut-être en ce moment.

Oserait-il sonner ? Comment expliquerait-il sa présence ?

Il resta un instant le doigt posé sur la sonnette, indécis et tremblant. Soudain il entendit deux voix féminines et un bruit de ferraille sur le trottoir d'en face.

On vient, songea-t-il en plongeant par pur réflexe sous un buisson. Depuis sa cachette il entendit des rires et il vit deux personnes pousser leurs vélos à travers l'ouverture de la haie.

Il ne voyait pas leurs visages dans la position incommode dans laquelle il se trouvait mais il suivit leurs silhouettes du regard quand elles contournèrent le bâtiment, probablement pour ranger leurs vélos derrière la maison.

La maman de Tilde revint la première. Elle était brune, assez jolie et elle portait un grand sac de commissions sous le bras.

« Tu as la clé, Tilde ? La mienne doit être en dessous de toutes les bêtises que nous avons chinées dans ce vide-greniers. »

Leur éclat de rire réchauffa le cœur de Marco.

Quand enfin il put voir à quoi ressemblait Tilde, Marco ne put s'empêcher de sourire derrière son rideau de feuilles. Elle était tellement jolie. Un peu maigre et efflanquée, avec de grands pieds, mais elle se déplaçait sur les dalles de l'allée avec autant de légèreté qu'un petit rat d'opéra, la clé à la main.

« Tu es un amour », lui dit sa mère, en ouvrant la porte. « C'est toi qui es un amour ! » répliqua la jeune fille. Puis elles disparurent à l'intérieur.

Marco imprima l'image. Il se souviendrait de son visage. Il s'en souviendrait parce qu'elle lui avait fait chaud au cœur. Même sa voix l'avait bouleversé.

N'oublie pas que ton père a tué son beau-père, se sermonna-t-il. Comment pourrait-il jamais oser l'approcher, en particulier maintenant qu'il avait vu à quoi elle ressemblait ? Maintenant que la tendresse qu'il avait ressentie à son égard, à cause de son avis de recherche et de William Stark, avait un corps de chair et d'os et un visage et un rire si doux.

Comment pourrait-il espérer être un jour son ami en sachant ce qu'il savait et en ressentant ce qu'il ressentait ? Et surtout en n'ayant rien fait malgré ce qu'il savait ?

Marco sortit des buissons et s'en alla, passant devant des maisons de toutes les couleurs qui le faisaient se sentir encore plus sale.

Maintenant il était obligé de faire quelque chose. Même si cela devait la faire souffrir d'apprendre la vérité, elle devait la connaître, il lui devait au moins ça. Il fallait qu'il aille voir la police même si cela signifiait qu'il devait sacrifier son père.

Le lendemain matin, il fouilla dans le placard et trouva une chemise à carreaux qui lui allait un peu mieux que celle qu'il portait actuellement. Il prit un coupe-vent sur le portemanteaux du vestibule et descendit à la cave chercher dans le sèche-linge son slip, son T-shirt, ses chaussettes et son pantalon fraîchement lavés.

Il se regarda dans le miroir de la salle de bains et hocha la tête. Il avait l'air tout à fait présentable. Assez en tout cas pour ce qu'il avait à faire. À présent, il devait trouver de l'argent et ce n'était pas le plus facile.

Si seulement il avait pu vendre les vêtements de Stark, dont il n'aurait plus jamais besoin ! Mais personne n'achetait de vieilles fripes, ni de vaisselle ordinaire, ni de meubles. Personne ne voulait plus de téléviseurs analogiques, d'ordinateurs fixes ni de chaînes hi-fi. Et encore moins de bibelots. Et bien que la maison de Stark soit un foyer danois tout ce qu'il y a de plus classique, il n'y avait pas un objet dont il pût tirer quelque chose. Les Danois adoraient le shopping et dès que les choses avaient quelques années, elles ne les intéressaient plus.

C'était aussi bien comme ça. Pour l'instant, ce qu'il avait volé depuis qu'il avait commencé sa nouvelle vie se résumait à quelques vêtements et à un demi-bocal de cornichons. Autant en rester là.

Il se promena pieds nus dans la maison pour le plaisir de sentir le chatouillement doux des tapis et se rendre compte de l'effet que ça faisait d'avoir un chez-soi et d'être entouré de choses qu'on aime et qui nous appartiennent.

Pour finir, il s'arrêta devant le coffre-fort et sentit à nouveau le malaise qu'il provoquait chez lui. Il s'agenouilla et vérifia qu'il avait gardé le code en mémoire.

Il ne l'avait pas oublié. A4C4C6F67.

Il sourit de lui-même et de ce mystère qu'il n'arrivait pas à résoudre. Soudain, il réalisa que les chiffres et les lettres n'étaient pas alignés régulièrement, mais par groupes de deux, dans différentes nuances de gris. De la façon dont la lumière tombait dessus à cette heure matinale, cela apparaissait même comme une évidence. A4 était écrit en noir. C4 était un peu flou sur les bords comme si on l'avait écrit avec un feutre usé. Et en y regardant de plus près, les groupes C6, F6 et 7 devaient aussi avoir été notés à des dates différentes. Bref le code s'était allongé avec le temps. Il s'assit sur le plancher, le dos appuyé à l'angle du placard et se mit à réfléchir. Le code faisait peut-être référence à une série d'événements.

Il sortit par la porte arrière et sur la terrasse, il prit sa décision.

S'il ne trouvait pas de vélo rangé dans la remise, il ferait la route à pied.

Mais il y en avait un.

Il s'arrêta d'abord à la bibliothèque municipale de Brønshøj qui était la première sur sa route. Il y passa un long moment, plongé dans sa lecture, non loin du comptoir de la bibliothécaire pour pouvoir surveiller les allées et venues. Certains allaient directement emprunter des livres, pour adultes ou pour enfants, d'autres rendaient d'abord ceux qu'ils avaient empruntés. C'était ceux-là qui l'intéressaient parce qu'ils étaient obligés de sortir leur carte de Sécurité sociale pour faire enregistrer le retour des livres.

Son choix s'arrêta sur un garçon de son âge qui, comme la plupart des garçons danois, n'avait aucune conscience de la valeur des choses et laissait traîner ses affaires n'importe où. La carte de Sécurité sociale atterrit en tout cas dans un portefeuille rangé dans la poche extérieure de son sac à dos qu'il jeta négligemment à ses pieds avant de se mettre à surfer sur l'ordinateur avec une telle concentration qu'il ne se préoccupa plus de rien d'autre.

Marco s'approcha discrètement. Quand l'ordinateur voisin se libéra, il s'y installa, aussi silencieux qu'un chat, et surfa sur le premier site qui lui vint à l'esprit.

Une heure plus tard, il garait le vélo à quelques rues de sa destination. Il valait mieux être prudent, c'était tout de même une sorte d'objet volé, même s'il avait l'intention de le rapporter où il l'avait pris.

Le commissariat de Bellahøj sur Borups Allé était nettement plus grand qu'il se l'était imaginé. Laid et terrifiant. De grands blocs de béton et une activité permanente à l'intérieur et alentour. On ne pouvait pas s'empêcher de se sentir totalement impuissant en entrant dans un endroit pareil.

Marco avait vécu sa vie entière en transgressant la loi et il était assez surprenant que ce soit de son plein gré qu'il entre dans un commissariat, ou même qu'il côtoie un policier pour la première fois. Il regarda autour de lui avec étonnement. Tout était calme et dépourvu de tension dramatique. Des chemises bleues bien repassées et des cravates noires de tous les côtés et des agents qui semblaient tous très jeunes. Ils ne tournèrent même pas la tête vers lui quand la porte automatique s'ouvrit et qu'il rentra en crabe dans le hall pour éviter que la caméra de surveillance qu'il avait repérée à l'entrée et celles qu'il devait y avoir à l'intérieur ne filment son visage.

En dehors de Marco, deux femmes attendaient leur tour, assises sur une banquette. L'une d'entre elles s'était fait voler son sac alors qu'elles circulaient à vélo, et à en juger par ses larmes et l'état de choc dans lequel elle se trouvait, le contenu du sac devait être important.

Du coup Marco était encore plus mal à l'aise tandis qu'assis à l'extrémité de la banquette, il essayait de se remémorer ce qu'il allait dire quand ce serait son tour.

Lorsque enfin on l'appela au comptoir, il posa devant l'agent de police le collier africain de Stark et l'un des deux avis de recherche qu'il avait récupérés.

Le planton regarda les deux objets sans avoir l'air de comprendre.

« Ce collier appartient au type de la photo », lui expliqua Marco tout en surveillant deux autres policiers occupés à taper à la machine derrière leur collègue.

Il avait prévu de dire ensuite que le collier lui avait été offert par un ami qui lui avait raconté que le propriétaire du collier était mort et qu'il savait où il était enterré. Marco voulait aussi dire au policier que son ami connaissait le nom de la personne qui l'avait mis là et qui l'avait probablement tué. Pour finir il prétendrait que son ami avait eu peur de venir lui-même et il remettrait à la police la carte de Sécurité sociale qu'il avait empruntée au garçon de la bibliothèque. Le propriétaire de la carte ne leur apprendrait rien de plus s'ils le convoquaient, mais au moins, la police serait au courant pour le cadavre. Quant à Marco, il disparaîtrait comme il était venu.

Mais il était écrit que les choses ne se passeraient pas comme ça.

« Je peux voir ta carte de Sécurité sociale, mon garçon ? » lui demanda le policier.

Marco ne s'attendait pas à ça. En fait, il aurait fallu qu'il vole deux cartes. Une pour celui qu'il appelait son ami et une pour lui.

« Tu comprends ce que je te demande, n'est-ce pas ? » insista l'agent.

Marco acquiesça. Et posa la carte sur le comptoir.

Le policier l'étudia pendant quelques secondes.

« Merci, Søren, dit-il. Malheureusement, nous allons être obligés de parler à tes parents, étant donné que tu es mineur. Peux-tu me donner leurs numéros de portable pour que je les appelle avant que nous n'allions plus loin ? Il faut qu'ils soient présents au moment où on entendra ta déposition, tu comprends ? »

Le cerveau de Marco était en ébullition. « Je suis désolé, dit-il sur une brusque inspiration. Je ne les connais pas par cœur et mon téléphone est en réparation. »

Le flic sourit. « Je connais ça. Ne t'inquiète pas, Søren, je vais les retrouver avec ton adresse puisque je l'ai là. » Il agita la carte et roula son siège de bureau jusqu'à l'ordinateur.

En moins d'une minute il levait un index triomphant vers Marco. Il avait trouvé.

Marco commença à opérer une retraite à reculons vers la sortie quand le policier souleva le combiné. Ce n'était pas bon.

Pendant qu'il attendait la communication, le policier leva les yeux vers Marco et il comprit qu'il y avait un problème.

« Hé ! Où est-ce que tu vas comme ça ? » s'écria-t-il d'une voix forte.

Un bruit de pas retentit dans le couloir derrière le planton, et un policier en civil vint saluer un de ses collègues derrière le comptoir. Marco sentit un frisson glacé dans son dos. C'était le flic qu'il avait vu à travers la vitre dans la maison de Stark trois jours avant, et voilà que leurs regards se croisaient à nouveau.

« Salut Carl, tu vas bien ? »

Marco ouvrit la porte vitrée et détala comme un lapin.

Ils lui crièrent de revenir et deux agents qui se trouvaient sur le parking le regardèrent d'un air suspicieux. Avant qu'ils comprennent ce qui se passait Marco avait sauté le mur d'enceinte du parking, traversé la pelouse en diagonale et sauté la barrière de l'autre côté. Le vélo de Stark était garé cent mètres plus loin, après le premier pâté de maisons, devant l'école maternelle. Quelques secondes plus tard, il roulait à toute vitesse vers le centre-ville en passant par les petites rues.

Ça ne s'était pas du tout passé comme il l'avait prévu. Il n'avait pas eu le temps de leur dire où était caché le cadavre de Stark, ni qui l'avait assassiné. Et le pire, c'est qu'il avait été reconnu par le policier qui l'avait déjà aperçu devant la maison de Stark.

Marco lâcha une bordée de jurons dans toutes les langues qu'il avait apprises au cours de son existence.

Connaissant la police, elle n'allait pas s'arrêter là. Avant qu'il ait le temps de dire ouf, eux aussi seraient à sa poursuite. Il espérait vraiment que les caméras n'avaient pas réussi à le filmer malgré le mal qu'il s'était donné pour les éviter.

Maintenant, tu vas trouver une planque en ville où personne ne te trouvera mais à partir de laquelle toi, tu pourras tous les surveiller, se promit-il. Et quand il l'aurait trouvée, il faudrait qu'il attende patiemment de voir ce qui allait se passer car l'argent qu'il avait caché chez Eivind et Kaj faisait toujours partie de ses priorités.

En arrivant au croisement entre Jagtvej et Åboulevard il hésita un instant entre la peste et le choléra. La question était de savoir où il serait le mieux placé, tout en étant en sécurité, pour garder un œil sur ses poursuivants. À Østerbro ou en centre-ville ?

Arrêté au milieu de la piste cyclable, le vélo entre les jambes, il prit sa décision. Vers quatre heures, le fourgon viendrait chercher Myriam et les autres, place de l'Hôtel-de-Ville. S'il se tenait à bonne distance, il pourrait voir lesquels d'entre eux continuaient le vol à la tire, et se faire une idée de ceux qui avaient été lancés à sa poursuite.

Arrivé sur la place, il se mit en quête d'un endroit où garer la bicyclette sans se la faire voler puisqu'il n'avait pas d'antivol. Ce qui n'était pas une mince affaire dans le quartier de Copenhague où la foule était la plus dense.

Et là, en face de la partie la plus ancienne du parc de Tivoli, il vit l'énorme chantier de rénovation se dresser devant lui. Il était passé devant des centaines de fois sans jamais y prêter attention.

Jusqu'à aujourd'hui.

Marco venait de trouver la solution idéale à son problème de logement.

18

Carl s'était senti patraque, voire malade, tout le week-end. Samedi soir, Mika et Morten avaient organisé une soirée, d'abord pour fêter dignement leur concubinage désormais officiel, et ensuite pour avoir une bonne raison de dépenser l'énorme somme d'argent qu'avait rapportée la vente sur eBay de la collection de Playmobil de Morten.

« Il s'est fait soixante-deux mille couronnes, putain ! » avait braillé Jesper au moins une dizaine de fois pendant qu'ils mettaient des parapluies en papier dans les verres à cocktail. Ce serait peut-être une bonne idée de monter au grenier chercher ses Action Man s'il y avait moyen de toucher le même jackpot !

Soixante-deux mille, ben merde, alors !

Une raison suffisante pour que le vin et la bière et le contenu multicolore d'un nombre incalculable de bouteilles d'alcool coulent à flots dans la maison de Rønneholtparken. Kenn et les voisins du 56 avaient déjà roulé sous la table à dix heures du soir. Les seuls, en dehors de Carl, qui réussirent à tenir au-delà de minuit furent Mika, Morten et deux de leurs amis homos, ronds comme des queues de pelle, chantant à tue-tête sans quitter la piste de danse, sauf pour aller faire la vidange.

Quand, pour la douzième fois, Carl dut refuser d'aller danser avec un quadragénaire en pantalon moulant, le chapeau crânement incliné sur sa tête, il se leva résolument avec la ferme intention d'arriver jusqu'à son lit, passant en titubant à côté de Hardy qui était d'une belle couleur rouge pivoine et qui dormait comme un bébé.

Au pied de l'escalier, les hôtes de la soirée dansaient, tendrement enlacés.

« Je suis désolé pour toi et ta chérie, marmonna Mika en lui tapant sur l'épaule.

— Oui, enchérit Morten. Elle va nous manquer. »

Combien de fois l'avaient-ils rencontrée ? Deux fois ?

Est-ce qu'ils espéraient que Carl allait leur tomber dans les bras pour les remercier de leurs paroles de consolation ?

Il se réveilla le matin avec l'impression d'avoir un hamster mort-né collé au palais. Sa gueule de bois et ses regrets étaient à la limite du supportable, mais le pire, c'est qu'il avait la certitude d'être en train de devenir fou.

Tu vas continuer longtemps à pleurnicher comme ça, Carl Mørck ? se sermonna-t-il in petto – mais autant pisser dans un violon pour faire de la musique. Plus les coups dans sa tête s'amplifiaient, plus il était convaincu que les gens comme Lars Bjørn et surtout Mona Ibsen avaient été mis sur cette terre uniquement pour lui faire du tort.

Quelques heures s'écoulèrent pendant lesquelles, enroulé dans sa couette, il eut alternativement trop chaud et trop froid et où son humeur virait constamment entre une rage haineuse et une apathie de chiffe molle.

Tu ne remonteras pas la pente tant que tu ne lui auras pas parlé, Carl, se répétait-il inlassablement. Mais son téléphone portable resta sur la table de nuit tandis qu'à l'étage au-dessous, les habitants de la maison se levaient pour vaquer à leurs occupations et sortaient profiter des bénédictions du joli mois de mai.

Il se rendormit et ne bougea plus jusqu'à ce qu'un nouveau lundi survienne, lourd de menaces.

« Assad ! hurla Carl. Tu peux venir une minute ? »

Pas de réaction.

Il devait encore être agenouillé face contre terre sur son tapis de prière, tourné vers La Mecque… Carl regarda sa montre. Non, pas à cette heure-ci.

« Assad ! brailla-t-il à nouveau.

— Il n'est pas encore rentré. Vous avez une drôle de tête, vous avez les cheveux qui poussent vers l'intérieur, ou quoi ? »

Carl se tourna vers Rose qui le regardait depuis le seuil de son bureau en grattant les derniers morceaux de peau morte sur le bout de son nez. « Rentré d'où ?

— Il est allé à la banque de William Stark.

— Quelle idée !

— Il a aussi appelé son notaire et les impôts. »

Pourquoi cette femme était-elle incapable de répondre à une question ? Pourquoi fallait-il toujours lui tirer les vers du nez ?

« Qu'est-ce que vous trafiquez tous les deux ? Je vois à tes yeux qu'il se trame quelque chose, Rose. »

Elle haussa les épaules. « J'ai eu Malene Kristoffersen au téléphone. Elle et sa fille Tilde rentrent d'un voyage en Turquie.

— Très bien. On va pouvoir la convaincre de venir à l'hôtel de police, alors ?

— Je pense, oui. Demain peut-être. »

Carl secoua la tête. « Formidable ! Je vois que l'affaire la passionne.

— C'est le cas. Elle aurait pu venir d'ici une heure, mais Tilde et elle ont passé toute la journée à l'hôpital pour des examens. J'ai estimé qu'on pouvait les laisser se reposer jusqu'à demain.

— Je vois. Bon, mais quel rapport avec ce qu'Assad est en train de faire ?

— Il vous le dira quand il sera là. »

Il arriva cinq minutes après, le cheveu hirsute. Un excellent baromètre de son niveau d'énergie.

« Après que Rose a parlé avec la fiancée de Stark, nous avons décidé tous les deux qu'il y avait un truc qui ne collait pas, chef. »

Ah oui, vraiment ? Pourquoi cette nouvelle ne le surprenait-il pas ?

« Rose dit que Stark a payé à sa belle-fille Tilde des examens médicaux très coûteux pendant cinq ans avant de disparaître. En fait, il dépensait beaucoup plus d'argent qu'il n'en avait.

— Il n'a pas hérité ?

— Si, mais seulement en 2008, l'année où il a disparu. Là je vous parle de bien avant, en 2003 déjà. À la banque, ils m'ont dit qu'il avait dépensé deux millions de couronnes. J'ai d'abord pensé qu'il avait dû faire un emprunt et qu'il l'avait remboursé avec l'argent de l'héritage, mais pas du tout. »

Incroyable ! Le petit bonhomme frisé avait retrouvé le regard malicieux qu'il n'avait que lorsque ses crocs étaient plantés dans une affaire qui l'excitait. Carl poussa un soupir. Commencer la semaine sur les chapeaux de roues était précisément ce qu'il aurait voulu éviter.

« D'accord. Allons-y. Rose, essaye de m'expliquer cette histoire d'examens médicaux et d'argent. »

Rose décroisa les bras, ce qui augurait d'une explication bien plus longue que nécessaire.

« Tilde souffre d'une pathologie chronique, la maladie de Crohn, qui est une inflammation quasi permanente des intestins. Malene Kristoffersen m'a raconté que William Stark s'était engagé d'une façon incroyable dans la maladie de la jeune fille et son traitement, et qu'il ne reculait devant aucun sacrifice pour qu'elle puisse bénéficier de méthodes de soins alternatives quand les moyens classiques, telles que l'ablation des parties malades de son intestin ou le traitement à la cortisone, ne donnaient pas les résultats escomptés.

— Je te remercie, Rose, mais tu tournes autour du pot, si j'ose m'exprimer ainsi. Où et comment les deux millions rentrent-ils dans l'histoire ? C'est tout de même une sacrée somme !

— D'après Malene, Stark s'était mis en tête de trouver un remède à cette maladie, pour laquelle il n'en existe aucun à ce jour. Tilde a séjourné dans des cliniques à Copenhague et à Jacksonville en Floride, elle a suivi un protocole de soins homéopathiques en Allemagne et un traitement à base d'acupuncture en Chine. Il a financé un traitement par ingurgitation d'œufs dérivés d'un parasite présent dans les intestins du porc. Bref, il a tenté de la soigner par tous les moyens possibles pour une somme que Malene évalue à environ deux millions, sur une période de cinq à six ans, c'est-à-dire tout le temps où Stark a vécu avec elles avant de disparaître.

— Deux millions. Elle ne dit pas forcément la vérité.

— Si, chef. » Assad lui tendit une liasse de relevés bancaires. « C'est vrai. Il a chaque fois réglé les dépenses à partir de son propre compte en banque.

— OK. Et alors ? Que dois-je en conclure ? »

Rose sourit. « Que Stark était le meilleur joueur de poker du monde, ou que le casino d'Amager avait un client foutrement chanceux ! Que voulez-vous en déduire d'autre ? »

Carl fronça les sourcils. « Il me semble percevoir une note d'ironie dans ta voix, Rose. Mais peux-tu exclure qu'il se soit procuré l'argent de cette manière ?

— Disons que Stark avait trouvé un moyen de générer des sommes d'argent importantes, qu'il dépensait aussi rapidement qu'il les gagnait, sans rendre de comptes à qui que ce soit ! » répliqua Rose.

Carl se tourna vers Assad. « Même pas au fisc ? Rose me dit que tu es allé les voir. Ils doivent avoir des traces de ces revenus ? »

Assad secoua la tête. « Non, Stark n'a déclaré aucun revenu exceptionnel sur la période et n'a fait aucune dépense extravagante. Les impôts n'ont probablement pas eu connaissance des mouvements bancaires parce que l'argent n est resté sur son compte qu'un jour ou deux, et que les débits correspondaient aux crédits à la couronne près. Et en fin d'année, il n'y avait jamais plus d'argent sur son compte qu'à la fin de l'année précédente.

— Et comme c'était un salarié lambda, il n'a jamais eu droit à un contrôle fiscal de routine, c'est bien ça ? »

Assad acquiesça. « Il y a autre chose. Je me demandais pourquoi il avait loué ce coffre à la banque pour le résilier ensuite. Malene Kristoffersen dit qu'un jour il a rapporté des bijoux à la maison qui venaient du coffre, entre autres les alliances de ses parents. Rose lui a demandé ce qu'ils étaient devenus.

— Je lui ai demandé si elle les avait encore. Mais en fait, il paraît qu'elle ne les a jamais vus, et je la crois. Ils ne figuraient d'ailleurs pas dans la déclaration de vol après le cambriolage. Elle n'a pas pu me les décrire. Elle n'était même pas sûre qu'ils aient existé, à vrai dire, et a fortiori qu'ils aient été volés.

— Stark a peut-être loué un coffre dans une autre banque et il les aura changés de place. »

Assad secoua la tête. « Je ne crois pas. Malene pense que les bijoux existent, et que s'ils n'ont pas été volés, ils sont quelque part dans la maison, très bien cachés. Elle espère toujours qu'il va revenir et les sortir lui-même de l'endroit où il les a mis. »

Carl remarqua la ride qui s'était creusée sur le front d'Assad. Il ne partageait visiblement pas l'optimisme de Malene Kristoffersen.

« Vous ne sentez pas que ça pue, cette histoire, Carl ? »

Carl ne savait pas très bien si la joie qui éclairait le visage de Rose en ce moment était une expression de triomphe ou simplement d'excitation.

« Cette investigation est une véritable toile d'araignée, poursuivit-elle. Malene aimait William Stark et non seulement Stark partageait ses sentiments mais il aurait fait n'importe quoi pour sa fille. Et tout à coup, il se volatilise, ce que d'après sa compagne, il n'avait pas la moindre raison de faire.

— Pourquoi Malene pense-t-elle qu'il va réapparaître, alors ? S'il n'avait aucune raison de partir, c'est qu'il est mort ! Et s'il est mort, on peut être sûr qu'il ne reviendra pas, fit remarquer Carl. Mais peut-être qu'elle n'est pas très futée ou au contraire très maligne. Peut-être que c'est elle qui l'a fait disparaître. Nous ne savons pas s'il est arrivé chez lui le jour où il est rentré d'Afrique. Est-ce qu'on s'est suffisamment intéressé aux faits et gestes de Malene Kristoffersen pendant les jours qui ont suivi la disparition de Stark ? »

Assad tripotait le bord du bureau en ayant l'air de penser à autre chose. Ce fut Rose qui répondit.

« La maison a été fouillée de fond en comble. Les inspecteurs avaient emmené des chiens et apparemment personne n'avait creusé dans le jardin, ni fait de réparations nulle part. Alors si son cadavre se trouvait sur place et qu'il s'y trouve toujours, l'équipe qui a enquêté il y a deux ans et demi a vraiment merdé.

— Vous savez quoi ? s'écria Assad tout à coup. À moins qu'il ait eu dix millions planqués dans une cassette et que Malene les ait chipés, elle avait bien plus à gagner à le garder en vie. Pour moi, il s'agit d'une tout autre histoire. C'est l'histoire d'un homme qui devait passer plusieurs jours en Afrique et qui au lieu de ça a changé son billet de retour et qui est rentré au Danemark. Pourquoi a-t-il fait ça ? Est-ce qu'il avait quelque chose à vendre ? Est-ce qu'il gagnait sa vie en faisant un trafic illégal de diamants ? Est-ce qu'il avait un client à voir au Danemark ? Ce mystérieux client s'est-il débarrassé de lui ? Est-ce qu'il a eu un accident ? Un malaise ? Est-ce qu'il est tombé dans le marais ? Bon, ça, je ne crois pas, parce que le marais a été sondé. » Il secoua la tête. « Moi je trouve qu'il y a beaucoup trop de possibilités. D'ailleurs, il avait peur de l'eau, c'est écrit dans le rapport de l'époque et il n'avait pas de raisons de s'en approcher. Alors que s'est-il passé après qu'il a quitté l'aéroport ? Ce serait bien si on pouvait en apprendre un peu plus à ce sujet. »

Carl hocha la tête. « La prochaine fois que tu parleras avec Malene, Rose, je veux être là, d'accord ? Et d'ici là tu prends un maximum de renseignements sur elle. Parle à ses collègues de travail. Parle avec les gens de l'hôpital où Tilde se trouvait quand Stark a disparu. Demande à tous ces gens ce qu'ils pensent de Malene. Et de Stark aussi. »

S'adressant à Assad, il ajouta : « Et toi, Assad, tu épluches tous les relevés de comptes et tu vérifies s'il y a eu des braquages importants quelques jours avant les dates où la Danske Bank a crédité ces grosses sommes sur le compte de Stark. Même si ces actes criminels n'ont aucun lien avec lui. Je pense à tout et n'importe quoi. Drogue, cambriolage, trafic de pierres précieuses.

— C'est tout ? demanda Rose. Vous ne voulez pas qu'on élucide le meurtre de Kennedy ou la quadrature du cercle pendant qu'on y est ? »

Assad sourit et donna à sa collègue un coup de coude dans les côtes. Si ces deux-là n'avaient pas existé, il aurait fallu les inventer.

« Ah, si. Une dernière chose avant que j'aille voir les gars de Bellahøj qui se sont occupés du cambriolage de la maison de Stark. »

Rose jeta à son patron un regard excédé.

« Mes chers amis, je suis certain que vous venez de crever l'abcès d'une affaire bien infectée. Félicitations, c'est du bon travail. »

On aurait pu entendre une épingle tomber.

Le « Crotale » était le charmant sobriquet dont on avait affublé l'inspecteur adjoint Hansen. Il souhaita la bienvenue à Carl Mørck de son caractéristique sifflement entre les incisives en le fixant avec ses yeux bridés et son regard perçant, sans exprimer le moindre plaisir à ces retrouvailles. Ils avaient patrouillé ensemble, pendant deux semaines, dans la nuit des temps, et ça avait été deux semaines de trop.

Depuis, Hansen s'était spécialisé ; c'était à lui qu'on faisait appel quand un vandale rayait une dizaine de voitures dans un quartier résidentiel, ou quand d'importants cambriolages avaient lieu. On ne pouvait pas qualifier le cambriolage chez Stark d'« important » mais comme il avait été perpétré dans une maison qui était sous scellés dans le cadre d'une autre investigation, on lui avait demandé de faire en sorte qu'aucun indice permettant éventuellement de relier ce cambriolage à la disparition de William Stark ne soit négligé.

« Tu aurais pu te contenter de m'appeler, dit Hansen à Carl sans lever les yeux du rapport qu'il était en train de lire.

— Si j'avais su que c'était toi qui t'en occupais, j'aurais envoyé un télégramme. »

Un sourire microscopique crispa la commissure des lèvres de Hansen. « Tu n'as pas vu mon nom sur le rapport. Tu ne l'as pas lu, peut-être ?

— Il y a tellement de gens très sympathiques qui s'appellent Hansen. Comment aurais-je pu deviner qu'il s'agissait de toi ? »

Il leva les yeux. « Tu es toujours un vrai boute-en-train, Mørck.

— Bon, écoute, plaisanterie mise à part, Hansen. J'ai avec moi le PV de la première perquisition qui a été faite dans la maison suite à la disparition de Stark, et si je le compare avec le tien, la première chose qui saute aux yeux, c'est que les cambrioleurs n'ont même pas emporté le couteau à pain. C'est bizarre, non ? Tu peux me dire la vérité à moi. Vous avez vraiment tout vérifié quand vous y êtes allés ? Il ne manquait rien ? Une boîte à chaussures, un morceau de papier collé à la porte du réfrigérateur ? Un panier dans la remise ?

— Comme tu peux le constater, j'ai pris la peine de faire venir l'ancienne concubine de Stark et un agent de chez vous qui était sur place au moment de la première fouille. Nous avons inspecté la maison ensemble et, oui, je pense pouvoir affirmer que nous avons tout visité de fond en comble. Le grenier, les tiroirs, le jardin, la cave. Il ne manquait absolument rien. Ils auraient pu prendre les haut-parleurs, les couverts en argent plaqué ou le tracteur tondeuse, mais tout y était.

— Des empreintes digitales ?

— Aucune.

— Des professionnels ?

— Je suppose. C'est écrit dans mon rapport. » La dernière phrase fut dite d'un ton un peu sec. « Nous ne pouvons malheureusement pas nous fier à la description que la voisine nous a faite des cambrioleurs, qui était assez vague. L'un d'entre eux était un peu plus bronzé que les autres, d'après elle, mais pas autant qu'un Africain ou qu'un Pakistanais. Ils ne ressemblaient pas non plus à des Turcs ou à ces gens qui viennent du Moyen-Orient, comme elle les appelait. Bref, il pouvait s'agir de n'importe qui et ils pouvaient venir de n'importe où. »

Bon, ça c'était ce que la voisine avait bien voulu dire à Hansen, la question était maintenant de savoir si Carl parviendrait à obtenir d'elle des informations plus précises.

« Et quelles sont les conclusions de ce fameux rapport, quant à la nature et au mobile du casse ? Je n'ai pas l'impression d'avoir lu quoi que ce soit à ce sujet.

— Je n'écris que les faits, Carl. Nous n'avons pas tous autant de talent que toi pour raconter des histoires.

— Mais là, en ce moment, tu n'écris pas, tu parles avec moi. Qu'en penses-tu, Hansen ? J'ai besoin de l'avis d'un expert en cambriolage. »

Hansen se redressa légèrement dans son siège et rentra les pans de sa chemise bleue dans son pantalon. L'homme n'était pas très à l'aise avec les compliments.

« Soit ce sont des gens qui ont lu un article sur cette affaire dans les journaux et qui se sont dit que la maison était déserte. Cela arrive de plus en plus souvent. Les annonces de décès et les horaires d'obsèques publiés dans les journaux sont des invitations noir sur blanc à venir visiter la maison du défunt qui par définition ne sera pas chez lui. Sans compter les imbéciles qui écrivent sur Facebook ou sur d'autres réseaux sociaux à quel moment ils partent en vacances ! Quand le chat n'est pas là, les souris dansent, comme on dit.

— Soit ?

— Soit les voleurs cherchaient une chose en particulier. Et pour être franc, je pencherais plutôt pour la deuxième hypothèse.

— Pour quelle raison ?

— Parce que, dans la première hypothèse, mon petit Carl, le contenu des tiroirs et un tas d'autres trucs auraient été éparpillés sur le sol. Dans le cas qui t'intéresse, ils se sont tout de suite attaqués aux matelas et aux housses de canapés et ils ont écarté le mobilier des murs pour vérifier qu'il n'y avait rien derrière. Ceci laisse à penser qu'ils étaient déjà venus ou qu'ils avaient connaissance des lieux d'une façon ou d'une autre. »

C'était précisément ce que Carl voulait entendre. Il remercia Hansen, et sortit de son bureau. Il avait décidé de retourner à la maison de Stark pour demander à la voisine qu'elle lui fasse personnellement une description des cambrioleurs.

Mais il y eut un petit changement dans son programme.

À l'accueil où il échangeait un salut et une poignée de main avec deux anciens collègues, son regard fut attiré par un garçon qui sortait à reculons du commissariat.

Et ce n'était pas la première fois que Carl croisait ce regard.

Eh ben merde alors, eut-il le temps de penser juste avant que le gamin ouvre la porte et prenne ses jambes à son cou tandis que le planton l'interpellait.

Carl le prit en chasse et eut tout juste le temps de le voir disparaître au-dessus de la grille et continuer sa course en direction de Hulgårdsvej.

Il cria pour le retenir mais en vain.

« C'était qui ? » demanda-t-il au policier d'astreinte.

L'homme haussa les épaules et lui tendit une carte de sécurité sociale.

« C'est écrit "Søren Schmidt" là-dessus. » Carl pencha la tête de côté. « Il n'avait pas une tête à s'appeler Søren, je trouve.

— Effectivement, et il avait un accent assez prononcé. Il a pu être adopté tardivement. Je suis en train d'essayer de joindre ses parents pour savoir ce que le garçon avait sur le cœur. Il a juste eu le temps de nous laisser ça. Je crois que ça appartient à un ami à lui qui avait quelque chose à nous raconter. »

Il fit un signe du menton vers une affichette et un collier posés sur le comptoir.

Carl sentit littéralement sa mâchoire se décrocher.

« Eh ben merde alors », dit-il à nouveau, presque en chuchotant.

Il posa la main sur l'épaule du policier. « Ce n'est pas la peine d'appeler. Je vais aller voir la famille de ce garçon tout de suite. J'emporte tout ça, d'accord ? »

La maison était particulièrement jolie pour une maison du nord-ouest de la capitale. Comment aurait-il pu imaginer que derrière ce buisson d'aubépines, au milieu d'un quartier ouvrier ressemblant à un cauchemar d'urbaniste, avec ses immeubles disparates et ses terrains vagues, il trouverait une charmante fermette à colombage ?

La femme qui lui ouvrit était nettement moins charmante. Elle ne devait pas avoir l'habitude de recevoir la visite de gens qu'elle ne connaissait pas.

« Oui… ? » dit-elle, méfiante, regardant Carl comme s'il avait la peste bubonique.

Il sortit sa carte de police de sa poche arrière, ce qui ne rendit pas son hôtesse plus avenante.

« C'est à propos de Søren. Il est là ? demanda-t-il en sachant pertinemment qu'il n'y avait aucune chance que ce soit le cas, étant donné qu'il venait tout juste de quitter le commissariat à pied.

— Oui, répondit sa mère, inquiète. De quoi s'agit-il ? »

Incroyable. Le gosse devait avoir son vélo garé quelque part. « Juste une formalité. Je voudrais lui poser quelques questions. »

En se tordant les mains, elle le fit entrer dans le salon et appela son fils une première fois, puis une deuxième, avant de se résoudre à monter l'escalier quatre à quatre et d'aller l'arracher à l'ordinateur. Elle revint en le traînant derrière elle au son de ses protestations véhémentes. Carl savait qu'on ne sépare pas comme ça un adolescent de son jouet préféré. Il avait le même à la maison.

Un jeune Danois tout ce qu'il y a de plus commun, avec des cheveux couleur pâté de foie, surgit des bras de la femme. Ce n'était de toute évidence pas le garçon qu'il cherchait.

« Il me semble que tu as perdu ceci », dit-il en lui tendant sa carte de Sécurité sociale.

Il la lui prit des mains, hésitant. « Ah ouais… Vous l'avez trouvée où ?

— Je préférerais que tu me dises pourquoi tu ne l'as plus sur toi. Tu l'as prêtée à quelqu'un ? »

Il secoua la tête.

« Tu en es sûr ? Il y a un garçon qui l'a produite en guise de carte d'identité au commissariat de Bellahøj, il y a moins d'une demi-heure. Il venait faire une déposition pour un ami. Ce n'était pas toi ?

— Certainement pas. Elle était dans mon portefeuille que quelqu'un a piqué dans mon sac à dos tout à l'heure quand j'étais à la bibliothèque à Brønshøj. Et je suis presque sûr de savoir qui a fait ça. Vous n'auriez pas trouvé mon portefeuille par hasard ? Il y avait vingt-cinq couronnes dedans.

— Malheureusement pas. Qu'est-ce que tu faisais à la bibliothèque ? Tu n'étais pas supposé être en cours à cette heure-là ? »

Le garçon lui jeta un regard froissé. « On avait un devoir à préparer. Vous ne savez peut-être pas ce que c'est ? »

Carl se tourna vers la mère qui commençait à se détendre. Il se demanda si elle savait de quel devoir parlait son fils.

« Il ressemblait à quoi, ce garçon ? Tu peux me le décrire ?

— Il avait une chemise écossaise et il n'avait pas une tête de Danois. Ce n'était pas un Noir mais il était assez bronzé, comme s'il venait du sud de l'Europe. Je suis allé au Portugal, une fois, il y en avait plein comme lui, là-bas. »

Carl en était sûr, à présent. C'était le même garçon qu'il avait vu au commissariat et devant la maison de Stark il y a quelques jours. On commençait à avancer.

« Tu lui donnerais quel âge, à peu près ?

— Je ne sais pas. Je ne l'ai pas regardé en face. Il était assis devant l'ordinateur d'à côté. Quatorze ou quinze, peut-être. »

Ce n'était pas la première fois que Carl entrait dans ce bâtiment, place de Brønshøj. Un jour leur véhicule de patrouille avait été envoyé là-bas en intervention pour maîtriser un ivrogne qui s'amusait à jouer au frisbee avec la collection de vinyles de la médiathèque. Même si l'histoire remontait à quelques années et que l'immeuble avait été restauré entre-temps, il reconnut l'ancien cinéma Bella qui, à l'instar d'autres ensembles immobiliers de la proche banlieue de Copenhague, avait dû mettre la clé sous la porte et céder la place à quelque enseigne de supermarché, ou dans le cas de celui-ci, à une banque et à la bibliothèque du quartier.

« Vous devriez poser la question à Lisbeth, dit la bibliothécaire assise derrière le comptoir. C'est l'assistante de la chef bibliothécaire et elle était à l'accueil à l'heure dont vous parlez. »

Carl dut patienter dix minutes avant de voir arriver la dénommée Lisbeth. Elle valait largement la peine d'attendre.

Elle rayonnait purement et simplement. C'était le genre de femme qui vous donnait de l'énergie dès le premier coup d'œil. Mûre et sûre d'elle, avec une façon incroyable de vous regarder droit dans les yeux. Si Mona avait vraiment l'intention de s'obstiner dans son caprice, ce qu'il n'espérait pas – même si en ce moment elle commençait sérieusement à lui courir sur le haricot –, il risquait fort de revenir faire un tour dans cette bibliothèque.

« On a eu pas mal de congés maladie ces derniers temps, et du coup je viens donner un coup de main de temps en temps. Je n'ai pris mes fonctions qu'il y a un mois. Je trouvais que c'était une bonne idée de montrer à mes nouveaux collègues que je n'avais pas peur de retrousser mes manches. »

Carl ne doutait pas qu'elle en fût capable.

« Je vois de quel garçon vous voulez parler et je le connais probablement mieux que vous ne le pensez. J'étais d'ailleurs assez surprise de le voir à Brønshøj.

— Vous voulez dire que vous l'aviez déjà vu avant, dans un autre endroit ?

— Oui, en temps normal, je suis directrice adjointe de la bibliothèque d'Østerbro, avenue Dag-Hammarskjöld, où il est venu tous les jours sur une période de plusieurs mois. »

Carl sourit à cette nouvelle autant que du plaisir de regarder Lisbeth. « Super ! Est-ce que vous vous souvenez de son nom ? »

Elle secoua la tête. « Il ne venait jamais à la même heure et il allait tout de suite s'asseoir pour lire quand il ne s'installait pas devant un ordinateur. Il ne rapportait pas de livres chez lui ce qui fait que nous n'avons jamais eu besoin de lui demander sa pièce d'identité. »

Carl cherchait à percer ce qui se cachait derrière son regard bleu si direct. Était-elle en train de flirter avec lui ? Ou bien son visage n'exprimait-il que de l'étonnement devant les caprices du hasard ?

« Je crois que c'est un garçon assez spécial. Dans mon ancien lieu de travail, nous nous sommes souvent dit que nous n'avions jamais vu un garçon de cet âge avec une telle soif de connaissances. Pour une de mes collègues, c'était carrément devenu un sport d'aller vérifier ce qu'il avait lu lorsqu'il remettait les livres sur les étagères. »

Ah ! C'était le garçon qui la mettait dans cet état !

« Et ici, à Brønshøj ? Qu'est-ce qu'il était venu faire ?

— Je ne sais pas. Il est juste passé. Il s'est assis là-bas avec les revues technologiques que vous voyez et ensuite il est venu s'asseoir devant un PC. Je ne sais pas combien de temps il y est resté parce que je me suis fait remplacer avant qu'il parte.

— Il y a eu des plaintes pour vol de sac à main sur votre ancien lieu de travail ? »

Elle tiqua. « Pourquoi demandez-vous cela ? Vous le soupçonnez de quelque chose de ce genre ? Ça m'étonnerait beaucoup. »

C'était une réponse en soi. Si elle ne le croyait pas, il ne souhaitait nullement abîmer l'image qu'elle avait de ce jeune homme.

Il secoua la tête. « Votre collègue à Østerbro qui s'intéressait à ce qu'il lisait, vous savez où je peux la joindre, j'aimerais lui parler. Vous croyez qu'elle travaille aujourd'hui ?

— Elle s'appelle Liselotte et elle est en congé maternité. Mais je peux trouver ses coordonnées. Vous n'aurez qu'à l'appeler. Je reviens tout de suite. »

Il suivit des yeux sa jupe moulante et le balancement de ses hanches jusqu'au bureau. Pourvu que Mona l'appelle ce soir pour enterrer la hache de guerre.

Liselotte Brix était effectivement enceinte. Tellement enceinte qu'on pouvait difficilement décrire sa corpulence sans passer pour un macho.

Elle le reçut les bras tendus, avec un air affolé, dans un foyer fin prêt pour accueillir le nouveau-né. Le paquet de Pampers attendait sur l'étagère, le berceau, son ciel en voilages et le mobile à piles suspendu au-dessus du lit étaient prêts à recevoir le bambin dans un angle de la pièce. Madame n'était pas superstitieuse.

« J'espère qu'il n'a rien fait de mal. Il était tellement *cute*[1]. » Elle tapota affectueusement son

1. En anglais dans le texte : mignon.

énorme ventre. « Si je savais comment il s'appelle, je donnerais son prénom à monsieur Calorius ici présent ! »

Carl sourit. « Non, rassurez-vous. Nous cherchons à le joindre parce que nous pensons qu'il détient des renseignements importants en rapport avec une affaire de disparition de personne.

— Super ! C'est très excitant.

— Votre amie Lisbeth dit que vous aviez l'habitude d'aller voir ce qu'il lisait.

— C'était incroyablement éclectique, c'est pour ça. Il ne semblait pas se rendre compte à quel point nous étions fascinés par lui. C'était rigolo.

— Il lisait quoi, par exemple ?

— Toutes sortes de choses. Pendant une période, il s'intéressait aux différentes études qu'on pouvait faire et aux cursus correspondants. Ça allait de "Quel métier choisir ?" aux "Critères d'admission à l'université" en passant par les brochures sur les différentes facultés. Tout cela paraissait très ambitieux pour un garçon de son âge ! À part ça, il se documentait sur le Danemark et les Danois. La sociologie, la politique, l'histoire contemporaine au Danemark. Et puis des livres sur la langue danoise, sur l'orthographe, l'histoire de l'opéra, le *Qui Quoi Où* édité chez Politiken, des livres sur les gitans, des livres de droit, de biologie et de mathématiques. Il ne semblait pas y avoir de limites à sa curiosité. Il lisait même les classiques de la littérature danoise. Et il n'empruntait jamais aucun livre. C'est bizarre, vous ne trouvez pas ?

— Pourquoi est-ce qu'il ne rapportait pas de livres chez lui, à votre avis ?

— Je n'en sais rien. Mais c'est vrai qu'il était un peu "différent". Il avait l'air d'un de ces immigrés, à part qu'il n'était pas du tout comme eux. C'était peut-être un gitan. Nous nous sommes dit que chez lui, ce n'était peut-être pas très bien vu de s'intéresser autant aux bouquins.

— Un gitan, dites-vous ?

— Oui, avec une belle peau pain d'épices, vous voyez ? Et puis des cheveux bruns, presque noirs. Il était peut-être grec ou italien. Mais son accent n'était pas un accent du sud de l'Europe. On aurait dit un accent américain plutôt. En tout cas, ce n'était pas un mulâtre.

— Je vois.

— Ce qui était marrant aussi, c'était que son accent devenait moins prononcé chaque jour. Il faisait des progrès phénoménaux en danois et son vocabulaire augmentait sans cesse. Il avait une façon presque autistique d'absorber des connaissances.

— Il n'y avait jamais d'adultes avec lui, si j'ai bien compris. Avez-vous remarqué d'autres détails qui pourraient nous renseigner sur l'endroit d'où il venait ?

— Non, pas vraiment. » Elle haussa brusquement les sourcils. Le gosse dans son ventre avait dû lui donner un coup de pied. « Mais il était *cute,* vous ne pouvez pas savoir !

— Il vient toujours à la bibliothèque de l'avenue Dag-Hammarskjöld, à votre avis ?

— Je suis sûre que oui. Je parle au téléphone tous les jours avec mes collègues. Il n'y a que la semaine dernière où elles ne l'ont pas vu. Mais pourquoi n'allez-vous pas vous-même leur poser la question ? »

19

« C'est exact, Bjørn. J'ai emporté ces objets en quittant le commissariat de Bellahøj et nous enquêtons sur l'affaire William Stark. »

Le remplaçant intérimaire de Marcus Jacobsen hocha la tête alors que visiblement il avait plutôt envie de la secouer. Du Lars Bjørn tout craché, hypocrite comme pas deux, mais Carl le connaissait assez pour savoir à quoi s'en tenir.

« Très bien, dit Lars Bjørn alors qu'il pensait l'inverse. Hansen à Bellahøj dit que tu as pris ces objets sur le comptoir sans demander l'avis de personne. Tu sais parfaitement que tu ne pouvais pas faire ça, Carl, sachant que ces objets étaient directement liés à une affaire de cambriolage dans leur secteur !

— Ouais, ouais. Hansen parle beaucoup et il ferait mieux de fermer sa gueule. L'affaire qui nous intéresse concerne une personne disparue, ce qui dépasse le domaine de compétences du Crotale. Mais si ça l'amuse de poser son regard de rapace sur cette affichette et sur ce collier, il sera le bienvenu au département V. Il pourra les regarder autant qu'il voudra. Bref, tu l'auras compris, nous avons repris l'affaire Stark.

— Vous l'avez "reprise" ! Je suis très impressionné, Carl. » Bjørn sourit en montrant toutes ses dents, sans doute persuadé que cela lui allait bien, ce en quoi Carl aurait pu le détromper. « Tu as vu un garçon devant la maison de Stark et j'apprends que ce même garçon se trouvait au commissariat de Bellahøj et qu'il t'a échappé les deux fois ? Bravo, c'est ce qui s'appelle reprendre une affaire avec brio, Carl !

— Ne t'inquiète pas, Bjørn, je vais le retrouver. Tu n'es pas en train de parler à un de ces bras cassés avec qui tu as l'habitude de travailler. C'est une simple question de temps, en l'occurrence. »

Bjørn redressa le buste derrière le bureau de Marcus Jacobsen.

Carl se disait en le regardant qu'il n'avait rien à faire derrière ce bureau. C'était très déroutant de le voir là.

« Je suis sûr que tes mots ont dépassé ta pensée, Carl, mais passons. Je voulais te dire que je pense faire quelques changements au sein du département V. Tu restes à la tête de l'équipe, cela va sans dire, mais j'ai remarqué qu'il y avait eu quelques doublons ces dernières années avec notre travail à la crim', et Marcus comme moi trouvons cela assez perturbant. »

Carl s'avança sur sa chaise.

Qu'est-ce qui allait encore lui tomber dessus ?

Les mains de Carl tremblaient encore sous l'effet de la colère quand Assad lui tendit un verre orné de dorures, contenant un thé sirupeux et fortement parfumé aux épices. Il contempla le breuvage, l'air inquiet. Il avait l'apparence d'un poison mortel et ce n'était rien à côté de son odeur.

« Calmez-vous, chef, dit Assad. On va continuer à faire comme avant, alors. Nous n'irons pas au deuxième étage et je ne travaillerai pas pour Bjørn, je peux vous l'assurer. »

Carl leva la tête. « Ah oui, et tu crois que tu as ton mot à dire ? Pourquoi aurais-tu voix au chapitre si je peux me permettre de te poser cette question ? Ça fait aussi partie des accords que vous avez passés quand tu as gardé sa maison ? »

Assad détourna les yeux un instant. Comme un criminel qui se ressaisit au dernier moment alors qu'il était sur le point d'avouer ou comme un adolescent timide qui n'ose pas dévoiler son amour.

« Je n'ai pas tout compris à ce que vous avez dit, chef, mais en tout cas je vous promets que je vais m'en occuper. Lars Bjørn m'écoutera. » Il tenta de mettre fin au débat par un sourire, mais il savait que la question de Carl, restée sans réponse, planait encore entre eux.

Soudain ses yeux s'allumèrent d'une lueur rusée qui voulait dire à coup sûr qu'il avait une nouvelle histoire dans sa manche. Carl commençait à le connaître, le zigoto.

« Vous devez juste vous souvenir de l'histoire du dromadaire qui se prenait pour une autruche et qui, effrayé parce que le vent du désert lui avait envoyé du sable dans les yeux, plongea la tête entière dedans. »

Carl secoua la tête, incrédule. Si on rassemblait tous les chameaux et tous les dromadaires qu'Assad avait utilisés pour illustrer son propos depuis qu'il était entré au département V, le Sahara ne suffirait pas à les contenir.

« Qu'est-ce que tu essayes de me faire comprendre, Assad ?

— C'est simple, chef. Si on se contente de rester à sa place et de faire ce qu'on a à faire, on ne risque pas de prendre du sable dans les yeux.

— Merci du conseil. Mais je te rappelle, Assad, que je ne suis pas un dromadaire. Je ne connais pas au juste les capacités intellectuelles de cet animal, mais comme je vois les choses, j'ai plutôt l'impression que c'est toi qui te mets la tête dans le sable. Tu ne crois pas qu'il serait temps de m'expliquer pourquoi Lars Bjørn, malgré ta prétendue absence totale de qualifications, te parachute dans mon service où contre toute attente tu fais montre de compétences qu'il t'aurait normalement fallu plusieurs années d'expérience pour acquérir ? Imagine que je veuille obtenir une réponse à cette question. Je la pose à toi ou à Lars Bjørn ? »

Assad fronça les sourcils et Carl eut l'impression de le voir serrer les poings au fond des poches profondes de son pantalon.

« On peut savoir ce qui se passe ici ? résonna la voix de scie circulaire de Rose dans le corridor. Il y a tellement d'électricité dans l'air qu'on se croirait dans une zone à haute tension. »

Carl lâcha le regard d'Assad à contrecœur. « Ce con de Lars Bjørn a tout à coup décidé qu'Assad devrait travailler pour lui et que toi et moi irions nous installer au deuxième étage à partir de maintenant. Assad prétend qu'il peut le faire changer d'avis, alors je me suis permis de lui demander ce qui l'autorisait à croire qu'il en avait le pouvoir. »

Rose hocha la tête. « Et toi, Assad, qu'est-ce que tu as répondu ? »

Les bosses qui gonflaient les poches d'Assad s'aplatirent. Un sourire se ralluma dans ses yeux bruns. Il avait échappé à la toile dans laquelle il s'était empêtré. Merde alors !

« J'ai expliqué à Carl que Bjørn et moi nous sommes connus au Moyen-Orient en relation avec le travail et qu'il me doit un retour d'ascenseur. Malheureusement, je ne peux pas vous en dire plus. Je suis pieds et poings liés.

— Tu ne peux pas ou tu ne veux pas ?

— C'est ça », dit-il simplement.

Un quart d'heure plus tard le téléphone de Carl sonnait et Lis lui faisait savoir qu'Assad était dans le bureau de Bjørn et que si ce n'était pas trop lui demander, ces messieurs aimeraient qu'il vienne se joindre à eux séance tenante et qu'il emmène Rose avec lui.

« Cette histoire d'Assad et de Bjørn ne me plaît pas beaucoup, Carl, dit Rose tandis qu'ils montaient l'escalier. Qu'est-ce que cela vous inspire, à vous ? Qu'est-ce qu'il y a entre ces deux-là ? »

Carl haussa les sourcils. Rose était-elle réellement en train de lui demander son avis sur quelque chose ? Ce serait bien la première fois.

« Je…, eut-il le temps de dire avant qu'elle le coupe.

— Moi, je n'aime pas ça du tout. » Rien de nouveau sous le soleil.

Fin de la discussion.

Il s'était passé un tas de choses chez Bjørn, ces deux dernières heures. Apparemment Lis et quelques autres avaient fait une véritable razzia sur les étagères et les placards qui étaient pratiquement vides. Le factotum de service était en train d'accrocher un immense white-board au mur, à l'endroit où se trouvait jusqu'ici le panneau d'affichage où Marcus suspendait ses photos de scènes de crime.

Assad était assis dans un fauteuil qu'on avait dû récupérer dans le bureau de la préfète, peut-être sans lui demander son avis, ce qui promettait une scène divertissante.

« Assad et moi avons parlé un peu, commença Bjørn, il ne semble pas disposé à accepter l'offre que je lui ai faite. »

Assad acquiesça gaiement à cela. Carl se dit que l'offre en question ne devait pas être très alléchante. De manière générale, ce soir, il se fichait de tout et de tout le monde, le contrecoup de la gueule de bois du week-end affectait trop sa pauvre tête.

« Loin de moi l'idée de contrarier les plans de carrière d'Assad, ni vos habitudes. Je veux juste que vous sachiez tous les trois que le département V dépend désormais de moi et que je ne peux accepter cette responsabilité que si j'ai un minimum de contrôle sur ce qui s'y passe. »

Carl jeta un coup d'œil à Rose. Elle avait déjà sorti ses griffes.

« Vous avez pu observer que dans le public toutes les grandes entreprises font appel à des contrôleurs dont le rôle est de surveiller la rentabilité de chaque département d'une société. Disons que dans la maison, la rentabilité est répartie sur deux pôles. Le premier concerne le pourcentage d'enquêtes résolues dont chaque département peut se prévaloir, et là, vous êtes relativement bien placés, heureusement. »

Je vais lui rentrer dedans à ce connard, songeait Carl. Ce type méritait d'être coupé en morceaux et enfilé sur une brochette avant d'être plongé dans de l'huile de palme bouillante. « Relativement bien placés ! » Ça devait être un euphémisme pour faciliter la compréhension !

Mais Rose le devança. « Dites, monsieur le soi-disant chef de la crim'. J'aimerais vachement vous voir à la tête du département V, histoire de nous montrer si vous êtes capable d'avoir ne serait-ce que la moitié des résultats que nous avons ! » Puis s'adressant à Assad, elle lui hurla à la figure : « Quant à toi, Assad, qu'est-ce qui t'arrive ? Tu es tellement abruti que tu ne te lèves plus devant une dame ? »

Sous l'effet de la surprise, ses sourcils se levèrent comme s'ils étaient montés sur ressorts.

« Bon, dit-elle en s'asseyant. Maintenant nous sommes au même niveau. Et au fait la remarque valait pour vous aussi, Bjørn.

— En revanche, reprit Lars Bjørn, impassible, vos frais de fonctionnements ne sont pas cohérents. J'ai pu remarquer que votre masse salariale par rapport à votre enveloppe budgétaire était proportionnellement deux fois plus élevée que celle du département A, et il va falloir remédier à cela. C'est pourquoi j'ai embauché quelqu'un pour y remettre bon ordre. Vous le connaissez, il s'agit de Gordon Taylor. »

Il ne manquait plus que ça, se dit Carl. Gordon ? Contrôleur ? Au département V !

« Il est hors de question que j'aie cette grande asperge dans les pattes, Bjørn. C'est un gosse ! Il ne doit même pas avoir passé le brevet des collèges !

— Il est en derrière année de droit et parmi les meilleurs de sa promotion. Il sera titularisé chez nous avant qu'on ait eu le temps de comprendre ce qui s'est passé, tu verras.

— C'est hors de question. » Carl leva les mains devant son visage comme pour parer un coup et fit mine de s'enfuir du bureau à reculons. « *Vade retro*. Nous n'avons pas de temps à perdre avec lui. »

À ce moment-là l'entretien prit un tour inattendu.

« On pourrait essayer, chef ! suggéra Assad.

— Il n'est pas si mal », enchérit Rose.

C'est ce qui s'appelait être échec et mat.

Carl regarda les bulles dans le verre et se demanda combien d'antalgiques il y avait jetés depuis le rendez-vous avec Bjørn.

Les comprimés pour la tête avaient le fâcheux inconvénient de faire mal à l'estomac au bout d'un certain nombre, mais ils vous mettaient sacrément en forme. Il se sentait suffisamment remonté pour que Rose et Assad comprennent le message qu'il s'apprêtait à leur faire passer.

« Je ne veux pas entendre un mot sur Bjørn, ni sur Gordon, OK ? Je suis fou de rage et à deux doigts d'exploser, mais nous avons des choses plus importantes à faire. Je t'écoute, Rose. Et tâche d'être brève. »

Elle hocha la tête, nullement affectée par son humeur.

« Voici l'enregistrement de la caméra de surveillance. On voit le gamin entrer dans le commissariat, mais on ne distingue pas son visage, qu'il a l'air de cacher volontairement. » Rose mit la vidéo sur pause, gelant une image grisâtre représentant une porte vitrée et une silhouette vue d'en haut.

Assad et Carl se rapprochèrent de l'écran pour mieux voir.

« On dirait un Arabe, chef. Il a les oreilles fixées très haut sur le crâne. Il ne vient pas de la région des Balkans. »

Drôle de remarque. Les gens originaires des Balkans avaient-ils les oreilles plus basses que les autres ?

Rose les rejoignit. « Cheveux noirs, bouclés, type latin, jeune. Quel âge peut-il avoir, Carl ?

— Quatorze ou quinze ans, c'est l'estimation générale. Mais il peut être plus jeune. Les enfants mûrissent tôt dans le Sud. Et ses vêtements ? Qu'est-ce que vous en pensez ? »

Assad sourit. « On dirait la chemise de mon oncle.

— Je suis d'accord. C'est le genre de chemise que portaient les employés de bureau avec un poste de subalterne il y a dix ou quinze ans. Où a-t-il dégotté un truc pareil ?

— Il l'a peut-être achetée dans une friperie ? proposa Assad.

— Je ne crois pas, s'il avait eu le choix, il en aurait pris une autre.

— Il l'a peut-être chipée dans un container de la Croix-Rouge. Et c'était celle-là qui était sur le dessus de la pile…

— C'est une possibilité. » Carl posa l'index sur l'image. « Pourquoi croyez-vous qu'il cache son visage ? Et dans le même ordre d'idées, pourquoi a-t-il été obligé de voler la carte de Sécurité sociale de quelqu'un d'autre et de l'utiliser comme pièce d'identité ?

— Facile, chef, dit Assad. Parce qu'il n'en a pas. »

Carl acquiesça. Assad avait sans doute raison. Il s'était fait la même réflexion. « Soit c'est pour ça, soit il n'est pas blanc-bleu.

— Blanc-bleu ?

— C'est une expression, Assad. Cela signifie qu'il a peut-être des choses à se reprocher. »

Rose ouvrit son bloc et se mit à écrire. « S'il n'a pas de carte de Sécurité sociale cela signifie qu'il n'est pas enregistré sur les listes de l'état civil au Danemark. Ou que ses parents refusent de lui confier sa carte. Je ne crois pas à la seconde hypothèse. Il a l'air beaucoup trop indépendant pour ça. Je retiens donc la première solution.

— C'est un gitan, vous croyez ? Tu y as déjà pensé, Rose, c'est possible, non ? »

Tous trois collèrent le nez contre l'écran. En faisant le bilan de tout ce qu'ils venaient de dire, l'image générale qu'ils avaient de lui, entre sa façon de s'habiller et son apparence physique, était encore plus floue que tout à l'heure. Était-il gitan ? Français ? Originaire des Balkans ? Difficile à dire.

Rose fit avancer l'enregistrement. « Là c'est le moment où il recule vers la sortie et où vous arrivez à l'accueil. On voit nettement à son attitude qu'il vous a reconnu.

— Et qu'il ne vous aime pas du tout, chef ! ajouta Assad en rigolant. Vous avez vu comment il détale ?

— Nous savions tous les deux que nous nous étions vus chez Stark.

— L'avis de recherche, le collier et le fait qu'il soit venu chez Stark prouvent qu'il s'intéresse à sa disparition et probablement qu'il a des informations à ce sujet. Vous croyez que c'est un prostitué ? »

Ils regardèrent Rose d'un air surpris.

« Ben quoi ? Ce ne serait pas la première fois que la double vie d'un homme aurait causé sa perte ! Comme je l'ai déjà dit, il n'est pas impensable que son problème en Afrique soit lié à une histoire de pédophilie. Vous avouerez quand même que c'est étrange que ce gamin s'intéresse d'aussi près à cette affaire.

— Tu vois du mystère et de l'étrange partout, alors, Rose, la chambra Assad.

— Salut la compagnie ! » grogna une voix depuis le couloir. Il était de retour. Gordon en personne avec frange sur le nez et tout et tout. Tel un périscope en eaux ennemies, il passa la tête dans l'entrebâillement de la porte et les fixa l'un après l'autre.

« Excuse-nous, Gordon, mais nous sommes un peu occupés, là. » Étonnamment, la remarque venait de Rose.

« J'aimerais bien vous regarder travailler, en fait ! »

Les regarder travailler ! Ce garçon n'avait donc aucun tact ?

« Et à part ça, tu avais quelque chose de particulier sur le cœur, Gordon ? s'enquit Carl.

— À vrai dire, oui. Je viens de lire le dossier Anweiler et je trouve que vous avez relâché le mari de la victime un peu trop facilement. Dans le rapport, je lis entre autres que…

— Tu veux bien être gentil et t'en aller, Gordon ? Nous sommes en train de discuter d'une autre affaire pour l'instant. »

Il leva un index en l'air. « Si je peux me permettre, ma jolie Rose, il vaut toujours mieux terminer un travail avant d'en commencer un nouv…

— Allô ! Gordon ! Réveille-toi ! Nous travaillons sur un *autre* dossier. Dans "affaire classée", c'est quel mot que tu ne comprends pas ?

— Ce que tu es belle quand tu es en colère, Rose ! C'est comme si tous les éléments se déchaînaient sur ton visage en même temps », dit-il avec passion. Un peu plus et il allait se mettre à chanter.

Si Assad n'avait pas pouffé de rire, Carl aurait balancé un objet lourd à la figure de Gordon. Il se tourna vers Rose, s'attendant à voir la tempête éclater, mais elle semblait plutôt embarrassée par la situation.

Alors Carl se leva, se dressant de toute sa hauteur, pas assez cependant pour atteindre la taille du grand échalas, mais avec nettement plus de poids.

« Au revoir, Gordon », lui dit-il en torpillant le bas-ventre du pauvre garçon avec son pack de douze, comme Mona appelait toujours le ventre de Carl.

Ils eurent tout juste le temps d'entendre l'impact du corps de Gordon contre le mur du corridor avant que Carl claque la porte de son bureau avec une telle violence que les ouvriers qui travaillaient à l'autre bout du couloir stoppèrent momentanément leurs perceuses.

« Il a le fond du pantalon en feu quand il te voit, ce type, Rose, dit Assad, l'œil égrillard. Mais peut-être qu'il te fait le même effet, alors ? »

Sa réaction se limita à un rapide regard de côté. Comprenne qui pourrait. Carl en tout cas savait à quoi s'en tenir.

« On continue ? dit-elle, parfaitement maîtresse d'elle-même. Je vous lis ce que j'ai noté. Stark n'a plus de famille depuis que sa mère décède en lui laissant une somme de plusieurs millions. Il est son seul héritier. Mais avant de percevoir cet héritage il dépense beaucoup plus d'argent qu'il n'en a. En revanche, il n'a pas de dettes au moment où il disparaît et il n'y a aucun mouvement sur le compte depuis le jour où il cesse de donner de ses nouvelles. Il est à jour de ses impôts, ses cotisations d'assurance vie sont anecdotiques et il n'a plus d'emprunt immobilier. Son casier judiciaire est vierge. Il passe ses examens avec brio et ses voisins à Brønshøj disent de lui le plus grand bien. »

Elle leva les yeux de son bloc-notes. « Mais alors pourquoi disparaître ? L'homme était-il victime de ses perversions sexuelles ? Avait-il des ennemis ? Des dettes de jeu ?

— Pas de dettes de jeu, la coupa Assad. Pourquoi l'aurait-on supprimé pour un problème lié à l'argent puisqu'il pouvait payer ? On ne lance pas un cerf-volant quand il n'y a pas de vent. »

Carl regarda Assad, perplexe. Parfois il se disait qu'on aurait dû livrer le modèle avec sous-titres.

« Moi je crois qu'il faut chercher la réponse du côté de ce voyage en Afrique. Rose, tu vas me procurer pour demain les photocopies de ses relevés bancaires et de tous les autres éléments qu'Assad et toi avez recueillis jusqu'à présent. Assad et moi allons faire un tour au ministère pour interroger ses collègues et ses supérieurs. Nous ne repasserons sans doute pas au bureau aujourd'hui. Et en ce qui concerne Gordon, Rose, je te demanderai d'éviter de mélanger travail et loisir. »

Ses yeux noirs lancèrent des étincelles mais cela ne lui fut d'aucun secours. Il lui avait demandé d'accomplir une tâche et il entendait qu'elle l'exécute.

L'homme assis en face de Carl et Assad n'était pas un Apollon. Il avait le cheveu blanc et rare, le teint pâle et le dentier usé. Si le charme pouvait se mesurer avec un baromètre, le sien ne se hisserait pas au-dessus du zéro. Il avait malgré tout une alliance à l'annulaire, ce qui prouvait seulement que sa femme n'avait pas un sens critique très développé.

« C'est affreux que ce garçon ait disparu de cette façon, dit-il d'un ton étrangement dépourvu d'affect. Cela a étonné tout le monde au ministère, et encore le mot est faible… Nous avons été bouleversés par ce qui s'est passé, et nous le sommes encore. Stark était un excellent collaborateur, très apprécié, et c'était quelqu'un de particulièrement stable. Jamais je n'aurais pu imaginer cela de lui.

— Vous étiez son supérieur et également son ami, je crois ? » demanda Assad.

La question était stupide. Comment quiconque aurait-il pu se lier d'amitié avec un patron comme René E. Eriksen ? L'idée était saugrenue.

« Nous n'étions pas exactement ce qu'on pourrait appeler des amis, mais nous avions de la sympathie l'un pour l'autre. C'était probablement celui de mes collaborateurs auquel j'étais le plus attaché.

— Parlez-moi de sa mission en Afrique, dit Carl. Je vois qu'il est parti là-bas dans le cadre d'un programme d'aide humanitaire en faveur d'une communauté pygmée, mais nous ignorons pourquoi.

— Son travail consistait à superviser les opérations. Quand on a des intermédiaires africains, il vaut mieux contrôler régulièrement l'avancée des projets.

— S'agissait-il d'un contrôle de routine ou bien y avait-il un problème particulier à l'origine de son voyage là-bas ?

— Simple routine.

— Il aurait modifié son billet de retour pour rentrer plus tôt. C'est un peu surprenant, non ? »

Le haut fonctionnaire sourit. « Vous avez raison. Mais je ne saurais pas vous dire pourquoi il a fait ça. Il en a peut-être eu assez de la chaleur. Et puis Stark était un homme efficace. S'il avait terminé ce qu'il avait à faire, pourquoi rester plus longtemps ? Mais je vous l'ai dit, ce ne sont que des suppositions. Comme vous le savez, il n'a pas eu le temps de faire son rapport.

— Puisque nous parlons de rapport… Nous aimerions avoir accès aux fichiers de M. Stark. Avez-vous conservé son ordinateur ?

— Malheureusement non. Nous travaillons avec un serveur informatique et il y a longtemps que tous les travaux et dossiers de William Stark ont été distribués à nos autres collaborateurs.

— Ses bagages et l'ordinateur portable qu'il avait avec lui en Afrique n'ont toujours pas été retrouvés ?

— S'ils l'avaient été, je suppose que j'en aurais été informé.

— Nous cherchons à savoir ce qu'est devenu William Stark mais également à comprendre pourquoi il a disparu. A-t-il déjà laissé entendre qu'il avait des soucis personnels ? Était-il cyclothymique ? »

Le chef de bureau déplaça de quelques millimètres sur sa table le stylo qui lui avait probablement été offert en récompense de vingt-cinq années de bons et loyaux services. « Cyclothymique ? Oui, je suppose qu'on peut dire ça. Il m'est arrivé de me demander s'il n'était pas un peu dépressif.

— Qu'est-ce qui vous a donné cette impression ? Il a été en arrêt maladie ?

— Stark ? Non ! » Il sourit à nouveau. « Ce n'était pas son genre. C'était l'homme le plus consciencieux que j'aie jamais rencontré. Je crois qu'il n'a jamais manqué un seul jour pendant toutes les années où nous avons travaillé ensemble. Mais effectivement, il lui arrivait d'avoir l'air sombre. Je crois que la maladie de sa belle-fille l'affectait beaucoup et je ne sais pas pourquoi, mais il m'a semblé qu'il y avait quelques tensions avec sa fiancée, aussi. Une fois, il est arrivé au ministère avec un œil au beurre noir. Ne me faites pas dire ce que je n'ai pas dit, mais les femmes modernes ont parfois du caractère. »

Carl était d'accord. Et il ne doutait pas que René E. Eriksen se fasse taper dessus par la sienne de temps en temps.

« Quand j'y pense, c'est vrai que les derniers mois, il avait de plus en plus de mal à garder sa bonne humeur, poursuivit Eriksen. Je crois pouvoir affirmer qu'il était déprimé.

— Alors si vous appreniez qu'il s'était suicidé, cela ne vous surprendrait pas outre mesure ? » s'enquit Carl.

Il haussa les épaules. « Comment savoir ce que les gens ont dans la tête ? »

Dans la tête d'Eriksen en tout cas, c'était l'ébullition. Ces deux inspecteurs de police étaient arrivés un jour trop tôt pour qu'il ait eu le temps de décider de ce qu'il allait leur dire. Quel imbécile il avait été de suggérer que la fiancée de Stark l'avait peut-être frappé, et d'inventer cette histoire d'œil au beurre noir ! C'était facile à vérifier. Il fallait vraiment qu'il fasse attention à ce genre d'improvisation.

Moins il leur donnait d'informations, moins il risquait que l'escroquerie soit découverte, mais d'un autre côté, en commençant à fabriquer l'histoire qui serait sa couverture, il pourrait compromettre Stark et le faire apparaître comme l'intermédiaire au sein du ministère et même comme l'instigateur de toute l'affaire, ce qui écarterait les soupçons de sa propre personne. Il avait si bien falsifié les fichiers qu'il pouvait même prouver la culpabilité de Stark, le cas échéant.

Le problème étant qu'il entraînerait ses compagnons de la banque Karrebæk dans les filets de la police, et qu'eux n'hésiteraient pas à le dénoncer. De plus, on trouverait bizarre qu'il ne fasse état de ces documents que maintenant. Merde. Pourquoi ne s'était-il pas mieux préparé ? Il aurait sûrement trouvé une idée pour expliquer comment il avait mis la main sur ces éléments. Maintenant, il allait avoir du mal à leur faire croire qu'il venait de tomber dessus. Pourquoi, dans ce cas, n'était-il pas spontanément allé leur en parler ?

Il regarda les deux hommes. Individuellement ils n'avaient rien d'effrayant, c'était leur tandem qui mettait René E. Eriksen mal à l'aise.

Il avait déjà eu ce sentiment à l'époque où il travaillait avec l'agence danoise pour le développement international, quand il faisait tous ces voyages dans les coins les plus reculés et désertiques de la planète. Cette impression d'être constamment surveillé par quelqu'un qui est à l'affût de vos moindres faiblesses, y compris les moins avouables. En ce moment, il avait l'impression d'être assis en tailleur sur une natte de rotin dans le sable, devant un feu de camp, entouré d'une bande de Somaliens armés. Le premier entamait le dialogue, pendant qu'un autre se tenait prêt à le bombarder de questions. Les règles changeaient en permanence. La négociation avec plusieurs personnes en même temps n'avait jamais été son point fort.

Pour l'instant c'était le policier danois qui menait le jeu. C'était visiblement lui le chef et lui qui déciderait quand cet entretien serait terminé. C'était donc sur lui qu'il devait se concentrer. C'était le petit homme au physique d'Arabe qui jouait le rôle du méchant flic. Malgré son regard gentil et un sourire qui dans d'autres circonstances aurait pu le rassurer, il devinait derrière son apparence sympathique un être impitoyable. René avait déjà vu de paisibles impalas en train de brouter dans la savane qui sans s'y attendre se faisaient brusquement déchiqueter par des lions arrivant par-derrière. C'est un peu ce qu'il ressentait face à cet homme.

« Comment savoir ce que les gens ont dans la tête ? dit-il à nouveau.

— Stark a-t-il mentionné devant vous des lieux ou des gens qu'il fréquentait en dehors de son propre foyer ? voulut savoir l'inspecteur. Un endroit où il pourrait avoir envie d'aller se cacher ou mettre fin à ses jours ? »

Qu'est-ce que je pourrais répondre à ça ? se demandait René. Quelque chose qui les ferait retourner tranquillement d'où ils viennent ?

Il regarda l'Arabe. Le rayon laser de ses yeux le dissuada d'inventer quoi que ce soit.

« Malheureusement, non. William Stark était très discret sur ses goûts et ses habitudes.

— Vous nous avez dit que vous n'étiez pas amis, mais vous êtes déjà allé chez lui ? » demanda l'Arabe.

René E. Eriksen secoua la tête. « Non, je préfère ne pas mélanger la vie professionnelle avec la vie privée.

— Alors vous ignorez s'il avait des bizarreries ?

— Des bizarreries ? » Il s'autorisa un rire discret. « N'en avons-nous pas tous un petit peu ? Il faut déjà être un peu bizarre pour vouloir être dans la fonction publique au Danemark. »

Ils ignorèrent tous les deux cette pirouette.

« Je parlais de sa sexualité », poursuivit l'Arabe.

René retint sa respiration, sentant l'adrénaline envahir toutes les cellules de son corps. Il ne s'attendait pas à cette question. Était-ce ce qui allait lui permettre de sortir de la nasse ? Ce drôle de petit homme ne venait-il pas de lui tendre la clé vers la liberté ?

Avaient-ils vu sur son visage à quel point la question l'avait troublé ? Il ne fallait surtout pas !

Il resta volontairement sans rien dire pendant un long moment. Puis il passa la main sur sa moustache et descendit ses demi-lunes sur le bout de son nez. Il inspira un peu plus profondément. Croisa ses deux mains sur son bureau et s'apprêta à répondre. C'était le rituel qu'il réservait aux négociations budgétaires difficiles.

« Je ne suis sûr de rien », dit-il enfin avec un sourire désolé. Il regarda l'Arabe d'abord puis il se tourna vers l'inspecteur. « Je vous demande de m'excuser si je vous entraîne dans une voie qui souille la mémoire de Stark. Ainsi que je vous l'ai déjà dit, nous n'étions pas intimes. »

Ils hochèrent tous deux la tête comme deux pigeons avant de picorer des miettes qu'on vient de leur jeter sur la nappe. Ils allaient récolter le fruit de leurs efforts et la satisfaction se lisait sur leurs visages.

« Peut-être William avait-il un petit problème de ce côté-là. Ce que je veux dire, c'est... » Il s'éclaircit la voix. « Il avait certainement une relation tout à fait normale avec sa fiancée. Mais le fait est que les rares fois où nous avons été en déplacement ensemble, j'ai eu l'occasion de surprendre certains regards qui ont quelque peu troublé l'image que j'avais de lui. »

Carl pencha la tête sur le côté. « Vous pouvez préciser ?

— Eh bien… sa façon de regarder les jeunes garçons était dérangeante. Je l'ai particulièrement remarqué lors d'un séjour au Bangladesh. »

Les deux policiers échangèrent un regard. Leur air grave signifiait-il qu'ils avaient mordu à l'hameçon ? Avait-il réussi à détourner leur attention de sa personne ?

Il avait bien l'impression que oui.

« Est-ce que vous l'avez vu draguer ouvertement de jeunes garçons ? »

Attention, René, n'aie pas l'air trop sûr de toi, se dit-il.

« Je crois, oui. Je n'en suis pas sûr, répondit-il.

— Comment ça ?

— Eh bien, je n'étais pas près de lui en permanence. Parfois, j'entrais dans une boutique et il restait sur le trottoir. C'est là que j'ai remarqué qu'il cherchait à établir le contact avec les jeunes autochtones. »

L'Arabe se gratta bruyamment le menton. Les poils de sa barbe semblaient pousser à vue d'œil. « Mais vous ne l'avez jamais vu monter avec un jeune homme dans sa chambre ? » demanda-t-il.

« Non jamais. Mais il lui arrivait aussi de voyager seul.

— Vous êtes en train d'insinuer que William Stark aimait les petits garçons. Y a-t-il quelqu'un dans ces murs qui aurait voyagé avec Stark et qui pourrait confirmer cette hypothèse ? » voulut savoir l'inspecteur Mørck.

René haussa les épaules en levant les paumes vers le ciel. Le geste était une forme de réponse et au moins il n'en aurait pas trop dit.

« Non, je crains que non, ajouta-t-il malgré tout, sentant qu'il pouvait se le permettre. Quand Stark ne voyageait pas avec moi, il voyageait seul. Mais que cela ne vous empêche pas d'interroger les gens qui travaillent dans le service si vous le souhaitez. Je n'y vois aucun inconvénient. »

« C'était une bonne idée de nous emmener au ministère, Assad, mais je ne t'ai pas beaucoup entendu depuis que nous en sommes repartis », dit Carl tandis qu'ils descendaient l'escalier en colimaçon vers la cave.

« Il faut que ça déjante, chef. J'ai trouvé cette conversation avec Eriksen très bizarre.

— Que ça décante, Assad.

— Si vous voulez.

— Je suis d'accord avec toi. Il est sorti des choses très étranges de la bouche de cet homme. »

Assad sourit. « Heureusement que le dentier n'est pas sorti avec ! Vous avez vu son incisive, elle faisait la balançoire ! »

Carl hocha la tête.

Soudain, Assad leva la main. Un bruit dans le corridor venant du bureau de Rose les fit s'arrêter net. Un bruit que l'on n'est pas supposé entendre dans une institution d'État, en plein après-midi, alors qu'une foule de policiers circule encore dans les locaux.

« Je crois que Rose a fini de taper son rapport, alors », dit Assad en roulant des yeux.

Carl était de son avis.

Ils approchèrent sur la pointe des pieds de la porte de Rose. Derrière, ils entendaient maintenant distinctement des chocs sourds et réguliers contre le mur se mêlant à des gémissements rauques et aux petits cris de Rose.

« Ce n'est pas une vidéo, chef, ils sont vraiment en train de baiser, alors », chuchota Assad.

Carl tourna la tête vers la cage d'escalier au bout du corridor. Ce serait le comble si quelqu'un venait maintenant. Le scandale risquait de valoir au département V des mois de regards moqueurs. Les prouesses de Rose aux déjeuners de Noël du commissariat du centre-ville remonteraient dans les mémoires. Leur prestige chèrement acquis fondrait comme neige au soleil, et Rose risquait le blâme.

Il secoua la tête et sentit, agacé, que son front se couvrait de sueur et que, malgré le caractère parfaitement inadéquat des cris qu'ils entendaient derrière cette porte, ils provoquaient une réaction de liesse notable au fond de son caleçon.

« Ils ne peuvent pas faire ce genre de chose pendant les heures de travail, murmura-t-il, offusqué.

— Il semblerait que si, alors. »

Carl regarda Assad en soupirant. C'était dans ce genre d'occasion qu'on voyait la différence entre ceux qui sortaient de l'école de police et les autres.

« Rose ! » hurla-t-il en frappant à sa porte avec tant de violence qu'il s'effraya lui-même et terrifia les autres.

En un dixième de seconde, le bureau devint aussi silencieux qu'un tombeau. Puis, après quelques instants, un remue-ménage se fit entendre à l'intérieur. Il n'était pas très difficile de deviner ce qui se passait.

« Tu peux sortir, Gordon. On ne va pas te taper », grogna Carl, s'attendant à voir sortir de la pièce un homme animé d'un minimum de remords. Ce ne fut aucunement le cas.

Hirsute et la mine réjouie, il les rejoignit dans le couloir, nullement honteux, l'air plutôt fier et conquérant. Gordon avait mis moins de deux jours à arriver à ses fins et il savait pertinemment qu'il s'en tirerait à bon compte. Et il avait raison. Carl n'irait certainement pas dénoncer à Bjørn l'un de ses collaborateurs, ne serait-ce que pour se prémunir d'un effet boomerang.

« Tu ne perds rien pour attendre », essaya-t-il de faire comprendre à Gordon par son langage corporel quand le don juan passa tranquillement à côté de lui. Carl n'était pas près d'oublier avec quelle nonchalance l'imbécile remontait son pantalon et bouclait sa ceinture.

Carl et Assad attendirent encore une minute avant d'entrer sur la scène des ébats.

« Ah, vous êtes là ? dit Rose derrière son bureau avec un flegme remarquable. Vous ne m'aviez pas dit que vous rentreriez directement chez vous en sortant du ministère ? »

Carl jeta un coup d'œil circulaire dans la pièce. Les liasses de documents tombés par terre, les chaussures jetées le long du mur, une bouteille de vin vide et deux verres.

« Tu as bu pendant les heures de travail, Rose ? » lui demanda-t-il.

Elle haussa les épaules, détendue. « J'ai dû descendre un verre ou deux, oui.

— Et Gordon, il fait partie des meubles, maintenant ? Parce que je te préviens que ça ne va pas se passer comme ça.

— Faire partie des meubles ! Sûrement pas. Il me donne juste un petit coup de main. »

Elle pouffa de rire pendant qu'Assad se tenait le ventre derrière le dos de Carl.

Ces dernières journées avaient été vraiment bizarres.

« Nous sommes revenus chercher ma voiture, j'emmène Assad à l'hôpital pour son examen de routine. Je voulais juste te demander d'aller au ministère demain matin, et d'interroger les collègues de William Stark pour savoir s'ils ont remarqué quelque chose d'anormal dans son comportement. Tu vois ce que je veux dire.

— OK », dit Rose, docile pour une fois.

Le sexe avait parfois des vertus extraordinaires.

« Excellente nouvelle, félicitations. »

Carl passa son bras autour des épaules d'Assad et le serra contre lui.

« L'examen a été rapide, dit Assad.

— Oui, et il n'y en aura pas d'autre. Tu vas te remettre entièrement, Assad, c'est fantastique ! »

Carl avait envie d'embrasser toutes les infirmières, les médecins, les brancardiers et les aides-soignantes à la ronde. Il y a deux mois, un œdème au cerveau avait mis le pronostic vital d'Assad en danger, et aujourd'hui, ils l'en avaient débarrassé.

Le médecin avait dit que dans très peu de temps les derniers hématomes se résorberaient et que les circuits nerveux qui commandent les muscles du visage, de la parole et de la locomotion fonctionneraient comme avant. Il faudrait sans doute un peu de rééducation, mais avec le métier que faisait Assad, un peu de marche tous les jours en plus de son activité quotidienne suffirait. Bref, il n'avait plus besoin de venir à l'hôpital.

L'humeur était donc joyeuse quand Carl entra dans la cafétéria de Rigshospitalet et posa devant lui un plateau de café et de viennoiseries.

« Qu'est-ce que vous avez décidé avec les bibliothécaires de l'avenue Dag-Hammarskjöld ? lui demanda Assad, les poils de barbe maculés de crème pâtissière.

— Elles nous préviendront à la minute où le gamin refera une apparition à la bibliothèque.

— Il faudra faire vite, chef… »

Assad s'interrompit au milieu de sa phrase et attira discrètement l'attention de Carl vers l'angle de la cafétéria.

Derrière un chariot chargé de plateaux et de vaisselle sale était assis Marcus Jacobsen, une tasse entre les mains, regardant dans le vide.

Il y a moins d'une semaine, cet homme, leur patron, tournait le dos à son ancienne vie. Et là, il semblait avoir des difficultés à appréhender la nouvelle.

L'un dans l'autre, une journée de merde meilleure que la plupart, songeait Carl en rentrant chez lui.

« Beau travail ! » fut la première chose qu'il dit à Morten en voyant l'état de la maison. Cela tenait du miracle de réussir en quelques heures de ménage à effacer les traces d'une fête avec autant de monde et surtout autant d'alcool. Le numéro 73 de la rue des Magnolias brillait comme jamais auparavant.

« Alors, notre séducteur est sur la table de soins, aujourd'hui ? » demanda-t-il à Mika qui, debout au milieu du salon, les mains luisantes, triturait le dos et le derrière nu de Hardy avec une substance qui sentait plus l'efficacité que la rose.

« Plus que jamais. Hardy a accepté que nous mettions en place un protocole de soins complet avec appareillage et tout. Nous avons eu une réunion aujourd'hui avec le centre d'action sociale et nous avons décidé qu'il fallait asseoir Hardy dans un fauteuil roulant. Qu'est-ce que tu en penses, Hardy ? lança-t-il en étayant son propos par une grande claque sur le cul blanchâtre de l'infirme.

— J'en pense que c'est le pied de prendre une bonne fessée mais que ce sera encore mieux quand je pourrai la sentir », répliqua Hardy d'une voix morne.

Carl se pencha pour le regarder dans les yeux. Ils étaient humides, lui aussi avait dû avoir son lot d'émotions fortes aujourd'hui.

« Je suis content pour toi, mon ami, dit Carl, ému, en lui caressant le front.

— Oui, moi aussi. » Hardy s'interrompit pour se donner le temps de se ressaisir. « Mika s'est vraiment battu pour en arriver là », ajouta-t-il enfin, d'une voix tremblante.

Carl se tourna vers le paquet de muscles qui, indifférent à l'émotion générale, continuait de massacrer chaque centimètre de la musculature de Hardy. Il se mordit les lèvres. Il ne savait pas par quel bout commencer. La culpabilité le rongeait depuis si longtemps, allait-elle enfin le laisser en paix ? Est-ce que c'était ça qu'ils essayaient de lui faire croire ?

Il poussa un soupir et enlaça le torse nu et transpirant qui se démenait sur la grande carcasse de Hardy.

« Merci, Mika, dit-il. Je ne sais pas comment te dire ça autrement. Merci, merci mille fois.

— Nom de Dieu, Kalle ! s'exclama une voix hilare venant de l'escalier. Toi aussi, tu es passé à l'ennemi ? Je me disais bien que j'étais le seul de cette maison à ne pas être de la jaquette, ha-ha ! »

Jesper dans une coquille de noix. Un bacille pathogène toujours prêt à attaquer.

« Tu dois téléphoner à maman, poursuivit-il. Elle dit que si tu ne vas pas voir grand-mère, tu lui devras plusieurs centaines de milliers de couronnes. C'est quoi cet arrangement pourri, Kalle ? Tu t'es fait avoir dans les grandes largeurs, j'ai l'impression. »

Il explosa de rire.

« Et puis, tu as intérêt à faire ce qu'elle te dit. Elle n'est pas à prendre avec des pincettes en ce moment avec cette histoire de Gurkamal.

— Pourquoi, qu'est-ce qui se passe ?

— Tu sais qu'elle était complètement obsédée par ce mariage, qui devait être célébré en Inde, tout ça, et voilà que maintenant, c'est repoussé. Si tu veux mon avis, ça ne se fera jamais.

— Pourquoi ?

— Je n'en sais rien. D'après maman, il y a de l'eau dans le gaz depuis que Gurkamal s'est fait agresser dans son épicerie, mais elle est un peu blonde aussi. Tu crois, toi, qu'il a envie de partager sa petite boutique de merde avec elle ? Jamais de la vie. »

Carl respira profondément. Pourvu que cela ne signifie pas qu'elle allait tout à coup débarquer ici avec ses valises brodées et quinze cartons de déménagement.

« Tu as entendu les nouvelles, pour Hardy ? dit Carl pour changer de sujet.

— Ouais, putain ! J'étais là quand toutes ces bonnes femmes des services sociaux ou de je ne sais où ont débarqué à la maison. Elles ont passé plus de trois heures ici. Bon, allez, n'oublie pas d'aller voir grand-mère.

— Pourquoi est-ce que tu n'irais pas la voir, toi ? Tu ne veux pas y aller à ma place ?

— Certainement pas. Elle est complètement sénile. Elle ne sait même pas qui je suis.

— Bien sûr qu'elle sait qui tu es. Allez, fais ça pour moi !

— Même pas en rêve.

— Si tu refuses de le faire pour me rendre service, je vais être obligé de te l'ordonner.

— Ben merde, alors ! Tu me menaces, maintenant ? Alors tu sais quoi, tu devrais tout de suite alerter la presse et leur dire que tu as un super scoop : ton fils par alliance refuse de perdre son temps à aller voir sa grand-mère, parce qu'elle a une araignée au plafond. Vas-y, Kalle. Je t'en prie. »

Il le planta là et mit le cap sur le réfrigérateur. « Au fait, Kalle ! cria-t-il, la tête dans les yaourts. Je suis monté au grenier chercher mes Action Man. C'est quoi la valise, enfin plutôt la malle qui est là-haut ? Pourquoi elle est fermée à clé ? »

Carl secoua la tête. Ce gamin devenait vraiment trop impertinent.

« Je ne sais pas de quoi tu parles ! cria-t-il à son tour. Je n'étais pas au courant qu'il y avait une malle là-haut ! Ça doit être à ta mère ! »

20

Encore une conversation dont il aurait pu se passer. Teis Snap était en train de déguster un petit gin tonic dans la fraîcheur du crépuscule, sur son balcon au milieu des palmiers, sa femme était dans le séjour, en négligé de soie. Un petit coup vite fait bien fait après une longue journée, ça fait du bien à tout le monde. Ça vide la tête et les bourses et on se sent plus détendu après. La voix de son interlocuteur lui fit donc le même effet qu'une douche glacée sur les parties.

Il posa son cocktail sur la table. « Comment oses-tu me téléphoner après ce que tu as fait, René ? grogna-t-il. Tu devais nous prévenir si tu décidais de vendre tes actions privilégiées, et surtout notre accord stipulait clairement que nous ne les vendrions pas à l'extérieur de notre cercle privé !

— Notre accord ? Nous avons passé tellement d'accords que plus personne ne sait où il en est. J'ai par exemple appris que Lisa et toi êtes actuellement à Curaçao. Alors, tu comprends, je ne peux pas m'empêcher de me demander ce que vous faites là-bas. Peut-être es-tu en train d'essayer de convaincre la banque de l'authenticité du pouvoir sur lequel je suis sûr que tu as falsifié ma signature. Ou alors c'est déjà fait ? Alors je me dis que ce serait une bonne idée si je les appelais demain matin dès l'ouverture pour leur demander ce que tu trafiques… La police de Willemstad trouvera certainement l'information intéressante. Je crois savoir que la prison là-bas n'est pas très confortable, mais peut-être que tu t'en fous ? »

Teis enleva ses pieds nus de la table. « Tu ne vas appeler personne, tu m'entends, René ? Je suis ton seul ami dans cette affaire et il serait souhaitable pour toi que je le reste.

— Parfait, Teis. C'était tout ce que je voulais savoir. Comme tu es toujours mon ami, je propose que tu mettes mes actions dans une enveloppe en papier kraft et que tu me les envoies par courrier UPS dès le lever du soleil. Je veux recevoir par mail la copie scannée du reçu, dix minutes après que tu auras expédié l'enveloppe. Si je n'ai pas de tes nouvelles avant dix heures quinze, heure de Curaçao, j'appellerai la banque MCB, tu m'as bien compris ? » Et il raccrocha.

Teis était soufflé. Il savait que René avait l'habitude de mener ses collaborateurs à la baguette, mais il ignorait qu'il avait le courage nécessaire pour se révolter. Pourtant c'était incontestablement ce qu'il venait de faire.

Il resta un moment les yeux fixés bêtement sur son portable à écouter la stridulation des cigales dans la nuit et la douce mélodie que son épouse fredonnait à l'intérieur. Il finit son cocktail d'un trait. Au Danemark on était en pleine nuit, mais tant pis. Vieux ou pas, pour une fois, Brage-Schmidt allait devoir se passer de son sommeil réparateur.

Il s'attendait à entendre la voix chevrotante de Brage-Schmidt, mais ce fut une personne jeune et dynamique qui lui répondit. Teis déglutit péniblement. Son fichu secrétaire prenait même ses communications privées, à présent ? Son homme à tout faire était bien sûr un Africain et bien sûr, fidèle à la tradition des colons impérialistes, Brage-Schmidt s'obstinait à l'appeler « Boy ».

« Bon, Eriksen a choisi de se retirer, si j'ai bien compris ? dit le secrétaire de Brage-Schmidt. Nous nous y attendions, mais pas si tôt, ni si ouvertement. Heureusement que nous lui avons déjà organisé sa "retraite". Et pour ce qui est de notre petit problème, au train où vont les choses, il sera réglé dans les prochaines quarante-huit heures. »

En quelques secondes le paysage disparut autour de Teis. Les branches des palmiers semblèrent se redresser et se fondre dans l'obscurité, l'océan se tut, les Hollandais à la peau blanche comme de la craie qui parlaient de chauve-souris sur le balcon d'en dessous cessèrent leur conversation. « Vous avez trouvé le garçon ? demanda-t-il d'une voix étouffée.

— Non, mais il a été vu.

— Ce qui n'équivaut pas à dire que vous allez l'attraper. Qui l'a vu ? Et où ?

— Les hommes de Zola. Ils ont vu Marco samedi et ils ont failli réussir. Au moins maintenant, on sait qu'il est toujours dans le secteur.

— Hmm. Et qu'est-ce qui nous dit qu'il va y rester ?

— Ils le connaissent. C'est un petit gars têtu. Mais ils vont se donner les moyens de l'avoir.

— Et s'ils ne le trouvent pas ?

— Du calme. Je vais aussi mettre mes amis sur le coup. Ce sont des professionnels.

— Quel genre de professionnels ?

— Disons, des soldats. Ils ont été entraînés à traquer une proie et à l'achever avant de savoir marcher. »

Achever ! Le mot était tellement anodin. Était-ce ainsi qu'on s'habituait à tuer ? En appelant cela par un autre nom ?

« Ils viennent des pays de l'Est ? »

Son interlocuteur ricana. « Je crains qu'ils ne soient nettement plus voyants dans le paysage urbain. Et en même temps, pas tant que ça. On les remarque mais on ne les voit pas.

— Vous pouvez essayer d'être plus clair ? J'aimerais comprendre.

— Ce sont d'anciens enfants soldats, bien entendu. De vrais professionnels originaires du Congo et du Liberia, capables de se faufiler n'importe où et de tuer sans états d'âme. Ce sont des machines froides et puissantes qu'il vaut mieux avoir de son côté.

— Ils sont au Danemark actuellement ?

— Non, mais ils sont en route, en compagnie de ce que nous appellerons leur "chaperon", une délicieuse et volumineuse femme noire que nous appelons Mammy. » Il rit à nouveau. « Mammy, c'est paisible et gentil comme nom, n'est-ce pas ? En réalité, elle ne pourrait pas être plus mal nommée. Comme les autres, elle a appris son art pendant la guerre civile et sa devise est claire. *No mercy*. Elle n'est pas vraiment ce qu'on appelle une grand-mère gâteau. »

Teis en eut froid dans le dos. Des enfants soldats. Une des choses les plus atroces qu'il puisse imaginer. Était-ce vraiment là-dedans qu'il était tombé ? Son associé était donc capable de tout ? Et lui, en était-il capable ?

« OK », dit-il seulement. Les mots n'avaient plus vraiment de sens dans ce contexte. « Et René, qu'est-ce qu'on en fait ?

— On s'occupera de lui autrement. Grâce à Dieu, il n'est pas difficile à localiser. Mais d'abord le garçon. L'ordre dans lequel on fait les choses est important, parfois. En particulier quand il s'agit de tuer quelqu'un.

— Je comprends, dit Teis Snap, alors qu'il aurait préféré ne pas comprendre. Est-ce que je pourrais parler à Brage-Schmidt ? J'ai un problème pressant avec les actions à Curaçao dont je voudrais discuter avec lui personnellement et qui doit être réglé immédiatement.

— Impossible. Il dort.

— Je m'en doute, mais je n'appellerais pas au milieu de la nuit depuis l'autre bout du monde s'il ne s'agissait pas d'un cas de force majeure. J'ai besoin de lui pour décider de ce que je dois faire.

— Un instant. »

Il attendit quelques minutes et, enfin, il eut Brage-Schmidt au bout du fil. Sa voix lui sembla plus agacée que d'ordinaire.

« Nous n'enverrons pas ses actions Curaçao à René E. Eriksen », dit-il, catégorique. Et il avait raison. Si cet idiot d'Eriksen appelait la police de Curaçao pour dénoncer une escroquerie, Brage-Schmidt n'aurait aucun mal à les convaincre que la signature était bien celle d'Eriksen, que la date était la bonne et que le document était parfaitement en règle. Et il terminerait en disant que ce n'était pas de sa faute si entre-temps, Eriksen avait regretté de lui avoir donné ce pouvoir.

« Vous appellerez Eriksen à dix heures moins dix, heure de Curaçao, pour le prévenir que vous lui envoyez le récépissé de l'envoi UPS contenant ses actions. Si vous voulez, vous pouvez glisser quelque chose dans le paquet qui obligera la douane à l'ouvrir. De la farine répartie dans des petites poches plastique par exemple. Et surtout, expliquez-lui bien que s'il continue à nous créer des problèmes, il sera le premier à s'en mordre les doigts. »

René n'avait pas fermé l'œil de la nuit. Depuis son entretien téléphonique avec Snap ses pensées tournaient en boucle. Il avait eu la confirmation qu'on l'écartait désormais du processus décisionnaire et cela le tourmentait. Il était en train de perdre le contrôle et il détestait ça. S'ils étaient capables de lui voler ses actions déposées à la banque à Curaçao, ils étaient capables de tout. Ils avaient assassiné Louis Fon, Mbomo Ziem et William Stark. Ils envisageaient à présent d'éliminer un gamin de quinze ans, ils n'hésiteraient pas à le tuer, lui aussi. Mais s'ils changeaient d'avis et s'ils ne volaient pas ses actions, ce serait un aveu de leur part et cela consoliderait sa position au sein de lcur association de malfaiteurs.

C'est pourquoi il était très important pour René E. Eriksen de savoir ce qui allait se passer à l'ouverture de la banque à Willemstad, et cette question l'empêchait de trouver le sommeil.

Il descendit à la cave et sortit l'ordinateur de Stark de sa cachette.

Depuis, il était assis dans la pénombre, les yeux sur l'écran.

Il y avait deux sessions avec deux utilisateurs. La première sans mot de passe, qu'il avait épluchée de fond en comble depuis belle lurette. L'autre était verrouillée par un mot de passe qu'il n'avait pas encore réussi à trouver malgré tous ses efforts.

Il regarda les notes posées à côté de lui. Il avait inscrit toutes sortes d'informations sur Stark comme le nom de sa fiancée ou celui de sa belle-fille, qui auraient pu être utilisés comme mot de passe. Il les avait essayés des centaines de fois, sous toutes sortes de combinaisons et d'abréviations, ajoutant des chiffres avant et après, et il n'avait plus d'idées.

Stark était le meilleur informaticien du service, pourtant René ne l'imaginait pas inventer un mot de passe qui ne soit pas en relation avec sa propre vie. Mais lequel ?

Il retourna sur la session ouverte et éplucha la liste de ses mails. Là encore, il y avait une logique claire dans son organisation. Ses courriels étaient triés par thème, puis par expéditeur, avant d'avoir fait l'objet d'un classement par date.

Stark était un besogneux. Il avait copié sur cet ordinateur tous les dossiers sur lesquels il travaillait au ministère. À en croire les horaires auxquels avaient été envoyés certains courriels, après minuit ou très tôt le matin, il travaillait également pendant ses heures de repos. L'homme ne devait pas avoir besoin de beaucoup d'heures de sommeil.

René s'étira. Son besoin de sommeil à lui commençait en revanche à se faire sérieusement sentir. Il allait pourtant devoir renoncer à dormir. Il n'en avait plus le temps. Il devait être à son bureau au ministère dans trois heures et, en fin d'après-midi, il devrait décider s'il était nécessaire de téléphoner à Curaçao. Il espérait que non. Il ne souhaitait pas déclencher la guerre avec Snap et ses complices avant d'en être lui-même l'instigateur et de frapper très fort.

Il nota encore dans son carnet quelques idées de mots de passe qui lui étaient venues en lisant certains fichiers. Quelque chose à propos de sa mère, une information sur le traitement de sa belle-fille et des anecdotes sur des tournois d'échecs auxquels il avait participé quelques années plus tôt.

Il avait l'impression d'avoir fait le tour de la question. Comment savoir si la solution de l'énigme se cachait au milieu de tout cela ? Certains choisissaient leur mot de passe par rapport à des exploits réalisés dans leur passé, une montagne dont ils avaient fait l'ascension, par exemple. D'autres faisaient référence à des épisodes anodins de leur existence ou à des événements qui les avaient marqués. Dans le film *Citizen Kane*, le dernier mot du magnat de la presse était « Rosebud », et tout le film tournait autour de cette question : qui était ce ou cette Rosebud qui avait mérité d'accompagner les pensées les plus secrètes de cet homme jusqu'à son lit de mort ? René secoua la tête en revoyant la scène où toutes les vieilleries inutiles du milliardaire partent en fumée et où personne ne s'aperçoit que parmi elles se trouve une vieille luge sur laquelle est peint le mot Rosebud. Probablement la luge sur laquelle Kane avait passé les moments les plus heureux de sa vie. Cette luge était la clé du mystère et elle disparaissait dans un enfer de flammes sans que personne la remarque.

Et dans le cas qui l'occupait ? Combien de souvenirs de ce genre, d'impressions fugitives, de rencontres, d'animaux et d'objets avaient pu s'imprimer de façon indélébile dans la mémoire de Stark ? Les possibilités étaient tout simplement trop nombreuses.

Il regarda la barre vide à l'écran, hypnotisé, comme si elle disposait d'une vie propre et qu'elle avait le pouvoir de faire apparaître le mot de passe par magie. « Alleeez », se motivait-il. S'il ne le trouvait pas cette nuit, il allait devoir renoncer. Il ne pouvait demander à personne de cracker le mot de passe d'un ordinateur qui n'était pas supposé avoir été retrouvé.

Que se cachait-il dans ce paysage virtuel ? Renfermait-il quoi que ce soit qui puisse lui être d'une quelconque utilité ? La question l'obsédait.

Il fit quelques mouvements pour se décontracter la nuque et recommença. Il commença par taper le nom de la mère de Stark dans la barre, puis son numéro de Sécurité sociale, puis ses initiales suivies de sa date de naissance, puis l'inverse et en mélangeant les chiffres et les lettres dans toutes les combinaisons possibles. Finalement, il barra la mère dans le calepin.

Ensuite il essaya avec les noms de différents champions d'échecs comme Ruy Lopez, Emanuel Lasker, Bobby Fischer, Efim Bogoljubov, Bent Larsen,

Anatoli Karpov et tous les autres noms qu'il put trouver sur Internet en rapport avec les échecs. Noms de tournois, jargon et terminologie du jeu, en danois et en anglais, noms des pions et ouvertures célèbres.

Rien. Aucun résultat. Autant chercher une aiguille dans une meule de foin.

Il soupira, regarda sa montre, tendit l'oreille pour savoir si sa femme était levée, inclina la tête et se pencha légèrement pour voir par le soupirail s'il faisait jour, puis retourna au champ vierge qui ne voulait pas livrer son secret.

Qu'est-ce qui avait compté dans la vie de Stark en dehors de son travail ? À sa connaissance, il n'y avait que les échecs, sa fiancée et la fille de celle-ci. Mais il avait déjà essayé toutes les possibilités liées à ces paramètres.

Ou peut-être pas toutes ?

Un surnom ? Une date ? Celle de leur rencontre ? Celle de leur premier baiser ? Qu'est-ce qui était assez important à ses yeux ?

Il étudia les noms de Malene et Tilde Kristoffersen et tenta pour la dixième fois de les écrire de toutes les manières qui lui venaient à l'esprit. Et elles étaient beaucoup trop nombreuses.

Qu'est-ce qui comptait pour elles ? Qu'est-ce qui leur tenait réellement à cœur ? Tout bien pesé, c'était peut-être la maladie de la fille et leurs tentatives pour la guérir. Oui, ça devait être ça. Rien n'avait autant préoccupé Stark ces dernières années que la maladie de sa belle-fille, René Eriksen le savait pour l'avoir maintes fois écouté avec une certaine admiration parler de son combat pour aider la pauvre enfant.

Il jeta un coup d'œil à ses notes, hocha la tête et écrivit « morbuschron » dans le cadre réservé au mot de passe, persuadé qu'une fois de plus l'accès lui serait refusé.

Et le miracle se produisit, la session s'ouvrit et avec elle, comme le Phénix qui renaît de ses cendres, un bureau virtuel qui avait le portrait souriant de Tilde comme fond d'écran. Pas de minuscules ou de trait d'union ou quoi que ce soit. Juste morbuschron, et le voilà entré au pays des merveilles.

Et alors qu'il contemplait l'écran les yeux écarquillés, il entendit les chaussons de sa femme frotter contre le carrelage de la salle de bains et une porte claquer dans un accès de mauvaise humeur matinale. Il lui restait donc un peu plus de dix minutes avant de devoir fermer l'ordinateur portable et faire comme s'il venait de se lever. Sinon la curiosité maladive et les questions de Son Altesse sérénissime seraient sans fin et infiniment épuisantes.

Il survola rapidement les dossiers affichés sur le bureau. Ils étaient rangés par ordre chronologique avec des dates de création allant de 2003 à 2008. Il cliqua sur une icône au hasard mais son contenu ne lui révéla rien d'intéressant. Il s'agissait d'interminables articles scientifiques, d'échanges de courriers avec des médecins et des familles de malades du monde entier, de résultats d'examens que Tilde avait subis, de comptes rendus médicaux, de lettres de protestations et de suppliques. Tous les fichiers étaient consacrés à une meilleure connaissance de la pathologie de Tilde et aux moyens d'y remédier. Rien de tout cela ne mettait en péril la vie de René Eriksen.

Il cliqua ensuite dans DOCUMENTS, à la recherche de dossiers susceptibles de contenir des renseignements compromettants ou des éléments indiquant que Stark avait connaissance du détournement de fonds lié au projet Baka. On s'étonnait de la disparition de Stark, et c'était inévitable, mais pourquoi n'avait-il pas disparu au Cameroun comme prévu ? Pour quelle raison avait-il décidé de rentrer plus tôt ? Connaissant Stark, René était sûr qu'il avait dû avoir vent de quelque chose pour réagir de façon aussi soudaine.

Ce n'était que suppositions et René voulait des réponses.

Quand sa femme sortit de la salle de bains en refermant la porte avec plus de douceur que précédemment, quand le frottement des pantoufles fut remplacé par le bruit de ses pieds nus sur le plancher du couloir, il sut qu'il était temps d'interrompre ses recherches.

Il ferma quelques icônes et lut à la hâte le nom de tous les dossiers rangés sous DOCUMENTS. Son regard fut attiré par un dossier sans nom.

Cinq minutes, il pouvait bien prendre cinq minutes ! Il cliqua sur le rectangle, faisant apparaître une bonne vingtaine de sous-dossiers, avec chacun son intitulé indiquant à quel endroit du monde de William Stark on se trouvait et de quel sujet traitait le dossier.

Certains portaient des noms d'États comme Tanzanie, Mozambique, Kenya ou Ghana, d'autres étaient appelés « Contacts », « Contrats », « pol1 », « pol2 », « pol3 », etc.

René ne comprenait pas. Plusieurs de ces pays ne bénéficiaient plus de l'aide humanitaire, et les autres appartenaient à une liste de pays bénéficiaires à propos desquels on avait eu le plus grand mal, ces dernières années, à obtenir un rapport d'activité clair.

René ouvrit le fichier « Contacts » qui contenait, sans surprise, la liste des principaux contacts de Stark. Il la parcourut rapidement. De nombreux noms avaient été barrés en rouge et remplacés par d'autres à des dates très antérieures à la disparition de Stark. Mais René les reconnut tous.

Il secoua la tête et ouvrit le dossier suivant, « Contrats », qui lui paraissait plus complexe.

Il fronça les sourcils en entendant sa femme claquer violemment les portes des placards. Encore une journée où rien n'allait comme elle voulait.

Il vit tout de suite que la plupart des contrats contenus dans ce dossier étaient classés « confidentiel » et pas du genre qu'on sortait du ministère pour un oui ou pour un non. En ouvrant le premier, pensant tomber sur le contrat dans son intégralité, il tomba avec surprise sur un simple avenant.

Pourquoi ce contrat aurait-il fait l'objet d'un avenant ? Voilà qui est très étrange ! songea-t-il en cliquant sur le suivant. Là encore, il ne s'agissait pas du contrat lui-même mais d'un avenant. Après les avoir tous ouverts, la conclusion s'imposa : Stark avait ajouté un avenant à au moins vingt-cinq contrats du ministère. Chacun d'entre eux prévoyait un versement exceptionnel, et tous étaient en relation avec des projets relativement importants dont les budgets étaient sous la responsabilité de Stark.

René additionna les montants et quand il fut arrivé à plus de deux millions de couronnes, il dut se rendre à l'évidence, il n'était pas le seul escroc dans ce ministère.

Il avait du mal à y croire. Son plus proche et son plus honnête collaborateur, William Stark, avait systématiquement prélevé des fonds sur leurs projets humanitaires et escroqué l'État danois de plus de deux millions de couronnes !

René sourit et se ficha de voir sa femme arriver dans la cave en gueulant pour le plaisir de gueuler. Les choses commençaient à s'arranger.

En moins de vingt-quatre heures, il avait laissé entendre à la police que Stark était un pédophile et il avait empêché Teis Snap de lui voler ses actions à Curaçao. Et maintenant ceci ! Le coup de chance imprévu : il venait de mettre la main sur un homme qui pourrait porter le chapeau pour toute l'affaire Baka s'il s'avérait nécessaire de prouver sa propre innocence. Un parfait bouc émissaire. Un homme qui avait volé des sommes considérables. Bref il avait déniché un individu à la moralité douteuse qui avait eu toutes les raisons de disparaître de la surface de la terre.

Sa bonne étoile ne l'avait pas entièrement lâché.

21

« Je me demande ce que dira Rose quand elle saura qu'on va voir Malene Kristoffersen sans elle. »

Carl jeta un coup d'œil en passant à l'impressionnant porche d'entrée de la prison de Vestre Fængsel. Combien de salopards avait-il expédiés derrière ces murs en son temps ? Un sacré nombre. Dommage qu'on finisse par les laisser repartir.

« Rose ? Elle est au ministère et elle a autre chose à faire. Elle ne va pas en mourir ! » répondit-il sèchement. Depuis l'épisode avec Gordon, il ne lui faisait plus de cadeaux. Et d'ailleurs, il se fichait complètement de ce qu'elle dirait. Il avait d'autres chats à fouetter.

Depuis leur visite au Bureau d'évaluation des projets d'aide au développement, il avait la nette impression d'être allé trop vite en besogne. Il aurait dû attendre d'avoir un éclairage de l'affaire sous des angles différents avant d'interroger le chef de bureau, René E. Eriksen.

« Qu'est-ce qui te fait dire que notre visite a mis Eriksen de bonne humeur, Assad ? J'ai bien remarqué qu'il se passait quelque chose chez lui au moment où tu lui as posé cette question à propos de la sexualité de Stark, mais de là à lui trouver la mine réjouie !

— Vous savez ce qui arrive, chef, quand on donne une claque sur la croupe d'un chameau ? Il se met à courir et il tend le cou vers ce qu'il croit être la destination à atteindre, comme si la longueur du cou le rapprochait de ce but.

— Très intéressant. Et qu'est-ce que tu essaies de m'expliquer ?

— Eriksen était comme le chameau qui a pris une claque sur les fesses quand je lui ai parlé de sexualité. Tout à coup, il a eu l'air de découvrir le but à atteindre, il a tendu le cou et il s'est mis à cavaler plus vite que ses jambes pouvaient le porter.

— Tu penses qu'il avait un secret dont il était pressé de se débarrasser ?

— Non. Vous ne m'avez pas compris. Il a vu un objectif qui n'y était pas avant.

— Quel genre d'objectif ?

— C'est ça que je ne sais pas.

— Il nous aurait menti ?

— Je n'en sais rien. Mais tout à coup, il s'est mis à raconter un tas de choses qu'il aurait pu nous dire avant. Des histoires de petits garçons et de regards et tout l'ébranlement.

— Tout le tremblement, Assad. On dit : tout le tremblement.

— Le tremblement ? On ne dit pas l'ébranlement ?

— Non, Assad, mais dans le contexte, je comprends que tu aies pensé à ce mot-là. »

Assad eut un petit sourire en coin. « Enfin, j'aime bien l'expression quand même. Mais bref, j'ai vu dans les yeux d'Eriksen, à ce moment-là, la petite lueur qu'on a quand on est sur le point de raconter une bonne blague.

— Et alors ?

— Et alors, dire qu'on soupçonne un de ses plus proches collaborateurs d'être un pédophile, vous trouvez que c'est une bonne blague ? »

Carl tourna dans le boulevard de Sjælør. Ils étaient presque arrivés. « Je me suis fait la même réflexion. Il n'y avait pas dans sa voix la gêne qu'il aurait dû y avoir. »

La maison de Strindbergsvej était typique de l'époque où elle avait été construite. Combles aménagés, et chiens-assis pour lui donner un air plus cossu que ne l'aurait normalement permis le coût de la construction. En général les familles partageaient ce genre de maison en deux, les parents occupant le rez-de-chaussée et les enfants, adultes, le premier étage, de façon à ce que les impôts locaux scandaleusement élevés de Copenhague soient répartis sur plusieurs foyers fiscaux. L'endroit était une véritable oasis de verdure dans la commune de banlieue de Valby, combinant les avantages de la proximité du centre-ville avec l'ambition de plus en plus répandue de s'en éloigner.

Malene Kristoffersen les reçut avec l'air de ne pas être tout à fait revenue de ses vacances. Ses valises attendaient, au milieu du vestibule, qu'on s'occupe de les vider, et une juste dose d'autobronzant et de crème solaire consciencieusement appliqués sur les plages turques lui conféraient un hâle plus proche du brique que du brun — qui ne manquerait pas malgré tout de susciter quelque jalousie sur son lieu de travail. Malgré les températures nettement plus basses sous ces latitudes, elle portait encore les vêtements vaporeux et bariolés qu'elle avait probablement achetés là-bas. Elle était ravissante, mais elle n'avait pas besoin de faire autant d'efforts pour l'être. Assad semblait conquis.

« Comme vous voyez, nous sommes restées à la maison aujourd'hui. C'est parfois nécessaire le lendemain des examens de Tilde à l'hôpital. Elle en sort assez fatiguée. Elle dort pour l'instant. Vous allez devoir vous contenter de moi. »

Assad lui sourit chaleureusement. « Ce n'est pas grave. Nous reviendrons une autre fois s'il le faut », dit-il avec un sourire béat.

Carl le reconnaissait bien là.

« Je vous suis très reconnaissante de ce que vous faites », dit-elle.

Une excellente entrée en matière que Carl avait rarement l'occasion d'entendre dans sa profession.

Il sourit avec réserve. « La disparition de quelqu'un est toujours une circonstance regrettable et, malheureusement, les chances sont très minces de trouver une explication aussi longtemps après.

— J'en ai conscience, mais je ne peux pas m'empêcher de continuer d'espérer. William est un homme merveilleux. »

Carl et Assad échangèrent un regard. Ça n'allait pas être facile.

« Nous nous sommes rendus aujourd'hui sur son lieu de travail où nous avons parlé à son supérieur et à plusieurs de ses collègues, dit Carl. En premier lieu pour en savoir un peu plus sur ce qu'il était parti faire au Cameroun. Est-ce qu'il vous a parlé des raisons de ce voyage ?

— Oui. Il n'avait aucune envie de le faire. Tilde devait aller à l'hôpital et il se faisait du souci pour elle. William aurait préféré rester pour nous soutenir, elle et moi. Il est comme ça, ajouta-t-elle avec un petit sourire triste.

— Vous voulez dire qu'on l'a obligé à partir ?

— Oui. Du jour au lendemain, en fait.

— Vous vous rappelez pourquoi ?

— Le ministère soupçonnait l'un des intermédiaires locaux de s'être enfui avec une partie des subventions.

— Un Camerounais ?

— Oui, un gars qui s'appelait Louis. Louis Fon. William l'avait rencontré à plusieurs reprises et d'après lui, le type faisait bien son boulot. Il n'avait pas l'air de croire à sa culpabilité. Je me souviens qu'il m'a parlé d'un SMS que Fon lui aurait envoyé et qui lui a paru bizarre. En tout cas, il a passé toute la soirée avant son départ dans la chambre de Tilde à essayer de comprendre ce que signifiait ce message. Il n'avait aucuns sens.

— Il vous l'a montré ?

— Oui, Tilde est une spécialiste des textos. Mais elle n'a rien compris non plus.

— Vous avez eu William au téléphone après son arrivée à Yaoundé ?

— Non, mais il m'a téléphoné en arrivant à l'aéroport de Douala, c'était toujours comme ça qu'il faisait. Il s'est plaint de la chaleur et m'a dit à nouveau à quel point il était triste de ne pas être à la maison.

— Il ne vous a pas dit qu'il rentrerait le lendemain ?

— Non. »

Carl entendit le son râpeux d'Assad se frottant les poils de barbe. La mécanique cérébrale du petit Syrien était en marche.

« Pardon de vous poser la question aussi brutalement. Mais que vous évoque l'hypothèse d'un suicide ? »

Elle sourit sans marquer la moindre hésitation. « William ne ferait jamais ce genre de choses. Il aimait la vie et il aimait son travail. La seule chose qui le rendait malheureux, c'était l'état de Tilde. Il ne lui serait jamais venu à l'idée de laisser qui que ce soit en plan et encore moins Tilde et moi.

— Vous vous entendiez bien ? »

Elle hocha la tête. D'abord très vite puis plus lentement. Comme si la question déclenchait chez elle des sentiments refoulés depuis trop longtemps. On n'irait pas jusqu'à dire qu'elle était bouleversée mais il est vrai qu'avec le temps, elle devait avoir atteint un stade ou la peine est moins expansive.

« C'était mon âme sœur, vous comprenez ce que je veux dire ? » Elle regarda Carl droit dans les yeux et, étant donné l'état de sa vie amoureuse ces temps-ci, ce regard le mit mal à l'aise.

Assad commençait à pencher dangereusement vers l'avant. Ce qui voulait dire qu'il tenait sa réplique pour administrer au témoin un traitement de choc. « On nous a laissé entendre sur son lieu de travail que William avait certains centres d'intérêt dont vous n'avez peut-être pas connaissance. Vous voyez de quoi je parle ? »

Elle secoua la tête. « Non. William me disait tout. Pour lui il n'y avait que trois choses qui comptaient vraiment. D'abord Tilde, ensuite moi et, enfin, son travail. » Elle sourit comme si pour elle, il n'avait que des qualités. « À quoi faites-vous allusion ?

— Il vous disait vraiment tout ? » Carl ne connaissait personne qui comme Assad soit capable de lancer une phrase, telle une fusée fluorescente, capable de rester en l'air longtemps après que la conversation était terminée. « Même sur les sujets les plus intimes ? Ses fantasmes sexuels et ce genre de choses ? »

Elle faillit éclater de rire, peut-être parce que les pratiques sexuelles de Stark se limitaient avec elle à des choses très classiques, mais elle se reprit. « Qu'entendez-vous par fantasmes ? Il est contraire à la loi d'avoir des fantasmes, maintenant ? Vous n'en avez pas, vous ? »

Le sourire d'Assad était un chouïa trop condescendant pour accompagner la phrase qui suivit : « Si, mais pas avec des petits garçons et des petites filles. »

Elle eut un véritable choc, se mordit la lèvre et pâlit plus vite que Carl avait jamais vu quelqu'un pâlir. Elle ferma les doigts sur l'ourlet de sa robe si fort que le tissu craqua. Elle resta un moment muette de stupeur. Sa tête se balançait de gauche à droite comme un métronome et la riposte ne tarderait pas.

Elle arriva très lentement, les mots se succédant comme des gifles. « Vous êtes en train d'accuser William de pédophilie ? C'est ce que vous êtes en train de faire, petit connard ! C'est ça ? Répondez-moi, je veux l'entendre de votre sale petite bouche ! »

La façon dont Assad penchait la tête sur le côté et tendait l'autre joue avait quelque chose de biblique. Mais la situation risquait fort de dégénérer.

« C'est moi qui vais le dire, déclara Carl avec autorité. Vous est-il arrivé d'avoir le moindre soupçon que William Stark puisse avoir des tendances pédophiles ? L'avez-vous déjà surpris en train de regarder de jeunes enfants ou de rester tard dans la nuit devant l'ordinateur ? »

Les larmes dans ses yeux auraient pu être des larmes de colère, mais son langage corporel démentait cette impression. Elle secoua lentement la tête. « William était un homme complètement normal. » Elle déglutit une fois ou deux pour combattre son envie de pleurer. « Effectivement, il passait parfois ses nuits devant l'ordinateur, mais c'était son travail qui l'obsédait. Vous ne croyez pas qu'une femme comme moi sait percer les moindres secrets de l'homme qu'elle aime ? Et ceux de son ordinateur, aussi ?

— Il pouvait avoir un disque dur externe. On en fabrique des modèles tout petits de nos jours. Faciles à dissimuler dans sa poche. Vous savez s'il en avait un ? »

Elle secoua la tête. « Pourquoi êtes-vous venus ici ? Ça ne vous suffit pas que je sois obligée de vivre dans l'angoisse de ce qui a pu lui arriver ? » Elle allait ajouter quelque chose mais détourna la tête, les traits crispés. Les exercices de déglutition ne faisaient plus le poids dans son combat contre les larmes. C'est dans des moments comme celui-là qu'on remarque vraiment l'âge des gens. Leur peau devient comme transparente. Elle inspira longuement et se tourna à nouveau vers eux. « Non, il ne possédait pas ce genre de disque dur, tous ces gadgets modernes ne l'intéressaient pas. Il était sans doute la personne la plus “analogique” qui soit. Franc, honnête et les pieds sur terre. Suis-je assez claire ? »

Carl fit un signe à Assad qui sortit une photo de sa poche.

« Connaissez-vous ce garçon ? On a du mal à distinguer son visage, mais peut-être pourriez-vous reconnaître ses vêtements ou autre chose ? » dit-il en lui montrant la photo de Marco tirée de l'enregistrement de la caméra de surveillance.

Elle fronça les sourcils mais ne dit rien pendant qu'Assad lui décrivait Marco plus en détail et lui expliquait qu'il avait été vu devant la maison de Stark.

« Vous ne trouvez pas bizarre qu'un garçon de son âge s'intéresse autant à William Stark, surtout autant d'années après qu'il a disparu ?

— Bien sûr que c'est étrange. Mais il peut y avoir d'autres explications qu'une histoire de… »

Assad restait sur son idée. « Il ne devait pas être très vieux au moment de la disparition de Stark. »

Elle comprit l'allusion et elle était déjà toutes griffes dehors. Carl donna un coup de coude dans les côtes d'Assad avant de prendre le relais.

« Nous nous demandons simplement quelle relation ce garçon, qui devait avoir douze ou treize ans à l'époque, pouvait entretenir avec William. Vous avez une suggestion ?

— Je suggère que vous fermiez votre gueule avec vos insinuations dégueulasses ! William n'était pas pédophile, il… »

Elle se tut en entendant un bruit de pas dans le couloir, comme si, brusquement, on avait débranché la prise.

Ils se tournèrent tous les trois vers la porte où venait d'apparaître une tête blonde à l'air endormi et aux sourcils obliques.

Carl hasarda un sourire et Malene leva la main pour lui dire bonjour d'un geste maternel et quotidien, espérant que peut-être elle n'avait pas entendu sa dernière phrase. Mais l'expression de la jeune fille ne laissait pas de place au doute.

« Tu vas mieux, ma chérie ? » s'enquit Malene.

Elle ne répondit pas à la question de sa mère. « Qui êtes-vous ? » demanda-t-elle aux deux hommes, du vitriol dans la voix.

Assad se mit debout le premier. « Nous sommes de la police, Tilde. Je m'appelle…

— Vous avez trouvé William ? »

Ils secouèrent la tête.

« Alors allez-vous-en. »

Sa mère tenta de lui donner quelques explications, mais la sentence de Tilde était tombée.

« Vous êtes des imbéciles. William n'était pas ce que vous dites. Vous le connaissiez, peut-être ? »

Ils ne répondirent pas. Que dire à une jeune fille qui avait crié son amour et son manque sur toutes les colonnes d'affichage de la ville ?

Elle posa des mains tremblantes sur son ventre. Malene s'apprêtait à se lever mais Tilde lui lança un regard qui fit comprendre à tout le monde dans la pièce à qui ils avaient affaire. Ils avaient en face d'eux une personne qui avait connu toutes les souffrances possibles. Les coups de poignard dans sa chair, les affres de l'attente et la certitude désespérante que personne n'y pourrait rien changer. Et malgré cela, elle ne s'enfuit pas en laissant les adultes seuls avec leurs accusations. Elle se tint fermement debout, alors que tout en elle la suppliait de battre en retraite. Fermement campée sur ses deux jambes, elle les regarda dans les yeux tour à tour et leur dit : « William était mon père. Je l'aimais, il a toujours été là pour moi, y compris quand j'étais au plus mal. Vous pourrez demander à tous les gens qui le connaissent, tous vous diront qu'il n'a jamais fait de mal à personne, ni à moi, ni à mes amis. » Elle baissa les yeux. « Il me manque énormément. Dites-moi pourquoi vous êtes ici, je suis calme, à présent. Vous êtes sûrs que vous ne l'avez pas trouvé ?

— Non, Tilde. Mais nous pensons que quelqu'un sait ce qui lui est arrivé. » Carl lui tendit la photographie. « Un jeune garçon est venu hier au commissariat de Bellahøj, ton avis de recherche à la main. Et il avait ceci avec lui. »

Il fit un signe de tête à Assad, qui tira le collier africain de sa poche et le posa délicatement sur la table basse.

Elle cligna plusieurs fois des paupières comme si ce rideau qu'elle fermait et rouvrait sur le monde extérieur avait à la fois le pouvoir de tenir la réalité à distance et de révéler de nouvelles voies. Elle resta si longtemps dans cet état de prostration que Malene se leva et vint la prendre dans ses bras sans qu'elle parut s'en apercevoir. Elle ne voyait que le collier.

Carl regarda Assad qui tournait justement la tête dans la direction opposée. Ils devinaient ce que Tilde était en train de vivre. Celui qui n'a jamais connu le tsunami émotionnel qui vous submerge au moment où vous prenez conscience de la mort d'un être cher n'a jamais perdu personne ou n'a jamais aimé. Quatre personnes dans la pièce vivaient ou revivaient ce sentiment à cet instant et Assad n'était pas le moins affecté.

« Vous savez où il a trouvé ce collier ? murmura-t-elle enfin.

— Non, Tilde, nous l'ignorons. Nous ne savons même pas qui est ce garçon, ni où il se trouve. Nous espérions que tu pourrais nous le dire. »

Elle se pencha pour voir la photo de plus près et secoua la tête.

« C'est avec lui que vous pensez que William faisait des choses ?

— Nous ne pensons rien du tout, Tilde. Nous sommes des policiers, notre travail est d'élucider les mystères, et actuellement nous essayons de savoir ce qu'est devenu William Stark. Mais c'est grâce à ceci que nous avons entrepris cette enquête. »

Carl déroula l'affichette sous les yeux de la jeune fille. Ses lèvres frémirent et ses yeux se déplacèrent du collier à l'avis de recherche et de l'avis de recherche au collier.

« Nous sommes malheureusement obligés de l'emporter avec nous, Tilde. Nos experts scientifiques doivent l'analyser. Peut-être qu'il se trouve un indice dessus qui nous dira où il se trouvait ces dernières années. »

Elle agita les mains devant son visage en acquiesçant tandis que les larmes ruisselaient sur son visage. « J'ai séché les cours pour aller coller ces affiches. À la fin, je n'en avais plus une seule, même pas pour moi. » Elle baissa la tête. Tous les espoirs qu'elle avait mis dans cette affichette venaient de s'écrouler. Elle s'arracha à l'étreinte de sa mère et sortit du séjour. Cette fois, ses pas dans l'escalier étaient presque inaudibles.

« Ces deux-là étaient comme… », Malene leva deux doigts croisés. « William est entré dans sa vie avant qu'elle aille à l'école, et elle était très seule à l'époque. Personne ne comprenait pourquoi elle avait tout le temps mal, et personne ne voulait jouer avec elle. Quand William est arrivé, les choses ont changé, il a tout fait pour ça. » Elle soupira. « C'est Tilde qui nous a poussés à vivre ensemble, deux ans avant la disparition de William, parce qu'elle s'était vraiment mise à l'aimer comme le père qu'elle n'avait pratiquement pas connu, et surtout parce qu'il était toujours là quand elle souffrait. C'est aussi Tilde qui a insisté ensuite pour qu'on déménage de la maison de William. Elle ne voulait pas continuer à y habiter sans son père d'adoption.

— C'est elle qui a eu l'idée de laisser des vêtements et des affaires personnelles là-bas ? »

Elle acquiesça. « Oui, c'est elle. "Comme ça, quand William reviendra, il verra que nous sommes encore dans sa vie". C'est ce qu'elle a dit.

— *Quand* William reviendra ? »

Ses yeux brillaient un peu trop au moment où elle répondit : « Oui, elle a dit "quand", et jamais "si". Il n'a pas été déclaré officiellement mort et la maison est toujours la sienne puisque les intérêts de sa fortune couvrent le crédit. C'est normal qu'elle ait pu continuer à dire "quand". »

Carl n'avait pas envie de poser d'autres questions mais Assad ne l'entendait pas de cette oreille. « Il était joueur, alors ? »

Malene fronça les sourcils. « Que voulez-vous dire ?

— Nous savons qu'il dépensait plus d'argent pour les soins de Tilde qu'il n'en avait, au début. Vous avez une explication ?

— Je crois qu'il a touché une sorte d'avance sur héritage. »

Les sourcils noirs d'Assad se rejoignirent. Il n'avait plus très envie non plus de la harceler. « Non, nous pouvons vous assurer qu'il n'a rien eu de ce genre, alors. Il n'a touché de l'argent qu'après la mort de sa mère.

— Je ne comprends pas. » Elle secoua la tête, visiblement troublée par cette découverte.

« Il s'agit d'une somme supérieure à deux millions de couronnes, en fait. C'est pour ça que je vous ai demandé s'il jouait. »

Elle secoua la tête à nouveau. « Tilde a offert un ticket à gratter à William pour son anniversaire. Il ne savait même pas ce que c'était. Il était complètement à côté de la plaque pour certaines choses qui pour la plupart des gens sont très importantes. Et j'avoue que je ne l'imagine pas non plus s'adonner à d'autres jeux. C'était un homme trop prudent pour prendre ce genre de risque.

— Et les deux millions de couronnes, alors ? »

Elle jeta à Assad un regard suppliant.

Carl inspira profondément. « Pensez-vous qu'il ait pu se rendre coupable d'une quelconque escroquerie financière ? Diriez-vous également qu'il était à côté de la plaque dans ce domaine ? »

Malene ne répondit pas à cette question. Elle était visiblement brisée.

Sur le chemin du retour, le pare-brise devint l'écran sur lequel chacun voyait défiler le film de ses pensées. Carl se disait sans doute que quelque part dans cette ville circulait un garçon qui était un mystère dans le mystère. Assad songeait à ce René E. Eriksen qui tendait le cou vers une histoire sans queue ni tête, suscitant à son égard de la défiance sans qu'on pût dire exactement pourquoi.

« Il faut que nous retournions l'interroger », dit Carl comme si Assad avait pu lire dans ses pensées. Son assistant ne répondit pas.

C'était devenu une mauvaise habitude, chez lui, depuis quelque temps.

22

Quand Marco s'était glissé sur le chantier à travers la palissade, la veille, il était entré dans le bâtiment tout de suite, de façon à pouvoir circuler rapidement et sans être vu entre le rez-de-chaussée et les étages supérieurs. Le b.a.-ba du parfait cambrioleur, quand il craint de tomber sur un vigile ou des chiens de garde.

Ensuite il prit note mentalement de la quantité d'outils et de matériaux de construction présents dans les différentes parties de l'immeuble afin de ne pas se trouver dans ces endroits-là quand les ouvriers viendraient embaucher.

Au quatrième étage, il trouva un coin à l'abri du vent. Il ramassa des cartons et se fabriqua une niche à un endroit d'où il pouvait voir à travers les ouvertures des futures fenêtres. Dans cet espace, qui un jour deviendrait une cage d'ascenseur, il était parfaitement en sécurité jusqu'à l'arrivée de l'équipe du matin, et il pouvait discrètement quitter les lieux au moment où ils prenaient leur pause dans les cabanes de chantier.

Apparemment, peu d'ouvriers venaient travailler en dehors des horaires de bureau, ce qui permettait à Marco de se promener à peu près tranquillement dans les étages, le soir, la nuit et le week-end, à condition de faire attention de ne pas se faire remarquer par un passant, au moment de se faufiler à travers la clôture à la hauteur du restaurant A Hereford Beefstouw et pendant qu'il grimpait au sommet de l'immeuble. Les vigiles et leurs chiens ne venaient jamais au sommet de la montagne de béton où il avait élu domicile.

C'était un édifice immense dont on avait épluché complètement la façade et curé l'intérieur de manière qu'il ne reste que les cages d'escalier, les piliers et les plateaux entre les différents étages. Partout où portait le regard, ce n'était que du béton froid et gris, quantité de monte-charges provisoires et d'engins, et tout autour, des cabanes de chantier empilées comme des Legos.

D'ici, non seulement il pouvait observer le lent réveil des jardins de Tivoli pour une nouvelle saison, mais également la place de l'Hôtel-de-Ville, le boulevard H.C. Andersen, la rue piétonne de Strøget et, de l'autre côté, une partie de l'avenue Vesterbrogade. C'était le logement idéal, tant qu'il ne faisait pas trop froid, et le meilleur observatoire possible pour suivre les mouvements du clan de Zola dans leur tournée de rapine en centre-ville.

Le fourgon arriva ce mardi-là à neuf heures comme à l'accoutumée pour déposer les troupes. Il reconnut Myriam, Roméo, Samuel et six autres cousins. Ils discutèrent quelques minutes sur le trottoir, avant de se disperser dans les petites rues de Vestergade, les ruelles de Lavendelstræde et de Farvergade pour revenir ensuite couvrir chacun sa section de la rue piétonne.

Au cours des prochaines heures, un tas de gens allaient perdre des objets auxquels ils n'auraient pas fait assez attention. En voyant d'en haut ses anciens compagnons se disperser au milieu du tissu de la ville comme des bactéries, il sentit une grande honte l'envahir, d'avoir jadis pris part à cette industrie.

Tapi dans cette tour, Marco réfléchissait à une stratégie. Peut-être essaierait-il de rallier quelques membres du clan à sa cause pour qu'ils ne tombent pas avec eux quand il dénoncerait son père et Zola. D'ici, il pouvait voir de quelle façon il isolerait certains membres du clan pour tenter de les convaincre individuellement. En même temps, il leur demanderait de lui révéler qui Zola avait embauché pour aider à sa capture, et s'ils savaient quand il pensait abandonner la chasse. Dès qu'il se sentirait en sécurité, il retournerait à l'appartement d'Eivind et Kaj pour récupérer son argent et quitter Copenhague. Il avait entendu parler de villes comme Aarhus et Aalborg dans le Jutland qui étaient à la fois suffisamment éloignées et assez grandes pour disposer des infrastructures dont il avait besoin pour poursuivre ses études et son insertion dans la société danoise.

Mais pour l'instant tout cela n'était que rêves éveillés. Maintenant que la police connaissait son existence et qu'elle détenait les objets qu'il avait laissés au commissariat de Bellahøj, n'y avait-il pas un risque qu'elle aussi se lance à sa poursuite ? Et si c'était le cas et qu'elle réussissait à le trouver, qu'arriverait-il ? Il n'avait pas de papiers à lui présenter et en l'absence de preuves de son identité, elle l'enverrait dans un camp de réfugiés. Avait-il la moindre monnaie d'échange pour négocier ?

Il n'en était pas sûr.

Et plus il y réfléchissait, plus il était convaincu qu'il n'avait rien à apporter à la police. Il était plus que probable que le cadavre de William Stark ne se trouvait plus à l'endroit où il l'avait vu et que Zola et ses hommes avaient eu le temps d'effacer les traces de leur crime.

Il regarda le paysage de béton qui l'entourait, son ventre gargouillait. Il se sentait seul et abandonné.

Elle était assise sur le trottoir, appuyée à la grille de l'église Helligaandskirken avec cette attitude si particulière qui faisait que les gens ne se sentaient ni repoussés, ni agacés par sa main à peine tendue et sa jambe tordue et exposée aux regards. Myriam possédait le talent rare de savoir attirer les passants par son sourire et de leur donner en un clin d'œil l'envie de devenir son ami et son confident. Ses yeux racontaient sa souffrance mais aussi le courage qu'elle avait pour la surmonter. C'était l'impression qu'elle donnait aux gens. Même la police passait à côté d'elle sans intervenir. Si on lui avait laissé une chance de faire autre chose de sa vie, elle serait sûrement devenue quelqu'un d'important.

La chaleur de son regard et la douceur de son sourire disparurent à la seconde où elle vit Marco, les bras ouverts, espérant qu'elle aurait un minimum de plaisir à le revoir.

« Va-t'en, Marco, dit-elle. Ils sont tous à ta recherche et je peux t'assurer qu'ils ne te veulent pas du bien. Je ne veux pas te parler. Fiche le camp et ne te montre plus en ville. »

Les bras de Marco retombèrent. « S'il te plaît, Myriam, aide-moi. Je te promets qu'ils ne nous verront pas ensemble. Je serai discret. Tout ce que je te demande, c'est de me donner un signal dès qu'ils arrêteront de me courir après.

— Pauvre imbécile ! Qu'est-ce qui t'a pris ? Tu sais bien qu'ils continueront jusqu'au bout, Marco. Va-t'en ! Et si tu m'approches encore une fois, j'appelle les autres. D'ailleurs je vais le faire tout de suite. »

Elle se leva, détendit avec difficulté sa jambe mutilée et fit mine de s'en aller, ramassant une poignée de pièces qu'elle lui tendit. Mais Marco fit un pas en arrière en levant les mains devant lui. Il s'attendait à ce qu'elle se montre réservée et réticente, pas qu'elle le trahisse et qu'elle lui fasse l'aumône avec ses deniers de Judas. Les autres oui, mais pas elle.

Il resta là un instant, essayant de se rappeler la tendresse de son regard, les caresses qu'elle lui prodiguait quand sa mère les lui refusait.

Puis il s'en alla sans un mot.

Cinq rues plus loin, il s'arrêta, s'appuya à la gouttière d'un immeuble et il pleura. Il n'avait pas pleuré depuis le jour où Zola l'avait frappé la première fois. Il avait une sensation désagréable dans l'estomac, comme s'il avait consommé une nourriture avariée. Il avait des spasmes, envie de vomir. Son nez coulait plus vite que les larmes de ses yeux. Ses bras et ses jambes tressautaient.

Ils étaient tous contre lui, même Myriam. Ça, il ne l'aurait jamais cru.

Il aurait voulu fermer les yeux et ne plus voir le monde autour. Laisser couler sa peine et hurler son désespoir, mais il n'osait pas. Il ne voulait pas être une proie trop facile non plus. Il n'avait rien du petit animal naïf qui ne sent pas venir son prédateur. Il connaissait la musique.

Une femme qui passait près de lui s'arrêta et posa la main sur son épaule. Elle se pencha pour le regarder dans les yeux. « Qu'est-ce qui t'arrive, mon bonhomme ? » lui demanda-t-elle. Au lieu de se jeter dans ses bras et de s'abreuver à sa gentillesse, il s'écarta d'elle, s'essuya les yeux et dit : « Rien, ça va. »

Plus tard il regretta de ne pas avoir ajouté « Merci », mais sur le moment, il n'y pensa pas car il n'avait plus qu'une seule idée en tête : il était devenu l'homme à abattre pour tous les membres du clan.

Mais Marco décida qu'il survivrait, grâce au mépris qu'il avait désormais pour eux. Il était déterminé à ne plus voler les gens normaux. Mais le clan n'était pas composé de gens normaux et il allait les plumer. Et quand il leur aurait assez pourri la vie et qu'il se serait rempli les poches et la panse à leurs dépens, il se promettait de réussir dans la vie.

Il trouva Samuel et Roméo en pleine action dans le port de Nyhavn, au milieu d'une horde de Suédois surexcités aux joues rouges. Samuel avait quand même pris du galon. Il n'était plus mendiant mais pickpocket.

Il se tint à distance pour les regarder bousculer accidentellement les passants, plonger la main dans les sacs et dans les poches et faire passer les objets volés à leur compagnon avec une adresse et une rapidité phénoménales. La plupart du temps, les gens ne les remarquaient même pas et il était même rare qu'ils soient obligés de s'excuser pour leur maladresse.

Marco connaissait toutes leurs habitudes. Il savait quand ils allaient tourner la tête sur le côté et en arrière, et il savait aussi avec précision à quel endroit ils feraient demi-tour.

Samuel était le receveur. Il marchait derrière, à une allure de promenade, en attendant que Roméo ait une prise. Dès qu'il voyait son camarade attaquer, il faisait un rapide pas en avant et sortait la main de la doublure de sa veste pour récupérer la marchandise.

Sa grande poche intérieure formait déjà une bosse conséquente. La journée avait été bonne.

Bientôt, Samuel ferait signe à Roméo qu'il était temps de faire une pause pour aller entreposer les objets volés. C'était le moment que Marco attendait pour entrer en action.

Il suivit Samuel jusqu'à l'un des derniers endroits de Copenhague, hormis la gare centrale, où on pouvait encore déposer un sac sans être pris pour un terroriste. Au centre culturel Den Sorte Diamant, les casiers de consigne se trouvaient au rez-de-chaussée, à côté des portes à tambour et tout près des toilettes à l'intérieur desquelles quelqu'un comme Samuel pouvait tranquillement s'enfermer pour vider ses poches secrètes dans un sac en plastique, qu'il irait ensuite déposer dans un casier.

Marco guetta depuis l'espace librairie, qui se trouvait dans le foyer, le moment où Samuel sortirait des toilettes et où il se dirigerait vers la consigne. Aussitôt que Marco aurait vu dans quel casier Samuel avait mis son butin, il se cacherait. Et tout de suite après son départ, il irait fracturer la serrure.

Samuel dut fouiller quelques instants dans sa poche avant de trouver la clé.

Il choisit la consigne côté rue et s'arrêta au milieu du mur de droite où il s'accroupit et ouvrit un casier au ras du sol.

Vu, se dit Marco avant de se cacher derrière un rayon de livres.

Un instant plus tard, Samuel était reparti vers Nyhavn où Roméo et leurs futures victimes l'attendaient.

Les étudiants étaient dans leur semaine de révisions, et le café était plein de jeunes gens très concentrés sur leurs ordinateurs portables. Dehors, de l'autre côté des parois de verre, les gens plissaient les yeux et profitaient de la vue sur le port. Ils étaient tous bien trop occupés pour s'intéresser à un garçon comme lui.

Marco examina les rangées de casiers. D'après ce qu'il avait pu observer, le box qu'avait utilisé Samuel était le numéro 163. La serrure était classique mais s'il essayait d'y insérer une clé qui n'était pas la bonne et qu'il tentait de l'actionner de force, la clé casserait. Il avait déjà fait l'expérience. Il n'avait pas d'outils pour forcer la porte et il n'osait pas appeler le service d'assistance et leur faire croire qu'il avait égaré sa clé.

Il donna des petits coups sur la porte. Elle ne semblait pas très robuste et s'il tapait du pied dedans, elle se bornerait sans doute à devenir concave et ça ferait un raffut de tous les diables.

Bref, il fallait qu'il se procure la clé.

Il rattrapa Samuel sur la place de Kongens Nytorv et se dit que pour la lui prendre sans être vu, il allait devoir faire diversion. Il choisit un pauvre type couvert de tatouages qui avançait d'un pas déterminé vers les pièges à touristes et les putes fanées du port. Il avait probablement l'intention d'y rester jusqu'à ce que le jour décline et que le portefeuille bien garni qui émergeait, tentateur, de sa poche arrière, soit vide. À condition bien sûr qu'il ne tombe pas avant sur un garçon comme Roméo.

Marco marchait à la même vitesse que Samuel et un peu en arrière. Il se glissa silencieusement derrière l'homme aux tatouages, tel un missile à tête chercheuse, ouvrant et fermant les doigts de sa main gauche plusieurs fois de suite afin d'être sûr de la contrôler parfaitement. Avec la légèreté d'un chat, il doubla sa victime, extirpant au passage le portefeuille en cachant avec son corps ce qu'il était en train de faire. Un jeu d'enfant.

Marco s'arrêta et attendit que le type se soit éloigné de quelques pas puis il s'accroupit et fit semblant de ramasser le portefeuille par terre. Il rattrapa son propriétaire et le tira par la manche. « C'est lui, là-bas, qui a essayé de vous le voler. Je l'ai vu le jeter à un autre garçon derrière lui, mais j'ai été plus rapide. »

Le grand type fronça les sourcils et suivit du regard la direction que montrait Marco. Il ne prit même pas le temps de le remercier et se jeta sur Samuel.

Marco n'entendit pas ce que disait son ancien ami pour sa défense, mais de toute façon, cela ne lui fut d'aucune utilité. La sanction tomba si vite et si fort que Samuel dut parer les coups et protéger son visage avec ses mains.

Il avait déjà volé des gens à terre, en général des ivrognes qu'il dévalisait au petit matin. Cette fois, il dut attendre que la foule qui s'était approchée pour assister à la bagarre retienne un instant le mastodonte enragé qui rouait le pauvre Samuel de coups de poing, ce qui lui laissa le temps de rejoindre le cercle de badauds.

Le tatoué hurlait qu'il fallait appeler la police et mettre le voleur en prison, mais la foule lui avait accordé sa clémence et s'écarta pour laisser passer Samuel. C'est le moment que Marco choisit pour glisser la main dans la poche de sa veste. S'il sentit quoi que ce soit, son instinct de fuite fut le plus fort.

Ce n'était pas le moment de traîner.

Marco ne resta pas pour attendre un remerciement ou une récompense de la part du type qui continuait de hurler son indignation à qui voulait l'entendre.

Le contenu du casier au centre culturel serait une rémunération plus que suffisante.

Arrivé dans son repère, il vida les sacs plastique sur le sol en béton. Il en contempla le contenu pendant un long moment. Tous ces objets avaient l'air si vivants dans ce décor de chantier froid et impersonnel, avec leurs nuances de brun et de rouge sur fond de béton gris. Triomphant, il sortit l'argent liquide des portefeuilles, sans un regard pour les pièces d'identité et les cartes de crédit. Il était soudain à la tête de plus de neuf mille couronnes, dans cinq devises différentes.

La sensation délicieuse de sa réussite déclencha chez Marco un bref éclat de rire qui résonna gaiement entre les murs bruts, puis il baissa à nouveau les yeux sur le gros tas de portefeuilles et de téléphones portables étalés sous ses yeux.

Un grand calme l'emplit tout à coup. Les murs sombres se dressèrent, accusateurs, au-dessus de sa tête. Les nombreuses fenêtres illuminées du Palace Hotel, de l'autre côté de la place, l'enseigne lumineuse sur la façade du bâtiment de Politikens Hus lui firent l'effet de centaines de regards accablants et autant de projecteurs. Toutes ces choses appartenaient à des gens. Ces porte-monnaies, ces portables poisseux n'étaient pas à lui et quelle que soit la personne qui les avait dérobés, il sut à cet instant qu'il ne pouvait pas prendre pour lui cet argent volé par Roméo et Samuel sans devenir leur complice.

La sensation était désagréable, répugnante comme lorsqu'on marche sur une crotte de chien. Il n'était rien à cet instant. Juste un minable petit voleur comme les autres et, bien que neuf mille couronnes soient beaucoup d'argent et que cette somme puisse lui permettre de survivre un bon moment, le jour viendrait où il les aurait dépensés et où il lui faudrait redevenir un voleur.

Comment pourrait-il en être autrement ?

Marco comprit à cet instant dans quelle impasse il se trouvait.

Et une haine qui couvait en lui depuis la première fois où Zola l'avait obligé à voler dans la rue s'enflamma brusquement et s'installa en lui sous la forme d'une soif de vengeance plus puissante que jamais.

Marco était un voleur, et il le resterait aussi longtemps que le clan de Zola ne serait pas mis hors d'état de nuire, car ses tentacules parviendraient encore à l'atteindre, où qu'il se cache.

Il serra les poings et leva les yeux vers le ciel de béton, pensant au cadavre de Stark avec ses orbites vides. À Tilde et à son rire si doux et au policier qui s'appelait Carl et qui cherchait sans doute à le contacter. Toutes ces ombres au-dessus de lui et celles, maléfiques, qui marchaient sur ses talons pouvaient disparaître en un clin d'œil, s'il faisait ce qu'il fallait.

Il n'avait plus de doutes, à présent. Zola et son clan devaient être détruits.

23

« Et alors, vous pensiez être reçus avec le tapis rouge et la fanfare municipale ? demanda Rose en pointant vers lui une feuille pliée en deux comme si elle le transperçait d'un coup de baïonnette. Je sais qu'on doit s'attendre à tout venant de Carl, mais franchement, toi, Assad, tu me déçois. Tu savais que Malene était à moi, et voilà que je reçois un coup de fil au ministère où elle m'annonce que vous avez débarqué chez elle et Tilde pour les harceler moralement. C'est quoi, l'histoire ?

— Ce n'est pas exactement comme ça que ça s'est passé, Rose », tenta Assad, prêt à s'enfuir avec son tapis de prière et ses paquets de dattes avant que Rose ne se remette à crier.

Carl ne put s'empêcher de sourire, même si ce n'était pas très gentil de sa part. « Tu devrais plutôt t'en prendre à moi, Rose, dit-il. Assad m'a dit que nous ne devrions pas y aller sans toi, mais ce qui est fait est fait. »

Elle renifla avec mépris. « M'en prendre à vous ? À quoi bon ? Vous êtes plus borné qu'un troupeau de mules. » Elle prit la main de Carl et y posa la feuille. « Et puisque vous avez si bien pu vous passer de moi là-bas, vous pourrez aussi vous passer de moi ici. Je me casse. Comme ça vous aurez le temps de réfléchir à ce que j'ai découvert.

— Ha-ha ! Tu as raison, ma petite Rose, ne te laisse pas faire ! » s'exclama une voix à l'autre bout du couloir.

Rose poussa un long soupir quand la silhouette efflanquée de Gordon vint se découper dans la porte. Elle n'avait de toute évidence pas besoin de ses services dans l'immédiat, ce qui n'empêcha pas son soupirant de poursuivre.

« Je trouve que ça frise la brimade quand votre supérieur ne vous laisse même pas interroger votre propre témoin. »

Une ride se creusa au milieu du front de Rose. Elle exprimait une sorte de frontière marquant les limites qu'aucun homme n'était autorisé à dépasser.

« Arrête ça, Gordon, dit-elle avec fermeté, mais l'imbécile n'assimilait un message que si on le diffusait à doses homéopathiques.

— Son attitude est d'ailleurs assez typique des flics de l'ancienne génération, poursuivit-il, infatigable. L'attitude de tes collègues à ton égard ne serait-elle pas, si on regarde bien, l'expression d'un certain machisme ?

— Ce que vous pouvez être cons, tous autant que vous êtes ! » s'écria Rose en retournant dans son bureau, sourde à leurs protestations et au son d'un magistral claquement de porte. Un final qui ponctuait désormais chacune de ses *Symphonies pour une vierge outragée*.

Carl s'adressa à l'impétrant. « Pour cette fois, ça va, mais c'est la dernière fois que tu me traites de primaire, de macho et de flic de l'ancienne génération, nous sommes d'accord ? »

L'idiot regarda Carl d'un œil torve. Carl avait du mal à déterminer s'il était vraiment stupide ou s'il cherchait des ennuis.

« Je crois que c'est le moment d'acquiescer gentiment, là, Gordon », intervint sèchement Assad.

Il hocha la tête, mais sans conviction.

« Ensuite je voudrais savoir ce que tu n'as pas compris hier quand je t'ai dit que tu dépassais les bornes et que tu empiétais gravement sur un territoire où tu es aussi bienvenu qu'un troupeau de hyènes. »

Il ne répondit pas à cela non plus. Il devait quant à lui être resté sur un souvenir plutôt plaisant.

« OK. Apparemment tu n'as rien compris du tout. Alors après qu'Assad et moi t'aurons collé un ou deux pains dans ta petite tronche, je suggère que tu ailles te plaindre auprès de Lars Bjørn de l'horrible façon dont nous te traitons, ici, au sous-sol. »

Carl prit une cigarette et l'alluma dans le même mouvement. Il prit un plaisir non dissimulé à voir le grand dadais reculer brusquement, son visage disparaissant dans un épais nuage de fumée.

Gordon voulut riposter mais, du coin de l'œil, il vit Assad qui remontait ses manches. Cette fois il avait saisi le message et s'enfuit dans le corridor, la queue entre les jambes. Il ne put cependant s'empêcher, quand il fut à distance raisonnable, de leur crier quelques noms d'oiseaux.

Si ce garçon n'apprenait pas bientôt à se tenir, il allait lui arriver des bricoles.

Carl déplia le papier que Rose lui avait jeté à la figure. « Projet Baka » lut-il, écrit avec une police Times New Roman, corps 30, caractère gras. Au moins on savait de quoi on parlait.

« Assieds-toi, Assad, je vais te lire ce qu'elle a écrit. Et ne fais pas cette tête. Rose va se calmer. Elle sait aussi bien que nous qu'on ne peut pas débarquer à quinze chaque fois qu'on va interroger les gens.

— On n'aurait pas été quinze, chef !

— C'est une façon de parler, Assad. Écoute un peu. Je lis ici qu'on a conseillé à Rose de téléphoner à un fonctionnaire à Yaoundé. C'est la capitale du Cameroun, au cas où tu ne le saurais pas. » Lui en tout cas l'ignorait il y a encore deux minutes.

« Le fonctionnaire en question était un certain Mbomo Ziem qui, d'après nos contacts sur place, serait l'interlocuteur local du ministère du Développement international danois, dans le cadre d'un projet d'aide au peuple baka, et de plusieurs autres opérations d'aide humanitaire dans le pays. Il s'avère que Mbomo Ziem a quitté ce projet. Rose a donc été mise en relation avec un certain Fabrice Pouka qui l'a informée que le projet Baka était encore d'actualité et qu'il entrait dans sa dernière année. D'après lui, tout s'était passé comme prévu, à part qu'un dénommé Louis Fon avait failli le saboter en cours de route. Rose écrit que cette initiative a été lancée pour aider une tribu pygmée menacée d'extinction dans la jungle Dja, au sud du Cameroun, à planter des bananiers et à cultiver la terre afin d'y produire de nouvelles variétés de céréales. La réussite du projet était d'une importance capitale, le braconnage et la dégradation de leur habitat les ayant privés de leurs moyens naturels de subsistance. »

Carl posa la feuille sur la table devant lui.

« Et c'est tout ? » demanda Assad. Carl comprenait ce qu'il voulait dire. Elle n'avait pas fichu grand-chose pendant tout le temps où ils étaient partis.

« Euh… attends, il y a quelque chose au dos. C'est écrit à la main. LFon9876. Qu'est-ce que ça peut vouloir dire ?

— Ça ressemble à un contact Skype.

— Tu peux aller lui demander ?

— Moi ? »

Carl ne répondit pas. La réponse était claire.

Cinq minutes plus tard, Assad était de retour, le front trempé de sueur.

« Oh, là là ! Elle m'en a remis une couche, chef. Mais effectivement, c'est bien un pseudo Skype. J'ai essayé de savoir ce qui a pu lui prendre autant de temps, alors. Je ne vous raconte pas ce que je me suis pris. Mais bref. Elle dit que nous devrions pouvoir joindre le domicile de Fon au nord du Cameroun en appelant ce numéro. Elle a essayé, mais il n'y avait personne.

— Le numéro ne doit plus être attribué, je suppose ?

— On voit bien que vous n'êtes pas un spécialiste, chef. On ne peut appeler une personne sur Skype, alors, que si son ordinateur est allumé. Et ce n'est pas fini, il faut aussi que la personne soit près de son ordinateur parce qu'elle doit cliquer dessus pour accepter l'appel.

— Si, si, je le savais. Je pensais juste que…

— Ha-ha ! Vous ne m'aurez pas, chef. Ne vous inquiétez pas, je vais vous montrer. Venez avec moi. On va téléphoner de mon bureau. Tout est déjà prêt. »

Dans le bureau d'Assad qui n'était pas plus grand qu'un placard à balais, entre la bouilloire pour le thé, le brûleur d'encens en céramique verte, une pile de documents et un tas de camelote, trônait le plus grand écran d'ordinateur de tout l'hôtel de police, avec en fond d'écran la photo d'une maison en terre cuite aux tons ocres comme on en voit au Moyen-Orient. Pas le genre de bicoque où Carl aurait envie de prendre sa retraite ! Aucune couleur, aucune plante, pas de véranda avec une rambarde pour y poser les pieds à l'heure de la sieste. Seulement une fenêtre, une porte et du brun partout.

« C'est la maison de quelqu'un que tu connais ? »

Assad sourit, secoua la tête et tapa une touche sur le clavier. La maison disparut. « D'abord, il faut allumer les haut-parleurs, chef. Asseyez-vous devant l'écran, on va vous créer un compte Skype. Je vais vous montrer. Si ceux que vous voulez appeler ont comme moi une caméra branchée sur leur ordinateur, vous pourrez les voir et eux pourront vous voir. »

Trente secondes plus tard, un bruit de bulles super agaçant qui voulait se faire passer pour une sonnerie sortit des haut-parleurs.

« Il faut attendre un peu », dit Assad au moment où justement une série de sons indiquait qu'il se passait quelque chose à l'autre bout de la ligne.

Carl ajusta le casque audio sur sa tête tandis qu'Assad gesticulait pour lui faire comprendre qu'il devait se tenir prêt. Comment pourrait-il être plus prêt qu'il ne l'était déjà ?

L'image d'une jeune femme noire apparut à l'écran, beaucoup trop proche, et un flot de paroles dont il ne comprenait pas un mot se déversa de sa bouche. Il se contenta donc d'un « Allô » à l'accent si british que son vieux prof d'anglais à l'école de Tørvemosen à Brønderslev aurait applaudi.

« Allô », répondit la femme, ce qui ne faisait pas beaucoup avancer la conversation.

« On parle français au Cameroun ? » demanda-t-il en chuchotant à Assad.

Il acquiesça.

« Et toi, tu parles français ? »

Il secoua la tête.

Carl coupa la communication.

Ils mirent plus d'une demi-heure à faire avouer à Rose qu'elle parlait un français excellent et à lui faire accepter leurs excuses en échange d'un certain nombre de contreparties assez floues.

Moins de vingt secondes plus tard, les présentations étant terminées, la femme s'écartait légèrement de l'écran, découvrant une pièce dans laquelle le soleil entrait de tous les côtés.

« Je vais traduire au fur et à mesure », dit Rose en français à la femme et en danois à ses deux acolytes debout derrière elle.

L'épouse de Louis Fon était dans la peine. Elle leur expliqua cinq fois de suite dans quelle situation désespérée elle se trouvait depuis que son mari avait disparu.

Et aussi qu'elle avait pleuré toutes les larmes de son corps.

« Tout allait tellement bien. Il avait du travail, nous ne manquions de rien et Louis adorait ce qu'il faisait. Pour lui, en dehors de moi et des enfants, il n'y avait rien qui comptait plus que le bien-être des Bakas.

« Vous avez une idée de ce qui a pu lui arriver ?

— Non. Je ne comprends pas. » Elle haussa les épaules jusque sous ses oreilles. Derrière elle, deux chiens presque totalement pelés, la queue dressée, passèrent le nez dans l'encadrement de la porte. « J'ai d'abord pensé que les braconniers l'avaient tué, mais maintenant je crois que c'est quelqu'un d'autre.

— Pourquoi croyez-vous qu'il a été tué et qui soupçonnez-vous ?

— Ce n'est pas une chose que je crois. C'est notre Nganga qui le dit. Les griffes des oiseaux ont parlé. Louis n'est plus parmi nous.

— Vous m'en voyez désolé. Mais qui est Nganga ? Un sorcier, un guérisseur ?

— C'est le gardien de nos corps et de nos esprits. »

Ils échangèrent un regard. La profession de ce monsieur risquait de manquer de crédibilité devant un tribunal.

« Les parents de Louis m'ont donné un peu d'argent et j'ai pu aller moi-même à Dja et à Somalomo pour chercher son corps. Nganga était très fâché que j'aie fait ça.

— Et vous avez découvert ce qui lui était arrivé ? »

Elle secoua la tête. Bouleversée et émue, mais capable malgré tout d'envoyer valser l'un des chiens d'un grand coup de pied quand celui-ci s'approcha un peu trop.

« Il se passait des choses très bizarres là-bas. C'est tout ce que j'ai réussi à savoir. Les Pygmées n'étaient pas contents parce que le projet Baka avait été arrêté. On leur avait promis des semences et des plants pour de nouvelles plantations. Finalement, ils ont simplement perçu des acomptes, "en attendant". En fin de compte, on ne leur a rien envoyé du tout. C'est ce que tout le monde m'a raconté. Ils étaient en colère contre Louis et contre les Danois, et moi aussi. Et puis un jour, j'ai reçu de l'argent de la part des Danois. Et ça a un peu arrangé les choses. »

Elle prit soudain un air pensif.

« Demande-lui ce qui vient de lui passer par la tête, Rose », dit Assad.

Elle acquiesça, ayant remarqué, elle aussi.

« Vous semblez avoir pensé à quelque chose. Est-ce que vous voulez nous en parler ?

— Je ne sais pas. Ce n'était peut-être rien du tout. Mais quand même, c'était bizarre. » Elle attendit un peu avant de poursuivre, tandis que Carl et les autres s'étonnaient de constater à quel point le monde était petit. Ils avaient presque l'impression de sentir l'odeur de la marmite posée sur le fourneau à côté de la jeune femme. On aurait pu toucher ses cheveux et ses jeunes lèvres. Il y avait comme une touffeur dans l'air et le minuscule bureau d'Assad aurait pu être tapissé de nattes tressées.

« J'ai trouvé étrange que l'homme qui a signé les papiers pour que je touche une pension après la disparition de Louis se soit justement trouvé à Somalomo le jour où on a vu mon mari pour la dernière fois. Ce sont des gens de Somalomo qui me l'ont dit.

— Le même jour ? Un Danois ?

— Oui. Je crois.

— Vous vous souvenez de son nom ? »

Il y eut encore une longue pause durant laquelle l'âme de l'Afrique prit son élan pour prendre possession de la grotte pseudo-moyen-orientale d'Assad. Un temps suspendu où la femme eut l'air de sombrer dans ses pensées sans pouvoir s'en échapper.

« William Stark ? » suggéra Carl au-dessus de l'épaule de Rose.

Elle releva les yeux et secoua la tête.

« Non, ce n'était pas ce nom-là. Je ne me souviens plus comment il s'appelait. Je sais seulement que c'était un nom avec beaucoup de E. »

Carl remarqua le regard très attentif d'Assad mais son téléphone se mit à sonner dans sa poche.

Ce n'était vraiment pas le moment.

« Oui, répondit-il, agacé, sans avoir regardé le numéro affiché sur l'écran d'accueil. Je suis occupé. Rappelez-moi dans une demi-heure.

— Bonjour, Carl. Excusez-moi de vous déranger. C'est Lisbeth. Nous nous sommes rencontrés à la bibliothèque de Brønshøj, vous vous souvenez ?

— Oups ! » répliqua-t-il, les neurones hors service. Ça faisait ça parfois quand la voix d'une femme vous frappait au plexus.

« J'entends que vous êtes occupé, mais le garçon qui vous intéresse vient d'arriver à la bibliothèque de l'avenue Dag-Hammarskjöld. »

24

Marco regarda l'heure à l'horloge de l'ordinateur, Il était dix-huit heures dix, et il avait un peu de temps devant lui avant la fermeture. Alors pourquoi les bibliothécaires derrière leur comptoir le regardaient-elles en jetant des coups d'œil à leur montre, comme s'il ne lui restait que cinq minutes ?

En plus, il avait l'impression qu'elles ne regardaient personne d'autre.

Il tourna légèrement l'écran pour voir leur reflet. N'étaient-elle pas en train de parler de lui ?

Il remarqua surtout le comportement de la fille brune aux cheveux courts, celle qu'elles appelaient Lisbeth. Elle semblait être partout à la fois. Il l'avait vue ici, puis à Brønshøj, et à nouveau ici. À chaque fois, il avait senti son regard posé sur lui. Il se dit que ce serait peut-être la dernière fois qu'il pourrait venir dans cet endroit.

Il remit l'écran dans sa position initiale et continua sa recherche. Il y avait beaucoup trop de policiers à Copenhague qui portaient ce prénom. En plus, il venait de découvrir que ça pouvait s'écrire avec un C ou avec un K. Alors, il recommença depuis le début. Comme il ne connaissait pas le nom de famille du policier, ni sa fonction, sa seule piste était de taper « Carl » et « police », sur Google Images, ce qui fit apparaître une multitude de photos du roi de Suède et une unique photo d'un policier en uniforme qui s'appelait Carl Åge et qui ne ressemblait pas du tout à celui qu'il avait vu. Le moteur de recherche lui proposa une foule de gens qui l'indifféraient complètement. Il élargit sa recherche en ajoutant des mots. L'adjectif « criminelle » derrière le mot police, et les mots Copenhague et Carl donnèrent de nouveaux résultats, moins nombreux, mais encore trop pour le mener quelque part.

Il alla ensuite se documenter sur plusieurs affaires récentes sur www.bt.dk et www.eb.dk, les sites de deux quotidiens danois, et en tapant les mots inspecteur et investigation il tomba enfin sur le visage de l'homme qu'il cherchait, à propos d'une affaire que son équipe et lui avaient résolue, concernant un médecin célèbre, Curt Wad, et un tas d'avortements illégaux. Marco sourit de soulagement en le découvrant, posant pour le photographe avec un air rogue, aux côtés d'une femme aux cheveux noirs et aux allures de punk, et d'un homme beaucoup plus petit que les deux autres, très basané. Marco se sentait étrangement connecté avec le dernier. Il y avait quelque chose dans ses yeux, dans son regard calme, et puis il y avait ses cheveux frisés et la couleur de sa peau, bien sûr.

Carl Mørck, Rose Knudsen et Hafez el-Assad. À présent, il avait le nom complet du policier. À en croire le journal, il s'agissait d'un enquêteur talentueux. L'article disait aussi qu'il était spécialisé dans les anciennes affaires non résolues.

Marco resta un instant les yeux dans le vague, animé d'un sentiment nouveau pour lui. Est-ce que vraiment, pour une fois, il avait eu de la chance ? Est-ce qu'il était tombé précisément sur l'homme dont il avait besoin ?

Il continua sa lecture, ouvrant de nouvelles pages sur l'inspecteur Mørck qui ne se révélèrent pas toutes aussi encourageantes. Il découvrit entre autres qu'il avait été mêlé à une fusillade dans des circonstances étranges, au cours d'une enquête criminelle à Amager, après laquelle il était resté un certain temps en congé maladie, et aussi que son mauvais caractère était devenu une véritable légende dans le milieu de la police.

Marco avait déjà eu affaire à quelqu'un qui avait mauvais caractère et il avait appris à s'en méfier.

Il poussa à nouveau l'écran jusqu'à faire apparaître le reflet de la dénommée Lisbeth qui était en train de chuchoter quelque chose à ses collègues. Tous avaient le visage tourné vers lui. Marco se sentit brusquement alarmé. D'instinct, il tourna les yeux vers la sortie, où un employé de la bibliothèque venait de se poster. Lui non plus ne pouvait pas s'empêcher de regarder dans la direction où se trouvait Marco.

Tous ces regards le mirent mal à l'aise. Il se leva et alla s'asseoir devant un autre ordinateur. S'il ne pouvait plus sortir par la porte principale, ce serait un jeu d'enfant de sauter par la fenêtre qui donnait sur le parking puisque la bibliothèque se trouvait en rez-de-chaussée.

Il prit un livre au hasard et alla s'asseoir devant l'ordinateur choisi, et fit semblant de vérifier des choses dans le livre et de les comparer avec des pages du Web.

Peut-être que ce qu'il avait cru voir tout à l'heure était juste le fait du hasard. Pourquoi ces gens s'intéresseraient-ils à lui ? Il s'était toujours comporté de façon exemplaire quand il venait ici.

Alors quoi ? Est-ce qu'il avait oublié des choses sur l'étagère au-dessus du compteur électrique ?

Il secoua la tête. Non, à sa connaissance, il n'y avait rien à lui sur l'étagère, en ce moment.

Il regarda dehors. Tout semblait calme sur le parking derrière la haie aux tendres feuilles vert pâle. De temps à autre, les gens venaient garer une voiture en épi, et la plupart avaient un visage insouciant et le sourire aux lèvres. Une soirée au mois de mai au Danemark, quand le temps était doux, pouvait être un moment magique et d'une luminosité incroyable. C'était l'une des choses qu'il préférait dans ce pays.

Marco se tourna à nouveau vers l'écran de l'ordinateur. Il était content. Il avait enfin trouvé des renseignements qui allaient lui servir. Le policier s'appelait Carl Mørck et il reprenait d'anciennes enquêtes. Méfiance ou pas, une chose était sûre, si Marco devait s'adresser à la police, c'est à l'inspecteur Mørck qu'il devait révéler ce qu'il savait. Il devrait simplement éviter de lui dire qu'il était un pauvre apatride, dont sa famille avait fait un délinquant. Marco fronça les sourcils. Ce ne serait pas facile. Il fallait qu'il trouve un moyen détourné de lui transmettre les informations, sans avoir à le rencontrer.

Bref, il avait besoin d'informations qui lui permettraient d'approcher Carl Mørck.

Marco surfa pendant quelques minutes. Apparemment les activités de l'inspecteur Mørck étaient une bonne matière journalistique, car plusieurs de ses enquêtes avaient fait couler pas mal d'encre dans la presse. Une histoire de parlementaire disparue, des incendies criminels, un enlèvement, un meurtrier dans le parc de Søndermarken, une mystérieuse organisation occulte qui avortait les femmes. Son département à la police criminelle de Copenhague s'appelait le département V.

Marco mit les écouteurs et passa des vidéos dans lesquelles apparaissait l'inspecteur Mørck, son assistant à la peau sombre et son étrange collègue punk.

Mørck était relativement facile à cerner. Son assistant, qui s'appelait Assad, l'était beaucoup moins. Ces vidéos lui donnèrent une impression très différente de celle qu'il avait eue en regardant ses photos sur Internet. Globalement il avait l'air plutôt jovial et gentil mais il y avait quelque chose en lui qui inquiétait Marco. Quelque chose de sombre dans le regard, comme s'il était aux aguets et un peu trop circonspect.

Cet homme a des secrets qu'il n'a pas envie qu'on découvre. Il y a une lame tranchante cachée derrière son sourire, songeait Marco. Il n'était pas du genre à se laisser approcher par un vulgaire pickpocket. Marco se dit qu'il se tiendrait aussi loin d'Hafez el-Assad que possible.

Après avoir cherché en vain des informations sur la vie privée de Carl Mørck, il ouvrit Google Maps et commanda l'impression d'une copie de la parcelle boisée où il s'était caché pour échapper au clan. Il alla chercher la copie et fit une croix à l'endroit où il pensait que se trouvait le cadavre de William Stark. Une bonne chose de faite.

La bibliothécaire regarda l'heure avant de jeter un œil dans la direction où il était assis. Elle ne le fixait pas, mais pas loin.

Pourquoi passait-elle son temps à consulter sa montre ? La bibliothèque était loin de devoir fermer ! Et pourquoi cet homme restait-il posté devant la porte ? Marco ne voyait pas ce qu'il avait à faire là.

Le visage de la secrétaire réagit au bruit d'une voiture qui entrait dans la cour et allait se garer sur l'emplacement le plus reculé du parking, freinant brusquement. Ce ne fut qu'un infime changement d'expression mais il suffit à lui donner l'air soulagé et rassuré.

Alors, Marco comprit qu'il était temps pour lui de lever la main vers le système de verrouillage de la fenêtre coulissante à côté de laquelle il s'était installé.

Visiblement le geste déplut aux employés qui se tenaient près du comptoir car tous eurent l'air alarmés et, sans raison apparente, Lisbeth hocha la tête à l'attention de l'homme posté près de la porte vitrée qui hocha la tête à son tour et commença à se diriger comme par hasard vers l'endroit où se trouvait Marco, tout en faisant semblant de contrôler l'agencement des livres sur les étagères.

Les vitres vibrèrent quand les portes du véhicule claquèrent et Marco vit deux hommes traverser le parking en courant vers l'entrée principale, le premier avait un blouson sur l'épaule qui battait derrière lui comme un étendard, l'autre se déplaçait avec la souplesse d'un fauve.

Mørck et son assistant.

Marco ouvrit la fenêtre aussi calmement que possible tout en regardant de tous les côtés à la fois. Le type de la porte d'entrée n'était maintenant qu'à quelques pas, mais Marco resta assis une seconde de plus. Il voulait attendre pour sauter que les deux policiers aient disparu à l'angle du mur, ce qui devait maintenant être le cas.

Il inspira à fond, lança un regard désolé à la bibliothécaire Lisbeth, fit coulisser la vitre et s'enfuit.

« Vous plaisantez ? Il a sauté ? Mais pourquoi est-ce que vous ne l'en avez pas empêché ? »

Carl se précipita vers la fenêtre et regarda dehors. Rien ! Quelques voitures en stationnement mais à part ça, rien.

Lisbeth montra du doigt un jeune homme assis sur une chaise en train de gémir de douleur.

« Bent a voulu lui courir après mais il s'est tordu la cheville en essayant de passer par la fenêtre. »

Carl salua le type brièvement et sans aménité. La jeunesse danoise était décidément dans une condition physique déplorable.

« Qu'est-ce qu'il faisait ici ? demanda Assad.

— Il surfait sur l'ordinateur, là-bas. Il a imprimé une page. Elle y est peut-être encore. »

Carl alla vérifier. Il n'y avait rien sur la table et rien sur le sol non plus.

« Vérifie la corbeille à papiers, Assad », dit-il en s'asseyant devant l'écran. Combien de secondes précieuses n'avait-il pas passées devant ce logo Google en rêvant d'un temps où l'Internet n'était encore qu'une impulsion électrique dans le cerveau d'un illuminé ?

« On peut essayer de voir s'il a eu le temps d'effacer l'historique de ses recherches ? » proposa Lisbeth, appuyant sa poitrine opulente sur l'épaule de Carl pour taper sur le clavier de ses doigts soigneusement vernis.

Carl respira doucement mais profondément par le nez en sentant son parfum. Il était moins capiteux que celui de Mona, mais envoûtant quand même. Le genre de fragrance qui réveille le corps d'un homme.

« Vous savez comment on fait ? Il suffit d'appuyer sur le triangle, là », dit-elle en le faisant à sa place et en se penchant un peu plus.

À cet instant, Carl se fichait royalement de tout ce qui avait trait à son métier.

Est-ce qu'elle le fait exprès ? songeait-il, toutes ses terminaisons nerveuses rassemblées dans son épaule gauche.

« Voilà, dit-elle en soulageant la douce pression, tandis que Carl accompagnait plus ou moins inconsciemment son mouvement de recul. Maintenant on sait ce qui intéressait tellement ce garçon. Vous savez pourquoi, Carl Mørck ? »

Il regardait l'écran sans réagir. Et puis, soudain, il se réveilla de sa léthargie.

« Étrange garçon », dit Assad derrière lui.

Carl lut la liste, s'arrêtant au moment où elle n'avait plus de rapport avec ce qui semblait avoir été l'unique centre d'intérêt du jeune homme. Lui.

« En tout cas, maintenant il sait qui vous êtes, chef !

— Et toi aussi.

— Vous avez intérêt à surveiller vos arrières, chef.

— Ce gamin ne me fait pas peur.

— Ce n'est pas juste un gamin, chef. Ce que nous avons là le prouve, alors. C'est surtout quelqu'un qui veut tout savoir sur vous. Et il en sait peut-être plus qu'il ne faut.

— Qu'est-ce que tu veux dire ?

— Je veux dire que parfois c'est le chameau qui mène le chamelier. »

Carl hocha la tête. Pourquoi ce garçon avait-il besoin de ces renseignements ?

« Regardez sa dernière recherche, dit Lisbeth.

— Il est allé sur Google Maps. C'est sûrement ça qu'il a imprimé. »

Carl cliqua sur le lien.

« Est-ce qu'on peut voir à quel lieu il s'intéressait ? »

Elle se pencha à nouveau au-dessus de lui. « Il faut refaire ce que vous avez fait précédemment. Appuyer sur le triangle dans la barre de recherche. »

Elle n'avait qu'à le dire. Non pas qu'il voie un inconvénient au contact délicieux de sa poitrine avec son épaule. Elle pouvait même rester un peu, si elle en avait envie.

Il regarda le secteur que Marco avait exploré.

Kregme.

« Drôle de nom, comme ce qu'on met dans les gâteaux, alors ! » remarqua Assad.

Le rire de Lisbeth éclata, comme unc caresse inattendue. Carl se retourna pour regarder sa bouche. Qu'est-ce qui leur arrivait ?

« Vous habitez Kregme, monsieur Mørck ? Ce n'est pas la porte à côté !

— Pas du tout, j'habite Allerød. J'ignore pourquoi il a fait une recherche sur cette ville. Peut-être que c'est lui qui habite là-bas ?

— Vous habitez Allerød ? C'est drôle !

— Ah bon ? Pourquoi, vous aussi ? » dit-il en pensant avec un certain trouble que dans pas très longtemps, elle prendrait la même route que lui.

Elle lui sourit. « Non, j'habite Værløse. À un jet de pierre d'Allerød.

— Vous débauchez à quelle heure ? » lui demanda-t-il sans réfléchir. La seconde d'après, il avait envie de s'arracher la langue. Qu'est-ce qu'il était en train de faire ? Pourquoi avait-il posé une question aussi idiote ? Est-ce qu'il allait aussi lui demander si elle rentrait directement chez elle après le boulot ?

« Vous rentrez directement après le boulot ? s'entendit-il demander comme si son cerveau n'avait plus le pouvoir de décider des mots qui sortaient de sa bouche.

— Je ne sais pas. Cela dépend de vous ! » Elle éclata de rire. Elle ne devait pas parler sérieusement.

Carl respira à fond. Avec la question de l'infini, le sens de l'humour des femmes devait être le phénomène le plus incompréhensible de l'Univers.

Il se tourna vers Assad. Son sourire n'était-il pas un peu de travers ? Qu'est-ce qu'il s'imaginait ?

« On pourrait allait manger un bout avant ? poursuivit Lisbeth. J'ai un peu faim. Comme ça vous pourrez me raconter tout ce que vous savez sur ce garçon. On ne peut pas s'empêcher d'être curieux, n'est-ce pas ? Que pensez-vous de mon idée ? »

Il les attendait de l'autre côté de la route, dissumulé entre un transformateur vert et les voitures garées devant le vieux bâtiment de la Croix-Rouge.

De l'endroit où il était, il voyait le parking. Dans un petit moment, Carl Mørck et l'autre flic sortiraient de la bibliothèque et s'en iraient. Il voulait se faire une idée de ce qu'ils allaient faire ensuite.

Il fut surpris de voir les policiers et la bibliothécaire sortir ensemble par la porte vitrée de la bibliothèque, et encore plus de voir Carl Mørck prendre congé d'Hafez el-Assad sur le parking, et partir en compagnie de Lisbeth vers la place de Lille Trianglen.

En arrivant au café Dag H, où Marco avait si souvent balayé le trottoir entre les tables et les chaises et rendu toutes sortes de services, ils entrèrent et s'assirent à une table qu'il ne pouvait pas apercevoir de l'extérieur.

Il se demanda s'il devait entreprendre l'étape suivante tout de suite. S'il y avait eu trop de clients ou si, au contraire, il y en avait eu très peu, il aurait pris le risque de se faire remarquer, mais telle que la salle était en ce moment, c'était parfait.

Il attendit une vingtaine de minutes avant d'entrer et de passer dans le bar en saluant les serveurs d'un signe de tête.

Heureusement, il n'en connaissait aucun.

Ils étaient installés au fond de la salle à gauche dans une alcôve avec deux fauteuils. Leurs coudes étaient posés sur la table et leurs fronts si proches qu'on aurait cru qu'ils se connaissaient bien.

Carl Mørck était différent des autres fois où Marco l'avait vu. Son côté ours avait fait place à cette attitude de collégien un peu niais que les hommes danois se croient obligés d'adopter quand ils draguent. Et cette fois-là ne faisait pas exception à la règle. Le plus bizarre étant que les femmes entrent dans leur jeu. Alors comme ça, ces deux-là avaient un truc ensemble.

Ça ne pouvait pas mieux tomber.

Marco jeta un coup d'œil circulaire dans l'établissement. Le moment était propice. Les conversations ronronnaient, les doigts s'entremêlaient, le ton était à la confidence, les groupes d'amis plaisantaient entre eux. C'est dans cette atmosphère insouciante que Marco travaillait le mieux. Les sacs étaient par terre, les manteaux et les vestes négligemment posés sur le dossier des chaises, les téléphones sur le coin des tables.

Marco se glissa comme une ombre entre le bar et le présentoir à gâteaux. S'il parvenait à s'asseoir dans un fauteuil derrière celui de Carl Mørck sans que la bibliothécaire le voie, il arriverait aussi à extirper le portefeuille du policier de la poche de son blouson, posé sur le dossier de sa chaise.

Il mit un moment à gagner le fauteuil en passant derrière les colonnes et les autres tables occupées. Il progressait à raison de quelques mètres à la fois. La technique avait fait ses preuves. La seule chose importante étant d'arriver à destination avant que la place choisie soit occupée par quelqu'un d'autre.

Quand il fut dos à dos avec Carl Mørck, il fut assez proche pour percevoir l'intimité entre eux. C'était la bibliothécaire qui faisait les frais de la conversation. Carl Mørck se contentait d'écouter, immobile, sous le charme, envoûté, absent à ce qui se passait autour de lui.

Dans un instant, elle poserait sa main sur la table, comme par hasard, juste à côté de celle de l'inspecteur et s'il prenait cette main, Marco pourrait jouer une musique de fanfare en plongeant la sienne dans la poche de Carl sans qu'il s'en rende compte.

Deux minutes plus tard, il était dans les toilettes pour homme, le portefeuille de Carl Mørck entre les mains. Il aurait voulu faire ce qu'il avait à faire et le remettre en place aussitôt, mais il avait été dérangé par le serveur qui était venu lui demander ce qu'il voulait boire. Il n'avait pas osé rester plus longtemps. De toute façon, Mørck et la bibliothécaire étaient déjà en train de commencer le dessert.

Il regarda le portefeuille du policier. C'était le genre de portefeuille tout écrasé que possèdent les hommes qui se fichent de savoir ce qui se passe sur les podiums à Milan ou à New York. Il éclatait aux coutures à force de mauvais traitements. Il était patiné par l'usure et totalement inadapté aux moyens de paiement actuels. Il y avait longtemps que Marco n'avait pas vu un portefeuille sans emplacements réservés aux cartes de crédit ou de Sécurité sociale et où les pièces, les billets et les cartes étaient rangés dans le même espace fermé par un zip.

Il plia son message plusieurs fois pour pouvoir le glisser parmi les vieux reçus et les cartes de visite froissées de gens qu'il ne connaissait pas. Apparemment, Carl ne s'encombrait pas de cartes de visite personnelles.

Maintenant, il n'y a plus qu'à attendre, se dit-il quand tout à coup une main vint se poser sur son épaule. Marco leva la tête très lentement et il se trouva nez à nez avec son ancien employeur qui sortait de son bureau situé au sous-sol.

« Qu'est-ce que tu fais là, Marco ? Je ne t'ai pas dit au téléphone que je ne voulais pas de toi ici ? Tu attires dans le quartier des gens que je n'ai pas envie de voir chez moi. Tu dois respecter ça. Je croyais que tu l'avais compris. »

Munthe n'était pas un mauvais bougre, mais c'était quelqu'un qui savait ce qu'il voulait et qui n'hésiterait pas à employer les grands moyens pour l'obtenir. Il valait mieux ne pas le chercher.

« J'avais besoin d'aller aux toilettes, Munthe. Je ne pensais pas que ça te dérangerait. »

Les yeux du patron étaient d'un bleu extrêmement clair à cet instant.

Marco partit, non sans noter que Munthe avait déjà enlevé son tablier. Et effectivement, dix minutes plus tard, comme d'habitude après sa journée de travail, il sortait pour aller chercher sa femme dans la boutique d'à côté. Marco retourna dans les toilettes.

De là, il pouvait observer leur table et il vit que le serveur avait posé la note devant Mørck qui se mit à fouiller fébrilement ses poches.

Il gesticulait comme un personnage de film muet. Il ne comprenait pas, il était bouleversé, nerveux et honteux. Tout cela en même temps. La bibliothécaire lui prit la main pour le rassurer. Elle allait payer le repas. Marco eut quand même un peu pitié de lui.

Ils passèrent à quelques dizaines de centimètres de lui, discutant avec animation, tandis que les doigts de Marco s'affairaient à ce qu'ils faisaient le mieux.

25

Il était exactement midi quand la secrétaire d'Eriksen vint lui apporter le justificatif scanné prouvant que le courrier UPS était en route.

Il examina le reçu. Une enveloppe à bulles 320 × 455 millimètres, 600 grammes. Cela lui sembla correct.

Il se cala au fond de son fauteuil de bureau pour se représenter ces 600 grammes d'opulence que bientôt il tiendrait entre ses mains. Quand il les aurait reçus, un avenir radieux commencerait concrètement à se dessiner pour lui. En vendant ces titres au meilleur prix, la somme qu'ils rapporteraient, ajoutée à ses actions de la banque Karrebæk, lui procurerait non seulement une retraite confortable mais l'arracherait à sa condition et à la médiocrité éreintante de sa vie actuelle pour le propulser directement dans les sphères où le luxe et les jolies femmes étaient monnaie courante. Adieu femme et enfants qui de toute façon l'avaient mis sur la touche depuis longtemps. Adieu petite maison minable et voiture bon marché. Adieu hivers sans fin et collègues ennuyeux. Adieu Netto, Fakta, Aldi et queues aux caisses de supermarché, devant ou derrière des gens qui étaient certes ses voisins, mais qui l'indifféraient complètement.

L'été éternel l'attendait derrière la porte de sa future existence et il était plus que jamais prêt à l'ouvrir en grand.

Il jeta un regard circulaire dans son bureau et ricana en apercevant les étagères où s'accumulaient les dossiers ennuyeux et les classeurs remplis de travaux sans intérêt. Ce serait une telle satisfaction de pouvoir envoyer tout cela aux chiottes !

Il eut ce rire qui donnait la chair de poule à son épouse. Il allait adorer lui infliger justement ce rire-là, le jour où il lui dirait adieu avec une petite claque sur la joue.

Son visage resta un long moment figé en un masque de jubilation, au point que ses muscles en furent presque douloureux. Puis sa secrétaire entra et posa un classeur sous ses yeux.

« Le dossier que vous m'avez apporté concerne effectivement un projet d'irrigation au Burkina Faso mais il s'agit de celui de l'année dernière, bien que la date sur la couverture soit bien celle de cette année. Serait-ce trop vous demander que de me fournir le bon ? »

René secoua la tête, agacé. Il faisait rarement des erreurs de ce genre.

« Je ferai attention, la prochaine fois », dit-il, sèchement.

C'est alors que René E. Eriksen revint sur terre.

Le bon dossier… Il baissa les yeux sur le reçu qu'il avait entre les mains.

Qu'est-ce qui lui prouvait que l'enveloppe à bulles contenait bien les documents qu'il attendait ?

Au bout du fil, Snap ne se montra pas très disposé à la conversation. Il s'était levé à six heures du matin, heure de Curaçao, et il estimait que lorsqu'on se préparait à être jet-lagué pendant au moins quarante-huit heures, on était en droit d'exiger un peu de tranquillité.

« Je t'ai envoyé le récépissé que tu m'as demandé, je ne vois pas ce que je peux faire de plus, dit-il. Tu verras ce qu'il y a dans l'enveloppe quand tu l'auras reçue, d'accord ?

— Et si ce ne sont pas mes actions ?

— Ce sont tes titres qui sont à l'intérieur de cette enveloppe, René. Fous-moi la paix et laisse-moi profiter de mes quelques jours de repos à Bountyland. »

René voyait son interlocuteur comme s'il l'avait en face de lui. Un embonpoint de rond-de-cuir bon vivant, persuadé d'avoir hérité à la naissance du droit de passer le premier pour récolter les bienfaits de l'existence.

Mais il faisait erreur sur un point : ce ne serait pas aux dépens de son vieil ami René.

« Non, Teis ! Je veux que tu appelles Brage-Schmidt et que tu le préviennes que si vous trichez avec moi, je vous dénonce pour escroquerie. J'ai trouvé une solution pour que vous ne puissiez pas m'entraîner avec vous dans votre chute, et elle est sans faille.

— Arrête ça, René. Nous sommes tous les trois mouillés jusqu'au cou dans cette histoire, et il y a des milliers de choses qui t'accusent et dont tu ne pourras pas te défendre. Nous avons été trop proches toutes ces années pour que tu aies encore des secrets pour moi, mon vieux. »

À ces mots, René aurait bien éclaté de rire mais la colère l'en empêcha. « Je vois. Malheureusement, Teis, je dois te dire que tu te trompes gravement. Tout ce qu'on verra, c'est que tu m'as donné des conseils avisés en matière de placements à plusieurs occasions et que c'est la raison pour laquelle j'ai pris des parts dans la banque Karrebæk afin de lui apporter mon soutien financier. Et comme je t'avais rendu quelques services à l'époque de nos études, tu m'as tenu informé des moments où les cours étaient les plus avantageux. C'est légal et c'est tout ce que prouverait une éventuelle enquête. Et si c'est aux actions Curaçao que tu penses, je te rappelle que ce sont des actions au porteur. Tu ne peux donc pas me menacer avec ça. Il y a autre chose ? Virements bancaires ? Correspondance ? Tu sais bien que non. Conversations téléphoniques, oui, évidemment. J'ai, en toute amitié, tenté de te dissuader de l'escroquerie que je vous soupçonnais depuis longtemps d'avoir mise en œuvre, Stark et toi. Un soupçon qui est devenu une certitude depuis que j'ai la preuve des agissements de Stark. Noir sur blanc. Eh oui, Teis. Et c'est cette version qu'aura la police, si les choses doivent en arriver là.

— Tu bluffes, René, ça ne te va pas. Souviens-toi que c'est moi l'animal des bois, libre comme un renard, et toi le petit mammifère tout gris qui vit dans un trou à rat. Arrête tes bêtises, et détends-toi, mon ami. Nous sommes dans le même camp, toi et moi, et dans quelques jours, la tempête sera passée. »

Quand vous aurez assassiné un gamin, c'est ça, songea-t-il. « Juste une question, Teis, dit-il à voix haute. Est-ce que tu m'as déjà entendu bluffer une seule fois depuis que tu me connais ? Est-ce que je ne t'ai pas toujours laissé ce soin ?

— Ça suffit, maintenant ! » Ce n'était pas la première fois que Teis lui criait dessus. Mais la dernière fois remontait à très longtemps. Il s'imagina le visage rouge et gonflé du banquier.

« Fais très attention, René ! Si tu nous menaces, pense à regarder derrière toi en permanence et où que tu ailles. »

Et il lui raccrocha au nez.

Teis réfléchit, le portable à la main, puis il sortit de la chambre, laissant sa femme se débrouiller seule avec les bagages. Il s'attendait à un échange houleux et préférait se mettre à l'écart.

« Alors ? dit son interlocuteur.

— Le paquet est parti. J'ai eu Eriksen au téléphone il y a deux minutes, il se doute de quelque chose.

— Ah oui ? Et ?... Tout ce qu'on risque en allumant un pétard, c'est qu'il explose.

— C'est pour ça que je vous appelle. Nous ne pouvons pas attendre d'avoir éliminé le gamin pour nous débarrasser d'Eriksen.

— Pourquoi ?

— Parce qu'il est en train de prendre des dispositions et que, le connaissant, il n'a pas assez d'imagination pour me mentir à ce sujet. Les gens ennuyeux ne sont pas doués pour le mensonge, et je pense malheureusement qu'il dit la vérité.

— Quel genre de dispositions ?

— Il a fabriqué des preuves qui accusent Stark et nous. René doit disparaître avant d'avoir eu le temps de s'en servir, ce qu'il ne manquera pas de faire quand il verra le contenu de l'enveloppe. Je ne pense pas que quelques feuilles de papier journal en langue papiamento remplacent à ses yeux ce qu'il espérait.

— Vous n'avez pas posté le paquet en courrier express, j'espère ?

— Bien sûr que non. Mais il ne tardera pas à arriver. Vous n'allez pas bientôt trouver ce putain de gamin ? Il n'a que quinze ans et toutes les ordures de la capitale à ses trousses. Ça ne peut pas être si difficile !

— On verra. »

Teis n'était pas un homme patient et il connaissait bien René E. Eriksen. Le stakhanoviste qui à l'université faisait ses devoirs sans jamais se plaindre. Celui qui avait toujours les meilleures notes parce qu'il était plus malin que les autres et qu'il savait comment mettre les professeurs dans sa poche. Non, décidément, Teis n'avait pas envie d'attendre.

« Je sais que si l'on respecte l'ordre des choses il faut que le garçon meure d'abord afin de rendre plausible le scénario selon lequel Eriksen l'aurait tué et se serait suicidé ensuite. Mais il doit y avoir un moyen de faire autrement. Est-ce qu'on ne pourrait pas enlever Eriksen tout de suite et attendre pour le tuer que le garçon soit mort ? Ce que je veux dire c'est que si Eriksen est présenté comme l'assassin d'un enfant, personne ne s'étonnera qu'il soit resté introuvable pendant quelques jours avant de commettre son crime. Du moment que les heures des décès sont respectées, c'est bon, non ? Il faut juste éviter que la police scientifique se pose trop de questions. »

Un long silence lui répondit.

« Vous avez peut-être raison, dit Brage-Schmidt, pas totalement convaincu. Mais dans ce cas, il faut qu'il disparaisse avant l'arrivée du paquet UPS.

— Le plus tôt sera le mieux. René Eriksen est chez lui tous les soirs, sa femme ne le laisse pas sortir. »

Son interlocuteur éclata d'un rire déplacé et cruel qui mit Teis Snap étrangement mal à l'aise. Il allait beaucoup trop bien avec le sentiment qu'il avait d'être en train de lever la hache du bourreau sur la nuque de son vieux copain de classe.

« Si Eriksen a une femme, il n'y aura qu'à l'enlever en même temps ! »

Teis secoua la tête. « Vous pouvez l'envoyer directement au sommet de Bloksbjerg, en ce qui me concerne. Je n'ai jamais pu supporter cette mégère.

— D'accord. Alors on fait comme ça. Je m'en charge. Je vais appeler les gens qui se sont occupés de Stark. Un petit cambriolage et ce sera réglé ! Ce ne sera pas leur premier. La seule différence étant que cette fois, ils emmèneront les occupants de la maison. » Clic. Brage-Schmidt avait raccroché.

Teis referma le clapet de son portable et jeta un coup d'œil dans la chambre où sa femme était en train de fermer les valises.

Il regarda l'heure. Parfait.

Excellent timing.

Eriksen rentra chez lui assez tard et se comporta comme d'habitude. Comme sa femme n'aimait pas qu'il l'embrasse sur la bouche – elle trouvait cela répugnant à cause du dentier, mais qu'y pouvait-il si sa parodontose galopante était irréversible ? –, il se borna à embrasser la joue de son visage renfrogné. Il alla se servir un verre et emporta son plateau devant la télévision qu'il alluma sur la chaîne d'informations. Hormis la gaffe de Lars von Trier sur le nazisme, c'était toujours les mêmes histoires à propos des mêmes conneries. Qui cela pouvait-il intéresser de savoir que la reine Élisabeth se rendait en Irlande ? À part un Irlandais, peut-être. En tout cas René n'en avait rien à foutre et sa femme non plus. Elle ronchonnait comme chaque soir dans la buanderie, concentrée sur ses propres problèmes : le ménage, les disputes de sa fille avec son mari, le bouton de sa blouse qui était introuvable depuis la dernière fois qu'elle était passée en machine, sans compter le repassage de tout ce qui avait le malheur de présenter le moindre petit pli.

Vivement que tout cela soit de l'histoire ancienne, se dit-il en s'enfonçant dans le canapé.

Soudain, la baie vitrée du séjour explosa et les fragments se dispersèrent dans toute la pièce. L'adrénaline fit bondir René sur ses pieds, et son assiette pleine tomba sur le tapis. Les deux types qui entrèrent par la vitre brisée portaient des cagoules avec des trous pour les yeux. Sans un mot, ils vinrent assener à René E. Eriksen un grand coup de poing sur la tempe, le faisant retomber dans le canapé. Alors qu'il gisait là, les jambes secouées de tremblements, il entendit l'un des deux hommes dire en anglais à son compagnon qu'à présent ils allaient s'occuper de la bonne femme.

Ils le frappèrent à nouveau, avec violence, mais bien qu'il vît trente-six chandelles, il ne perdit pas connaissance. Ses bras étaient mous, ses jambes ne lui obéissaient plus, mais sa tête fonctionnait encore.

Qu'est-ce qui se passe ? songea-t-il, essayant de bouger tandis que ses agresseurs fouillaient la maison. Il entendit du remue-ménage au premier étage, comme si on déplaçait brutalement tous les meubles et qu'on arrachait les rideaux et les couvre-lits. En revanche, de la lingerie où il savait que se trouvait sa femme, ne venait pas un bruit.

« *Is she downstairs*[1], *Pico ?* » cria celui qui était monté.

René était terrifié. Comme tout le monde, il avait entendu parler de cambriolages à domicile en présence des propriétaires, la nouvelle plaie de l'époque. La quiétude domestique qui soudain se transformait en une scène de film de série B ! Les gens normaux assassinés dans leur propre maison n'appartenaient plus à la fiction et René avait peur. Qu'un frimeur avec une grande gueule et un gros portefeuille plein de billets, et Dieu sait si les rues regorgeaient de ce genre de types, trouve sur son chemin des individus suspects qui viennent l'en soulager, René pouvait le comprendre. Mais il était l'homme le plus modeste qui soit !

Que pourraient-ils me voler ? se demandait-il. Je n'ai rien. La télé est vieille, les bijoux de ma femme sont en toc, mes actions Karrebæk sont dans un coffre à la Nordea…

Les réflexions de René s'arrêtèrent là.

1. En anglais dans le texte : « Elle est en bas ? »

« Si tu nous menaces, pense à regarder derrière toi », l'avait prévenu Teis Snap.

René Eriksen en eut froid dans le dos.

Et s'ils n'étaient pas venus pour les cambrioler ? Et s'ils étaient là pour les tuer ?

Il tourna avec difficulté la tête vers la buanderie tandis que le type qui avait crié descendait l'escalier en courant.

« *What the hell*[1] *!* » s'écriait-il l'instant d'après dans le cellier.

Que se passe-t-il ? se demandait René en boucle en entendant des cris et des bruits sourds. Pendant un instant, tout devint silencieux, et puis le tumulte recommença.

Alors qu'il était en train de se dire que sa femme n'avait tout de même pas mérité cela, il entendit la porte de la lingerie claquer bruyamment.

René sentait à nouveau le plancher sous ses pieds et le contact des coussins du canapé dans son dos. Il courba la tête et passa la main sur sa nuque pour vérifier s'il saignait. En constatant qu'il n'avait qu'une mince pellicule de sang sur le bout des doigts, il posa ses mains à plat sous ses fesses et se poussa pour se relever, sentant toute la pièce tourner autour de lui.

Il n'avait plus qu'une obsession, sortir de cette maison et disparaître le plus loin possible.

« Et où tu vas comme ça ? » dit une voix tranchante dans son dos alors qu'il se dirigeait vers la porte-fenêtre en titubant sur les débris de verre.

---

1. Juron anglophone qu'on pourrait traduire par : « Mais qu'est-ce que c'est que ce merdier ! »

Il se retourna pour se trouver nez à nez avec deux yeux furibonds dans un visage pâle comme un linge.

« Pourquoi n'es-tu pas venu à mon secours ? grogna sa femme, en blouse de ménage éclaboussée de taches de sang avec à la main son cher fer à repasser qui gouttait sur le plancher. Mais rassure-toi, pauvre lâche, ils ne reviendront pas de sitôt, dit-elle d'une voix vibrante en regardant le désordre laissé par l'explosion de la baie vitrée. J'ai frappé le premier à la mâchoire avant qu'il me voie et l'autre en a pris pour son grade aussi. Et toi, on peut savoir ce que tu fichais pendant que je leur réglais leur compte ? » demanda-t-elle en toisant son mari.

René secoua instinctivement la tête. Toute explication aurait été vaine.

« Rien, n'est-ce pas ? Alors maintenant tu vas me dire qui ils étaient, René ? lui ordonna-t-elle, froidement. Je sais que tu le sais parce qu'ils connaissaient mon nom.

— Je te jure que je l'ignore. Je suis aussi choqué que toi. Ils ont débarqué de nulle part.

— Moi, je crois que tu le sais très bien, vois-tu. Si le deuxième n'avait pas été si dur au mal et s'il n'était pas parti en portant son copain alors que sa figure le brûlait encore après le coup de fer à repasser, j'aurais réussi à savoir ce que tu complotes. »

Elle traversa prudemment le sol jonché de morceaux de verre et alla décrocher le téléphone.

« Je peux les décrire, je leur ai arraché leur cagoule. » Elle ricana. « Ce n'était que d'affreux petits gitans et ils ne méritent que la prison. »

Mais René ne voyait pas les choses de cet œil-là. Il n'allait pas se retrouver en porte-à-faux devant la police parce que sa femme avait une grande gueule et nourrissait des soupçons. Il lui interdit purement et simplement d'appeler. Il ne voulait surtout pas attirer l'attention sur lui, quarante-huit heures avant son exil permanent et volontaire. S'il y avait un coup de téléphone à donner, c'était à un vitrier, mais d'abord, il fallait qu'il assomme sa femme avec une bonne dose de somnifères. L'emmerdeuse râlait à présent parce qu'il lui avait pris le combiné des mains pour le reposer sur sa base. La harpie lui crachait au visage le mépris qu'elle avait pour lui, pour sa mollesse, sa lâcheté, son dentier de travers et sa mauvaise haleine.

Quand elle eut fini de cracher son fiel, il lui tourna le dos et monta dans sa chambre.

Pas pour dormir, il en était bien incapable, bien que ce soit déjà sa deuxième nuit blanche, mais parce qu'il voulait être tranquille pour téléphoner à Snap et lui demander des comptes sur ce qui venait de se passer.

Il regarda l'heure. Si ses calculs étaient bons, il était actuellement un peu moins de trois heures de l'après-midi à Willemstad. Les banques de Curaçao fermaient dans une demi-heure.

Il remonta dans son journal d'appels et trouva le numéro de l'hôtel.

« Je regrette, monsieur, Mejnheer et Meijnvrouw Snap ont quitté l'hôtel il y a deux heures, l'informa le concierge. Ils avaient un avion à prendre pour le Danemark.

— Un avion ?

— Oui, monsieur, le vol de la KLM de quinze heures trente avec une escale à Amsterdam. »

Il dit merci et au revoir bien poliment et se frotta le visage. Puis il appela la banque sur Santa Rosa Weg à Willemstad pour prendre des nouvelles de ses actions.

« *Goedemiddag*, monsieur Eriksen. Ne vous inquiétez pas, il n'y a pas eu de problème. Nous avons bien reçu votre pouvoir et M. Snap a pu prendre possession du contenu de votre coffre. »

Il n'y avait pas eu de problème, selon le banquier.

René E. Eriksen n'était pas du tout de cet avis.

26

Boy était resté caché dans un arbre creux pendant plus de soixante heures avant que les garçons de Mammy le trouvent.

Ils lui donnèrent le choix et ce choix était simple. Soit ils lui arrachaient les bras et ils l'éventraient, soit il venait avec eux et il devenait l'un des garçons de Mammy.

Pouvait-on vraiment parler d'un choix ? Les cadavres de sa famille gisaient un peu plus loin, gonflés de gaz dans les fourrés et tout ce qu'il avait connu et aimé avait été réduit en cendres.

En moins d'un mois, Boy était devenu comme les autres enfants soldats. Dur et sans pitié. Avec, comme unique peur, celle de se faire poignarder par l'un des siens.

L'un des siens ! Appeler « siens » ces garçons qui avaient froidement assassiné sa merveilleuse famille, décapité son chien et lui avaient enlevé toute humanité !

Et tandis que les Hutus et les Tutsis, Mobutu, Kabila et les buveurs de sang venus de tous les pays tentaient d'effacer les frontières et de s'anéantir mutuellement, Boy apprenait à dormir avec la Kalachnikov dans les bras et à rêver du sang de ses soi-disant ennemis, qu'il allait faire couler sans la moindre hésitation.

Sans Mammy et son projet très personnel, un jour où l'autre, il aurait très certainement fini par retourner le couteau contre lui.

Elle choisissait ses soldats d'élite avec soin. Car ils devaient former autour d'elle un bouclier qui la protégeait contre le reste du monde. Personne ne savait comme Mammy tourner les choses à son avantage et quand elle jouissait d'un privilège, il en allait de même pour ses gardes du corps. C'était ainsi qu'elle s'assurait de leur loyauté.

Quand un semblant de paix s'installa enfin au Congo en 1999, Mammy avait réuni autour d'elle une armée de pas moins de quinze assassins parfaitement entraînés, et la paix ne faisait pas du tout son affaire. Elle se demanda à quoi elle allait bien pouvoir utiliser ces tueurs sans scrupules, s'ils n'avaient plus personne à tuer.

Mammy n'était pas du genre à se laisser abattre. Dans le sillage des conflits en Afrique, il y avait des tas de gens intéressants que la paix n'arrangeait pas autant qu'ils l'auraient cru. Des gens qui avaient gagné beaucoup d'argent, mais que la fin de la guerre avait ruinés. C'est par l'intermédiaire de ce type de relations que Mammy entrevit un avenir pour elle et ses garçons.

Mammy devint la femme à qui on s'adressait quand on voulait éliminer quelqu'un. Et c'est dans une circonstance comme celle-là que Boy avait rencontré Brage-Schmidt.

Personne n'expliqua à Boy pourquoi Brage-Schmidt voulait faire disparaître les cinq hommes d'affaires français de Bois Boqueteau, mais Boy n'avait nul besoin de le savoir. Sans poser de questions, il les suivit jusqu'à la frontière de la Namibie et il leur coupa la tête, l'un après l'autre, pendant leur sommeil.

Brage-Schmidt fut satisfait et il donna à Mammy un bonus supplémentaire de cent mille dollars. Il lui proposa cent mille supplémentaires pour que Boy devienne son nettoyeur personnel. Mammy hésita car Boy était son chouchou. Mais quand Brage-Schmidt lui promit qu'il traiterait Boy comme son propre fils et qu'il lui ferait faire de nouvelles dents pour remplacer celles qu'il avait perdues au combat, s'assurerait qu'il ait une éducation, qu'il apprendrait à parler plusieurs langues et toutes sortes d'autres choses, elle finit par céder, non sans avoir d'abord âprement négocié.

Boy leur était éternellement reconnaissant à tous les deux de cet arrangement, et depuis ce jour, il n'avait plus eu besoin de tuer.

Pas de ses propres mains, en tout cas.

Boy avait copieusement engueulé Zola après l'attaque ratée au domicile d'Eriksen. Il réfléchit quelques instants à la situation.

Mammy et deux de ses meilleures recrues étaient en route. Il attendait son appel d'une minute à l'autre. À condition bien sûr que l'avion se soit posé à l'heure à l'aéroport de Kastrup. Mammy tenait toujours ses engagements.

Il eut tout juste le temps de baisser les yeux sur sa montre que le téléphone sonnait.

« Dis-moi tout, chéri, dit-elle d'une voix grave.

— Vous avez décidé combien de temps vous pouvez rester en ville ? lui demanda-t-il.

— Environ cinquante-huit heures. Nous devons être à Bruxelles samedi matin au plus tard pour un autre travail.

— OK. Je sais que vous êtes bons. Ça devrait aller. Mais il faut que je vous prévienne que le gamin est futé. Il ne sera pas facile à trouver.

— J'ai sa photo et sa description sous les yeux. Qu'est-ce qu'il a de si spécial ?

— À voir comment il se débrouille on pourrait croire qu'il a grandi dans le bush. Moi j'ai dû me cacher dans un arbre creux pour survivre, mais lui il anticipe. S'il n'était pas aussi fort, sa propre famille l'aurait rattrapé depuis longtemps. C'est un rat dans un réseau d'égouts, un oiseau sur la branche, Mammy. »

Elle rigola. « Mais toi on t'a trouvé, Boy. Et tu me dis que son clan et toute une bande de mercenaires des pays de l'Est sont à sa poursuite ?

— Oui. Et ils l'ont aperçu à plusieurs reprises.

— Je vois. Nous serons à l'hôtel Square dans une demi-heure. Viens nous rejoindre dans une heure. Tu nous montreras ce que tu as. »

La chambre était exiguë mais la vue excellente. Mammy était installée dans un divan à motif écossais, qu'elle occupait presque entièrement. Elle avait plus de réserves qu'elle en avait jamais eu, comme elle disait avec une certaine fierté.

Boy salua les deux garçons d'un noir intense, en polo de basket, qui regardaient les informations sur la NBC, vautrés sur le lit, une pile d'oreillers dans le dos. Ils devaient avoir une vingtaine d'années mais leurs visages avaient quelque chose de presque archaïque avec leurs rides profondes et cette expression incrédule devant tout ce qui faisait courir les gens normaux. Boy savait ce qu'ils ressentaient. Le bonheur pour eux, c'était de passer une bonne nuit de sommeil après avoir baisé comme des brutes. Et de tuer, bien sûr.

« Nous sommes allés faire un petit tour dans la rue, ce soir, dit Mammy. Tu avais raison dans tes lettres à propos des Danois. Ils ne nous voient pas. Il suffit que nous marchions un peu séparés et ils ne nous accordent pas un regard. C'est parfait, Boy. »

Elle lui donna une petite tape sur la cuisse. Il y avait longtemps qu'ils ne s'étaient pas vus.

« Tu as l'air en forme, mon garçon. Bientôt trente ans ! Combien de tes camarades peuvent se vanter d'arriver jusque-là ? » Elle jeta un coup d'œil vers ses deux chiens de garde couchés sur le lit. « Hé, vous deux, regardez-moi celui-ci. Vous pourrez devenir comme lui un jour si vous faites plaisir à Mammy.

— D'accord, Mammy », dirent-ils en chœur avant de retourner dans leurs limbes.

Boy sourit et tendit à Mammy les cartes des quartiers de Copenhague où Marco avait été vu, l'endroit où l'on pensait qu'il avait vécu et ceux où on s'attendait à le voir évoluer ces jours-ci.

Son vieux regard plein de sagesse parcourut les grandes artères de la capitale, les secteurs où étaient concentrées les rues étroites, elle repéra les gares et les nombreux espaces verts. Boy fut comme toujours étonné de la rapidité avec laquelle elle était capable d'enregistrer la topographie d'un nouveau territoire et ses cachettes possibles.

Quand ils eurent terminé, elle lui promit qu'il pouvait d'ores et déjà considérer ce garçon comme mort et que c'était toujours un plaisir de travailler pour lui et Brage-Schmidt.

Boy hocha de la tête. Quand les remerciements sont rares, ils ont plus de valeur.

« Trouvez ce garçon et tout le monde sera content, dit-il en se tournant vers les types sur le lit. C'est un serpent, mais je compte sur vous pour le harponner. »

Les deux jeunes gens se redressèrent sur leurs coudes. Comme tous les soldats, ils prenaient le briefing au sérieux. Parfois, c'était la seule façon de se prémunir contre une embuscade et une mort brutale. Ici, à Copenhague, ils allaient être confrontés au risque d'emprisonnement et à des codes de comportements nouveaux.

Alors, ils se concentrèrent sur ce que Boy avait à leur dire.

« Restez à proximité de Zola ou de ceux qui travaillent pour lui. »

Il leur jeta deux feuilles de papier sur lesquelles étaient imprimés les portraits des hommes de Zola. Leurs yeux de reptiles absorbèrent les images. Ces deux garçons n'avaient décidément pas été choisis au hasard.

« Dès que Zola ou les autres auront cerné le garçon, vous vous tiendrez prêts à prendre le relais. Ils ne vous tiendront pas nécessairement informés, alors ne les quittez pas des yeux. »

Ils acquiescèrent.

On n'attrapait pas un oiseau avec un filet aux mailles trop larges.

27

Carl fut réveillé par la chaleur inhabituelle du soleil sur sa peau et une odeur de parfum sucré et de sexe.

Il dilata les narines et respira goulûment les souvenirs de passion et d'intimité qui flottaient dans la chambre. Oh mon Dieu, songea-t-il, gardant les yeux bien fermés, glissant une main sous la couette, sentant son sexe à moitié en érection et ses fesses pressées contre la peau douce d'une femme.

Il ouvrit prudemment les yeux pour découvrir un plafond orné de stuc bicolore et la lumière tamisée d'une lampe recouverte d'un foulard de soie.

Aïe, se dit-il, prenant tout de suite conscience de la situation pour le moins compliquée dans laquelle il s'était mis.

« Tu es réveillé ? » ronronna Lisbeth dans son cou.

Il n'osa presque pas répondre.

Elle remua un peu, enterra son visage duveteux au creux de son épaule et se mit à caresser son nombril et les poils de sa poitrine de ses doigts agiles.

« Dis-moi qu'on va se revoir », murmura-t-elle à son oreille en lui massant le bas du ventre avec l'intérieur de sa cuisse.

Oh, mon Dieu, songea-t-il une deuxième fois, s'efforçant de ne pas soupirer.

À vrai dire, il était complètement paumé. Faire l'amour avec elle avait été extraordinaire. Malgré son « manque d'entraînement », selon la formule qu'elle avait utilisée, il n'y avait eu aucune gêne entre eux. Heureusement d'ailleurs qu'elle manquait d'entraînement, sinon il n'aurait sans doute pas survécu.

« C'était bien, cette nuit, nous deux, tu ne trouves pas ? » lui demanda-t-elle en frottant son nez contre celui de Carl. C'était agréable. Il n'avait pas l'habitude de ce genre de câlineries.

« Tu étais magnifique et délicieuse, Lisbeth. Et tu l'es encore », répondit-il, en pensant ce qu'il disait.

Il fuit son regard plein de tendresse et referma les yeux, rempli de remords. Qu'est-ce qu'il était en train de faire ?

« Tu sais quelle heure il est ? demanda-t-il comme s'il était prêt à dormir quelques heures de plus.

— Huit heures, mais tu n'es peut-être pas obligé d'aller travailler tout de suite, si ? »

Elle gloussa, et ses caresses descendirent vers le bas. Elle commençait déjà à respirer plus fort.

« HUIT HEURES ! s'écria-t-il, s'arrachant à son étreinte. J'ai une réunion au bureau dans vingt minutes. Merde ! Il fallait que ça tombe aujourd'hui ! Je suis désolé, Lisbeth, mais il faut vraiment que j'y aille. »

Il évita de la regarder pendant qu'il sautait dans son pantalon et qu'il enfilait ses chaussures sans mettre ses chaussettes.

« Désolé, désolé, désolé », dit-il en lui faisant un rapide baiser sur les lèvres. Il partit très vite pour qu'elle n'ait pas le temps de lui poser l'inévitable question : « Quand est-ce qu'on se revoit ? »

Comment répondre à une question pareille ?

Quel merdier, se disait-il en essayant de se souvenir d'où il avait garé sa voiture. Il se rappelait vaguement qu'ils s'étaient embrassés contre le tronc d'un cerisier en fleur et que l'arbre se trouvait à proximité d'une scène de crime dans le lotissement de Syvstjerhusene où il avait mené une enquête il y a plusieurs années. Ils s'étaient roulé des pelles comme deux adolescents en se pelotant sauvagement. C'était vachement bien, mais merde ! Il était où maintenant ce foutu cerisier ?

Elle lui avait demandé de garer la voiture à quelques rues de chez elle parce que ses voisins connaissaient bien son ex-mari.

Tandis qu'il fouillait toutes les rues voisines, se sentant incroyablement stupide, l'image de Mona ne cessa de le hanter douloureusement. Comment pouvait-il continuer à l'aimer aussi fort alors qu'elle l'avait jeté comme un vieux Kleenex ? Et pourquoi se sentait-il aussi coupable et sale ? Lisbeth n'avait rien d'un vulgaire coup en passant. Elle était adorable, tendre et intelligente.

Peut-être était-ce justement à cause de cela ?

Il parcourut encore une ou deux rues, notant au passage que les cerisiers étaient particulièrement prisés dans ce quartier. Que dirait Mona si elle le voyait en train de chercher sa voiture comme un gamin perdu ? Que dirait-elle si elle sentait l'odeur qui se dégageait de lui en ce moment ?

Et que ressentirait-il si elle faisait la même chose que lui ?

Il ferma les yeux à cette idée.

Rien ne prouvait d'ailleurs qu'elle ne l'avait pas déjà fait.

Carl rouvrit les yeux pour constater qu'il était revenu à son point de départ. En tout cas, il pouvait voir les rideaux verts derrière lesquels il y a peu, dans les bras d'une inconnue, il se moquait éperdument de ce que Mona pouvait penser.

C'est alors qu'il aperçut sa voiture. À moins de cinquante mètres de la maison de Lisbeth. Comment avaient-ils pu mettre aussi longtemps à parcourir une distance aussi courte ?

Il fouilla dans sa poche pour dénicher ses clés et y trouva un objet qui n'aurait pas dû s'y trouver.

Son portefeuille.

Carl fronça les sourcils. Se demanda s'il avait pu être assez distrait pour ne pas vérifier toutes ses poches quand il avait cru l'avoir perdu.

Mais il savait que ce n'était pas possible. Alors qu'avait-il pu se passer ? C'était vraiment étrange. Est-ce que c'était Lisbeth qui avait voulu lui faire une blague ? Est-ce qu'elle voulait faire de lui son débiteur ? Peut-être s'était-elle dit que cela arrangerait ses affaires et contribuerait à l'attirer dans son lit ? Peut-être avait-elle pensé que c'était la façon la plus sûre de le ferrer ?

Il secoua la tête, incrédule. Si elle avait fait ça et cru ça, elle était folle à lier.

Il ouvrit le portefeuille, pensant y trouver un message du genre :

« Désolé, chéri. Tu paieras la prochaine fois. »

Ou simplement : « Je suis dingue de toi, appelle-moi. » Avec son numéro en dessous.

Il sourit en découvrant effectivement un morceau de papier inconnu plié entre ses reçus de carte de crédit. Il se donna moralement une tape sur l'épaule. *Tu es un bon flic, Carl Mørck. On ne te la fait pas, haha !*

Mais le message n'était pas celui auquel il s'attendait. Mais alors pas du tout.

Il s'agissait de l'impression d'une photo par satellite des alentours de Kregme. Au milieu de laquelle on avait tracé une croix.

« Le cadavre de William Stark est ici, avait-on écrit d'une écriture irrégulière. C'est Zola qui l'a tué. »

Et il y avait une adresse. À Kregme, également.

Il se passa une bonne heure avant que Carl ait pu récupérer Assad et qu'ils arrivent enfin à la petite parcelle de forêt bordée d'un côté par un lac et une route nationale et de l'autre par un petit bois et des champs de céréales.

« Ça ne sent pas bon, ici », grommela Assad en regardant d'un air dégoûté un tracteur en train d'épandre du lisier sur les cultures. Mais Carl avait l'habitude. Il venait d'une région où on savait que l'odeur de merde était à terme une odeur de gros sous. Quand on était un paysan avec de l'ambition, il ne fallait pas lésiner sur la merde.

« Tiens, regarde, là, c'est un peu plus dégagé », dit-il en regardant l'endroit où la route amorçait sa descente.

Il étudia la carte trouvée dans son portefeuille. « Tu penses que nous devons nous enfoncer dans le bois jusqu'où ? »

Assad gratta sa barbe naissante. « Maximum soixante-quinze mètres. Peut-être cent. »

Comment soixante-quinze mètres *au maximum* pouvaient-ils tout à coup se transformer en cent ?

« Oui, c'est ce que j'aurais dit aussi. Et je partirais de l'endroit où la lisière de la forêt est un peu en recul par rapport à la route. » Carl montrait du doigt le renfoncement qui figurait sur la photo satellite. « C'est là que j'entrerais dans le bois si je transportais un cadavre. On peut garer une voiture au bord de la nationale et ouvrir le coffre face à la forêt sans être vu, sauf si quelqu'un passe à côté à trente à l'heure, ce qui n'arrive jamais à Trifouillis-les-Oies, je peux te l'assurer.

— Trifouillis-les-Oies ? Je croyais qu'on était à Kregme ? Je me souviens du nom à cause de la crème dans les gâteaux.

— C'est une expression pour dire qu'on est dans un trou paumé, Assad. »

Ils marchèrent avec précaution dans le sous-bois, cherchant d'éventuelles branches cassées ou des cailloux enfoncés dans l'humus. Et étrangement, il y en avait beaucoup. Il ne devait pas y avoir très longtemps que quelqu'un était passé par là.

« On dirait qu'il y a eu un troupeau tout entier, ici », dit Assad en désignant un tas de feuilles écrasées.

Carl acquiesça et leva les yeux vers la canopée à travers laquelle on voyait approcher des nuages d'un noir d'encre. Est-ce qu'il allait se mettre à pleuvoir, maintenant ? Ce ne serait vraiment pas de chance après le soleil de plomb de ces deux derniers jours.

« Je ne crois pas que nous soyons rentrés assez loin dans le bois, alors, chef. On voit encore les lumières des phares à travers les arbres. Ce qui veut dire qu'on est également visibles de la route. »

Carl hocha la tête avec un regard inquiet vers le ciel. Il devrait peut-être appeler la patrouille de maîtres-chiens. Sans eux, ce ne serait pas facile.

Il jura et se dit que malgré l'esthétique douteuse et le parfait ridicule d'une paire de bottes en caoutchouc, la prochaine fois qu'il aurait à faire ce genre de chose, il se ferait une raison. Ses chaussures étaient déjà complètement trempées.

« Hé ! cria Assad sur son côté gauche. Je crois que j'ai trouvé ! Mais il n'y a pas de cadavre, alors. »

Carl fronça les sourcils et alla rejoindre Assad au bord d'un trou autour duquel les branches des buissons étaient cassées ici et là. Un monticule de terre meuble s'élevait sur un tapis de feuilles mortes devant le bout des vieilles chaussures déformées d'Assad. Quelqu'un avait creusé à cet endroit récemment.

Carl sortit sa carte Google de sa poche et tenta en vain de voir s'il pouvait localiser sur le terrain quelque chose qui figure sur le plan. Un grand arbre ou une clairière, ou quoi que ce soit.

« Tu es sûr que nous sommes au bon endroit ? »

Assad acquiesça.

« Oui. À moins que les renards du coin se promènent avec une perruque en vrais cheveux humains, je pense que la preuve est là. »

Il pointa le doigt vers la fosse. Il avait raison. Il y avait bien des cheveux. Des cheveux roux.

« Tu te tiens tranquille et tu te tais, Assad. Si tu veux dire quelque chose au cours de l'interrogatoire, tu me fais un signe d'abord, OK ? »

Ils montèrent l'allée jusqu'à la maison qui selon le message était celle du dénommé Zola.

Assad acquiesça. « Je vous promets sur la tête de ma mère que je vais sauter, danser et faire le sémaphore si j'ai une question à poser, chef.

— Du calme, Assad. Pas besoin d'en faire trop non plus. » Carl sonna à la porte tout en regardant autour de lui. Ils se trouvaient dans un lotissement banal, dans une petite ville de la partie nord du Seeland où les gens n'ont pas trois voitures rangées dans leur garage.

En parlant de voiture, une camionnette jaune, sans autre signe distinctif que sa plaque d'immatriculation, était garée devant l'entrée. Il devait donc y avoir quelqu'un, même si l'endroit semblait étrangement calme.

« L'analyse ADN nous dira si les cheveux que nous avons trouvés là-haut sont les mêmes que ceux trouvés dans la maison de Stark, dit Carl en tapotant la poche dans laquelle il avait mis la pochette plastique. Ce serait une sacrée percée dans l'enquête. Mais je me demande vraiment qui est ce garçon qui en sait autant sur cette affaire.

— En tout cas, il a dû venir dans cet endroit à un moment ou à un autre, vous ne croyez pas ? dit Assad, le nez enfoncé dans la fente de la boîte aux lettres.

— Tu vois quelque chose ? » Carl avait à peine terminé sa phrase que la porte s'ouvrit brusquement.

Un type d'une taille impressionnante apparut sur le seuil et regarda Carl puis Assad qui était toujours accroupi sur le paillasson, le regard belliqueux et l'air légèrement incrédule.

« Qu'est-ce que vous venez faire ici ? » demanda-t-il avec la froideur méprisante qu'on rencontre en général à l'accueil d'une multinationale ou chez un employé du Trésor public juste avant l'heure de la fermeture.

Carl sortit sa carte de police. « Nous aimerions parler à Zola », dit-il, s'attendant à voir apparaître sur les lèvres de son interlocuteur un sourire narquois et à l'entendre dire que l'homme qu'ils venaient voir n'était malheureusement pas chez lui.

« Une seconde », répondit-il. Deux minutes plus tard, on les avait fait entrer dans un salon qui aurait fait pleurer n'importe quel architecte d'intérieur. Un étrange choix de couleurs donnait l'impression lugubre que les murs allaient vous tomber dessus, impression aggravée par les épais tapis muraux, les portraits d'individus grandeur nature et toutes sortes de masques vaudous et de bibelots. L'effet était à la fois pompeux et mystérieux et en fort contraste avec les petites chambres spartiates, aux lits superposés, qu'ils avaient aperçues en passant dans le corridor.

Zola entra avec un sourire carnassier qu'il avait choisi de ne pas montrer sur ses portraits au mur, suivi par un immense chien-loup tout en jambes.

« Que me vaut l'honneur ? » dit-il en anglais en les invitant à s'asseoir.

Carl lui expliqua rapidement la raison de leur présence tout en détaillant l'homme qui était assis en face de lui. Il avait les cheveux longs. Une apparence soignée. Un regard profond. Il portait une chemise bariolée de style presque hippie et un pantalon ample. Il était la réincarnation de ces gourous qui étaient légion à une certaine époque.

Il n'eut aucune réaction en apprenant qu'un cadavre avait probablement été enterré à proximité de son domicile, et qu'il avait lui-même été cité comme étant la personne susceptible de fournir des informations à ce sujet. En revanche, lorsque Carl parla du garçon, Zola haussa les sourcils et se pencha vers eux.

« Voilà qui explique beaucoup de choses, dit-il. Le jeune homme est-il actuellement sous votre garde ?

— Non. Pourquoi dites-vous que cela explique beaucoup de choses ?

— Cela explique pourquoi vous venez me voir pour me poser toutes ces questions. Marco est un psychopathe nuisible que je ne souhaite à personne de croiser sur son chemin.

— Il s'appelle Marco ? »

Il tourna légèrement le buste et fit signe au gaillard debout à sa droite de se pencher afin qu'il puisse lui parler à l'oreille. Le géant quitta la pièce.

« Oui. Il vivait avec nous depuis qu'il était tout petit, mais il s'est enfui il y a six mois. Ce n'est pas un gentil garçon.

— Pouvez-vous nous communiquer son nom complet ? Et son âge ? Sa date et son lieu de naissance également. Numéro de Sécurité sociale, etc. », demanda Assad avec une sécheresse administrative.

Carl regarda son assistant qui se tenait prêt, stylo et calepin à la main. À ses mâchoires crispées, il comprit qu'Assad détestait cet homme. Et se demanda ce qui lui avait échappé.

Zola eut un petit sourire. « Nous ne sommes pas de nationalité danoise et aucun d'entre nous n'a de numéro de Sécurité sociale. Nous ne vivons au Danemark que par intermittence et les maisons appartiennent à notre société.

— *Vos* maisons ? s'enquit Carl.

— Oui. Celle-ci et celle d'à côté. Le garçon s'appelle Marco Jameson, il a quinze ans. C'est un drôle d'enfant. Nous avons fait de notre mieux pour l'élever mais il a mal tourné.

— Quelle est votre activité, au Danemark ? insista Assad.

— Le commerce, dans divers domaines. Nous achetons du design danois et nous le revendons à l'étranger. Nous importons des tapis et de l'artisanat d'Afrique et d'Asie. Nous sommes marchands depuis plusieurs générations, et nous travaillons en famille, au sens large du terme.

— Famille au sens large ? Vous pouvez être plus précis ? » lui demanda Assad avec une note polémique dans la voix et les sourcils obliques. Carl commença à craindre qu'il ne le morde.

« Certains d'entre nous ont des liens familiaux réels, d'autres se sont greffés au fil des années.

— D'où venez-vous, à l'origine ? » voulut savoir Carl.

Zola tourna tranquillement la tête vers lui. On aurait dit que l'homme était confronté à un dilemme et qu'il se demandait duquel des deux flics il devait se méfier le plus.

« Nous venons d'un peu partout, dit-il. Moi, de Little Rock, d'autres du Mid-Ouest, il y a quelques Italiens et plusieurs Français. Il y a un peu de tout.

— Et vous, vous êtes leur dieu, dit Assad avec un geste du menton vers les photos de Zola format poster qu'il avait affichées sur ses murs.

— En aucune façon. Je suis simplement à la tête de notre clan. »

Un nouvel individu entra dans la pièce en compagnie de l'homme à la stature de garde du corps qui les avait reçus. Comme Zola, il avait la peau mate et vaguement l'air d'un Latino-Américain. C'était un bel homme avec des cheveux très noirs, des yeux d'un brun foncé et des pommettes qui auraient dû lui donner un air viril et dynamique. En l'occurrence ce n'était pas le cas.

« Je vous présente mon frère, dit Zola. Nous devons parler affaires, lui et moi. »

Carl salua le nouveau venu d'un signe de tête. Il était légèrement voûté et un peu trapu. Il avait un regard gentil mais un peu veule. Si l'on pouvait dire d'un regard qu'il était tremblant, c'était ce qui définissait le mieux celui de cet homme.

« Que signifie être à la tête du clan, si vous n'êtes pas tous de la même famille ? Vous êtes un genre de communauté, une confrérie, peut-être ? » demanda Assad. Il avait commencé à écrire sur son bloc. De l'endroit où se trouvait Carl, cela ressemblait à du chinois.

« Oui, mon ami, quelque chose de cet ordre.

— Et ce Marco, dit Carl. Il a des liens familiaux avec quelqu'un ici ? Et si oui, pourrions-nous poser des questions à cette personne ? »

Zola secoua lentement la tête avec un regard pour l'homme qui venait de les rejoindre. « Malheureusement, non. Sa mère est partie avec un autre homme et son père est mort. »

Zola savait maintenant que ce qu'il craignait depuis longtemps s'était produit. Marco avait parlé.

Ce qu'ils avaient tout fait pour éviter était arrivé. Et même si pour rien au monde il n'aurait voulu l'avouer, Zola était inquiet.

Il détestait voir les yeux ronds de l'Arabe passer de l'un à l'autre de ses portraits, accrochés partout sur les murs et entourés de couronnes de fleurs. Il détestait la façon dont il regardait l'argenterie et les candélabres dorés. Et outre son indiscrétion, déjà assez irritante en soi, il y avait quelque chose chez lui qui mettait Zola mal à l'aise et que le policier danois ne possédait pas.

Bon. Et maintenant qu'est-ce que je fais ? se demandait-il en acquiesçant aux questions sans intérêt que lui posait le policier blanc, avec son air blasé.

Je me débarrasse d'eux ou je débarrasse le plancher ? hésitait-il tandis que le policier le questionnait sur la famille de Marco et sur la possibilité de la rencontrer.

« Malheureusement, non. » Il échangea un regard avec son frère. « Sa mère est partie avec un autre homme et son père est mort. »

Autant que tu t'habitues, disait-il à son frère qui n'avait pas l'air de comprendre. *Tu n'as plus de fils. C'est terminé.*

Puis il se tourna vers l'inspecteur danois en songeant : Ils ont vu la tombe de Stark et ils ne sont pas stupides. Ils n'excluent pas l'hypothèse d'être en train de parler à un assassin. Il hocha la tête pour lui-même. *Et sur ce point, vous avez cent fois raison. Et si vous avez la mauvaise idée de me poser une question réellement compromettante, j'envisagerai sérieusement de vous éliminer comme j'ai éliminé Stark et les autres. Ce n'est pas la terre qui manque pour vous faire disparaître.*

« Nous avons ici un avis de recherche. Nous pensons que l'homme qui est en photo là-dessus pourrait avoir séjourné dans une tombe que nous avons découverte dans un bois près d'ici. Comme vous le voyez, il avait des cheveux d'un roux intense et nous avons justement découvert des cheveux de cette couleur dans cette fosse. Que dites-vous de cela ? demanda le Danois.

— Pas grand-chose. C'est épouvantable. Que dire dans un cas pareil ?

— Regardez cette photo. Ça ne vous dit rien ? »

Il secoua la tête tout en essayant de voir ce que les mains de l'Arabe étaient en train de fabriquer sous la table.

« Et ça ? dit le petit homme en posant brusquement une pochette plastique sous ses yeux. On le voit sur la photo mais vous vous rendrez peut-être mieux compte en le voyant en vrai. »

Zola eut la sensation de tomber dans un trou noir. C'était le collier dont Hector lui avait parlé, celui que Marco avait pris sur le cadavre. Comment pouvait-il se trouver entre les mains de la police ? Mentaient-ils en prétendant que Marco n'était pas entre leurs mains ? Est-ce qu'ils le gardaient quelque part comme une sorte de joker ?

Zola pencha la tête en arrière et essaya de réfléchir de manière rationnelle. Est-ce qu'il n'y avait pas là une porte de sortie ? Marco n'avait-il pas retourné l'épée de Damoclès contre lui-même ?

Il les regarda tout à coup avec l'air de celui qui a tout compris. Claqua des doigts. « Je connais ce collier ! C'est celui que Marco portait tout le temps ! »

L'Arabe tapota l'avis de recherche. « Et c'est aussi celui que porte William Stark sur cette photo, regardez ! »

Zola acquiesça. « Je sais que Marco nous détestait. Nous avions trop l'esprit de clan et nous étions trop pieux à son goût. Il refusait de se plier aux règles. C'est un garçon violent et dangereux. N'est-ce pas ? dit-il, prenant son frère à partie. Tu te souviens des fois où il nous a agressés à l'arme blanche ? » Puis il se tourna vers l'inspecteur. « C'est terrible à dire, mais avec son caractère, je ne serais pas surpris qu'il soit capable de tuer quelqu'un et de nous accuser ensuite. »

Il dit à son frère. « Qu'est-ce que tu en penses ? Il pourrait faire ce genre de choses, non ? »

L'autre répondit mais un peu trop tard et de manière si hésitante que Carl se demanda si Zola pouvait toujours compter sur la totale loyauté de son frère.

« C'est possible, dit-il. Mais si vraiment il y a eu un cadavre dans cette forêt, il y a des tas de façons dont il a pu arriver là. En tout cas, c'est bizarre qu'il n'y soit plus. »

Zola hocha la tête et regarda fixement le flic danois. « Peut-être que dans le trou, vous trouverez des traces de celui qui y a enterré le mort ? Personnellement, je pense que Marco a pu déterrer le corps pour dissimuler son crime. »

Cette fois encore, ce fut l'Arabe qui intervint. « Carl Mørck, ici présent, a vu le garçon. Il n'est pas très costaud. Je ne crois pas qu'il aurait eu la force de faire ça.

— Peut-être pas. Mais je ne vois pas d'autre explication. Il est plus fort qu'il en a l'air, vous savez ! »

Zola regarda à nouveau l'affichette tandis qu'une autre idée germait dans son esprit.

« Je pense à une chose tout à coup. » Il se tourna vers son frère. « Marco avait la manie de cacher toutes sortes de choses dans sa chambre. Tu ne veux pas aller chercher le carton à chaussures où il gardait tout ça ? On trouvera peut-être un objet qui mettra ces messieurs sur une piste. »

Son frère haussa les sourcils.

Allez, pauvre imbécile, improvise ! lui fit comprendre Zola d'un regard. Il se fichait complètement de ce que son frère rapporterait ou même qu'il rapporte quelque chose. L'important étant de gagner du temps et de faire croire à ces deux flics qu'il voulait faire tout son possible pour faire éclater la vérité.

Le frère revint au bout de six ou sept minutes et il jeta sur la table une chaussette maculée de tâches brunes.

« Je ne sais pas si ceci peut vous être utile. Je l'ai trouvée dans son placard. »

Zola opina du chef. Bien pensé. Après la dernière séance punitive, plusieurs garçons avaient saigné. Cette chaussette-là appartenait sans doute à Samuel parce qu'il saignait comme un cochon égorgé dès qu'on lui donnait une claque, mais tant pis.

Comment deviner en voyant une chaussette qui l'avait portée en dernier ?

« Alors, Assad ? Qu'est-ce que tu en penses ? J'ai vu que tu regardais l'argenterie dans le salon avec intérêt.

— Oui, et aussi la table en bois de camphrier, les tapis persans, le lustre en cristal, la commode japonaise, sa Rolex, sans parler de son horrible chaîne en or.

— On va se renseigner sur lui, rassure-toi. Je me suis fait la même réflexion.

— Et cette histoire de chaussette ! » Il donna deux petites tapes sur la poche de sa veste, où il l'avait rangée. « Vous y croyez, vous ? Vous pensez que c'est un souvenir du meurtre de Stark ? »

Le regard de Carl s'attarda sur le paysage et sur les arbres au feuillage à peine éclos qui défilaient le long de la route. Qu'est-ce qu'il allait faire de Lisbeth, maintenant ? Se lancer dans cette nouvelle aventure et renouveler l'étreinte de la nuit précédente ? Il en avait envie, à cet instant précis, alors qu'il n'avait pas pensé à elle une seule fois depuis le matin. Il fronça les sourcils et leva les yeux sur le ciel nuageux qui était toujours aussi bas. Quand cette satanée pluie allait-elle enfin arriver ?

« Vous y croyez ? répéta son coéquipier.

— Hmm, répondit-il, sentant le malaise monter dans son ventre et son diaphragme en une nausée annonciatrice de vomissement imminent. Je n'en sais rien. L'analyse ADN nous le dira. Pour l'instant, le plus urgent est de mettre la main sur ce Marco Jameson. »

Il déglutit plusieurs fois et se pencha sur le volant pour soulager la pression tandis que ses crampes d'estomac remontaient sous son plexus et se rassemblaient comme une balle de tennis dans le muscle cardiaque.

Qu'est-ce que c'est que ça ? songea-t-il en s'efforçant de se concentrer sur la route devant lui.

« Qu'est-ce qui vous arrive, chef, alors ? lui demanda Assad, inquiet. Vous êtes malade ? »

Carl secoua la tête, essaya de se détendre. Est-ce qu'il allait encore avoir une de ses épouvantables crises d'angoisse ? Ou pire ?

Ils passèrent devant le supermarché Brugsen à Ølsted et virent les ivrognes sortir du pub à Skævinge. Carl luttait toujours pour retrouver une respiration normale et Assad insistait pour qu'il lui laisse le volant.

Quand il se décida enfin à se garer et à abandonner la placc du conducteur, il y avait de nouveau des champs et des prairies à perte de vue et l'air sentait la bouse de vache. Mais Carl n'avait plus qu'une idée en tête.

Mona.

Dans une demi-heure, ils seraient revenus à l'hôtel de police et on était mercredi.

Le jour où Mona était de permanence.

28

À 9 h 25 du matin en cette journée particulièrement fraîche pour la saison, René Eriksen attendait dans le hall des arrivées du terminal 3, à l'aéroport de Kastrup.

S'il était là c'est qu'il avait fermement décidé d'obliger Teis Snap à lui remettre ses actions de Curaçao, et il avait bien l'intention d'y parvenir. Snap n'était pas homme à aimer le scandale, et Eriksen avait l'intention de crier très fort.

Il vit défiler des hordes de Danois au visage cramé par le soleil, en sandales et en espadrilles, accueillis par les inévitables drapeaux rouge et blanc agités par leurs proches. Ce n'était qu'embrassades et joie de se retrouver. Mais où était passé ce con ? Est-ce qu'il était descendu de l'avion à Amsterdam ? Est-ce qu'il avait préféré se promener sur le canal et manger des *poffertjes*, plutôt que de rentrer à Copenhague mettre de l'ordre dans la situation ?

Ou peut-être avait-il trouvé des acquéreurs pour un lot d'actions qui n'étaient pas les siennes ?

Eriksen enrageait. Si seulement il savait ce que contenait le paquet posté par UPS ! S'il ne contenait pas ce qu'Eriksen espérait et qu'il n'arrivait pas à remettre la main sur Snap, qu'adviendrait-il de son programme pour les jours à venir ?

Il s'efforça de respirer calmement et décida qu'il ne supporterait pas une nouvelle cargaison de voyageurs rouges comme des homards. Il fouilla dans la poche de son pantalon en Tergal pour trouver ses clés de voiture.

À quoi bon continuer de faire le pied de grue si cette ordure n'était pas dans l'avion ?

Alors qu'il s'apprêtait à partir, Teis Snap et sa femme sortirent de la douane, traînant leurs valises à roulettes.

La femme le reconnut la première, elle le montra du doigt avec un léger sourire. Snap ne sourit pas du tout en le voyant.

« Qu'est-ce que tu fais là ? dit-il sans préambule.

— Tu es venu nous chercher, René ? s'enquit son épouse. Je suis désolée que tu aies dû attendre si longtemps. La valise de Teis n'était pas sur le tapis à bagages. » Avec un coup de coude dans les côtes de son mari, elle dit : « Tu étais drôlement pâle pendant cette petite demi-heure, mon chéri, ha-ha. »

Ils s'engagèrent dans le corridor qui menait au terminal 2 et René attaqua au bluff.

« Les actions ne se trouvaient pas dans le paquet que tu m'as envoyé. Où sont-elles ? »

Il sembla surpris, presque choqué et c'était bien sûr la réaction qu'il était supposé avoir si les actions avaient été mises dans le paquet qu'il avait envoyé, mais ce n'était pas ce genre de surprise que son visage exprimait. Il semblait étonné que René sache déjà qu'elles n'y étaient pas. Ou alors il ne comprenait pas comment René pouvait être à l'aéroport ? Est-ce que c'était ça qu'on lisait sur son visage ? Peut-être.

« Je ne comprends pas ce que tu dis, René. » Teis le prit par le bras et l'éloigna de sa femme. « Pourquoi dis-tu ça, René ? Tu ne peux pas avoir déjà reçu cette enveloppe. Tu attendais d'autres paquets que celui-là ? »

Il y avait quelque chose dans sa façon de s'exprimer qui sonnait faux. Et ses mains étaient trop crispées sur son attaché-case. De manière générale il manquait de naturel.

« Tu me prends pour un imbécile, Teis ? Tu crois que je ne sais pas qui a commandité mon agression d'hier ? » Il se tourna légèrement et montra à Teis le sparadrap et la bosse dans sa nuque. « Allez, montre-moi ce que tu caches dans cette mallette. »

Teis tripota la poignée de son attaché-case en secouant la tête. « Viens, Lisa, on s'en va. Je crois que René est devenu fou. »

Mais René agrippa son bras potelé. « Tu n'iras nulle part avant de m'avoir montré ce qu'il y a dans cette serviette, salaud.

— Il est inutile que tu assistes à ça, Lisa, dit Teis Snap à sa femme. Va prendre un taxi et ramène les bagages à la maison. J'ai des choses à faire en ville de toute façon. Je te retrouve ce soir, chérie. »

René les laissa s'embrasser pour se dire au revoir et il fit un effort pour faire un sourire amical à Lisa. C'était la moindre des choses. Mais dès qu'elle sortit de son champ de vision avec ses deux Samsonite, il revint à l'attaque.

« Tu es un crétin, René Eriksen, lui dit Teis avant qu'il ait eu le temps d'ouvrir la bouche. Je sais très bien que tu n'as pas reçu ce paquet. Et qu'est-ce que c'est que cette histoire d'agression ? Raconte-moi ce qui s'est passé, et où c'est arrivé. Tu as pu voir qui c'était ? »

Alors c'était à ça qu'il voulait jouer ? Ce salopard croyait peut-être que ses cheveux pommadés lui faisaient une auréole d'innocence ?

« Ouvre cette serviette, Teis, dit-il en agrippant la poignée. Je veux voir ce que tu caches là-dedans. »

Teis tira l'attaché-case à lui. « C'est hors de question. Ils ont tapé trop fort, René, tu as perdu la tête. Rentre chez ta femme. Prends un jour de congé. Je crois que tu en as besoin.

— Ouvre-la où je me mets à hurler. »

Teis Snap plissa les yeux et sa bouche se tordit en un petit sourire ironique. « Toi ? Hurler ! Laisse-moi rire, pauvre petit gnome minable. Et qu'est-ce que tu veux hurler ? Tu as perdu tout sens commun, mon pauvre René.

— Ouvre-la ou je balance un coup de pied dans ton mollet d'obèse. »

Il secoua la tête, soupira et tendit la mallette.

D'instinct, René comprit qu'il venait de perdre cette manche. Il ouvrit malgré tout le zip de la serviette et plongea la main entre les mots croisés, les magazines et le *Financial Times*.

Pauvre naïf qu'il était ! C'était pour cela que Teis était si nerveux en ne voyant pas sa valise arriver sur le tapis de bagages. La valise que sa femme était maintenant en train de rapporter à Karrebæksminde et qu'il n'avait pas voulu confier au service de livraison de bagages Novia.

Comment avait-il pu être aussi bête ?

« Maintenant il y a deux possibilités, Teis. Soit tu as dit la vérité et mes actions sont en route, soit tu m'as menti, et ta femme Lisa transporte des choses très intéressantes dans vos valises. Si la deuxième est la bonne, je te conseille vivement de me rapporter ces actions dans les plus brefs délais, parce que dans le cas contraire, je me verrai dans l'obligation d'aller communiquer les informations dont je dispose à la police. »

Snap faisait bonne figure mais René savait qu'il était déstabilisé. Il connaissait le bonhomme.

Il regarda l'heure. 10 h 10.

Il avait encore toute la journée devant lui.

29

« Vous vous sentez mieux, chef ? demanda Assad, appuyé au montant de la porte.

— Un peu, oui, répondit Carl d'une voix sans timbre.

— Vous voulez que je vous fasse un thé ? »

Carl eut un geste de recul, par pur réflexe. « Euh, non, merci. » Il secoua la tête avec frénésie. « Je pense que je n'irai plus jamais assez bien pour résister à ça ! Mais Rose, peut-être ? Qu'en dis-tu ? »

Elle tendit ses deux mains en un geste de défense avec une expression de dégoût qui disait sans nuance qu'elle préférerait encore ingurgiter un litre d'huile de foie de morue.

« Écoutez ça », dit-elle, un sourcil levé. Voilà qu'elle allait leur refaire la leçon. « J'ai reçu une réponse concernant les deux containers Mærsk qu'on voit derrière Anweiler sur la carte postale envoyée de Kaliningrad. Il a dit la vérité. La date qui figure sur le cachet de la poste correspond à celle où ces containers se trouvaient effectivement sur le quai, prêts à être chargés. Et les techniciens confirment que la photo n'est pas truquée. L'homme est aussi innocent que l'agneau qui vient de naître. Je vous l'avais bien dit. Affaire classée. »

Quelque chose se produisit à ce moment-là dans le visage d'Assad. Il avait les traits un peu tordus, comme d'habitude mais dans l'autre sens. On aurait dit qu'il retenait son souffle tout en aspirant sa lèvre inférieure d'un seul côté. Il était en train de se marrer tout seul, ou quoi ?

« On peut savoir pourquoi tu rigoles dans ta barbe, Assad ? Tu as quelque chose de réjouissant à nous annoncer sur Zola et sa bande, là-haut, à Kregme ?

— Malheureusement non, chef. Il a monté une société d'import-export apparemment légale au Luxembourg où il paye ses impôts. Il a déclaré un revenu de 2,1 millions de couronnes sur l'année d'exercice 2010.

— Hmm. Et combien est-ce qu'il paye d'employés là-dessus ? Pas beaucoup, je parie ! »

Assad haussa les épaules. « Ce sont des truands. Je n'en ai pas terminé avec eux.

— Alors pourquoi est-ce que tu ris ? dit Rose.

— Oh, c'est juste à cause de la blague du jour ! Je pense que ça va t'amuser aussi, Rose. Je viens d'apprendre que Sverre Anweiler s'est fait arrêter à Flensborg. Il avait planqué cinquante kilos de cannabis dans le minibus de tournée, alors il est de nouveau derrière les barreaux. Cinquante kilos de tabac qui fait rigoler, qu'est-ce que vous dites de ça ? Il va prendre dix ans, au minimum. Il doit regretter de ne pas être resté à Kaliningrad, ha-ha. »

Carl fronça les sourcils et attendit la réaction de Rose. Elle aurait certainement préféré voir cette histoire se terminer différemment.

« OK. Alors on va laisser le rapport comme il est. Je ne vais pas m'embêter à rédiger un avenant, dit-elle. À part ça, j'ai fait partir un avis de recherche sur Marco Jameson, ajouta-t-elle sèchement. Ç'aurait été pas mal d'avoir une photo un peu plus récente que celle qu'on vous a filée à Kregme, Carl. Il a sept ans, là-dessus. Enfin…, soupira-t-elle, je suppose qu'avec l'enfance qu'il a eue personne ne s'est donné la peine de le photographier depuis. »

Elle jeta le cliché sur la table. Elle n'avait pas tort. Le portrait risquait de brouiller les pistes plus qu'autre chose.

« D'accord, Rose. Tu as raison. Et ton idée est bonne. Je trouve que tu devrais exploiter tes qualités d'investigatrice et aller faire du porte-à-porte dans les endroits où Marco a été vu. Par exemple dans les rues autour de l'avenue Dag-Hammarskjöld, où se trouve la bibliothèque. Peut-être aussi dans le quartier commerçant d'Østerbro. Classensgade, Nordre Frihavnsgade, la place de Trianglen et tout ça. Demande aux commerçants s'ils ont déjà vu le gamin. Maintenant nous avons un nom et une photo, même si elle n'est pas très bonne. Prends tout ton temps. C'est souvent comme ça qu'on obtient les meilleurs résultats. »

Elle resta immobile un long moment, comme si elle était en train de rassembler son énergie pour une explosion de protestations. Mais tout à coup ses traits se détendirent et elle eut l'air presque contente.

« Bon, vous avez de la chance, j'adore marcher sous la pluie. Au fait, moi aussi j'ai une petite nouvelle à vous annoncer. Il s'est passé un truc marrant pendant que vous n'étiez pas là, dit-elle. On est venu me dire que vous étiez convoqué chez Lars Bjørn, Carl. Gordon est allé se plaindre de vous. »

La momie sort du caveau. Le film d'horreur a commencé, se dit Carl en voyant Mme Sørensen refermer la porte du bureau de Lars Bjørn. Il hocha la tête et gratifia la secrétaire de son plus charmant sourire. Comme prévu, elle lui répondit par son habituel regard cul serré derrière des paupières à moitié fermées.

Carl se dit que la programmation neurolinguistique, la célèbre PNL dont elle leur avait rebattu les oreilles pendant des semaines, était vite tombée aux oubliettes.

« Je me trompe où ça gueule un peu fort là-dedans ? » lui demanda-t-il avec un geste du menton vers la porte de Bjørn, sans s'attendre à voir sortir une réponse des lèvres en cul-de-poule de la mégère.

Elle haussa un sourcil et laissa tomber le deuxième. Sa mimique favorite.

« Oui, et cette nouvelle ambiance ne va pas me rendre moins agréable la perspective d'une retraite prochaine », répliqua-t-elle.

Venant d'elle la remarque avait de quoi surprendre. La louve du département A et lui seraient-ils enfin d'accord sur quelque chose ?

« Si au moins ce manche à balai avait gardé sa cravate de premier de la classe, on aurait pu lui trouver de l'élégance, mais même pas. »

Manche à balai ? Est-ce qu'elle parlait de Lars Bjørn ?

Elle roula les yeux. Une expression de mépris qu'on rencontre en général chez les collégiennes de quatorze ans. Étrangement, cela lui donna un air encore plus triste qu'à l'accoutumée.

« Vous êtes au courant pour Marcus Jacobsen, n'est-ce pas ? »

Carl acquiesça, mais avec une petite hésitation. « Assad et moi l'avons vu à l'hôpital Rigshospitalet avant-hier. Il est malade, vous croyez ?

— Non, Dieu merci. » Après quoi, elle se tut un long moment. Sous le choc de son éclat passionnel précédent sans doute. Et puis, sur le ton de la confidence, elle ajouta : « Ce n'est pas lui. C'est Martha, sa femme. Elle est en radiothérapie. Il devait être là-bas pour la soutenir. »

La femme de Marcus s'appelait Martha ? Bizarre. Mar et Mar, comme deux funambules dans un cirque ou un couple de comiques du cinéma muet.

« Je suis désolé de l'apprendre. Vous savez si c'est grave ? » demanda-t-il.

Elle hocha la tête.

Carl pensa à l'épouse de Marcus. Petite, jolie, une pelote d'énergie. Le genre de personne à qui on s'imagine que rien ne peut arriver.

« Vous la connaissez ?

— Non, je ne l'ai jamais rencontrée mais je connais Marcus et ça m'emmerde vraiment qu'il ne soit plus là ». Et elle s'éloigna dans le corridor en serrant contre sa poitrine déjà plate la pile de dossiers qu'elle avait entre les mains.

Le menton de Carl tomba sur sa pomme d'Adam. Mme Sørensen disait des gros mots ? Mme Sørensen avait des sentiments pour un être vivant autre qu'un chat ? Ce genre de miracles n'arrivait que dans la Bible, normalement !

La porte de l'antre de Bjørn s'ouvrit et la silhouette efflanquée de Gordon en sortit, agitée comme un roseau en plein vent.

« Qu'est-ce que tu es allé lui raconter, pauvre crétin ? »

Le crétin se contenta de sourire. Apparemment une réaction instinctive chez lui, utilisable en toutes circonstances.

Carl le bouscula et alla s'asseoir lourdement en face de Bjørn.

« Bon, dit Carl, parlant le premier, une façon de garder la main. J'avoue avoir engueulé l'idiot de service. Ce qui m'a paru justifié sachant que l'idiot en question était en train de pratiquer avec Rose une activité que condamne la morale en dehors des liens du mariage, et au bureau en plus. J'admets aussi bien volontiers que je déteste ce type et que j'aimerais ne plus le voir traîner sur mon territoire. »

Son petit discours ne fit ni chaud ni froid au nouveau chef de la criminelle par intérim. C'était assez agaçant mais cela permit à Carl de continuer à déballer tout ce qu'il avait sur le cœur. Son interlocuteur était de toute façon du genre à tendre patiemment l'autre joue quand on l'agressait.

« Et je voudrais aussi que tu cesses de te mêler de ce qui se passe dans mon département, Lars. Il fonctionne à merveille en l'état, et bien que, paradoxalement, ce soit toi qui aies eu l'idée du département V à l'origine, dans un surprenant éclair de génie, tu pourrais avoir l'humilité d'accepter que de meilleurs pilotes que toi ont maintenant pris les commandes. Alors, monsieur le commissaire, je clame aujourd'hui haut et fort : Non au changement ! En vous saluant ! »

Il s'appuya sur ses accoudoirs pour se lever, ne put s'empêcher de passer le doigt sur le plateau du bureau et de lui jeter un regard appréciateur en constatant l'absence de la poussière caractéristique de l'ère bénie de Marcus, et mit le cap sur la porte.

La réaction survint au moment où il posait la main sur la poignée et elle fut aussi calme que douloureusement efficace.

« Gordon est actuellement en route pour le département V. À partir d'aujourd'hui, il est mes yeux et mes oreilles au sous-sol. Il me fera un rapport quotidien sur tout ce que vous entreprenez, et sur les progrès que vous espérez dans chacune de vos affaires. Vous devrez lui fournir des justificatifs de toutes vos dépenses, et enfin, je souhaite que ce soit lui qui t'assiste lors de l'interrogatoire de ce René E. Eriksen du ministère. C'est compris ? »

Le malaise de Carl revint avec une violence accrue. Son corps absorba les ondes négatives de la pièce et les rassembla dans les recoins les moins accessibles de son anatomie. Y compris dans ses jambes qui devinrent lourdes comme du plomb.

Il s'efforça de respirer calmement, chercha dans son esprit riposte intelligente et remarques percutantes, arguments indiscutables et brillants, ne rencontra en lui que vide et mauvais karma et préféra se taire.

Il était tout simplement trop mal en point pour se défendre.

Putain, ce que Marcus pouvait lui manquer !

« La première chose à faire, Assad, est de trouver s'il existe un lien entre Zola et William Stark. Nous savons que Zola et Stark ont l'un et l'autre beaucoup voyagé, il y a peut-être un truc à aller chercher dans cette direction. Stark a-t-il été en affaires avec Zola à un moment donné ? Y a-t-il dans la maison de Stark un indice qui prouverait qu'ils ont été en contact l'un avec l'autre ? Des factures, par exemple. Peut-être William Stark a-t-il habité Kregme ou Frederiksværk ? Tu sais ce que tu dois chercher. Je vais envoyer une équipe inspecter soigneusement la tombe de Kregme, OK ? Tu pourrais aussi essayer de savoir s'il y a quelque chose de vrai dans tout ce dont Zola accuse Marco. Essaye de savoir où ce garçon est allé à l'école, et s'il a eu des problèmes là-bas. Je veux aussi savoir s'il a été mêlé à des épisodes à caractère violent ou toute autre activité criminelle dans les endroits où il est passé.

— Alors je peux prendre la voiture, chef ? Kregme n'est pas la porte à côté !

— Pourquoi la voiture ? Tu n'as pas besoin d'y aller, Assad. Je me disais que deux ou trois coups de fil à la police locale et aux établissements scolaires de la région feraient l'affaire. »

Assad hocha la tête. « Ha ! Vous avez marché, chef. C'est comme le chameau qui apprend qu'il doit s'accoupler avec une femelle dromadaire… »

Et il se tapa sur la cuisse en hoquetant de rire.

Carl ne chercha pas à comprendre l'allégorie.

Quand il arriva au premier palier de la cage d'escalier, l'inspecteur Mørck était perdu dans ses pensées.

Il était à peu près certain que l'analyse ADN des cheveux et un examen, aussi méticuleux soit-il, de la fosse découverte dans le bosquet ne mèneraient à rien d'autre qu'à prouver que William Stark y avait effectivement séjourné. Les preuves concrètes telles que les petits billets avec toutes sortes de renseignements révélateurs, les tickets de pressing avec une date dessus, les mégots de cigarettes porteurs de traces ADN, les empreintes de pas, etc., appartenaient aux mauvais feuilletons policiers. Et si le destin avait voulu qu'il y eût malgré tout des indices irréfutables dans cette tombe, il y a bien longtemps que les années et les intempéries les avaient détruits. Pourquoi alors envoyer des experts ?

L'instinct de Carl lui disait que le cadavre de Stark avait été enterré dans cet endroit. Partant de ce postulat, il fallait maintenant décider dans quelle direction ils devaient mener cette enquête.

D'abord, il fallait retrouver le garçon. L'avis de recherche avait été lancé, avec une description incomplète et une mauvaise photo, certes, mais quand même. Les adolescents de quinze ans vivant seuls dans la rue n'étaient pas légion.

Des immigrés en bande, on en voyait partout. Mais Carl était convaincu qu'un garçon qui fréquente les bibliothèques et qui lit, un garçon qui se présente dans un commissariat pour dénoncer un délit à la place d'un ami inventé, un garçon qui s'enfuit d'une maison où c'est un homme comme Zola qui fixe les règles, un garçon comme celui-là a appris à ne compter que sur lui-même.

Voilà un profil psychologique dont j'aimerais bien discuter avec Mona, se dit-il avec tristesse en s'imaginant qu'il entendait sa belle voix grave résonner quelque part au deuxième étage.

Son front se plissa. Tout à coup, il eut l'impression que son cœur sautait un ou deux battements. Ça ne faisait pas vraiment mal mais la sensation s'accompagna d'un vertige qui l'obligea à chercher un point d'appui contre le mur de la cage d'escalier.

Merde, personne ne doit me voir comme ça. Pourquoi faut-il que ça m'arrive là où il y a le plus de circulation dans tout l'hôtel de police ? songea-t-il en se laissant glisser le long du mur jusqu'à ce que les marches accusent réception de son arrière-train.

Respire à fond et lentement, s'ordonna-t-il, tandis que des images de Mona tournaient dans sa tête comme un cauchemar où rien ne s'arrête et rien ne commence non plus.

Que se passait-il avec Mona ces temps-ci ? Elle travaillait maintenant dans un cabinet de groupe et quand il essayait de l'appeler, il tombait systématiquement sur la secrétaire. Pourquoi était-il devenu plus important pour elle d'être avec un patient plutôt que de parler à Carl ? Et qu'est-ce que cette fichue standardiste voulait dire en précisant que le patient de Mona n'était pas tout à fait un patient ? S'il n'était pas un patient, il était quoi ? Est-ce qu'elle le trompait pendant ses heures de travail ? Est-ce qu'à l'instar de Gordon et de Rose, son bureau était devenu le nouvel autel de ses amours ? Trouvait-elle cela plus excitant que lorsqu'ils…

Carl passa la main sur son front trempé de sueur et sentit une odeur de mort et de décomposition lui assaillir les narines. Tout se mélangea. Hardy paralysé dans son salon, les larmes de Hardy, l'écho des coups de feu dans la baraque à Amager.

« Merde, merde, merde », dit-il à voix haute en essayant de se remettre debout.

Avant ce rendez-vous avec Mona où il voulait lui demander sa main, il avait tremblé de la tête aux pieds. Pourquoi n'avait-il pas tremblé *après* ce rendez-vous ? Est-ce qu'un truc n'allait pas chez lui, ou bien est-ce qu'il avait compris quelque chose entre-temps ?

Il avait vraiment mal dans la poitrine, à présent. Il ferma les yeux et essaya de se concentrer. La douleur se propageait-elle dans son bras gauche ? Non, Dieu soit loué, ce n'était pas un infarctus.

Ressaisis-toi, mon vieux. Tu ne vas pas mourir d'une crise cardiaque. Mais son sentiment d'anxiété refusait de se dissiper.

Mona avait-elle raison ? se demanda-t-il. Est-ce qu'ils étaient simplement des sex-friends ? En pratique peut-être, mais au fond de lui, ce n'était pas ce qu'il ressentait. Mais si c'était ainsi qu'elle voyait les choses, pourquoi ne pas continuer comme ça au lieu de tout arrêter ? Pourquoi avait-elle dit qu'ils ne s'étaient pas choisis, alors que c'était faux ? Est-ce qu'il ne l'avait pas attendue pendant des mois quand elle était partie en Afrique avec Médecins sans frontières ? Pourquoi n'avait-il pas sorti cette bague de sa poche quand l'occasion s'était présentée ?

Il inspira profondément et se leva à moitié. Il resta ainsi un moment, les mains posées sur les genoux le temps que le vertige passe. L'étau dans sa poitrine lui semblait plus léger à présent. Les douleurs plus supportables, presque agréables, comme un panaris au doigt qu'on ne peut pas s'empêcher de toucher. Une douleur modérée qui lui rappelait qu'il était vivant et qu'il pouvait se redresser et continuer.

Et brusquement il cessa de penser à son malaise physique.

Il comprit.

Ses sentiments s'exprimaient dans son corps et pas dans sa tête comme ça aurait dû être le cas. C'était là son problème.

Il était devenu imperméable à toute émotion et incapable de montrer un quelconque sentiment. Le combat de Hardy faisait partie de la vie de tous les jours dans son foyer, le départ soudain de Marcus Jacobsen n'avait pas suscité de réaction particulière chez lui. Pourquoi n'avait-il exprimé ni colère ni chagrin ? Pourquoi n'était-il pas sorti de ses gonds quand Mona avait détruit leur histoire en une seconde ? Pourquoi avait-il gâché ce moment essentiel où il s'apprêtait à lui demander sa main et à lui offrir ce à quoi il pensait que toute femme aspirait ? Et pourquoi ne tapait-il pas un grand coup sur la table quand Rose s'envoyait en l'air au bureau ? Pourquoi se mettait-il toujours en retrait alors qu'il aurait dû diriger ses interrogatoires ? Était-il devenu complètement indifférent à tout ce qui l'entourait ou bien y avait-il quelque chose en lui qu'il ne maîtrisait plus ?

Avait-il toujours été comme ça ?

Voilà. Il avait mis le doigt dessus. Savoir qui on est vraiment.

Il avait entendu tellement de gens déblatérer sur ce sujet. Cette question était devenue la mine d'or des psychanalystes, l'arme favorite des petits despotes de bureau, le pilier des cours de développement personnel : la connaissance de soi.

Carl cambra le dos et se massa les reins pour réussir à se mettre entièrement debout et trouver la force de se déplacer à peu près normalement.

Il leva les yeux vers l'interminable escalier en colimaçon et décida finalement de ne pas aller embêter Laursen, l'ancien technicien de la scientifique qui dirigeait à présent la cantine. Pourquoi s'infliger la peine de gravir un étage supplémentaire ? William Stark avait séjourné dans cette tombe, basta. Il n'y avait qu'à envoyer les cheveux aux experts et les laisser se débrouiller. C'était le travail de Rose. La seule chose dont il avait envie dans l'immédiat, c'était d'allonger ses jambes sur son bureau. Une crise d'angoisse par jour, il pouvait à la rigueur le supporter. Pour survivre à la deuxième, il allait lui falloir du café et des cigarettes.

Il redescendit les trois marches qui le ramenaient au palier du second et entra pratiquement en collision avec Mona.

Il ne put malheureusement s'empêcher d'ouvrir la bouche comme une carpe et de la regarder avec l'air stupide d'un adolescent boutonneux. Était-ce vraiment sa voix qu'il avait entendue tout à l'heure quand il montait ? Alors peut-être l'avait-elle vu s'écrouler lamentablement contre le mur ?

Merde, merde et remerde.

« Salut, Mona, lui dit-il avec toute la dignité qu'on est capable d'afficher avec une mâchoire pendante. Tu es en route pour la prison ?

— Salut, Carl. Je te trouve un peu pâlot. Tu es sûr que ça va ? »

Il hocha la tête. « Je suis juste un peu débordé. Et puis comme tu sais, le soleil ne pénètre pas souvent dans les locaux du département V, ha-ha. Mais je me suis acheté de l'auto-bronzant. »

C'est bon. Il avait mérité la palme de la réplique la plus idiote de la semaine.

« Non, j'en viens, dit-elle, en réponse à sa question. J'ai dû demander l'aide du chef d'unité et de deux surveillants pour pouvoir parler avec le détenu, un psychopathe irrécupérable et incapable de contrôler ses pulsions. Je n'avais pas envie qu'il me saute dessus comme la dernière fois. »

Il hocha la tête. Il n'était pas exclu que lui aussi lui saute dessus dans une seconde, appétissante comme elle était.

Elle fronça les sourcils. Un réseau de fines rides qu'il n'avait jamais remarquées avant se forma sur son front et autour de ses yeux. Elle tourna la tête vers la lumière et il vit à quel point la peau de son cou s'était relâchée et combien ses traits avaient perdu de leur fermeté. Elle n'était pas vieille mais de façon inexplicable et soudaine, sa jeunesse s'était envolée.

« Tu vas bien, Mona ? » lui demanda-t-il prudemment.

Elle sourit, ironique, mais cela ne dura qu'une seconde et Carl n'en sut pas plus. Elle lui fit une caresse sur la joue, s'excusa en prétextant qu'elle avait du travail et s'éloigna, le bruit de ses talons hauts résonnant dans le labyrinthe de l'hôtel de police.

Carl resta là, malgré les remarques moqueuses de ses collègues qui cachaient mal leur joie maligne.

Il n'y a pas pires questions que celles qu'on ne peut pas poser et à cet instant les questions sans réponses asphyxiaient Carl Mørck, comme un gaz mortel.

De toute évidence, Mona n'avait pas envie de le voir. On aurait dit qu'elle se sentait plus solide quand il n'était pas là. Était-ce parce qu'elle ne se sentait pas bien en ce moment et que son regard sur elle ne faisait que la renvoyer à son mal-être ?

Peut-être avait-elle peur de vieillir. Peut-être voyait-elle leur histoire de couple comme un frein à un moment où elle ressentait une urgence à se réaliser professionnellement avant qu'il ne soit trop tard ? Ou bien elle ne le trouvait tout simplement pas assez séduisant ? Ou alors, du fait que son divorce avec Vigga était maintenant une réalité, elle avait pensé que les choses allaient devenir trop sérieuses entre eux ? Est-ce qu'elle avait deviné qu'il allait lui demander de l'épouser et préféré lui couper l'herbe sous le pied ?

Il secoua la tête. Il allait devenir fou à force de tourner en rond.

Son avenir avec Mona ne s'annonçait pas sous les meilleurs auspices.

Son téléphone sonna, l'arrachant à ses pensées moroses.

« Vous avez rendez-vous avec René E. Eriksen dans une heure et demie à son bureau, l'informa Rose.

— Ah bon. Je ne crois pas que nous ayons le temps d'y aller, Assad doit… et je…

— Vous n'avez pas compris. Vous y allez avec Gordon. Lars Bjørn ne vous l'a pas dit ? »

Mon Dieu. Les emmerdements ne s'arrêtaient donc jamais ?

« Et puis votre ex-femme a téléphoné pour vous rappeler que vous vous êtes engagé à rendre visite à sa maman une fois par semaine, et que vous avez déjà cinq semaines de retard. Si vous n'y allez pas cet après-midi, je crois avoir compris que vous lui devrez cinq mille couronnes et qu'elle a l'intention de venir les récupérer dès ce soir. Elle a déjà appelé sa mère pour la prévenir que vous étiez en route. Je pense qu'en une heure et demie, vous avez le temps de faire l'aller-retour à Bagsværd et d'être à l'heure pour votre rendez-vous au ministère. De mon côté, je m'arrangerai pour que Gordon soit sur place quand vous arriverez. »

Carl déglutit plusieurs fois de suite.

« Qu'est-ce que tu fais là à traîner, avec cet air de zombie, Carl ? Tu es blanc comme un linge », entendit-il, venant de plus haut. C'était Laursen en tablier de chef.

Comment Carl aurait-il eu le temps de répondre alors que son ancienne belle-mère, Karla Margrethe Alsing, l'attendait en comptant les secondes à la maison de retraite de Bakkegården ?

« Oh mon Dieu, comme je suis content que vous soyez venu, dit l'aide-soignant en entraînant Carl derrière lui dans le couloir réservé aux patients atteints de démence sénile. Nous avons dû la transférer dans une autre chambre parce qu'elle fumait dans la précédente et qu'elle a mis le feu à sa couette. Tout dans l'ancienne est maculé de suie. Vous allez voir les papiers peints ! Ils sont tout noirs. »

Il ouvrit la porte de l'ancienne chambre et, effectivement, il n'y avait pas grand-chose à sauver à l'intérieur.

« Elle a tellement flirté avec les pompiers qu'ils arrivaient à peine à travailler. Et elle était en petite culotte et rien d'autre, je tiens à le préciser. »

Carl soupira. Il lui restait exactement quarante-cinq minutes avant de devoir repartir. Ce qui était déjà beaucoup trop à son goût.

« J'espère que vous lui avez fait mettre d'autres vêtements entre-temps », dit-il dans un rictus.

L'aide-soignant sourit. Il s'en était occupé. C'était peut-être pour ça qu'il avait l'air aussi fatigué à présent, et pour cela aussi qu'il repartit aussitôt après avoir fait entrer le visiteur et répété d'une voix lasse à sa patiente :

« Vous n'avez pas le droit de fumer dans les chambres, Karla. Vous le savez. Nous en avons déjà parlé. Sinon, il y aura d'autres accidents. Vous n'avez le droit de fumer que dans le jardin, alors soyez gentille d'éteindre tout de suite cette cigarette, sinon nous allons devoir vous les confisquer », dit-il avant de s'en aller. Ça devait être la vingtième fois qu'il lui disait cette phrase ce jour-là.

« Salut, trésor », dit la vieille femme à Carl, comme si elle l'avait quitté cinq minutes auparavant. Dans son kimono qui devait jadis avoir coûté une fortune, mais qui aujourd'hui était usé jusqu'à la corde, elle ressemblait à ce qu'elle avait été : la reine du « Copenhague by night ». Le coude appuyé sur le bras du fauteuil, la cigarette pendant mollement au bout de ses doigts tremblants, elle affectait la nonchalance d'une demi-mondaine. Ce n'était pas la cigarette qui venait jusqu'aux lèvres mais la tête tout entière qui se penchait jusqu'à la cigarette. Elle aspira une longue bouffée languide du bout de ses lèvres carmin avant de tourner la tête vers Carl, enveloppée d'un nuage gris-bleu de fumée et de nicotine.

« Je ne resterai pas longtemps aujourd'hui. Il faut que je retourne en ville. Je m'en vais dans vingt-quatre minutes. Mais dis-moi comment tu vas, Karla », dit-il à son ex-belle-mère, s'attendant à d'interminables jérémiades à propos de ses nouveaux appartements et des meubles qui l'entouraient et que jamais au grand jamais elle n'aurait eu l'idée de choisir elle-même.

« Pas mal », répondit la vieille coquette, les paupières lourdes. « Un peu de sécheresse vaginale, mais sinon, ça va. »

Carl regarda l'heure. Il avait encore mille quatre cents longues secondes à tenir.

30

Au regard des circonstances, Marco allait plutôt bien. Il avait passé la majeure partie de la journée à attendre, recroquevillé dans sa petite niche en haut de l'immense immeuble en construction, avec sur la tête un casque de chantier qu'il avait emprunté.

Il s'était enfin débarrassé de son secret. L'inspecteur Carl Mørck avait récupéré son portefeuille et, si les choses s'étaient passées comme il l'espérait, il avait trouvé son message et la police savait à présent que Zola était l'assassin de William Stark, et elle savait aussi où il avait fait disparaître son cadavre.

Si le chantier n'avait pas grouillé d'ouvriers de tous les côtés, s'il n'avait pas craint qu'on le découvre et si les pires criminels de la ville n'avaient pas été à sa recherche, il aurait presque pu se détendre et profiter de la vue exceptionnelle qu'il avait ici, au troisième étage du bâtiment.

Derrière lui résonnaient les cris provenant du parc d'attractions de Tivoli. Malgré le temps couvert, les gens étaient gais et pleins de joie de vivre. Les jambes à l'horizontale à quatre-vingts mètres du sol sur l'Air Swing ou descendant en chute libre sur une hauteur de soixante-trois mètres de la Turbo Drop, des enfants comme lui passaient des moments merveilleux et testaient les limites de leur peur. Marco, lui, n'avait pas besoin de ça.

En matière de défis, sa propre vie lui suffisait.

Une chose était d'avoir à affronter le clan. Il savait à qui il avait affaire. Mais comment se défendre contre tous ceux qu'il ne connaissait pas ? Tous ces gens qui pouvaient l'apercevoir par la fenêtre de chez eux et qui n'avaient qu'à taper un numéro sur le clavier de leur téléphone pour qu'on vienne lui régler son compte.

Il savait maintenant qu'ils le tueraient s'ils réussissaient à le capturer. S'il y avait tant de monde à sa poursuite, c'est que Zola investissait beaucoup d'argent pour lui mettre la main dessus. Et si Zola mettait la main à la poche, c'est qu'il était prêt à faire n'importe quoi pour que Marco cesse d'être une menace pour lui. La situation était grave à présent, et si la police s'était rendue à Kregme, il était trop tard pour envisager un traité de paix. Les dés étaient jetés. Il espérait juste de toutes ses forces que l'inspecteur Mørck les avait ramassés.

Pour la vingtième fois ce jour-là, on avait livré des éléments en béton et des poutrelles d'acier sur le chantier, en les faisant passer par l'entrée donnant sur la place de l'Hôtel-de-Ville. Les deux structures métalliques du côté du boulevard H.C. Andersen et des jardins de Tivoli commençaient à prendre forme et l'ancienne Maison de l'industrie, comme l'immeuble s'était appelé jusque-là, avait déjà été surélevée d'un cinquième étage. Marco se maintenait dans le coin le plus reculé, côté Vesterbrogade, parce que c'était l'endroit où il y avait le moins d'activité cette semaine.

Quand les ouvriers furent rentrés chez eux, comme une souris sortant de son trou, il retourna sur le devant de l'immeuble pour jeter un coup d'œil à ce qui se passait sur la place de l'Hôtel-de-Ville. De cet observatoire, il pouvait voir l'endroit où Zola ramassait ses troupes. C'était parfait.

À cause du bruit que faisait la grue en montant les armatures métalliques depuis la rue, Marco n'entendit approcher le chef d'équipe avec son gilet fluorescent jaune que lorsqu'il fut arrivé près de lui.

« Dis donc, toi ! Comment as-tu fait pour entrer ici ? gronda l'homme d'une voix qui résonna entre les murs. C'est toi qui as laissé des livres et d'autres trucs dans le renfoncement à côté de la cage d'ascenseur ? »

Marco secoua la tête. « Non, je suis ici avec mon père. Je sais que je n'ai pas le droit d'être là. Je descends tout de suite. Excusez-moi. C'est juste que c'est intéressant de voir ça d'ici. »

Le type regarda son casque de chantier, fronça les sourcils et hocha la tête. Il devait se dire qu'un garçon comme lui ne pouvait pas posséder un bouquin. « Tu diras à ton père que c'est un motif de renvoi d'emmener sa famille sur son lieu de travail, entendu ?

— Je lui dirai. Encore pardon », dit Marco, sentant le regard de l'homme sur sa nuque jusqu'à ce qu'il arrive à l'escalier. En voilà un qui ne doit plus me voir ici, songea-t-il en saluant d'un hochement de tête les derniers ouvriers qu'il croisa en descendant.

Je n'arriverai jamais à passer devant le gardien à l'entrée, se dit-il en traversant le plateau du rez-de-chaussée en diagonale jusqu'à l'angle en face du restaurant qui avait ce drôle de nom : A Hereford

Beefstouw. Il posa son casque derrière une pile de palettes, comme il en avait l'habitude, et grimpa lestement par-dessus la grille.

Il était maintenant dans la rue, sous une pluie battante, et il n'était que trois heures de l'après-midi. Il ne verrait pas le fourgon d'en haut cette fois-ci. Heureusement que le chef d'équipe l'avait chassé assez tôt pour qu'il ne risque pas de tomber sur les membres du clan qui dans deux heures seraient rassemblés sur la place.

Il se trompait. À peine eut-il traversé le passage piéton de la rue Jernbanegade qu'un cri retentit au milieu du flot de cyclistes en cirés et de piétons trempés rentrant chez eux.

« *Murderer*[1] ! » hurla quelqu'un en anglais. Le mot était parfaitement audible et la voix reconnaissable.

Il s'arrêta un instant au milieu du passage clouté et tenta de repérer Myriam.

« On sait maintenant pourquoi tout le monde te cherche. Chris nous l'a dit. Tu es un assassin ! »

Les passants autour de Marco eurent des réactions diverses. Certains lui lançaient des regards durs, accusateurs, les autres regardaient dans la direction d'où venait la voix du côté des dizaines de vélos garés devant le cinéma Dagmar.

Il l'aperçut sous le porche d'entrée du cinéma, au milieu d'une foule rassemblée devant une affiche qui annonçait la première du film *The Tree of Life*. Ses cheveux lui collaient au visage, ses vêtements étaient sombres d'humidité et ses yeux exprimaient à la fois la déception, la haine et le chagrin.

1. « Assassin ! »

Marco jeta un coup d'œil alentour. Est-ce qu'elle était seule ?

« Tu regardes si les autres sont là, espèce de lâche, mais il n'y a que moi. Ils te trouveront quand même, tu sais. Assassin ! » Puis elle se tourna vers la foule, les mains jointes, les coudes appuyés contre son ventre. Son épuisement était visible, il y avait des heures qu'elle était dans la rue et Marco savait que les douleurs dans sa jambe étaient insupportables.

« S'il vous plaît, mesdames et messieurs, cria-t-elle. Arrêtez-le ! Il a tué un homme. Aidez-moi ! » suppliait-elle. Mais on ne prit pas la prière au sérieux quand on vit d'où venaient les cris.

Marco était sous le choc. Il traversa le trottoir en trois enjambées et l'attrapa par l'épaule. « Je n'ai rien fait, Myriam. Tu me connais, quand même ! C'est Zola qui a fait ce dont tu m'accuses. »

Mais il aurait aussi bien pu parler à un mur. Elle ne pouvait pas s'autoriser à croire ça. « MAIS ENFIN, ÉCOUTE-MOI ! cria-t-il à son tour en la secouant. C'est moi qui ai dit à la police d'aller à la maison. Tu ne comprends pas ? »

Myriam se tortilla pour échapper à son emprise. Il vit sur son visage que lui aussi était en train de lui faire du mal, à présent. « Assassin, dit-elle à nouveau, tout doucement, cette fois. La police dit que tu veux faire porter le chapeau à Zola pour le meurtre que tu as commis. Tu es un traître de la pire espèce. Tu mords la main qui t'a nourri et tu veux tous nous détruire. »

Marco secoua la tête et sentit les larmes lui monter aux yeux. C'était vraiment ça qu'elle croyait ? C'était ça que Zola leur avait raconté ? Cette ordure.

« Myriam, c'est la faute de Zola si tu es infirme. C'est lui qui a provoqué l'accident dans lequel tu as perdu ta jambe, tu te rends compte que… »

Il ne vit pas arriver sa main lorsqu'elle le gifla mais il sentit aussitôt le désespoir et la peine l'envahir, bien plus difficiles à supporter que la douleur physique.

Il essuya ses yeux et voulut lui caresser la joue pour lui dire au revoir, mais il fut distrait par un flottement dans ses yeux qui regardaient au-dessus de son épaule.

Instinctivement il se retourna pour voir Pico avec un gros pansement sur la mâchoire se faufiler dans la foule, se frayant un passage de ses mains puissantes sans le quitter des yeux.

Marco réagit instantanément. Il bondit sur une jeune fille qui était en train de garer sa bicyclette. Il la poussa, la faisant tomber sur les vélos en stationnement. Au moment de s'enfuir, il lui cria : « Je suis désolé ! »

Il sauta sur la bicyclette, zigzagua parmi les piétons furieux et descendit sur la chaussée avant que la fille ait eu le temps de réagir. Pico avait prévu le coup et il se lança à sa poursuite. Marco entendait sa respiration et ses pas qui martelaient l'asphalte derrière lui. Il avait de grandes jambes et des chaussures de sport. Les gens s'arrêtèrent sur le trottoir pour les regarder. Sans faire de commentaires et sans la moindre intention d'intervenir.

Il donna un grand coup de guidon, frôla la colonne d'affichage, traversa à vive allure la fourmilière jalonnée d'obstacles de la place devant le bâtiment coloré du cinéma Palads, avec ses marchands de saucisses ambulants, ses terrasses de café et son océan de parapluies.

Il entendait Pico lui crier : « Arrête-toi, Marco, nous ne te voulons aucun mal, nous voulons seulement conclure un marché avec toi ! »

Un marché où on lui échangerait le vélo contre une attelle à la jambe et une vie de mendicité. Qu'ils aillent se faire foutre !

Marco se pencha au-dessus du guidon et pédala aussi vite qu'il pouvait tandis que Pico bousculait les passants pour le rattraper. Il entendit une femme tomber en hurlant à quelques mètres derrière son dos, ce n'était pas bon du tout.

« Ça ne va pas la tête ! » cria quelqu'un à Marco tandis qu'un autre tentait de lui mettre le bout de son parapluie dans la roue avant.

Soudain Roméo se dressa en face de lui, une brûlure écarlate sur la joue. Il se tenait les bras écartés à l'extrémité de la place, dans le passage entre deux parkings à vélos, prêt à prendre tous les risques et à se jeter sur la bicyclette de Marco lancée à pleine vitesse.

C'est quand il n'en reste plus que le temps a le plus de valeur dans une existence. C'est à ce moment qu'on voit défiler les secondes une à une. Et c'est ce que Marco était en train de vivre à cet instant.

Derrière Roméo circulaient les bus et les voitures et, derrière Marco, Pico était sur le point de le rattraper. Que faire ? Rouler droit sur Roméo et l'entraîner dans sa chute ou foncer dans les vélos en stationnement ? S'il faisait cela, il passerait par-dessus le guidon et il atterrirait sur la chaussée devant un bus. Mais après tout, pourquoi pas ? Au moins ce serait terminé, se disait-il, le visage tordu par l'effort, les larmes coulant sur ses joues, pendant ces quelques secondes d'un temps qui était compté.

« Au secours ! » hurla-t-il, sa voix résonnant entre les immeubles. Des visages trempés de pluie le virent écorcher ses chevilles jusqu'au sang sur les pédales et les chaînes des deux-roues en stationnement quand il fit faire à son vélo d'emprunt le saut périlleux qui le propulsa sur la voie.

Il entendit les cris horrifiés et les hurlements des freins des voitures qui se mettaient en travers de la rue pour l'éviter. Enfin, il sentit un choc brutal et puis plus rien.

« Tu m'entends ? » demanda une voix inconnue. Il en conclut que la réponse était oui. Il hocha prudemment la tête mais n'eut pas la force d'ouvrir les yeux. Il ne reprit vraiment conscience que lorsqu'on lui caressa la joue en lui demandant son nom.

« Je m'appelle Marco, dit-il, sa voix lui semblant venir de très loin. Marco Jameson.

— Tu comprends le danois ? »

Il sentit qu'il souriait en acquiesçant. Il ouvrit les yeux et rencontra un visage doux mais grave. Est-ce qu'il venait de donner son nom ?

« Est-ce que tu sens tes pieds, Marco ? »

Il hocha la tête. Il avait donc donné son nom. Pas bon.

« Où as-tu mal ? »

Il était incapable de répondre à cette question car derrière l'épaule du secouriste, Roméo le regardait droit dans les yeux.

« C'est mon frère, dit Roméo. Nous allons nous occuper de lui. Notre père est médecin. Il y a une voiture qui vient nous chercher dans pas longtemps. »

Marco regarda l'ambulancier avec intensité et secoua la tête. « Ce n'est pas vrai », murmura-t-il.

L'ambulancier acquiesça. « Je vois, dit-il à Roméo. Je crois que nous allons quand même l'emmener en observation. Une petite radio ne serait pas inutile.

— Merci, murmura Marco. C'est sa faute si je suis tombé. Il s'appelle Roméo et je voudrais que vous appeliez la police parce qu'il a essayé de me tuer.

— La police va arriver, Marco, calme-toi. Je crois que tu exagères un peu. Les témoins parlent d'un accident. Tu n'as pas fait attention à ce que tu faisais », dit l'ambulancier tandis qu'un cercle de badauds l'écoutait en hochant la tête.

Roméo disparut.

« Je crois que ça va maintenant », dit Marco au bout de quelques minutes en se soulevant sur ses coudes. Il fallait qu'il voie si Pico était encore là. Apparemment il était parti lui aussi. Il ne devait pas non plus avoir très envie d'être dans les parages quand la police se pointerait et Marco non plus. C'était un clandestin et il n'avait aucune envie de se faire arrêter pour vol de bicyclette ou pour quoi que ce soit d'autre, d'ailleurs.

Marco s'aperçut qu'on avait posé le brancard sur lequel il était couché sur le parvis devant l'entrée principale du cinéma Palads.

« Est-ce que le bus m'a touché ? » demanda-t-il au secouriste.

Les gens autour de lui sourirent. Il n'avait donc pas été touché.

« Vous pouvez remercier le chauffeur si vous vous en êtes tiré à aussi bon compte. Il a eu de bons réflexes », dit un badaud.

Marco hocha la tête. « Je vais mieux. Est-ce que je peux m'asseoir ? »

L'ambulancier hésita un instant mais finit par acquiescer. Il tendit la main à Marco pour l'aider. Quelqu'un dans l'assemblée applaudit.

« J'ai envie de faire pipi. Il y a des toilettes dans le hall du cinéma. Je peux y aller ? »

Les deux secouristes échangèrent un regard puis, voyant que Marco souriait et qu'il avait vraiment l'air pressé, ils examinèrent ses pupilles, qu'ils jugèrent normales et ils dirent oui.

« Je vais t'accompagner, proposa l'un d'eux. On ne sait jamais, tu as peut-être un traumatisme crânien ou même quelque chose de plus grave. »

Marco se fendit de son plus beau sourire.

« Je vous assure que ça va. J'en ai pour une minute. C'est juste là, dit-il en montrant le cinéma du doigt.

— Bon, dit l'un des deux sévèrement. Nous allons t'attendre ici, mais tu reviens tout de suite après, d'accord, Marco ? »

Il hocha la tête et se leva prudemment. À part qu'il avait mal au genou, à l'épaule et à la jambe droite, il allait bien.

« J'en ai pour deux minutes », dit-il en montant les marches menant au foyer du cinéma, sentant tous les regards sur sa nuque.

Il regarda autour de lui. Sur la gauche se trouvait un bar et les portes pour accéder aux plus petites salles. Un peu plus loin du même côté, le comptoir pour acheter pop-corn, glaces et friandises et ensuite les toilettes. En face, la billetterie et à droite ce qui devait être les salles plus grandes. La question était maintenant de savoir par où passer pour arriver de l'autre côté du bâtiment. S'il devait entrer dans une salle, il allait d'abord devoir passer devant les ouvreuses, puis traverser la salle dans le noir et ressortir par la sortie de secours. Mais comment savoir si celle-ci le mènerait de l'autre côté ?

Il ne pouvait pas en être certain. Il continua d'explorer le hall des yeux, cruellement conscient du temps qui filait.

Il remarqua une source lumineuse au fond du couloir menant aux toilettes. Il s'en approcha en boitant. C'était une porte vitrée.

Sûrement une porte coupe-feu se dit-il, persuadé qu'elle était verrouillée et ne s'ouvrait automatiquement qu'en cas d'incendie.

Il saisit la poignée, l'abaissa, tira… et se retrouva brusquement à l'air libre derrière le cinéma avec en face de lui la gare de Vesterport. Quelle chance incroyable. Sans une seconde d'hésitation, il traversa la route clopin-clopant, descendit sur le quai, attendit le train suivant pendant à peine trente secondes et monta dans un wagon pour le court voyage d'une minute qui le mènerait à la gare centrale. Il quitta la gare par la sortie du côté de Tietgensgade et continua jusqu'à Polititorvet en réfléchissant aux derniers événements et aux raisons pour lesquelles ils s'étaient produits.

Quelque chose avait sans doute été de travers quand la police était allée à Kregme, puisqu'il avait la confirmation maintenant qu'elle y était allée. Zola avait apparemment détourné les soupçons vers lui. Oui, bien sûr. Il avait accusé Marco du meurtre. Marco était donc aussi poursuivi pour meurtre, à présent.

Il se mit à trembler à cette idée et sentit en même temps que les douleurs dans son genou, son flanc, son bras et sa jambe se réveillaient. Son dilemme était qu'il *devait* parler à la police mais qu'il n'osait pas.

Quand il fut devant l'hôtel de police, la taille du bâtiment l'impressionna. Il était si grand et si imposant et il dégageait une telle puissance avec ses arcades gallo-romaines pareilles à celles d'une forteresse. Il était hors de question qu'il entre là-dedans. Il aurait peur d'être dévoré par la bâtisse elle-même.

Il allait devoir attendre de voir sortir quelqu'un qu'il oserait aborder.

Au bout d'une heure pendant laquelle il ne vit sortir que des hommes en chemise d'uniforme bleu ciel avec des pistolets à la ceinture et une démarche de miliciens, il faillit laisser tomber.

Et maintenant qu'est-ce que je fais ? se demanda-t-il, s'apprêtant à quitter le parking. C'est alors qu'il vit une femme apparaître sous l'arcade centrale, accompagnée d'un grand homme maigre plus grotesque qu'inquiétant.

On dirait un fonctionnaire, avec cette écharpe, se dit Marco en les regardant approcher de l'endroit où il faisait le guet.

« Gordon, toi tu vas par là, dit la femme au type en montrant la direction opposée. Le ministère des

Affaires étrangères se trouve sur Asiatisk Plads, *remember*[1] ? »

Marco la reconnut. C'était la femme qui travaillait avec Carl Mørck.

Marco se cacha derrière une voiture en stationnement.

« Allez, Rose, je veux juste…

— Je n'ai pas le temps, Gordon. Ils ont vu un garçon qui s'appelle Marco au cinéma Palads tout à l'heure. La police est arrivée juste après qu'il a disparu à l'intérieur du bâtiment. Ils sont en train de le fouiller en ce moment. Il faut que j'y aille et toi tu as un rendez-vous et je veux que tu sois à l'heure. Alors casse-toi, maintenant. »

Marco retint son souffle. Ils étaient tous à sa recherche.

Il laissa la femme le dépasser, vola une contravention coincée sous l'essuie-glace d'une voiture et écrivit un message dans l'angle du PV.

Il la rattrapa en lui laissant dix mètres d'avance et en restant à cette distance.

Devant l'entrée latérale des jardins de Tivoli, qui se trouve en face de la gare centrale, il saisit sa chance.

Les piétons qui venaient de la gare et des arrêts de bus se mêlaient à ceux qui faisaient la queue devant la billetterie du parc d'attractions pour y entrer et à ceux qui en sortaient. Elle dut ralentir le pas à cause de la foule et remonter son sac à la hauteur de sa hanche. Le bras de Marco s'avança dans le même mouvement et il glissa son message dans le sac.

---

1. « Tu te rappelles ? »

Quand ils le liraient, ils connaîtraient les numéros des casiers dans lesquels Samuel et les autres déposaient les objets volés. Et ils sauraient que, tous les soirs à cinq heures, une camionnette de livraison ramassait les membres du clan, avec le fruit de leurs larcins, devant le château de Tivoli. Ils apprendraient ainsi qui étaient les employés de Zola et quel trafic celui-ci dirigeait.

Et s'ils ne lisaient pas le message ? s'inquiéta-t-il en se sentant comme le petit garçon qu'il n'avait plus envie d'être. Il voulait être adulte et tourner enfin le dos à une période de sa vie qu'il souhaitait oublier pour toujours. Il ne voulait plus être vulnérable et impuissant, il voulait se venger, relever la tête et être libre.

Pour l'instant il était à la fois vulnérable et impuissant. Tout le monde le pourchassait et il était seul, totalement seul.

S'il prenait la Tietgensgade, qu'il faisait le tour de la Kvægtorvet et suivait ensuite la Gasværksvej jusqu'aux lacs en s'éloignant du centre-ville, il ne devrait pas tomber sur la meute de Zola, et à un moment donné, il atteindrait le port de plaisance de Nordhavn qu'il connaissait comme sa poche. Là, il trouverait peut-être un bateau où lécher ses plaies en attendant de trouver quelqu'un qui veuille lui venir en aide.

Il marchait sur la promenade qui longeait les lacs et la pluie était tiède et douce comme un baume. Seule une dame promenant son chien et un couple d'amoureux s'étaient aventurés dans la bruine et il régnait un calme inhabituel.

Marco vit quelque chose bouger entre les roseaux. Il s'arrêta pour admirer une fratrie de bébés cygnes qui s'éloignaient de la rive derrière leur mère. Il en compta sept, le sourire aux lèvres, et resta un moment à contempler la vue sur le lac Sankt Jørgen avec le planétarium en toile de fond. Un jour, il aimerait habiter ce paradis au milieu de la ville.

Il observa en riant les fragiles créatures qui pépiaient, à peine sorties de l'œuf, et se tourna vers la promeneuse au teckel. Au même instant, le chien fila entre ses jambes et se jeta dans l'eau pour attaquer un petit retardataire gourmand qui n'avait pas eu son compte de lentilles d'eau.

Marco poussa un cri. La femme également. La maman cygne fit demi-tour mais ne comprit pas ce qui était en train de se passer. Alors Marco sauta à l'eau.

Elle était froide mais peu profonde. Dans l'eau jusqu'aux cuisses, il se mit à frapper la surface. La maman cygne, debout, criait, les ailes écartées. Marco frappa la croupe du chien, le poing fermé, et réussit à l'empêcher de refermer sa gueule sur le bébé cygne qui fila à la surface avec la vitesse d'une bulle de mercure sur une table vernie.

Malgré les hurlements de la propriétaire du chien devant la brutalité de Marco, il était assez content de lui, au moins jusqu'à ce qu'il aperçoive les deux agents en veste noire qui arrivaient du planétarium et couraient à fond de train dans sa direction. Ils avaient assisté à l'incident et l'avaient probablement reconnu.

« Poussez-vous ! » s'écria-t-il en bousculant la femme qui hurlait toujours.

Deux minutes plus tard, il courait, la gorge brûlante et les chaussures trempées dans des rues qu'il ne connaissait pas. Le quartier était plus résidentiel que celui d'Østerbro. Les maisons avaient toutes des interphones et il n'y avait presque pas de boutiques. Où allait-il se cacher ?

Bientôt des véhicules de patrouille allaient sillonner ces rues à sa recherche. Les grands axes de cette partie de Frederiksberg étaient sûrement surveillés et il choisit de courir dans les petites rues jusqu'à ce qu'il pense être assez en sécurité pour s'arrêter et reprendre son souffle.

Il s'appuya à un arbre, lut le panneau indicateur. Stenstrup Allé. Il reconnaissait au bout de la rue l'ancienne Maison de la radio. Le bâtiment sur sa droite devait donc être le Forum et il savait que derrière il trouverait une station de métro. S'il arrivait jusque-là sans se faire remarquer, il pourrait quitter le quartier rapidement. Mais pour aller où ?

Le seul endroit qui lui venait à l'esprit était la maison de Tilde. Si seulement il pouvait entrer en contact avec elle, peut-être qu'elle le croirait, qu'elle comprendrait et qu'elle pourrait tout expliquer à la police.

Devant le Forum, sur la Rosenørn Allé, la circulation était dense et les abribus bondés. Il régnait une ambiance de sortie de bureau et d'impatience à rentrer chez soi. Plaisante et rassurante.

Marco scruta les lieux aussi loin que portait son regard, à l'intérieur de la pyramide vitrée qui dispensait la lumière dans le réseau ferroviaire souterrain et jusqu'à la bouche du métro. Il ne vit ni visages familiers ni personnalités à l'aspect inquiétant. Il s'avança et marcha d'un pas décidé, passa devant la colonne transparente de l'ascenseur au milieu de la place et continua jusqu'à l'escalier roulant.

Soudain il perçut plutôt qu'il ne vit une ombre se détacher de la bouche de métro violemment éclairée et, quand il réalisa que c'était vers lui que l'homme se dirigeait, c'était trop tard.

Qu'est-ce que je fais ? Il disposait d'un dixième de seconde pour répondre à sa propre question.

Le trajet jusqu'au quai était un labyrinthe sur plusieurs niveaux. D'abord l'escalator, qu'il dévala. Un palier autour de la paroi de verre de l'ascenseur, une autre volée de marches conduisant au niveau où on achetait les billets. De là partait encore un escalier roulant qui menait à un nouveau palier où se trouvait un dernier escalator permettant d'accéder au dernier niveau, tout en bas, où circulaient les trains.

Peut-être parviendrait-il à leurrer l'homme qui le suivait en l'attendant au niveau des ventes de billets et en remontant par un autre escalier aussitôt qu'il l'aurait rejoint. Une fois dans la rue, il n'aurait aucun mal à le semer.

L'homme attendait au premier niveau, son téléphone à la main, guettant le prochain mouvement de Marco.

Il va appeler du renfort, se dit Marco. Il n'avait pas d'autre solution que de continuer à descendre.

Inexplicablement, hormis Marco et son poursuivant, le niveau était presque désert. Face à lui, les escalators et un escalier gris, plongeant vers le fond de la terre et les portes vitrées automatiques donnant sur les voies.

« Stop, Marco ! » cria l'homme avec un accent slave qui résonna dans le sous-terrain de béton quand Marco se précipita vers l'un des deux escalators raides et vivement éclairés descendant au niveau d'en dessous.

Avant qu'il réagisse, j'aurai peut-être le temps d'arriver jusqu'au quai et de remonter à l'autre bout, à condition qu'on puisse faire ça, songea Marco avant de réaliser que l'homme qui le suivait s'était littéralement jeté dans l'escalier roulant de gauche. Marco courait à toute vitesse sur les marches en mouvement et l'autre l'imitait. Arrivé au bout du premier, ils continuèrent leur course effrénée dans le deuxième. Sur la dernière partie avant d'atteindre le quai, les deux escaliers roulants descendaient en parallèle, collés l'un à l'autre, séparés uniquement par la paroi de plexiglas et les rampes mobiles. Marco entendit des pas précipités juste derrière lui. L'homme l'avait rattrapé. Il l'agrippa au-dessus des rampes.

Marco essaya de faire lâcher prise à l'homme à moitié couché sur la rampe en lui cognant l'avant-bras avec son poing. Il était si proche qu'il sentait son haleine fétide. Mais l'homme parvint à refermer ses doigts puissants sur sa nuque et il eut l'impression d'être pris dans un étau.

Marco savait que les passagers sur le quai s'apercevraient à peine qu'il se passait quelque chose et que s'ils s'en rendaient compte, ils ne s'en mêleraient pas. Ils se préoccuperaient uniquement de leur train sans conducteur qui entrait justement dans la station dans son tube de verre. C'était comme ça, on n'y pouvait rien. Dans deux secondes les vitres coulissantes et les portes des wagons s'ouvriraient simultanément et tout le monde s'en irait. L'homme essayait d'entraîner Marco au-dessus des rampes, sur l'autre escalier mécanique, et Marco savait qu'il ne servait à rien d'appeler à l'aide. Pendant un moment, Marco lutta en gesticulant des bras et des jambes sans aucun résultat. Mais tout à coup son pied trouva un appui sur la rampe, il y mit tout son poids et son agresseur et lui furent brusquement projetés dans le vide.

Marco cria tandis qu'ils roulaient sur plusieurs mètres.

Il entendit un craquement quand ils touchèrent le sol, comme un bruit de côtes qui se brisent. L'homme gisait en dessous de lui, le souffle coupé.

Marco se releva et se précipita à travers les portes encore ouvertes, tandis que l'homme se tenait les côtes et essayait de se soulever sur ses coudes. La dernière chose que Marco vit de son agresseur fut son visage tordu de douleur et le regard furieux qu'il lui lança en levant son portable jusqu'à son oreille.

Dans le wagon, les gens le regardaient mais ne faisaient aucun commentaire sur ce qui venait de se passer. Personne ne chercha à le consoler, malgré ses yeux remplis de larmes, mais au moins on le laissa tranquille.

Il rabattit un strapontin et s'assit près de l'allée centrale pour pouvoir regarder les lumières du tunnel par la fenêtre avant du train. Il ne savait même pas dans quelle direction il roulait ni où il allait. Il savait seulement que plus il restait dans ce wagon, plus ils auraient de temps pour positionner les troupes.

Comment faisaient-ils pour déterminer leurs positions ? D'où sortait ce type ? Est-ce qu'il avait attendu toute la journée derrière cette colonne avec son plan de métro ? Et qui venait-il d'appeler ?

Marco réfléchissait, se tordait les mains. Et puis, peu à peu, tout devint confus. Le ronronnement des moteurs électriques qui l'emmenait vers une destination inconnue. Le ding dong des haut-parleurs et la voix qui annonçait la station suivante, Frederiksberg. Les passagers indifférents dans la lumière violente. Ce fut le changement d'éclairage qui le réveilla de sa torpeur. Il fallait qu'il se décide.

Descendre ici ? Ou continuer jusqu'à Vanløse et rejoindre Strindbergsvej où Tilde habitait ? Avait-il une chance d'arriver jusque-là ?

Il observa attentivement le quai pendant que le train entrait en gare. Il vit principalement des étudiants rentrant chez eux, patientant devant les publicités de lunettes, les panneaux d'information et les distributeurs automatiques de billets. Rien d'alarmant. Les regards dirigés vers les portes attendaient simplement qu'elles veuillent bien s'ouvrir.

Avant de descendre du wagon, Marco inspecta une dernière fois le quai de haut en bas. Toujours rien.

Il venait de prendre sa décision. Il voulait retourner se cacher dans sa tour. Les ouvriers étaient en train de ranger leurs outils et dans pas longtemps le chantier serait désert. Il voulait remonter à l'air libre et s'éloigner de la rue. Il allait prendre l'avenue Falkoner, puis la Frederiksberg Allé et, sans se presser, il retournerait dans le centre en passant par le quartier le plus sûr de Copenhague. Ça devrait marcher, à condition que personne ne soit en train de l'attendre à la sortie du métro.

Il regarda d'un côté puis de l'autre et choisit de monter par l'escalier opposé à celui qui conduisait à la galerie marchande de Frederiksberg. S'ils y étaient déjà, ils supposeraient qu'il allait choisir la sortie où il y aurait le plus de monde et c'est précisément pour ça qu'il fit le contraire.

Quarante marches en ligne droite et il serait dehors.

Il n'en avait pas parcouru le tiers que deux visages aux yeux vigilants apparurent au sommet de l'escalier. Se fiant à son instinct, Marco fit demi-tour et s'enfuit.

Un train attendait, portes ouvertes, sur le quai d'en face. Malheureusement, il retournait au Forum. Mais avait-il une autre solution ? Le dernier passager était déjà dans le wagon. Marco dévala les cinq dernières marches et entendit des pas qui couraient derrière à l'instant où il se faufila entre les portillons du sas transparent. Le train resta quelques secondes immobile, le temps que ses portes se ferment également. Sur le quai, deux hommes aux pommettes slaves et à l'air très contrarié tambourinaient sur les vitres.

Il y a un mois encore, ces hommes devaient errer dans les rues de villes comme Liepāja et Palanga à rêver de l'or qu'il trouverait un jour en passant à l'Ouest, et à voir leur tête, cette fois, l'or leur avait filé entre les doigts. C'est comme ça que Marco comprit que la prime sur sa tête était élevée et que tous les criminels de la ville étaient à sa poursuite.

Il se coucha en travers de deux strapontins trempés en passant la station Forum sur le chemin du retour, mais il souleva légèrement la tête pour vérifier si l'homme était toujours à son poste.

C'était le cas. Mais il était assis, dos à une affiche, le poing fermé contre sa cage thoracique. Il était attentif mais blessé et visiblement en souffrance. Et il avait toujours son téléphone portable à la main.

À la station de Nørreport, Marco sortit par le dernier escalier roulant, situé tout au bout du quai, bien conscient que s'ils l'attendaient, il devait se tenir prêt à fuir aussi rapidement que possible vers le Jardin botanique et le parc d'Østre Anlæg où il y avait de nombreux endroits pour se cacher.

Il sélectionna une femme parmi les passagers. Il se tenait si près d'elle qu'elle se sentit menacée. À juste titre puisqu'il avait l'intention, si des hommes venaient vers lui, de la pousser dans leurs bras.

Arrivé dans la rue tout lui parut calme et normal. La pluie s'était arrêtée et les gens qui sortaient de leur travail affluaient de toutes parts.

Noyé dans la foule, je suis invisible, songea-t-il en remontant Frederiksborgade à contre-courant en direction de Nørre Farimagsgade. Par précaution, il prendrait le bus sur la dernière partie du trajet, maintenant qu'il savait où il voulait aller.

31

Quand le bus passa devant le bâtiment du Palace, où il avait failli perdre la vie tout récemment, il vit des ennemis partout. Des hommes immobiles aux feux rouges. Des hommes inactifs alors que tout le monde s'affairait autour d'eux. Des hommes qui étaient simplement là.

Tu deviens parano, Marco, se dit-il en s'efforçant de se redresser un peu sur la banquette tout au fond de l'autobus. Il fallait qu'il cesse de croire que la terre entière lui voulait du mal.

Quand le bus ralentit et passa à faible allure devant l'entrée de Tivoli en face de la gare centrale, il remarqua, juste avant l'arrêt, un groupe d'individus en train de discuter avec vivacité. Bien qu'il ne vît parmi eux aucun visage connu, cela l'inquiéta. Il faut que j'arrête ça ! se sermonna-t-il. Encore un arrêt et je serai derrière les jardins de Tivoli et en sécurité, tâcha-t-il de se convaincre.

Mais il ne put s'empêcher de se faire tout petit sur son siège et de surveiller par la vitre arrière l'attroupement derrière lui, pendant que le bus était à l'arrêt. À part deux types à la peau noire, tous les autres avaient l'air de venir d'Europe de l'Est. Des hommes noueux qui semblaient avoir eu une vie dure et depuis longtemps.

Marco regarda vers l'avant du bus pour voir les passagers qui y montaient. A priori ils avaient l'air paisibles.

Soulagé, il inspira profondément et sentit dans son corps les contusions que son accident avait laissées. C'était douloureux et pourtant il avait de quoi se féliciter. Est-ce qu'il n'était pas en vie ?

Le bus venait juste de démarrer quand il vit un individu faire quelques pas sur le trottoir. Quelqu'un qui a raté le bus, se dit-il en tournant la tête pour se retrouver nez à nez avec un jeune Noir vêtu d'un polo de basket vert qui le regarda droit dans les yeux juste avant que l'autobus n'accélère et le laisse derrière lui.

Marco se retourna sur sa banquette et vit le jeune homme se mettre à courir derrière comme un chien poursuivant la voiture du facteur. Il avait une démarche souple et déliée et très, très rapide.

Marco se leva précipitamment de son siège, tous les sens en éveil, et alla se poster à côté de la porte. Heureusement, le feu était au vert quand le bus tourna à l'angle de Tietgensgade, ce qui mit un peu de distance entre lui et le chacal qui le poursuivait.

Il sauta du marchepied à l'arrêt devant la Glyptothèque et traversa la rue derrière le bus au milieu des voitures qui klaxonnaient. Un peu plus haut, l'homme noir avait déjà passé l'angle et il ne tarderait pas à le rattraper. Marco plongea la main dans sa poche, en sortit une poignée de billets, et fonça aussi vite que sa boiterie le lui permettait vers l'entrée qui se trouvait à l'arrière du parc d'attractions.

Fermée. Merde.

Il vit le type qui arrivait sur lui ventre à terre, et au même instant un gyrophare qui se déclenchait au bout du boulevard H.C. Andersen. La voiture de police attendait apparemment devant le restaurant Great China et roulait maintenant vers lui en zigzaguant au milieu de la circulation.

Marco était coincé. Qu'il aille vers la place de l'Hôtel-de-Ville ou vers le pont de Langebro en sens inverse, il tomberait dans les bras de ses poursuivants. Et en traversant le boulevard H.C. Andersen, il foncerait droit sur le véhicule de patrouille. Il n'avait plus qu'une option, sauter la grille du parc d'attractions. Il entendit la voiture de police freiner sur la piste cyclable et vit son poursuivant s'arrêter à la vue du gyrophare. À quelque chose malheur est bon.

Une fois dans le parc, il regarda autour de lui et opta pour un escalier qui passait devant un manège avec des animaux de toutes les tailles. Il en avait déjà vu un comme celui-là, en Italie, mais il n'avait jamais eu l'occasion de l'essayer. En empruntant le réseau enchevêtré des allées du parc, Marco regardait les enfants qui naviguaient sur des bateaux, montaient dans les montagnes russes, hurlaient de joie et mangeaient des glaces entre leur père et leur mère, et il se disait la gorge serrée qu'il n'avait jamais rien vécu de ce genre. Il ne s'était jamais senti aussi abandonné qu'au milieu de tous ces gens heureux et insouciants.

À travers les grilles, il vit arriver de nombreux gyrophares bleus venant de tous les côtés à la fois, mais il savait que là où il était ils ne l'attraperaient pas, car il connaissait comme sa poche le chemin pour passer derrière le théâtre de pantomime et accéder directement au chantier de la Maison de l'industrie, à laquelle on était en train d'ajouter une extension qui faisait une encoche à l'intérieur des jardins de Tivoli. Et à partir de là, ce serait un jeu d'enfant de passer derrière le restaurant et de grimper en haut des échafaudages de fer et de béton.

Le chantier était pratiquement désert. Seuls quelques ouvriers traînaient encore près des cabanes à l'entrée, mais là où il se trouvait, Marco avait pour seule compagnie le vent et la vue sur la ville.

Il se sentait comme un rapace qui plane au-dessus d'un champ sans que personne ne le remarque, les yeux à l'affût du plus petit mouvement.

Ils étaient dangereusement proches à présent. En ce moment même, ils furetaient au-dessous de lui à la recherche du moindre indice qui pourrait leur révéler sa cachette. Les voitures de police étaient parties mais ce n'était pas elles qu'il craignait le plus.

Marco avait peur de l'homme noir. Pas seulement à cause de son regard insondable, ni à cause de son corps puissant, agile et rapide. Il en avait peur parce qu'il ne comprenait pas ce qu'un homme comme lui faisait à Copenhague.

Il avait vu deux Africains à l'arrêt de bus de la gare centrale et quand il fermait les yeux et revoyait la scène, il voyait aussi une femme noire derrière eux qui avait l'air de tout surveiller. On aurait dit que c'était eux qui dirigeaient toute la troupe. Ou en tout cas, à côté d'eux, les hommes blancs avaient l'air minables.

Mais qu'est-ce que ces trois-là faisaient ici ? Qui avait pu lancer des Africains à ses trousses ?

Ça ne pouvait pas être Zola. Il se souvenait parfaitement du jour où deux Afro-Américains avaient demandé à être admis dans le clan, à l'époque où ils vivaient en Italie. Il n'oublierait jamais la dureté des mots échangés avec Zola. Non, Zola n'aimait pas les Noirs et jamais il n'aurait embauché ceux-là.

Mais alors qui ?

Marco ouvrit le livre qu'il avait lu un nombre incalculable de fois. Celui qu'il avait volé chez ces gens le tout premier jour après s'être enfui. Lire le consolait. Chaque mot était pour lui comme une caresse, tout le mettait en joie, jusqu'au prénom du personnage principal, Nicky. Le roman racontait l'histoire d'une femme courageuse qui parvenait à vaincre l'adversité alors qu'elle n'était ni grande, ni forte physiquement. Une femme qui n'appartenait pas vraiment à la société dans laquelle elle vivait et qui malgré tout…

Il posa le livre et plissa le front.

Les bruits venant d'en bas étaient infiniment discrets et c'est ce qui fit monter l'adrénaline chez Marco. Un chantier est un endroit où il y a beaucoup de bruits, souvent assourdissants. Mais quand le travail s'arrête on n'entend plus rien du tout.

Et là, il entendait quelque chose.

Il s'approcha de la cage d'ascenseur et tendit l'oreille. Les bruits étaient toujours là, un peu plus forts que tout à l'heure. Ce n'était pas des pas mais plutôt le genre de crissement que feraient des doigts mouillés sur du plastique.

Ils sont là, se dit-il, convaincu qu'il ne se trompait pas.

Ils étaient là et s'il s'agissait des deux Noirs qu'il avait vus tout à l'heure, ils ne ressemblaient en rien aux adversaires qu'il avait eu à affronter jusqu'à maintenant.

Les crissements s'amplifièrent. Ils venaient de deux endroits différents. Le premier au pied de la cage d'ascenseur, l'autre près de l'escalier. Il en conclut que les issues dont il disposait étaient déjà bloquées.

Soudain, ils échangèrent quelques mots. En français ?

Il regarda autour de lui. Il n'y avait aucun endroit pour se cacher dans ce grand espace, hormis des renfoncements évidents qu'ils ne manqueraient pas d'inspecter.

Mais quelle idée il avait eue aussi de monter jusqu'au quatrième ! Il était beaucoup trop haut pour sauter.

Ils n'auront aucun mal à me tuer ici, mais je me défendrai, ils peuvent compter là-dessus, se promit-il, sentant sa peau devenir brûlante et son souffle plus lent et plus profond.

La barre de fer qu'il ramassa sur le sol était du type auquel personne ne survit s'il en reçoit un coup bien administré. Il la saisit des deux mains et s'avança vers l'escalier en la brandissant devant lui comme un Jedi brandit son sabre laser.

Pas pleurer. Pas maintenant. Il ne voulait pas que ces deux hommes au visage dur le voient craquer quand ils avanceraient sur lui. Il était hors de question qu'ils lisent sur son visage la peur que Zola inspirait à ceux qui osaient lui tenir tête. Ce ne serait pas l'image qu'ils garderaient quand ils en auraient fini avec lui.

Le premier type qui monta l'escalier n'était pas le même que celui qui avait couru après l'autobus. On ne voyait pas ses traits car le soleil, très bas dans le ciel, l'éclairait par-derrière, mais son T-shirt jaune portant le sigle « Lakers 24 » était facilement identifiable.

« *Hello, Kiddie*[1], dit-il d'une voix sourde. *Come here to me*[2] *!* »

Il se tenait à quelque distance, faisant signe à Marco d'approcher en agitant la main, tandis que Marco reculait vers le côté de la tour orienté vers Vesterbrogade. Plus ils approchaient du bord, plus il avait de chances d'entraîner le type avec lui dans sa chute. Ce serait la deuxième fois aujourd'hui qu'il utiliserait cette technique.

Marco leva les yeux. Derrière l'homme noir, tournait la grande roue de Tivoli avec ses rayures de sucre d'orge, et dans les paniers, adultes et enfants criaient d'extase. Dans un instant, sans doute avant que la roue ne s'arrête, il serait mort et personne au monde ne saurait qui il était, et qui il aurait pu devenir.

Ce fut la tristesse que provoqua cette prise de conscience qui fit monter à ses yeux les larmes qu'il s'était promis de ne pas verser.

« *Poor boy*[3] *!* » dit son agresseur. Il ne brandissait pas encore une arme mais Marco se doutait que ce n'était qu'une question de secondes.

---

1. « Salut, gamin. »
2. « Viens là ! »
3. « Pauvre petit ! »

S'il avait de la chance, il pourrait peut-être le surprendre en fonçant vers la cage d'ascenseur et en sautant de là. Il savait que l'autre gars l'attendait à l'étage au-dessous, mais s'il se laissait tomber de plus d'un étage et qu'il réussissait à mettre la barre en travers au moment où il atteindrait l'entresol, il survivrait peut-être. Ou pas.

Il fit un pas de côté, mais le Noir semblait pouvoir lire dans ses pensées et il lui coupa la route.

Marco n'avait plus rien à faire d'autre que d'attendre.

Il ne vit vraiment sa figure que lorsqu'ils furent à quelques pas l'un de l'autre. Il était plus âgé que Marco mais, malgré les rides profondes qui creusaient ses traits, il devait avoir à peine cinq ou six ans de plus que lui. Une cicatrice toute blanche fendait son nez de haut en bas, et l'une de ses paupières était à moitié fermée. C'était un guerrier mais il n'y avait aucune colère, aucune agressivité dans l'expression de son visage. On aurait dit un charpentier à qui il restait un clou à enfoncer avant de finir sa journée. Il était calme, déterminé et froid.

Il sortit sa lame.

Marco agita une ou deux fois la barre de fer dans sa direction en sachant que dans un instant il lèverait le couteau au-dessus de sa tête et le lancerait dans sa poitrine de toutes ses forces. Car c'était une arme de ce type, avec une poignée courte et ergonomique et une lame à deux tranchants parfaitement aiguisés.

Si la barre de fer n'avait pas été aussi lourde, il aurait pu la lui jeter à la figure ou essayer de dévier le couteau comme avec une batte de base-ball, mais

Marco n'avait pas cette force. Il alla se placer au bord du vide et attendit.

Pendant ces secondes dont il pensait qu'elles seraient les dernières, il entendit une voiture klaxonner furieusement dans la rue, sauf que le bruit ne semblait pas venir de la rue mais de tout près, et amplifié comme à travers un mégaphone.

Il tourna la tête un bref instant et aperçut le haut de la goulotte d'évacuation dans laquelle les ouvriers jetaient les déchets. Marco serra les dents, se propulsa sur le côté tout en balançant la barre de fer vers son agresseur. La barre ricocha sur le sol et finit dans ses tibias. Marco attrapa le bord de la goulotte en plastique et sauta dans le toboggan à pieds joints.

Il entendit le type jurer et lâcha prise.

Les cônes emmanchés les uns dans les autres freinaient sa glissade à chaque jointure. Marco pensait que le Noir n'oserait pas le suivre parce qu'il était trop corpulent, mais tout à coup il entendit un bruit au-dessus de sa tête.

Oh, mon Dieu ! se dit-il, sentant les scories lui déchirer la peau jusqu'au sang. Il va m'avoir quand même ! Comment a-t-il fait pour entrer là-dedans ?

Il atterrit dans le coin du container à ordures où les déchets de laine de verre et des montagnes de film plastique amortirent sa chute.

Marco leva la tête vers le grondement à l'intérieur de la goulotte. La laine de verre commençait déjà à le piquer et à le démanger sur tout le corps.

Il roula sur le côté et saisit une planche de coffrage munie de clous pointus à une extrémité. À l'instant où l'homme sortirait du toboggan, il viserait sa tête et frapperait.

Mais son poursuivant n'arriva jamais jusque-là. Il dut se rendre compte à mi-hauteur qu'il était trop volumineux pour passer dans la goulotte et une bordée d'injures et de malédictions parvint du tuyau comme autant de fausses notes sortant d'un instrument à vent.

Marco débarrassa le col de son polo de la laine de verre et de roche. Au-dessus de sa tête, le martèlement de la course du deuxième homme résonnait dans les étages.

Marco sauta du container, grimpa par-dessus la grille et traversa la place de l'Hôtel-de-Ville en courant, à demi aveuglé par la laine de roche qui restait accrochée à ses cils, et terriblement incommodé par les démangeaisons dans le cou et sur son corps provoquées par la matière isolante.

Il n'osa regarder derrière lui qu'une fois arrivé sur la rue piétonne de Strøget. Et là, sur le trottoir, devant l'immense chantier de construction, il vit la femme noire, aussi large qu'une porte et aussi noire que la nuit, qui le suivait des yeux.

Quand Marco arriva au canal de Frederiksholm et au pont de marbre, le prurit était sur le point de le rendre fou. On aurait dit que ses vêtements étaient doublés de matériaux isolants, et quand il se grattait, cela ne faisait qu'empirer les choses. Il regarda l'eau noire du canal en se disant qu'elle parviendrait peut-être à débarrasser ses vêtements des brins de laine de roche. Il descendit les marches jusqu'aux petits bateaux amarrés au ponton et plongea.

Il nagea en se servant d'un seul bras pendant qu'il frottait ses vêtements de l'autre. C'était froid, mais cela le soulagea un peu.

Une femme s'arrêta au milieu du ponton pour lui demander s'il allait bien, il hocha la tête et fit quelques brasses sous l'eau, éliminant ainsi plusieurs millions supplémentaires de minuscules échardes. Quand il remonta à la surface, deux jeunes types en costume l'observaient en riant à côté de leur voiture garée au bord du canal, l'un des deux se donnant des petits coups sur la tempe avec son index pour lui montrer à quel point il le trouvait dingue.

Au même moment, Marco remarqua l'homme qui arrivait en courant de Rådhusstræde.

Allez-vous-en, supplia-t-il intérieurement aux deux hommes qui le montraient du doigt en rigolant. Mais c'était déjà trop tard.

À l'autre bout du canal, sur le pont Stormbroen, le Noir au maillot de basket vert l'avait aperçu et il était visiblement en train de se demander de quelle façon il allait remplir au mieux la mission qui lui avait été confiée.

Marco était pris au piège. Les deux imbéciles sur le quai ouvrirent les portières de leur voiture et montèrent à bord, sans savoir qu'ils venaient de planter les clous de son cercueil.

Quelle issue avait-il à présent ? Aucune.

Quelle que soit la direction dans laquelle il se laisserait flotter, le type pourrait longer la voie sur berge pour le suivre et s'il sortait de l'eau maintenant, ce guépard aurait tôt fait de planter les dents dans sa chair. Comme Marco voyait les choses, la seule possibilité qui lui restait était de se cacher derrière l'un des nombreux bateaux à l'amarre et espérer que la nuit allait se dépêcher de tomber.

Il plongea à nouveau, sous les bateaux cette fois. L'homme allait sûrement descendre par le même escalier que celui que Marco avait emprunté. Il s'agissait donc de s'en éloigner le plus possible en se cachant sous les nombreuses coques alignées.

Et si, contre toute attente, le Noir se jetait à l'eau, il n'aurait qu'à continuer ainsi, à l'abri des coques, jusqu'au pont de Stormbroen et essayer de ressortir là-bas sans se faire voir.

Si seulement il parvenait à atteindre un endroit où il circulait beaucoup de monde, il aurait peut-être une chance.

Mais l'homme ne se mit pas à l'eau. Il se contenta de descendre sur le ponton et de marcher lentement d'une amarre à l'autre.

Marco l'entendait prendre tout son temps et s'arrêter à chaque bateau. Il voulait s'assurer que Marco n'était pas monté à bord et qu'il n'était pas tapi quelque part au fond de l'un deux, ni accroché à un pare-battage. Il cherchait des bulles à la surface qui révéleraient sa présence.

Et il approchait, progressivement, tandis que la nuit tombante noyait peu à peu la surface du canal et tout ce qui se trouvait dessus dans une même obscurité.

Quand il n'y eut plus qu'un seul bateau entre le Noir et lui, Marco plongea. À cet instant précis, il entendit un plouf.

Après quelques brasses fébriles sous l'eau, il remonta et distingua la tête noire presque invisible si près de lui qu'il se remit à nager aussi vite qu'il put.

Alors qu'il avait l'impression d'avoir mis un peu de distance entre lui et son poursuivant, ses forces commencèrent à l'abandonner. Mais l'Africain nageait régulièrement à son propre rythme.

Ils entendirent au même moment la péniche du Canal Tour arrivant des eaux ouvertes du port. Pendant un instant, ils s'arrêtèrent tous les deux pour évaluer la situation.

Le bateau avait une proue pointue, il avançait vite et droit sur eux, et il y avait effectivement de quoi s'inquiéter. Marco se remit à nager de toutes ses forces en gardant le cap sur le pont de pierre. L'arcade de gauche était obstruée par un hors-bord mais les deux autres étaient dégagées.

Si j'essaye de passer sous l'arcade de droite, il me suivra, songea Marco, épuisé de devoir nager dans ses vêtements aussi lourds que du plomb. Et si je prends celle du milieu, je me ferai écraser par la péniche de touristes.

Décidant de faire confiance à son instinct, il choisit l'arcade du milieu en se disant qu'il parviendrait peut-être de l'autre côté avant l'arrivée du bateau et qu'il pourrait appeler les passagers à son secours.

Il ne mit pas longtemps à réaliser qu'il n'irait pas aussi loin. Une soudaine accélération amena l'homme à sa hauteur et dans le même mouvement celui-ci l'entraîna sous l'eau avant qu'il ait eu le temps de prendre sa respiration. Malgré l'obscurité et la noirceur de l'eau, il voyait beaucoup trop nettement les yeux blancs de son agresseur qui tentait de le noyer dans une étreinte puissante. Il suffoqua, la bouche fermée, et agita les jambes pour essayer de sortir la tête de l'eau tandis que les bruits du moteur et de l'hélice de la péniche s'amplifiaient de seconde en seconde.

Enfin Marco réussit à dégager un bras. Les doigts tendus, il visa les yeux blancs dans le visage noir.

Le type ouvrit la bouche et un nuage de bulles monta à la surface quand Marco l'atteignit droit dans les pupilles.

Ils remontèrent tous les deux à la surface comme deux bouchons de liège. Le Noir était momentanément aveuglé et Marco en profita pour nager avec l'énergie du désespoir directement vers l'arcade du milieu.

La péniche était si proche maintenant qu'on pouvait entendre les chants et les cris des passagers ivres.

Un hurlement de rage retentit derrière lui et il vit son poursuivant qui le rattrapait, l'œil en sang.

Marco plongea.

Sous l'eau il sentit clairement la proue bleu ciel du bateau passer au-dessus de lui et au prix d'un effort supplémentaire, il parvint à fouetter l'eau assez fort pour passer de l'autre côté où, presque par réflexe, il s'accrocha à un cordage qui courait tout le long du flanc de la péniche.

Il eut l'impression qu'on lui arrachait le bras quand il fut remonté brusquement à la surface et, malgré lui, il poussa un cri, sans d'ailleurs que personne à bord du bateau ne l'entende.

Finalement, c'était peut-être aussi bien comme ça. Le chasseur noir pouvait s'imaginer que Marco avait été touché. Ce serait bien qu'il le croie.

Marco se laissa tracter dans le canal, conscient qu'une fois de plus, il s'en était sorti.

Il sourit un court instant avant de voir la tête noire émerger du sillage de la péniche loin derrière.

La question était de savoir si lui aussi l'avait vu.

32

Carl retrouva Gordon dans le bureau d'Eriksen. Chaussures de marche, écharpe grise et pantalon de velours. Est-ce qu'il espérait vraiment être pris au sérieux dans cet accoutrement ?

« Alors vous avez réussi à revenir à temps, finalement », dit l'imbécile avec son arrogance de tête à claques.

Cet interrogatoire n'allait pas être triste !

Eriksen semblait fatigué. Pas comme un homme qui a une grosse journée de travail dans les pattes mais comme quelqu'un qui serait sur le pont sans s'arrêter depuis vingt-quatre heures et qui aurait de surcroît été victime d'un accident.

« Qu'est-ce qui vous est arrivé ? lui demanda Carl en parlant du pansement sur sa nuque.

— Oh, dit-il en posant la main à l'endroit de la blessure. Rien de grave, une bêtise. Le genre d'incident qui arrive quand on descend un peu trop vite un escalier. »

Gordon hocha la tête. « Je connais ça, on se tord la cheville et boum, on se retrouve par terre !

— C'est exactement ça », répliqua Eriksen en faisant un sourire un peu trop complice au crétin.

Carl sentit son visage s'affaisser. Si cet idiot avait l'intention de souffler toutes ses réponses au témoin, ils étaient mal partis.

« Nous avons parlé avec la compagne de William Stark, Malene Kristoffersen, et avec sa fille, dit Carl. Toutes les deux ont vivement rejeté les soupçons de pédophilie que vous avez jugé bon d'exprimer à son endroit l'autre jour. Je reconnais que ce genre de réaction est celle à laquelle on doit nécessairement s'attendre de la part des proches, mais nous n'avons rien découvert le concernant qui soit susceptible d'étayer votre accusation. Vous avez peut-être quelque chose à ajouter à ce sujet ?

— Je ne sais pas, répliqua Eriksen avec l'air de réfléchir. On voit ce qu'on voit et parfois on interprète les choses de travers. Ce n'est pas moi qui ai abordé le sujet, mais vous, alors forcément, on a tendance à faire des rapprochements. » Il secoua la tête. « Je n'ai rien de plus concret à vous dire et je regrette de vous avoir induit en erreur, si c'est le cas. »

Carl inspira lentement par le coin de la bouche. Il ne se sentait pas très bien et il était un peu surpris du revirement d'Eriksen. On aurait dit qu'il lui était arrivé quelque chose depuis leur dernière entrevue. Comme si le chameau tendait maintenant le cou vers un nouveau but, plus alléchant.

« Vous avez un beau bureau, dit Gordon tout à coup, sans raison, en jetant un regard circulaire dans la pièce. J'ai toujours cru que le ministère des Affaires étrangères se trouvait dans un vieux bâtiment lugubre. »

Nom d'un petit bonhomme ! Il se croyait en reportage pour un magazine de décoration intérieure ou quoi ?

Carl colla un sourire contrit sur son visage. « Gordon ne va pas tarder à passer son examen du barreau. Un poste dans la fonction publique ne serait pas pour lui déplaire. Alors forcément, il se renseigne. »

Le grand haricot ouvrit de grands yeux. « Pas du tout, je… »

Carl le fusilla d'un regard qui aurait pu abattre un bison et il s'arrêta net. Malgré une arrogance impressionnante et une grave propension à se prendre au sérieux, le gamin avait quand même l'air d'avoir compris qui était le chef. Il était temps.

« Pourriez-vous nous en dire un peu plus sur le programme qui a amené Stark à faire ce voyage au Cameroun ? dit Carl. De quoi s'agissait-il exactement ? Nous avons déjà pris un certain nombre de renseignements, mais nous aimerions avoir votre point de vue. »

Il fronça les sourcils. La question était-elle embarassante ? Ou bien avait-il seulement besoin de réfléchir à la réponse ?

« Il s'agit d'un projet assez simple, basé sur le fait regrettable que de nombreux peuples primitifs sont mis en danger par l'arrivée de la civilisation moderne sur leurs territoires. En l'occurrence, nous parlons d'une tribu de Pygmées, appelée les Bakas, qui vit dans la partie de la jungle congolaise appelée Terre de Dja, à l'extrême sud du Cameroun. Il s'agit d'un programme d'aide humanitaire classique visant à compenser la dégradation de la faune due au braconnage intensif et à la déforestation massive que le commerce du bois a provoqué dans leur habitat naturel. Les Bakas, qui vivent encore aujourd'hui dans des cabanes en branchages recouvertes de feuilles, dans des conditions très primitives, ne seront bientôt plus capables de se nourrir si on ne prend pas des mesures sérieuses pour leur procurer des céréales et des conditions de vie décentes. C'était ce que nous appelons un programme d'aide de base.

— Vous dites "c'était" ? Le projet a été interrompu ?

— Pas encore. Mais il touche à sa fin.

— Je vois. Comment avez-vous aidé ces Pygmées, concrètement ?

— En les aidant à faire des plantations de bananiers et à cultiver la terre autour de leurs villages. »

Carl le regarda un long moment avant de poser sa question suivante. Gordon gigotait et faisait grincer sa chaise à côté de lui à force d'impatience et Carl lui pinça la cuisse pour le calmer. Heureusement, il se contenta d'un petit couinement surpris dont Eriksen ne parut pas se formaliser. Il était bien trop occupé par le regard pénétrant de Carl.

« Je me permets de vous informer que nous savons de source sûre que ce programme a été arrêté depuis très longtemps déjà, dit enfin Carl. Et d'après ce que je sais, il n'y a ni plantations de bananes ni champs cultivés, là-bas. Vous avez une explication à ça ? »

Eriksen posa une main sur sa nuque, se gratta l'encolure, prit un air vaguement surpris, mais visiblement, Carl l'avait déstabilisé. Et l'inspecteur Mørck avait de bonnes raisons de croire qu'il avait de quoi.

« Je ne comprends pas ce que vous me dites et je suis sous le choc. De notre côté, nous versons toujours les fonds et nous allons continuer à le faire jusqu'à la fin de l'année. »

Carl révisa en pensée les sept signes indiquant qu'un témoin mentait. Plusieurs de ces signes sautaient aux yeux. Eriksen gardait les mains posées à plat devant lui comme s'il n'osait pas les bouger. Il fixait Carl intensément sans battre des paupières. Il déglutit plusieurs fois de suite, signe qu'il avait la bouche sèche. Il ne restait plus que l'immobilité du corps et l'accès de colère et on avait toute la panoplie. Mais Carl ne voulait pas le pousser jusque-là, pour ne pas risquer de le rendre complètement muet.

« Je suis désolé de vous dire les choses de manière aussi abrupte, dit Carl. Mais nous avons besoin de comprendre comment un programme dont votre service est responsable a pu déraper à ce point. »

Il protesta. Pas fâché, mais contrarié. Encore un autre signe. « Il faut que je vous dise les choses comme elles sont. Le programme Baka était le projet de William Stark. Il avait un talent exceptionnel pour déléguer le travail aux pays bénéficiaires et les rendre autonomes, ce qui est le but fondamental de l'aide que nous apportons. C'était un projet assez élémentaire dans lequel, si on prépare bien le terrain en amont, les choses doivent fonctionner toutes seules.

— Je comprends. Ce que vous me dites, c'est qu'une fois que c'est parti, on n'effectue pas de contrôles en cours de route ?

— Bien sûr que si. Mais dans ce cas précis, les contrôles se sont faits de manière locale. Comme je vous l'ai dit ce n'était pas un programme de très grande envergure. »

Carl jeta un nouveau coup d'œil à Gordon. Quelles que soient les raisons pour lesquelles Lars Bjørn s'intéressait à ce garçon, il avait intérêt à fermer son clapet jusqu'au bout de cet interrogatoire. Il avait l'air vexé, mais puisqu'il suffisait de lui pincer la cuisse pour le faire taire, Carl ne se priverait pas de recommencer.

Il se tourna vers sa victime qui était en train de s'humecter les lèvres avec le bout de la langue. Eriksen était prêt à contre-attaquer. Mais pourquoi maintenant ?

« Puisque vous en parlez, de quelle envergure était-il ? À combien s'élevait la subvention ? »

Eriksen haussa les sourcils et secoua la tête. « Je n'ai pas le chiffre exact en tête, mais je sais qu'il n'était pas supérieur à cinquante millions de couronnes par an. »

Carl déglutit. Cinquante millions par an ? Pour ce prix-là, il voulait bien planter des bananiers d'ici jusqu'à Novossibirsk ! Il n'imaginait même pas tout le travail policier qui pourrait être réalisé pour une somme pareille. À combien d'agents de la circulation on pourrait régler leurs heures supplémentaires. L'économie réalisée en « arrêts maladie de courte durée » serait astronomique.

« Je pourrai vous donner le chiffre exact dès lundi, si vous le souhaitez, ajouta-t-il. La personne qui s'en occupe est en congé cette semaine. »

Carl hocha la tête. « Nous reviendrons là-dessus. Je vous remercie. Nous avons également appris que le coordinateur local de ce projet, un dénommé Louis Fon, a disparu quelques jours avant Stark. Vous étiez au courant ? »

Vous avez intérêt à l'être, songea Carl. Sinon, je vais trouver qu'il y a vraiment quelque chose de très louche dans cette histoire.

« Oui, répondit Eriksen. Encore une affaire très étrange à laquelle nous n'avons jamais trouvé d'explication. Malheureusement, c'est comme ça, l'Afrique. Les gens disparaissent et parfois ils réapparaissent. Les tentations sont nombreuses. Les dangers aussi. Sans compter le hasard qui influe sur les événements et leur donne une impulsion souvent inexplicable. Il s'agit du deuxième plus grand continent du monde, et à beaucoup de points de vue c'est aussi l'endroit le plus désorganisé de la planète. »

Carl ne marcha pas. S'il était allé au bout de la démarche et qu'il avait essayé de creuser le sujet, ou si, à l'inverse, il avait prétendu n'avoir jamais entendu parler de cet homme, ça aurait pu passer. Mais qu'il se réfugie derrière ce genre de platitude ne pouvait signifier que deux choses. Soit il avait quelque chose à cacher, soit il était totalement incompétent. Et Carl ne croyait pas à la deuxième hypothèse.

« Je vois, dit-il. C'est un mystère. Il paraît qu'il y en a beaucoup là-bas. Mais je ne peux pas m'empêcher de trouver étrange que vous-même vous soyez trouvé à Somalomo le jour où Louis Fon s'est volatilisé sur l'autre rive du fleuve. On peut savoir ce que vous faisiez là-bas ? »

Cette fois Eriksen réussit à se maîtriser. S'il était troublé, cela ne se voyait pas.

« J'y étais, c'est exact, et je peux vous l'expliquer. J'avais fait ce voyage pour m'assurer que tout se passait bien. L'occasion s'était présentée parce que je devais me rendre au sud du Cameroun pour la mise en œuvre d'un autre programme qui, pour une raison ou pour une autre, a finalement été confié à la

Commission européenne. Il s'agissait d'un projet de puits d'eau potable et de lutte contre la déforestation.

— Et selon vous, tout allait bien à Dja ? » demanda Carl.

Il secoua la tête. « Non, les choses n'avaient pas beaucoup avancé et j'ai d'ailleurs essayé de trouver Louis Fon pour lui demander un compte rendu de la situation. »

À ce moment-là, Gordon ne put plus se contenir. « C'est pour la même raison que William Stark y est allé, n'est-ce pas ? »

Carl avait envie de le tuer sans sommation mais il se contenta de lui donner un coup de poing dans la cuisse. Comment pouvait-on être aussi con.

Évidemment, Eriksen acquiesça. On venait de lui servir la réponse sur un plateau. « C'est ça. Stark est parti deux jours après pour étudier la question sur place. Je n'avais malheureusement pas le temps de rester pour m'en occuper moi-même. »

Carl réfléchit. René E. Eriksen était-il le genre de haut fonctionnaire à se tourner les pouces pendant que ses subalternes se coltinaient tout le boulot, pour cueillir les lauriers de la gloire dans les projets qui aboutissaient et rejeter la faute sur les autres en cas d'échec ? Parce que dans ce cas on pouvait imaginer tous les scénarios, y compris celui où William Stark aurait profité de la situation. Car en fin de compte, de quoi s'agissait-il ? D'un homme répondant au nom de William Stark qui avait disparu en rentrant de voyage, et d'importantes sommes d'argent, versées par l'État danois à titre d'aide aux pays sous-développés, qui selon toutes probabilités, et de l'avis de Carl, avaient atterri dans les mauvaises poches. Il n'était pas impossible que les poches de William Stark entrent dans cette équation et il était possible aussi que d'autres que lui aient trempé dans cette magouille. Des gens qui auraient eu envie de garder le magot pour eux, par exemple.

Carl se frotta le menton. De temps en temps, on devait pouvoir s'autoriser un tir au jugé. « Je me demande si Stark était tout à fait irréprochable et s'il n'aurait pas pu garder une partie de cet argent pour lui », dit-il.

Eriksen n'eut pas l'air surpris par la suggestion de Carl. Il prit un air grave et eut l'air de réfléchir à la question. « Nous avons un cabinet comptable. J'ai du mal à croire que ce genre de détournement ait pu échapper à son attention.

— Vos comptables vont jusqu'en Afrique pour voir combien il y a d'arbres dans les bananeraies ?

— Non, ou en tout cas très rarement. » Ici, il s'autorisa à sourire. Carl ne trouvait pas qu'il y avait matière.

On ne plaisantait pas avec cinquante millions de couronnes, merde, quoi !

« Finalement, si des irrégularités avaient été commises là-bas, Stark et vous étiez les seuls à le savoir. Est-ce que ce n'était pas une responsabilité un peu lourde ? »

Eriksen resta un long moment sans rien dire, les yeux dans le vague, les lèvres pincées. L'expression de son visage n'était pas vide mais neutre, comme lorsqu'on se trouve dans une impasse.

« Si ce que vous dites est vrai, alors c'est épouvantable, dit-il enfin. Et je suis seul responsable.

— Quoi qu'il en soit, nous allons vous prier d'étudier cette question de très près. »

Il hocha la tête, les sourcils froncés. « Bien sûr. Je vais revoir tous les comptes avec mon secrétaire. Je vais l'appeler chez lui dès que vous serez parti. Lundi après-midi, vous pouvez compter sur un rapport complet. »

Ils abandonnèrent Eriksen au chaos de sa chancellerie et à moitié abasourdi sur son fauteuil, ce qui n'était pas pour déplaire à Carl, à vrai dire.

Connaître le motif d'une disparition est parfois le meilleur moyen de comprendre la manière dont les choses se sont passées, et il avait l'impression qu'ils n'étaient pas loin de découvrir ce motif.

Gordon l'interrompit dans le cours de ses pensées.

« Je trouve honnêtement que je suis devenu un peu trop vieux pour me faire pincer la cuisse, dit-il avec l'air d'avoir mangé un citron. La prochaine fois que nous travaillerons ensemble, j'espère que nous saurons nous comporter de manière adulte. Je pense que vous ne me contredirez pas sur ce point. » Il tendit la main à Carl. « Nous sommes d'accord ? »

Carl jeta un coup d'œil vers l'escalier. Avec un petit croche-pied et un roulé-boulé sur les marches, la fracture des cervicales était presque garantie. C'était très tentant.

Il regarda la main tendue et s'arrêta. « Écoute, Gordon. Quand tu commenceras à te raser et que tu auras passé ton examen, tu décrocheras un bon petit poste d'assistant dans un cabinet d'avocats en province, le plus loin possible de Copenhague, où tu règleras des problèmes de copropriété et d'entretien des caves. Je suis sûr que ce jour-là, tu te rappelleras avec plaisir et gratitude de l'époque où Carl Mørck t'emmenait avec lui en interrogatoire et t'empêchait de tout foutre en l'air, tu ne crois pas ? »

Gordon baissa la main. « Tu es puéril, Carl. On m'avait prévenu, d'ailleurs. »

Les soupapes de sécurité de Carl faillirent se boucher. Encore un mot de travers et il allait exploser au beau milieu d'une institution d'État.

« Au fait, j'ai oublié mon écharpe là-haut, reprit Gordon. Allez-y. Je vous rejoindrai plus tard. »

Il fit demi-tour et s'en alla. C'était sous cet angle-là que Carl le préférait.

Eriksen se sentait acculé. Les questions de la police avaient été incroyablement embarrassantes. Comment savaient-ils tout ça ? Qui leur avait parlé de la disparition de Louis Fon ? Des bananiers qui n'avaient jamais été plantés ? S'ils savaient ça, ils devaient savoir bien d'autres choses encore. C'était l'impression qu'il avait eue en tout cas.

Si Carl Mørck n'était pas venu avec ce grand crétin au lieu de l'Arabe qui l'accompagnait d'habitude, il aurait probablement réussi à le coincer.

Peut-être s'était-il déjà trahi ? Il n'en savait rien. Il s'était efforcé de contrôler son visage et malgré cela, à plusieurs reprises, il avait eu le sentiment que cet inspecteur lisait en lui comme dans un livre ouvert. Comme s'il connaissait déjà toute l'histoire et qu'il attendait juste de l'entendre de sa bouche.

Putain, quelle journée. Heureusement, elle touchait à sa fin. Encore un ou deux trucs à régler et il pourrait rentrer chez lui. Le produit de ses actions Karrebæk avait été viré sur son compte, il ne lui restait plus qu'à se procurer de nouveaux papiers d'identité. Il y avait des gens dans le quartier de Vesterbro qui étaient spécialisés dans ce genre de choses, Teis s'était assez vanté à ce sujet. René supposait que cela prendrait une journée au maximum. Ensuite il n'aurait plus qu'à aller exiger de Teis Snap qu'il lui verse la part à laquelle il avait droit sur les actions de la Curaçao.

Il remonta les lunettes sur son front et se frotta les yeux. Dès qu'il serait allé chez Snap, il pourrait partir, loin. À Amsterdam ou à Berlin, aucune importance. Un endroit où il trouverait sans difficulté un chirurgien qui accepterait de modifier son apparence physique. Il allait y arriver. Si seulement on voulait bien le laisser tranquille un jour ou deux. Il n'en demandait pas plus.

Quelqu'un frappa à la porte et abaissa la poignée.

Eriksen retint son souffle. Aucun de ses collaborateurs n'oserait entrer sans y avoir été invité. Était-ce déjà les inspecteurs qui revenaient ?

Le jeune crétin passa la tête dans le bureau, Carl Mørck devait être juste derrière. Qu'avaient-ils découvert ? Est-ce qu'ils avaient parlé à quelqu'un au secrétariat ? Mais non, il s'affolait pour rien, ils n'avaient aucune preuve.

« Excusez-moi, nous avons une dernière question, dit le jeune type. Vous avez deux minutes ? »

Eriksen remit ses lunettes en place. Pourquoi était-il revenu tout seul ? Était-ce une sorte de piège ?

« J'ai repensé à une chose que vous nous avez dite. Mon père est également haut fonctionnaire et il a toujours prétendu que s'il y avait un endroit où on faisait des économies sur les frais de déplacement, c'était dans la fonction publique. Je me doute qu'au ministère des Affaires étrangères, on voyage plus qu'ailleurs, mais j'ai quand même trouvé surprenant que Stark et vous ayez fait le même déplacement, dans un endroit aussi éloigné que l'Afrique et à quelques jours d'intervalle. Ça a dû coûter une fortune ! Je sais bien que le projet Baka était supervisé par Stark, et que vous y alliez pour une autre raison, mais je ne comprends pas pourquoi vous n'en avez pas profité pour effectuer les vérifications plutôt que d'envoyer Stark les faire juste après. Ça, c'est ma première question. Ma deuxième est la suivante : qu'est-ce que c'était que ces programmes importants qui sont finalement tombés à l'eau ? Stark n'aurait pas pu s'en occuper pendant qu'il y était ? Ne prenez pas mal ce que je vais vous dire, mais vous ne trouvez pas que ces deux voyages étaient étrangement proches l'un de l'autre ? Je ne peux pas m'empêcher de vous demander si, dans ce ministère, vous rentabilisez toujours aussi mal vos déplacements ? Est-ce que vous avez des livres de comptes que nous pourrions consulter sur lesquels figurent vos frais de voyage ? Parce que dans ce cas, nous aimerions bien y jeter un coup d'œil lundi en même temps que sur le reste. »

Eriksen n'avait pas bougé pendant qu'il écoutait ce flot de paroles. Ce garçon était un imbécile, il n'y avait aucun doute à ce sujet, mais ses questions étaient pertinentes. René avait effectivement eu le plus grand mal à justifier le bien-fondé de ces deux voyages si rapprochés vis-à-vis de la comptabilité. Et ils avaient en effet coûté une fortune. Mais c'était du passé, maintenant. Il n'avait rien à gagner à ce qu'on creuse à nouveau dans cette affaire.

Il feignit d'ignorer la mine triomphante de son interlocuteur et répondit avec un sourire. « La façon dont nous effectuons nos déplacements répond évidemment à des règles strictes, et nous gardons des rapports détaillés sur le déroulement de chaque voyage, le motif pour lequel nous l'avons effectué, et à partir de quel compte il a été financé. Il n'y a donc aucune contre-indication à ce que vous consultiez ces documents lundi. »

Le grand dadais avait la tête de quelqu'un qui a tiré le gros lot, ce qui était en partie exact. Sauf qu'il n'aurait jamais l'occasion de voir les papiers en question vu que l'oiseau se serait envolé avant.

Le jeune homme tendit la main pour prendre congé. Soudain il leva un doigt en l'air. « Ah ! Au fait, cette fois je vais essayer de ne pas l'oublier », dit-il en se baissant pour ramasser une écharpe grise sur le sol.

Eriksen resta un long moment les yeux fixés sur la porte avant d'être certain qu'il en avait fini avec ce genre de surprises.

Il n'y avait plus le moindre doute dans son esprit.

Après ce qui venait de se passer, plus jamais il ne remettrait les pieds dans ce bureau.

Dès que le grand échalas se pointa dans le couloir du département V, Carl comprit à sa mine réjouie qu'il avait fait une très grosse bêtise.

« C'est bon, je l'ai récupérée ! claironna-t-il en brandissant l'écharpe. Tu avais deviné que c'était une ruse, n'est-ce pas ? continua-t-il en s'affalant sur la chaise en face de Carl. Comme tu ne m'as pas laissé en placer une, il a bien fallu que je trouve une excuse pour y retourner.

— Tu peux répéter ? » Carl sentit que ses narines commençaient à frémir. « Tu dis que tu es retourné dans le bureau d'Eriksen pour lui poser des questions derrière mon dos ?

— Oui. Je suis désolé si tu n'approuves pas mes méthodes. Mais je te jure que je l'ai fait craquer, Carl. Je lui ai dit qu'il n'était pas normal que deux personnes du même bureau fassent le même voyage, au même endroit, à des dates aussi rapprochées. Sur le moment, il a souri, mais cela lui a donné matière à réflexion. Je crois vraiment que je tiens un truc, là. »

Quelque chose disjoncta dans la tête de Carl à cet instant. Ce n'était pas uniquement à cause de l'idiot et de ses stupides embrouilles, mais un brusque sentiment de désespoir s'empara de lui, semblant venir de nulle part. Une sensation de déchirement dans l'âme qui tordit sa bouche en un rictus tandis que son cœur sautait un battement et que la sueur inondait son front.

« Sors d'ici, imbécile ! » cria-t-il en saisissant le bord de la table et en renversant le bureau et tout ce qui se trouvait dessus sur l'homme assis en face de lui.

Gordon tomba en arrière mais se releva instantanément, regarda Carl comme s'il était devenu fou, et s'enfuit, à reculons.

« Et cette fois tu vas fermer ta grande gueule, connard ! » lui hurla Carl de toutes ses forces.

Carl baissa les yeux sur le bureau renversé et les dossiers éparpillés.

Une douleur dans la région du cœur lui coupa le souffle. Il avait une horrible sensation d'étouffement au fond de la poitrine. Ses doigts se crispèrent, ses bras se refermèrent autour de son ventre, ses jambes se mirent à trembler comme s'il était soudain exposé à un froid glacial.

« Qu'est-ce qui se passe ? » entendit-il Rose crier au moment où il glissa de son fauteuil et se retrouva par terre les quatre fers en l'air.

Il sentit qu'elle pénétrait dans le bureau et l'entendit lui demander où il avait mal. En revanche il ne se rendit pas compte qu'elle le tirait contre le mur où elle l'adossa.

Elle lui posa une main sur l'épaule et il se mit à sangloter tandis qu'un spasme secouait son ventre.

« Qu'est-ce qui vous arrive, Carl ? » dit-elle d'une voix douce en attirant sa tête contre sa poitrine.

Il ne répondit pas. La peau de Rose, son odeur et son haleine lui faisaient retenir sa respiration. La sensation bouleversante de la proximité de son assistante et l'anxiété qui lui broyait la poitrine, tous ces phénomènes inexplicables l'envahissaient.

« Est-ce que vous voulez que j'appelle de l'aide, Carl ? »

Il secoua la tête, ses sanglots se transformant peu à peu en expirations saccadées et silencieuses.

« Ça vous est déjà arrivé ? » lui demanda Rose.

Il voulait secouer la tête, mais il ne pouvait pas.

« Quelque chose qui ressemblait à ça », ânonna-t-il au bout d'un moment sans savoir si c'était vrai.

Alors elle lui demanda d'écouter sa propre respiration en fermant les yeux. « Vous n'avez pas besoin du monde extérieur, là, tout de suite, Carl, dit-elle avec un grand calme en le serrant bien fort contre lui. Nous allons rester ici tous les deux jusqu'à ce que vous vous sentiez mieux. Je ne m'en irai nulle part, d'accord ? Nous sommes une famille, que cela nous plaise ou non. »

Il hocha la tête et ferma les yeux.

Après avoir un instant savouré l'idée que c'était une femme, et pas seulement Rose, qui était en train de partager sa sérénité avec lui, il fit ce qu'elle lui avait conseillé et prit congé du monde extérieur.

33

Boy avait passé la journée à envisager les scénarios d'un changement d'existence.

Les années passées à travailler pour Brage-Schmidt avaient été de bonnes années, il n'avait pas eu à s'en plaindre, mais cette période était révolue.

C'est pourquoi sa valise était prête et posée sur son lit dans la chambre qu'il occupait au consulat. Il avait sorti du dressing son costume préféré, ses bijoux et sa montre étaient soigneusement préparés dans le coffret posé à côté. Et il avait acheté son billet d'avion pour le lendemain.

Pour des raisons évidentes, il n'avait pas soumis ce projet à Brage-Schmidt, mais c'était comme ça et pas autrement. Il fallait savoir se retirer pendant que la fête battait encore son plein.

La plupart du temps, Brage-Schmidt le présentait comme son secrétaire et son bras droit, mais en réalité il lui avait laissé les coudées franches pour résoudre comme il l'entendait tous les problèmes qui pouvaient se présenter. Boy n'avait pas eu le temps de s'ennuyer. Il avait fait chanter certaines relations d'affaires qui s'étaient montrées trop arrogantes, lancé de fausses accusations et de fausses rumeurs contre les concurrents de son patron et arrangé un trafic de pierres précieuses avec un fournisseur de gilets de sauvetage pour l'aéronautique. Et il y a cinq ans, il avait organisé avec l'aide de Mammy et de ses garçons un faux casse à la banque Karrebæk pour couvrir un déficit de liquidités qui aurait pu s'avérer fatal. Sans parler des innombrables menaces contre divers fonctionnaires et assureurs dans une dizaine de pays différents. Sa collaboration avec Brage-Schmidt avait été efficace et fructueuse dans de nombreux domaines. Elle avait même conduit à quelques meurtres et à un ou deux enlèvements, délégués à divers prestataires danois ou étrangers.

Cette fois il allait accomplir une mission pour l'amour de l'art et surtout pour son propre compte. La dernière avant de disparaître de la circulation. C'était son plan.

Il avait suivi les déplacements de Mammy et de ses tueurs toute la journée. Ils avaient placé plusieurs leurres dans la capitale sous forme de handicapés en fauteuils roulants, prêts à attraper Marco s'il passait à proximité. Dans le quartier d'Østerbro, ils avaient tabassé quelques Ukrainiens qui avaient refusé de travailler sous leurs ordres, et ils avaient posté des hommes à qui ils avaient promis une rétribution de dix mille couronnes contre la capture de Marco, dans toutes les gares et aux arrêts de bus les plus fréquentés.

Un peu plus tôt dans la journée, ils avaient failli l'avoir. Cela avait coûté à l'un des garçons soldats une plaie de vingt centimètres à la hanche avant qu'ils réussissent à l'extraire de la goulotte dans laquelle il était resté coincé, et le deuxième se promenait avec un œil si rouge qu'il était obligé de porter des lunettes de soleil pour ne pas se faire remarquer. Ils avaient été à deux doigts de le capturer, et ça, c'était formidable. Mais ce n'était pas suffisant.

Car ce garçon était le battement d'ailes du papillon en Amérique du Sud qui pouvait provoquer une tornade au Japon. Il était celui qui renverse le premier domino et provoque la chute de tous les autres. Et Boy n'avait plus envie de jouer cette partie. Il prenait ses précautions par principe parce que les principes étaient ce qu'il y avait de plus important dans la vie. C'était Brage-Schmidt qui lui avait appris cela.

S'ils parvenaient à capturer ce garçon, tout irait bien. Dans le cas contraire, ou bien si ce dernier avait le temps de mêler trop étroitement la police à cette affaire, il était impossible de savoir quelles répercutions cela aurait. Zola lui avait assuré que Marco n'était au courant de rien d'important, mais dans ce cas, pourquoi la police était-elle allée interroger René E. Eriksen dans son bureau au ministère aujourd'hui ? Tout cela devenait beaucoup trop dangereux et, désormais, Boy avait décidé de suivre son propre agenda.

Brage-Schmidt ne constituerait pas un obstacle, mais un Eriksen en pleine révolte ou bien un Teis Snap, oui. Snap était le seul avec qui il avait été en rapport directement et s'il ne coupait pas le lien qu'il y avait entre eux, il pourrait rapidement devenir sa perte.

Objectivement, l'attentat contre Eriksen avait lamentablement échoué et l'homme devait être en ce moment caché quelque part, en possession de toutes ses actions danoises et sérieusement sur ses gardes. Boy venait d'appeler chez lui en se faisant passer pour l'un de ses collègues et sa femme lui avait répondu que ce pleutre n'était pas encore rentré du travail et qu'elle ignorait où il se trouvait.

Boy en déduisit qu'il avait déjà pris la tangente. Aucune importance.

Zola n'était pas un problème. Il ne connaissait pas le numéro de Boy parce qu'il avait pris le soin de le changer chaque fois qu'il avait été en relation avec lui. Ils ne s'étaient jamais vus et c'était toujours lui qui appelait Zola et pas l'inverse. De toute façon, Zola était un crétin prétentieux et imbu de lui-même qui ne se rendait pas compte qu'il allait droit dans le mur. La seule question était de savoir combien de temps cela prendrait.

Teis Snap était plus problématique. C'était un faible qui pouvait craquer à tout moment, ce qui n'était pas une bonne chose parce qu'il connaissait bien les rouages du système et risquait de lancer des accusations dans toutes les directions si les choses tournaient mal, ce qu'elles faisaient en général quand il s'en mêlait. Il avait joué avec le capital de sa banque. Il s'était trompé dans le choix d'un complice au sein du ministère. C'était contre lui qu'Eriksen dirigeait ses menaces et il était le plus exposé. De plus, c'était lui qui était assis sur le magot que Boy convoitait, c'est-à-dire le paquet d'actions au porteur qui permettrait au premier imbécile venu d'empocher plusieurs dizaines de millions. En euros, qui plus est.

Et Boy avait fermement l'intention d'emporter ces actions avec lui.

Le long chemin de terre et l'allée qui conduisaient à la maison de Teis Snap à proximité du village de Karrebæksminde étaient bien entretenus et éloignés des regards indiscrets. C'était le genre d'endroit où on s'installe quand on a envie d'avoir des terres et des chevaux ou d'exprimer son goût pour le luxe en faisant construire des dépendances et en ayant un parc automobile bien garni, cela à un prix accessible.

Boy n'était jamais venu mais il ne mit pas longtemps à s'apercevoir que s'il voulait approcher de la maison incognito, il allait devoir se garer derrière un des bâtiments de façon à ne pas être visible de la cour.

Il sortit et tendit l'oreille. S'il y avait des chiens, il se débarrasserait d'eux en premier. Boy détestait la nature imprévisible des chiens élevés à la campagne. D'ailleurs, il détestait tous les chiens à l'exception du sien.

La propriété était composée en tout de quatre corps de bâtiment. Trois dépendances d'un blanc immaculé, réservées à l'élevage de chevaux, et une maison qui dénonçait l'homme qui laisse son épouse décider de tout. Il s'attendait à un endroit impersonnel et prétentieux et il découvrait une roue de charrette peinte en noir accrochée au pignon et profusion d'espaliers où grimpaient des clématites roses en pleine floraison.

Boy inspecta la cour de ferme. Mis à part un gros 4 × 4 noir et l'inévitable Cooper cabriolet blanc, il ne remarqua rien de spécial. Mais ça faisait déjà beaucoup.

Il plissa le front et attendit quelques secondes avant de presser la sonnette, se demandant ce qu'il ferait si le couple Snap avait des invités.

Puis il sonna et attendit.

La femme s'appelait Lisa et, aussi étrange que cela puisse paraître, elle était la première épouse de Teis. Brage-Schmidt avait toujours prétendu que leur différence d'âge était à l'origine de ce record mais quand on voyait les photos de la dame, on se disait que son physique devait aussi y être pour quelque chose.

Il l'entendit à l'intérieur mais elle ne vint pas lui ouvrir. Elle était sans doute en train de regarder l'image transmise par la caméra de surveillance. En tout cas l'objectif était braqué droit sur lui.

« Bonjour, je suis le secrétaire particulier de M. Brage-Schmidt », dit-il.

Si elle l'avait entendu, il y avait deux possibilités. Soit elle ouvrait, soit elle s'obstinait à ne pas le faire, ce qui était le plus probable, auquel cas il ferait le tour de la maison et casserait une vitre. Une chose était sûre. Il entrerait.

« Ah oui ? Mon mari vous attend ? dit une voix venant d'un haut-parleur qu'il ne parvint pas à localiser.

— Il m'attend, oui. Il n'est pas encore rentré ? » Voilà une première chose établie. « … Alors je reviendrai, poursuivit-il. C'est surprenant parce que nous avions rendez-vous. Il y a dix minutes pour être exact. Mais je suppose qu'il ne va pas tarder. Ne vous inquiétez pas, je vais l'attendre à l'extérieur, il fait doux. Et ça me permettra de continuer à admirer toutes ces jolies fleurs. »

Il resta un instant complètement immobile, sourit légèrement et croisa ses mains gantées devant le dernier bouton de sa veste dans l'attitude du croquemort, seul au fond de l'église, en train de faire ses adieux au défunt. Une position qui exprimait humilité et réserve, on savait cela quand on avait eu un bon maître.

Vingt secondes plus tard, elle lui ouvrait la porte. Elle eut juste le temps de se présenter avant qu'il lui torde le cou. L'exécution fut aussi silencieuse qu'indolore et elle n'eut même pas le temps de se rendre compte de ce qui lui arrivait.

Il porta son cadavre dans la chambre, la coucha sur le côté avec des tas de coussins dans le dos, le visage détourné de la porte, et il alluma la télévision.

Il visita les lieux en prenant tout son temps. Boy maîtrisait l'art d'effectuer une fouille méticuleuse sans laisser le moindre désordre. Il y avait de nombreuses façons de déplacer un objet ou de l'ouvrir, mais le faire du bout des doigts était souvent la meilleure. Il mit une demi-heure à explorer toute la maison de fond en comble, sans trouver ce qu'il était venu chercher. L'affaire devenait un peu plus compliquée, mais il n'était pas particulièrement surpris.

Après avoir effacé la bande sur la caméra de surveillance de la porte d'entrée, il trouva l'ordinateur portable de la maîtresse de maison, allumé sur la table impeccablement polie du séjour, une pièce qui occupait plus de la moitié du rez-de-chaussée. À en juger par la page des enchères en ligne affichée à l'écran, Mme Snap ne s'intéressait pas seulement aux fleurs naturelles. Les fleurs en peinture trouvaient également grâce à ses yeux, ainsi qu'en témoignaient les nombreuses natures mortes sur les murs, représentant des bouquets sous toutes les formes.

Il mit cinq minutes à rédiger la lettre dans laquelle Teis Snap expliquait pourquoi il avait tué sa femme avant de se suicider. C'était d'une telle évidence : ses crimes avaient désormais pris une ampleur qui le dépassait. Le chef de bureau René E. Eriksen allait désormais devoir affronter seul la responsabilité de ce qu'ils avaient fait : le détournement de fonds, le meurtre de Stark. Tout.

Il imprima la lettre. Faillit la signer mais décida d'attendre et se contenta de plier la feuille.

Il remonta ensuite dans la chambre, s'assit dans un fauteuil à oreilles, recouvert d'un tissu à motif fleuri, posé devant la coiffeuse sur laquelle étaient alignés les flacons de parfum, le papier à lettres et les enveloppes parfumées au jasmin, prêts à recevoir les épanchements de la maîtresse de maison. Il ouvrit les fenêtres en grand, laissa son regard lourd se perdre sur les champs mouillés de pluie, et attendit.

Les phares halogènes puissants de la Mercedes de Snap annoncèrent son arrivée presque une minute avant qu'il ne pénètre dans la cour.

Boy entendit son remue-ménage au rez-de-chaussée. Les chaussures qu'il retirait dans l'entrée, son attaché-case qu'il laissait tomber sur le sol. Il comprit qu'il faisait un petit tour dans la cuisine, et enfin il monta l'escalier.

Il entra dans la chambre, une assiette dans une main et un verre dans l'autre et repoussa la porte du genou.

« Bonne journée, chérie ? dit-il en posant son couvert sur la table de nuit avant de s'asseoir dos à elle pour se déshabiller. La mienne n'a pas été très réjouissante. J'ai dû raconter à Brage-Schmidt au téléphone le comportement dément qu'Eriksen a eu à l'aéroport ce matin. René a du souci à se faire ! » Il rit et se tourna vers elle, en caleçon, la veste de pyjama à moitié enfilée. « Tu es complètement absorbée par ton émission ? C'est quoi ? »

Il sourit, la regarda, la tête légèrement inclinée, en se demandant pourquoi elle semblait porter aussi peu d'intérêt à sa présence.

« Qu'est-ce qui t'arrive ? Tu fais la tête ? Je t'avais dit que je rentrerai tard. Pourquoi laisses-tu la fenêtre ouverte ? Il fait un froid de canard » lui demanda-t-il en faisant le tour du lit. Il venait de fermer le dernier bouton de sa veste quand son regard tomba sur Boy.

La surprise le projeta en arrière. De sa vie entière, Boy n'avait jamais vu personne exprimer une terreur pareille.

« Attention, vous allez tomber », dit-il tandis que Snap s'asseyait lourdement au pied du lit, l'air ahuri. On voyait littéralement sur ses lèvres que sa respiration était devenue complètement erratique.

« Qui êtes-vous ? » bégaya-t-il avant de tourner la tête vers sa femme.

À nouveau, il eut un violent sursaut.

Après avoir sangloté quelques minutes sur le corps sans vie de son épouse, la loque humaine se força à regarder Boy dans les yeux.

« Vous êtes l'un de ces enfants soldats que Brage-Schmidt a engagés ? Comment se fait-il que vous parliez le danois ? » Comme Boy ne répondait pas, il se remit à trembler. « Qui vous a envoyé ici ? Ce n'est pas Brage-Schmidt, il ne ferait jamais une chose pareille, pourquoi aurait-il fait ça ? Je ne dirai jamais rien à personne, il le sait bien. »

Boy réagit par un mince sourire. Apparemment Snap le prit comme une provocation.

« Qu'est-ce qui vous fait sourire ? Vous n'avez qu'à me dire ce que vous voulez ! Vous voulez un million ? Dix ? Je peux vous en donner dix ! »

Boy secoua la tête. « J'ai seulement besoin de votre signature. Après je m'en vais. »

Snap ne pouvait pas comprendre cette requête. Tout en lui se révoltait contre cette phrase. Ses bras tremblaient, sa tête s'agitait de haut en bas.

« Une signature ? » Toute sa personne n'était plus qu'un immense point d'interrogation. L'homme qui l'avait attendu dans sa propre chambre à coucher avait tué sa femme et il voulait simplement une signature ?

Boy lui présenta la feuille repliée et la posa sur la table de toilette.

« Vous avez juste à signer ici, dit-il en désignant la demi-page restée vierge.

— Qu'est-ce qui est écrit sur l'autre moitié ? Je ne signerai pas avant de l'avoir lu. »

Boy se leva et brossa sa veste pour la déplisser. « Vous allez signer ou il vous arrivera la même chose qu'à votre femme. Je compte jusqu'à dix. Un, deux, trois, quatre… » Il sortit un stylo de la poche intérieure de sa veste et le tendit à Snap. « … cinq, six, sept. »

Snap prit le stylo.

« Qu'est-ce que vous lui avez fait ? demanda-t-il, secoué par un sanglot.

— Écrivez », répliqua Boy en pointant du doigt la page blanche. Et Snap écrivit. D'une écriture tremblante et irrégulière, exactement celle qui convenait à sa propre lettre de suicide.

« Merci, dit Boy. Et maintenant, vous allez me donner les actions de la Curaçao, et je m'en irai.

— Vous aviez dit…

— Donnez-moi ces actions. Je sais que Lisa les a rapportées ici, dans vos valises. Et les valises sont vides, à présent.

— Comment le savez-vous ? Je ne l'ai raconté qu'à Brage-Schmidt. Il vous l'a répété ? Est-ce que c'est lui qui est derrière tout ça, ce salaud ?

— Donnez-moi ces actions et vous aurez la vie sauve. Votre femme a la nuque brisée. Elle est tombée dans l'escalier. Si vous dites cela à la police, elle vous croira. »

Teis Snap pleurait maintenant de façon incontrôlée. Et ce n'était pas bon. Quand les gens craquent à ce point dans une situation comme celle-là, ils deviennent imprévisibles et incapables de prendre une décision et d'agir de manière rationnelle. Et agir de manière rationnelle, en l'occurrence, consistait à faire ce qu'il fallait pour rester en vie.

« Donnez-moi les actions. Où sont-elles ? J'ai cherché partout dans la maison. Vous avez un coffre-fort caché quelque part ? »

Snap secoua la tête. « Comment puis-je vous dire où Lisa les a cachées ? Comment le saurais-je ?

— Je pense que vous allez me le dire car sinon, vous allez souffrir, et croyez-moi, je sais comment m'y prendre. »

Le fonctionnaire respira profondément. « Et mes garanties ? Comment puis-je savoir que vous n'allez pas… » Il fut secoué par un nouveau sanglot.

« Parce que vous connaissez le pouvoir de l'argent mieux que personne, voilà pourquoi. »

Snap leva la tête et s'essuya les yeux d'un geste furtif du dos de la main. Boy venait de s'adresser au professionnel. Bien sûr qu'il connaissait le pouvoir de l'argent. Et en ce moment, il était au milieu d'une négociation.

« Je veux parler à Brage-Schmidt », dit-il.

Boy sortit son portable de sa poche et afficha le numéro à l'écran. « Je l'appellerai dès que vous m'aurez dit où se trouvent les actions. C'est donnant-donnant. Il attend mon appel. »

Snap blêmit. L'idée d'avoir été trahi par son associé lui fit serrer les poings à en avoir les jointures blanches. Pendant un instant, il sembla prêt à lui sauter à la gorge. Il n'avait qu'à essayer. Avec dix doigts cassés, il deviendrait peut-être plus docile.

« Où sont les actions ? » lui demanda-t-il à nouveau.

Snap désigna la coiffeuse à côté de Boy. « Vous êtes assis devant, ordure. »

Boy écarta le rideau à fleurs qui habillait le dessous de la coiffeuse et ouvrit le tiroir qu'il dissimulait. Les actions étaient là, joliment reliées à l'aide d'un ruban.

Au même instant, Snap bondit sur lui en hurlant, les poings brandis.

Et ce fut la dernière chose qu'il fit dans sa vie.

Arrivé à sa place de stationnement habituelle, Boy resta un instant dans sa voiture à regarder les gouttes de pluie qui éclataient, brillantes, sur son pare-brise. Quand, des énormes nuages noirs bloqués par les montagnes Ruwenzori dans la région où il avait l'intention de s'établir, il verrait tomber des gouttes aussi grosses que des doigts, il se souviendrait avec nostalgie de cette étrange pluie tiède qui tombe au Danemark au printemps.

Il ne restait plus que deux heures avant son départ et il était content. Il avait obtenu ce qu'il était allé chercher à Karrebæksminde. La lettre de suicide était posée sur la coiffeuse et les actions dans la serviette à côté de lui. Chaque chose à sa place.

Il sourit, prit la serviette. Sortit de la voiture, claqua la portière et entra dans la maison de Brage-Schmidt par la porte arrière, comme d'habitude.

En prenant garde à ce que personne ne le voie.

34

La première chose que fit Rose quand elle débarqua au bureau au milieu de la matinée fut d'abattre sur la table devant Carl un ticket de contravention.

« Ha-ha, s'esclaffa Assad. Comment on fait pour avoir un PV quand on n'a pas de voiture ? Tu es vraiment un être à part, Rose ! »

Elle haussa les épaules.

« Je l'ai trouvé dans mon sac il y a une heure, en cherchant ma carte de bus. Je ne sais pas comment il est arrivé là, ni à quel moment. »

Carl ne réagit pas tout de suite. Sa crise de la veille avait tout de même créé un lien entre eux qu'ils ne pouvaient ignorer.

« À propos d'hier, tu sais… Je voulais te remercier. »

Un silence s'installa dans la pièce. Pas parce qu'elle était touchée ou émue, plutôt comme si elle trouvait la remarque parfaitement inadéquate sur un lieu de travail.

« D'accord, dit-elle en passant ses mains dans ses cheveux qui, de l'avis de Carl, étaient déjà bien assez ébouriffés comme ça. Et maintenant, ça va ?

— Oui, merci. Ça va beaucoup mieux. »

Et ce fut tout. Rose n'était pas du genre sentimental.

Carl hocha la tête. C'était très bien comme ça. Leur moment d'intimité était oublié et le quotidien avait repris ses droits.

« Deux choses, dit-elle. J'ai fait le tour des commerçants dans les rues autour de la place de Trianglen pour leur montrer la photo de Marco. Ça n'a rien donné. J'ai eu l'impression d'en voir un ou deux qui réagissaient, mais ils n'ont rien voulu me dire. Bref, j'ai pris l'air, et je me suis bousillé les pieds. Merci beaucoup.

— Quel rapport avec la contravention ? demanda Carl.

— Rien du tout. Ça c'est la deuxième chose. Regardez ce PV de plus près, dit-elle en pointant l'index dessus. Regardez ce qui est écrit en caractères d'imprimerie ! »

Carl et Assad se penchèrent sur l'amende. Effectivement, on avait écrit quelque chose dans la marge.

« Ben merde, alors ! » s'exclama Carl.

ZOLA EST UN VOLEUR
SES GENS CACHENT LES CHOSES VOLÉES DANS LES CASIERS DE LA CONSIGNE AU CENTRE CULTUREL DU DIAMANT NOIR.
EN GÉNÉRAL, ILS VIENNENT LES REPRENDRE VERS 16 H.
LE CLAN SE RASSEMBLE TOUS LES JOURS À 17 H À CÔTÉ DU CHÂTEAU DE TIVOLI.

MARCO

Assad roula les yeux. « Les doigts de ce garçon doivent être bien pratiques quand on a le dos qui démange, dit-il. Ils arrivent à se glisser partout. »

Et c'était vrai. Il était comme une ombre au milieu des ombres.

« Est-ce que nous pouvons encore croire à l'histoire de Zola selon laquelle ce garçon aurait tué un homme ? » demanda Carl à la cantonade.

Assad baissa la tête et le regarda à travers ses sourcils broussailleux. Ce qui était une réponse en soi.

« Moi non plus, je n'y crois pas vraiment, dit Rose. Mais on ne peut pas nier qu'il y a deux ans, il avait l'âge qui intéresse le plus un pédophile. Le garçon a pu se laisser entraîner dans quelque chose, on ne sait pas. Peut-être même que Zola l'y a forcé.

— Je repose la question, Rose. Est-ce que tu penses qu'un garçon qui essaye par tous les moyens d'entrer en contact avec nous peut avoir tué un homme, l'avoir enterré, déterré et avoir eu l'idée de rejeter la faute sur son propre clan ? »

Elle secoua la tête. « Bien sûr que non. Mais il faut garder l'esprit ouvert sur d'autres possibilités, n'est-ce pas ?

— Pourquoi est-ce qu'il ne vient pas tout simplement nous voir ? Je crois qu'à un moment, tu avais suggéré une réponse à cette question, Assad ? Tu pensais que peut-être il n'était pas résidant dans ce pays et qu'il n'avait pas de papiers. »

Le front de son assistant se plissa et ses yeux bruns se déplacèrent sur le côté plusieurs fois de suite. Carl ne comprit pas.

« C'était Rose », lui rappela Assad en parlant tout bas.

Carl se tourna vers Rose. « Mon souffleur me dit que c'est toi qui as eu cette idée, donc.

— Carl, reprit Assad. Regardez un peu cette écriture. Est-ce que c'est l'écriture d'un garçon de quinze ans ?

— Non, effectivement, Assad, elle est aussi immature que la tienne.

— Exactement. Je suis d'accord. C'est une écriture de gamin. Comme la mienne. »

Qu'est-ce qui pouvait autant réjouir Assad dans cette constatation ?

« Ce qui fait que maintenant, nous savons à peu près tout, conclut Assad.

— Tout quoi ? demanda Carl.

— Eh bien, il n'a pas présenté sa propre carte d'identité. Nous en avons déduit qu'il n'en avait pas. Nous savons aussi qu'il n'est pas danois, et c'est vrai qu'il ne ressemble pas à un Danois. Pas autant que moi. »

Assad émit un grognement. « Ha-ha. D'une belle couleur noisette et les cheveux frisés. Tout le contraire de moi, pas vrai ? Son écriture montre qu'il n'est pas très âgé et pourtant il écrit dans un danois pratiquement impeccable. Comment expliquer ça ? Moi je crois que c'est parce qu'il est au Danemark depuis longtemps. Mais qu'il n'a pas la nationalité danoise, comme tous les enfants qui vivent dans les maisons de Zola, ce qu'il nous a dit aussi. Le garçon habite certainement au Danemark illégalement. Lui et les autres résidants des maisons de Zola ne sont pas juste là de temps en temps pour faire du commerce. Ils y vivent en permanence et doivent être considérés comme des clandestins. Voilà pourquoi ce garçon n'a pas envie de nous parler, à mon avis, chef. »

Rose acquiesça. « Il a peur de nous, Carl, et nous venons d'envoyer toutes les forces de police de la capitale à sa recherche. »

Ils n'eurent pas à attendre très longtemps à la cafétéria de la bibliothèque royale, également appelée le Diamant Noir, et Assad dut renoncer à regret, et avec un gros soupir, à terminer son sandwich.

Le type débarqua avec son sac en plastique et l'air de quelqu'un qui se fiche complètement des attraits culturels du lieu. Il marcha droit sur la dernière rangée de casiers, près des toilettes, pour se débarrasser de son paquet. Contrairement à Marco, il avait l'air malsain. Il était un peu plus vieux et plus pâle. En revanche, il était étrangement bien habillé d'un costume et d'une chemise blanche. Pas exactement le genre de tenue qu'on imagine sur le dos de quelqu'un qui vit en volant dans la rue.

« On peut voir ce qu'il y a dans ce sac ? » demanda Carl en présentant sa carte de police.

Le jeune homme mit un dixième de seconde à comprendre ce qui se passait et à se précipiter vers la sortie, où l'attendait Assad. Il fut extrêmement surpris quand ce dernier bloqua sa course en lui plaquant une grande main au milieu de la poitrine, et qu'il se retrouva le cul par terre.

« D'où est-ce que ça vient, tout ça ? » demanda Carl en se tournant dans son siège conducteur pour déverser sur les genoux du garçon assis à côté d'Assad les téléphones portables, montres et portefeuilles contenus dans le sac en plastique.

« *Don't understand*, répondit-il avec un haussement d'épaules.

— OK, Carl, il ne parle pas danois. On ne va pas s'en sortir, dit Assad. Je propose qu'on l'emmène directement au terrain vague pour le tuer comme on a fait avec les deux d'hier. Et au fait, tu viens faire la bringue avec moi ce soir ? »

Carl le regarda avec de grands yeux mais ce n'était rien à côté du regard effaré du pickpocket.

« Franchement, continua Assad. Moi je trouve que c'est pas mal payé deux mille couronnes pour buter un pauvre idiot comme lui. Ils doivent vraiment manquer de cadavres à l'école de médecine, en ce moment. »

Assad aurait dû écrire des romans policiers avec l'imagination qu'il avait.

« Je veux parler à un avocat, dit le garçon dans un danois approximatif.

— Parle-nous plutôt à nous, mon petit. Je te promets qu'on essaiera de te mettre dans une cellule où il n'y a pas trop de skinheads. »

Il n'arrivait plus à cacher sa peur, et quand le panier à salade vint le chercher, il n'en menait pas large.

Au bout d'une heure, le poisson mordit à nouveau.

Cette fois ce fut un type plus exotique et mieux proportionné qui poussa les portes battantes. Lui aussi portait un costume noir mais il avait en plus un regard si attentif et scrutateur qu'il attira immédiatement l'attention de Carl et d'Assad.

« S'il se dirige vers les casiers après les toilettes, on l'empoignera chacun de notre côté. »

Le jeune homme refusa de parler et s'ils n'avaient pas trouvé une collection de montres pour femme dans sa poche, ils auraient été obligés de le laisser partir.

Il était à présent en train de les regarder de travers dans une salle d'interrogatoire au deuxième étage de l'hôtel de police.

« Ton camarade Samuel est dans la pièce à côté, dit Carl. Et nous avons posté deux policiers près des casiers de consigne pour vous cueillir les uns après les autres. Et s'ils rentrent bredouilles du Diamant Noir, nous irons chercher le reste de la bande devant le château de Tivoli quand le fourgon viendra les récupérer un peu plus tard dans l'après-midi. »

Il se redressa mais resta muet. Apparemment, ni les locaux froids dans lesquels on l'avait conduit, ni les deux inspecteurs de la crim', ni les menottes à ses poignets n'avaient le moindre effet sur lui. C'était le genre de garçon qui n'aurait pas besoin de continuer beaucoup plus longtemps dans la délinquance avant de devenir un vrai dur. Les prisons étaient pleines de gens comme lui, et, le pire c'est qu'il y en avait autant en liberté.

Carl prit Assad à part. « On va voir ce que dit le juge d'instruction demain matin, mais je ne serais pas étonné qu'on nous en amène quelques autres dans la soirée. Espérons qu'ils seront plus disposés à coopérer !

— Je reste encore un peu, dit Assad. J'arriverai peut-être à le dégeler. »

Carl regarda son assistant en plissant les yeux. Il ne doutait malheureusement pas des capacités d'Assad dans ce domaine.

« Écoute, Assad. Tu connais le topo. Vas-y doucement quand même.

— OK, chef. Mais au fait c'est qui ce Topo ?

— Laisse tomber, Assad, c'est une expression. »

On frappa à la porte.

C'était Gordon. Qu'est-ce qu'il fichait là, bon Dieu !

« Vous avez bientôt fini ? dit-il. Nous en avons encore un à interroger. »

Nous ? Il avait dit « Nous » ?

Savoir écouter ne faisait pas partie des qualités de Lars Bjørn, Carl avait au moins compris ça.

« Même si tu considères ce Marco comme un témoin clé dans l'enquête sur la disparition de William Stark, dit-il à Carl, tu ne peux pas te permettre de mettre en branle tout le système d'investigation de la maison. Il faut que tu saches que je vais te prendre trois cent mille couronnes sur ton budget pour payer ces gens. Ça t'apprendra peut-être à demander l'aval de tes supérieurs quand tu entreprends quelque chose. Et en ce qui concerne ce garçon, je t'annonce que les recherches sont interrompues à partir de maintenant. »

Carl se mordit la lèvre. « Je dois dire, Bjørn, que je considère cette décision comme totalement stupide, alors que nous sommes si près de voir le bout de cette enquête. Mais puisque tu veux faire des économies de masse salariale, pourquoi est-ce que tu ne commences pas par renvoyer Gordon ? Je ne sais pas si cela suffira à couvrir les trois cent mille dont tu parles, mais tu n'auras qu'à prendre le reste sur le budget café du département V. »

La remarque glissa sur Lars Bjørn. Il sourit.

« Non, Carl. Je ne vais pas te débarrasser de Gordon. Je veux bien admettre qu'il s'est montré maladroit lors de l'interrogatoire du chef de bureau au ministère du Développement durable, mais il a une excuse.

— Ah bon ?

— Il paraîtrait que tu ne l'aurais pas suffisamment briefé. »

Le sang de Carl ne fit qu'un tour. Enfin, en tout cas, son teint vira au rouge. « Pardon ? Tu oses venir dire à un vice-commissaire de police, majeur et vacciné, qu'il aurait dû briefer cette grande perche de bébé Cadum sur une affaire avec laquelle il n'a rien à voir ? Est-ce que tu réalises que nous sommes sur le point de comprendre les tenants et aboutissants de la disparition de William Stark, qu'il pourrait bien s'agir d'un meurtre, voire pire, et que les questions que ce crétin patenté de Gordon est allé poser à l'un de nos principaux suspects vont faire comprendre à celui-ci que nous allons étudier de près tous ses faits et gestes jusqu'à ce que nous arrivions au fond des choses ?

— Tu l'es déjà.

— Hein ?

— Au fond. Si tu n'es pas capable de t'occuper d'un stagiaire, je crains que tu ne surestimes considérablement ta propre valeur. »

Carl se leva. Jadis, ce bureau était l'endroit où on venait se ressourcer pour avoir la force de continuer à travailler. Maintenant, la seule chose qu'on en tirait, c'était une immense envie de savoir combien de temps mettrait un chef de la criminelle remplaçant à tomber du deuxième et à s'écraser sur le trottoir. Merde !

Il entendit vaguement qu'on lui demandait de s'arrêter quand il claqua la porte et passa, survolté, devant Mme Sørensen et ses applaudissements pleins d'ironie. Il oublia même de flirter avec Lis derrière son comptoir à l'accueil.

Comme il s'y attendait, il tomba sur Gordon en train de baver à la porte de Rose.

« Tu viens avec moi dans mon bureau, et c'est maintenant », lui ordonna-t-il en levant le pouce au-dessus de son épaule.

L'insolent eut le culot de lui demander ce qu'il lui voulait, mais Carl décida de le laisser sur le gril encore un petit instant. Il se mit à ranger tous les dossiers sur son bureau, les rassembla dans un coin, posa les pieds sur la table et alluma une cigarette, qu'il téta consciencieusement jusqu'à absorption totale.

« Il nous reste désormais deux options, Jack Danielsen, dit-il enfin. Soit tu prends tes cliques et tes claques et tu retournes au pays des Bisounours, soit tu commences à te rendre utile. Qu'est-ce que tu choisis ?

— Je pense sincèrement que… »

Carl tapa sur la table.

« Qu'est-ce que tu choisis ?

— La deuxième solution, je crois.

— Tu crois ?

— Oui. »

Mussolini avait une belle attitude quand il s'agissait d'épater la galerie et c'est celle que Carl adopta à ce moment. Le menton relevé, la poitrine et la lèvre inférieure en avant, un poing sur la hanche. « Excuse-toi ! » ordonna-t-il.

La perplexité était sans doute le mot le plus adéquat pour décrire l'expression de Gordon. Mais il s'exécuta et fit ses excuses à Carl Mørck.

« OK. Alors on va dire que tu commences aujourd'hui ta période d'essai au département V. Si tu ne la réussis pas, tu seras viré. Pour commencer, tu vas me dire quelle est réellement ta relation avec Lars Bjørn. »

Il secoua la tête et haussa les épaules. « Je n'ai aucune relation avec lui. C'est le meilleur ami de mon père.

— D'accord. Je comprends mieux. Ils ont fait leur scolarité ensemble dans quelque école privée, je suppose. Et tu as fréquenté la même, je suis sûr. »

Il acquiesça.

« Je comprends. Lars Bjørn a voulu rendre service à ton père et t'a embauché comme espion parce qu'il avait besoin de quelqu'un pour me contrôler. Il aime avoir le contrôle, vois-tu ? C'est un besoin naturel chez les gens complexés et les demi-portions. »

Les mots de Carl le firent réagir. « Vous ne savez pas de quoi vous parlez. Lars Bjørn n'a rien à envier à qui que ce soit dans cette maison. C'est un vrai dur. »

Carl le regarda d'un air légèrement incrédule. De quoi est-ce qu'il parlait ?

« On parle du même homme ? Le minet avec son pantalon à plis ? Je ne vois rien de dur chez ce type-là, explication requise, SVP !

— Demandez-lui de remonter ses manches, vous pourrez admirer des cicatrices comme vous avez rarement eu l'occasion d'en voir dans votre vie. Vous résisteriez, vous, à une semaine de torture sans interruption ?

Eh bien, Lars Bjørn, oui. Et je pourrais vous en raconter encore beaucoup sur son compte.

— Je t'en prie, je suis tout ouïe. »

Il hésita, mais son arrogance de jeune homme l'obligea à poursuivre.

« Vous connaissez bien sûr le BCCF ?

— Je prends, dit Carl en levant une main en l'air. Le Bureau des Casse-Couilles Fainéants ! C'est ça ?

— Vous dites n'importe quoi. BCCF signifie "Bagdad Central Confinement Facility" ou comme l'appelait Saddam Hussein, la prison Abou Ghraib.

— D'accord, et maintenant, tu vas me faire croire qu'il a travaillé là-bas ?

— Il n'y a pas travaillé, non. »

Le ton de Carl se fit tranchant. On n'était pas en train de jouer au Trivial Pursuit. « Bon, alors, crache ! Qu'est-ce que Bjørn a à voir avec Abou Ghraib ?

— Qu'est-ce que vous croyez ? Pourquoi pensez-vous que je vous ai suggéré de lui demander de relever ses manches ? »

Carl baissa les yeux et se mit à pianoter sur la table. Ce qu'il venait d'entendre ne lui plaisait pas du tout.

« Continue, Gordon. »

Il leva les yeux et constata avec étonnement que la grande asperge était rouge pivoine.

« Je vois à ta tête que tu m'en as déjà dit plus que Bjørn ne l'aurait voulu, je me trompe ? »

Il acquiesça.

« Et tu n'es pas supposé savoir tout ce que tu viens de me dire, tu l'as simplement appris en écoutant aux portes chez toi, n'est-ce pas ? »

Il hocha la tête à nouveau.

« Parfait, Gordon. On commence à se comprendre, toi et moi. J'ai maintenant de quoi te faire virer de l'hôtel de police à coups de pied au cul. Jusqu'à maintenant, Bjørn t'a protégé, mais je doute qu'il continue à le faire si je monte lui demander de me montrer ses bras, comme tu me l'as suggéré. J'ai tort ?

— Non, dit-il d'une toute petite voix.

— Alors à partir d'aujourd'hui, tu n'iras raconter à Lars Bjørn que ce que je te dirai de lui raconter, entendu ? »

Carl se leva et enfonça son poing si fort dans l'estomac de Gordon qu'il papillonna des yeux comme une pucelle.

« On va commencer tout de suite. Tu vas aller voir Lars Bjørn et tu vas lui dire que nous sommes tout près de résoudre une affaire super passionnante et que Carl Mørck est le type le plus génial que tu as jamais rencontré. »

Gordon fit une drôle de grimace.

« Tu ne parles pas sérieusement ?

— Si. Et surtout tu dis bien ces mots-là : "Le type le plus génial que tu as jamais rencontré." Ensuite tu appelleras René E. Eriksen et tu lui demanderas de rester un peu plus tard ce soir après le boulot. Nous aimerions lui poser encore quelques questions.

— Pourquoi, puisqu'on le voit lundi ?

— Parce que j'ai l'impression que cet homme en sait plus qu'il ne veut bien l'admettre et que je le soupçonne d'être en ce moment même en train de nous concocter une histoire pour nous mener en bateau. »

« Est-ce que tu sais si les experts ont trouvé quelque chose d'intéressant dans cette tombe, à Kregme ? » demanda Carl à Tomas Laursen.

Il s'essuya les mains dans son tablier. Quelle tristesse de voir le meilleur technicien de la police scientifique de Copenhague en tablier taché de gras et de mayonnaise.

« Il y avait un peu de tout. Des cheveux. De la peau. De la fibre textile. Quelques ongles.

— De l'ADN comme s'il en pleuvait ! »

Laursen acquiesça. « Dans deux ou trois jours tu sauras s'il correspond à l'ADN trouvé au domicile de William Stark.

— Ça, je le sais déjà. J'ai juste besoin qu'on me confirme qu'il y avait bien un cadavre humain dans cette tombe. Si c'est le cas, je suis certain que c'est celui de l'homme que nous cherchons. »

Laursen hocha la tête. « Dommage qu'il n'y soit plus. Tu as une idée où il peut être ?

— Non, et mon petit doigt me dit que nous ne le saurons jamais. On n'enterre pas un corps pour le déterrer ensuite et le remettre quelque part où quelqu'un risque de le découvrir. Je pense qu'il a été coupé en petits morceaux et jeté dans l'eau à un endroit très profond.

— Tu dois avoir raison. Ce ne serait pas la première fois que ça arrive. »

Il essuya à nouveau ses mains dans son tablier et se mit à pétrir la boule de pâte posée sur le plan de travail. Succès garanti. Du pain tout frais au réfectoire de l'hôtel de police ! C'était inédit. Le moins qu'on puisse dire, c'est qu'il se donnait du mal pour que cette cantine survive.

« Encore une question, Tomas. J'ai appris pas mal de choses sur le passé de Bjørn en Irak et j'ai le sentiment que tu en sais encore plus que moi. Je me trompe ? »

Il interrompit sa tâche et fronça les sourcils. « Je préfère qu'il te raconte ça lui-même, Carl. Ça ne me regarde pas.

— Ce qui signifie que tu sais quelque chose !

— Interprète-le comme tu veux.

— Il a été en prison. Tu sais quand et pourquoi ?

— Ne me demande rien, Carl.

— Dis-moi au moins quand ? Juste avant la chute de Saddam Hussein ? »

Il secoua la tête.

« OK. Juste avant, donc. »

Pas de réponse.

« Un an avant ? »

Laursen jeta la boule de pâte sur la table. « Arrête, Carl. Nous sommes trop bons amis pour que tu me fasses ce genre de plan. »

Carl hocha la tête et laissa Tomas tranquille, mais lui n'était pas tranquille du tout.

En ce moment même, Assad était au sous-sol en train d'interroger un homme.

Assad, le petit boute-en-train du département V, un policier sans formation, embauché à l'hôtel de police par le bon vouloir de Lars Bjørn, comme tout à présent le laissait à penser. Engagé par un homme qui était maintenant le patron officiel de Carl et qui avait été prisonnier dans une célèbre prison irakienne sous le régime de Saddam.

Carl s'arrêta au milieu de l'escalier.

Putain, Assad ! Qui es-tu ?

Il le trouva devant la porte de la salle d'interrogatoire, arborant un large sourire.

« Qu'est-ce que tu fais là, Assad ? lui demanda-t-il.

— Je fais une pause. Il ne faut pas qu'ils voient notre gueule tout le temps, si ? Il faut leur laisser une chance de gamberger sur ce qui leur arrive. Ça leur délie la langue. Après, ils sont plus habiles.

— Plus volubiles, Assad. Tu interroges qui, en ce moment ?

— Roméo. Le garçon avec la brûlure qui refusait de dire son nom.

— Et tu as réussi à ce qu'il te le dise quand même ?

— Oui. Ça n'a pas été facile.

Carl pencha la tête sur le côté. « Comment ça, Assad ?

— Venez avec moi, je vais vous montrer. »

Il était assis sur sa chaise. Sans menottes, sans révolte, sans cette expression de dégoût pour les autorités et la police qu'on voyait d'habitude sur le visage des prévenus. Juste un brave garçon en costume noir.

« Dis bonjour à Carl Mørck, Roméo », dit Assad.

Le garçon leva la tête. « Bonjour. »

Carl hocha la sienne.

« Raconte à monsieur Mørck ce que tu m'as raconté tout à l'heure, Roméo.

— Quelle partie voulez-vous que je raconte ? demanda-t-il avec un fort accent étranger.

— Ce que tu m'as dit à propos de Zola et de Marco.

— Je ne sais pas pour quelle raison, mais Zola veut tuer Marco. Nous sommes tous à sa recherche. Et pas seulement nous. D'autres aussi à qui il a demandé de l'aide. Des Estoniens, des Lettons, des Russes blancs, des Ukrainiens, des Africains. Tout le monde est à sa poursuite.

— Et pourquoi as-tu accepté de me dire tout ça, Roméo ? »

Le jeune homme qui tourna les yeux vers Assad avait un regard infiniment las. Pourquoi Assad n'avait-il pas l'air fatigué, lui ?

« Parce que vous m'avez promis que si je parlais, je pourrais rester au Danemark. »

Assad regard Carl d'un air triomphant. « Et voilà ! » disait son expression.

« Tu ne peux pas lui promettre une chose pareille, Assad, dit Carl trois minutes plus tard, quand ils furent sortis de la pièce. Demain, il sera en prison et peut-être en isolement si vraiment il sait autant de choses qu'il le prétend. Et qu'arrivera-t-il quand il ne sera plus en isolement ? Comment le protégeras-tu ? Et comment espères-tu tenir ta promesse, Assad ? »

Il haussa les épaules. Ce n'était pas son problème, visiblement. Mais Carl Mørck n'était pas très à l'aise aujourd'hui avec les airs de dur à cuire de son ami Assad.

« Je lui ai demandé s'il connaissait William Stark, et il m'a dit non. Je lui ai demandé si Marco était utilisé à des fins sexuelles chez Zola, il m'a garanti que ce n'était pas le cas. Il y avait quand même un domaine dans lequel on n'abusait pas d'eux dans cette maison. »

Carl hocha la tête. Tous ces renseignements ne manquaient évidemment pas d'intérêt.

Et la fin justifie les moyens, comme on dit quand on a besoin de s'arranger avec sa conscience.

35

Marco n'avait jamais eu aussi froid que cette nuit-là.

Il était resté accroché à la coque de la péniche touristique quand elle avait accosté devant l'église de Holmenskirke et ne l'avait pas lâchée avant le port de Nyhavn. Là non plus, il n'avait pas osé lâcher prise parce qu'il était toujours dans le centre-ville où il risquait de tomber sur les troupes de Zola. Il s'était donc laissé tirer dans l'eau glacée au-delà du port intérieur, sur toute la longueur du canal, devant l'Opéra et jusqu'au port industriel et à la Petite Sirène. Ce n'est qu'à partir de là qu'il avait osé nager jusqu'au bord dans la nuit noire, si épuisé que quelques touristes retardataires avaient essayé de le retenir et s'étaient écriés qu'il fallait appeler une ambulance, pendant que d'autres le mitraillaient avec leur appareil photo numérique, comme s'il avait été une sorte d'animal mythologique venu des eaux du port. Un spectacle bien plus intéressant que la Petite Sirène qui les avait fait venir jusque-là.

Marco les avait repoussés pour continuer sa fuite le long des quais, contourner le port sud de Frihavnen et rejoindre le port de Svanemøllen.

Cette fois, il eut plus de mal à trouver une cabine de bateau où se réfugier. Le mois de mai avait offert un beau week-end ensoleillé aux plaisanciers, et ils étaient nombreux à surveiller le jeune garçon trempé et tremblant qui arpentait les pontons dans l'obscurité. Il n'était pas le bienvenu. C'était le moins qu'on puisse dire.

Quand il se réveilla sous la bâche du petit hors-bord dans lequel il avait fini par élire domicile pour la nuit, il était encore mouillé, mais une brise tiède et un soleil éclatant le firent sortir de son lit de fortune.

Les yeux plissés, il regarda la position du soleil et s'aperçut qu'il était assez tôt pour passer à l'appartement de Kaj et Eivind avant que les deux hommes partent travailler.

Les dernières vingt-quatre heures l'avaient éprouvé. Les deux jeunes Noirs avaient failli avoir sa peau. En fermant les yeux, il voyait encore le premier brandissant son couteau et l'autre avec ses yeux blanc-jaune qui le regardaient sous l'eau.

Alors Marco voulait s'en aller, loin. Il n'osait plus rester à Copenhague, ni même au Danemark. Il irait en Suède et il recommencerait de zéro. Dans un pays si peu peuplé et si grand que du nord au sud il couvrait la distance de Copenhague à Rome, il devait être possible de disparaître ! Il avait souvent entendu les gens parler suédois dans la rue. Ce n'était pas une langue très éloignée du danois. Il devrait être capable de l'apprendre. Celle-là aussi.

À la lumière des événements de ces dernières vingt-quatre heures, sa vengeance contre Zola était passée au second plan. Marco voulait survivre.

Quand il arriva à l'appartement de Kaj et Eivind, il était sec et plus décidé que jamais à ne pas repartir sans son argent. Cette fois, ils ne l'en empêcheraient pas.

Il dut frapper à la porte deux ou trois fois avant qu'Eivind ne vienne lui ouvrir. Il ne ressemblait plus du tout à l'homme qu'il était avant. Il s'était laissé pousser la barbe, il était pâle et défait mais heureusement moins agressif que la dernière fois. On aurait même dit que son visage s'éclaira un peu quand il découvrit qui était derrière la porte.

« Oh, mon Dieu, Marco, dit-il. Mais où étais-tu passé, mon garçon ? Kaj et moi étions morts d'inquiétude. Et regarde-toi ! Tu es dans un état pitoyable. Viens te changer. Allez, entre. »

Marco se détendit un peu. Il faillit se mettre à pleurer. C'était si bon d'être là. Si merveilleux d'entendre des paroles affectueuses, de voir Eivind sourire.

« Kaj ! Tu as entendu ! C'est Marco qui est là ! Quelle chance, tu ne trouves pas ! »

Marco entendit qu'il tournait la clé dans la serrure derrière lui.

Il se retourna et vit Eivind la clé à la main avec une expression qui brusquement était devenue menaçante. Il était penché en avant, comme s'il allait se jeter sur lui.

Marco regarda rapidement vers la porte de la cuisine et, au même instant, il reçut un tel coup sur la tête qu'il s'écroula.

« Immobilise-le au sol, Eivind ! » cria Kaj qui s'était jeté à genoux devant la tête de Marco, lui tirait sur les bras et lui ligotait les poignets.

Marco essaya de reprendre ses esprits mais dans sa tête un bombardement d'impulsions lumineuses modifiait tout ce qu'il voyait, brouillant et tordant les images.

Mû par un réflexe, il tenta de ramener ses bras vers lui et de se tortiller, mais un hurlement suivi d'une série de coups violents le figea sur place.

« Aïe ! cria-t-il, se mettant à pleurer. Pourquoi faites-vous ça ? Je ne vous ai rien fait. Je vais m'en aller, je suis juste venu chercher… » Et un nouveau coup tomba.

Il sentit les genoux cagneux d'Eivind qui s'enfonçaient dans ses côtes, l'empêchant de respirer.

« Oui, nous l'avons, dit Eivind au-dessus de lui. Mais venez vite. »

Marco les voyait nettement tous les deux, à présent. Eivind, à califourchon sur son ventre, le téléphone portable à la main. Kaj derrière sa tête, lui tenant fermement les bras. Kaj n'avait pas l'air bien. Son visage était tuméfié et couvert de bleus et les hématomes sur son cou traçaient un delta noir sur la peau fine.

Marco ne bougeait plus. Ses larmes coulaient à flots et ses yeux restaient fixés sur le regard bouleversé d'Eivind. Eivind qu'il avait tant aimé.

Eivind qui le trahissait comme les autres.

Peut-être à cause de ses larmes, peut-être à cause de la fragilité et de l'impuissance de Marco, coincé sous le poids de leurs corps d'adultes, soudain, ce fut comme si Eivind voyait en Marco ce qu'il était. Le petit garçon à qui ils avaient appris à parler le danois, à jouer aux cartes, à écrire et à croire qu'il avait un avenir, lui aussi.

À cet instant, il le vit réellement. Et le vieux visage se transforma. Les rides de colère et de déception firent place à deux sourcils obliques et à des lèvres tremblantes. Des larmes se formèrent au coin de ses yeux et coulèrent sur ses vieilles joues.

« Je ne sais pas ce que tu leur as fait, Marco, dit-il, la voix brisée. Mais si tu ne disparais pas définitivement de notre vie, ils reviendront, et nous n'y survivrons pas une fois de plus. C'est pour ça que nous devons te livrer à eux. Je prie le Ciel pour qu'ils ne te fassent pas de mal. »

Kaj était loin d'avoir la même compassion. « Quant à moi, Marco, j'espère qu'ils te feront autant de mal qu'ils m'en ont fait. Ils ont détruit notre vie. Nous n'osons même plus aller travailler, tu comprends ? Et tout cela est de ta faute. »

Marco secoua la tête. Ils se trompaient. Ce n'était pas comme ça. Pas du tout.

Il ferma les yeux et gigota un peu, juste pour faire comprendre à Eivind qu'il n'essayait pas de se libérer, mais seulement de soulager un peu la pression sur sa poitrine.

Marco savait que dans cinq minutes *ils* seraient là. Parce qu'ils étaient partout dans le quartier. Les Baltes, les Africains, les gens de Zola, quels que soient ceux qui viendraient cela ne changerait rien. Zola avait largement montré de quoi il était capable et quelles étaient ses intentions. Et ceux qui travaillaient pour lui l'avaient prouvé aussi.

Aussi lentement que possible, il tourna la tête sur le côté et regarda le mur pour évaluer les possibilités qu'il offrait. Elles n'étaient pas nombreuses.

Un peu au-dessus de sa tête était accrochée une étagère basse sur laquelle était posée une lampe avec son abat-jour, une paire de gants en cuir retourné et une coupelle ovale avec de la monnaie et les clés de la cave. Il connaissait cette étagère par cœur. À côté de son genou passait le fil électrique de la lampe, et près de ses pieds les bottes en caoutchouc et les chaussons que Marco avait l'habitude d'utiliser. Rien qui puisse lui être utile dans la situation actuelle.

Eivind commençait à ressentir l'inconfort de sa position. Il bougea un peu et écarta ses genoux de façon que ses tibias trouvent appui sur le sol.

Marco était aussi immobile qu'une petite souris. Dans un instant, Eivind essaierait à nouveau de se redresser et il devait se tenir prêt car ce serait sa dernière chance.

Il respira à fond, contractant lentement ses abdominaux et ses fessiers sans qu'Eivind s'en rende compte. Dans le même temps il tira doucement ses bras vers lui ce qui amena Kaj à reserrer les mains autour de ses poignets. Tout allait dépendre du fait que Kaj ne lâche pas prise.

À l'instant précis ou le bout des chaussures d'Eivind toucha le sol, Marco souleva brusquement le bas de son corps tout en tirant ses bras vers lui de toutes ses forces. Le résultat fut impressionnant et le bruit que firent les têtes des deux vieux messieurs quand elles vinrent cogner l'une contre l'autre fut terrible.

Eivind bascula sur le côté, contre l'étagère, faisant tomber tout ce qui se trouvait dessus. Kaj tomba à la renverse, le dos par terre et les jambes repliées sous ses fesses. Tous deux gémissaient bruyamment mais cela n'empêcha pas Marco de donner un coup de pied dans l'épaule d'Eivind qu'il envoya valser contre la plinthe.

Il était libre. Il bondit sur ses pieds.

Kaj tenta de lui agripper une jambe mais Marco donna un coup de talon à son bras qui s'en alla frapper le mur.

Il entendit une voiture se garer contre le trottoir, faisant crisser ses pneus. Quand les portières de la voiture claquèrent, il était déjà dans la cuisine. Il constata le cœur battant que la porte de service était fermée à clé et que la clé n'était pas dans la serrure. Il arracha un couteau de cuisine au présentoir, grimpa sur le plan de travail, ouvrit l'espagnolette de la fenêtre sur cour et sauta. Il entendit des coups frappés à la porte de l'appartement et Kaj et Eivind qui se traînaient par terre pour aller ouvrir.

Grimper sur le toit du local à vélos, les poignets attachés et un couteau de cuisine à la main ne fut pas une mince affaire, mais il préféra attendre d'avoir traversé deux cours d'immeuble et de s'être fondu dans le labyrinthe des petites rues avant d'oser s'arrêter pour couper la corde.

Il n'avait pas fait vingt mètres dans la première rue qu'il apercevait déjà les Baltes qui l'attendaient à l'autre bout. Ils ne l'avaient pas encore vu mais ce n'était qu'une question de secondes.

Il plongea dans la première descente de cave qu'il rencontra et resta le dos collé à la porte bleue d'un salon de massage contre laquelle il donna des coups répétés avec son talon.

« Ouvrez, ouvrez, ouvrez », scandait-il dans sa tête au rythme de ses coups de pied.

Il entendait quelqu'un courir vers l'endroit où il se trouvait, et un homme qui criait à l'autre bout de la rue.

« Ouvrez, je vous en supplie, ouvrez. »

Enfin, on lui répondit.

« Qui est-ce ? dit une voix de femme dans un mauvais danois.

— Aidez-moi. Je suis juste un garçon et ils me courent après », chuchota-t-il.

Les bruits de pas précipités battant le trottoir résonnaient de plus en plus fort et, brusquement, la porte s'ouvrit, de façon si inattendue qu'il tomba à la renverse dans la pièce.

« Refermez la porte », supplia-t-il la femme asiatique à moitié endormie et sans maquillage qui le regardait.

Elle obéit et cinq secondes plus tard l'homme passa devant la porte en courant.

Elle se faisait appeler Marleen mais avait probablement un autre prénom. Elle le fit asseoir dans un sofa rayé bleu et blanc, sous une pancarte qui indiquait les prix des divers massages pratiqués dans son salon, affichés en plusieurs langues. Elle le laissa se reposer et pleurer tout son saoul.

Deux autres filles étaient venues se joindre à eux. Comme la première, elles étaient en pyjama et nullement prêtes à affronter les épreuves de cette journée.

« Qui est-ce qui te poursuit ? » demanda la dernière venue en lui caressant la joue. Elle était douce et très parfumée mais son visage était ridé et grêlé de petite vérole. Son corps était étrangement proportionné avec des seins énormes et anormalement fermes.

Marco sécha ses yeux et essaya de leur expliquer sa situation. Il se rendit vite compte qu'elle ne comprenait qu'une seule chose : une bande d'Européens venant d'un pays de l'Est était à ses trousses et l'un d'entre eux était en ce moment même en train de brailler dans la rue. Visiblement, l'information les inquiéta et toutes les trois allèrent se réfugier dans un coin de la pièce pour parlementer à voix basse.

« Écoute, lui dit ensuite celle qui l'avait consolé. Tu ne peux pas rester ici. Dans deux heures, un homme va venir chercher de l'argent. Il ne doit pas te trouver dans cette maison, sinon, ça ira mal pour toi, mais aussi pour nous.

— Elle a raison, dit la troisième. Nous allons te donner quelque chose à manger et tu devrais te laver aussi, mais ensuite il faudra t'en aller. Tu ne peux sortir que par la porte de service mais nous allons t'aider à traverser la cour et à ressortir en passant par un appartement qui donne sur la rue Willemoesgade. Ensuite, il faudra que tu te débrouilles tout seul. »

Il leur demanda si elles pouvaient appeler un taxi, mais elles refusèrent. Leurs communications étaient contrôlées chaque jour par leur mac, parce qu'il ne voulait pas qu'elles travaillent pour leur compte après les heures ouvrées. Et à part un client, qui aurait pu avoir besoin d'un taxi ?

Marco avait pitié d'elles. Ces femmes étaient des adultes. Elles vivaient seules et elles étaient exploitées, comme ceux qui travaillaient pour Zola. Marco n'arrivait pas à comprendre ça. Pourquoi n'essayaient-elles pas de s'enfuir, elles aussi ?

Elles tinrent leur promesse. Elles lui firent traverser la cour et le conduisirent par l'escalier de service au deuxième étage de l'immeuble d'en face où habitait un homme qui les avait autorisées à traverser son appartement à leur guise. Elles expliquèrent à Marco que c'était un vieux client qui était prêt à faire n'importe quoi pour elles.

« La prochaine fois, tu auras droit à un traitement spécial, Benny », lui promit l'une des prostituées. Ceci expliquant cela.

En tout cas, l'homme eut l'air content.

Marco connaissait la rue Willemoesgade. Il l'avait arpentée de haut en bas pour chercher du travail, en vain. Mais au moins les commerçants n'avaient pas de griefs envers lui, en admettant qu'ils le reconnaissent. Le seul problème était la supérette Irma à l'angle, qui changeait régulièrement de ramasseur de bouteilles consignées. On ne pouvait jamais savoir qui ils étaient ni d'où ils sortaient. Marco préféra changer de trottoir. Il marcha d'un pas décidé vers l'avenue Østerbrogade.

De manière générale, il avait conscience de se déplacer en terrain miné. Mais avec un peu de chance, il réussirait à trouver rapidement un taxi et à se faire conduire à la gare de l'aéroport de Copenhague. De là, il prendrait un train pour la Suède, et il serait libre.

Il s'appuya contre le mur et plongea la main dans sa poche. Il lui restait un peu moins de cinq mille couronnes sur l'argent qu'il avait pris dans le sac en plastique de Samuel. Avec cette petite fortune, il irait loin. C'était bientôt l'été et le temps était doux. Que demander de plus ? Quand il dormait à la belle étoile, cela ne lui coûtait rien. Et dès qu'il serait arrivé en Dalécarlie ou dans le Jämtland, il savait qu'il trouverait un tas de maisons abandonnées dans lesquelles les gens ne venaient pratiquement jamais. Il allait se débrouiller, même si l'argent caché derrière la plinthe chez Kaj et Eivind l'obsédait à le rendre malade. Il allait devoir tout recommencer, et comment savoir si ça se passerait aussi bien cette fois-ci ?

Marco vit passer de nombreux taxis, mais aucun n'était vide. Il décida de longer le lac de Sortedamsøen de l'autre côté de la route et de continuer jusqu'à la place de Trianglen. Il savait qu'il y avait toujours une longue file de taxis stationnés là-bas.

Mais Marco n'arriva jamais jusque-là.

De loin, il aperçut la camionnette de Chris garée en épi contre le trottoir. Les Baltes avaient dû appeler le fidèle homme de main de Zola après l'appel d'Eivind et le véhicule attendait de prendre livraison du paquet, mort ou vif.

Le paquet, c'était lui.

Marco se sentit devenir tout froid à l'intérieur. S'il avait osé, il aurait couru jusqu'à la voiture et crevé les pneus avec le couteau de cuisine de Kaj et Eivind qui était toujours caché sous son polo.

Il tourna la tête vers la promenade de Sortedam Dossering. Pouvait-il s'enfuir par là ? Si on lui barrait la route, il serait coincé avec l'eau d'un côté et pratiquement aucune rue perpendiculaire de l'autre. Ce n'était pas la bonne solution. Il valait mieux revenir en arrière vers Lille Trianglen ou rester ici jusqu'à ce qu'il voie passer un taxi libre.

Marco ne quitta pas le fourgon des yeux. Le véhicule incarnait pour lui tout ce qu'il y avait de mauvais en ce monde. Combien de fois avait-il été assis par terre à l'arrière de cette camionette, emmené comme un veau qui va à l'abattoir, vers une vie à laquelle il ne pouvait pas dire non ? Combien de fois avait-il été allongé là-dedans, totalement épuisé, espérant que le trajet ne s'arrêterait jamais ? Mais il s'arrêtait toujours, évidemment. Chaque soir, on les ramenait dans leur prison à Kregme. Dormir, manger et repartir le lendemain matin, voilà ce qu'était leur vie. Dieu qu'il pouvait détester ce fourgon !

Marco sursauta. N'était-ce pas son père qui venait de sortir du magasin devant lequel était garé le fourgon ? Et Zola qui marchait juste derrière ? Étaient-ils tellement déterminés à le retrouver qu'ils étaient eux-mêmes venus inspecter le secteur en posant des questions dans les boutiques ? Ils étaient devenus fous ! Complètement fous !

Il se cacha derrière un tronc d'arbre et les suivit des yeux, plein de haine, tandis qu'ils entraient dans la boutique suivante. Les gens comme Zola et son père ne devraient jamais être autorisés à approcher un enfant.

Il remarqua le cycliste arrivant de la place de Trianglen. Il n'avait rien de particulier pourtant, hormis le fait que son vélo ne soit pas à sa taille.

Marco sourit pour lui-même. Toi, mon gars, tu viens de piquer cette bicyclette, se dit-il en comparant la taille, le modèle et la couleur du vélo avec le garçon qui était dessus. Il n'avait jamais été à lui. Comment pouvait-il s'imaginer faire illusion ?

Brusquement, le type leva la roue avant et grimpa sur le trottoir. Il roula droit sur Marco qui eut à peine le temps de bouger avant que le type ne le rattrape et tente de le faucher au passage.

Les autres usagers de la piste cyclable crièrent au cycliste d'apprendre à conduire, mais Marco savait qu'il l'avait fait exprès. Il eut le réflexe de rouler sur le côté quand le type tenta de l'agripper, et lui donna un coup de couteau au passage. Le garçon, blessé à la cheville, cabra le vélo et tomba en hurlant de douleur tandis que Marco se relevait et se mettait à courir aussi vite qu'il le pouvait.

« Pas par là, Marco ! » cria quelqu'un sur le trottoir d'en face. Marco leva les yeux et vit que tout le monde dans la rue avait les yeux braqués sur lui. Il vit également un homme déboucher au même moment de la rue Ryesgade à cent cinquante mètres de l'endroit où il se trouvait, courant vers lui, ventre à terre.

Marco regarda autour de lui. Un taxi avec une lumière verte roulait dans sa direction, venant de la gare d'Østerport. Il devait être libre. Il traversa pour tenter de l'attraper tandis que le cycliste se relevait et que l'autre homme courait droit sur lui.

« Il y en a encore un ! » cria la voix.

Marco regarda derrière lui et vit son père, les mains en cornet devant la bouche, comme s'il parlait à travers un mégaphone. Il allait lui répondre mais au même instant, Zola arriva derrière lui et lui administra un grand coup dans le dos qui le fit tomber en avant, traverser la piste cyclable et atterrir sur la chaussée.

Marco entendit les cris des gens quand son père roula sous le bus qui arrivait au même moment, mais déjà il devait se concentrer sur un nouveau danger venant de la rue Classensgade. L'instant fut terrible.

Son père venait de se faire écraser, Marco était cerné de tous les côtés et il agitait désespérément les bras, pour finalement réussir à arrêter le taxi.

Le chauffeur était un immigré. La voiture qu'il conduisait n'était probablement pas la sienne, mais cela ne le dérangeait pas d'être au volant du véhicule d'un patron, du moment qu'il avait des sièges en cuir et assez de puissance pour laisser tout le monde loin derrière.

« Roulez ! » hurla Marco d'une voix hystérique tandis que tout à l'intérieur de lui s'écroulait comme un château de cartes.

Deux de ses poursuivants atteignirent le taxi avant qu'il ait le temps de démarrer. Ils frappèrent la carrosserie du poing mais le chauffeur se contenta de leur faire un doigt d'honneur et d'enfoncer la pédale d'accélérateur.

Marco n'eut pas le temps de voir son père sous les roues du bus quand ils passèrent en trombe, mais il vit le sang sur la route et l'air horrifié des badauds qui s'étaient rassemblés sur le trottoir en un temps record.

Les dernières choses qu'il aperçut avant que le Fangio de la voiture de louage traverse la place de Trianglen fut le chauffeur du bus derrière son volant, les mains sur le visage, et le regard de Zola, au milieu de la foule, orgueilleux et glacial. Personne n'avait vu ce qu'il avait fait.

Et ses yeux disaient à Marco : « Tu vois ce qui t'attend ? »

« Pas beau à voir, dit le chauffeur de taxi en regardant Marco dans le rétroviseur. Ça arrive de plus en plus souvent, je trouve. Les gens conduisent comme des cons. Où est-ce que je vous emmène, mon garçon, au fait ? »

Marco était assis, la tête penchée en arrière, il avait du mal à respirer. Il savait que s'il redressait la tête, il allait vomir. Son père avait essayé de le mettre en garde, et à cause de cela, Zola l'avait tué.

Son père avait voulu le sauver. Son papa.

Marco pensa aux yeux de son père. Ils étaient brun-vert et pleins de tendresse. Ce souvenir remontait à une époque révolue. Mais son père avait essayé de le sauver, tout à l'heure. Le temps qui s'était écoulé entre les deux n'avait pas d'importance.

À présent, son papa était mort et Zola allait s'en tirer. Et ce type au volant lui demandait où il voulait aller ?

Il y a encore cinq minutes, il aurait répondu : à l'aéroport. Hier, il aurait dit : chez Tilde.

Maintenant, il ne savait plus…

Zola avait tué de façon totalement préméditée et Marco avait vu avec quelle facilité il faisait cela. Avec un détachement glacé. Il devait avoir agi avec la même désinvolture quand il avait fait de Myriam une infirme, Marco s'en rendait compte à présent. Il avait assassiné William Stark avec le même cynisme, et d'autres, probablement. Et il le tuerait de la même façon. Froidement et sans le moindre scrupule.

« Tu as entendu ce que je t'ai demandé, l'ami ? Où est-ce que je t'emmène ? Tu as de l'argent, au moins ? »

Marco acquiesça et lui tendit deux cents couronnes au-dessus de l'appui-tête.

« D'accord. Pour deux cents couronnes, tu as le temps de réfléchir encore un peu. »

Marco secoua la tête. Il n'avait pas besoin de réfléchir. Le regard implacable de Zola avait décidé pour lui. Marco resterait à Copenhague et il accomplirait sa mission. Zola allait devoir payer, coûte que coûte.

« Ils en avaient drôlement après toi, dis donc. C'est une affaire de drogue ? Je connais ça. Super agaçant de ne pas pouvoir faire un peu de business sans qu'ils se foutent en rogne ! Tu n'es pas d'accord ? Bon. Mais à part ça, on va où ?

— Vous connaissez le restaurant A Hereford Beefstouw ? Celui qui est près de Tivoli ? demanda Marco.

— Bien sûr. Je te rappelle que je suis chauffeur de taxi, mec. Trouve-moi un endroit que je ne connais pas, et je te rends tes deux cents balles. »

36

« Eriksen n'est plus au ministère, Carl ! »

Carl regarda l'heure. « Il n'est pas très tard. Est-ce que… » Il vit à la tête de Gordon que pour une fois, il avait une chose importante à dire. Il le laissa parler.

« Eriksen a démissionné sans préavis. Juste après que nous sommes allés l'interroger, il est allé voir son chef de cabinet et il a déposé un congé maladie en disant qu'il ne reviendrait pas. »

Carl fronça les sourcils. « Merde, Gordon, je ne sais pas ce que c'est, mais une chose est sûre, tu as mis quelque chose en mouvement. »

Il appela Assad et Rose et les mit au courant de la situation.

« Assad, tu vas appeler chez Eriksen et voir s'il est là. Et Rose, tu appelles le ministère, et tu interroges le chef de cabinet. Nous devons absolument comprendre ce qui se passe. Ensuite, tu appelleras la police de Frederiksværk et tu leur demanderas de surveiller ce Zola, et de voir s'il a l'intention d'abandonner le navire. Il faut qu'ils fassent en sorte de le retenir s'il essaye de filer.

— Pour quel motif ? s'enquit-elle.

— Tu trouveras bien un truc, Rose ; Assad, on fonce chez Eriksen.

— Et moi ? demanda Gordon.

— Toi, tu rassembles tout ce que tu peux sur Eriksen. Je veux savoir s'il a une maison de campagne où il pourrait être allé se planquer. Téléphone aux impôts ou je ne sais pas, moi. »

Il avait l'air tellement déçu. C'était jubilatoire.

Assad referma le clapet du portable.

« C'était la plus belle Rose du département V, dit-il en remettant les pieds sur le tableau de bord.

— Bon. Essayons de résumer », dit Carl en changeant de voie. Pourquoi est-ce que la circulation faisait déjà penser à l'activité d'une fourmilière ?

Assad acquiesça.

« Premièrement, Assad, tu conviendras avec moi que tes méthodes d'interrogatoire sont un peu "limites".

— Limites ? Qu'est-ce que vous voulez dire par là, chef ? Elles ne sont pas juste "créatives" ? »

Carl secoua la tête. Créatives ? Un jour ils allaient avoir des problèmes avec toute cette créativité.

« Deuxièmement : je sais maintenant que Lars Bjørn a séjourné dans la prison d'Abou Ghraib pendant que Saddam Hussein était au pouvoir. Ne me fais pas croire que tu ne le savais pas, Assad, parce que je ne te croirai pas. Je veux seulement savoir si le fait que vous vous connaissiez aussi bien a quelque chose à voir avec ça. »

Assad leva la tête et regarda d'un air songeur l'avenue de Ballerup qui se déroulait devant lui. Le spectacle n'avait rien d'excitant.

Il se tourna vers Carl et hocha tranquillement la tête. « Oui, ça a un rapport. Et maintenant je ne veux plus que vous me posiez aucune question à ce sujet, d'accord, chef ? »

Carl jeta un coup d'œil au GPS. Encore deux rues et ils seraient arrivés à destination.

« OK », dit-il. À chaque jour suffit sa peine. Ils avaient tout de même fait un grand pas. La question était de savoir quand ils feraient le suivant. En tout cas, Assad n'allait pas s'en tirer à si bon compte.

« Bon. On continue. Qu'est-ce que Rose t'a dit ? Elle a parlé au chef de cabinet ?

— Oui. Il lui a fourni plus de détails que Gordon ne nous en a donné. » Il feuilleta son calepin. « Voilà, c'est là. J'ai tout noté. » Il tapota son bloc-notes. « Il est exact que René E. Eriksen a donné sa démission à effet immédiat. Il a fourni comme raison qu'après nous avoir parlé, il avait compris que Stark avait escroqué le ministère et qu'il considérait que c'était sa faute à lui si son crime n'avait pas été découvert. Il ne pouvait pas décemment rester à son poste avec une telle responsabilité sur les épaules. En réalité, il aurait dû être suspendu de ses fonctions sur l'heure, mais d'après le chef de cabinet, Eriksen avait l'air tellement mal qu'ils ont décidé d'un commun accord de le mettre en congé maladie. L'affaire donnera vraisemblablement lieu à une enquête interne pour faute grave, mais pour l'instant il ne pouvait pas en dire plus.

— Je vois. » Carl regardait les numéros de la rue. Encore une ou deux maisons et ils pourraient se garer. « À nous de décider maintenant si nous voulons croire à cette histoire ou pas. Est-ce que les agissements de Stark ont réellement choqué Eriksen autant qu'il le prétend ? Et surtout : est-ce que nous sommes prêts à croire que William Stark était malhonnête ? »

Assad hochait la tête, avec l'air d'être ailleurs.

Quand on venait du lotissement de Rønneholtparken, la maison pouvait faire son petit effet. Il était juste un peu dommage qu'elle se trouvât au bout d'une allée résidentielle à périr d'ennui, avec des arbres, certes, mais également la rocade n° 4 à proximité. Ce n'était pas tant le bruit de la circulation qui posait problème que son odeur. À tout prendre, il préférait ces cages à poules en béton, alignées en rang d'oignons, en pleine nature, avec plein de voisins sympathiques autour.

Ils sonnèrent à la porte et furent reçus par l'épouse d'Eriksen qui leur fit comprendre qu'ils pouvaient rentrer un instant s'ils le désiraient, mais qu'elle avait autre chose à faire que de répondre à leurs questions. Elle ne les invita donc ni à s'asseoir ni à boire quelque chose.

« Vous avez eu un petit accident ! dit Carl en désignant la bâche que les pompiers avaient accrochée pour boucher le trou dans la baie vitrée du salon.

— Vous parlez d'un accident ! Nous nous sommes fait agresser avant-hier. Ils ont cassé la vitre, ils sont rentrés dans la maison et ils nous ont tabassés. Heureusement, je les ai assommés avec le fer à repasser. »

Carl fronça les sourcils. « Je ne comprends pas. Il n'y a pas eu de dépôt de plainte à cette adresse, à ma connaissance !

— C'est exact. Moi, je voulais vous appeler mais mon mari s'y est opposé.

— Hmmm. Bizarre. Qu'est-ce qu'ils étaient venus faire, ils vous ont volé quelque chose ?

— Je viens de vous dire que je les ai assommés. Ils n'ont pas eu le temps !

— Alors vous ne savez pas si c'était un cambriolage ? demanda Assad.

— Non. Je ne sais pas ce que c'était. Posez la question à mon mari ! » Elle éclata de rire sans aucune raison.

« Est-ce que vous avez une idée de l'endroit où il se trouve en ce moment ? lui demanda Carl tandis que ses yeux observaient le mobilier, à la recherche d'un indice susceptible de révéler que le mari était là mais qu'il se cachait.

— Non. Je suppose qu'il s'est enfui la queue entre les jambes, comme d'habitude, puisqu'il paraît qu'il a démissionné de son travail. »

Ici, Assad intervint. « Excusez-moi, madame. Mais vous vous fichez complètement de ce qui peut lui arriver ? »

Elle sourit. « On ne peut pas se ficher complètement de quelqu'un qui est votre mari et le père de vos enfants.

— Donc, vous vous en fichez ? »

Elle lui lança un regard surpris mais le raisonnement la fit sourire quand même. Elle avait dû être belle, mais c'était avant les dents jaunies et l'arrivée de la moustache.

« Pouvez-vous nous dire si votre mari avait des problèmes ? demanda Carl.

— Je suppose que oui. Sinon il ne serait pas allé à l'aéroport attendre Teis Snap aux aurores et l'écume aux lèvres.

— Euh… Teis Snap ? »

Elle mit les mains sur ses hanches. « Teis Snap, oui. Vous n'avez pas entendu parler de lui par les journaux ? » Elle rigola. « Bref. On s'en fout. C'était un camarade de classe de mon mari. Enfin, camarade, c'est beaucoup dire vu les drôles d'idées qu'il a mises dans la tête de René.

— Quelles drôles d'idées ?

— Des histoires d'actions. Il avait plein d'actions dans la banque de Teis Snap, la banque Karrebæk. Mais dites-moi, vous êtes sûrs que vous êtes des flics ? Vous ne vous êtes pas beaucoup renseignés sur lui, je trouve. »

Carl regarda Assad qui haussa les épaules.

« De quelles sommes parlons-nous ? s'enquit ce dernier.

— Aucune idée. Il ne me mêlait pas à ses affaires. Mais je suppose qu'il s'agissait de sommes importantes, il était tout de même membre du conseil d'administration.

— Est-ce que vous pensez qu'il a pu se rendre chez son ami… Comment s'appelle-t-il, déjà ? » Assad feuilleta son éternel calepin : « Schnaps.

— Snap, pas Schnaps. Teis Snap. Je n'en sais rien. Je pense plutôt qu'il est allé à l'hôtel, ce lâche. Et en ce qui me concerne, il n'a qu'à y rester, ce minable. »

Lâche, minable, l'institution du mariage et son engagement à « s'aimer pour le meilleur et pour le pire » venaient d'en prendre un coup.

Le portable de Carl vibra dans sa poche. Si c'était Mona, tout le reste devrait attendre.

Il regarda l'écran mais ne reconnut pas le numéro. Est-ce qu'elle l'appelait du travail ?

« Mes hommages, monseigneur ! »

Qu'est-ce que c'était que ce rigolo ?

« Ici Gordon T. Taylor. Je me suis renseigné sur René E. Eriksen. J'ai trouvé des tas de choses sur sa carrière et ses études, mais ce qui m'a paru le plus intéressant, c'est qu'il vient de vendre pour dix millions de couronnes d'actions de la banque Karrebæk et qu'il est en outre membre du conseil d'administration de la banque en question. C'est bizarre, vous ne trouvez pas ? »

Eh ben merde alors, dix millions !

« Tu n'aurais pas quelque chose à me raconter que je ne sache pas déjà, Gordon ? » dit Carl pour l'emmerder. Et il raccrocha. Bien fait pour lui.

Il avait juste eu le temps de se tourner vers la femme d'Eriksen quand son téléphone vibra à nouveau.

« Écoute, Gordon, grogna Carl, tu ne comprends pas que si je raccroche, c'est que la conversation est terminée ?

— Carl ? dit une voix féminine. C'est toi ? C'est Lisbeth à l'appareil. »

Les rides de Carl remontèrent jusqu'à la racine des cheveux. Lisbeth ? Elle lui était complètement sortie de l'esprit.

« Ah, désolé, Lisbeth. Je croyais que c'était quelqu'un d'autre. Est-ce qu'on ne pourrait pas se parler un peu plus tard ? Je suis au milieu d'un interrogatoire, là.

— Bien sûr. Excuse-moi de t'avoir dérangé. » Elle avait l'air déçue. Et elle avait peut-être de bonnes raisons de l'être.

Il lui dit au revoir et promit de la rappeler dès qu'il serait un peu plus disponible. C'était à la fois sincère et pas tout à fait. Le sentiment était étrange.

« Pardonnez-moi, nous avons tous nos petits soucis, n'est-ce pas ? dit-il, s'adressant à la femme de René E. Eriksen. Ce que je voulais vous dire tout à l'heure c'est que votre mari a vendu pour dix millions de couronnes de titres sur la banque dont il est coactionnaire. Vous étiez au courant ? »

Elle le pria de répéter la somme.

Elle ouvrit de grands yeux, se demandant sans doute à quel moment elle avait loupé un épisode.

« Karrebæk banque, Bente Monsted, bonjour. Que puis-je faire pour vous ? »

Carl fit un signe de tête à Assad qui écoutait la conversation. C'était pratique maintenant avec le GPS intégré, le téléphone sans fil et tous ces gadgets qu'on avait installés sur les véhicules de service. On se sentait un peu comme un millionnaire.

« Je voudrais parler à votre directeur, M. Teis Snap. Vous pouvez me le passer ?

— Excusez-moi. Vous pouvez me répéter votre nom, je vous prie ?

— Je suis l'inspecteur Carl Mørck du département V, police criminelle de Copenhague.

— Très bien. » La secrétaire fit une courte pause. « Alors je crois que je suis obligée de vous répondre que M. Snap n'est pas venu au bureau aujourd'hui.

— Il est malade ?

— Euh, je ne sais pas. Il rentre tout juste de vacances. Il était aux Caraïbes. Nous ne l'avons pas encore vu depuis son retour. Je sais qu'il est passé dans notre agence de change à Copenhague, hier, mais il a omis de nous faire savoir ce que nous devons faire aujourd'hui et il ne répond pas au téléphone. Il est sûrement fatigué, à cause du décalage horaire.

— Je vois. Peut-être que si je lui passais un coup de fil, cela l'aiderait à se remettre en selle. J'ai un pouvoir magique qui fait que les gens répondent toujours quand je leur téléphone. Puis-je vous demander le numéro de sa ligne privée ?

— Je crains de ne pas pouvoir vous communiquer ce genre d'information par téléphone.

— Je comprends. Alors je vais demander au commissariat de Næstved de vous envoyer quelqu'un dans cinq minutes. Je suis sûr que vos clients vont adorer voir deux agents en uniforme se présenter à l'accueil en demandant à voir la secrétaire du directeur. Ils me communiqueront le numéro dont j'ai besoin, puisque vous ne pouvez pas le faire. Mais merci quand même.

— Écoutez, monsieur Mørck, si c'est vraiment indispensable, et il semble que ce soit le cas, je vais vous le donner. »

Assad leva un pouce. Ça marchait à tous les coups.

Vingt secondes plus tard, Assad composait le numéro, mais pour une fois les pouvoirs magiques de Carl ne fonctionnèrent pas, car personne ne décrocha.

« Trouve son adresse, Assad, dit Carl. On va y aller. Il y a quelque chose qui pue.

— Ah bon, je ne sens rien, alors !

— C'est une expression, Assad. Ça veut dire qu'il y a un truc louche dans cette histoire. Si tu résumes : Eriksen ne répond plus à l'appel. Snap et lui sont ensemble dans le conseil d'administration de la banque Karrebæk. Eriksen vient de vendre un paquet d'actions de la Karrebæk et Snap s'absente sans prévenir personne. Et tout cela arrive pratiquement au même moment. Je ne serais pas étonné d'apprendre que ces deux-là avaient un rendez-vous aujourd'hui.

— Karrebæksminde n'est pas très loin de Næstved, chef.

— Parfait. Et la journée vient tout juste de commencer. »

« On se croirait chez un cheik arabe, dit Assad en découvrant les prairies de chaque côté de l'allée de gravillons conduisant à la propriété. Finalement, j'aurais mieux fait d'être banquier », ajouta-t-il en appuyant sur la sonnette.

Après avoir attendu en vain pendant deux minutes, Assad actionna la poignée de la porte qui était bien entendu fermée.

« Tu vas aller inspecter les dépendances et les garages, Assad. Moi, je ferai le tour de la maison. »

Carl nota les plaques d'immatriculation des trois voitures garées dans la cour et retourna au véhicule de service pour vérifier le nom de leur propriétaire auprès du service des cartes grises. Elles appartenaient toutes à la banque Karrebæk. Vive les avantages en nature.

Ensuite il traversa un verger idyllique planté de pommiers en fleur pour se rendre à l'arrière de la maison dont la façade était agrémentée de ravissantes terrasses. Les fenêtres du premier étage étaient grandes ouvertes.

Il jeta un regard circulaire dans le jardin parfaitement entretenu et s'étonna de voir des papiers traîner partout sur la pelouse. Ils avaient peut-être été imprudemment posés près des fenêtres ouvertes. Quoi qu'il en soit, à présent, ils étaient dispersés dans le jardin, accrochés aux branches des arbres fruitiers et des peupliers un peu plus loin, dans un bosquet situé au nord-ouest de la propriété.

Il ramassa une feuille sur la terrasse. Le papier était un peu épais, de fabrication artisanale. Il le renifla. Il devait s'agir du papier à lettres d'une dame. Et cette dame allait devoir en racheter.

« Hé ho ! » cria-t-il en levant la tête vers le premier étage et en s'attendant à ce qu'une servante un peu sourde passe la tête au-dehors, mais personne ne se manifesta.

« C'est un peu bizarre toutes ces fenêtres ouvertes, dit-il un peu plus tard à Assad qui l'avait rejoint. Tu es bon en escalade ? »

Il remonta son pantalon. « La seule différence entre un singe et moi, c'est la banane », répliqua-t-il dans un grand éclat de rire.

Carl n'était pas certain d'avoir compris la blague.

Assad n'avait pas l'air si à l'aise que ça quand il se retrouva accroché à l'espalier. « Je ne crois pas qu'il supportera mon poids », dit-il quand il fut à mi-hauteur. On aurait presque dit qu'il avait le vertige à voir la façon dont il s'agrippait à la vigne vierge.

« Allez, Assad. Encore un mètre. Tu ne veux tout de même pas que ce soit *moi* qui le fasse ? »

Assad émit des grognements qui voulaient peut-être dire : « Ce ne serait pas de refus. » Et la seconde suivante, il n'avait plus du tout envie de rire.

« On a bien fait d'aller voir la tête de Teis Snap sur Google avant de venir, chef ! cria-t-il à Carl en s'agrippant à l'encadrement de la fenêtre.

— Pourquoi ?

— Parce que cela me permet d'affirmer que c'est lui qui est couché dans cette pièce, et très mort. Et je suppose que la dame qui est dans le lit est sa femme. »

37

Il était caché entre les arbres dans le petit bois depuis lequel il pouvait voir toute la propriété sans être vu. Et ce qu'il vit le terrifia.

Il s'était préparé à une discussion tendue avec Snap à propos des actions de Curaçao, il n'avait pas exclu qu'elle pourrait s'envenimer et c'est pourquoi il avait emporté, au fond de l'insondable poche de son imperméable, l'un de ces marteaux de taille moyenne qui ne servent pas à grand-chose quand il s'agit d'enfoncer un clou mais qui peuvent se révéler très utiles contre un homme à la carapace aussi molle que Teis Snap.

S'ils envoient des gens pour m'assommer, je ne vois pas pourquoi je n'en ferais pas autant, se disait-il jusqu'à ce qu'il voie les lumières bleues des gyrophares éclairer les nombreuses façades blanches de la ferme.

Il régnait dans la cour une activité fébrile, il compta au moins dix véhicules, dont deux ambulances. C'était surtout les ambulances qu'il surveillait. Les brancardiers avaient sorti de la maison deux corps dissimulés sous des couvertures. Il n'osait pas imaginer que ce soit ceux de Teis et de sa femme. Mais qui cela pourrait-il être, sinon eux ? Personne d'autre n'habitait dans la maison.

Il y avait beaucoup de monde dans la cour. Principalement des policiers venant du commissariat le plus proche, mais pas seulement. Il y avait aussi des techniciens de la police scientifique, reconnaissables à leurs combinaisons blanches, plusieurs hommes en civil qui donnaient des ordres et surtout, et c'était le pire, Carl Mørck et son assistant très bronzé. Ils étaient vraiment sur ses talons ! Heureusement que le crétin qui accompagnait Carl Mørck la veille était revenu sur ses pas et qu'il l'avait prévenu involontairement de l'intérêt qu'ils lui portaient. Sinon, il ne se serait pas enfui à temps.

René regardait les feuilles de papier dispersées sur la pelouse. Il y avait quelque chose de pathétique dans la façon dont elles s'accrochaient aux arbres et aux buissons. Au-dessus de lui, dans un peuplier, il y avait même une feuille sur laquelle on avait écrit quelque chose. C'était tapé à la machine et signé. C'était affreux de s'imaginer que Lisa était peut-être en train d'écrire tranquillement quand c'était arrivé.

« Quand c'était arrivé. » René réfléchit à la portée de ces trois mots.

Car en somme, qu'était-il arrivé ? Qui avait fait ça, et pourquoi ? Étaient-ce les mêmes que ceux qui s'en étaient pris à lui et à sa femme ?

Il croyait que ce qui s'était passé chez lui était l'œuvre de Snap, mais maintenant, il n'en était plus aussi sûr.

Alors qui ?

Il n'avait jamais rencontré Brage-Schmidt mais la rumeur disait qu'il n'était pas devenu aussi riche sans se salir les mains, et aussi que c'était un homme froid et déterminé. Cela pouvait vouloir dire beaucoup de choses.

René ferma les yeux et se concentra. Brage-Schmidt n'était plus très jeune et si c'était lui qui avait fait ça, il avait engagé des gens pour le faire. Mais dans quel but ? Le même que celui qui l'avait conduit ici ?

Il regarda le rassemblement dans la cour et les ambulances qui partaient en silence vers la ville. Il y a deux minutes, il était prêt à rester ici jusqu'à ce que tout le monde ait quitté les lieux, mais maintenant qu'il parvenait à rationaliser, il se rendait compte que cela ne servirait à rien.

Il était venu à cause de l'argent. D'une très grosse somme d'argent. Mais on l'avait devancé.

Les policiers se dispersaient à présent, ils faisaient le tour des bâtiments, deux agents marchaient lentement dans sa direction en inspectant minutieusement la pelouse. Ils doivent chercher des traces de pas, se dit-il, se retournant vers ses propres empreintes profondément marquées dans la terre humide.

Heureusement que je ne suis pas arrivé le premier. Il y aurait mes traces de pas partout autour de la maison, songea-t-il en s'éloignant, longeant la lisière du bois jusqu'à la route où était garée sa voiture, à l'abri des regards.

En s'asseyant au volant, il n'avait plus aucun doute. C'était bien les corps de Teis et de Lisa qui étaient couchés sur ces brancards, et on les avait assassinés. Brage-Schmidt avait joué un rôle prédominant dans toute cette affaire de détournement d'argent et René était convaincu que c'était lui qui tirait les ficelles. Sa cupidité n'avait pas de limites. Celle de René non plus, à vrai dire. Brage-Schmidt avait fait éliminer deux personnes pour se procurer les actions de Curaçao et elles étaient maintenant en sa possession.

Et René E. Eriksen allait faire cent kilomètres en direction du nord pour en avoir le cœur net.

Des lampes en fer forgé, une fontaine sans eau, des grilles anciennes devant toutes les fenêtres, voilà à quoi ressemblait la demeure qui jadis avait abrité le consulat de plusieurs pays africain. Prétentieuse et laide.

René verrouilla sa voiture et ferma son imperméable. Il ne devrait avoir aucun mal à maîtriser un vieil homme comme Brage-Schmidt, et s'il résistait, René avait toujours son marteau dans la poche. À présent, c'était à lui de se montrer froid et déterminé.

Le heurtoir était un peu dur à actionner. Il ne doit pas souvent avoir de la visite, se dit René en frappant à nouveau, certain qu'il y avait quelqu'un dans la maison puisque de nombreuses fenêtres étaient éclairées.

Il remarqua un passage dans une palissade qui entourait un jardin planté de grands et vieux sapins. Il conduisait sans doute derrière la maison, où devaient se trouver les pièces de réception. De l'autre côté il pourrait peut-être voir si Brage-Schmidt était seul chez lui.

Quand il était petit garçon, il lui était arrivé, le jour de l'Épiphanie, de se glisser dans le jardin des voisins et de noircir leurs vitres avec la suie d'un bouchon de liège brûlé. L'épisode ne datait pas d'hier. Et un magistrat qui a fait toute sa carrière dans la fonction publique n'est pas censé exceller dans le genre d'aventure dans laquelle il s'était lancé. René Eriksen se sentait donc un peu ridicule, courant dans le parc, passant d'un buisson à l'autre, évitant de s'attarder dans les rais de lumière dispensés par les fenêtres.

Voilà, ça doit être le grand salon, se dit-il en marchant sur la pointe des pieds pour s'approcher au maximum.

Effectivement, il s'agissait bien d'un salon. La décoration était digne d'Ernest Hemingway ou simplement empruntée à un mauvais film de série B. René n'avait jamais vu autant de trophées d'animaux sauvages dans un même endroit. Des buffles et des antilopes, des prédateurs et des espèces si rares qu'il ne les avait jamais vues, même en photo, s'alignaient les uns à côté des autres, avec leurs yeux de verre et leurs pelages lustrés, près des armes qui avaient servi à les tuer.

Quelle horreur, songea-t-il en s'avançant encore plus près. Il entendait quelqu'un parler. Il était presque sûr de reconnaître la voix caractéristique de Brage-Schmidt, rauque, tendue, projetant les mots avec impatience.

« Si vous l'avez vu à Østerbro aujourd'hui en train de quitter la ville en taxi, disait la voix caverneuse, vous n'avez plus qu'à vous demander où il a pu aller. Et quand vous aurez la réponse, vous me la ferez connaître. Si vous n'arrivez pas à me joindre, faites passer le message aux Africains. »

Il y eut une pause dans la conversation pendant laquelle Eriksen s'approcha encore. Il n'avait jamais vu

Brage-Schmidt et il se disait qu'il avait peut-être intérêt à changer ses plans, si le physique du vieil homme était proportionnel à l'image virile qu'il voulait donner de lui-même avec cet enfer d'animaux sacrifiés.

« Je ne sais pas ce que sont devenus vos gars, Zola, mais c'est votre problème, dit l'homme. Faites le travail pour lequel on vous paye ou vous aurez de gros ennuis. »

René n'entendait qu'une seule voix et il était à peu près sûr à présent qu'il s'agissait d'une conversation téléphonique.

Le son provenait d'une porte vitrée entrouverte à quelques mètres de lui. Il allait pouvoir entrer par là. Quelle chance.

Trois pas de plus. Le parfait guet-apens. Les deux hommes allaient enfin se trouver face à face et régler des comptes qui auraient dû l'être depuis des années.

Il serra le marteau bien fort dans son poing, avança jusqu'à la porte vitrée et se trouva nez à nez avec un très jeune homme, noir, debout sur le seuil, un téléphone portable à l'oreille, parlant toujours d'une voix qui était sans conteste celle de Brage-Schmidt.

Le type referma le clapet du téléphone et le fourra dans sa poche. Il avait l'air calme et beaucoup moins surpris que René.

« Entrez, je vous en prie, dit-il avec une voix tout à fait différente. Vous devez être René Eriksen. Je vous souhaite la bienvenue. »

René fronça les sourcils et accepta l'invitation en gardant la main serrée sur le manche du marteau dans sa poche.

« C’est exact. Et vous ? Qui êtes-vous ? Pourquoi imitez-vous la voix de Brage-Schmidt ? »

L’homme s’assit en souriant. On aurait dit un patron qui propose un café à son employé avant de le licencier. Eriksen ne se sentait pas à l’aise.

« C’est une longue histoire. Vous ne voulez pas vous asseoir ? dit-il.

— Je préfère rester debout. Où est Brage-Schmidt ?

— Il est dans l’autre salon, mais il dort. Je vais vous demander de patienter. J’irai le réveiller tout à l’heure.

— Et pendant ce temps-là, c’est vous qui vous occupez de ses affaires, si j’ai bien compris. »

Il écarta les bras et ouvrit les mains en guise de réponse. Apparemment, la réponse était oui.

« Et c’est peut-être vous aussi que nous avons eu au bout du fil lors de nos conférences téléphoniques ces dernières années ? »

À nouveau il montra les paumes blanches de ses mains noires.

« Chaque fois ?

— C’est probable. Brage-Schmidt a été très occupé ces derniers temps. »

René jeta un regard circulaire dans la pièce. Derrière l’Africain étaient suspendus plusieurs fusils de chasse à canons juxtaposés et quelques carabines. Au-dessus pendaient des arcs noirs et des carquois remplis de flèches. À la verticale, deux lances effilées avec des fers de lance à double tranchant étaient appuyées contre un mur. À côté d’une petite table dont le pied avait jadis appartenu à un éléphant était posé un pot creusé dans un pied de rhinocéros, contenant plusieurs massues. Dans un présentoir sur le mur opposé étaient exposés des couteaux pour tous les usages possibles.

Ce n'était pas exactement l'endroit où l'on avait envie de provoquer une bagarre. Il valait mieux se retirer, et vite. Dans cette arène-là, marteau ou pas, on ne pouvait pas gagner.

« Alors je ne peux pas voir Brage-Schmidt maintenant ? » demanda-t-il.

L'Africain secoua la tête. « Il vaut mieux que nous fixions un rendez-vous pour demain. Dix heures, ça irait ? C'est une heure où je sais qu'il est disponible. »

René hocha la tête. À dix heures demain, il serait loin. Il allait devoir se contenter de la fortune qu'il avait amassée avec les actions de la banque Karrebæk. Ce qui n'était déjà pas mal.

« Entendu. Alors, je vous remercie. Vous direz à Brage-Schmidt que je me réjouis de le voir demain. »

L'Africain se leva. « Pour quelle raison puis-je lui dire que vous souhaitez le rencontrer ?

— Ça peut attendre demain. Ce n'est pas très important. »

L'Africain tendit la main pour le saluer mais Eriksen n'était pas tranquille et il fit comme s'il ne l'avait pas vue, remercia le jeune homme et se dirigea vers la porte de la terrasse en disant qu'il reviendrait le lendemain, à dix heures.

À peine avait-il entrouvert la porte que l'Africain bondissait sur lui et lui administrait un cou à la gorge du tranchant de la main.

« Vous n'irez nulle part. Je ne vous fais pas confiance, siffla-t-il tandis que René E. Eriksen tombait à genoux, essayant de retrouver son souffle. Dites-moi ce que vous êtes venu faire ici. »

René voulut répondre mais il en était incapable. Tous les muscles de son cou étaient tétanisés et son bras droit également.

Il vit que l'Africain allait le frapper à nouveau. Il leva son bras gauche. « Une seconde ! essaya-t-il de lui faire comprendre en agitant la main. Je suis à vous tout de suite ! »

Il sentit la chaleur qui se propageait dans son épaule droite et le sang qui circulait à nouveau dans son bras. Brusquement, il sortit le marteau de sa poche et l'abattit de toutes ses forces sur le genou de l'Africain.

René s'attendait à entendre son adversaire hurler de douleur, mais pas un son ne sortit des lèvres du jeune Noir malgré la jambe brisée à angle droit et la douleur sauvage qui éclatait dans ses yeux.

« Ordure », gronda-t-il en se jetant sur René et en enfermant sa tête dans l'étau meurtrier de ses deux mains. Le marteau de René frappa à nouveau et l'Africain lâcha prise. Quand il se releva, rapide comme l'éclair, sa main dégoulinait de sang mais il continuait de serrer les dents.

Ils se tournèrent en même temps vers les deux lances mais le Noir avait l'avantage d'être déjà debout. Il les avait déjà atteintes malgré sa boiterie alors que René était encore en train de se relever.

Malgré ses nombreuses blessures, le Noir était d'une agilité effrayante. Sa rapidité et son absence totale de scrupules faisaient de lui un adversaire redoutable et René commença à avoir vraiment peur. Il savait désormais à qui il avait affaire. C'était l'un de ces enfants soldats dont Teis Snap avait parlé.

Et il sut qu'il n'avait aucune chance de remporter ce combat.

Il oublia le fil ténu auquel les êtres humains s'accrochent quand ils voient la mort en face et il suivit des yeux les mouvements de l'homme tandis qu'il se tournait vers lui, la lance à la main.

« Qu'est-ce que vous êtes venu faire ici ? demanda-t-il à nouveau en visant René à deux mètres de distance.

— Je suis allé à Karrebæksminde et j'ai vu ce que vous aviez fait à Teis Snap et à sa femme. C'est moi qui ai appelé la police et leur ai suggéré de venir faire un tour par ici. Mais je ne pouvais pas savoir si je m'étais trompé, alors j'ai voulu voir Brage-Schmidt avant. »

Le type eut un sourire étrangement factice. « Vous racontez n'importe quoi, n'est-ce pas ? »

René secoua la tête. « Non, c'est la vérité. Je voulais tuer Brage-Schmidt moi-même. Vous êtes l'un de ces enfants soldats dont Teis Snap m'a parlé, n'est-ce pas ?

— Non. Je suis Boy.

— Alors au revoir, Boy », dit-il, envoyant son marteau de toutes ses forces vers l'Africain tout en faisant un saut de côté.

Cela ne suffit pas. La lance traversa la paume de sa main gauche.

Bizarrement René ne sentit rien avant d'en avoir saisi le manche et tiré fort dessus pour l'arracher.

Tandis que les nerfs sectionnés déclenchaient une explosion de douleur, il se traîna en gémissant vers le présentoir à couteaux, sans quitter un instant l'homme noir des yeux, qui était déjà accroupi pour ramasser le marteau.

Il boitilla lentement vers René, les pupilles braquées sur sa pomme d'Adam et le marteau levé.

Il aurait pu le lancer, mais ce n'était pas ce qu'il avait prévu. Il voulait un combat au corps-à-corps, il voulait être aussi proche que possible de sa victime au moment de la tuer.

René brisa la vitre du présentoir et choisit un couteau qui par sa taille et son poids pouvait rivaliser avec le marteau.

Il recula vers le mur. Certes, il était armé mais il ne se sentait pas encore prêt à utiliser l'arme blanche.

Il sentit une poignée de porte s'enfoncer dans son dos, l'abaissa à tâtons au moment où le Noir se jetait sur lui pour le frapper à la gorge.

À cet instant, René cessa d'être lui-même. Son corps et son cerveau devinrent deux entités distinctes, ses membres étaient séparés de son torse, sa main sanguinolente de son bras. L'autre main qui tenait le couteau devint indépendante de lui.

Quand le coup tomba, elle s'était levée à hauteur de sa gorge. La lame du couteau arrêta le coup de marteau et trancha si profondément la main de l'agresseur que le sang se mit à gicler de l'artère de son poignet.

L'homme noir chercha à reculer sous l'effet de la surprise mais la main de René l'en empêchait. Son sang coula et le marteau tomba au sol.

Pour la première fois, René lut une véritable rage dans les yeux blancs et incandescents. L'Africain essaya de l'attaquer à coups de tête. René recula, la porte s'ouvrit derrière lui et les deux hommes s'écroulèrent l'un sur l'autre dans la pièce voisine.

Pendant plusieurs secondes le type resta couché sur René, suffoquant, essayant de le mordre à la jugulaire. Peu à peu ses gestes devinrent plus lents et enfin, ils cessèrent tout à fait.

René reprit son souffle. Il n'était plus tout jeune et il eut l'impression que l'état de choc dans lequel il était et l'adrénaline qui pulsait dans son organisme pouvaient à eux seuls stopper son cœur. Brusquement, l'horreur le submergea. Il renversa le corps sans vie allongé sur lui et regarda le plafond un long moment avant de réussir à se mouvoir et à chercher à savoir où il était. La première chose qu'il vit fut une paire de godillots lacés du genre qu'utilisent les randonneurs, d'où sortaient deux jambes épaisses. Il leva lentement les yeux, sachant qu'elles ne pouvaient appartenir qu'à Brage-Schmidt, que le vieil homme avait maintenant repris la main et que tout ce qu'il avait fait, et tout ce à quoi il avait survécu, n'avaient servi à rien.

Alors il ferma les yeux et s'abandonna à son sort.

« Notre Père qui êtes aux cieux », pria-t-il à voix basse. Il y avait si longtemps qu'il n'avait pas prié. Il ne s'attendait pas à ce que la foi lui revienne au moment ultime.

Avec un calme étonnant il leva les yeux vers son bourreau pour s'apercevoir que l'homme était en fauteuil roulant et que son regard était totalement éteint.

René se leva d'un bond et faillit glisser sur la flaque de sang.

L'homme était paralysé. Sur les étagères autour de lui étaient alignés d'innombrables flacons de médicaments. Des paquets de couches neufs s'empilaient sur le rebord de la fenêtre. Des flacons d'alcool modifié, des torchons en coton et des barquettes en carton du genre de celles qu'on utilise dans les hôpitaux pour y mettre les éponges de toilette en mousse encombraient la table.

René se pencha vers le vieillard et le regarda au fond des yeux. Pas la moindre réaction.

Il passa au-dessus du cadavre de l'Africain et prit sur la table un torchon propre avec lequel il enveloppa sa main. Deux de ses doigts pendaient, inertes. Il faudrait qu'il se fasse arranger ça quand il serait loin d'ici.

René remarqua sur une étagère une chemise cartonnée de couleur verte sur laquelle étaient inscrits le nom complet et le numéro national d'identité de Brage-Schmidt.

René ouvrit le dossier et dès la première page, il ouvrit des yeux éberlués.

Le compte rendu médical expliquait de façon claire et concise les circonstances de son AVC. La date et l'heure étaient clairement indiquées. Le 4 juillet 2006. Bien longtemps avant que cette idée de détournement d'argent n'ait commencé. Il n'était pas étonnant qu'il n'ait jamais été physiquement présent aux réunions de conseil d'administration. L'Africain qui se faisait appeler Boy s'était fait passer pour lui pendant toutes ces années.

René secoua la tête, incrédule. « Qui sait ce qui serait arrivé si vous n'aviez pas été dans cet état ? » dit-il à haute voix en tapotant affecteusement la joue de l'infirme.

Quelle triste vie il avait eue. Il aurait mieux fait de mourir plutôt que de continuer à vivre comme un légume.

René fit le tour de la maison jusqu'à ce qu'il trouve la chambre de Boy et sa valise prête. Les actions étaient là. Soigneusement rassemblées avec un ruban autour.

Il les prit, les serra un instant contre lui. Puis il remarqua qu'il avait laissé des traces de pas ensanglantées partout dans la maison, sans parler du sang que lui-même avait perdu.

Alors il retourna dans la chambre de Brage-Schmidt où il prit une boîte d'allumettes posée à côté d'un candélabre. Il regarda l'homme immobile dans son fauteuil roulant pendant un moment avant d'appliquer sa main sur sa bouche en lui pinçant le nez. Il ne lâcha pas avant que l'infirme s'arrête de respirer. Sa mort fut paisible.

Mon pauvre ami, songea-t-il. Je ne voulais pas que vous souffriez, vous comprenez ? Et vous auriez beaucoup souffert dans quelques minutes.

Il prit le désinfectant sur la table et le déversa sur les deux cadavres. Au moment où il allait reculer d'un pas et jeter l'allumette, il s'aperçut que l'Africain mort qui gisait la tête basculée en arrière avait dans la bouche un dentier à la mâchoire supérieure. Il contempla le mort et réfléchit à l'étrange coïncidence. Il ne mit pas longtemps à se décider. Il enleva son dentier au mort et le glissa dans sa poche avant de retirer son propre dentier et de le placer dans la bouche du macchabée.

Il alla chercher une autre bouteille d'alcool, vida le contenu sur l'Africain, s'écarta et jeta l'allumette.

Un bruit sourd et grave éclata quand les vapeurs d'alcool prirent feu et une lumière bleue éclaira la pièce sombre comme en plein jour.

38

Zola ferma le clapet de son portable et se rassit lourdement dans son siège.

Son contact venait d'énoncer les mots libérateurs mais également irrévocables : « Faites ce pour quoi on vous paye ou vous aurez de gros ennuis ! »

Une phrase sans ambiguïté qui l'obligeait à contempler les issues qui s'offraient encore à lui.

Il devenait de plus en plus évident que Marco était en train d'échapper à la toile qu'ils avaient essayé de tisser autour de lui et, même à distance, il représentait un danger pour Zola, en particulier maintenant qu'il l'avait vu tuer son père. Sur ce point, Zola devait avouer qu'il était assez content de ce qui était arrivé. S'il ne pouvait pas compter sur la loyauté absolue d'un collaborateur, celui-ci devait disparaître. En outre, la mort de son frère signifiait qu'il n'avait plus personne avec qui partager le magot.

Son contact exigeait qu'il fasse ce pour quoi on l'avait payé. Il devait trouver Marco et laisser ces hyènes lui arracher la gorge. Et s'il n'y parvenait pas, il devait fuir avant d'avoir de gros ennuis. Bref, la question était toujours la même : où Marco se cachait-il ?

Il était parti vers le nord à bord de ce taxi. Et alors ? Que pouvait-on en conclure ? Rien du tout. Deux minutes plus tard, il avait très bien pu demander au chauffeur de bifurquer vers l'est, l'ouest, le sud ou n'importe où ailleurs. Le réseau routier était infini, mais il fallait bien donner un os à ronger à ces Africains maintenant qu'ils étaient venus se joindre à la fête.

« Trouve-moi Pico », dit-il à Chris qui était assis à côté de lui. Celui-ci composa un numéro, attendit trente secondes et tendit le portable à Zola.

« Passe-le-moi », dit-il simplement.

L'homme au bout du fil mit quelques instants à répondre avec son accent à couper au couteau. C'était agaçant comme ces types des pays de l'Est parlaient mal anglais.

« Je ne sais pas où. D'abord au coin, maintenant parti. Avec homme à toi. Lui à côté de moi dit : Hector. C'est tout. »

Zola ferma le clapet du téléphone, le rendit à Chris et son regard se perdit un instant vers le bas de la rue Bredgade.

Sa carrière de truand lui avait appris que moins la police avait de moyens de le relier aux crimes de ses troupes, plus sûr et plus long serait son parcours. En partie grâce à ce réseau téléphonique qu'il avait mis en place, il pouvait se vanter aujourd'hui d'avoir un casier vierge, un solide pactole et une longue carrière très lucrative derrière lui.

Le système était simple : personne dans le clan n'avait de téléphone portable à part Chris et lui. Ainsi ses hommes pouvaient le joindre mais s'ils se faisaient prendre, la police ne pouvait pas remonter jusqu'à lui.

Ces dernières années, il avait en outre créé un réseau parallèle avec ces immigrés d'Europe de l'Est qui participaient en ce moment à la traque de Marco et servaient d'intermédiaires pour passer ses messages dans les divers territoires des membres du clan. Ce qui en principe et en temps normal fonctionnait parfaitement, sauf que cela faisait un bail qu'il était devenu difficile de parler de « normalité ».

Dans la conjoncture actuelle, son système de communication était trop compliqué et il était le maillon faible de son empire. Un boulet à sa cheville.

« Attendons un peu, il va sûrement rappeler », dit Chris.

Mais Zola ne pouvait pas s'offrir le luxe d'attendre. Marco risquait de frapper à tout instant. La police était déjà venue l'interroger à Kregme et c'est Marco qui était à l'origine de leur visite. Il n'y avait plus rien de sacré ni de sûr tant que ce garçon serait en liberté. Comment attendre dans ces conditions ?

Chris leva la main, Zola avait entendu la sonnerie. Chris lui tendit le portable.

« C'est Pico, dit la voix au bout du fil. Hector est à côté de moi.

— Où est-ce que vous êtes, je n'arrivais pas à vous joindre ? D'où est-ce que tu m'appelles ?

— Je suis dans la vieille ville, Pisserenden. Hector vient de me rejoindre pour me dire que Samuel et Roméo ont disparu. Ils ne sont plus à Nyhavn. D'abord c'est Samuel qui ne s'est plus montré et ensuite Roméo. Je n'aime pas ça, Zola.

— Qu'est-ce que tu veux dire ? Vas-y, parles !

— Les flics attendaient au Diamant Noir. Je crois qu'ils les ont pris tous les deux devant les casiers de consigne. »

Zola leva les yeux au ciel. Merde. Alors c'était maintenant que tout allait s'écrouler ?

« Comment est-ce arrivé ?

— Ils étaient là. Ils les attendaient. »

Il hocha la tête pendant que son visage devenait glacé.

« Restez loin du port ! Et rassemblez-vous avant l'heure du ramassage. Je veux savoir où tout le monde se trouve et ce qui se passe. Si l'un d'entre vous sait où trouver les Africains, dites-leur que Marco est parti vers le nord. Donne-leur l'adresse de la maison de Stark.

— Pourquoi serait-il chez Stark ? Il peut être allé n'importe où !

— Donne-leur l'adresse. Ne discute pas. Tu as une meilleure idée, peut-être ? »

Il coupa la communication, inspira profondément, souffla, recommença et composa le numéro de la maison. On était jeudi et Lajla devait être en train de se préparer à le recevoir. La cuisine devait sentir la pâtisserie au miel et son corps tous les parfums d'un jardin au printemps, mais pour le moment il avait autre chose en tête. Il voulait qu'elle rassemble tous ses objets de valeur. Tout ce qu'il possédait en métal précieux et, bien sûr, tous les bijoux. À tout hasard.

« J'allais t'appeler, Zola, lui dit-elle en décrochant. Il y a une voiture garée au bout de la rue. Elle est là depuis un bon moment. Je suis passée devant sous prétexte d'emmener le chien se promener le long de la nationale. Je voulais voir qui c'était et s'il y avait d'autres voitures qui attendaient dans le coin sans raison. Quand je suis arrivée, j'ai vu d'autres véhicules en haut de la côte et des gens avec des combinaisons blanches. On aurait dit des experts de la police.

— Quelle côte ?

— Tu sais bien ! La côte où Marco a disparu. Qu'est-ce qu'ils ont trouvé, tu crois ?

— Aucune idée. Et la voiture au bout de la rue ?

— Elle est encore là. Il y a deux types assis à l'intérieur. »

Zola s'appuya lourdement à l'accoudoir. La police mettait ses hommes en garde à vue, surveillait sa maison et fouinait à l'endroit où Stark avait été enterré. Merde !

« Ne t'inquiète pas, Lajla. Cela ne nous concerne pas. Mais rassemble quand même tous nos objets de valeur et mets-les à l'abri quelque part au cas où quelqu'un viendrait fouiller la maison. »

Elle eut un moment d'hésitation, mais pour autant qu'il pût en juger par téléphone, elle n'avait pas l'air de s'affoler. Ce serait une autre paire de manches quand elle apprendrait que le clan était sur le point d'exploser et qu'il avait tué son frère qui était son amant au quotidien. Elle risquait de le prendre très mal.

Il rendit le portable à Chris et baissa sa vitre afin de laisser l'air tiède du dehors réchauffer son froid intérieur.

Il y avait plus de vingt ans qu'il vivait avec tous ces gens qu'il appelait son clan. Il les avait vus se traîner dans la boue pour lui et exécuter un nombre incalculable de tâches plus ingrates les unes que les autres pour son seul bénéfice. Ils s'étaient toujours montrés d'une loyauté parfaite à son égard. Est-ce qu'à présent leur heure était venue et celle du clan par la même occasion ?

Il regarda Chris, son fidèle lieutenant qui l'avait toujours protégé contre tous les dangers. Ce serait lui qu'il regretterait le plus.

« Passe-moi un cigarillo », lui dit-il. Chris obéit et lui tendit également un briquet.

Bientôt il ne lui resterait plus que ce plaisir-là : regarder les volutes de fumée monter au-dessus de sa tête sous le ciel des tropiques. Il venait de prendre sa décision. Il ne pouvait pas compter sur cet imbécile de Samuel pour garder le silence et il ne pouvait pas être certain que Lajla ne viendrait pas une nuit lui planter une dague dans le cœur quand elle apprendrait qu'il avait sacrifié son compagnon.

En considérant les choses de façon objective, sa situation était simple. Il devrait renoncer à son patrimoine immobilier de Kregme. Au moins la police aurait quelque chose à transformer en espèces sonnantes et trébuchantes. Il faudrait qu'elle s'en contente !

Le reste de sa fortune l'attendait à Zurich. Un bon gros capital, constitué année après année à partir d'entreprises qui passaient pour légales alors qu'elles ne l'étaient pas. Lorsqu'il aurait rassemblé toutes ses liquidités, il aurait deux options et il ne savait pas encore laquelle il choisirait. Soit il prendrait l'argent et il irait finir ses jours au Venezuela ou au Paraguay, entouré d'un tas de femmes, soit il fonderait un nouveau clan. Il y avait suffisamment de marchés à exploiter dans le monde. Une chose était sûre, c'en était fini des longs et rudes hivers danois. Mais il avait tout le temps de décider de ce qu'il allait faire et la terre était vaste.

En regardant les choses sous cet angle, cela n'était pas si terrible et toute cette histoire était peut-être un mal pour un bien. Il espérait juste que Marco, qui l'avait mis dans cette panade, paierait pour ce qu'il avait fait. Pourvu que ces Africains lui tranchent la gorge. Et vite.

Zola consulta sa montre.

Encore une demi-heure d'attente et il irait collecter son butin sur la place de l'Hôtel-de-Ville. Il avait besoin de liquide pour son voyage. Parce que c'était comme ça que ça fonctionnait chez lui. Les cartes de crédit garantissaient aussi peu l'anonymat que les téléphones portables, et s'il voulait disparaître, cela ne pourrait se faire qu'avec la plus élémentaire discrétion et la plus grande prudence.

Profitant d'un moment où Chris avait la tête tournée vers la fenêtre, il récupéra dans la boîte à gants son faux passeport et les trois mille couronnes qu'il gardait toujours à disposition. Il glissa le tout dans sa poche. Il valait mieux éviter que Chris ne pose trop de questions. On ne savait pas ce qu'il pourrait inventer s'il apprenait ce qui se tramait.

« Je vais prendre le volant, Chris », dit Zola en lui faisant signe de descendre du véhicule pour qu'ils puissent échanger leurs places.

Son bras droit lui jeta un regard surpris, mais il y avait longtemps qu'il avait renoncé à discuter les ordres de son seigneur et maître.

Zola lui donna une tape sur le dos.

« Écoute, Chris, maintenant il faut agir. » Il lui expliqua son plan : dès qu'ils arriveraient sur la place de l'Hôtel-de-Ville, Chris devrait dire aux autres de prendre le train à la gare de Vesterport et de rentrer à Kregme. Il leur expliquerait que Zola et lui avaient des choses à régler pour sortir Roméo et Samuel des mains de la police. Pour plus de précaution, il devrait leur demander de vider leur butin de la journée dans son sac au cas où la police les attendrait à la maison. Il fallait leur dire que Zola et lui allaient de ce pas rencontrer le meilleur avocat du royaume de Danemark. C'était important que Chris leur dise ça pour leur montrer que leur chef n'était pas homme à se laisser prendre au dépourvu. Même dans une situation aussi critique.

Chris fut touché de voir à quel point Zola se préoccupait des membres du clan. Si le gros sac noir posé entre eux ne l'en avait pas empêché, il lui aurait pris la main et l'aurait baisée.

Ils arrivèrent sur la place à cinq heures moins dix et rien ne se déroula comme Zola l'avait prévu.

Chris sortit de la camionnette et commença à rassembler le butin, pendant que les membres du clan écoutaient, bouleversés, le récit de ce qui s'était passé ce jour-là.

Mais au moment où Chris chargeait le sac sur le siège avant, des cris retentirent, et en un instant, les membres du clan durent se disperser aux quatre vents. Seule Myriam et une autre fille restèrent figées sur place quand la police intervint, sortant de tous les côtés à la fois.

Zola ne prit pas le temps de réfléchir. Il appuya à fond sur la pédale d'accélérateur et le crissement des pneus du fourgon résonna, du bâtiment du journal *Politiken* à celui de la Maison de l'industrie de l'autre côté de la place.

Il eut le temps de penser qu'il avait assez d'argent avec ce qu'il avait pris dans la boîte à gants pour s'acheter un billet d'avion, et qu'il était étrange que la police n'ait pas prévu de voitures pour l'arrêter.

Il eut peut-être même le temps de rigoler un peu avant que son pare-brise explose et qu'un objet très lourd atterrisse sur ses genoux.

En revanche il n'eut pas le temps de voir le camion qui arrivait de l'île d'Amager en sens inverse.

Le chauffeur de taxi qui avait chargé Marco se révéla valoir largement ses deux cents couronnes quand il traversa à toute vitesse la piste cyclable pour déposer Marco au bord du trottoir du A Hereford Beefstouw, car grâce à cette lourde infraction au code de la route, non seulement Marco put sortir de la voiture sans se faire remarquer, mais en quelques secondes il avait sauté la grille pour entrer à l'arrière du chantier tandis que les ouvriers le quittaient par l'entrée principale.

Il savait que cette fois, il allait devoir faire très attention et il avait bien l'intention de ne pas se laisser surprendre désarmé si les Africains ou n'importe qui d'autre revenaient s'en prendre à lui.

Il trouva un marteau de charpentier au premier étage de l'immeuble et le soupesa. D'un côté il était massif et lourd et, de l'autre, celui qui servait à arracher les clous, il était aussi pointu qu'une lance. Il ne valait pas une arme à feu mais il était au moins aussi efficace qu'un poignard.

Marco n'avait plus peur. On ne ressent la peur et l'appréhension que si on tient à la vie, si on a foi en l'avenir et si on est attaché aux gens qui vous entourent et qu'on ne veut pas les perdre. Mais quand la haine a remplacé l'amour, la peur s'en va.

Et Marco n'avait plus que de la haine dans son cœur.

Zola avait tué son père sous ses yeux et si Marco n'avait pas été là, son père serait encore vivant. Indirectement, il était responsable de sa mort, parce que ses actes et sa présence l'avaient obligé à faire un choix entre sa loyauté envers Zola et son désir de protéger son fils.

Le regard de Marco devint flou. Papa ! Il aurait voulu pouvoir caresser ce mot de la main. Il éveillait des sentiments infiniment profonds qui avaient maintenant disparu de sa vie. Comme le mot « fils ». En une petite poussée, donnée avec le plus total cynisme par un homme qu'il haïssait plus que tout au monde, ces deux mots avaient perdu leur sens. Et pour ça, Marco voulait se venger, à n'importe quel prix. Pour ça et pour le meurtre de William Stark, le beau-père de Tilde. Et il ne pourrait considérer l'avenir à nouveau que lorsque qu'il aurait accompli cette vengeance.

Il rampa à quatre pattes sur le sol en béton du premier étage pour aller contrôler la goulotte par laquelle il s'était échappé la veille.

Elle était évidemment vide à présent. L'Africain avait quand même réussi à se dégager. Marco ne pouvait s'empêcher de sourire en essayant de s'imaginer comment il avait fait.

Il ne se sentit à peu près en sécurité que lorsqu'il fut monté au troisième niveau. Tout était calme. Les ouvriers avaient débauché, à part deux ou trois qui déambulaient entre les cabanes de chantier en contrebas.

S'il se tenait tranquille en attendant la nuit, il pourrait sans doute rester dans la tour jusqu'au matin. Il était possible que quelqu'un devine qu'il ait été assez fou pour revenir ici, mais Marco se sentait prêt à en découdre. Et si ça n'arrivait pas, il irait demain à Kregme pour en finir avec Zola.

Il plissa le front à cette idée. Ce ne serait pas facile et il ne savait même pas s'il en était capable. Vraiment pas.

Il trouva un parpaing qu'il traîna jusqu'à la murette donnant sur la place de l'Hôtel-de-Ville afin de s'en servir comme d'un tabouret. En prenant appui sur ses avant-bras, il pouvait contempler la ville depuis le pont de Langebro jusqu'au bout des lacs en passant par les somptueux immeubles qui s'élevaient entre les deux.

Il était presque cinq heures. Bientôt, Chris arriverait dans le fourgon jaune pour ramasser les troupes.

Il n'était pas encore arrivé mais en revanche Marco repéra plusieurs hommes au regard fixe qui attendaient à l'angle de Vestergade et sur le trottoir de Vesterbrogade.

Ces hommes l'intriguaient. Pas seulement parce qu'ils regardaient dans sa direction, mais surtout parce que Marco n'avait encore jamais remarqué à cet endroit des hommes de ce genre, en aussi grand nombre, attendant de cette manière.

Est-ce qu'eux aussi étaient à sa recherche ?

Il continua de les observer attentivement, attendant que l'un d'entre eux fasse un mouvement, mais aucun ne bougeait. Si c'était des policiers en civil, il leur manquait les infimes détails qui en général les trahissaient. Les regards appuyés, une démarche particulière, les mains enfoncées dans les poches de la veste, une légère protubérance au niveau du rein ou sous l'aisselle. Mais évidemment, à cette distance, il ne pouvait pas voir tout cela.

Il vit Myriam arriver clopin-clopant de la rue Farvergade, et plusieurs autres membres du clan qui venaient de la rue piétonne de Strøget. Au moment où ils traversèrent la place, les hommes postés aux coins des rues tournèrent légèrement le buste vers eux. Marco avait compris. C'était bien des flics, il ne s'était pas trompé.

Il soupira. C'était au tour des membres du clan de répondre de leurs actes. Il y avait veillé par le court message sur le procès-verbal qu'il avait glissé dans le sac de la femme policier au look de punk. Mais à présent, il s'en voulait. Comment espérait-il toucher Zola en dénonçant ses esclaves, c'était absurde ? Ce ne serait pas Zola qui serait sacrifié, mais eux.

Il aurait voulu prévenir Myriam et les autres, leur dire de s'enfuir, mais tout à coup, il vit la camionnette jaune surgir au coin de l'avenue de Vesterbrogade.

Il pensait voir la porte latérale s'ouvrir et tout le monde sauter à bord comme à l'accoutumée mais Chris sortit du véhicule et se mit à parlementer avec le groupe. Il avait un sac noir à la main et, de l'endroit où se trouvait Marco, il n'avait rien d'effrayant. Mais qu'est-ce qu'il était en train de fabriquer ? Et pourquoi ne s'en allaient-ils pas ? Et qui conduisait ?

Ses anciens compagnons d'infortune jetaient des objets dans le sac noir et ils se mirent soudain à s'égailler dans toutes les directions comme des oiseaux effrayés, tandis que des hommes se précipitaient sur eux, venant de tous les côtés à la fois.

Le dixième de seconde où Chris se tourna vers la porte passager ouverte avec l'air de ne plus savoir que faire, Marco comprit que c'était Zola qui était au volant du fourgon.

Par réflexe et mû par une haine intense, il s'empara du parpaing qui était sous ses fesses, le leva au-dessus de sa tête au moment où Zola mettait les gaz et où le hurlement des roues se répercutait entre les immeubles.

Il jeta le bloc de béton de toutes ses forces sans se rendre compte de ce que risquaient les pauvres passants innocents trois étages plus bas.

Le trajet du parpaing sembla durer une éternité. Marco retenait sa respiration en regardant tomber le bloc compact. Son souffle était tellement suspendu à la chute du parpaing que si celui-ci avait continué à tomber jusqu'à la fin des temps, il aurait définitivement oublié de respirer. Quand enfin il traversa le pare-brise du fourgon et disparut à l'intérieur de l'habitacle, le monde s'arrêta. Seul le véhicule bougeait encore. Il zigzaguait en travers de la chaussée en direction de l'hôtel de ville et ne stoppa qu'en percutant de plein fouet et dans une explosion de tôle et de verre un camion arrivant en sens inverse. La rencontre de David et de Goliath. L'issue était prévisible et une vague d'émotion morbide traversa la foule à l'instant où la camionnette jaune s'encastra sous le poids lourd.

Marco recula et parcourut les dix mètres qui le séparaient de l'endroit du mur où il pouvait voir sans être vu.

La plupart des gens regardaient le lieu de l'accident, pétrifiés et sous le choc.

Quelques-uns regardaient en l'air.

Et Marco comprit que sa cavale ne s'arrêterait pas là.

39

« C'est une affaire compliquée, grogna Assad. Je n'aimerais pas être à la place des garçons du commissariat du Sud Seeland et de l'île de Lolland-Falster en ce moment.

— Idem. Cette histoire avec Teis Snap est un drôle de merdier, acquiesça Carl. La femme a la nuque brisée et l'homme le larynx en charpie. Qui dans ce pays s'amuserait à tuer des gens de cette façon ? Est-ce qu'on sait si Eriksen a un passé dans les commandos du Jægerkorps, au fait ? » demanda Carl en doublant un véhicule qui se traînait dans la voie centrale à quatre-vingts à l'heure.

Assad secoua la tête. « On sait que non. Il a été réformé. Un problème de dos.

— Hmm. En tout cas, maintenant, il est recherché. On verra bien ce qui se passe. »

Le GPS émit un signal. Le ramassage sur la place de l'Hôtel-de-Ville devait avoir lieu dans vingt minutes, ça allait être juste.

« Rose a mis les effectifs en place ? » demanda Carl.

Assad fit un signe d'assentiment. Bien sûr que oui.

Carl mit le pied au plancher et déclencha à la fois la sirène et le gyrophare.

Ils se garèrent en travers du trottoir devant l'entrée de Tivoli pour qu'on ne puisse pas voir leur voiture de la place de l'Hôtel-de-Ville. Ils rasèrent les murs et ils arrivaient tout juste à l'angle de Rådhuspladsen quand une camionnette se mit à zigzaguer sur la chaussée avant d'aller s'encastrer dans un camion qui se dirigeait vers le chantier de la Maison de l'industrie, lourdement chargé de fers à béton.

Le chaos le plus total régnait partout : sur le trottoir où deux policiers en civil couraient après des hommes en costume noir pendant que d'autres encerclaient deux jeunes filles qui ne cherchaient pas à fuir ; sur la chaussée où deux autres voitures se rentraient dedans et où le fourgon se faisait broyer dans un feu d'artifice d'étincelles. Les gens criaient, horrifiés, et plusieurs accusaient la police d'être responsable de ce qui était en train de se passer. Lars Bjørn n'allait pas être content.

« Comment vous appelez-vous ?

— Myriam Delaporte.

— Profession ?

— Sans. Je suis mendiante. »

Carl hocha la tête. D'autres avaient tremblé quand il avait cité le nom de Zola. Elle non.

« D'où venez-vous, Myriam ? lui demanda Rose.

— De Kregme, dans le nord du Seeland.

— Je vois. Vous y êtes née ? »

Elle haussa les épaules. « Je n'ai jamais vu mon extrait de naissance. »

OK, elle voulait la jouer comme ça.

« Vos parents ne vous l'ont jamais dit ?

— Je ne sais pas qui sont mes parents. Nous sommes beaucoup à être dans ce cas-là. Nous appartenons à une grande famille. »

Rose et Carl échangèrent un regard. Elle était étrangement indifférente.

« Et je ne vous dirai rien de plus », ajouta-t-elle.

Carl approcha sa chaise de la jeune fille. Ses yeux n'étaient pas seulement beaux, ils étaient expressifs. Elle surveillait Assad qui faisait remuer la table devant lui et elle avait compris que Rose, malgré son apparente gentillesse, était prête à continuer aussi longtemps qu'il le faudrait.

Elle savait déjà que la pièce dans laquelle elle se trouvait ne menait pas à la liberté.

« Je dois vous informer que Zola est mort dans la collision avec le camion. Vous avez pu voir par vous-même la violence du choc. Est-ce que cette information vous donne envie de nous en dire un peu plus ? »

Elle détourna la tête. Son visage n'exprimait rien.

« Il y a quelques heures un autre homme est mort dans le quartier d'Østerbro. Lui aussi s'est fait écraser par un véhicule lourd. Il s'est tout à coup précipité sous les roues d'un autobus. Nous ne savons pas qui il est mais nous pensons qu'il pourrait appartenir à votre clan. Nous avons sa photo. Est-ce que nous pouvons vous la montrer ? »

Elle ne répondit pas. Rose posa la photo devant la jeune fille.

Il fallut plus de trente secondes pour que la curiosité gagne sur l'obstination et qu'elle tourne la tête.

Ils la virent réagir tous les trois. Ce ne fut ni un frémissement du visage, ni une mimique fugitive mais quelque chose de plus profond, de plus viscéral, comme un spasme, une brusque nausée. Son ventre se contracta, elle se pencha en avant, modifia légèrement la position de ses jambes.

« Qui est-ce ? lui demanda Carl. Quelqu'un que vous aimiez bien ? »

Elle ne répondit pas.

« Nous le saurons tôt ou tard. Vous êtes plusieurs à être interrogés en ce moment dans ces murs, dit Rose. Les garçons sont toujours plus bavards que les filles, figurez-vous. Je me demande pourquoi, Myriam. Est-ce que vous croyez que c'est parce que les filles ont peur d'être battues si elles parlent trop ? Hein ? C'est pour ça ? Est-ce que c'est d'avoir trop parlé qui vous a valu votre jambe estropiée, Myriam ? Vous n'êtes pas née comme ça, n'est-ce pas ? »

Elle se taisait toujours.

Alors Assad approcha une chaise et il alla s'asseoir à côté d'elle, comme s'il était son conseiller, son allié, prêt à répondre à sa place.

« Elle ne veut pas répondre. Pose-moi les questions, à moi, alors, dit-il tranquillement à Rose.

— Est-ce que c'est parce qu'elle a peur qu'on la batte, Assad ?

— Non. Elle a peur de ne plus être chez elle nulle part, voilà de quoi elle a peur. »

La jeune fille se tourna vers lui. Peut-être parce qu'elle était surprise, peut-être parce qu'elle ne comprenait pas.

« Et aussi, elle a peur d'elle-même, poursuivit Assad. Peur de ne pas pouvoir être autre chose que ce qu'elle est. Une voleuse et une mendiante dont personne ne voudra jamais en dehors de sa soi-disant famille. Elle a peur des représailles si elle en dit plus qu'eux, et elle a aussi très peur que je la tabasse à mort dans une petite seconde. »

Carl s'apprêtait à protester mais il vit les yeux de Myriam rapetisser et son regard devenir dur.

« Arrête, Assad », dit Rose. Carl posa la main sur son épaule.

« Assad a raison, Rose. C'est tout ça qui lui fait peur. Et aussi que les autres apprennent qu'elle a tout déballé quand on l'enverra les rejoindre au camp de réfugiés de Sandholm. Grâce à toi, je la comprends beaucoup mieux, maintenant, Assad. »

Il s'adressa ensuite à la fille qui était en train de broyer ses pouces dans ses deux poings.

« Vous connaissez Marco, n'est-ce pas ?

— Je vous ai déjà dit que je ne dirai plus rien », répondit-elle si bas qu'on ne l'entendait presque pas. OK. Elle était mûre.

« Rose, tu veux bien me rappeler ce que nous pouvons faire pour Myriam si elle nous aide à comprendre dans quel pétrin Marco est allé se fourrer ? » dit Carl.

Rose se cala au fond de sa chaise. « Je ne peux rien dire à ce sujet tant qu'elle ne nous donne rien en échange, dit Rose. Mais je peux continuer à parler à Assad et lui dire que si elle ne nous aide pas, Marco finira par se faire tuer par ceux qui le pourchassent.

— Qu'est-ce que tu veux dire, Rose ? demanda Carl.

— Je veux dire que Myriam sait parfaitement qui est Marco et je sais aussi qu'elle l'aime bien. Et je la comprends car c'est un bon garçon. »

Carl pesa le pour et le contre quelques instants. Interroger un témoin est un art que peu de gens maîtrisent, et de toute évidence, ils étaient tombés sur un os. Mais quoi qu'il en soit, le petit jeu qu'Assad et Rose avaient mis en place n'était pas inintéressant. Il ne savait pas tout à fait où Assad voulait en venir, mais au fond d'elle, Myriam devait avoir compris à présent qu'elle ne s'en sortirait pas en se murant dans le silence.

« Vous viviez avec Marco. Ça, nous le savons déjà, reprit Rose. Zola nous a déjà dit qu'il a grandi chez vous. Alors pourquoi refuser de nous le dire ? Je me suis trompée, vous le détestiez, ou quoi ?

— Elle ne le détestait pas, répondit Assad à sa place.

— Alors pourquoi est-ce qu'elle ne répond pas ? insista Rose.

— Parce que… » Il fit pivoter sa chaise pour s'asseoir face à la jeune fille et il prit son visage entre ses mains. « … Parce qu'elle a honte, voilà pourquoi. »

Il vaut mieux que j'intervienne avant qu'il aille trop loin, songea Carl.

Mais Assad le surprit à nouveau. « Vous n'avez aucune raison d'avoir honte, Myriam. Laissez la honte à ceux qui ont des raisons d'être honteux », lui dit-il fermement en laissant retomber ses mains sur les épaules de la jeune fille.

Avant qu'elle ait eu le temps de se dégager, il l'avait attirée contre lui et il la tenait fermement.

Il posa doucement la main sur sa nuque et passant du vous au tu, il lui dit : « Ça va aller, ça va aller, maintenant. Tu es libre, tu n'as plus de comptes à rendre à personne. Tu peux faire ce que tu veux, Myriam. Tu n'auras plus besoin de voler, plus besoin de mendier. Si tu veux bien nous aider, tout va s'arranger, tu comprends ? »

Carl se doutait bien qu'elle réagirait, mais pas que d'un seul coup elle se mettrait à sangloter en laissant retomber ses épaules.

Elle se dégagea de son étreinte et regarda Assad droit dans les yeux.

« J'ai vu Marco devant un cinéma l'autre jour. Et je l'ai frappé au visage. »

Elle déglutit. Le flot des larmes ralentit. « Je ne voulais pas le croire. Je ne *pouvais* pas le croire. Mais j'ai vu dans ses yeux comme il avait l'air triste.

— Qu'est-ce que vous ne vouliez pas croire, Myriam ? » Rose lui prit la main et la garda entre les siennes. « Qu'est-ce que vous ne pouviez pas croire ?

— Je ne voulais pas croire une chose qui me chasserait de ma maison, comme l'a dit votre collègue tout à l'heure.

— J'ai besoin que vous m'expliquiez ça un peu mieux. »

Myriam leva les yeux. « Je n'ai vraiment su que ça allait arriver qu'en voyant la photo du papa de Marco. » Elle montra le portrait de l'homme qui s'était fait écraser par le bus. « Oh, mon Dieu. C'est là que je l'ai su.

— C'est le père de Marco ? »

Elle acquiesça. « On est venu me dire, pendant que je mendiais sur Strøget, que Zola avait poussé quelqu'un sur la chaussée. Je ne savais pas qui. J'ai pensé que c'était Marco, et qu'il l'avait mérité.

— Personne n'a mérité de mourir. »

Elle hocha la tête, baissa les yeux. « Je sais. »

Carl fit signe à Rose qu'elle pouvait lui lâcher la main. Il approcha sa chaise.

« Alors, Myriam, vous voulez bien nous dire ce que vous savez, maintenant ?

— Je sais que tout ce que Marco a raconté et tout ce qu'il a essayé de me faire comprendre est vrai. Je sais que c'est Zola qui m'a poussée devant la voiture le jour où ma jambe a été estropiée et je sais qu'il a tué son propre frère. Je sais que si Marco prétend que Zola a assassiné d'autres personnes, c'est que c'est la vérité. Maintenant, je sais tout ça. Mais je n'arrive pas à le comprendre. »

Il posa la main sur son épaule. « Continuez, Myriam. Dites-nous tout ce que vous avez sur le cœur. »

Elle hocha la tête. « Un jour, deux jeunes garçons de notre clan, Pico et Roméo, ont rapporté à Zola une photo qu'ils étaient allés chercher dans une maison. Ils ont parlé d'un bijou africain et de l'homme qui portait ce bijou sur la photo. J'ai vu la photo de mes propres yeux un peu plus tard dans la journée et j'ai reconnu le bijou.

— Comment ça, vous l'avez reconnu ?

— Je le trouvais joli. Je l'avais remarqué au cou d'un homme qu'ils avaient ramené à la maison une nuit. Il était inconscient alors j'ai cru qu'il était saoul mais je n'ai rien vu de plus parce qu'ils m'ont renvoyée dans l'autre maison. Je me suis dit ensuite qu'il avait peut-être été victime d'un accident de la route et qu'ils le ramenaient à la maison pour lui venir en aide.

— Et qu'est-il arrivé à cet homme ?

— Je ne sais pas. Mais rien de bon, à mon avis.

— Qu'est-ce qui vous fait dire ça ?

— J'ai entendu la voiture de Zola s'éloigner plus tard dans la nuit et ça m'a étonnée parce que Zola détestait ça. La nuit, il préférait être dans son lit avec l'une des femmes.

— Cela ne prouve pas grand-chose, si ?

— Non. Mais il y avait une pelle pleine de terre appuyée à la poubelle le lendemain matin. Les bottes de caoutchouc de Chris et du frère de Zola étaient dans le même état.

— Vous pensez donc qu'ils ont tué cet homme.

— Je ne sais pas s'ils l'ont tué, mais je crois qu'il est mort. » Elle se tut quelques instants, l'air pensif. « Et c'est évidemment ça que Marco avait découvert.

— Comment en arrivez-vous à cette conclusion ?

— À cause de la pelle.

— Ils sont rentrés au bout de combien de temps ?

— Une demi-heure, à peu près.

— Donc, s'ils sont partis enterrer un cadavre, ils peuvent l'avoir fait dans le petit bois en haut de la côte ? »

Elle acquiesça.

« Nous pouvons vous confirmer que c'est effectivement ce qui s'est passé, Myriam. L'homme s'appelait William Stark, mais il n'est plus dans la tombe. Avez-vous une idée de l'endroit où on a pu le mettre ? »

Elle se moucha avec le dos de sa main. « Il y a une carrière pas loin de la maison. Ils allaient là-bas parfois pour s'entraîner à tirer.

— Merci, Myriam. Nous avons un certain nombre d'objets ayant appartenu à la victime. Avec un chien muni d'un bon odorat, en cherchant un peu, nous devrions le retrouver.

— Et à moi, que va-t-il m'arriver ? » demanda-t-elle.

Assad se leva précipitamment et il sortit de la pièce laissant la jeune fille avec Rose.

Les solutions, c'était le domaine de Rose.

« Le mobile, Assad ? Quel était leur mobile ? Si tu as une idée, j'achète ! s'exclama Carl. Enfin en tout cas, on a quelques éléments pour travailler, maintenant, avec le témoignage de Myriam, ceux de Roméo, de Pico et d'une certaine façon celui de Marco. Nous avons deux personnes disparues. René E. Eriksen et William Stark. Nous avons fait le lien entre feu Teis Snap et Eriksen, et également entre la banque de Snap, et, oh comme c'est amusant, si j'ose m'exprimer ainsi, encore une fois, le dénommé Eriksen. Nous avons une personne disparue en Afrique et un projet d'aide humanitaire au fin fond du trou du cul du monde qui n'a jamais vu le jour. Nous avons une longue série de faits et de gens qui tous ont un rapport avec René E. Eriksen. »

Assad se frotta le menton. « La question est de savoir comment ces faits et ces gens sont reliés les uns aux autres, n'est-ce pas ? Lequel entre le chameau et le dromadaire est arrivé le premier dans le désert ? Vous comprenez ce que je veux dire, chef ?

— Ici, on parle plutôt de l'œuf et de la poule, Assad. Mais admettons qu'Eriksen soit le chaînon manquant, toute l'histoire commencerait donc au ministère et c'est à Eriksen que nous devons nous intéresser en premier.

— Et Marco ?

— Oui. Il faut retrouver Marco. »

Des pas résonnèrent dans le corridor. Les grandes péniches de Gordon, à n'en pas douter.

« Rose n'est pas là, dit Carl sans lever la tête.

— Ah… Bon ! Mais je voulais vous dire quelque chose, Carl. »

Quoi encore ? Est-ce que le crétin patenté voulait se vanter de ses idées lumineuses, plus catastrophiques les unes que les autres ? Ou peut-être venait-il s'excuser de ne pas avoir avancé d'un iota dans la tâche que Carl lui avait confiée ?

« J'ai fait ce que vous m'avez demandé, Carl. Je me suis renseigné sur la situation économique d'Eriksen et j'ai découvert qu'il venait de vendre ses actions de la Karrebæk pour une valeur de dix millions de couronnes.

— Ça, tu me l'as déjà dit il y a deux heures.

— Oui, mais nous avons été coupés et j'aurais bien voulu discuter d'une chose avec vous mais finalement j'ai décidé d'aller au bout de ce que j'avais commencé.

— Mais encore ?

— Je me suis intéressé à la banque Karrebæk et j'ai découvert que le président du conseil d'administration s'appelait Brage-Schmidt.

— Oui. Je suppose qu'il faut s'attendre à ce qu'un président de conseil d'administration porte un nom de ce genre. Avec un petit trait d'union par-ci par-là. C'est le minimum syndical. Et alors ? Où veux-tu en venir, Gordon ?

— Vous allez rire !

— J'en suis convaincu, mais si tu pouvais aller au but avant que nous nous consumions d'impatience.

— Brage-Schmidt est consul du Danemark dans plusieurs pays d'Afrique centrale.

— Mais pas au Cameroun, quand même ? »

Il hocha la tête à faire danser sa frange devant ses yeux comme un store en pleine tempête.

« Eh ben merde alors ! Le consul au Cameroun siège dans un conseil d'administration aux côtés d'un Eriksen qui manque à l'appel et d'un Teis Snap raide mort ?

— Exactement.

— Et il est plein aux as ?

— Principal actionnaire de la banque Karrebæk. Et oui, blindé.

— Tu es allé lui parler ?

— Non. J'ai pensé que vous n'apprécieriez pas. »

Carl sourit. Bon garçon. Il était en train de prendre le pli. Le respect est une bonne chose.

« Assad, tu veux bien vérifier si un M. Brage-Schmidt est chez lui ? »

Deux minutes plus tard, le petit homme frisé revint. « Il y a un message d'une certaine Lisbeth sur mon répondeur. Votre portable a rendu l'âme, ou vous n'avez pas envie de lui parler, chef ? C'est elle qui pose la question. »

Oh merde ! Lisbeth ! se dit Carl.

Il sortit son portable de sa poche. Écran gris. Plus de son, plus d'image. Excellente excuse.

« Et Brage-Schmidt ?

— Je crois qu'il faut qu'on aille sur place, chef. Il habite à Rungsted.

— Pourquoi ?

— Parce que sa maison est en train de brûler, alors. »

Ils virent la fumée noire monter comme un gros ressort au-dessus du détroit d'Øresund à des kilomètres de distance. Quand ils s'engagèrent dans l'avenue résidentielle où se trouvait la maison de Brage-Schmidt, ils furent submergés par l'activité trépidante qui y régnait, baignée dans la lumière des gyrophares bleus d'une dizaine de camions de pompiers. La rue était déjà noire d'eau saturée de suie.

Les flammes étaient gigantesques et l'incendie ne laisserait de l'ancien faste de la demeure que des fondations et des souvenirs. La chaleur du brasier avait fait fondre la laque des Audi et des Mercedes garées à proximité, et les arbres se consumaient doucement tout autour. Le spectacle était dantesque.

Carl toucha l'épaule du chef d'équipe en protégeant son visage.

« Il y a des victimes ?

— Nous avons sorti deux cadavres pour l'instant.

— Identifiables ? »

L'homme lui répondit par un grand sourire, comme seul un vieux de la vieille aurait pu le faire. « Il y a du boulot. Je vous suggère d'aller vous dégoter deux solides sacs à cadavre et d'embaucher quelques hommes au cœur bien accroché, munis de bons microscopes. »

Carl jeta un coup d'œil aux masses informes. L'une des deux était recroquevillée à côté d'une paire de roues et d'un cadre en métal.

« Celui-là était en fauteuil roulant ?

— Oui. Apparemment le propriétaire des lieux. Les voisins disent qu'il y a très longtemps qu'ils ne l'avaient pas vu. Il avait peut-être du mal à se déplacer.

— Brage-Schmidt ? »

Le pompier regarda son ordre de mission. « C'est ça. M. le consul général Jens Linus Brage-Schmidt. C'est ce qui est écrit. »

Carl regarda les pompiers qui ne ménageaient pas leur peine, la vapeur, les flammes. Comment un incendie pouvait-il se déclarer avec une telle violence ?

« On a une idée de ce qui a causé l'incendie ?

— Pas encore. Mais des matières inflammables devraient être mises en cause. Les voisins disent qu'ils ont senti une odeur d'alcool, juste avant de donner l'alerte.

— Et l'autre victime ?

— Aucune idée. D'après nos informations, Brage-Schmidt vivait seul. »

Carl se dirigea vers un couple de personnes âgées, réfugiées derrière leur grille en fer forgé, comme si celle-ci pouvait les protéger.

« C'est terrible, terrible, répétait la femme inlassablement. Toutes les maisons voisines auraient pu brûler. Regardez l'état de notre Mercedes. »

Carl se gratta le cou. Brage-Schmidt ne devait pas être leur meilleur ami.

« C'est vous qui avez prévenu les pompiers ? » leur demanda Carl.

Ils secouèrent la tête. Ils ne devaient pas s'être sentis assez concernés.

« Je vous remercie. J'espère pour vous que le stock de grenades explosives de votre voisin n'éclatera pas dans cette direction », dit-il en touchant le bord d'un chapeau imaginaire. Ils disparurent à l'intérieur de leur maison sans demander leur reste.

« Par ici ! » cria Assad.

Il salua de la tête un couple plus jeune, très chic, et très couleur locale. Rien qu'avec le budget maquillage de la femme on aurait pu nourrir une famille de taille moyenne au Bangladesh pendant un quart de siècle.

« Alors voilà, commença-t-elle. Ernst, mon mari, a estimé qu'un incident préoccupant semblait affecter la maison voisine et il a jugé bon d'alerter les sapeurs-pompiers, voyez-vous ? »

Il ne lui manquait plus que la formule « toutes affaires cessantes » pour que sa phrase soit un modèle du genre.

« Nous avons déjà parlé à la police, déclara le mari quand Carl lui montra sa carte. Nous n'avons rien à ajouter, précisa-t-il. Nous n'avons rien vu et rien entendu. Nous ne sommes pas très curieux dans le coin.

— C'est bien dommage. Fréquentiez-vous M. Brage-Schmidt ?

— Oh, rien de très suivi. Nous nous voyions au Rotary, quand il était plus jeune. Mais nous ne l'avions plus revu depuis un moment. Le commis de l'épicerie le livrait tous les jours. Il posait les paquets dans le garage, mais je vous avoue que nous ne l'avons jamais vu les récupérer. C'était un vieil original. »

Carl acquiesça et entraîna Assad avec lui.

« Tu as parlé aux enquêteurs de la police scientifique ? »

Il hocha la tête. « Ils en sont au même point que nous, le feu n'est pas encore éteint, en fait.

— Tu as jeté un coup d'œil par là ? »

Carl montrait un chemin à travers les haies de hêtres qui délimitaient toutes les propriétés du quartier.

« Je crois que c'est encore trop chaud. Pourquoi ?

— Pour interroger les voisins qui habitent derrière.

— Vous n'avez qu'à aller discuter avec lui, chef. »

Carl suivit le regard d'Assad et vit un jeune garçon appuyé au guidon de son vélo, au bord du trottoir. Les flammes qui se reflétaient dans ses yeux et la lumière rouge-orangé qui éclairait son visage lui conféraient une étrange intensité.

« Assad me dit que tu habites dans la maison qui est de l'autre côté de la haie. Tu n'as rien vu de bizarre, aujourd'hui ? » demanda-t-il au gamin quand il alla le rejoindre.

Il secoua la tête.

« Tu n'as vu personne passer à travers le trou dans la haie ?

— Ce n'est pas un trou, c'est une porte.

— Ah bon ?

— Oui. On peut rentrer dans le jardin du consulat depuis notre rue en passant par cette entrée. C'est ce que le nègre fait toujours.

— Quel nègre ?

— Celui qui vit là.

— À notre connaissance, il n'y a que Brage-Schmidt qui vive là. D'après toi, il y avait quelqu'un d'autre ?

— Oui. Depuis des années. Il gare toujours sa voiture dans une rue derrière et il continue à pied. »

La vérité sort toujours de la bouche des enfants et des ivrognes.

Carl lui donna un petit coup de poing sur l'épaule. Merci du renseignement.

« On va voir nos steaks ? J'ai l'impression qu'on vient d'apprendre qui était le deuxième », dit Carl en entraînant Assad vers les deux masses carbonisées déposées sur des bâches contre la rangée de hêtres.

Il n'y avait pratiquement plus de chair sur les cadavres. On voyait encore quelques morceaux de cuir collés aux phalanges écorchées de l'un, provenant peut-être des accoudoirs du fauteuil roulant. Il devait être assis dans le fauteuil quand l'incendie s'était déclaré, à en croire la forme en S de sa dépouille. Il serait enterré dans cette position.

L'autre cadavre n'était plus qu'un tas d'os calcinés et quelques restes de muscles cuits à point. Les orbites étaient vides et il était impossible de voir s'il s'agissait d'une femme ou d'un homme.

« Qu'est-ce que c'est que ça ? » dit Assad en montrant les dents du mort. Il jeta un coup d'œil autour de lui pour s'assurer qu'il n'y avait aucun technicien de la police scientifique dans les parages.

Il fourra son doigt dans ce qui jadis avait été une bouche et écarta la bouillie.

« J'ai déjà vu ce dentier », annonça-t-il.

Carl regarda l'incisive qui se balançait et acquiesça, surpris.

Il n'y avait aucun doute possible. Ce cadavre était celui de René Eriksen. On n'oublie pas une dentition pareille.

Assad s'essuya les mains sur son pantalon. « Qu'est-ce que vous dites de ça, chef ?

— Je suppose que je dis comme toi ! Puisqu'ils se sont tous entretués, nous allons pouvoir classer cette affaire. Laursen nous le confirmera quand il aura vu les rapports des techniciens et les résultats des analyses ADN. »

40

Marco réfléchissait à l'immense place que prenait le vide. Il y a quelques heures encore, tout n'était que chaos dans sa vie et cependant tout était simple. Il était poursuivi, son père et Zola étaient encore vivants et le clan faisait toujours ses petites affaires dans les rues de Copenhague. À présent, son père et Zola étaient morts, et une grande partie des membres de la famille avaient été arrêtés, c'est ce qu'il avait constaté de ses propres yeux depuis son poste d'observation en haut de la Maison de l'industrie avant de s'enfuir.

Et maintenant il se retrouvait tout seul à se demander ce qui allait prendre la place de tout cela. Était-il enfin libre ? Si Zola était mort, il n'y avait plus personne pour mener la chasse. Mais comment faire pour avancer, sans argent, et recherché par la police ?

Tout était tellement compliqué. Il essayait de mettre de l'ordre dans ses pensées mais un mélange de chagrin, de soulagement et de peur s'emparait de lui et l'empêchait de décider quoi que ce soit.

Tout rentrerait peut-être dans l'ordre s'il se donnait quelques jours ? Pourquoi serait-il encore recherché puisque Zola n'était plus là ? Et que lui voulait la police ? Il n'avait rien fait. Oui, deux jours de calme pendant lesquels il réfléchirait tranquillement à la meilleure façon de déplacer ses pions, voilà ce qu'il lui fallait. Et qui sait ? Il parviendrait peut-être même à récupérer son argent chez Kaj et Eivind.

Il arrêta un taxi devant le restaurant Søpavillonen et, un quart d'heure plus tard, il était de retour chez Stark. Il y trouverait un lit et un peu de nourriture. L'attente serait plus confortable.

Alors que le taxi s'éloignait, il découvrit une vieille Mazda garée dans l'allée, avec le hayon et les deux portes ouvertes. De grands sacs-poubelle noirs, pleins à ras bord, étaient alignés contre le mur, et une femme en qui Marco reconnut la mère de Tilde était en train d'en apporter deux autres.

Marco battit en retraite et alla se cacher derrière une rangée d'arbres au bord du lac.

Pendant tout le temps où la mère de Tilde chargeait les sacs dans la voiture, la tête de Marco apparaissait et disparaissait derrière le tronc d'arbre, comme s'il avait été un petit animal craintif. Il voulait tout voir et tout enregistrer. Et si la fille était là aussi ? N'était-ce pas le moment idéal pour tenter sa chance ?

Marco fit un pas hors de sa cachette. Il n'avait que cinquante mètres à parcourir pour arriver à la voiture, mais ses jambes étaient aussi lourdes que du plomb. Comment trouverait-il le courage de leur avouer la vérité ?

« Qu'est-ce que tu fais là à surveiller ma mère ? » dit tout à coup une voix derrière lui.

Marco sursauta et se retourna pour se trouver nez à nez avec Tilde, les chaussures pleines de boue et le pantalon trempé jusqu'aux genoux.

« Heureusement que j'étais là pour te surprendre. Qu'est-ce que tu veux ? »

On aurait dit une fée dans sa chemise ample avec ses cheveux lâchés. Mais son visage était dur comme du silex. Il ne l'avait jamais vue comme ça avant et ce n'était pas l'expression qu'il aurait souhaitée pour leur première rencontre.

« C'est toi qui es sur la photo que la police montre partout, n'est-ce pas ? » dit-elle avec froideur.

Il fronça les sourcils.

« Si tu me touches, je crie, d'accord ? »

Marco hocha la tête. « Je ne veux pas te faire de mal. Je voudrais vous parler. Te parler, en fait, corrigea-t-il.

— Pour me dire quoi ? »

Il avait une boule dans la gorge. Il avala sa salive. Par où allait-il commencer ?

« La police dit que tu sais quelque chose. Comment connais-tu William ? lui demanda-t-elle de but en blanc.

— Je ne le connais pas, mais je sais ce qui lui est arrivé. »

Elle s'efforça de garder son calme mais Marco lisait sur son visage qu'il n'y avait rien au monde qu'elle ait plus envie de savoir, tout en redoutant de l'entendre. Et il avait mal pour elle.

Sa voix tremblait quand elle dit : « Si tu ne le connais pas, comment peux-tu savoir que c'est lui ?

— Il avait les cheveux roux et un bijou africain autour du cou. J'ai vu une photo et je sais que c'est l'homme qui était dessus. Je le sais, voilà tout. »

Une main monta jusqu'à ses lèvres tandis que l'autre se balançait machinalement d'arrière en avant à la hauteur de sa hanche.

« Tu parles au passé ? »

Voilà. C'était le moment. « Je suis désolé, Tilde, il est mort. »

Il pensait qu'elle allait s'écrouler en poussant un long cri de bête blessée, serrer les lèvres et extérioriser sa douleur en lui martelant la poitrine de ses poings fermés, mais elle ne fit rien de la sorte. On aurait dit au contraire qu'elle rentrait en elle-même. Ou qu'une lumière s'éteignait dans ses yeux. Peut-être l'étincelle qui lui donnait l'envie d'aller de l'avant, la flamme qui alimentait les rêves que ces dernières années lui avaient volés. Tout cela disparut en une seconde. Ses épaules, ses bras s'affaissèrent et sa tête aussi.

Elle ressemblait à un condamné face au peloton d'exécution. Pas de larmes. Pas de révolte, pas un cri pour en appeler à la compassion et aucune colère. Juste une acceptation muette de son destin.

« Tu en es sûr ? dit-elle à voix basse.

— Oui. »

Alors seulement elle se mit à sangloter doucement.

« Tu veux bien me prendre dans tes bras ? » lui demanda-t-elle.

Et il la serra contre lui pendant qu'elle pleurait et il lui raconta tout ce qu'il avait depuis si longtemps sur le cœur. Quand il lui avoua que son père avait aidé à assassiner son beau-père, il se mit à pleurer lui aussi. Et au lieu de le repousser et de lui cracher à la figure, elle se blottit encore plus fort contre lui et il sentit son souffle contre sa joue et son cœur qui battait à tout rompre.

« Je le savais, dit-elle sans s'arrêter de pleurer. Je savais qu'il était mort. William ne nous aurait jamais abandonnées. C'est pour ça que je le savais.

— Je pars avec le premier chargement, Tilde ! » cria sa mère depuis la maison qu'on ne voyait pas à cause des arbres.

Elle s'écarta de Marco, s'essuya les yeux dans sa manche et lui dit de ne pas bouger.

« Je reste là ! » cria-t-elle à sa mère en faisant quelques pas dans sa direction. « Ça ne t'ennuie pas ?

— Pas de problème. Mais reste dans la maison jusqu'à ce que je revienne. Je nous rapporte à manger. Qu'est-ce qui te ferait plaisir ? »

Marco vit qu'elle tremblait encore des pieds à la tête, mais elle gardait le contrôle de sa voix.

« Ce que tu veux ! » répondit-elle.

Elles se dirent au revoir d'un geste de la main et quand la voiture fut partie, Tilde dit à Marco :

« On est en train d'enlever toutes nos affaires de la maison. La police est venue il y a quelques jours et depuis maman n'a plus envie de les laisser ici.

— Pourquoi ?

— Ils ont raconté des choses sur William qui lui ont fait de la peine. Des choses à propos de toi, aussi.

— À propos de moi ? Mais quoi ?

— Ça n'a pas d'importance. Ce sont des mensonges de toute façon. Ils ont dit aussi qu'il avait utilisé de l'argent qui ne lui appartenait pas. Nous avons du mal à comprendre qu'il ait pu avoir des secrets pour nous. Toi aussi tu aurais du mal si tu le connaissais et si tu étais entré dans sa maison. Ce n'est pas une maison où on a des secrets.

— J'y suis déjà entré. »

Elle s'assombrit quand il lui parla des deux fois où il était venu se cacher ici. De sa curiosité, du fait qu'il se sentait lié à cette maison. Il lui raconta aussi qu'il était resté caché dans le coffre-fort et qu'il n'avait pas compris le code inscrit à l'intérieur.

« Ça ne me plaît pas que tu sois entré par effraction dans la maison. Je ne sais même plus si je devrais continuer à te parler. Ça me met mal à l'aise. »

Il hocha la tête mais ne dit rien. Qu'aurait-il pu dire ? Elle avait raison.

« Tu ne dis rien ? lui demanda-t-elle.

— Tu n'es pas obligée de continuer à me parler. Je suis simplement venu pour que tu connaisses la vérité. Comme ça, tu pourras la dire à la police. Il faut que tu racontes tout ça à un homme qui s'appelle Carl Mørck. Il est venu ici, lui aussi. »

Elle eut l'air surpris. « Je sais qui est Carl Mørck. C'est lui qui nous a parlé de toi. »

Marco était content de savoir qu'elle avait été en contact avec le policier.

« De quel code est-ce que tu parlais à l'instant ? Tu veux bien me le montrer ? » dit-elle.

Elle resta un petit moment couchée par terre sur le dos, à regarder le plafond du coffre-fort.

« A4C4C6F67 », lut-elle plusieurs fois de suite à haute voix, jusqu'à ce qu'elle le sache par cœur.

Elle sortit du coffre et posa sur Marco un regard pensif.

« Ce sont des coups d'échecs, dit-elle. A4 à C4 à C6 à F6 à F7. Mais pourquoi ? Cela n'a aucun sens. »

Elle secoua la tête. « William et moi jouions souvent ensemble et ce coup-là ne mène à rien du tout, je peux te l'assurer.

— Je n'ai jamais joué aux échecs. C'est comment ? C6, c'est quoi par exemple ?

— Une case. Sur un échiquier, il y a soixante-quatre cases en tout. Huit à l'horizontale, huit à la verticale. Chaque case a un nom. On commence en bas à gauche en partant horizontalement de gauche à droite avec les lettres A, B, C etc., et de bas en haut avec les chiffres 1, 2, 3, 4 et jusqu'à 8.

Marco essaya de se représenter ce que Tilde lui expliquait. « Pour trouver C6, il faut que je parte vers la droite de trois cases puis que je compte six cases en remontant ?

— Si tu veux. Mais encore une fois, dans cet ordre-là, cela n'a aucun sens.

— D'un autre côté, elles ont été inscrites dans un coffre-fort, alors il ne s'agit peut-être pas d'un jeu. Il faut peut-être reporter ces coordonnées sur autre chose ?

— Autre chose qui ressemblerait à un échiquier ? Une chose quadrillée avec soixante-quatre cases ? »

Ils échangèrent un regard et eurent la même idée en même temps.

« Combien crois-tu qu'il y ait de carreaux sur la terrasse ? » demanda Marco.

Elle le prit par la main et l'entraîna dehors.

Il faisait encore doux bien que la journée touche à sa fin mais Tilde tremblait tandis qu'ils comptaient les dalles.

« Tu as raison. Il y en a huit dans un sens et huit dans l'autre, dit Marco en essayant de suivre ce que Tilde était en train de faire.

— Je vais me servir de ça », dit-elle en montrant un caillou blanc qu'elle avait trouvé dans la plate-bande.

Elle se mit à compter les carreaux et chaque fois qu'elle arrivait à la dalle correspondante, elle inscrivait son numéro dessus. A4, C4, C6, F6 et F7. Cinq carreaux en tout.

« À toi », dit-elle en lui désignant la case A4.

Marco regarda autour de lui.

« Là-bas », dit-elle en lui montrant une bêche appuyée à la remise à vélos.

Marco l'enfonça dans l'interstice entre les dalles et souleva celle sur laquelle elle avait écrit A4.

En dessous il y avait du sable et des insectes mais rien d'autre.

« Creuse », lui ordonna-t-elle.

Il ficha le tranchant de la bêche dans le sable et sentit tout de suite une résistance.

« Attention ! s'écria-t-elle, très excitée. Sers-toi de tes mains ! »

Marco se mit à genoux et enleva le sable jusqu'à ce qu'il trouve une boîte en plastique du genre de celles dont on se sert pour conserver les aliments. Marco aussi commençait à respirer plus bruyamment.

Il ouvrit la boîte et regarda à l'intérieur. Deux alliances en or, un sautoir en corail avec son bracelet assorti et une paire de boucles d'oreilles. Deux broches en forme de marguerites, de tailles différentes, et une disquette sur laquelle il était inscrit en petits caractères : LES FONDS DE PENSION, UNE PERSPECTIVE INTERNATIONALE : RETRAITE, SÉCURITÉ DE REVENUS, MARCHÉ DE CAPITAUX.

Marco n'y comprenait rien. Les bijoux étaient sans valeur et l'intitulé de la disquette était du chinois pour lui.

Tilde resta longtemps les yeux fixés sur le contenu du Tupperware avant de pouvoir dire un mot. « Maman pensait qu'il s'était débarrassé de tout ça. Mais un jour où j'allais très mal et où je croyais que j'allais mourir, William m'a dit que le jour où je me marierais, je porterais les bijoux que sa mère portait le jour où elle s'est mariée. »

Elle pinça les lèvres. « Et ça », dit-elle en pressant la disquette contre elle. « Je sais pourquoi il n'a jamais présenté sa thèse de doctorat. C'est parce qu'il n'avait pas le temps de la terminer à cause de ma maladie. Et tu vois, cette disquette… »

Elle ne termina pas sa phrase et fondit en larmes.

Marco la laissa pleurer et lui passa un bras autour des épaules.

Quand elle fut un peu calmée, elle le regarda dans les yeux et dit : « … Cette disquette prouve qu'il avait quand même l'intention d'essayer un jour. Il a mis son travail de côté pour plus tard et mis les bijoux de côté pour moi. »

Elle secoua la tête et se ressaisit. Essuya ses yeux et se releva d'un bond.

« Viens. Ça ne sert à rien de se lamenter. Il faut que nous déterrions tout. »

Dix minutes plus tard, ils avaient quatre autres boîtes ouvertes sous les yeux.

Sous la dalle C4 était caché un bloc-notes, sous la dalle C6, des documents bancaires, sous la F6, une enveloppe sur laquelle il avait écrit « Mon testament », et sous le carreau marqué F7 était enterré un dossier cartonné marqué « PROJET BAKA », et à l'intérieur, un tas de papiers avec l'en-tête du ministère.

Tilde ouvrit le calepin et reconnut l'écriture de William.

Elle lut la première page en diagonale, puis porta les deux mains à son front qu'elle se mit à masser du bout des doigts.

Marco voyait qu'elle était à nouveau sur le point de pleurer.

Ses yeux lisaient et relisaient cette première page et à chaque nouvelle lecture, son visage devenait plus pâle.

« Tu ne regardes pas ce qui est écrit sur les autres pages ? » lui demanda-t-il.

Elle secoua la tête.

« Qu'est-ce qu'il y a ? Ça ne va pas ? »

Elle hocha la tête.

Ils restèrent un long moment ainsi, à genoux l'un à côté de l'autre avant qu'elle ne remette le carnet dans la boîte.

« Ce que la police a dit à propos de William était vrai. Il a pris de grosses sommes d'argent, tout est écrit là-dedans. » Elle pinça les lèvres un instant. « Et il l'a fait pour moi. Alors, ça me fait de la peine. Et je suis triste aussi de ne pas pouvoir lui parler, maintenant. »

Marco comprenait ce sentiment mieux que personne.

« Et le reste, c'est quoi ? » demanda-t-il.

Elle prit les relevés de comptes qui se trouvaient sous le carreau C6, les feuilleta rapidement et les reposa avec un soupir. « C'est la même chose. Ce sont les virements qu'il a effectués. Ça correspond.

— Ça correspond à quoi ?

— Il prenait l'argent, il le déposait sur le compte et le même jour, il payait les factures de l'hôpital. Je reconnais les établissements et plus ou moins les dates.

— Il t'aimait vraiment, n'est-ce pas ?

— Oui. »

Marco détourna un instant les yeux. Il se demanda si elle se rendait compte à quel point elle avait eu de la chance.

« Tu veux bien l'ouvrir, Marco ? Je crois que je n'y arriverai pas », dit-elle en montrant l'enveloppe sur laquelle William Stark avait écrit « Mon testament ».

Marco sortit plusieurs feuilles de l'enveloppe. Le document était rédigé sur le papier à en-tête d'un cabinet d'avocats et portait le tampon « Copie » en rouge. En haut il était écrit « TESTAMENT ».

« Il vous a légué tout ce qu'il avait, à toi et à ta maman, Tilde », dit Marco.

Elle ferma les yeux très fort. C'était trop pour elle.

Marco prit la dernière liasse, celle qui se trouvait sous la dalle F7.

« Et ça, tu sais ce que c'est ? s'enquit-il, attendant patiemment qu'elle rouvre ses yeux pleins de chagrin.

— Ce sont des papiers qui viennent du ministère. Je crois que le projet Baka est le dernier programme sur lequel il a travaillé.

— Je me demande pourquoi il l'a mis ici. Ça n'a pas l'air aussi important que tout le reste, si ? »

Elle haussa les épaules. « Je n'en sais rien. Peut-être que ce sont des papiers qu'il faut rapporter au ministère. »

Ils entendirent le moteur d'une voiture et un coup de freins devant la maison.

Tilde tourna la tête vers le bruit. « C'est ma mère. Pourquoi ne se gare-t-elle pas dans l'allée ?

— Tu vas lui montrer ? » dit-il en la voyant remettre papiers et bijoux dans les boîtes en plastique.

Elle secoua la tête. « Range tout à sa place et remets les dalles par-dessus, je vais aller la voir. Je t'appellerai quand je lui aurai dit que tu es là. Il faudra que tu lui racontes tout ce que tu m'as dit. Moi, je ne pourrai pas. Tu veux bien ? »

Marco hocha la tête bien qu'il appréhendât la réaction de la maman de Tilde.

Pendant quelques minutes, Marco travailla d'arrache-pied avec les dalles. Puis il alla remettre la pelle contre la remise à vélos. Tout devait être comme avant. Il se tourna vers la terrasse, satisfait du résultat. Il avait frotté les traces de craie de Tilde du bout de ses chaussures mais pas assez pour les effacer complètement. Dans l'ensemble, il était content de lui. Personne n'aurait pu deviner ce qu'ils venaient de faire.

Je me demande si Tilde attend que je la rejoigne de l'autre côté, se dit-il en entendant un coup de klaxon insistant dans la rue.

Il frotta ses mains l'une contre l'autre et fit prudemment le tour de la maison vers l'allée. Il ne voulait pas débouler comme ça, sans être annoncé.

Il vit l'arrière du véhicule mais ne reconnut pas la voiture de la maman de Tilde. Peut-être ne l'avait-il pas bien regardée tout à l'heure. De mémoire, la sienne aussi était bicolore. Mais il y avait beaucoup de vieilles voitures qui étaient de deux couleurs différentes.

Il perçut un mouvement à l'angle de la maison et, au même instant, il entendit le cri de Tilde. Avant qu'il ait eu le temps de réagir, un homme à la peau noire se jeta sur lui avec une telle violence qu'ils tombèrent tous les deux et allèrent bouler contre la remise en bois, la tête la première. Quelque chose scintilla au-dessus de lui, mais il ne vit ce que c'était que lorsque son adversaire frappa le premier coup de couteau dans son bras, et le leva à nouveau.

« Au secours ! hurla Marco en donnant un coup de genou dans l'entrejambe de l'homme et en roulant sur le côté. Aidez-moi ! »

Ils étaient maintenant debout l'un en face de l'autre, et à part le bruit de leur respiration, Marco n'entendait plus rien alentour. Personne ne réagit à son appel à l'aide. Il avait reconnu l'homme. Ses yeux fous. Sa cicatrice blanche, son couteau à la lame aiguisée. C'était celui qui l'avait attaqué dans la tour et qui était resté coincé dans la goulotte. À nouveau, il lui faisait face, dans la même position, exactement. Et à en croire la sauvagerie dans ses yeux, cette fois, il n'avait pas l'intention de faillir à sa mission.

« Au secours ! » répéta Marco, faisant un bond de côté vers la remise quand le type essaya une fois de plus de lui planter sa lame dans le corps. Il frappa dans le vide et perdit l'équilibre. Il se tordit la cheville, ce qui lui fut fatal, car Marco en profita pour assener à son adversaire d'un geste circulaire un grand coup de bêche qui entailla sa chemise et son épaule.

Avec un rugissement l'homme fit tomber son arme et agrippa la plaie béante tandis que son sang giclait abondamment.

L'espace d'une seconde, il fixa Marco de ses yeux jaunes puis il s'enfuit vers la voiture qui attendait.

Marco lui emboîta le pas et vit que Tilde était retenue prisonnière par une grosse femme noire sur la banquette arrière. Il avait déjà vu cette femme.

Il aurait continué à courir s'il n'avait pas été surpris par la détonation du pot d'échappement et, presque en même temps, par l'éclat du projectile qui vint se ficher dans le mur derrière lui.

Un deuxième coup de feu siffla juste à côté de son oreille.

Il se mit à l'abri derrière le coin de la maison et fut pris d'une véritable crise de panique. C'était sa faute s'ils avaient enlevé Tilde, et la situation était catastrophique. S'il se montrait, ils le tueraient. Non, il ne pouvait pas les laisser l'emmener !

Alors il ferma les yeux et hurla aussi fort qu'il pouvait.

« *Let her loose and I'll come !*[1] »

Il se montra prudemment et vit que le type qu'il avait blessé à l'épaule était en train de hurler de douleur à

1. « Libérez-la et je viendrai avec vous ! »

l'intérieur de la voiture. À en juger par la mare de sang sur le trottoir, il devait être assez mal en point.

La grosse femme sur le siège arrière donna une claque sur la nuque du chauffeur, sans doute celui qui avait tiré les coups de feu, et cette fois la voiture partit.

Marco lui courut après et voulut relever la plaque d'immatriculation, mais elle était masquée. Cent mètres plus loin, la voiture s'arrêta et quelqu'un jeta un objet de petite taille par la vitre.

Puis ils disparurent.

Marco était pétrifié. Est-ce que par sa faute un nouveau malheur allait s'abattre sur cette famille ? Était-il écrit quelque part que Zola, son frère et Marco devaient être leur malédiction sur cette terre ?

Il s'avança prudemment vers l'objet sombre sur le bas-côté, plein de sinistres pressentiments. Qu'est-ce que c'était ? Une grenade ? Ou bien pire encore, un morceau de Tilde dont ils l'auraient amputée ?

L'objet se mit à sonner. C'était un téléphone portable.

« Allô, dit-il après l'avoir ramassé et activé.

— Nous la tuerons si tu ne te rends pas », dit une voix de femme en anglais.

Marco en eut froid dans le dos. « Zola est mort. Pourquoi continuez-vous à me pourchasser ?

— Parce que ce n'est pas lui qui nous paye. »

Les épaules de Marco s'affaissèrent. « Je voulais me rendre. Pourquoi ne m'avez-vous pas emmené à sa place ?

— Parce que pour le moment nous avons d'autres problèmes, par ta faute.

— Je veux parler à Tilde.

— Tu lui parleras quand nous procéderons à l'échange. Nous t'appellerons pour te dire où il aura lieu. Si tu préviens la police, nous la tuerons. Si nous soupçonnons un coup fourré au moment de l'échange, nous la tuerons.

— Mais, je…

— Attends notre appel », dit-elle en coupant la communication.

Marco rappela aussitôt, mais leur téléphone était déjà désactivé.

Parfois le monde s'écroule en des milliers de petits morceaux et on a le temps d'analyser tous les éléments d'une catastrophe alors même qu'elle est en train de se produire. C'est ce qu'avaient dû ressentir les pauvres victimes innocentes enfermées dans les tours jumelles le 11 septembre et c'est aussi l'expérience qu'avait dû vivre la foule dans la rue. Pour Marco, ce moment où il se trouva au milieu de la route, impuissant, n'était qu'un pas de plus sur un chemin de croix conduisant à une destination inéluctable. Sa propre fin.

Marco allait devoir se sacrifier. Il n'aurait pas le temps de se procurer une arme. Où la trouverait-il ? Qui voudrait la lui vendre ? Et s'il s'opposait à eux, non seulement il mourrait mais Tilde aussi.

Une voiture tourna à l'angle de la rue et fonça sur lui. Il ne s'écarta qu'à contrecœur et la conductrice freina brusquement.

« Vous êtes complètement fou ! » s'écria-t-elle.

C'était la mère de Tilde.

La dernière personne au monde à qui il avait envie de parler en ce moment. Mais aussi la seule à qui il devait parler.

« Ils ont enlevé Tilde », lui dit-il d'emblée.

Puis il lui raconta le reste tandis qu'elle le regardait avec des yeux affolés. Elle exigea qu'ils aillent immédiatement voir la police.

TOUT DE SUITE !

41

« Dites, chef, vous ne viendriez pas faire un tour en salle d'interrogatoire ? demanda Assad au téléphone. J'ai quelque chose de passionnant pour vous, ici.

— Je ne sais pas si je suis en état de supporter plus de "passion" aujourd'hui », répondit Carl en repoussant la montagne de photocopies qu'il était en train de lire sur les affaires et la carrière mouvementée de Brage-Schmidt.

« J'arrive dans deux minutes. » Il raccrocha et appela Rose pour la deuxième fois.

Où est-ce qu'elle était encore passée ?

Bien qu'elle ne lui eût pas encore fourni tous les documents qu'il lui avait demandés, les circonstances qui avaient conduit aux événements de ces derniers jours étaient de plus en plus claires. Il ne savait pas encore pourquoi, ni comment, mais il en savait assez pour voir se dessiner une escroquerie à l'aide humanitaire de grande envergure avec transferts de fonds vers les comptes de ceux qui avaient récemment perdu la vie. À première vue, l'affaire était typiquement du ressort de la brigade financière et des cerveaux de la maison qui s'y entendaient en la matière. Et ils n'allaient pas s'ennuyer.

Les enquêtes sur l'assassinat de Snap et son épouse à Karrebæksminde et sur ce qui ressemblait fort à un incendie criminel à Rungsted n'appartenaient certes pas au département V, mais on ne pouvait pas ignorer qu'elles découlaient forcément de ce qui était arrivé à William Stark en son temps.

Selon Carl, soit William Stark en savait trop, soit il était mêlé jusqu'au cou aux magouilles de Snap et des autres. Mais Stark était mort, ils en avaient désormais la certitude, et ce qu'il avait fait de son vivant, criminel ou pas, n'avait plus d'importance.

Pour Carl, l'affaire Stark était classée. Tôt ou tard, une déclaration de décès présumé serait prononcée à son endroit et, un jour, un chien ou un boy-scout découvrirait un tas d'ossements que Malene pourrait enterrer conformément aux usages avec une pierre tombale au-dessus. Et chacun continuerait sa route, mais pas lui.

Carl regardait les deux numéros de téléphone sur la table. Le premier était celui du bureau de Mona, le deuxième celui de Lisbeth.

Il était dans un sacré dilemme.

« Vous avez vu l'heure, Carl ? »

Il leva les yeux vers Rose, dans le corridor, puis vers l'horloge.

Presque dix-neuf heures.

« Je vais faire une course avant que ça ferme. Je vous rapporte quelque chose ?

— Non merci. Je monte voir Assad. Il est en salle d'interrogatoire avec le dernier des garçons de Zola. Il paraît qu'il a quelque chose d'intéressant pour moi. Après, je rentre.

— OK, mais avant de partir, je trouve que vous devriez repasser me voir. Moi aussi j'ai un truc pour vous. »

Carl soupira en écoutant le pas de Rose disparaître dans l'escalier. Il fallait qu'il en finisse avec cette histoire dans la prochaine demi-heure. Les deux numéros de téléphone sur la table le lui criaient haut et fort.

Il les regarda à nouveau.

Il ne faisait aucun doute que l'un comme l'autre avaient des qualités.

« Carl, je vous présente Hector. Dis bonjour à Carl, Hector », chantonna Assad.

Carl hocha la tête. Il n'y avait pas de raison de se montrer inamical. L'homme avait déjà l'air bien mûr.

Hector lui tendit la main, mais il ne fallait tout de même pas exagérer.

« Que vois-je ? Pas de menottes ? On est un bon garçon, alors, Hector ? »

Il se contenta d'acquiescer.

« Hector est le plus âgé de sa génération parmi les garçons de Zola, expliqua Assad en donnant une petite tape sur l'épaule du jeune homme. Tout le monde voyait en lui le digne successeur de Zola, et figurez-vous qu'il est en train de me dire qu'il a toujours rêvé de ficher le camp. »

Carl regarda Assad et s'autorisa un sourire ironique. « Et toi, Assad, tu as proposé à Hector de lui obtenir un permis de séjour permanent, dans la mesure du possible ? »

Assad leva le pouce à l'attention de Carl. « Absolument. »

Il ne manquait pas d'air.

« Dis à Carl ce que tu m'as raconté, Hector. » Puis s'adressant à son patron : « Vous allez voir, c'est édifiant. »

Le type avait l'air très digne dans son costume noir. Si Assad ne tenait pas sa promesse, en tout cas, ce ne serait pas l'apparence qui empêcherait Hector d'intégrer la société danoise. Si dix pour cent de la population, lui inclus, prenaient soin de leur personne et s'habillaient de façon aussi raffinée que ce garçon, le monopole italien et français de l'élégance et de la haute couture allait devoir céder le maillot jaune au pays de Hamlet.

« J'ai dit qu'aujourd'hui, il y a deux choses qui ont fait gravement déraper la situation, répondit-il dans un anglais parfait. La première étant que Zola a tué son frère dans une rue d'Østerbro. S'il était capable de faire ça, aucun d'entre nous n'était à l'abri de subir le même sort. Moi le premier j'étais sûr qu'il ne pouvait rien m'arriver. La deuxième chose, c'est l'arrivée des Africains. Je les ai vus écraser comme des mouches deux Estoniens, enfin je crois que c'était des Estoniens, mais en tout cas des types peu recommandables. Ces Blacks m'ont terrifié parce qu'ils étaient tellement jeunes et qu'ils avaient déjà un regard si froid. Ils sont dans les rues de Copenhague, en ce moment, à la recherche de Marco. »

Carl fronça les sourcils. Il allait avoir besoin d'explications pour comprendre les deux informations mais, ensuite, il en aurait fini avec cette affaire.

« Pourquoi continuent-ils à courir après Marco maintenant que Zola est mort ?

— Parce que ce sont des tueurs à gages. Ces types rempliront le contrat pour lequel ils ont été payés, ne serait-ce que pour préserver leur réputation. »

Des tueurs à gages à Copenhague ?

« Est-ce que vous avez une idée de l'endroit où Marco se trouve en ce moment ? »

Il haussa les épaules. « Marco est très fort pour jouer à cache-cache, dit-il.

— Vous avez entendu d'où ils viennent, n'est-ce pas, chef ? »

Oui, il avait entendu. C'était là-dessus qu'il avait encore besoin de quelques éclaircissements.

« Ces types-là sont discrets », dit Hector en buvant une gorgée du verre d'eau qu'Assad lui avait apporté. Le seul luxe qu'offrait cette petite pièce sinistre. « Aucun d'entre nous ne sait qui les a engagés. En tout cas, pas Zola. Il n'aimait pas les types trop bronzés. »

Carl se tourna vers Assad. « Qu'est-ce que tu en penses ?

— Ce que j'en pense ? Je récapitule. Nous avons un consul pour plusieurs pays africains, président du conseil d'administration d'une banque dont feu Teis Snap était le directeur. Un autre homme qui disparaît après un voyage en Afrique où un troisième homme qui travaillait pour la même organisation a également disparu. Nous avons un mystérieux homme noir dont nous avons appris qu'il vivait dans la maison du consul depuis plusieurs années et qui disparaît lui aussi. Nous avons un programme d'aide humanitaire à un pays africain dont les fonds sont détournés. Un homme dont c'est le métier de soutenir des projets humanitaires en Afrique qui est retrouvé mort dans la maison du consul cité plus haut. Et maintenant des Africains qui sèment la terreur dans Copenhague au point d'effrayer quelqu'un comme Hector ici présent ! »

Carl hocha la tête. « Effectivement, l'Afrique semble être très présente dans toute cette histoire. Le problème étant que la personne qui a les réponses à nos questions se trouve actuellement dans un sac à cadavre à l'institut médico-légal, sous la forme d'un petit morceau de charbon.

— C'est effectivement un problème, chef. »

« Écoute, Assad. C'est la deuxième fois aujourd'hui que tu fais ce coup-là. Tu ne peux pas promettre monts et merveilles à tous les gens que tu interroges. »

Carl s'installa derrière son bureau en secouant la tête et alluma l'écran plat pour regarder les nouvelles sur TV2. Ils auraient peut-être tout juste le temps d'attraper le sujet sur les arrestations d'aujourd'hui.

« Et pourquoi pas, chef ? C'est mieux que la vis à pouces, alors. En ce qui me concerne j'ai toujours préféré la carotte au bâton.

— Tu es en train de me dire que si tu n'avais pas pu les piéger avec tes fausses promesses, tu les aurais torturés ?

— Qu'est-ce que la torture, chef ? C'est un vaste débat. »

Ils se jaugèrent pendant quelques secondes, mais aucun ne prit l'initiative d'aller plus loin. Le sujet était trop sensible.

« Je me suis renseigné auprès de la police judiciaire, dit Carl. Il n'a été rapporté aucun cas de violence impliquant des Africains ces derniers jours hormis les habituels problèmes de trafic de drogue dans les milieux de la prostitution à Istedgade. Qu'est-ce qu'on fait ? On ne peut pas aller voir Bjørn pour lui raconter que deux Africains dont nous ne connaissons pas l'identité menacent un garçon perdu dans la nature, et espérer qu'il va se mobiliser, tu comprends ? Qu'est-ce que tu en penses ? Est-ce qu'on n'en a pas fini avec cette affaire ?

— Vous savez, Carl, quand le sable forme des dunes, on a du mal à voir les chameaux, mais… euh… C'était comment déjà ? » Assad regardait Carl, l'air décontenancé. C'était la première fois qu'il s'emmêlait les pinceaux avec ses métaphores de chameaux.

Carl sortit une cigarette de son paquet. Les deux numéros de téléphone étaient toujours posés sur le bureau devant lui. Dans peu de temps, il serait sur la route. Mais pour aller où ?

« Donc, quand le sable forme de grandes… »

S'il regardait les choses en face, Mona n'avait pas l'air particulièrement intéressée, mais d'un autre côté, s'il appelait Lisbeth maintenant, Mona sortirait définitivement de sa vie. Était-ce vraiment ce qu'il voulait ?

« Ah, ça y est. Quand le sable forme des dunes, tu ne peux plus voir les chameaux mais si le vent se met à souffler, alors, tu peux voir ses bosses, ha-ha ! Elle est bonne, non ? »

Carl lui lança un regard las.

« Et alors ?

— Et alors, on ne peut pas connaître toute l'histoire avant que le vent ait soufflé un peu dessus. Ce que je veux dire, c'est que nous ne pouvons pas savoir si nous en avons fini avec cette affaire avant d'avoir creusé encore un peu.

— Ouais. Mais pour commencer, il n'y a pas de vent, et ensuite nous n'avons pas les effectifs pour provoquer une tempête dans les rues de Copenhague. Alors je suggère que nous laissions les chameaux où ils sont, d'accord ?

— Vous avez compris la morale de l'histoire, chef. C'est le plus important. Mais moi je pense que nous devrions juste attendre que le vent se lève. »

Carl hocha la tête. Voilà une morale qui lui convenait très bien puisqu'elle consistait à s'asseoir dans son fauteuil, les pieds sur le bureau et à ne rien faire en attendant.

« D'accord. Maintenant, je vais me fumer une petite cigarette en regardant les nouvelles. Et si Rose n'est pas là dans dix minutes, je m'en vais. »

Il ficha la cigarette entre ses lèvres, jouissant par anticipation du plaisir qu'allait lui procurer sa dose de nicotine. Cette cigarette qu'il attendait depuis son réveil allait maintenant…

« Vous voulez être gentil de jeter cette cigarette, Carl, s'il vous plaît ? » dit une voix à la porte.

Rose était là, avec sur la figure le sourire le plus chaleureux qu'il lui eût jamais vu et à la main un sachet de viennoiseries.

« De la brioche toute chaude, les garçons ! Vous n'avez pas oublié que c'est le Jour de la grande prière aujourd'hui [1], quand même ? »

Elle ouvrit la poche en papier et une odeur délicieuse se répandit dans le triste décor. Non seulement

1. *Store Bededag*, le Jour de la grande prière, est une date du calendrier liturgique protestant au Danemark, qui intervient le quatrième vendredi après Pâques.

elle dispensa un sentiment de bien-être incongru, mais le doux parfum fit remonter des souvenirs oubliés de bougies, de pièce radiophonique écoutée en famille et de soirée dansante à l'hôtel Phoenix.

« Miam », dit Carl sincèrement en salivant déjà.

Le téléphone sonna.

« Il y a deux personnes au poste de garde qui demandent Carl Mørck. Je vous les envoie ? »

Marco était effrayé. Beaucoup plus qu'il ne l'avait été dans la rue. Dehors, au moins, il avait une chance de s'enfuir mais en se jetant ainsi dans la gueule du loup, il avait le sentiment de ne plus en avoir aucune.

Entre les murs froids de l'impressionnant hôtel de police de Copenhague, il avait du mal à respirer. De l'extérieur, l'édifice faisait penser à une forteresse, et à l'intérieur, c'était encore pire. En plus, on était en train de le conduire dans un sous-sol d'où on ne pouvait apparemment sortir qu'en revenant sur ses pas. Il se sentait soudain comme le rat acculé dans un angle et cerné par une horde de garçons, armés de bâtons, qui ne pensaient qu'à tuer.

Et la mère de Tilde, qui ne l'avait pas lâché d'une semelle depuis qu'elle avait garé la voiture, ne faisait rien pour le rassurer. Pendant tout le trajet, elle avait crié et hurlé son désespoir. Il se demandait même comment elle avait réussi à trouver son chemin dans un tel état de choc et avec l'adrénaline qui coulait dans ses veines.

Marco ne pouvait pas lui en vouloir vu qu'il lui avait tout raconté sur Tilde, les Noirs et les menaces que ceux-ci avaient proférées, et aussi ce qu'il était arrivé à William Stark. Sa réaction avait été violente. Elle s'était mise en colère, elle avait pleuré et tremblé comme une feuille. Autant de peur et de chagrin en même temps était plus qu'elle ne pouvait en supporter. Elle s'était même mise à taper sur Marco pour le regretter tout de suite après et s'excuser d'une voix tremblante. Et à présent qu'ils descendaient en courant l'escalier qui les conduisait auprès des policiers autour desquels Marco tournait depuis plusieurs jours, elle était à la limite de défaillir.

Marco se dit qu'il était en train de vivre ses derniers instants d'homme libre dans un pays de liberté. S'il survivait aux événements de la soirée, il serait de toute façon expulsé. Restait à savoir où on l'enverrait.

Tout ce qu'il avait vécu dans sa vie lui avait appris à craindre le pire.

Il fut donc extrêmement surpris du spectacle qui les attendait.

Tandis que les actualités défilaient en toile de fond, Carl Mørck et ses deux assistants mangeaient tranquillement des brioches autour d'un bureau en désordre. Il régnait dans la pièce une odeur sucrée et rassurante et les visages qui se tournèrent vers lui étaient à la fois chaleureux et profondément étonnés.

Quand ils réalisèrent qui étaient leurs visiteurs, ils se levèrent tous les trois d'un seul bond comme s'ils étaient témoins d'un miracle.

« Tu es Marco, n'est-ce pas ? » dit Carl Mørck. Il lui parut gigantesque quand il s'approcha de lui, et quand, le dominant de toute sa hauteur, il tendit ses longs bras vers lui.

Le cœur de Marco battait à tout rompre. L'homme qu'il avait fui avec tant d'acharnement ne souriait plus, à présent. Il pinçait les lèvres, le fixait d'un regard beaucoup trop intense.

Brusquement, il l'enveloppa de ses longs bras et il le souleva comme s'il voulait le broyer.

« Dieu soit loué, dit-il à voix basse en le serrant contre lui. Tu vas bien. »

Puis il le reposa sur le sol et pencha la tête vers lui.

« Il y a beaucoup de choses que nous voudrions te demander. Tu veux bien répondre à nos questions, maintenant ? »

Marco hocha la tête, retenant encore son souffle. Cet homme l'avait pris dans ses bras. Il avait été gentil et il avait eu l'air content de le voir. Il était bouleversé. S'il ne prenait pas garde, il allait se mettre à pleurer. Ce qui venait de se passer était la dernière chose à laquelle il s'attendait.

« Tu es un bon garçon », dit l'homme qui s'appelait Assad, en lui tapotant affectueusement la tête. Même la fille maquillée lui souriait.

« Merci de nous l'avoir amené, Malene », dit l'inspecteur Mørck.

Elle hocha la tête et puis, n'y tenant plus, elle s'écria : « Il est arrivé quelque chose d'épouvantable. Vous voulez bien nous aider ? »

Mørck la regarda, surpris. Et tous les trois remarquèrent à cet instant seulement l'angoisse dans ses yeux. « Que s'est-il passé, Malene ? »

Cette simple question déclencha un torrent de larmes, de supplications et une terreur incontrôlable. Marco voyait le mal qu'avaient les trois policiers à suivre son débit haché et son histoire décousue.

Quand elle parla des deux Africains qui poursuivaient Marco et qui avaient maintenant kidnappé Tilde, leurs traits se durcirent.

Celle qui s'appelait Rose les invita à s'asseoir. Carl Mørck posa une main amicale sur l'épaule de Marco, la pressant doucement comme son père l'avait fait une fois, il y a bien longtemps, et il dirigea son attention vers la femme.

Marco tremblait. Il n'avait jamais vécu une situation comme celle-ci. Il avait presque honte de sentir combien ses craintes étaient injustifiées. Surtout en sachant que, bientôt, il allait devoir se sacrifier.

Assad proposa de faire du thé mais Carl Mørck le lui interdit formellement. Il alla s'asseoir en face de la mère de Tilde et lui prit la main.

Elle recommença son histoire plus lentement et de façon plus compréhensible tandis que Rose et Assad chuchotaient, un peu à l'écart..

Derrière Mørck, Marco voyait un journaliste en train de parler devant le château du parc de Tivoli, tandis qu'un texte défilait en bas de l'écran disant que la police avait démantelé un important réseau de voleurs qui sévissait dans la capitale et au nord du Seeland, et que de nombreux membres du gang avaient été arrêtés.

Le reportage montra ensuite l'une des arrestations les plus spectaculaires où plusieurs agents se jetaient sur un seul homme qui se défendait vaillamment.

C'était Pico.

Mørck se tournait à présent vers lui, avec beaucoup de gravité dans les yeux. « Est-ce que je peux voir le portable qu'ils t'ont jeté par la vitre de la voiture, Marco ? »

Il le lui tendit et Mørck le regarda avec attention. Il s'agissait d'un Nokia tout à fait ordinaire, vieux de cinq ou six ans, l'époque où la marque tenait le haut du marché. Marco en avait volé des centaines comme celui-là.

Mørck l'inspecta sous toutes les coutures. Un numéro était inscrit à l'arrière au stylo feutre. Probablement par le type qui l'avait débloqué et vendu au marché noir.

« Essaye d'appeler ce numéro, Rose, dit Mørck. Ça peut être celui de ce téléphone, mais ça peut aussi être le numéro du téléphone dont nous attendons l'appel. »

Elle composa le numéro et le portable que Mørck avait à la main sonna.

« Comme ça, nous sommes fixés. Maintenant regarde sur le journal d'appels le numéro du téléphone avec lequel les kidnappeurs l'ont appelé, Rose. On dirait que c'est un numéro avec un code d'un pays africain. »

Elle consulta le journal d'appels et s'éloigna, le portable à la main.

La mère de Tilde commençait à respirer plus calmement, mais ses mains continuaient de trembler.

« Toi aussi, tu te sens mal, n'est-ce pas Marco ? » demanda Mørck.

Marco acquiesça.

« Je vous promets que nous allons retrouver Tilde », dit-il. Mais le regard qu'il échangea avec Assad n'avait rien d'encourageant.

« C'est un numéro en Côte d'Ivoire, annonça Rose en revenant. Je ne pense pas qu'il nous mènera à grand-chose, malheureusement. Il est attribué à un abonné qui n'existe pas.

— Oh, mon Dieu », murmura la maman de Tilde.

Au même instant, le portable africain émit un petit bip dans la main de Rose.

« C'est un SMS, dit-elle à voix basse.

— Lis-le-nous, lui ordonna Carl Mørck.

— "Pusherstreet[1], Christiania, tonight." Et ensuite il est précisé que Marco doit venir seul, sinon… »

Elle se tut, regarda Malene et donna le portable à Marco.

Ils avaient exactement vingt-cinq minutes pour arriver.

---

1. « Rue des trafiquants » : une rue dans le quartier autonome de Christiania, où la drogue est en vente libre.

42

La ville libre de Christiania était pour Carl une terre connue. Il n'y avait pas une ruelle, pas une venelle où il n'avait jadis traîné ses guêtres, pas une maison où il n'avait pas dans sa naïveté de Jutlandais en uniforme fourré son nez. Bref, il connaissait cette oasis unique, pittoresque et anarchiste comme le fond de sa poche.

Fredens Ark, Loppen, Operaen, Nemoland, Pusher-street, Den Grå Hal, Green Light Distrikt, Sunshine Bakery[1], chacun de ces noms lui rappelait un épisode en particulier. Et pour la même raison, il savait à quel point leur tâche serait difficile.

Carl était partagé au sujet de Christiania. Aux yeux d'un policier, Christiania était un nid de vipères où l'on trouvait la pire engeance mais, d'un autre point de vue, aussi le seul endroit où l'on pouvait respirer librement et rêver d'un temps où Copenhague n'était pas encore devenu le fief des yuppies et de tout ce qui pouvait se tracer en lignes droites. Christiania représentait alors et encore aujourd'hui le charme de la

1. L'arche de la Liberté, La puce, L'opéra, Le pays de Nemo, La rue des trafiquants, La halle grise, Le quartier de la lanterne verte, La boulangerie du rayon de soleil.

capitale danoise et sa liberté de pensée. Une enclave cycliste, écologiste et alternative où des chiens et des gens hors du commun avaient réussi à transformer une vieille caserne disgracieuse en la principale attraction touristique du pays.

Mais comme toujours, les bonnes idées et les meilleures intentions avaient été récupérées et détournées par des imbéciles sans éthique jusqu'à être méconnaissables. Et Christiania se retrouvait désormais tiraillée entre ceux qui laissaient la liberté gouverner et ceux qui gouvernaient la liberté.

Ces dernières années, les habitants de Christiania avaient obtenu leur autonomie et ils géraient eux-mêmes leurs problèmes, ce qui avait eu autant de répercussions positives que négatives.

Le temps où de gentils représentants de l'ordre pouvaient venir faire leur petite tournée d'inspection dans ce patchwork culturel en sandales Birkenstock était révolu, et toute forme d'autorité bannie. Seuls les plus verts et les plus intransigeants de ses collègues osaient encore se montrer dans Pusherstreet.

Dans cette rue, les gens avaient un sixième sens pour renifler les poulets, et quand ils en voyaient un, ils lui faisaient vite passer l'envie de revenir.

Cette rue mise à part, Christiania serait encore un vrai paradis. Mais Pusherstreet était un territoire miné pour quelqu'un qui ressemble de près ou de loin à un flic. Les Africains devaient l'avoir compris, d'une manière ou d'une autre. Si l'on voulait procéder à un échange quelque part sur le territoire danois et trouver un soutien inconditionnel chez le riverain en cas d'ingérence éventuelle de la police, il n'y avait pas de meilleur endroit que Pusherstreet.

Carl ferma les yeux et tenta de se représenter le no man's land couvert de graffitis. Postés du côté donnant sur Prinsessegade, des types surveillaient ouvertement et du matin au soir tout ce qui se passait dans la rue. À l'autre extrémité, près de la merveilleuse échoppe multicolore du marchand de légumes, les gens assis aux terrasses des cafés ou sous les auvents gardaient eux aussi l'œil vigilant. On pouvait bien sûr arriver incognito par les rues transversales, même si, là encore, les vigiles rôdaient au milieu de vendeurs de haschich et de skunk complètement décomplexés. Mais si on arrivait par là, il était impossible d'avoir une vue d'ensemble sur la rue, ce qui en l'occurrence était indispensable.

Comment les Africains allaient-ils s'y prendre ? Ils devaient bien se douter que Marco se mettrait à hurler aussitôt qu'il serait entre leurs mains et qu'ils auraient libéré la fille. On pouvait donc considérer qu'ils chercheraient à rester près des murs de façon à escamoter Marco le plus vite possible afin de le calmer en le droguant ou en l'assommant.

Les habitués de Pusherstreet pouvaient sembler blasés devant une bagarre, mais l'agression d'un mineur les faisait encore réagir. Les Africains n'avaient pas intérêt à ameuter la foule et ils agiraient vite et discrètement.

Carl montra à Rose et à Assad le plan de la ville libre, tel qu'il avait été dessiné par la police, et il leur fit voir les possibilités qui s'offriraient à eux. La rue n'était pas très longue mais elle traversait des quartiers très différents, allant des baraquements sordides où la délinquance était monnaie courante aux idylliques et paisibles pavillons de banlieue. Carl avait une préférence pour l'itinéraire qui passait par Bådmands Stræde, la ruelle des marins, Fredens Ark et Tinghuset, et c'est celui qu'il conseilla à Assad puisqu'il était novice dans le secteur.

Rose suivrait Marco à une distance raisonnable en arrivant par l'une des entrées latérales sur la rue Prinsessegade, elle passerait devant Bøssehuset, la « maison des homos », et jusqu'à l'autre côté de Pusherstreet. Quant à Carl, il irait au casse-pipe en entrant par l'entrée principale et il marcherait tout droit vers le secteur de Freetown, où il était le plus vraisemblable que les Africains attendraient Marco.

Malene voulut les accompagner, mais ils lui demandèrent d'attendre à l'hôtel de police en compagnie d'un Gordon très contrarié parce qu'il avait prévu depuis un bon moment déjà de rentrer chez lui pour manger la cuisine bourgeoise de sa maman.

Heureusement que mon équipe se fond si bien dans le paysage, se dit-il en arrivant sur place. Rose ressemblait à n'importe qui dans ce quartier et personne ne s'imaginerait qu'un frisé à la peau brune comme Assad puisse être flic.

Carl, en revanche, se sentait extrêmement mal à l'aise dans le déguisement dont Rose l'avait affublé. Un peu de laque fixante avait dressé à la verticale la mèche qu'il ramenait d'habitude à plat sur son crâne pour masquer sa calvitie et elle n'y était pas allée de main-morte non plus avec le mascara. Dans les années quatre-vingt, on l'aurait pris pour un poète maudit mais onze ans après l'an deux mille, il n'y avait que deux explications au look de Carl : soit il était fou à lier, soit il était un flic très mal déguisé.

Carl devait à tout prix se montrer convaincant dans le rôle du cinglé, et il salua l'immigré qui tenait le petit stand d'amandes grillées à l'entrée de Freetown avec un « Howdy » que plus personne n'employait depuis un demi-siècle, sans oublier de garder la bouche bien ouverte et un air légèrement niais.

Il y avait du monde dans Pusherstreet ce soir-là. La dernière descente de police avait fait un peu de ménage, mais comme chacun sait, les mauvaises herbes poussent deux fois mieux quand on vient de nettoyer les plates-bandes.

Carl put constater qu'il y avait exactement le même nombre d'échoppes vendant du haschich qu'à l'ordinaire, et c'était très bien comme ça. Tant qu'on pouvait acheter son shit ici, il y aurait un peu moins de salles de fumette clandestines en ville.

À première vue, Assad et Rose n'étaient pas encore là. Tout se déroulait comme prévu, pour l'instant.

Carl se posta à l'angle de l'artère qui part de la déchetterie de Maskinhallen et fit comme s'il avait un petit coup de mou. Il tangua légèrement, comme s'il avait bu. La comédie eut l'air de fonctionner car à part une fille en triporteur avec deux enfants en bas âge, personne ne lui accorda un regard.

Carl fut ennuyé de voir qu'il y avait plusieurs hommes à la peau noire dans la rue ce soir-là. Deux minces Somaliens en anorak, la capuche relevée, quelques Gambiens qu'il reconnut pour les avoir croisés à Istedgade, dans le quartier chaud, et un groupe de touristes bien nourris, aussi bien noirs que blancs, venus à Copenhague en croisière, marchant sur les talons de la guide municipale en chapeau qui était affectée au site.

Il remarqua qu'ils avaient été bien conseillés et qu'ils avaient rangé leurs appareils photo pour l'occasion.

Il vit Rose et Marco sur Pusherstreet un peu plus bas, et trente secondes plus tard, il vit Assad arriver à l'autre bout de la rue. Rose restait à deux mètres de Marco et regardait dans toutes les directions hormis celle où il se trouvait.

Assad se rapprocha de Carl en se plantant devant un stand de haschich, reniflant la marchandise avec un professionnalisme qui ne manqua pas de surprendre Carl.

Ils durent attendre longtemps. Il était au moins vingt heures quinze et Marco commençait à montrer des signes de nervosité et d'impatience. Cinq minutes plus tard, contrairement à ce qui était convenu, il s'éloigna de Rose et se mit à descendre la rue. Lentement certes, mais obligeant tout de même Carl et Rose à suivre le mouvement à leurs distances respectives.

Marco était aux aguets. À la légèreté avec laquelle il se déplaçait sur les pavés, on voyait qu'il avait une longue habitude des pièges de la jungle urbaine.

Carl eut juste le temps de penser : « Attention, Marco, sinon ça va paraître bizarre que nous soyons en train de te suivre », quand, brusquement, un homme noir sorti d'une petite rue et saisit le garçon par le bras.

Au même instant, l'une des touristes noires, une grosse femme couverte de bijoux, s'avança et masqua pendant quelques secondes ce que l'homme était en train de faire au garçon. Carl et les deux autres arrivaient déjà au pas de course.

« *Are you crazy, man*[1] *!* », s'exclama-t-elle, indignée, quand Assad la bouscula, la faisant tomber contre un triporteur.

Assad regarda de tous les côtés et pointa le doigt vers le croisement de Pusherstreet et de la rue Mælkevejen avant de se mettre à courir. Comment des jambes aussi courtes et une corpulence comme la sienne pouvaient-elles fournir une telle accélération, cela dépassait l'entendement.

Carl s'arrêta à la hauteur de la grosse Black tandis que Rose suivait Assad et l'homme noir devant eux. « *What's wrong with you, guys*[2] *?* » siffla-t-elle, les narines frémissantes.

Il la jaugea un instant. Quelle malchance qu'elle se soit trouvée là juste à ce moment ! Le type ne pourra pas échapper à Assad en portant Marco, songea Carl en regardant autour de lui. Mais peut-être qu'il ne porte plus Marco ? se dit-il, sachant qu'ils travaillaient à deux. Peut-être l'autre Noir a-t-il pris le relais ? Si c'est lui qui est parti avec Marco, Assad et Rose sont en train de courir après le mauvais gars.

Carl fit des allers-retours sur la place entre Nemoland et Tinghuset, mais il ne vit personne.

« Tu n'as pas vu un Noir en train de courir avec un adolescent dans les bras ? » demanda-t-il à un drogué

1. « Vous êtes cinglé, mec ! »
2. « Ça va pas la tête ? »

qui faisait la queue devant la boulangerie avec l'air à peu près conscient.

Il haussa les épaules et tira sur les quelques poils blonds qui lui poussaient au menton.

« Si quelqu'un était passé à côté de moi en courant, Satan, ici présent, lui aurait mordu le cul », dit-il avec flegme en désignant un chien tellement énorme qu'il n'aurait fait qu'une bouchée du chien des Baskerville. « Il pèse soixante-sept kilos », annonça-t-il avec fierté.

Carl hocha la tête. Putain de chien. Putain de merdier. C'était la catastrophe. S'ils avaient eu un peu plus de temps pour organiser l'échange, il aurait demandé un hélicoptère de la préfecture.

S'ils avaient eu plus de temps, tout ceci ne serait pas arrivé.

Il prit son portable afin de lancer tout de suite un avis de recherche. Alors qu'il composait le numéro, il vit arriver vers lui une jeune fille toute menue qui ressemblait à Tilde. Elle avait l'air groggy et elle marchait mécaniquement comme une zombie, on l'aurait dit poussée droit devant elle par une autre volonté que la sienne.

« Tilde ! » l'interpella-t-il en courant à sa rencontre. Elle ne réagit pas à son appel. Est-ce que Marco avait eu droit au même traitement ?

Comment avait-il pu laisser une chose pareille se produire ?

« Henrik, c'est Carl Mørck, dit-il quand il eut le responsable au central radio en ligne. Il nous faut plusieurs voitures immédiatement pour surveiller le secteur autour de Christiania. » Il donna le signalement de Marco et de l'Africain et siffla le signal de fin de transmission. Il ne pouvait rien faire de plus pour l'instant.

La jeune fille était maintenant à quelques mètres de lui et il s'approcha d'elle avec précaution.

« Tilde, dit-il doucement. Tu te souviens de moi ? Je m'appelle Carl Mørck, je suis inspecteur de police. » Les mots parvinrent jusqu'à elle, mais lentement. « Où est Marco ? » demanda-t-elle tout bas en regardant autour d'eux, l'air effrayé. Les dernières heures n'avaient pas dû être faciles.

« Est-ce qu'ils t'ont injecté quelque chose ? Tu t'en souviens ? »

Elle acquiesça mollement. « Où est Marco ? Il va bien ? »

Carl l'attira contre lui. « Nous sommes en train de le chercher. »

À cet instant, arrivèrent plusieurs personnes en courant d'une rue transversale. Il vit Rose passer devant les baraquements, pieds nus, à une allure folle et, venant du canal, un Noir cavalant à fond de train avec Assad sur les talons.

« Coupez-lui la route, chef ! » cria Assad, à bout de souffle.

Carl écarta les bras et s'apprêta à bondir sur l'Africain comme un taureau qui fonce sur le toréador. Le problème étant que Carl devait faire au moins trente-cinq kilos de plus que le myrmidon dont la masse musculaire était sans doute le fruit d'un de ces prodiges génétiques qui permettent à un corps d'accomplir les contorsions les plus invraisemblables. Carl n'avait aucun moyen de deviner ce que l'homme allait faire la seconde suivante.

Il décida d'un côté au hasard avec très exactement les mêmes chances qu'un goal pendant une épreuve de tir au but. Et tandis qu'il s'écrasait lamentablement au sol, les deux hommes passèrent à côté de lui ventre à terre et continuèrent à remonter Pusherstrect vers l'endroit où Rose les attendait.

Elle ne voulut pas courir le même risque que Carl et choisit la solution fort simple de plonger de tout son poids dans les jambes de l'homme, ce qui eut pour résultat de l'abattre comme un arbre. Il frappa violemment l'asphalte avec sa tête et devint brusquement très calme.

Carl vit qu'Assad allait sortir une paire de menottes de sa poche arrière. Il siffla discrètement, attirant d'un signe de tête l'attention de son assistant sur la horde de personnages sombres et mal rasés, digne d'une scène de *Pirates des Caraïbes*, qui avait l'air de s'intéresser de très près à l'incident.

« Bon, dit-il en lâchant la paire de menottes et en se tournant vers le groupe de badauds à la mine patibulaire. Ce type a essayé d'enlever un gamin. Est-ce que quelqu'un a un morceau de corde sur lui ? »

En moins de cinq secondes, l'un des types avait retiré sa ceinture. « Essaie avec ça, mec, dit-il. Mais elle s'appelle reviens. »

Carl commença seulement à cet instant à sentir avec quelle violence il était tombé. Putain que ça faisait mal.

« Est-ce que l'un d'entre vous a vu un garçon brun frisé à la peau mate, d'environ quinze ans ? Il était là il y a trois minutes et il a disparu là-bas », demanda-t-il en grimaçant de douleur.

Personne ne répondit. Tu ne crois pas qu'on a autre chose à foutre ? disait clairement leur attitude.

Derrière lui, Rose était en train de se rendre compte que l'homme inconscient respirait de plus en plus lentement tandis que son sang coulait de plus en plus vite de la plaie qu'il venait de se faire à la tête. Et une autre blessure profonde à l'épaule semblait s'être réouverte sous sa chemise.

« J'appelle une ambulance, d'accord ? » s'écria-t-elle en activant son portable, un peu décontenancée d'entendre des huées dans la foule.

« Ho, ça va ! éructa-t-elle, frappant du pied en faisant des effets de manches comme si elle était l'avocat du type qui gisait à ses pieds. Même un connard de son espèce a droit à un minimum de soins. »

Ramenant son attention sur le portable elle s'exclama : « Oh merde ! Mon téléphone a rappelé un numéro tout seul, c'est malin ! »

Une faible sonnerie retentit derrière le groupe des curieux, et tout le monde se retourna.

Carl regarda Rose et vit sa perplexité.

« Je crois que je viens d'appeler le téléphone qu'ils ont jeté au gamin », lui dit-elle en regardant les gens d'un regard perçant.

Alors la foule s'écarta et quelqu'un désigna l'endroit d'où venait la sonnerie. Elle venait du triporteur.

Le type qui était assis sur la selle secouait la tête et haussait les épaules avec l'air de ne pas comprendre. Carl le soupçonna de n'être pas tout à fait sincère.

Il portait des gants et la capuche de l'anorak serrée autour du cou de façon qu'on ne voie que ses yeux.

Carl le trouvait quand même très emmitouflé pour une belle soirée de printemps.

Il regarda la caisse du vélo. Elle était grande. Peut-être même assez grande.

« Hé, toi ! dit-il à l'homme d'une voix forte en marchant vers lui. Je peux voir ce qu'il y a dans… »

L'individu se dressa brusquement sur ses pédales et lança la bicyclette à toute vitesse.

« Occupe-toi de Tilde ! » hurla Carl à Rose en se mettant à courir derrière le triporteur. Aidez-nous, bordel ! » criait-il, mais les trafiquants se contentaient de s'écarter de lui en fronçant les sourcils.

Carl savait qu'on ne court pas dans Pusherstreet, mais pourquoi est-ce qu'on a le droit de circuler à vélo, dans ce cas ?

« Arrêtez-le ! » hurla-t-il à nouveau sentant l'étau se resserrer autour de sa cage thoracique. Assad le doubla, le type à la ceinture sur ses talons.

« Hé ! Toi ! Le marchand d'amandes ! » cria Assad, si fort que l'écho rebondit du restaurant Spiseloppen jusqu'aux façades de la rue Prinsessegade.

Le gars qui vendait ses arachides grillées à l'entrée l'entendit et se tourna vers lui.

« Avance ta charrette et bloque la sortie ! lui cria Assad. Je te filerai mille couronnes ! »

Un bruit de ferraille lui répondit. Le marchand ambulant n'était pas homme à laisser passer une source potentielle de revenus quand elle se présentait et, prêt à prendre la merde comme elle viendrait, il poussa sans hésiter l'objet de sa fierté, sa belle charrette bleu ciel, au milieu du passage. Quelques ridelles en bois ne lui coûteraient pas cette somme-là.

Le fuyard à bicyclette essaya en vain de l'éviter et décida au dernier moment de bifurquer vers Maskinhallen d'où partaient tous les jours les ordures ménagères, les cartons, les plastiques recyclables et toutes sortes de détritus. Arrivé là, il freina brusquement et sauta du triporteur. Il courut quelques mètres, espérant pouvoir se faufiler derrière les engins. Mais le passage était justement obstrué par les employés de la déchetterie qui, ayant fini leur journée de travail, profitaient de la douceur du soir pour boire une petite canette de bière bien fraîche. Et quand on voyait leur gabarit on n'avait pas envie de les bousculer.

Alors il entra dans le bâtiment lui-même, une solide construction en bois brun avec des fenêtres à croisillons peintes en rouge.

Quand Carl arriva dix secondes plus tard, Assad et l'autochtone christianite étaient déjà en train de fouiller les lieux.

« Où est-ce qu'il a pu passer ? » dit le nouveau copain d'Assad.

Carl analysa rapidement la situation. Le local très haut de plafond était un festival de couleurs. Sur le mur au-dessus de la porte trônait un masque de cinq mètres de hauteur, une caricature de l'ancien Premier ministre, un homme peu apprécié à Christiania. Le sol était jonché de milliers de pièces mécaniques et d'objets improbables, exposés sur des étagères et à même le sol, allant de la voiture de course miniature au faux palmier coiffé d'un sombrero.

Ce n'était pas le meilleur endroit pour chercher un homme doué de qualités de gymnaste.

« Que l'un d'entre vous monte voir là-haut », ordonna Carl en montrant les combles où un bureau en bois et en placo avait été bâti entre deux poutres maîtresses. Carl retourna au triporteur.

Le silence ne lui disait rien qui vaille.

S'ils avaient injecté le même sédatif à Marco que celui qu'ils avaient administré à Tilde, mais en plus grande quantité, ils avaient d'ores et déjà rempli leur mission. L'idée lui était insupportable.

Il souleva le loquet et ouvrit la caisse.

Marco était bien là. Dans la position du fœtus et inerte.

Carl le souleva et l'emporta à l'intérieur du bâtiment où il trouva une couverture sur laquelle il l'allongea tandis qu'Assad et l'autre type tournaient autour de lui, cherchant le Noir partout.

Il remonta la manche de Marco et put constater que s'il avait encore un pouls, il était extrêmement faible.

Carl sentit le découragement l'envahir. C'était sa faute si tout cela était arrivé.

Il se mit à genoux à côté du corps presque sans vie de l'adolescent et tenta de le ranimer par un massage cardiaque. Il y avait des années qu'il n'avait pas fait ça, et la dernière fois la fille qui avait été renversée par une voiture était morte malgré ses efforts. Toutes les images lui revinrent. La peau lisse de la jeune fille, le désespoir de sa mère derrière lui. Les secouristes qui l'écartaient doucement et prenaient le relais. Carl avait mis des semaines à s'en remettre et si Marco mourait, il sut à cet instant, tandis qu'il tentait de réinsuffler de la vie dans sa fragile carcasse, que cette image ne le quitterait jamais.

Il regarda un instant en arrière parce qu'il avait perçu un mouvement et vit le masque osciller légèrement dans un courant d'air. On aurait dit que la bouche du Premier ministre allait dire quelque chose. Comment peut-on se laisser distraire par un détail aussi irrationnel que futile, dans un moment pareil ? se demanda Carl.

« Allez, Marco », murmura-t-il au gamin tandis qu'Assad jetait les choses à droite à gauche et que l'homme à la ceinture fouillait le bureau au-dessus de leurs têtes.

« Il n'est pas là-haut ! leur cria-t-il à travers une fenêtre.

— Et il n'y a qu'une seule entrée ! Il est encore à l'intérieur ! » cria Assad au fond du local.

Carl s'obstinait. Il essaya la respiration artificielle, en vain. Si seulement quelqu'un pouvait venir l'aider.

Il recommença le massage cardiaque sur le chétif adolescent.

« Appelle une ambulance, Assad, dit-il. J'ai peur qu'on soit en train de le perdre. Il est profondément sédaté et je me demande s'il n'est pas déjà mort.

— *Ouch ! It hurts*[1] *!* » murmura une toute petite voix.

Carl baissa les yeux et croisa le regard plein de souffrance de Marco.

« Vous êtes en train de me casser quelque chose », dit-il d'une voix à moitié étranglée. Au même instant, la bouche du grand masque accroché au mur s'ouvrit et l'homme noir fit une chute de trois mètres.

1. « Aïe ! Ça fait mal ! »

Il eut l'air un peu secoué à l'atterrissage, mais cela ne dura que quelques secondes.

« Il est là, dépêchez-vous ! s'écria Carl en se levant précipitamment. Toi, tu ne bouges pas, Marco », ordonna-t-il en faisant face à l'Africain, prêt à se battre.

Quand le type fut debout, Carl s'aperçut qu'il avait une arme à la main et qu'il était sur le point de presser la détente.

Dans une seconde, je suis mort, se dit-il, tandis qu'un calme étrange l'envahissait. Il leva les bras et regarda l'homme avancer vers lui puis baisser son pistolet et viser Marco.

Un coup de feu éclata et Carl sursauta, le bruit résonnant dans sa tête. C'est alors qu'il vit la main ensanglantée de l'homme noir. Désarmé.

Il leva la tête vers le bureau où il découvrit l'homme à la ceinture, un pistolet fumant à la main.

Ce n'est qu'à ce moment qu'il le reconnut. C'était un inspecteur des stups du commissariat de la City en centre-ville.

« J'arrive, dit-il avant de disparaître.

— Attention ! » cria Marco, toujours couché par terre. Carl se retourna juste à temps pour voir l'Africain bondir sur lui, un couteau dans sa main valide.

L'ombre qui arriva par le côté les surprit tous les deux.

C'était Assad. Avec une témérité folle il tenta d'envoyer un coup de talon dans la tête du Noir à une hauteur supérieure à sa propre taille, mais son adversaire connaissait la technique. Il pivota sur lui-même, projetant son pied en l'air au même moment, et leurs deux talons se télescopèrent. Assad tomba en arrière mais l'Africain se remit d'aplomb et leva son poignard dans l'intention de le lancer sur Marco.

Ce type est un fou furieux, eut le temps de se dire Carl quand tout à coup le jeune Noir devint tout flasque et laissa tomber le couteau par terre. Carl n'avait pas entendu un bruit.

Interloqué, il le vit tituber et lutter pour rester sur ses jambes. Il essaya de s'agripper à tout ce qui se trouvait à sa portée et, pour finir, il s'affala tout doucement sur le sol, K-O.

Carl regarda Assad et l'agent des stups. Assad souriait en montrant à Carl un objet qu'il venait de ramasser.

C'était un simple écrou, mais d'une taille conséquente.

« S'il se relève, je lui en envoie un autre. Ce n'est pas ce qui manque ici », dit Assad en plongeant la main dans une caisse pleine d'écrous, de boulons et de charnières qui se trouvait à ses pieds.

Carl regarda Marco qui s'était dressé sur ses coudes, pâle comme un linge mais parfaitement vivant.

« Tilde ? dit-il simplement.

— Elle va bien. Rose est avec elle. »

Le sourire qui éclaira son visage était presque surnaturel. « Je voudrais la voir », dit-il.

S'il devait avoir un garçon un jour, Carl aurait choisi ce modèle sans la moindre hésitation.

Il regarda dehors par la grande porte du bâtiment où des touristes observaient la scène avec des sourires extatiques. Ils devaient se féliciter d'être arrivés juste à temps pour assister au *western show* du jour. Plusieurs se mirent même à applaudir.

Seule l'énorme touriste noire qui se trouvait au milieu du groupe semblait mécontente. En tout cas, elle agrippa furieusement son sac et elle s'en alla.

« Mikkel Øst », se présenta l'agent des stups, serrant la main à Rose et à Assad avec une satisfaction mitigée quant à l'évolution de la situation.

Il allait évidemment devoir rendre son armc, au moins jusqu'à la fin de l'enquête interne sur la fusillade, et on le sentait à la fois soulagé et amer. Infiltrer le milieu de la drogue à Christiania n'avait rien de marrant, en particulier quand on était interrompu au moment où on commençait à avoir des résultats.

Carl le remercia. « Si nos chemins devaient se croiser à nouveau, n'hésitez pas à me demander ce que vous voulez. » Mikkel Øst et l'ambulance transportant l'Africain s'en allèrent.

Marco et Tilde se tenaient la main. Ils étaient mieux placés que quiconque pour s'aider mutuellement à gérer ce qu'ils venaient de traverser.

« Il y a une chose que nous devons faire absolument, dit la jeune fille quand elle commença à retrouver ses esprits. Est-ce que vous voulez bien appeler ma mère, monsieur Mørck, et lui demander de nous rejoindre à la maison de Brønshøj ? Marco et moi avons quelque chose à vous montrer. »

Une demi-heure plus tard, Tilde et sa mère se jetaient dans les bras l'une de l'autre devant la maison de William Stark.

« Qu'est-ce qu'ils t'ont fait, ma pauvre petite fille ? lui demanda sa mère, profondément bouleversée.

— Il m'ont injecté un produit et j'ai dormi jusqu'à ce qu'ils viennent me réveiller. Je suis restée assise sur un banc à côté d'un marchand de kebab à Christiania pendant au moins dix minutes avant de pouvoir marcher. C'était un peu comme les anesthésies qu'on me fait à l'hôpital. On a un peu la nausée en se réveillant. Mais maintenant, je vais bien.

— Et toi, ça va ? » demanda Malene à Marco.

Il acquiesça. « Je vais bien, merci. J'ai juste les jambes un peu endormies. »

Tu as beaucoup de chance de t'en tirer à bon compte, songea Carl sans le dire.

« Alors, qu'est-ce que vous vouliez nous montrer ? » demanda Rose.

Tilde inspira profondément. Elle se sépara de sa mère et ouvrit la marche dans l'allée, les invitant à la suivre derrière la maison.

« C'est toi qui le fais, d'accord ? dit-elle à Marco.

— Tu es sûre ? »

Elle hocha la tête. « Plus de secrets. Ça fait trop longtemps que ça dure, maintenant. »

Marco leva les dalles l'une après l'autre et il aligna les boîtes en expliquant de quelle façon ils avaient découvert la cachette.

Cinq boîtes en plastique blanc. Cinq témoignages d'un homme mort.

Carl secoua la tête et échangea un regard avec Rose et Assad : toute cette histoire était vraiment bizarre. Elle avait commencé avec une affichette et se terminait avec un code inscrit à l'intérieur d'un coffre-fort et des boîtes en plastique enterrées. Parfois le travail d'un policier consistait simplement à prendre des billets à la loterie et à espérer gagner non pas un, mais plusieurs lots.

Marco regardait Tilde et son regard disait : « Nous ne sommes pas obligés de tout leur montrer ! » Mais Tilde ouvrit toutes les boîtes en leur expliquant ce que chacune contenait.

Malene alla prendre une chaise et elle s'assit, les bijoux et le calepin sur les genoux. Elle venait d'apprendre que l'homme qu'elle aimait avait volé, systématiquement et pendant des années. Même quand Tilde tenta de prendre sa défense, elle garda les poings fermés et un visage plein de honte et de déception. De toute évidence, elle se sentait trahie.

« Je crois que c'est à vous de faire en sorte que ceci parvienne à qui de droit », dit-elle en tendant à Carl la liasse de documents portant le logo du ministère.

Carl jeta un bref coup d'œil à la première feuille et acquiesça. C'était bien ce qu'ils pensaient.

Mais si William Stark avait escroqué son ministère et l'État danois, c'était un tout petit joueur par rapport à son supérieur. La signature d'Eriksen était partout dans cette affaire.

Carl fit passer les documents à Rose. « Nous regarderons cela plus tard, d'accord ? » Il montra la dernière boîte.

« Et là-dedans, qu'est-ce qu'il y a ?

— Rien qui puisse nous servir à grand-chose, je crains, répondit Tilde. C'est le testament de William.

— Son testament ? » murmura Malene.

Tilde hocha la tête. « Il voulait tout nous donner, maman. Tout son argent. La maison. Tout. »

Le visage de Malene se décomposa. Les tendres pensées qu'elle avait refoulées à l'égard de son fiancé ces dernières années revinrent subitement. Elle était troublée, honteuse, pleine de chagrin et de colère en même temps.

« Tu as raison, Tilde. Ce testament ne nous est d'aucune utilité, dit-elle au bord des larmes. La fortune de William va être confisquée pour couvrir le montant de son escroquerie. »

Elle baissa la tête et laissa couler ses larmes.

Marco s'avança vers Carl et lui dit quelques mots à l'oreille.

Carl dut admettre une fois de plus que le garçon ne manquait pas d'imagination. Mais il acquiesça quand même.

« Bon, Malene et Tilde, je crois qu'il va falloir que vous me remettiez ce carnet et ces relevés de banque. Assad ? »

Carl regarda autour de lui et repéra un tas de briques empilées près de la remise à vélos.

« Là-bas, Assad. »

Le petit homme leva les yeux vers Carl, pas très sûr de ce qu'il attendait de lui. Mais quand il le vit sortir son paquet de cigarettes et son briquet de sa poche, il comprit.

« Oups, dit Carl en mettant le feu au tas de papiers avec le carnet posé dessus. Il m'est arrivé un petit incident. Tu n'aurais pas de l'eau, Rose ? »

Il la regarda un long moment, avec insistance, jusqu'à ce que les plis qui barraient son front aient disparu.

« Il y aurait bien le lac là-bas, dit-elle quand son combat intérieur fut terminé. Mais je ne pense pas que nous arrivions à temps. Il y a un gros trou dans le seau. »

Marco demeura silencieux pendant presque tout le trajet jusqu'à l'hôtel de police, et Carl comprenait ce qu'il ressentait.

Au regard de tout ce qu'il leur avait raconté, ce devait être à la fois le plus beau et le pire jour de sa vie.

« Dis-moi à quoi tu penses, Marco. »

Il secoua la tête.

« Pourquoi est-ce que Marco ne veut pas parler, Assad ? demanda-t-il en se retournant vers la banquette arrière.

— Peut-être qu'il ne sait pas très bien où il en est » ? suggéra Assad.

Carl lança un coup d'œil à Marco.

« Tu ne sais pas où tu en es, Marco ? »

Il avait l'air minuscule sur son siège à cet instant.

« Hein ? » insista Carl.

Marco baissa la tête et fit signe que non.

« À quoi penses-tu ?

— Je pense à tous les rêves que j'avais et qui ne se réaliseront jamais. Maintenant, je vais être envoyé dans un camp de réfugiés et chassé du pays. »

Carl fronça les sourcils et regarda dans son rétroviseur. Assad et Rose étaient de profil sur la banquette et ils échangeaient des regards lourds de tristesse. L'humeur de Marco avait visiblement déteint sur eux.

« Ce n'est pas sûr, Marco », dit Carl, essayant de le consoler. Il savait que ses paroles ne valaient pas grand-chose quand on connaissait la façon dont l'État danois traitait les clandestins.

« Qu'est-ce que tu aimerais, toi, Marco ? »

Il poussa un soupir. « Je veux juste être un garçon normal. Aller à l'école, faire des études et me débrouiller tout seul. »

Ce n'était pas beaucoup demander, et pourtant.

« Tu n'as que quinze ans, tu ne peux pas te débrouiller tout seul, Marco ! »

L'adolescent regarda Carl, haussant les sourcils. Pourquoi pas ? disait la mimique.

« Et où est-ce que tu vivrais ?

— N'importe où, du moment qu'on me laisse tranquille.

— Et tu crois que tu pourrais t'en sortir ? Sans retomber dans la délinquance ?

— J'en suis certain. »

Le regard de Carl se posa distraitement sur la circulation paresseuse de la rocade Bispeengbuen. Partout autour, dans cet océan de lumière, vivaient des milliers d'individus incapables de répondre aux exigences de la société moderne. Comment ce garçon y parviendrait-il ?

« Qu'est-ce qui te fait croire que toi tu peux y arriver alors que tant d'autres échouent ?

— Parce que moi, je le veux vraiment. »

Carl jeta un nouveau coup d'œil dans le rétroviseur. Il était étonné de la passivité de ses passagers. La situation n'était pas facile, c'est vrai.

Carl inspira longuement. Il pensait à l'expression de Malene Kristoffersen, quand elle leur avait dit au revoir, le testament de William Stark à la main. Ces documents allaient changer son existence de façon considérable. Tilde allait pouvoir poursuivre son traitement, et quel qu'en soit le coût, elles auraient désormais la possibilité de le faire.

Et cette chance, elles ne la devaient qu'au hasard qui avait voulu que Carl possède un briquet et ait décidé d'allumer un petit feu de camp improvisé.

Carl hocha la tête pour lui-même et chercha le regard d'Assad dans le rétroviseur.

« Dis-moi, Assad. Ce type que tu connais et qui excelle dans l'art de la fabrication de faux papiers, tu sais comment le joindre ? »

Deux mains vinrent simultanément s'abattre sur ses épaules, et les deux passagers sur la banquette arrière souriaient maintenant jusqu'aux oreilles.

Il pivota et vit que Marco tremblait des pieds à la tête.

« Il y a quelque chose qui ne va pas, Marco ? »

L'adolescent se pencha en avant, essayant en vain de calmer les soubresauts de ses bras et de ses mains et de retrouver le contrôle de son corps.

« Je ne comprends pas, monsieur Mørck, vous voulez dire que… » Et il se mit à pleurer.

Carl allongea le bras et lui donna des petites tapes sur le dos.

« Rose et Assad. Dites-le-lui, vous, pour qu'il y croie.

— Par contre tu as intérêt à ne pas nous décevoir, Marco, dit Assad.

— Exact, enchérit Rose. Et nous ne voulons pas entendre parler de toi avant que tu aies un endroit correct où habiter. Nous n'avons pas envie d'apprendre que tu as élu domicile dans un container à Pétaouchnok, nous sommes bien d'accord ? »

Le garçon éclata de rire. Il commençait à y croire.

« Mais écoute-moi bien, reprit Carl. Tu ne dois en parler à personne ! Tu m'as bien compris ? Même pas à tes enfants ou à tes petits-enfants ! En échange, nous te demanderons simplement de nous dire tout ce que tu sais sur Zola et de nous parler de votre vie à Kregme, du clan et de toutes vos entourloupes dans la rue. Si tu veux bien nous raconter tout ça, afin que nous ayons des informations concrètes et inédites à transmettre à nos collègues, tu nous ferais gagner beaucoup de temps. »

L'adolescent hocha la tête et réfléchit. « Qu'arrivera-t-il à Myriam ? demanda-t-il.

— On verra. Elle ne sera pas la plus compliquée à aider. Elle s'est montrée très coopérative.

— D'accord. Alors moi aussi je vais me montrer coopératif. » Il demeura silencieux quelques instants, regardant le paysage urbain. « C'est vraiment vrai, tout ça ? »

Ils le lui confirmèrent tous les trois.

« Je ne comprends pas. Merci beaucoup. » Il fit une nouvelle pause qui dura un peu. « On pourrait faire un détour par Østerbro ? Il y a une chose que je voudrais régler avant. »

Ils stationnèrent devant une porte cochère où deux amoureux s'embrassaient. Marco demanda à Rose, Carl et Assad s'ils voulaient bien l'accompagner.

Comme personne ne réagit à leur coup de sonnette, Carl frappa énergiquement à la porte.

« Police ! » cria-t-il, sa voix résonnant dans tout l'immeuble.

La méthode fut efficace.

Les deux hommes dans l'appartement eurent l'air à la fois effrayé et revêche en voyant le groupe de quatre personnes devant leur porte d'entrée. Quand ils reconnurent Marco, la colère brilla dans leurs yeux.

« Lui, il n'entre pas. Et vous non plus. Vous avez une carte qui nous prouve que vous êtes de la police ? » dit l'un d'eux, l'air suspicieux.

Carl sortit sa carte et la brandit sous leur nez. Les deux hommes échangèrent un regard, toujours épaule contre épaule, bloquant le passage.

Alors Rose s'avança. « Nous aimerions bien voir un peu plus de bonne volonté, ici. Ces messieurs auraient-ils l'amabilité de reculer un peu afin de ne pas gêner involontairement le travail de plusieurs agents de la force publique dans l'exercice de leur fonction ? Vous ne m'avez pas l'air très futés, mais peut-être êtes-vous tout de même assez malins pour comprendre qu'un excès de bêtise pourrait avoir pour effet de provoquer une colère excessive de notre part et nous inciter à vous mettre une paire de menottes bien serrées ? »

Carl était intérieurement ébahi. Il avait presque l'impression de s'entendre lui-même.

Les deux hommes froncèrent les sourcils mais ils reculèrent quand même devant le monstre fardé de noir, et l'écume aux lèvres.

Marco leur demanda à tous de le suivre dans un réduit au moins trois fois plus petit que le placard à balai qui servait de bureau à Assad au sous-sol.

Il ouvrit un tiroir et fouilla à l'intérieur jusqu'à ce qu'il trouve ce qu'il cherchait.

Il s'agissait d'un peigne à l'ancienne qu'il brandit triomphalement avant de se mettre à genoux près du mur opposé à l'étroit lit-bateau.

Il glissa le peigne plusieurs fois entre la plinthe et le mur et, au bout d'un moment, trouva la fente qui lui permettait d'enfoncer le peigne correctement. Il fit ensuite levier entre le mur et la plinthe, et ne manqua pas de provoquer les protestations des propriétaires quand celle-ci se désolidarisa du mur.

Chacun put voir le soulagement de Marco à cet instant.

Il glissa la main dans un creux désormais accessible et en sortit un sac en plastique transparent.

« Regardez, dit-il. J'ai les premières soixante-cinq mille couronnes pour démarrer. Vous n'avez pas de raison d'avoir peur que je m'installe dans un container, Rose.

43

Été 2011

Carl regardait les deux morceaux de papier sur la table. Il y avait un mois et demi qu'ils étaient posés là et semblaient le mettre au défi chaque fois qu'il mettait un peu d'ordre sur son bureau. Il serait peut-être temps qu'il s'en débarrasse ?

Il se balança légèrement sur sa chaise et essaya de se représenter les deux femmes devant lui.

Les visages du passé disparaissaient tellement vite.

Le passé ? Était-ce déjà du passé ? Est-ce que son indifférence au moment du coup de fil de Lisbeth et du naufrage de sa relation avec Mona alors qu'elle durait depuis plusieurs années signifiait que les deux femmes étaient déjà reléguées à la rubrique des souvenirs ? Il n'était pas certain de le souhaiter.

Il prit les deux morceaux de papier et envisagea une seconde de les froisser en une seule petite boule qu'il projetterait ensuite d'un élégant geste du poignet dans la corbeille.

Tempête sous un crâne.

« Ça y est, Carl, c'est arrivé, dit Rose qui avait soudain débarqué dans son bureau.

— Qu'est-ce qui est arrivé ? » Carl leva les yeux vers elle avec lassitude. La semaine avait été dure et tout semblait vouloir aller de travers. Qu'est-ce qui était arrivé encore ? Sûrement pas une bonne nouvelle.

« L'attestation de décès de William Stark. Le juge a bien voulu accepter les traces trouvées par les experts comme des preuves irréfutables et, en l'absence de cadavre, il a prononcé un verdict de décès sur la base d'analyses ADN. »

Carl hocha la tête et fourra les deux numéros dans sa poche de poitrine. C'était quand même ce qu'on pouvait appeler une bonne nouvelle. Le tribunal allait pouvoir nommer un mandataire pour régler la succession.

C'est formidable pour Tilde et Malene, songea-t-il quand il fut à nouveau seul.

Carl leva les yeux vers l'écran plat où défilaient les informations de TV2 avec un reportage sur les violentes intempéries de ce 2 juillet, comparables à une mousson tropicale et qualifiées de catastrophe naturelle. Les égouts étaient tellement pleins que la merde débordait au sens propre du terme dans des centaines de caves du pays, y compris les toilettes du département V. Et pourtant, Carl ne pouvait pas s'empêcher de se réjouir de certaines conséquences de ce désastre.

Comme une vengeance divine, les images montraient la rue des trafiquants à Christiania, la fameuse Pusherstreet, complètement inondée et désertée. Les stands précaires étaient vides et il n'y avait plus un gramme de haschich nulle part. Le chiffre d'affaires journalier avait dû tomber de plusieurs millions de couronnes en quelques heures. C'en était presque comique. Le niveau des eaux était aussi élevé à Istedgade, la rue chaude de la capitale, et prostituées, maquereaux et salons de massage, situés pour la plupart en sous-sol, avaient dû fermer boutique jusqu'à nouvel ordre.

Sodome et Gomorrhe recevaient leur punition légitime.

« Putain ce que ça pue, ici, Carl, dit Laursen en passant la tête dans l'encadrement de la porte. Tu ne crois pas que tu ferais mieux de remonter là-haut ? L'odeur de boulange est tout de même plus comestible ! Ha-ha. Il y a encore quelques invités qui jouent les prolongations. C'est sympa de pouvoir fêter son anniversaire ici quand on vit dans un T1 bis. »

Il rigola et cala son arrière-train désormais fort volumineux dans un siège en face de Carl. « Il faut que je te raconte quelque chose. Je n'ai pas eu le temps tout à l'heure parce que j'étais en cuisine. Bref, ce que je voulais te dire c'est que le rapport de la police scientifique sur le cadavre non identifié dans l'incendie de Rungsted est arrivé. Les conclusions risquent de te surprendre, vieux.

— Mais encore ?

— On a trouvé qui avait fabriqué la prothèse dentaire qu'Assad est allé pêcher dans la bouche du macchabée.

— Ah oui, c'est qui ?

— Un prothésiste dentaire du nord du Seeland. Un certain Torben Jørgensen. Vous aviez raison. Il s'agit bien du dentier du chef de bureau, René E. Eriksen.

— Oui, et alors, ce n'est pas un scoop, on l'avait reconnu, ils auraient pu s'épargner cette tâche, ronchonna Carl.

— Certes. Le problème c'est que l'analyse ADN de la moelle épinière du cadavre prouve que celui qui avait ce dentier dans la bouche n'était pas d'origine caucasienne. Il était négroïde. »

Carl haussa les sourcils.

« Assad et Rose, vous pouvez venir ici, s'il vous plaît ? » cria-t-il.

Ils eurent un léger choc en voyant Rose entrer avec sa nouvelle couleur de cheveux. Pour trouver plus mauve, il aurait fallu aller dans une maison de retraite pour millionnaires en Floride.

« Alors, Laursen, ça baigne ? dit Assad, le pantalon remonté jusqu'aux genoux parce qu'il devait avoir été dérangé sur son tapis de prière.

— Laursen vient de me dire que le mort qui avait le dentier d'Eriksen dans la bouche était un Black. Qu'est-ce que tu dis de ça ? »

Les sourcils d'Assad firent un bond en l'air. « Quoi ?

— Mais la prothèse était bien celle d'Eriksen, continua Carl. On a retrouvé les empreintes chez un dentiste du nord du Seeland. »

Assad s'écroula sur une chaise.

« Eriksen nous a filé entre les doigts avec le magot, alors », dit-il d'une voix mate.

Carl acquiesça. Il était malheureusement arrivé à la même conclusion. Quelle merde !

« Je pense que nous pouvons en conclure que nous connaissons le meurtrier de Brage-Schmidt et de l'homme noir non identifié, dit Carl. Et s'il a fait ça, il a peut-être tué également Teis Snap et son épouse ?

— Hmm. Sans compter tous les autres. »

Rose redonna un peu de volume à sa nouvelle coiffure. Comme s'ils ne l'avaient pas encore remarquée.

« Bla-bla-bla. Et ça cause, et ça cause. On n'en sait rien du tout, d'accord ? Ce ne sont que des suppositions. Je préfère croire que nous avons au moins résolu une partie de cette enquête et je me fiche des suppositions. »

Carl nota mentalement de lui resservir la dernière partie de sa phrase à la première occasion. Et, connaissant Rose, elle ne saurait tarder.

« Encore une chose, dit Laursen. Vous le sauriez déjà si vous ouvriez votre boîte mail de temps en temps. On a retrouvé la voiture d'Eriksen garée dans une petite rue de Palerme, couverte de poussière.

— Palerme ! s'exclama Carl. Mais c'est en Sicile ! »

Laursen applaudit aux connaissances géographiques de Carl.

« Exact. Le type s'est barré au volant de sa vieille voiture et il a traversé tranquillement la moitié de l'Europe sans que personne ne lui demande quoi que ce soit.

— Vive l'espace Schengen ! commenta Rose.

— Ça fait une sacrée trotte, dit Carl. Mais s'il a choisi d'aller là-bas, c'est peut-être parce que c'est l'endroit idéal pour s'acheter des faux papiers et une nouvelle apparence ?

— Interpol est déjà sur le coup, d'après mes informations, dit Laursen.

— Super, répliqua Carl en soupirant. Et Interpol couvre cent quatre-vingt-dix pays. Je serais lui, j'irai m'installer dans l'un des dix ou douze pays qui n'en font pas partie. »

Assad secoua la tête. « On n'en sait rien, chef. Ce n'est pas sûr !

— Rien n'est jamais sûr. Mais moi je peux vous dire une chose, jamais nous ne saurons où Eriksen, ou je ne sais pas comment il se fait appeler maintenant, est allé se planquer. Avec la fortune qu'il a, selon toute probabilité, emportée avec lui, nous ne le retrouverons jamais. C'est ce que l'expérience m'a appris. Et c'est tout. »

Les essuie-glaces allaient à un train d'enfer quand Carl approcha de l'embranchement de l'autoroute. Il avait déjà vu plusieurs voitures en panne, les circuits noyés par les énormes flaques d'eau qu'on voyait partout sur la route.

Quelle plaie aussi d'être obligé de faire trente kilomètres vers le nord par un temps pareil ! Si seulement il pouvait faire halte quelque part pour la nuit...

Il pensa aux deux numéros de téléphone dans sa poche. S'il tournait à gauche, cela le mènerait chez Lisbeth, à droite, chez Mona.

Il sourit à cette idée mais il déchanta aussitôt.

Pour qui est-ce qu'il se prenait ? Pourquoi ces deux créatures de rêve, qui devaient depuis longtemps avoir fait entrer un nouveau coq dans leur basse-cour, s'intéresseraient-elles encore à lui ?

Il sortit les deux morceaux de papier de la poche de poitrine de sa veste, descendit la vitre et les jeta dehors. Et bon vent !

Il mit encore une bonne heure et quart à atteindre le lotissement du parc de Rønneholt, version vénitienne.

Aïe ! songea-t-il en découvrant les véhicules en stationnement sur le parking. Ils n'allaient pas être nombreux demain à pouvoir démarrer sans l'aide d'un séchoir à cheveux.

« Comment va la cave ? » fut la première chose qu'il demanda en arrivant.

Pas de réponse. Ça devait être une catastrophe.

Il jeta un coup d'œil dans le séjour. Il était plongé dans l'obscurité, ce qui était tout à fait inhabituel. Ils n'avaient tout de même pas laissé Hardy tout seul dans le noir ?

« Hardy ? » dit-il, tout doucement, pour ne pas l'effrayer. Au même instant, un flot de lumière illumina la pièce.

« Tadaaaaa ! » hurlèrent Mika et Morten en chœur. Carl eut un véritable choc.

Ils firent un pas de côté, l'un à gauche, l'autre à droite, et Carl découvrit Hardy, assis dans un énorme fauteuil roulant, équipé d'innombrables joysticks et manettes à hauteur du visage.

« Voilà, Hardy. C'est le moment ! Montre à Carl ce que tu sais faire ! » claironna Morten.

Carl était littéralement ivre de joie. Voir Hardy se déplacer dans la pièce avec un immense sourire aux lèvres les avait tous fait pleurer d'émotion.

Il y eut des embrassades et des félicitations à n'en plus finir.

Une nouvelle ère avait commencé dans la maison de Carl.

Il reposa sa tête sur l'oreiller et essaya en vain de retrouver son calme. Chaque fois qu'il fermait les yeux, il voyait le visage hilare de Hardy et le lit vide dans le séjour.

Il poussa un long soupir en pensant à tout ce qu'ils allaient désormais pouvoir faire ensemble. Pourvu que lui, Carl, se montre à la hauteur.

Quand il eut laissé ses pensées divaguer pendant une demi-heure, il tendit la main vers la pile de prospectus qu'il avait ramassée en entrant et posée sur la couette à côté de lui.

Un peu de surf sur la vitrine de la société de consommation l'aidait en général à trouver le sommeil.

Bien plus efficace que de compter les moutons, se dit-il en commençant à trier le bon grain de l'ivraie.

Tout à coup, entre les promotions des supermarchés Aldi et Fakta, il tomba sur une carte postale.

Qui avait bien pu lui envoyer une carte postale ? Ça devait être une erreur. Elle était probablement adressée à Morten ou à Mika. Peut-être avait-elle été envoyée par un invité de la fête, pour les remercier.

Il regarda le nom du destinataire et c'était bien le sien. En dehors du nom et de l'adresse, la carte était vierge. À l'endroit où aurait dû se trouver le texte, on avait collé une petite coupure de journal qui disait : Une exposition de bijoux africains d'une qualité exceptionnelle. Une collection de bagues, de bracelets et de colliers artisanaux remarquables…

L'article était coupé là.

Carl sourit, incrédule.

Eh ben merde, alors, songea-t-il en pensant à un jeune garçon à la peau couleur noisette.

Il retourna la carte et regarda longuement l'image au recto.

« La tour d'Aalborg, bien plus qu'une vue », était-il écrit en travers de la photo.

Épilogue

Automne 2012

« Richard ! Tu ne t'en vas pas déjà ? »

Elle se retourna sur le lit de façon qu'il puisse admirer son corps sous tous les angles, la légère brise dispensée par le ventilateur agitant les poils sous ses aisselles.

« Regarde. Tu n'as pas plutôt envie d'enfoncer ta langue ici », dit-elle en faisant des cercles dans le creux de son nombril avec son index en prenant une pose lascive, la nuque jetée en arrière.

Il sourit et jeta deux billets de cent dollars sur le drap à côté d'elle. Elle était très habile, l'une des meilleures qu'il ait eues, mais une fois suffisait. Il y avait d'autres poissons dans l'océan, comme on dit. Plein d'autres.

« Oh ! Richard, deux cents ! Comme tu es gentil, ronronna-t-elle en se caressant le bout des seins avec les billets. Promets-moi que tu reviendras me voir bientôt ! »

L'air extérieur était particulièrement sec et la chaleur montait de l'asphalte par vagues. Même les marchands ambulants s'épongeaient le cou avec leurs foulards graisseux.

Mais la chaleur ne dérangeait pas René. Un an et demi passé dans dix pays d'Amérique du Sud lui avait appris comment se comporter dans un climat où la plupart des gens du Nord finissent par déclarer forfait.

Il suffisait d'être à l'écoute de son corps. Boire beaucoup, s'arrêter le plus souvent possible dans les cafés climatisés, s'habiller léger mais avec élégance, se déplacer en hélicoptère quand les autres circulaient en voiture, monter à cheval quand les autres allaient à pied. Partout en Amérique du Sud on avait accès à ce genre d'avantages. Paraguay, Bolivie, Guyane, il n'y a pas d'endroit dans cette partie du monde où l'argent ne puisse vous procurer tout ce dont vous avez besoin.

René s'étira et leva les yeux vers le soleil. Il lui restait encore du temps avant la sieste. Il décida de s'offrir une petite manucure et d'aller faire un peu de shopping. On n'est jamais à l'abri d'un coup de cœur.

Une femme qu'il croisa sur le trottoir lui sourit et ralentit pour voir s'il était intéressé mais René était rassasié.

Depuis qu'il s'était fait refaire une nouvelle dentition et des implants capillaires, qu'il s'était teint les cheveux couleur châtain et qu'il avait fait enlever ses poches sous les yeux, depuis qu'il avait le teint hâlé et qu'il s'habillait comme un millionnaire, les longues années d'étreintes sans amour et de devoir conjugal étaient devenues de l'histoire ancienne.

Maracay était loin d'être la plus jolie ville dans laquelle il avait séjourné au Venezuela mais c'était indéniablement celle où, en matière de femmes, on en avait le plus pour son argent.

René hocha la tête pour lui-même. Il s'était si bien habitué à son nouveau train de vie qu'il devait se concentrer très longtemps pour se souvenir d'où il venait.

Il savait qu'il y avait un risque non négligeable qu'il soit recherché, mais cela ne l'inquiétait pas outre mesure. Si ses traces n'avaient pas été complètement effacées dans l'incendie de la maison de Brage-Schmidt, et il était quasiment certain que c'était le cas, il pourrait toujours plier bagage. De toute façon, il ne restait jamais très longtemps au même endroit. Sa prochaine destination était l'Uruguay, où les femmes avaient la réputation d'être si belles. Et quand il aurait fini d'écumer les pays d'Amérique du Sud, ou du moins ceux où il ne se sentait pas trop menacé, ce serait au tour de l'Asie.

René avait fermement l'intention de couler une vieillesse heureuse, et il avait également décidé que ladite vieillesse surviendrait le plus tard possible. Il suffisait de prendre soin de sa personne.

Il en avait les moyens. Les actions de Curaçao valaient bien plus qu'il ne l'avait imaginé et il pouvait dépenser autant d'argent qu'il voulait, il en resterait encore assez pour vivre jusqu'à la fin de ses jours et même au-delà.

Il tourna à l'angle d'une rue et s'engagea dans une des grandes artères de la ville. Il respira à pleins poumons l'odeur de la richesse et de la bonne société, conscient que désormais il en faisait partie.

Une boutique à la façade en marbre et aux vitres blindées le fit stopper net. Ce n'était pas la première fois qu'il passait devant cette vitrine, mais cette fois il avait décidé que ce serait la dernière. La montre Elephant automatique de Fabien Cacheux était précisément l'objet qu'il cherchait. Ce mélange de simplicité et d'arrogance et le design terriblement sexy du bracelet lui plaisaient autant que la petite pancarte dans la vitrine qui expliquait avec discrétion qu'il n'existait que onze exemplaires dans le monde de ce modèle. Pour la modique somme de quarante-sept mille trois cents dollars, il allait aujourd'hui entrer dans ce club très exclusif.

Il sourit et regarda avec compassion dans la vitrine le reflet de ceux qui devraient se contenter d'en rêver. Il se tourna même vers eux et salua un homme vêtu d'un manteau beaucoup trop chaud pour la saison qui attendait à l'arrêt du bus.

Il avait été cet homme-là, jadis.

Quand il sortit de la boutique avec la montre au poignet et sa vieille Tag Heuer dans la boîte au fond d'un luxueux sac en papier, il se sentit plus riche et plus fort que jamais. Demain, il ferait deux heures de route pour aller jusqu'à Choroni Beach prendre tendrement congé de Yosibell, une femme douée de talents exceptionnels, et lui demanderait de caresser ce bracelet de ses longs doigts vernis de rouge.

Ensuite il ferait ses adieux au Venezuela.

Tandis qu'il marchait en regardant les vitrines des boutiques suivantes, il remarqua que l'homme était toujours à l'arrêt de bus. Mais c'était l'Amérique du Sud. Parfois, tout fonctionnait à merveille et les autobus se suivaient comme une horde de gnous, et d'autres fois, on pouvait aussi bien laisser tomber et partir à pied.

Apparemment, c'est la conclusion à laquelle l'homme au manteau venait d'arriver, sauf qu'étrangement, il s'en allait dans la direction opposée à celle du car qu'il attendait. C'est la réflexion que se fit René en s'engageant dans une petite rue perpendiculaire au parfum d'hibiscus, de freesia et de pitaya, si capiteux qu'il faillit défaillir.

L'heure de la sieste avait lourdement frappé les habitants de la ruelle. Ceux qui n'étaient pas déjà en train de dormir finissaient de déjeuner.

En se retournant, René put constater qu'il n'y avait plus que lui et l'homme au manteau et que celui-ci était en train de le rattraper.

Calme-toi, se dit René. Il se rappela brusquement la façon dont le serveur de l'hôtel lui avait demandé avant-hier s'il était danois et si l'accent qu'il avait en anglais ne serait pas scandinave par hasard, parce qu'il avait eu une fiancée à une époque qui venait du Danemark et qui avait exactement cet accent-là. Quand René lui avait répondu, d'un ton agacé et après cet épisode, le serveur l'avait regardé d'un air bizarre.

René avait changé d'hôtel, certes, mais pas de nom, alors cela n'avait probablement servi à rien.

À présent, l'homme marchait à vingt ou trente mètres derrière lui et René accéléra le pas. Il y avait encore trois ou quatre petites rues comme celle-ci avant de revenir dans l'une des grandes avenues et il avait intérêt à garder la cadence.

Il avait soudain l'impression d'avoir déjà vu cet homme quelque part. N'était-ce pas lui qui se trouvait à l'accueil du commissariat le jour où il avait dû témoigner après un incident de la circulation sur la calle Marino ? Est-ce qu'on avait finalement retrouvé sa trace ? Il en eut froid dans le dos.

René se mit à courir et, malgré son âge et de nombreuses années de sédentarité absolue, la musculation avec coaching personnalisé et les longues marches sur la plage avaient donné à ses jambes une nouvelle vie.

Grâce à cela, il réussit presque à semer son poursuivant en tournant dans plusieurs rues et en s'engageant dans une étroite venelle.

Euphorique et très content de lui, il se cacha derrière un tas de cartons et décida de renoncer à aller dire au revoir à la femme de Choroni Beach et de prendre dès ce soir un avion vers le Sud.

Il resta là un long moment, jusqu'à ce qu'il soit certain d'avoir semé son poursuivant.

Mais l'homme ne s'était pas perdu. Il l'attendait au bout de la ruelle, un pistolet à la main.

René chercha désespérément une issue. Le salaire des policiers dans ce pays était ridiculement bas, et il avait les moyens de remédier à cela. Il s'approcha donc de l'homme avec la ferme intention de trouver une solution qui les arrangerait tous les deux.

Au moment où il allait lui faire sa proposition, le type lui ordonna de retirer sa montre et de la lui remettre.

René fut stupéfait. Il avait fui devant un vulgaire voleur ? Il ne s'agissait que de cela ? Avec un agacement mal dissimulé, il détacha la montre de son poignet en se disant que cette petite ordure ne savait même pas qu'il allait être propriétaire d'un objet que seulement dix autres personnes au monde possédaient. Que cette montre soit sa malédiction !

« Le sac aussi », dit l'homme en montrant le sac en papier dans lequel se trouvait la vieille Tag Heuer de René.

Il le lui remit également.

« Et ton portefeuille », poursuivit le voleur.

Merde, se dit René. Ce type allait lui compliquer la vie. Il allait devoir faire opposition à ses cartes de crédit et en commander de nouvelles, et ça allait l'obliger à rester ici plus longtemps que prévu.

« Allez ! » le pressa l'homme en suivant des yeux la main de René qui plongeait dans sa poche intérieure et en sortait le portefeuille en peau d'alligator.

Le voleur l'ouvrit et constata avec satisfaction qu'il contenait à la fois des cartes de crédit et une somme importante en bolivars et en dollars.

Le salaud. Il le regardait carrément en souriant, maintenant. S'il n'avait pas eu ce pistolet à la main, René lui aurait fait subir le même sort qu'au secrétaire noir de Brage-Schmidt.

« Ton portable », dit-il.

Il ne lui donnerait pas son portable. Ça suffisait comme ça.

« Je regrette, je n'en ai pas. »

L'autre eut l'air sceptique.

« Allez, donne-le-moi, insista-t-il.

— Je vous ai dit que je n'en avais pas. Je vous ai remis tout le reste. Si j'avais un portable, je vous le donnerais. Je ne suis pas stupide. »

L'homme vint palper les poches de sa veste et les poches avant de son pantalon, mais pas la poche arrière où se trouvait le portable.

« Bon, d'accord. Tu n'as pas de portable », reconnut-il. Il recula d'un pas et, pendant quelques instants, il eut l'air d'être sur le point de tirer. Au lieu de ça, il sourit de sa bouche édentée. « Tu as été très coopératif, alors je vais t'épargner. Mais tu as de la chance. »

Et il s'en alla. Quand il fut arrivé au bout de la ruelle, il fourra le pistolet dans sa poche et disparut derrière l'angle de la dernière maison.

À cet instant précis, le téléphone de René sonna.

René le sortit de sa poche à la vitesse de l'éclair et le mit sur silencieux. Puis il se retourna et prit la communication.

« Bonjour, Richard, c'est Yosibell. L'eau est limpide comme du verre ici, et ma peau est humide. Tu arrives quand ? »

Il aurait voulu répondre qu'elle allait devoir patienter un peu, mais il n'en eut pas le temps.

« Alors comme ça, tu n'as pas de portable ! » cria l'homme à l'imperméable depuis le bout de la venelle en marchant vers René.

René regarda par-dessus son épaule et vit le voleur s'arrêter à quelques pas. Le cœur battant, il le regarda droit dans les yeux. Ils étaient aussi calmes que la main qui braqua l'arme sur lui.

D'une voix paisible, l'homme lui dit : « Tu sais quoi ? Je déteste les gens comme toi. Tu m'as menti, tu comprends ? »

Il secoua la tête, un peu comme un père qui gronde son enfant quand il n'a pas été sage.

« Et maintenant, tu vas devoir en subir les conséquences », dit-il en appuyant sur la détente.

René entendit Yosibell l’engueuler au téléphone à l’instant où il tomba.

Au moment de passer de vie à trépas, René E. Eriksen sentit un pas lourd près de lui et une main qui lui arrachait son portable.

REMERCIEMENTS

Merci à mon infatigable épouse, Hanne, qui m'aide à garder mon énergie et à croire en moi d'un bout à l'autre du long processus d'écriture. Merci à notre délicieuse assistante, Elisabeth Ahlefeldt-Laurvig pour son travail de recherche et ses nombreux talents. Merci à Kjeld Skjærbæk de me véhiculer et de m'aider en toutes circonstances. Merci également à Eddie Kiran, Hanne Petersen, Micha Schmalstieg et Kralo Andersen pour leurs indispensables et judicieux commentaires, ainsi qu'à mon inestimable rédactrice, Anne C. Andersen, pour son acuité, sa vue d'ensemble et son incroyable persévérance. Merci à M. le directeur Karsten Dybvad et à Mme Anne G. Jensen, chef de projet, d'avoir bien voulu m'accompagner pour une visite guidée de la Maison de l'industrie au tout début des travaux de rénovation. Merci à Gitte et Peter Q. Rannes pour leur hospitalité lors de mon séjour au centre Hald pour les écrivains et traducteurs danois. Merci à Peter Garde de m'avoir prêté sa merveilleuse maison à Kera en Crète. Merci à mes amies des Éditions Maeva à Barcelone pour tout ce qu'elles ont fait pour moi, à Mathilde Sommeregger d'être allée m'acheter unc table et un fauteuil de bureau et à Alba d'avoir retrouvé la valise égarée dans laquelle j'avais imprudemment rangé le synopsis du roman et toute ma documentation. Merci à Gordon Alsing de nous avoir prêté sa maison de vacances à Liseleje. Merci à l'inspecteur Leif Christensen pour ses corrections « policières » et à l'inspecteur et chargé de communication Lars-Christian Borg. Merci à Mette Andresen et Leo Poulsen, physiothérapeutes, et merci au centre culturel du Diamant Noir à Copenhague.

Un grand merci à Henning Kure pour son fabuleux travail rédactionnel, ses coupes et ses élagages. Il m'a permis d'y voir clair à nouveau et de retrouver la foi à certains moments où cela s'avérait absolument nécessaire.

Merci à Dirk Hennig pour son accueil à Yaoundé. Merci à notre guide Louis Fon qui a donné son nom à un personnage du livre, à mon ami et compagnon de voyage Jesper Helbo ainsi qu'à nos neuf scouts pygmées aussi forts que joyeux, à notre garde-forestier et à notre cuisinier bantou pour une extraordinaire expédition dans la jungle Dja au Cameroun.

Lors de la publication de ce roman adlerolsen.dep a fait un don à la Baka Sunrise Association pour aider cette fondation dans son œuvre de scolarisation des enfants Baka.

Jussi Adler-Olsen au Livre de Poche

LES ENQUÊTES DU DÉPARTEMENT V

Miséricorde n° 32817

Pourquoi Merete Lyyngaard croupit-elle dans une cage depuis des années ? Pour quelle raison ses bourreaux s'acharnent-ils sur la jeune femme ? Cinq ans auparavant, la soudaine disparition de celle qui incarnait l'avenir politique du Danemark avait fait couler beaucoup d'encre. Mais, faute d'indices, la police avait classé l'affaire. Jusqu'à l'intervention des improbables Carl Mørck et Hafez el Assad du Département V, un flic sur la touche et son assistant d'origine syrienne. Pour eux, pas de *cold case*… Couronné par les prix scandinaves les plus prestigieux, le thriller de Jussi Adler-Olsen, première enquête de l'inspecteur Mørck, est un véritable phénomène d'édition mondial.

Profanation n° 33199

Sur le bureau de l'inspecteur Carl Mørck, chef du Département V, le dossier d'un double meurtre commis en 1987 et impliquant une bande de fils de famille, innocentée par les aveux « spontanés » d'un des leurs. Mørck s'aperçoit que l'affaire a été hâtivement bouclée et décide de reprendre l'enquête.

Cercles fermés des milieux d'affaires, corruption au plus haut niveau, secrets nauséabonds de la grande bourgeoisie… Adler-Olsen mêle suspense implacable et regard acerbe sur son pays. Après le phénomène *Miséricorde*, lauréat du Prix des lecteurs du Livre de Poche 2013 catégorie « Polar » et Grand Prix des lectrices de *Elle*, *Profanation* ne décevra pas les fans du cynique Carl Mørck et de son assistant syrien, l'imprévisible Assad.

Délivrance n° 33598

Une bouteille jetée à la mer, repêchée et oubliée dans un commissariat des Highlands. À l'intérieur, un appel au secours en danois, écrit en lettres de sang. Lorsque le message échoue au Département V de la police de Copenhague, chargé des dossiers non élucidés, les années ont passé. L'imprévisible Carl Mørck, Assad, son assistant syrien au flair infaillible, et Rose, la secrétaire punk, vont-ils prendre au sérieux ce SOS ?

Dossier 64 n° 34001

Copenhague, 2010. Une brutale agression dans le quartier de Vesterbro incite Rose, la bouillonnante assistante de l'inspecteur Mørck, à rouvrir un *cold case* sur la disparition inexpliquée d'une prostituée. Cédant à ses pressions, le Département V exhume une macabre affaire datant des années 1950 : sur la petite île de Sprogø, des femmes sont internées et stérilisées de force sous la direction du Dr Curt Wad… Avec cette nouvelle enquête de l'incontournable trio formé par Carl Mørck et ses assistants Assad et Rose, Jussi Adler-Olsen fait monter la tension d'un cran en nous plongeant dans un sombre chapitre de l'histoire du Danemark, où l'influence des extrêmes est plus que jamais d'actualité.

Promesse n° 34842

Bornholm, une île danoise de la mer Baltique, fin des années 1990. Le cadavre d'une jeune fille est retrouvé dans un arbre, son vélo broyé au bord de la route. Aucune trace du chauffard : affaire classée. Sauf pour un policier local, qui finit dix-sept ans plus tard par demander l'aide du Département V, spécialisé dans les *cold cases*. Avant de se tirer une balle dans la tête. L'inspecteur Mørck et ses assistants Assad et Rose débarquent donc à Bornholm. En remuant le passé, ils prennent le risque de reveiller de vieux démons...

Du même auteur
aux Éditions Albin Michel :

Les Enquêtes du Département V

1. *Miséricorde*, 2011.
2. *Profanation*, 2012.
3. *Délivrance*, 2013.
4. *Dossier 64*, 2014.
5. *L'Effet papillon*, 2015.
6. *Promesse*, 2016.
7. *Selfies*, 2017.

PAPIER À BASE DE FIBRES CERTIFIÉES

Le Livre de Poche s'engage pour l'environnement en réduisant l'empreinte carbone de ses livres. Celle de cet exemplaire est de :
600 g éq. CO_2
Rendez-vous sur
www.livredepoche-durable.fr

Composition réalisée par Nord Compo

Imprimé en France par CPI
en mars 2018
N° d'impression : 3028168
Dépôt légal 1re publication : avril 2017
Édition 06 - mars 2018
LIBRAIRIE GÉNÉRALE FRANÇAISE
21, rue du Montparnasse - 75298 Paris Cedex 06

35/5053/4